GOLDMANN

Buch

An einem Sonntagnachmittag im Jahre 1882 klopft ein Fremder an die Tür der Familie Trenchard und erklärt, er sei James Davenall, der frühere Verlobte der Hausfrau Constance Trenchard, der sich angeblich umgebracht hat. Während Constance ihn wiedererkennt, weigert sich die Familie Davenall hartnäckig, es ihr gleichzutun. Kein Wunder, dieser Mann würde Vermögen und Adelstitel der Familie erben. Der Eindringling muß seine Identität beweisen. Seite für Seite wird die adelige Familie Davenall als ein Haufen verkommener Intriganten demaskiert, bröckelt die stolze Fassade der Vornehmheit ab. Hin- und hergerissen werden jedoch nicht nur die Trenchards, sondern auch der Leser, der sich auf die Seite von James Davenall stellt, alsbald jedoch wieder von nagenden Zweifeln an der Identität dieser schillernden Figur geplagt wird . . .

Autor

Robert Goddard, 1953 in der südenglischen Grafschaft Hampshire geboren, studierte in Cambridge Geschichte und war längere Zeit Beamter der Erziehungsabteilung der Grafschaft Devon. Seit dem aufsehenerregenden Erfolg seiner ersten Romane widmet er sich ganz dem Schreiben.

Außer dem vorliegenden Band ist von Robert Goddard als Goldmann-Taschenbuch erschienen:

Dein Schatten, dem ich folgte. Roman (9856)

ROBERT GODDARD

Leben heißt Jagen

Roman

Aus dem Englischen
von Werner Waldhoff

GOLDMANN VERLAG

Ungekürzte Ausgabe

Titel der Originalausgabe: Painting the Darkness
Originalverlag: Bantam Press, London

Dank

Ich bedanke mich beim Ticehurst House Hospital, East Sussex, für den mir gewährten Zugang zum Archiv und zum Grundstück. Ebenso danke ich meinem Freund Jeffrey Davis für die psychiatriegeschichtlichen Informationen, die ich seiner im Entstehen begriffenen Dissertation zu diesem Thema entnehmen durfte.

Der Goldmann Verlag
ist ein Unternehmen der Verlagsgruppe Bertelsmann

Made in Germany · 1. Auflage · 7/93

Umschlagentwurf: Design Team, München
Umschlagfoto: Stock Imagery / Bavaria-Verlag, Gauting
Druck: Presse-Druck, Augsburg
Verlagsnummer: 41195
MV · Herstellung: Ludwig Weidenbeck
ISBN 3-442-41195-5

Meiner Mutter gewidmet

DIE FAMILIE DAVENALL

(1. Oktober 1882)

Sir Harley Davenall, 4. Baronet
1718–99

Sir Stratford, 5. Baronet
1742–1808

Sir Lemuel, 6. Baronet = (1815) Mary Fitzwarren
1779–1859 | 1798–1882

Wolseley = (1827) Ada Matteson
1783–1861 | 1801–44

Sir Gervase, 7. Baronet = (1847) Catherine Webster
1817–81 | *1829

Richard
*1832

James
1848–71 (vermutlich)

Sir Hugo, 8. Baronet
*1856

DIE PERSONEN

William Trenchard
ein ehrbarer Londoner Familienvater, als leitender Angestellter im florierenden Familienunternehmen tätig

Constance Trenchard, geb. Sumner
Williams Ehefrau

Patience Trenchard
Constances und Williams kleine Tochter

Canon Hubert Sumner
ein anglikanischer Geistlicher gesetzten Alters, Constances Vater

Emily Sumner
Constances unverheiratete Schwester, lebt mit ihrem Vater in Salisbury

Catherine Davenall, geb. Webster
Witwe von Sir Gervase Davenall, 7. Baronet, lebt auf dem Landgut Cleave Court in Südengland

Sir Hugo Davenall
Catherines Sohn und seit Gervases Ableben 8. Baronet und Erbe großer Besitztümer, lebt in Bladeney House, dem Stadthaus der Familie in London

Richard Davenall
Cousin des verstorbenen Sir Gervase, führt als Anwalt auch die Rechtsgeschäfte der Familie

James Norton
eine rätselhafte Gestalt, die aus dem Nichts auftaucht und mit ihren Forderungen die Kreise der Trenchards und der Davenalls gleichermaßen stört

Dr. Duncan Fiveash
langjähriger Hausarzt der Davenalls

Prinz Napoleon Joseph Charles Paul Bonaparte, genannt Plon-Plon, ein Lebemann und langjähriger Freund von Sir Gervase, offizieller bonapartistischer Anwärter auf Frankreichs Kaiserthron

Vivien Strang
Catherine Davenalls Gouvernante, als diese noch Catherine Webster hieß, von deren Vater fristlos entlassen; seither unbekannten Aufenthaltes

Alfred Quinn
Sir Gervases Butler und von Catherine nach dessen Ableben fristlos entlassen; seither unbekannten Aufenthaltes

Familie Lennox
die früheren Verwalter des Davenallschen Familienguts Carntrassna in der irischen Grafschaft Mayo; 1859 nach Nordamerika ausgewandert

Familie Kennedy
die heutigen Gutsverwalter von Carntrassna

ERSTES KAPITEL

I

Es war nun zehn Jahre her, seit William Trenchard die junge Constance Sumner kennengelernt und ihr geholfen hatte, die Tragödie, die sich um den Selbstmord ihres Verlobten rankte, allmählich zu vergessen. Zu der Zeit war sie so tief in ihre Trauer versunken, daß es schon einem Martyrium gleichkam; anfangs war sie fest davon überzeugt gewesen, daß ihr kein Mann jemals wieder das bedeuten könnte, was der nun für immer entschwundene James Davenall für sie gewesen war. Doch in diesem Punkt – wie in so vielen anderen auch – täuschte sie sich.

Vor sieben Jahren waren die damals frisch verheirateten Trenchards nach The Limes gezogen, ein St.-John's-Wood-Stadthaus, das ihnen Williams Vater, Mitbegründer der Trenchard & Leavis-Einzelhandelskette, geschenkt hatte. Zu der Zeit mußten sie angenommen haben, daß die Ungewißheiten der Jugend auf ewig dahin waren. Doch darin – wie in vielen anderen Dingen auch – täuschten sie sich.

Vier Jahre nach der Geburt seiner Tochter Patience schien sich zu bestätigen, daß es sich bei Williams zunehmendem Interesse für die Firma Trenchard & Leavis nicht nur um ein Strohfeuer handelte. Sein Vater begann allmählich zu glauben, daß William – auch wenn er nie die Energie und den Scharfsinn seines Bruders Ernest aufbrächte – zumindest ein respektables Leben führen würde. Doch darin – wie in vielen anderen Dingen auch – täuschte er sich.

Es war gerade ein Jahr her, seit Constance einen Spaziergang zum Regent's Park gemacht hatte, wo sie Patience und deren Kindermädchen, die wie üblich den See mit den Booten besucht hatten, überraschen wollte. Unter den Zuschauern, die sich vom Lord's-Kricketplatz drängten, glaubte sie einen düsteren Mann in mittleren Jahren zu erkennen, dessen Anzug für den warmen Tag viel zu schwer war. Später, als sie am Hanover Gate den Park betrat, fiel ihr ein, wer es gewesen war: Richard Davenall, ein älteres Mitglied der Familie, in die sie beinahe eingeheiratet hätte. Lächelnd überlegte sie, wie merkwürdig es doch war, daß sie nun nie mehr etwas von der Familie Davenall hören würde, der sie einst so nahe gestanden hatte. Doch auch in diesem Punkt – wie in so vielen anderen – täuschte sie sich.

Es war erst zwei Tage her, seit sich William Trenchard, der den Park am Ende eines von leichtem Dunst durchzogenen Altweibersommertags in entgegengesetzter Richtung durchquerte, umdrehte, als vom baumbestandenen Ufer Lachen an sein Ohr drang. Er sah eine wunderschöne junge Frau, die sich auf dem noch sonnenbeschienenen Gras ausruhte und mit ihrem Verehrer scherzte, der zu ihren Füßen kauerte und seine Melone zur Unterstreichung seiner Worte schwenkte. Trenchard hatte die Geste komisch gefunden und gelächelt, war dann jedoch sofort wieder ernst geworden. Er fühlte sich von all der verwegenen Schönheit und den Emotionen, die er flüchtig auf dem Gesicht des Mädchens gesehen hatte, durch Alter und Kleidung und Status ausgeschlossen. Sonst jedoch war er mit seinem Leben nicht unzufrieden; er sehnte keinerlei Störungen des gewohnten Grundmusters seiner Existenz herbei. Er war vierunddreißig Jahre alt; er strahlte eine Zufriedenheit, ja fast Selbstzufriedenheit aus, aber er hatte sie sich auch verdient. Auf dem Heimweg hatte er mit einem Hauch von Resignation sinniert, daß die Freuden seiner eigenen Welt zumindest die Wärme absoluter Sicherheit besaßen. Doch darin – wie in vielen anderen Dingen auch – täuschte er sich.

Es war erst eine Stunde her, seit William Trenchard seine Tochter Patience zu seiner Frau in den Wintergarten befördert hatte, nachdem er lange genug die Schaukel angestoßen hatte. Danach steckte er sich ein gemütliches Sonntagnachmittagspfeifchen an, setzte sich auf die Bank und bewunderte, wie er es oft tat, das komplizierte Flechtwerk der Glyzinie, die den Südgiebel des Hauses bedeckte. Es war der erste Tag im Oktober des Jahres 1882; ansonsten konnte man in der milden Herbstluft keine Neuanfänge entdecken, weder hier noch anderswo in der ganzen ereignislosen Trägheit dieses sicheren, unwandelbaren Empire. Nicht, daß sich William Trenchard häufig philosophischen oder auch nur patriotischen Gedankengängen hingegeben hätte, die über das Niveau eines anständigen Empfindens hinausgegangen wären. Aus einiger Entfernung betrachtet – zum Beispiel durch das offene Seitentor –, hätte man ihn durchaus für die Verkörperung dessen halten können, was in der begrenzten Vorstellung vom durchschnittlichen viktorianischen Gentleman der Oberklasse das Beste und das Schlechteste war. Doch in diesem Punkt – wie in vielen anderen auch – wäre er falsch beurteilt worden. Denn lediglich eine Stunde später hatte sich William Trenchards Leben und das aller anderen Bewohner von The Limes, St. John's Wood, vollkommen verändert – auf immer und ewig. Eine Stunde genügte, um zehn Jahre beiseite zu fegen.

II

Burrows muß das Seitentor offengelassen haben. Ich erinnere mich, daß ich es von meinem Platz auf der Bank aus bemerkte und dachte, wie nachlässig er doch allmählich wurde. Nicht, daß es mich angesichts seines Alters überrascht oder sogar geärgert hätte. Dafür sorgte schon die besänftigende Wirkung des guten Pfeifentabaks und der Abendsonne, doch meine Aufmerksamkeit wurde dadurch auf die Zufahrt zum Haus gerichtet, die im Bogen von der Straße herführte. Jede Bewegung auf der Straße – wo sich im allgemeinen nichts tat – mußte mir ins Auge stechen. Und genau auf diese Weise – nur ein leichtes Flackern am Rande meines Blickfelds – sah ich ihn zuerst.

Sechs Wochen später – unter Umständen, die er niemals hätte voraussehen können – begann William Trenchard einen Bericht über das Geschehen niederzuschreiben, das an jenem scheinbar so unschuldigen Sonntagnachmittag in St. John's Wood seinen Anfang genommen hatte. Der Anlaß für einen derartigen Bericht war ebenso zwingend, wie seine Wirkung enthüllend ist, denn damit ist jeglicher Spekulation der Boden entzogen, warum Trenchard auf die Ereignisse, die ihn überrollten, so und nicht anders reagierte. Jede seiner Handlungen, jede seiner Aussagen steht hier, um beurteilt zu werden – in seinen eigenen Worten.

Ein großer, schlanker Mann, elegant gekleidet mit Zylinder, Gehrock und rehbraunen Hosen, in der Hand einen Spazierstock mit Silberknauf, verharrte kurz, als er am Eingang des Hauses vorbeikam. Er blieb stehen wie jemand, dem gerade eine eher unwichtige Verpflichtung eingefallen ist. Die Sonne spiegelte sich in dem Silber an seinem Stock, als er ihn von der rechten in die linke Hand warf, mit seiner freien Hand den Gehrock zurückschob und in seine Westentasche griff. Er holte einen Zettel hervor, musterte ihn, steckte ihn wieder zurück und drehte sich langsam in meine Richtung.

Ich habe mich bemüht, meinen unmittelbaren Eindruck von ihm wieder einzufangen und all das auszulöschen, was anschließend geschah, damit ich ihn deutlich so sehen kann, wie er zu dem Zeitpunkt war: ein Mann ungefähr in meinem Alter, dunkel und gutaussehend, bärtig, perfekt gekleidet, mit glitzernder Krawattennadel und Uhrkette, den Daumen einer behandschuhten Hand in die Westentasche gehakt, während die andere das Malakkastöckchen herumwirbelte. Ich war sicher, daß ich ihn nicht kannte, auch nicht als irgendeinen Einwohner dieses Viertels: Er sah aus, als würde er eher nach St. James's als nach St. John's Wood passen. Die Neigung seines Hutes hatte etwas Weltmännisches an sich, und das verstohlene Lächeln, das um seinen Mund spielte, wirkte vage irritierend und beunruhigend.

Langsam kam er die Zufahrt hoch, fast zu langsam, als daß es eine Stilfrage hätte sein können. Es sah eher so aus, als würde er absichtlich den Zeitpunkt seiner Ankunft hinauszögern. Meine Aufmerksamkeit, die sich anfangs nur flüchtig auf ihn gerichtet hatte, war nun voll auf ihn konzentriert. Als er am Seitentor vorbeikam, bemerkte er, daß ich ihn beobachtete, und richtete seinen Blick auf mich. Urplötzlich lief es mir kalt über den Rücken.

Er trat durch den Torbogen aus Backsteinen, wobei er sich leicht bückte, um nicht mit seinem Zylinder anzustoßen. Dann blieb er ungefähr zehn Meter von mir entfernt stehen; er kam weder näher, noch zog er sich zurück, weder sprach er, noch machte er eine Bewegung. Es schien, als wollte er mich herausfordern, das Schweigen zu brechen.

Ich ging auf ihn zu. »Guten Tag«, sagte ich. »Kann ich Ihnen helfen?«

»Ich bitte um Entschuldigung, daß ich hier einfach so eindringe«, erwiderte er, als ich dicht vor ihm stand. »Habe ich das Vergnügen mit Mr. William Trenchard?« Die Stimme klang volltönend, kultiviert und korrekt. Vielleicht eine Spur zu korrekt, hätte man sagen können, etwas zu manieriert, um wirklich angenehm zu wirken.

»Ich bin William Trenchard, jawohl. Wie Sie sehen«, ich deutete auf meine nachlässige Kleidung, »erwarten wir keinen Besuch.«

»Verzeihen Sie. Die Umstände meines Besuches sind etwas ... ungewöhnlich. Sie müssen auch als Entschuldigung für diesen ... unangemeldeten Besuch dienen.« Er streckte die Hand aus. »Ich nenne mich Norton. James Norton.«

Sein Händedruck war fest und unerschütterlich. »Sind wir uns schon mal begegnet, Mr. Norton?«

»Nein.«

»Handelt es sich um eine geschäftliche Angelegenheit? In diesem Fall sind Trenchard und Leavis ...«

»Es geht um eine absolut persönliche ... und äußerst delikate Angelegenheit. Ich weiß kaum, wo ich anfangen soll.«

Ich wurde allmählich ärgerlich. Diese offen zur Schau getragene Unsicherheit stand in krassem Gegensatz zu dem, was ich bis jetzt von ihm gesehen hatte. Es roch nach Taktik. »Ich glaube, Mr. Norton, es ist vielleicht am besten, wenn Sie mir einfach sagen, worum es geht.«

Er legte eine Pause ein, so genau berechnet, daß ich zu glauben begann, ich könnte ihn schnell loswerden, nur um dann mit der gleichen Höflichkeit wie zuvor fortzufahren. »Selbstverständlich. Sie haben vollkommen recht. Ich sagte, wir seien uns noch nie begegnet, und das entspricht auch der Wahrheit. Es ist Ihre Frau, mit der ich bekannt bin.«

Welcher Mann – selbst ein so glücklich verheirateter Mann wie ich – hätte sich das anhören können, ohne daß ein unwürdiges Mißtrauen in ihm aufgestiegen wäre? »Wie meinen Sie das, Sir? Ich kenne alle Freunde und Bekannten meiner Frau. Sie zählen nicht dazu.«

Er lächelte. »Vielleicht hätte ich mich klarer ausdrücken sollen. Ihre Frau und ich kannten einander vor vielen Jahren, noch bevor Sie sie heirateten. Um genau zu sein, wir waren sogar einmal verlobt.«

In dem Moment spürte ich, daß er log. Ich fühlte mich sogar erleichtert, daß es sich um eine so offensichtliche Lüge handelte. »Sie irren sich, Mr. Norton. Vielleicht haben Sie sich in der Hausnummer getäuscht.«

Unbeeindruckt fuhr er fort: »Der Mädchenname Ihrer Frau lautet Sumner. Wir waren vor elf Jahren verlobt und wollten heiraten. Ich bin heute zu Ihnen gekommen…«

»Es handelt sich entweder um ein groteskes Mißverständnis oder um Vorspiegelung falscher Tatsachen.« Er merkte, daß ich zornig war, doch sein Gesichtsausdruck änderte sich nicht. Vielleicht spürte er, daß mein Zorn sich ebenso gegen mich wie gegen ihn richtete. Jenseits jeglicher Logik hatte ich begonnen, das in Frage zu stellen, was Constance mir von ihrem Leben vor unserer gemeinsamen Zeit erzählt hatte. Diese Zweifel wollte ich – ebenso wie diesen Mr. Norton – mit meinen Worten verscheuchen. »Meine Frau war vor elf Jahren mit einem anderen Mann verlobt, das stimmt. Doch dieser Mann ist tot.«

»Nein.« Er schüttelte langsam den Kopf, als würde er es wirklich bedauern, mir meine Illusionen rauben zu müssen. »Ich fürchte, das stimmt nicht, Mr. Trenchard. Ich bin dieser Mann. Mein richtiger Name ist nicht James Norton, sondern James Davenall. Und ich bin, wie Sie sich selbst überzeugen können, alles andere als tot.«

Ich wollte ihn gerade auffordern, sofort zu gehen, als ich Constance vom Haus aus auf uns zukommen sah. Sie muß uns vom Wintergarten aus gesehen und sich gefragt haben, wer wohl der Besucher sei. Zum Glück hatte sie Patience nicht bei sich. Norton kann sie nicht gesehen haben, da er ihr den Rücken zuwandte, doch vielleicht hatte es ihm mein Gesichtsausdruck verraten. Jedenfalls fuhr er fort, als würde er seine Rolle jetzt vor einem größeren Publikum spielen.

»Ich bin weder gekommen, um Sie gegen mich aufzubringen, noch möchte ich Constance schockieren. Ich bin nur hier, um Constance zu bitten, mir behilflich zu sein, meine Identität nachzuweisen. Verstehen Sie, es gibt einige Personen, die bestreiten, daß ich James Davenall bin.«

Die letzten Worte muß Constance gehört haben. Sie blieb abrupt stehen und starrte mich verwirrt und besorgt an. Einen Augenblick zuvor noch war sie die sanfte, schöne Frau gewesen, die ich geheiratet hatte. Nun, bei der Erwähnung dieses Namens, huschte dieser Anflug von Trauer über ihr Gesicht, den ich seit den ersten Tagen unserer Bekanntschaft nicht mehr gesehen hatte.

»Was soll das heißen?« fragte sie.

Ich hätte antworten, hätte sie vorbereiten sollen, damit sie sich gegen ihn wappnen konnte. Doch ich zögerte, und in dem Augenblick drehte sich Norton um und schaute sie direkt an. Ich konnte sein Gesicht nicht sehen, doch Constances Gesicht war für mich deutlich erkennbar, und in ihm las ich, ebenso wie er es getan haben mußte, die Unsicherheit, die deutlicher als irgendwelche Worte zum Ausdruck brachte: Es könnte wahr sein.

»Du siehst kein Gespenst vor dir, Connie«, sagte er. »Ich bin's wirklich. Es tut mir leid, daß ich dich getäuscht habe.«

Sie trat näher heran, unterzog ihn einer genauen Prüfung; langsam schwand aus ihrem Gesicht der ursprüngliche Zweifel. »Sie müssen sich nicht entschuldigen«, sagte sie unbewegt. »Sie haben mich nicht getäuscht. Hier handelt es sich um einen Irrtum. Sie sind nicht James Davenall.«

Mit sanfter, nervtötender Überzeugung erwiderte er: »Du weißt, daß ich es bin.«

»James Davenall hat sich vor elf Jahren das Leben genommen.«

»Vor einem Moment noch hättest du das glauben können. Jetzt weißt du, daß es nicht stimmt.«

Ich beschloß, daß es an der Zeit war, einzugreifen. Ich trat vor und nahm Constances Arm. So standen wir ihm gemeinsam gegenüber, wir auf dem Rasen, er auf dem Kiesweg, während die Schatten um uns herum länger wurden. »Was wollen Sie von uns, Mr. Norton?«

»Ich hatte gehofft, daß Connie – daß Ihre Frau bereit wäre, zuzugeben, daß Sie mich kennt. Meine Familie hat mich abgewiesen und…«

»Sie waren bei ihr?« fragte Constance.

»Ja. Ich war bei ihr – und sie hat sich gegen mich gewandt.« Er blickte zu Boden, als würde ihn der Gedanke schmerzen. Dann richtete er den Blick wieder auf uns oder vielmehr auf Constance, denn ich hatte lediglich die Funktion eines Zuschauers. »Willst du dich ihrem Täuschungsmanöver anschließen – oder dir meine Erklärung anhören? Ich habe dir sehr viel zu erzählen.«

»Mr. Norton«, entgegnete sie, »ich weiß nicht, welchen Zweck Sie durch diese makabre Vorspiegelung verfolgen, aber ich will jedenfalls nichts mehr davon hören.«

»Wenn es nur so einfach wäre«, sagte er. »Ich versuchte mir selbst vorzumachen, daß James Davenall nicht mehr existiert – und hatte keinen Erfolg damit. Jetzt machen andere den gleichen Fehler.«

»Entschuldigen Sie mich, Mr. Norton. Es gibt nichts mehr zu sagen.« Sie drehte sich um und ging zum Haus zurück. Während er ihr nachschaute, suchte ich in seinem Gesicht nach Anzeichen seiner betrügerischen oder teuflischen Absichten, konnte aber nur eine sehnsüchtige Trauer entdecken. Absurderweise kam ich mir deshalb bei meinen nächsten Worten fast hartherzig vor.

»Würden Sie jetzt gehen? Oder muß ich die Polizei holen?«

Er schien meine Frage zu ignorieren. »Ich bin in dem Hotel an der Paddington Station abgestiegen. Wenn Connie erst einmal Gelegenheit gehabt hat, darüber nachzudenken…«

»Wir werden nicht über Sie nachdenken, Mr. Norton. Wir werden uns Mühe geben, so zu tun, als wären Sie nie hiergewesen. Ich möchte Ihnen raten, das gleiche zu tun. Das ist unser letztes Wort in dieser Angelegenheit.«

»Das glaube ich nicht.«

Bevor ich darauf noch etwas sagen konnte, drehte er sich um und marschierte flott durch das Seitentor und weiter die Zufahrt hinab. Kaum war er außer Sicht, eilte ich ins Haus.

Ich fand Constance im Salon. Sie stand vor dem holzgerahmten Spiegel auf dem Kaminsims, um den herum eine Anzahl Familienfotos gruppiert war: ihre Eltern, meine Eltern, ihr verstorbener Bruder, Patience mit einem Spielzeug im Alter von drei Monaten. Und unsere Hochzeit: der 1. Mai 1875. Eine Ansammlung von Trenchards und Sumners in ihren besten Posen in dem mit Palmen geschmückten Ballsaal eines Wiltshire-Hotels.

Ich legte meinen Arm um ihre Schultern. »Er ist jetzt weg. Tut mir leid, falls er dich aufgeregt hat.«

Sie schauderte. »Das ist es nicht.«

»Es ist doch vollkommen unmöglich, nicht wahr, daß er derjenige sein könnte, für den er sich ausgegeben hat? Ich weiß, daß Davenall ertrunken sein soll, aber …«

Im Spiegel begegnete ich ihrem Blick. »Du hast es also auch gesehen, nicht wahr?«

»Ich hab' gar nichts gesehen. Das liegt bei dir. Du kanntest ihn.«

Sie wandte sich um und schaute mich an. »James ist tot. Wir alle wissen das. Das war … eine gewisse Ähnlichkeit. Aber das reicht nicht. Und doch …«

»Du kannst nicht absolut sicher sein, ja?«

»Vielleicht hätte ich ihn anhören sollen.«

»Dann wäre die Lüge sehr bald offenkundig geworden. So, wie die Dinge nun stehen, könnte er behaupten, wir hätten ihm keine faire Chance gegeben, seinen Fall darzulegen.«

Sie lehnte sich an mich und schaukelte leicht hin und her, während sie nachdachte. Die Uhr auf dem Kaminsims neben uns tickte mit übertriebener Feierlichkeit. Von oben aus dem Kinderzimmer drang das Geräusch von Patiences Füßen und das Spritzen von Wasser: Es war Badezeit für unsere Tochter.

»Er ist nichts weiter als ein Hochstapler, Connie. Es geht immerhin um den Titel eines Baronets – und um ein Erbe. Verschwundene Erben sind ein gefundenes Fressen für solche Kerle. Erinnerst du dich an den Tichborne-Unfug?«

Sie blickte auf, als hätte sie keines meiner Worte gehört. »Ich muß sicher sein können. Es … wäre möglich. Wir müssen mit seiner Familie sprechen.«

»Also gut«, sagte ich. »Ich werde sie besuchen – wenn möglich noch heute abend. Damit sollte die Sache dann erledigt sein.«

III

An diesem Abend stieg William Trenchard kurz nach sechs Uhr abends in der Wellington Road in eine Droschke und ließ sich zum Bladeney House, Chester Square, fahren, der Londoner Residenz von Sir Hugo Davenall. Er lehnte sich in den Sitz zurück und rauchte eine Pfeife, um seine Nerven zu beruhigen, während der Wagen flott durch die sonntäglich leeren Straßen fuhr.

Er wußte selbst nicht genau, weshalb er so nervös war. Gesellschaftlich gesehen lagen eindeutig Welten zwischen ihm und den Davenalls. Wäre Constance ihre Tochter gewesen, dann wäre eine Ehe mit dem Sohn eines Ladenbesitzers, der William nun einmal trotz all der geschäftlichen Erfolge des alten Lionel Trenchard war, keinesfalls in Frage gekommen. Genaugenommen hatte er nie ein Mitglied der Familie kennengelernt. Sein Wissen über sie basierte allein auf dem, was Constance ihm erzählt hatte. Vielleicht war das der Grund für seine augenblickliche Unsicherheit. Ein unangemeldeter Besuch an einem Sonntagabend konnte angesichts der zwingenden Gründe sicherlich verziehen werden, doch daß sich die Vergangenheit seiner Frau, die ihm stets – wenn auch aus tragischem Anlaß – so klar erschienen war, plötzlich als so undurchsichtig erwies, war etwas ganz anderes. Als der Wagen in die Baker Street bog und angesichts einer Parade der Heilsarmee in der Marylebone Road das Tempo verringerte, begann Trenchard in Gedanken das Wenige durchzugehen, was er tatsächlich wußte.

James Davenall und Constances verstorbener Bruder Roland Sumner hatten zur gleichen Zeit Oxford besucht. James machte Constance anschließend den Hof, und im Herbst 1870 wurde ihre Verlobung offiziell bekanntgegeben. Canon Sumner betrachtete diese Verbindung mit einer Adelsfamilie zu Recht als gesellschaftlichen Triumph und bereitete die Hochzeit seiner Tochter in der Kathedrale von Salisbury vor. Knapp eine Woche vor der Zeremonie, die im Juni 1871 stattfinden sollte, verschwand Davenall urplötzlich von der Bildfläche. Der einzige Hinweis bezüglich seiner Absichten, den er auf dem Familienlandsitz in der Nähe von Bath zurückließ, bestand aus einer Nachricht, die kaum einen Zweifel daran ließ, daß er beabsichtigte, sich das Leben zu nehmen. Seine Spur ließ sich bis London verfolgen. Ein Droschkenkutscher erinnerte sich, daß er ihn in der Nähe des Flußufers in Wapping abgesetzt hatte. Dort, so nahm man an, war er ins Wasser gegangen, und die Themse hatte seine Leiche ins Meer gespült. Nie wurde ein Grund für diese Tat gefunden; ihre vollkommene Unerklärlichkeit machte die Tragödie noch schlimmer.

Als Trenchard Constance kennenlernte, war sie immer noch wie betäubt vom Kummer, den Davenalls Verschwinden bei ihr ausgelöst hatte. Als wäre das noch nicht genug, starb ihr Bruder Roland fünf Monate danach an den Folgen eines Reitunfalls. Trenchard hoffte, sie nie wieder in dem damaligen Zustand zu sehen: eine durchsichtige, erstarrte Schönheit, ganz der Trauer hingegeben. Von diesem Tag an war der Weg, den sie gemeinsam gegangen waren, schwierig gewesen, aber letzten Endes war ihm reicher Lohn zuteil geworden; er hatte nicht die Absicht, umzukehren und den Weg zurückzugehen. Der Gedanke ließ seine Nerven vibrieren, während die Droschke die Park Lane hinabfuhr. Wenn es nach ihm ginge, würde nichts aus dieser Zeit – und schon gar nicht James Davenall – in ihrem Leben wieder auftauchen.

Was, so fragte er sich, würde Sir Hugo Davenall von Norton halten? Er hatte den Titel eines Baronets im Frühjahr 1881 geerbt – Trenchard erinnerte sich an einen diesbezüglichen Zeitungsartikel – und würde sich wohl kaum über die Bedrohung seiner Position freuen. Doch war es überhaupt eine echte Bedrohung? Nein, sagte sich Trenchard. Es war nichts weiter als der kaltblütige Versuch einer Täuschung, der von Anfang an kein Erfolg beschieden sein konnte. Somit war sein überstürzter Besuch am Chester Square eine ziemlich panische Reaktion, aber das konnte er nicht ändern.

Der Wagen blieb mit einem Ruck stehen. Sie standen vor einem Zaun, hinter dem sich die von Balkonen dominierte Fassade eines großen Regency-Hauses erhob. Trenchard stieg aus, bezahlte den Kutscher und sah sich um. Die Dämmerung senkte sich über den Platz, Tauben gurrten zwischen den Ziergiebeln und Säulen. Die Droschke fuhr los, und Trenchard blieb mit einem etwas albernen Gefühl vor der Tür dieses Herrschaftshauses zurück.

IV

In Baldeney House führte mich ein Diener mit strengem Gesicht in eine gekachelte Eingangshalle. Ich erinnere mich an das Licht, das eine geschwungene Treppe hinabflutete und die Silhouette einer Gestalt formte, die im Abendanzug langsam die Treppe herabgestiegen kam. Es war ein großer, schlaksiger junger Mann mit dunklen, wirren Haaren und blutunterlaufenen Augen. Er rauchte eine Zigarre, die er auch nicht aus seinem breiten Mund mit den vollen Lippen nahm, als er zu dem Dienstboten sagte: »Besuch, Greenwood?«

»Ein Mr. Trenchard, Sir. Ich habe noch nicht erkundet…«

»Sir Hugo?« unterbrach ich ihn.

»Genau der.« Er blieb auf der letzten Stufe stehen, nahm die Zigarre aus dem Mund und deutete eine ironische Verbeugung an.

»Guten Abend, Sir. Ich bin mit der ehemaligen Verlobten Ihres verstorbenen Bruders, Miss Constance Sumner, verheiratet. Wir hatten Besuch von einem Mr. Norton…«

»Norton?« Sein Kopf ruckte bei dem Wort hoch. Zigarrenasche fiel auf den Teppich. »Sie haben den Kerl also auch gesehen?«

»Ja. Er behauptet…«

»Ich weiß verdammt gut, was er behauptet.« Seine Unterlippe zitterte deutlich sichtbar. »Der Mann ist ein Scharlatan.«

»Das ist mir klar.«

»Hmm?« Er blickte mich an. »Ja, natürlich. Dachte ich mir.« Er überlegte kurz, paffte an der Zigarre und sagte dann: »Kommen Sie rein, Trenchard. Ich kann nicht viel Zeit erübrigen, aber wird schon reichen, na?« Er schlug mir auf die Schulter und schob mich auf eine Tür zu, den Diener mit einer Handbewegung entlassend. »Wir sind im Musikzimmer, Greenwood.«

Wir kamen durch ein üppig möbliertes Vorzimmer mit Blick auf den Chester Square und wandten uns dann einer offenen Flügeltür zu. Dahinter sah ich zum Garten führende Glastüren. Irgend jemand spielte eine respektlose Ballade auf einem gut gestimmten Klavier.

»Ich wär' auch ohne den Quatsch ausgekommen«, quetschte Sir Hugo neben seiner Zigarre heraus. »Man hat damit nichts weiter als Ärger am Hals.«

Wir betraten das Musikzimmer. Ein junger Mann mit sandfarbenen Haaren wandte sich vom Klavier ab und lächelte uns zu. Auch er war im Abendanzug, im Gegensatz zu der zweiten Person im Raum, einem Mann in mittleren Jahren, der in einem Sessel neben der Verandatür saß und nun eine Zeitung beiseite legte und uns liebenswürdig lächelnd begrüßte.

»Dieser schreckliche Pianist ist ein Freund von mir, Trenchard«, sagte Sir Hugo. »Freddy Cleveland. Falls Sie sich überhaupt für Pferderennen interessieren, haben Sie wahrscheinlich schon mit einem seiner Klepper Geld verloren.«

Trotz seines jungenhaften Aussehens war Cleveland bei weitem nicht mehr so jung, wie ich auf den ersten Blick angenommen hatte. Beim Lächeln legten sich Faltenkränze um seine Augen. Ich hielt ihn für den affektierten, dümmlichen Typ, mit dem sich ein junger Baronet wohl anfreunden mochte; sofort fühlte ich mich inmitten ihrer bemüht geistreichen West-End-Witzeleien fehl am Platze.

»Mr. Trenchard sieht nicht so aus, als würde er die Rennbahn besuchen, Hugo«, sagte Cleveland und schüttelte mir die Hand.

»Das tue ich tatsächlich nicht.«

»Er ist wegen dieses verfluchten Viechs da«, warf Sir Hugo ein, »das sich in unseren Stall verirrt hat.« Er wandte sich dem dritten Mann zu. »Mein Cousin, Richard Davenall, zugleich auch mein juristischer Berater.«

Richard Davenall hatte einen Bart und graue Haare. Die Probleme, mit denen er in seinem Beruf konfrontiert wurde, hatten Falten in sein Gesicht gekerbt, seine Schultern hingen niedergeschlagen hinab, und seine meerblauen Augen zeigten einen nachsichtigen Ausdruck. Er schüttelte meine Hand bei *weitem nicht mit der Energie, die die beiden anderen aufgewendet hatten, jedoch mit wesentlich mehr Überzeugung.*

»Trenchard?« fragte er mit einem merkwürdigen Unterton. »Haben Sie nicht Constance Sumner geheiratet?«

»Jawohl, Sir, ich hatte die Ehre.«

»Ich habe mich gefreut, als ich hörte, daß sie geheiratet hatte ... nach allem, was geschehen war. Ist es richtig, daß Sie von Norton gehört haben?«

»Ja. Deshalb bin ich hier.«

»Wie reagierte Ihre Frau auf Norton?«

»Seine Behauptung entsetzte sie. Als er erklärte, er habe bereits seine Familie besucht, das heißt, die Familie des echten James ...«

»Da hielten Sie es für besser, eine kleine Geländeerkundung vorzunehmen«, sagte Sir Hugo. »Kann ich Ihnen nicht verdenken. Einen Drink?«

»Nein, besten Dank.«

»Freddy, sei ein guter Junge und hol mir einen Scotch mit Soda. Sind Sie sicher, daß Sie keinen wollen, Trenchard?«

»Ganz sicher. Danke.«

Während Cleveland zu dem Servierwagen mit den Getränken ging, ließ sich Sir Hugo in einen Sessel fallen und bedeutete mir mit einer Geste, dasselbe zu tun. Richard Davenall nahm wieder seinen Platz an der Verandatür ein. Cleveland kehrte mit einem großen Glas für Sir Hugo und einem weiteren Glas für sich selbst zurück und ging dann wieder zu dem Klavierhocker, von wo aus er uns mit einem kindlichen Grinsen betrachtete.

»Freddy findet die Situation erheiternd«, sagte Sir Hugo. »Schätze, an seiner Stelle würde es mir ähnlich gehen.«

»Die Sache hat durchaus ihre komische Seite«, sagte Cleveland. »Der Mann ist ein verdammt guter Schauspieler. Er besitzt Jimmys Geschmack, was die Kleidung anbelangt, und die gleiche sanfte Stimme.«

Sir Hugo nahm einen kräftigen Schluck. »Er ist ein Schauspieler, der seinen Text gelernt hat. Das ist alles.«

»Aber wirklich sicher kannst du dir nicht sein, oder?« fuhr Cleveland fort. »Das ist das Schöne daran. Weißt du, letzten Winter lief ich zufällig dem alten Cazabon im Zug nach Brighton in die Arme – zumindest glaubte ich das. Er sah aus wie Cazabon, redete wie Cazabon, stritt aber ab, Cazabon zu sein. Er behauptete, er sei ein Zahnarzt aus Haywards Heath. Als wollte er das beweisen, stieg er auch dort aus. Die beiden waren wie Perlen auf einer Schnur. Da sieht man's doch. Natürlich schuldete Cazabon mir Geld, also war er's vielleicht doch.« Er lachte heiser. Keiner schloß sich seinem Lachen an.

Ich beschloß, zum Kern der Sache vorzustoßen. »Sir Hugo, ich bin Ihrem Bruder niemals begegnet, doch meine Frau versichert mir, daß es völlig unmöglich ist, daß Norton mit Ihrem Bruder identisch ist. Vertreten Sie und Ihre Familie den gleichen Standpunkt?«

Sir Hugo starrte Cleveland immer noch mit beherrschtem Zorn an. »Selbstverständlich.«

Richard Davenall rettete mich. »Vielleicht darf ich Ihnen die Situation kurz erläutern, Trenchard. Dieser Norton tauchte vor fünf Tagen in Cleave Court in Somerset auf, wo Hugos Mutter lebt, und behauptete, ihr toter Sohn James zu sein. Lady Davenall durchschaute die Lüge sofort und schickte ihn weg. Am Freitag besuchte er mich in meinem Büro in Holborn. Gestern...«

»Erschien er hier«, sagte Sir Hugo grimmig. »Ich hab' den Kerl rausschmeißen lassen.«

»Und keiner von uns«, fuhr sein Cousin fort, »nahm seine Behauptung auch nur einen Augenblick lang ernst. Ich denke, nach seinem Besuch bei Ihnen hat er die ganze Reihe jener, die er zu betrügen hoffte, abgeklappert.«

»Ich dachte, sein altes Kindermädchen habe ihn in die Arme geschlossen«, warf Cleveland ein, »und ihn Jamie genannt?«

Ein Schnauben von Sir Hugo. »Die Frau ist senil.«

»Es stimmt«, sagte Richard Davenall, »daß Nanny Pursglove in Norton ihren früheren Zögling erkannt hat. Sie lebt in einem Häuschen auf dem Grundstück, müssen Sie wissen, Trenchard, und Norton hat sie aufgesucht. Aber es stimmt auch, daß sie bereits über achtzig ist, sehr schlecht sieht und den starken Wunsch hat, James möge noch am Leben sein. Gegen die Aussage von James' eigener Mutter, seinem Bruder, ganz zu schweigen von seiner früheren Verlobten, zählt das praktisch nicht.«

»In diesem Fall, meine Herren«, sagte ich, »können wir Mr. Norton getrost vergessen, nicht wahr? Meine einzige Sorge ist, daß er meine Frau weiter beunruhigt.«

»Solange er keinen einzigen Fürsprecher aus James' engstem Kreis findet«, sagte Richard Davenall, »kann er nicht mehr als ein kleines Ärgernis sein. Doch aufgrund der vielen Informationen, die er so sorgfältig gesammelt hat, kann sich der Ärger beträchtlich auswachsen.«

»Ich werde ihn nicht mit Geld abfinden«, sagte Sir Hugo mit überraschender Heftigkeit. »Von mir kriegt er keinen Penny.«

»Dann wendet er sich vielleicht an die Boulevardpresse und pflastert die Titelseiten mit seinen Ansprüchen. Wäre es nicht vorzuziehen...«

»Nein!« Sir Hugo knallte sein Glas auf ein Tischchen, um seine Meinung deutlich zu machen. »Wenn man ihm nur schweigende Verachtung entgegenbringt, wird er in das Loch zurückkriechen, aus dem er gekommen ist.«

»Wie du meinst.«

»Jawohl, Richard, es wird genau so gemacht, wie ich es meine. Ich bin jetzt das Oberhaupt dieser Familie, wie du sehr wohl weißt.« In dem anschließenden Schweigen schien Sir Hugo zu erkennen, daß er möglicherweise etwas zu weit gegangen war. In versöhnlicherem Tonfall fuhr er fort: »Hast du herausgefunden, wer dieser Norton in Wirklichkeit ist?«

»Wir stehen erst am Anfang, Hugo. Falls es einen echten James Norton gibt, werden wir seine Spur verfolgen. Aber ich kann mir vorstellen, daß er seine Spuren sehr gut verwischt hat.«

»Da wir gerade von Spuren reden«, sagte Cleveland, »sollten wir uns nicht auch auf die Beine machen, Hugo? Gussie wird enttäuscht sein, wenn wir um neun nicht da sind.«

Ich nutzte die Gelegenheit und verabschiedete mich. Oberflächlich hatten sie mich beruhigt, doch ich wagte nicht länger zu bleiben, um nicht die Zerbrechlichkeit ihrer Überzeugung erkennen zu müssen. Die Davenalls, von denen ich so lange Zeit in Ehrfurcht erstarrt war, schienen in der Beziehung kein bißchen besser oder schlechter zu sein als jede andere Familie auch.

Als ich aufbrechen wollte, erbot sich Richard Davenall, mich zu begleiten. Wir ließen Sir Hugo zurück, der wehmütig in sein Whiskyglas starrte, während Cleveland in einem Spiegel über dem Klavier den Sitz seiner Schleife kontrollierte. Greenwood wartete in der Eingangshalle mit unseren Hüten und Handschuhen auf uns.

»Wo wohnen Sie, Trenchard?« fragte Davenall, als wir die Eingangsstufen hinabstiegen.

»St. John's Wood.«

»Ich muß nach Highgate. Fahren wir ein Stück zusammen? Wir können vorn an der Ecke eine Droschke nehmen.«

Ich war sofort einverstanden. Offensichtlich suchte er nach einer Gelegenheit, um mir ungestört von der kampflustigen Empörung seines Cousins seine Gedanken mitzuteilen. Langsam gingen wir in Richtung Grosvenor Place. Das Geräusch unserer Schritte hallte von den hohen Hausfronten zurück: die Dunkelheit hatte sich mit kühler Gleichgültigkeit herabgesenkt.

»Ich muß mich für Sir Hugo entschuldigen«, sagte Davenall. »Manchmal kommt er einem noch jünger vor, als er ist.«

»Ich glaube, er hat den Titel erst vor kurzem geerbt.«

»Stimmt. Vor knapp achtzehn Monaten. Ja, der Junge muß mit einer ganzen Menge fertig werden. Sir Gervases Krankheit hat sich sehr lange hingezogen – und dann mußte James auch noch offiziell für tot erklärt werden.«

»Wurde das erst kürzlich getan?«

»Es hätte bereits nach einer Frist von sieben Jahren getan werden können, vor allem angesichts der klaren Hinweise auf einen Selbstmord, doch Sir Gervase wollte nichts davon wissen.«

»Glaubte er nicht an den Tod seines Sohnes?«

»Er zweifelte daran, was tatsächlich recht merkwürdig war. Er war ein Mann, der sich keinerlei sentimentalen Gefühlen hingab. Auf alle Fälle wurden die notwendigen juristischen Maßnahmen erst in die Wege geleitet, als Sir Gervase tot war. Der Titel fiel Hugo deshalb mit einiger Verspätung zu. Wenn man bedenkt, daß zu all dem auch noch die ganze Besitzung verwaltet werden

muß – ich fürchte, Sir Gervase hat den Dingen so ziemlich ihren Lauf gelassen –, kann Hugo schon einige entschuldigende Gründe für sein nervöses Verhalten vorbringen. Nichtsdestoweniger…«

»Es ist nicht der Rede wert, Mr. Davenall. Ich bin froh, daß ich mir wegen dieser Sache keine Gedanken mehr machen muß.«

Natürlich machte ich mir trotzdem Gedanken – was, wie ich glaube, Richard Davenall auch spürte. Nachdem wir eine Droschke angehalten hatten und gemeinsam Richtung Norden fuhren, erzählte er mir freiwillig noch mehr von den Sorgen und Problemen seiner Familie. Für einen Anwalt war er seltsam offen und direkt, als hätte er in mir die Zuhörerschaft gefunden, die er brauchte, um seine eigenen Zweifel zum Ausdruck zu bringen.

»Es ist ein schwieriges Jahr für unsere Familie gewesen, Trenchard. Hugos Großmutter wurde im Februar von Einbrechern in ihrem eigenen Haus ermordet. Sie war uralt gewesen und hatte abseits in Irland gelebt, doch diese sinnlose Gewalttat warf einen Schatten auf unsere Familie. Durch sie erbte Hugo einen Landsitz in der Grafschaft Mayo. Sie war eine begehrte Erbin, als mein Onkel Lemuel sie vor siebzig Jahren heiratete, aber sie gewöhnte sich nie an das Leben in England und ging nach Irland zurück, als ihr Sohn halbwegs erwachsen war. Sir Gervase – nun ja, eigentlich wir alle – vernachlässigte sie, fürchte ich. Ich nehme an, ein großes Haus mit wenig Personal und mit mehr Anzeichen von Reichtum, als man sonst in dieser gottverlassenen Wildnis entdecken kann, muß die falsche Art von Aufmerksamkeit erregt haben.«

Ich glaubte zu erkennen, worauf er abzielte. »Sie meinen doch nicht diese schrecklichen Fenier, diese Geheimbündler?«

»Nein, das glaube ich nicht. Mary hat ihre Pächter niemals schlecht behandelt. Es wird sich wohl um Einbrecher gehandelt haben, denen sich Mary in den Weg gestellt hat. Sie war eine tapfere Seele. Hugo ist natürlich nicht meiner Meinung. Seit den Phoenix-Park-Morden sieht er hinter jeder Straßenlaterne Fenier. Von einer Überfahrt will er nichts wissen.«

»Kann ich ihm nicht verdenken.«

»Ich auch nicht. Doch jetzt ist Mr. Norton aus seinem Loch gekrochen und macht es ihm auch noch in London ungemütlich. Es ist einfach seltsam…, das Schicksal scheint es nicht gut mit uns zu meinen.«

Schicksal. Er hatte das Wort ausgesprochen, das wie Nebel um meine Fahrt zum Bladeney House und zurück wogte. Deshalb mußte ich ihm jetzt die Frage stellen. »Mr. Davenall, ich muß Sie etwas fragen. Ich weiß, was Sie in Sir Hugos Gegenwart sagten, aber dieser Norton…«

»Sie möchten wissen, ob er James sein könnte?«

»Ja. Die Frage geht mir nicht aus dem Kopf.«

»Deshalb sind Sie ja auch heute abend vorbeigekommen. Wäre Ihre Frau sich absolut sicher gewesen, dann hätten Sie es nicht für nötig gehalten, eine zweite Meinung einzuholen.«

»Das stimmt. Ich kann nicht leugnen, daß mich der Mann durcheinandergebracht hat. Constance und ich hätten niemals geheiratet, wir hätten uns niemals kennengelernt...«

»Wenn James am Leben gewesen oder zumindest nicht verschwunden wäre. Nun, seine eigene Mutter hat ihn nicht anerkannt, ebenso wenig wie sein Bruder. Was können Sie mehr verlangen?«

»Ihr unzweideutiges Urteil, denke ich – von einem Mann des Rechts.«

Die Droschke kam schwankend zum Stehen. Wir waren am Gloucester Gate angelangt, wo ich abgesetzt werden wollte. Davenall beugte sich aus dem Fenster und befahl dem Fahrer, einmal durch den Park zu fahren. Wie immer sonst sein Urteil lauten mochte, es war nicht unzweideutig, das war klar erkennbar. Mit einem leisen, aber hörbaren Seufzer ließ er sich wieder in den Sitz sinken.

»Sie scheinen zu zögern, Sir. Genau wie meine Frau, als ich sie um ihre Beurteilung bat.«

»Ich zögere aus dem gleichen Grund, Trenchard. Hugo war erst fünfzehn, als James verschwand. Außerdem muß ihm Norton als Bedrohung seines Titels und seines Reichtums erscheinen, da beides auf seinen Bruder übergehen würde, falls dieser noch am Leben wäre. Man kann also nicht von Hugo erwarten, daß er die Dinge nüchtern und sachlich beurteilt. Seine Mutter scheint jedenfalls keinen Zweifel daran zu haben, daß der Mann ein Betrüger ist. Ich habe selbst nicht mit Catherine gesprochen, aber ich gehe davon aus, daß sie in diesem Punkt absolut unnachgiebig ist. Natürlich hatte ich – im Gegensatz zu ihr – den Vorteil, daß ich zuvor gewarnt worden war. Als Norton in meinem Büro auftauchte, wußte ich, was auf mich zukam.«

»Ein Schwindler?«

»Ja. Das erwartete ich. Und dafür halte ich ihn immer noch. Denn was sonst könnte er schließlich sein? Es erscheint unvorstellbar, daß James sein Verschwinden geplant hat und dann elf Jahre später zurückkehrt. So unerklärlich sein Selbstmord auch war, wir können ihn nicht von einem reinen Glücksritter, wie geschickt er auch immer sein mag, in Frage stellen lassen.«

»Wenn er behauptet, James zu sein, muß er doch eine Erklärung für sein Verhalten haben.«

»Er sagt, er habe eine, aber ich weigerte mich, sie anzuhören. Falls es einmal dazu kommen sollte, dann nur in Anwesenheit von Zeugen, Trenchard. Ich möchte, daß wir uns seine Geschichte gemeinsam anhören, damit er sie nicht unseren individuellen Bedürfnissen entsprechend zurechtschneidern kann. Ich will, daß kein Raum mehr für irgendwelche Zweifel bleibt.«

»Ist denn jetzt ... Raum für Zweifel?«

»Das werde ich wohl zugeben müssen. Es ist leicht zu behaupten, daß Norton nicht der James ist, den wir kannten. Aber was wir kannten, war ein sorgloser junger Mann. Bei seinem Verschwinden war er dreiundzwanzig, wollte

gerade heiraten, hatte anscheinend alles, was das Leben lebenswert macht. Doch wir wissen, daß dies nicht die Wahrheit war, daß auf tragische Weise irgend etwas – bis zum heutigen Tag Ungeklärtes – mit seinem Leben nicht stimmte. Was für eine Art Mensch könnten wir also elf Jahre später erwarten? Catherines Brief an Hugo bereitete mich auf einen aufgeblasenen Hochstapler vor, der sich auf eine vage physische Ähnlichkeit und ein gutes Gedächtnis für die Fakten, die er ausgegraben hat, verläßt. Doch so kam er mir nicht vor. Traurig, einsam, kultiviert, verwirrt, aber nicht überrascht von unserer Zurückweisung. Ja, ich muß es sagen: ein bißchen wie James.«

Das anschließende Schweigen wurde nur vom Hufgeklapper und vom Knirschen des Leders gestört. Es war eine lautlose, milde Nacht, in der jeder von uns die düstere und irritierende Möglichkeit ins Auge fassen mußte: Norton konnte trotz allem James Davenall sein. Vielleicht saß er jetzt irgendwo in der Stadt allein in seinem Hotelzimmer, starrte ins Leere und dachte darüber nach, welche Mauern seine Familie zur Begrüßung eines unwillkommenen verlorenen Sohnes aufgerichtet hatte. Die Davenalls und mich einte ein unwürdiger Wunsch: Er sollte tot bleiben. Ich wollte nicht, daß der Geist der verlorenen Liebe meiner Frau unser Leben kreuzte, geschweige denn, daß dieser Geist zu Fleisch und Blut wurde. Obwohl sie es nie ausgesprochen hatte, wußte ich, daß sie mich nur als zweite Wahl akzeptiert hatte, und das war für mich durchaus in Ordnung – solange der Tote auch tot blieb.

»Ich denke, ich werde hier aussteigen«, sagte ich.« Ein kleiner Spaziergang wird mir nicht schaden.«

Davenall beugte sich hinaus und gab dem Kutscher die Anweisung, zu halten. Dann hielt er mir die Tür auf. »Tut mir leid, daß ich Ihnen nicht das geben konnte, was Sie haben wollten, Trenchard.«

»Ein unzweideutiges Urteil, meinen Sie?« sagte ich beim Aussteigen. »Vielleicht habe ich zuviel verlangt.«

»Ich bin Anwalt«, erwiderte er. »Mein Berufsstand handelt mit Meinungen. Was Sie suchen, muß ein Gericht entscheiden.«

»Wird es dazu kommen?«

»Falls Norton weiterhin keine Fortschritte macht oder falls Sir Hugo meinen Rat, ihn abzufinden, annimmt – nein. Doch falls Norton glaubt, er könne gewinnen, oder falls er tatsächlich James ist, dann ist es durchaus möglich. Sehr gut möglich. Hier ist meine Karte.« Ich nahm sie entgegen. »Bleiben Sie in Kontakt. Vielleicht müssen wir noch mal miteinander reden.« Er klatschte mit der Hand gegen die Seite der Droschke, und sie trug ihn davon.

V

Die Avenue Road war zu Fuß zwanzig Minuten von der Stelle entfernt, an der Trenchard die Droschke verlassen hatte, doch er brauchte fast doppelt so lange. Er ging langsam, den Kopf gesenkt, mit den Füßen Blätter aufwirbelnd, während andere Blätter mit sanftem Rascheln in der nächtlichen Brise zu Boden fielen. Im Park schrie eine Eule, in der Ferne klapperte eine Droschke auf Marylebone zu. Und Trenchards Gedanken wanderten in die Vergangenheit, zu einem anderen milden Herbst vor zehn Jahren, zu Canon Sumners Salon in Salisbury, wo vereinzelte Sonnenstrahlen in schrägen Bahnen einfielen und Constance Sumner langsam ihre Trauer zu überwinden begann. Wäre Davenall damals zurückgekehrt, so hätte sie ihn sehnlichst erwartet.

»Sie erzählen mir«, hatte sie gesagt, »daß er tot ist. Doch das zu glauben erscheint mir wie Verrat.«

»Deine Weigerung, das zu glauben, ehrt dich«, hatte Trenchard erwidert. »Doch er hätte sicher nicht gewollt, daß du dich vom Leben abwendest, bloß weil er sich aus irgendeinem Grund zu sterben entschieden hat.«

Anfangs hatte sie sich dagegen gewehrt. Später, als sie seinem heilenden Charme erlegen war, hatte Canon Sumner Trenchards Bemühungen als einen wahrhaft christlichen Akt bezeichnet, und Trenchard hatte sich in seiner Dankbarkeit gesonnt. Jetzt hatte Norton ihn gezwungen, diese zarte und geduldige Werbung zu überdenken. Sein Verhalten war stets berechnender gewesen, als er sich selbst eingestehen wollte, denn ihre Trauer hatte sie verletzlich und verwundbar gemacht, und das hatte er ausgenützt. Schlimmer noch, da war auch das Vergnügen gewesen, die heimliche Befriedigung, sie einem anderen abzuwerben; ein ehebrecherischer Hauch lag in seinem offensichtlich so korrekten Vorgehen. Hätte er nicht auf schleichende, hinterhältige Weise ihre Zuneigung gewonnen, wäre sie vielleicht ihrer Erinnerung treu geblieben, hätte vielleicht das Unglaubliche so lange geglaubt, bis es schließlich Wahrheit geworden wäre.

Er bog in die Avenue Road, immer noch in Gedanken tief in seine unwillkommenen Erinnerungen verstrickt. Langsam ging er auf The Limes zu, bereitete die beruhigenden Worte vor, die er Constance sagen würde, um seine eigenen Zweifel vor ihr zu verbergen.

In dem Schatten, der vom letzten Baum vor dem Eingang zu The Limes geworfen wurde – ein Tümpel tintiger Schwärze, umgeben von mondhellem Grau –, stand James Norton und beobachtete den sich nähernden Trenchard. Beim Anblick des anderen hatte er sich hinter dem Baum versteckt, mußte aber doch angenommen haben, einer Entdeckung nicht ausweichen zu können. Doch Trenchard marschierte vorbei, ohne nach rechts oder nach links zu schauen, und bog in die Zufahrt zu seinem Haus ein.

Norton blieb einige Minuten lang regungslos stehen, bis er das ferne Zuschlagen der Haustür und das Geräusch eines Riegels hörte. Dann schien er zu lächeln. Vielleicht war es auch nur ein Mondstrahl, der seinen Mund streifte, als er sich zum erstenmal bewegte. Er griff in seine Tasche und zog ein silbernes Zigarettenetui hervor, an dem möglicherweise bei besseren Lichtverhältnissen ein verräterisches Monogramm zu erkennen gewesen wäre. Einen Augenblick später flackerte ein Streichholz auf, dann war ein schwacher, zufriedener Seufzer nach dem ersten Zug zu hören, gefolgt von dem Geräusch seiner Schritte, als er sich entfernte – ein beweglicher Schatten in der Stille der Nacht.

ZWEITES KAPITEL

I

In dieser Nacht schlief Constance Trenchard schlecht. Sie hatte lange auf die Rückkehr ihres Gatten von Bladeney House warten müssen. Auf ihre Fragen hin hatte er ihr zuerst beruhigende Antworten gegeben, doch dann war er ihr – für ihn ungewöhnlich – sehr reizbar erschienen. Schließlich waren sie schweigend zu Bett gegangen, erschreckt von der Erkenntnis, wie leicht und schnell ein Eindringling ihr seelisches Gleichgewicht stören konnte.

Fast beschämt mußte sich Constance am nächsten Morgen bei einem einsamen Frühstück eingestehen, daß Williams offensichtlicher Kummer nicht der Grund war, weshalb sie so viele schlaflose Stunden zugebracht hatte. Es war nicht sein Gesicht gewesen, das sie immer vor sich gesehen hatte, sobald sie die Augen schloß, es waren nicht seine Worte, an die sie sich zu erinnern versuchte, die bei einer letzten, fernen Begegnung gesprochen worden waren. Sie beobachtete, wie die Sonnenstrahlen vom Fenster durch die von ihrem Kaffee aufsteigenden Dampfwolken schnitten, und spürte, wie ihre Gedanken zu einer Wiese in Somerset wanderten, die in dem zwanglosen Glanz eines Sommernachmittags erstrahlte. Juni 1871. So nah und doch so fern, so endlos fern. Sein Gesicht sah aus, als wäre es aus Elfenbein geschnitzt, als er sie anblickte, in seinen Augen ein verschleierter Kummer, der auch Verachtung sein konnte. Er zog seine Hand von ihr zurück. »So fängt es an«, sagte er zögernd. »Und so endet es.«

»Die zweite Postzustellung, Ma'am.« Es war Hillier mit ihrem breiten Grinsen. Auf einem Silbertablett brachte sie die Briefe.

Constance sah die Post durch. Alle Briefe waren für William, bis auf einen, der in schräger, korrekter Handschrift, die Erinnerungen in ihr weckte, an sie adressiert war. Die Ähnlichkeit der Schrift genügte, um sie den Brief aufreißen zu lassen, ohne erst nach dem Brieföffner zu greifen.

Great Western Royal Hotel
Praed Street
London W.

1. Oktober 1882

Liebe Constance,
ich hoffe, meine Handschrift hat sich nicht ebenfalls so verändert, daß Du sie nicht mehr erkennst. Natürlich war ich nie ein großer Briefeschreiber, oder? Doch jetzt scheint mir das der einzige Weg zu sein, mit Dir in Verbindung zu treten.

Es tut mir leid, daß ich Dir durch mein unangemeldetes Auftauchen an diesem Nachmittag einen Schock versetzt habe. Doch wie hätte der Schock vermieden werden können? Ich kann nur sagen, daß ich vor elf Jahren aus guten Gründen verschwunden und nun aus guten Gründen wieder zurückgekehrt bin. Ich möchte Dir all das erklären, aber ich muß eine Gelegenheit abwarten, wo ich unter vier Augen mit Dir sprechen kann. Würdest Du mir diesen Gefallen tun – um der alten Zeiten willen? Ich werde hier im Hotel auf Dich warten, falls Du Dich zu einem Besuch in der Lage siehst. Selbstverständlich werde ich ohne Deine Billigung nicht mehr in The Limes vorbeikommen.

Niemand von uns kann vergessen, was auf jener Wiese geschah, nicht wahr? Vielleicht hätte ich Dir damals alles erklären sollen. Nachträglich wünsche ich mir mehr, als ich mit Worten ausdrücken kann, ich hätte es getan. Bitte gestehe mir die Möglichkeit zu, Deine Vergebung zu erlangen – und gib mir und Dir die Chance, mich wiederzuerkennen.

Für immer der Deine
James

Constance schob den Brief zurück in den zerfetzten Umschlag und erhob sich schwankend vom Tisch. Sie machte sich selbst darauf aufmerksam, daß sie kein junges Mädchen mehr war, das bei der Aussicht auf die Rückkehr ihres Verlobten in Ohnmacht fiel. Sie war eine erwachsene, vernünftige Frau und unterstrich das dadurch, daß sie mit ruhiger Präzision den Stuhl unter den Tisch schob. Dann wandte sie sich ab und ging zur Tür.

Im Flur wischte Hillier schwungvoll Staub. Sie summte im Rhythmus ihrer Arbeit und schaute lächelnd auf.

»Ein wunderschöner Morgen, Ma'am.«

»Ja, Hillier, ein wunderschöner Morgen. Sie können das Frühstück abräumen, wann Sie wollen. Wo ist Patience?«

»Im Kinderzimmer, Ma'am. Sie lernt das Alphabet.«

»Hat Mr. Trenchard gesagt, ob er zum Lunch kommt?«

»Er meinte nein, Ma'am.«

»Gut. Danke. Ich bin im Salon, falls Sie mich brauchen.«

»Sehr wohl, Ma'am.«

Das Mädchen machte sich wieder voller Energie an die Arbeit. Constance ging – nur für den Fall, daß das Mädchen sie beobachtete – gemessenen Schrittes den Flur entlang. Sie betrat den Salon und schloß die Tür hinter sich.

An der dem Fenster gegenüberliegenden Wand stand ein schlichtes Schreibpult aus Walnußholz. Constance hob den Deckel hoch, der nie verschlossen war, und holte aus einem der Fächer den Schlüssel zu der kleinen Schublade, die sie aus reiner Gewohnheit sicherte. Nach einer Umdrehung war die Schublade offen.

In dieser Schublade waren Constances wenige persönliche Briefe untergebracht: William, der seine Papiere in einem größeren Schreibtisch in seinem Arbeitszimmer aufbewahrte, respektierte diese Privatsphäre. Es war ein schlankes, von einem rosafarbenen Band zusammengehaltenes Bündel. Constance war keine sentimentale Sammlerin. Doch einen Brief von James Davenall hatte sie aufbewahrt, den sie schon lange nicht mehr gelesen hatte.

Jetzt zog sie diesen Brief hervor, ohne das Band zu lösen, und legte ihn neben Nortons Brief auf die Schreibunterlage. Mit äußerster Sorgfalt verglich sie die Handschriften. Der eine Brief war mit blauer, der andere mit schwarzer Tinte geschrieben. Sie hätte weder beschwören können, daß die Briefe von einer Person, noch, daß sie von verschiedenen Personen geschrieben worden seien. Zwischen ihnen lagen elf Jahre und weiß Gott was für Erfahrungen. Außerdem wußte Constance nur zu gut, daß James' Brief in viel größerer Hast geschrieben worden war als der von Norton. Sie öffnete ihn, um sich seinen Inhalt zu vergegenwärtigen. Sie erinnerte sich, daß es sich um eine eilig hingekritzelte Nachricht handelte, geschrieben auf dem Briefpapier seines Londoner Clubs.

16. Juni 1871

Liebste Connie,
Ich muß mich beeilen, um den Brief noch zur Post zu bringen, damit er Dich auch sicher morgen erreicht. Bis dahin bin ich in der gleichen Richtung unterwegs.

Der Grund für meinen plötzlichen Besuch in London und der Grund, weshalb ich nicht direkt nach Cleave Court zurückkehren will, sind identisch. Sei bitte – wenn Du mich liebst – morgen mittag am Aquädukt. Ich komme zu Fuß von Bathampton und treffe Dich dort.

Mit all meiner Liebe
James

Constance hatte kurz vor der Hochzeit einige Tage auf Cleave Court verbracht. Es irritierte sie, wie wenig Zeit sie und James allein miteinander verbrachten; stets war irgendein Mitglied des Davenall-Haushalts zugegen. Dann war James' plötzliche Abreise nach London gekommen, gefolgt von dieser seltsamen Aufforderung zu dem mittäglichen Rendezvous, genau eine Woche vor der Hochzeit. Sie hatte es nicht vergessen und, wie es schien, Norton ebenfalls nicht.

Sie tat den Brief wieder in den Umschlag und schob ihn zusammen mit Nortons Brief zurück in das Bündel. Dann legte sie das kleine Päckchen in die Schublade und sperrte sie sorgfältig wieder ab. Normalerweise lag der Schlüssel in einem der Fächer, doch diesmal ließ sie ihn in das kleine Filztäschchen gleiten, das an ihrem Gürtel baumelte. Anschließend holte sie sich Papier und eine Feder, öffnete das Tintenglas und begann selbst einen Brief zu schreiben.

Die Formulierung fiel ihr nicht leicht, und sie kam auch nicht schnell voran. Die Uhr zeigte schon elf, als sie endlich den Umschlag versiegelte und die Adresse auf das Löschblatt preßte. Sie atmete tief durch, erhob sich und verließ das Zimmer.

Wie jede andere Dame, so gab auch Constance für gewöhnlich ihre Post nicht selbst auf, doch der schöne Morgen schien in diesem Fall ein ausreichender Vorwand zu sein. Vielleicht würde Hillier gar nicht merken, daß sie ausgegangen war. Und so setzte sie lediglich einen Strohhut auf, um ihre Augen zu beschatten, trat aus dem Haus und marschierte in flottem Tempo auf den Briefkasten zu, der gerade hundert Meter entfernt war. Überrascht stellte sie fest, daß ihr ziemlich heiß war, und sie spürte dankbar die leichte Brise auf ihren erhitzten Wangen.

Am Briefkasten angekommen, warf sie noch einen Blick auf den Umschlag in ihrer Hand. Es war merkwürdig, dachte sie, nach dieser langen Zeit einen derartigen Brief zu schreiben. Sie schob ihn durch den Schlitz und hörte, wie er auf die anderen Briefe fiel.

II

Am Donnerstag nach meinem Besuch in Bladeney House befand ich mich im Büro über der Filiale in der Orchard Street, als ich von Nortons nächstem Schachzug hörte. Ich hatte am Fenster gestanden und unaufmerksam Parfitt, dem Manager, zugehört, der mir weitschweifig die ästhetischen und kommerziellen Vorteile eines neuen marmorartigen Mosaikdesigns für die Gefrierfleischabteilung erläuterte. Warum nur begriff dieser bedauernswerte Mann nicht, daß mein Vater und nicht ich vom Sinn einer solchen Ausgabe überzeugt werden mußte? Ich schaute auf die Straße hinunter und beobachtete den emsigen Verkehr, hörte das Rattern der Karren und den Ruf eines Zeitungsverkäufers, der Parfitts monotone Stimme übertönte, und fragte mich wie so oft in müßigen Momenten: Wo ist er jetzt? Was tut er?

Eine Art Antwort darauf erhielt ich früher als erwartet. Eine bekannte Gestalt tauchte aus der Oxford Street auf, überquerte die Straße und steuerte offensichtlich auf unseren Eingang zu. Er blickte auf, sah mich und berührte grüßend seine Hutkrempe. Es war Richard Davenall.

Ich schnitt dem armen Parfitt sofort das Wort ab und bat ihn, dafür zu sorgen, daß mein Besucher unverzüglich zu mir geführt wurde. Nach wenigen Minuten saß mir Davenall heftig keuchend gegenüber; er entschuldigte sich, daß er mich so ohne jede Vorwarnung überfallen hatte.

»Ich hätte es auch schriftlich erledigen können, aber ich nahm an, Sie würden ein Gespräch in der Sache vorziehen.«

»Sie haben also noch einmal von Norton gehört?«

»Mr. Norton hat einen Anwalt mit der Durchsetzung seiner Ansprüche beauftragt. Warburton von Warburton, Makepeace & Thrower. Ein angesehener Mann, auch wenn das mehr für seine Erfolge als für seine Methoden gilt. Die Kanzlei ist für ihr gelegentlich unorthodoxes Vorgehen bekannt. Es erscheint deshalb ganz logisch, daß Norton sie gewählt hat. Doch meiner Meinung nach schwächt das seine Position.«

»In welcher Beziehung?«

»Wäre James am Leben, dann würde er sich wohl kaum auf einen solchen Mann stützen. Abgesehen davon ist Warburton nicht gerade billig. Vielleicht haben Sie sich auch schon gefragt, woher Nortons Mittel kommen. Er geruht, in einem Eisenbahnhotel abzusteigen, das ist wahr, doch er beabsichtigt, einen teuren Rechtsstreit zu führen. Wie finanziert er das?«

»Haben Sie eine Vorstellung?«

»Nein. Mr. Norton bleibt ein unbeschriebenes Blatt. Aber wir werden bald sehen, wie unbeschrieben dieses Blatt ist. Das ist auch der Anlaß meines Besuches. Warburton hat eine offizielle Untersuchung von Nortons Ansprüchen beantragt, ein Treffen vor Zeugen zwischen ihm und den betroffenen Parteien. Ich dachte, Sie würden vielleicht gern dabeisein.«

»Unbedingt. Bedeutet das, daß Norton seinen Anspruch durch befriedigende Antworten auf detaillierte Fragen untermauern oder, falls er dazu nicht in der Lage ist, eingestehen muß, daß die ganze Sache ein Schwindel war?«

»Genau so ist es. Das Treffen findet am nächsten Mittwoch, dem elften, in Warburtons Kanzlei statt. Ich habe Sir Hugo vorgeschlagen, daß die Beteiligten am Abend zuvor in Bladeney House zusammenkommen, um das weitere Vorgehen miteinander abzustimmen. Die Untersuchung könnte einen gefährlichen Verlauf nehmen, doch es ist sicher einen Versuch wert, diesen Betrug gleich zu Beginn auffliegen zu lassen.«

»Das klingt zu gut, um wahr zu sein.«

Richard lächelte. »Ich fürchte, Sie könnten recht haben, Trenchard. Sir Hugo glaubt, Norton habe sich damit selbst die Schlinge um den Hals gelegt, doch ich bin der Meinung, er hätte sich nicht darauf eingelassen, wenn er nicht überzeugt wäre, ungeschoren davonzukommen.«

Ich erhob mich von meinem Schreibtisch und kehrte zum Fenster zurück. Ich brauchte die Ablenkung, um das Gefühl in mir zu dämpfen, Constance und ich würden die Sache der Davenalls untergraben. »Es könnte Ausdruck der Zuversicht und des Selbstbewußtseins eines Mannes sein, der weiß, daß er im Recht ist.«

Davenall drehte sich in seinem Stuhl um und schaute mich an. »Auch das wäre eine Möglichkeit. Früher oder später müssen wir ihr ins Gesicht sehen.«

»Vielleicht sollten Sie wissen, daß meine Frau nicht zu einer kategorischen Zurückweisung von Nortons Ansprüchen bereit ist.«

Seine Reaktion darauf bestand nur aus einem leichten Zucken einer Augenbraue. »Ich verstehe.« Eine Pause. Dann: »Ich kann mir vorstellen, daß Sie das in eine schwierige, um nicht zu sagen delikate Position bringt.«

Ich durchquerte das Zimmer und stützte mich mit dem Ellenbogen auf den Kaminsims unter dem Ölgemälde von Ephraim Leavis. »Ja, das tut es. Ich hoffe jedoch, daß dieses Problem bald überwunden sein wird. Constance hat an Lady Davenall geschrieben und ihr ein Treffen vorgeschlagen, um die Angelegenheit zu besprechen. Und Lady Davenall war so freundlich, uns zu diesem Anlaß am Samstag nach Cleave Court einzuladen. Ich bin sehr zuversichtlich, daß sie Constance in den Punkten überzeugen kann, in denen mir das nicht gelungen ist. Ich hatte eigentlich angenommen, Sie hätten von der Einladung gehört und den Grund dafür erraten.«

Zum erstenmal wirkte Davenalls professionelle Ruhe gestört. »Catherine hat in Bath ihren eigenen Anwalt, der sie zweifellos bei der Untersuchung vertreten wird. Sie pflegt in der Regel keinerlei Kommunikation mit mir. Normalerweise höre ich nur durch Sir Hugo etwas von ihr.«

»Verzeihen Sie. Ich wollte nicht aufdringlich erscheinen.«

Sein Lächeln kehrte zurück. »Da gibt es nichts zu verzeihen. Ihr Vorschlag erscheint mir sehr erstrebenswert. Ich glaube, Catherine und Ihre Frau haben sich einmal sehr nahe gestanden. Sie werden einander die nötige Sicherheit geben können. Der Zeitpunkt ist günstig. Sehr günstig.«

»Glauben Sie wirklich?«

»Ohne jeden Zweifel.« Er erhob sich etwas mühsam. Über all seinen Worten und Bewegungen lag ein Hauch von Müdigkeit. »Ich muß mich auf den Weg machen. Termine und so. Wir sehen uns in Bladeney House am nächsten Dienstag – sagen wir um acht?«

»Ich werde dasein.«

»Gut, gut. Bis dann.« Wir gaben uns die Hand. Dabei muß ihm meine

gedrückte Stimmung aufgefallen sein. »Macht Ihnen noch etwas außer diesem Besuch auf Cleave Court Sorgen, Trenchard?«

Ich sah ihm offen in die Augen. »Was sollte mir Sorgen machen?«

»Ich weiß nicht.«

»Ich auch nicht. Vielleicht ist es das. Vielleicht macht mir der Gedanke Sorgen, ich könnte meine Frau nicht so gut kennen, wie ich eigentlich sollte.«

Voller Mitgefühl griff er nach meinem Arm. »Nur mit der Ruhe, Mann. Die Wahrscheinlichkeit ist groß, daß heute in einer Woche alles vorbei ist. Dann werden Sie über derartige Gedanken lächeln. Vertrauen Sie mir: Mr. Norton ist nichts weiter als eine Eintagsfliege.«

III

Genaugenommen hatte James Norton die ihm von Richard Davenall eingeräumte Zeitspanne bereits um drei Tage überschritten, als William und Constance Trenchard am Samstag, dem 7. Oktober 1882, im Bahnhof von Paddington in den Zug stiegen, um nach Cleave Court zu fahren. Sie kamen spät am Bahnhof an, eifrig bemüht, mit keinem Wort die Möglichkeit zu erwähnen, daß vielleicht gerade in diesem Moment Norton im angrenzenden Hotel gemütlich frühstückte, und setzten sich hastig in ein Abteil Erster Klasse. Nachdem sie kurz über Patience und deren Betreuung während ihrer Abwesenheit und das angenehme Wetter gesprochen hatten, zogen sie sich auf sicheres Terrain zurück: William las die Morgenausgabe der *Times*, Constance Sonette von Charles Tennyson Turner.

Keiner von ihnen war wirklich in seinen Lesestoff vertieft, doch das war immer noch besser, als sich wieder auf das – wie sie mittlerweile wußten – schmerzliche Thema einlassen zu müssen. Hätte Constance nicht mit William sprechen sollen, bevor sie Lady Davenall schrieb? William war verständlicherweise dieser Ansicht: er hätte nichts gegen den Besuch gehabt, das hätte sie wissen müssen. Constance hatte – ebenso verständlich – das Gefühl, daß sie William nicht erklären konnte, weshalb sie so impulsiv diesen Brief abgeschickt hatte, ohne ihm einen anderen Brief zu zeigen, der in der nun verschlossenen Schublade ihres Schreibpultes ruhte. Da der Inhalt nur sie und sonst keine Menschenseele etwas anging, kam eine derartige Enthüllung nicht in Frage. Und so schienen William Trenchards prophetische Bemerkungen, die er Richard Davenall gegenüber gemacht hatte, in gewissem Maße bereits wahr zu werden.

Erst nachdem sie in Bath in den Lokalzug nach Freshford umgestiegen waren, machte einer von ihnen den Versuch, das Schweigen zu brechen. Unglücklicherweise war der Zeitpunkt schlecht gewählt. Der Zug hatte sich langsam durch das Avontal geschlängelt und verlangsamte sein Tempo nun noch weiter, um dem Fahrplan entsprechend in Limpley Stoke zu halten, als William Trenchard das Wort ergriff. Ihm mußte aufgefallen sein, in welch tiefer Versunkenheit seine Frau aus dem Fenster auf die Felder und bewaldeten Hänge schaute, doch er hatte das eher für vage Nostalgie gehalten als für eine konkrete Erinnerung, die mit dem Dundas-Aquädukt verbunden war, den sie vor wenigen Minuten passiert hatten.

»Dieser Teil der Welt muß voller Erinnerungen für dich stecken«, sagte er, wobei er sich bemühte, eine gewisse Fröhlichkeit in seine Stimme zu legen.

Sie blickte ihn wie aus weiter Ferne an, versunken in die Erinnerungen, die er eben erwähnt hatte. Das Sonnenlicht verwischte ihren Gesichtsausdruck. Das violette Kleid, das sie seit Jahren nicht mehr getragen hatte, der locker umgeschlungene Spitzenschal, die Perlenohrringe, der Schleier, den sie über die Purpurbänder ihres Hutes zurückgeworfen hatte – das alles waren Hinweise, Zeichen, doch irgendwie, das wußte er, nicht für ihn bestimmt.

Er bedauerte die Bemerkung, kaum daß er sie gemacht hatte, aus einer gewissen Panik heraus, aber er wußte, daß ihm keine andere Möglichkeit blieb: Er war zu schwach, um nicht zu versuchen, die wachsende Kluft zwischen ihnen mit Worten zu überbrücken.

Plötzlich lächelte Constance. »Ich bin froh, daß du mich begleitest, William. Wirklich.« Doch falls ihre Worte ihn beruhigen sollten, so erfüllten sie nicht ihren Zweck. Sie überzeugten ihn lediglich davon, daß sie lieber alleine gefahren wäre.

Ungeschickt fuhr er fort: »Wann warst du das letztemal hier?«

»Nicht mehr seit jenem Tag.«

Welcher Tag? Trenchard brachte nicht den Mut auf, zu fragen, und Constance erkannte in ihrer Geistesabwesenheit nicht, was ihr da herausgerutscht war.

Am Bahnhof von Freshford erwartete sie Lady Davenalls Kutsche. Ein mürrischer Kutscher fuhr sie wortlos durch das Dorf mit den alten Steinhäusern und dann weiter über von hohen Hecken gesäumte Wege ihrem Bestimmungsort entgegen.

Sie überquerten die Grenzen von Cleave Court lange bevor sie es zu Gesicht bekamen und rollten die geschwungene Auffahrt entlang durch den von einer dunklen Ulmenallee gesäumten Park. Das Wissen, daß die eine schon hier gewesen war und der andere nicht, drückte sie so nieder, daß sie ihrer Umgebung kaum Beachtung schenkten. Doch als sie schließlich die Ulmen hinter sich ließen, konnten sie es nicht länger ignorieren. In Sonnenlicht gebadet tauchte Cleave Court vor ihnen auf, flankiert von Birkengehölz, gekrönt von einer Unmenge von Türmchen: eine klassische

Fassade mit hohen Fenstern und dorischen Säulen, mit Ziergiebeln und Balustraden, ein zu Stein gewordenes Bild aus Reichtum und Tradition.

»Der erste Baronet war Generalzahlmeister unter Königin Anne«, murmelte Trenchard vor sich hin. Als er Constances überraschten Blick bemerkte, fügte er hinzu: »Ich dachte, ich sollte ein bißchen mehr über die Davenalls wissen.« Sein Lächeln war nicht wirklich herzlich. »Das Haus wurde 1713 vollendet, gerade rechtzeitig, damit sich Sir Christopher hierher zurückziehen konnte. Seit dieser Zeit hat die Familie kaum noch etwas geleistet, außer mal an einem Feldzug teilzunehmen.« Constance schwieg weiterhin. »Außerdem haben sie noch das Glück, einen Großteil der Kohlenminen von Somerset zu besitzen.« Die Kutsche kam vor dem Haus zum Stehen. Der Kutscher sprang hinab, riß die Tür auf und ließ den Tritt hinunter. »Ich gehe natürlich nicht davon aus«, fuhr Trenchard fort, »daß man von hier aus eine der Schutthalden sehen kann.« Er blickte zu der fernen Linie des Daches hinüber. »Ich glaube allerdings auch nicht, daß es jemand versucht. Ihr Familienmotto lautet: ›In captia vitalitas‹, grob übersetzt: ›Leben heißt jagen...‹«

Constance wandte den Blick von der offenen Haustür ab und beendete den Satz für ihn: »... oder gejagt werden.«

IV

Als Constance und ich zu dem vereinbarten Termin in Cleave Court ankamen, empfing uns Lady Davenall in der Orangerie, die als einstöckiger Flügel dem Haupthaus angefügt war. Es war merkwürdig, daß sie sich diesen Ort ausgesucht hatte, mit dem Steinfußboden, den vielen Orientteppichen und den üppigen Topfpflanzen, die man aus Sorge vor einem frühen Frost zwischen die kissenbedeckten Korbstühle gestellt hatte. Wir waren zuvor durch mehrere kostbar möblierte Räume gekommen; als ich Lady Davenall sah, die auf einer Chaiselongue ruhte und einen Pfau lockte, der in der offenen Verandatür ein Rad schlug, hatte ich das Gefühl, daß sie vielleicht vor all dem holzgetäfelten Luxus, den die Ehe mit einem Baronet ihr gebracht hatte, auf der Flucht war.

Lady Davenall gegenüber saß ein stämmiger, in Tweed gekleideter Mann, der eine Teetasse umklammerte, als fürchtete er, sie könnte ihm jeden Moment entgleiten. Mit offensichtlichem Unbehagen hatte er sich in einen Bambussessel mit flacher Rückenlehne gequetscht, der bei jeder seiner Bewegungen unheilvoll quietschte. Das Quietschen wurde noch lauter, als er sich zu unserer Begrüßung erhob, nachdem der Diener unsere Namen verkündet hatte.

»Baverstock, Sir, Anwalt«, schnaufte er. Sein Händedruck hinterließ einen Schweißfilm auf meiner Handfläche. »Und Notar«, fügte er überflüssigerweise hinzu.

Lady Davenall hatte sich mittlerweile ebenfalls erhoben und begrüßte Constance mit der Andeutung eines königlichen Kusses. Sie gab mir kurz die Hand, und ich schreckte förmlich vor der Eiseskälte ihrer Berührung zurück. Das erklärte die alabasterfarbene Blässe ihrer Haut, allerdings nicht ihre faltenlose Glätte, die auf unnatürliche Weise ihr Alter leugnete. Natürlich war ihr Haar grau, ebenso wie ihr Kleid, was sicherlich auf eine gewisse Trauer über den Tod von Sir Gervase zurückzuführen war, doch versteckt in dem Stoff blitzten einige Andeutungen von Rosa auf, Hinweise auf eine beginnende Gleichgültigkeit. Diese betraf auch den Anlaß unseres Besuches, was sich ebenso in ihrem unwilligen, formellen Lächeln bemerkbar machte. Unter anderen Umständen hätte ich angenommen, wir langweilten sie, noch bevor wir das erste Wort gesagt hatten.

»Es ist ganz reizend, Sie wieder einmal zu sehen, Constance«, sagte sie, »und den Mann kennenzulernen, der Ihnen endlich das Glück gebracht hat. Es tut mir so leid, daß meine Familie Ihnen wieder einmal unabsichtlich Kummer bereitet.«

Frischer chinesischer Tee wurde gebracht und eingeschenkt. Constance und ich setzten uns nebeneinander auf ein Rattansofa und ergingen uns in den üblichen Platitüden über die Annehmlichkeiten unserer Reise. Nicht zum erstenmal fragte ich mich, was Constance wohl in ihrem Brief geschrieben hatte. Natürlich durfte ich Lady Davenall nicht merken lassen, daß Constance mir den Inhalt des Briefes vorenthalten hatte; deshalb schlug ich einen vertraulichen Tonfall an.

»Wir alle hoffen, daß diese unerfreulichen Angelegenheiten bald ein Ende haben werden. Wir sind heute nur hier, um uns zu vergewissern, daß Sie nicht den geringsten Zweifel daran haben, daß Nortons Behauptungen völlig aus der Luft gegriffen sind.«

Constance sagte nichts, doch ich spürte, wie sich ihr Körper neben mir verkrampfte. Lady Davenall sah mich mit einem Ausdruck an, mit dem sie möglicherweise auch eine Fensterscheibe betrachtet hätte.

»Ich habe keinerlei Zweifel«, sagte sie nach einer Pause. »Wie Sie wissen, tauchte er letzte Woche hier auf. Es gelang ihm, die Diener – von denen keiner lange genug hier ist, um sich an James zu erinnern – zu überreden, ihn einzulassen. Ich verstehe, wie ihm das gelingen konnte. Der Mann hat das, was man, glaube ich, als Charisma bezeichnet. Doch er ist nicht mein Sohn. Mein Sohn ist tot.« Sie sprach die Worte mit einer Art endgültigen Autorität ohne jede Emotion aus.

»Vielleicht sollte ich hinzufügen«, sagte Baverstock, »daß Norton die Unverfrorenheit besaß, Mr. James' alten Arzt – Fiveash – aufzusuchen, während er hier weilte. Dr. Fiveash ist bereit zu schwören, daß es sich bei diesem Mann nicht um seinen früheren Patienten handelt.«

»Sie sehen also«, fuhr Lady Davenall fort, »daß es sich hier nicht nur um das *wirre Urteil einer konfusen alten Dame handelt.« Dies schien eine mehr als absurde Beschreibung ihrer eigenen Person, doch Constance erfaßte den tieferen Sinn.*

»Ganz anders als bei Nanny Pursglove, meinen Sie?«

»Esme Pursglove«, sagte Lady Davenall mit einem nachdenklichen Zug um den Mund, »war ein so loyales und gewissenhaftes Kindermädchen, wie man es sich nur wünschen kann. Was rationale Beurteilungen anbelangt, so könnte man allerdings genausogut diesen Lorbeerbaum dort fragen.« Sie deutete vage auf das Gewächs hinter sich.

»Sie konnten also in Norton keine Ähnlichkeit mit Ihrem Sohn, wie vage auch immer, entdecken?« sagte ich.

»Keine.«

»Er zeigte keine Kenntnisse, die Sie schwankend gemacht hätten?«

»Dieselbe Antwort: keine.«

»Das«, warf Baverstock ein, »ist natürlich Gegenstand der Untersuchung am elften: Wir wollen Nortons Unwissenheit bloßstellen, was die Details von Mr. James' Leben anbelangt.«

»Unwissend oder gut informiert«, sagte Lady Davenall. »Für mich ist das kein Unterschied. Dieser Mann ist ein Schwindler, so durchsichtig, daß er diese Bezeichnung kaum verdient.«

Constance kündigte ihre Worte nur mit einem leichten Klirren ihrer Tasse auf der Untertasse an; dann sagte sie das, was ich befürchtet hatte: »Ich kann Ihnen leider nicht zustimmen, Lady Davenall.«

Falls ihre Worte einen kleinen Schock auslösten, so machte er sich lediglich bei Baverstock und mir bemerkbar. Die Herrin von Cleave Court warf nicht einmal einen Blick in Constances Richtung. In ihrer Antwort ging sie nicht einmal auf das Thema ein.

»Möchten Sie und Ihr Mann vor dem Lunch noch etwas von dem Landgut sehen? Es gab einige Veränderungen, seit Sie das letztemal hier waren, die vielleicht ganz interessant sind. Außerdem müssen wir Mr. Baverstock eine Weile in Ruhe lassen, damit er sich konzentrieren kann.«

V

Später erinnerte sich Trenchard an das Tempo, in dem Lady Davenall ihn und Constance durch die terrassierten Gärten ohne den geringsten Anschein von Kurzatmigkeit geführt hatte, während sie sich über die Schwierigkeiten ausließ, das Damwild von diesem Teil des Geländes fernzuhalten, und erklärte, daß die Zuleitung zum Springbrunnen häufig durch dürres Laub verstopft wurde. Sie trug einen Korb unter dem Arm und bückte sich regelmäßig, um abgestorbene Blätter und Zweige von ihren

Lieblingspflanzen zu entfernen; die Worte, die sie mit einem Gärtner wechselte, waren unterkühlt, ließen aber auf umfangreiche Kenntnisse schließen.

Intensiver noch erinnerte sich Trenchard daran, wie wenig Aufmerksamkeit Constance den Worten von Lady Davenall schenkte. Er mußte mehrfach an ihrer Stelle antworten, wenn ein Lob für irgendeine besondere Gestaltung der Landschaft fällig war. Falls Constance das bemerkte, was ihr da vorgeführt wurde, dann sah sie es in einer anderen Zeit, mit einem anderen Begleiter, da war er sich ganz sicher. Sie und Trenchard gingen den gleichen Weg, bewegten sich aber in unterschiedliche Richtungen.

Als sie, von dem bewaldeten Hügel hinter dem Haus kommend, durch eine kleine Pforte den Hirschpark betraten, schlug Lady Davenall den Weg zurück zur Orangerie ein. Wahrscheinlich nahm sie an, daß Baverstock genug Zeit geblieben war, um sich um die Bücher zu kümmern. Das war der Moment, in dem Constance zum erstenmal auf diesem Spaziergang das Wort ergriff.

»Lady Davenall«, sagte sie, »wir kehren doch sicherlich nicht zum Haus zurück, ohne William den Stolz von Cleave Court gezeigt zu haben?«

Lady Davenall drehte sich um und warf ihr einen kalten Blick zu. »Was meinen Sie, meine Liebe?«

»Den Irrgarten natürlich. Sir Harleys Irrgarten.« Mit aufrichtigem Vergnügen lächelte Constance ihrem Gatten zu. »Hier gibt es einen Irrgarten aus Eiben, den du wirklich sehen solltest, William. Er befindet sich auf der anderen Seite des Hirschparks, hinter der Gartenmauer.« Sie deutete in diese Richtung. »Ich bin oft dort gewesen...« Sie verstummte abrupt.

»Der Irrgarten ist aufgehoben worden«, sagte Lady Davenall entschieden. »Er verursachte zu viel Arbeit. Die Hecken sind nun seit einigen Jahren wild gewachsen, und die Tore werden verschlossen gehalten.«

Constance schien betroffen. »Aufgehoben? Das kann ich kaum glauben. Und was ist mit Sir Harleys Büste im Zentrum? Da gab es doch eine Bank, auf der man ruhen konnte, und...«

»Wurde der Natur überlassen«, erwiderte Lady Davenall. »Die Büste und alles andere auch. Das ist jetzt alles überwuchert. Absolut undurchdringlich.« Sie lächelte. »Ich würde vorschlagen, wir gehen jetzt ins Haus.«

Ruhig ging sie voraus. Constance zögerte einen Moment, die Stirn nachdenklich gerunzelt; dann schüttelte sie langsam den Kopf.

»Was ist los?« fragte Trenchard.

»Der Irrgarten wurde mehr als hundert Jahre lang geschnitten und gehegt und gepflegt«, erwiderte sie leise. »Sir Gervase liebte es, mittendrin bei der Büste seines Urgroßvaters zu sitzen. Er wußte, daß ihn dort niemand finden konnte, mit Ausnahme von... Ich bin erstaunt, daß Lady Davenall ihn nicht mehr pflegen läßt.«

»Genausowenig wie Sir Hugo?«

»Der hatte nie viel für Rätsel und Geheimnisse übrig. Nein, ihm war der Irrgarten gleichgültig. Aber komm jetzt, wir gehen besser ins Haus.«

Sie machten sich auf den Weg. Weder beim Lunch noch später kamen sie wieder auf den Irrgarten zu sprechen. Für Trenchard war er unwichtig – und hatte mit dem Zweck ihres Besuches nicht das geringste zu tun. Für Constance stellte er ein weiteres Mosaiksteinchen im Gesamtbild ihrer wachsenden Verwirrung dar. James hatte den Irrgarten geliebt, genau wie sein Vater. Ihn aufzugeben schien eine merkwürdige Art, ihr Andenken zu wahren; im Grunde war es ein ausgesprochen respektloser Akt. Doch die wahre Bedeutung dieser Handlungsweise ging ihr erst gegen Ende des Mahles auf, als Baverstock versuchte, Lady Davenall darin zu bestärken, daß Norton keine wirkliche Bedrohung für ihre Familie darstellte.

»Sein Anspruch ist vollkommen unhaltbar«, sagte der Anwalt und nickte weise. »Von ihm haben Sie absolut nichts zu befürchten.«

»Fürchten?« sagte Lady Davenall. »Sie sollten wissen, Mr. Baverstock, daß ich in meinem ganzen Leben nie etwas gefürchtet habe.«

Es war das Wort »fürchten«, bei dem ihr ein Licht aufging. Jetzt erinnerte sich Constance wieder.

September 1870. Sie hatte zuvor schon Cleave Court besucht, war aber noch nie als Wochenendgast dort gewesen. Die Pracht und Verschwendung war für sie nach den nüchternen Annehmlichkeiten von Cathedral Close, Salisbury, eine Art Schock gewesen. Doch es war ein wunderbarer, zu Kopf steigender, berauschender Schock für die einundzwanzigjährige Constance. Die disziplinierte Frömmigkeit des Sumner-Haushalts hatte ihre impulsive Natur schon lange gereizt. Jetzt begann sie zu verstehen, weshalb ihr Bruder sich mit James Davenall angefreundet hatte. Und sie begriff nun auch, daß die Höflichkeit und Rücksicht, die James ihr gegenüber an den Tag legte, nicht nur damit zu erklären war, daß man sich seiner Meinung nach der Schwester eines Freundes gegenüber so zu benehmen hatte. Tatsächlich endete dieses Wochenende damit, daß er ihr einen Heiratsantrag machte. Und ihr ursprüngliches erschrockenes Widerstreben wich einem freudigen Einverständnis.

Bevor dieses Stadium jedoch erreicht war, vernachlässigte James Roland sogar so weit, daß er darauf bestand, Constance den berühmten Irrgarten seines Vorfahren, Sir Harley Davenall, zeigen zu dürfen. Um der Wahrheit die Ehre zu geben, war sie froh, das Haus verlassen zu können, in dem sie sich in Gesellschaft von Sir Gervase und einem anderen Gast, einem gewaltigen, korpulenten französischen Adligen, immer unwohler gefühlt hatte. Dieser Franzose war ihr als Graf von Moncalieri vorgestellt worden: Sir Gervase hatte mit ihm im Krimkrieg gedient. Daß seine Anwesenheit in

England in irgendeiner Form mit dem Deutsch-Französischen Krieg zusammenhing, wurde noch durch einen Ausbruch von Schmähungen belegt, als zum Essen Rheinwein gereicht wurde, doch hinderte ihn sein patriotischer Eifer nicht daran, mehrere unappetitlich einladende Blicke in Constances Richtung zu werfen. Alles in allem war sie froh, ihm entrinnen zu können.

Der Irrgarten bestand aus einer Serie von in konzentrischen Kreisen angelegten Eibenhecken, umgeben von einer hölzernen Palisade. Der ganze Entwurf war ungewöhnlich kompliziert und erzeugte im Geiste des Eintretenden ein seltsames Gefühl der Bewegung, als würden die Hecken sich in entgegengesetzter Richtung drehen. Die Illusion wurde noch durch die Tatsache verstärkt, daß jeder Heckenkreis eine Idee niedriger war, je weiter man nach innen kam, und daß der Boden auf das Zentrum abzufallen schien. Der ganze Effekt verriet eine geradezu manische Besessenheit, was die Kunst des Bäumeschneidens und geometrische Formen anbelangte, auf seiten von Sir Harley, was James nur zu gerne bestätigte.

»Der alte Knabe war natürlich total verrückt«, sagte er, als sie endlich ins Zentrum gelangten, wo Sir Harleys grinsende Büste auf der Spitze einer Steinsäule auf sie wartete. »Aber irgendwie muß man wohl verrückt sein, um so was planen zu können. Er hat viele Leute getäuscht, die sein Geheimnis zu kennen glaubten.«

Constance wandte sich ihm mit einem gewissen Erschrecken zu, das über den reinen Scherz hinausging. »Wir finden doch wieder hinaus, nicht wahr?«

James lächelte. »Mit mir als deinem Führer, ja. Doch wie würdest du dich fühlen, wenn ich nicht hier wäre?«

»Ich hätte ein bißchen Angst.«

»Nur ein bißchen?«

Einen Moment lang schaute sie streng und unnachgiebig drein. »Ich wäre überzeugt davon, daß ich den Weg hinaus irgendwann fände.«

»Hast du das gehört, alter Knabe?« wandte sich James grinsend an Sir Harley. »Nicht alle Frauen fürchten sich und zittern vor deinem verdammten Irrgarten.«

»Ich hoffe nicht«, sagte Constance.

»Du hättest meine Mutter bitten sollen, dir den Irrgarten zu zeigen«, erwiderte James. »Dann wüßtest du, was ich eben gemeint habe. Sie setzt nie einen Fuß hinein.«

»Niemals?«

»Nicht, solange ich zurückdenken kann. Als Junge versuchte ich sie oft zu überreden, hatte aber nie Erfolg damit. Ich glaube wirklich, der Irrgarten ängstigt sie.«

»Bestimmt nicht. Sie scheint...«

»Keine Furcht zu kennen? Das hatte ich auch gedacht. Doch der Irrgarten stellt eine Ausnahme dar. Sie fürchtet diesen Ort, obwohl ich mir nicht vorstellen kann, warum.«

Zwölf Jahre später hatte Constance keinen Zweifel mehr. Was immer Lady Davenall an dem Irrgarten ängstigen mochte, sie hatte die Ursache dafür beseitigt. Sie hatte die Tore versperrt und die Wege überwuchern lassen. Jetzt, wo der Irrgarten kaum mehr existierte, konnte sie gut und gern behaupten, daß sie keine Furcht kannte – und niemals gekannt hatte.

VI

Als wir an jenem Nachmittag Cleave Court verließen, hatte ich aus meiner Sicht das Gefühl, umsonst gekommen zu sein. Der eigentliche Anlaß unseres Besuches – Constance und Lady Davenall hätten sich gegenseitig bestätigen sollen, daß es sich bei Norton um einen Betrüger handelte – war von beiden mehr oder weniger ignoriert worden. Constance schien ihren Verdacht, bei Norton könnte es sich tatsächlich um James handeln, nicht mehr rationaler Analyse unterziehen zu wollen, und Lady Davenall wich sorgfältig der Frage aus, weshalb sie ihn zurückgewiesen hatte. Die Folge davon war ein eisiges, fast lautloses Duell zwischen zwei Frauen, bei dem mehr unvergessene Differenzen im Spiel waren als nur ihre unterschiedlichen Ansichten, was Norton anbetraf. Die Vergangenheit meldete sich mit schrillen Tönen, doch von dieser Vergangenheit hatte ich immer noch so gut wie keine Ahnung. Und ich merkte, daß Lady Davenall an diesem Zustand auch nichts zu ändern wünschte, als sie mich an diesem Tag verabschiedete.

Baverstock, der zur gleichen Zeit nach Bath zurückkehrte, erbot sich, uns in seiner Kutsche zum Bahnhof mitzunehmen, und ich nahm das Angebot gern an. Während wir den Zufahrtsweg entlangrollten und Constance einen nachdenklichen Blick zum Haus zurückwarf, fragte ich ihn, wie lange er schon für die Davenalls tätig sei.

»Nicht die Davenalls, Mr. Trenchard«, entgegnete er. »Lady Davenall. Sir Gervase beschäftigte einen seiner Cousins. Ich wurde engagiert, als Sir Gervase durch seine Krankheit geschäftsunfähig wurde.«

»Ich verstehe. Mit Sir Hugo haben Sie also nichts zu tun?«

»Überhaupt nichts. Sir Hugo läßt sich hier höchst selten sehen.«

Constance schien weniger tief in sich selbst versunken gewesen zu sein, als ich angenommen hatte. »Dann erinnern Sie sich nicht mehr an den Irrgarten, Mr. Baverstock?«

Baverstock lächelte über die Schulter zu ihr zurück. »Sir Harleys Irrgarten? Man kann Cleave Court nicht öfter besuchen, ohne davon zu hören, wenn auch nicht von Lady Davenall.«

»Von wem dann?«

»Vom Personal. Sie alle hielten es für eine Schande, daß sie den Irrgarten verkommen ließ, kurz nachdem Sir Gervase krank geworden war. Ich selbst kann dazu nichts sagen. Crowcroft, der erste Gärtner, gab deswegen jedoch seine Stellung auf, was schließlich einiges besagt. Es gab dann eine Menge Veränderungen. Quinn, der Butler, ging ebenfalls, wenn auch nicht…«

»Gab Lady Davenall einen Grund für ihre Entscheidung an?«

Baverstock gluckste. »Ich würde eher sagen nein.«

»Es ist ein Jammer«, fuhr Constance wehmütig fort, »daß kaum noch jemand vom Personal übrig ist, der sich an James erinnert.«

»Da ist immer noch«, warf ich sarkastisch ein, »Nanny Pursglove.«

»Ja«, sagte Constance. »Habe ich das richtig verstanden, daß sie immer noch auf dem Gelände lebt, Mr. Baverstock?«

»Auf dem Witwenerbteil hinter Limpley Stoke, Mrs. Trenchard. Ein bezauberndes kleines Häuschen in der Nähe des Kanals. Ich bin zuversichtlich, daß ihr Anrecht darauf durch diese Überspanntheit keinen Schaden nimmt.«

»Wenn du magst«, sagte ich, »könnten wir sie vielleicht besuchen. Ihr beide habt schließlich etwas gemeinsam.«

Sie sah mich scharf an. »Wäre das möglich, Mr. Baverstock?«

»Nichts einfacher als das. Die gute Seele liebt Besucher.«

Gesagt, getan. Wir fuhren hinter Limpley Stoke hinab in die flache Talsohle. In einer sonnigen Mulde unterhalb der Eisenbahnlinie entdeckten wir Miss Pursgloves Häuschen; Rauch stieg aus dem Kamin, das Strohdach war gepflegt, am Fenster blühten die Blumen, und das Rauschen des Wehrs vom Fluß hinter uns milderte das Schweigen. Miss Pursglove sah uns vom Küchenfenster aus, stieß es auf und trillerte einen Willkommensgruß. Sie erkannte Constance auf der Stelle.

»Ich trau' meinen Augen nicht, das ist ja Miss Sumner, sowahr ich lebe. Es ist lange her, meine Liebe, viel zu lang.« Entzücken malte sich auf ihrem zerknitterten Gesicht mit den leuchtenden Augen. Einen Moment später war sie an der Tür. »Seid mir willkommen. Mr. Baverstock und…«

»Mein Mann, Nanny«, sagte Constance. »Ich bin jetzt Mrs. Trenchard.«

Einen Augenblick lang schaute Miss Pursglove betrübt drein. Ich konnte erraten, in welche Richtung ihre Gedanken und Hoffnungen gegangen sein mochten. »Kommt doch herein, und fühlt euch wie zu Hause. Möchtet ihr Tee? Lupin und ich haben ein paar Küchlein gebacken.«

Lupin, so stellte sich heraus, war eine Katze, die Miss Pursglove immer wieder streichelte, während sie Töpfe aufsetzte und mit Tassen und Tellern und Deckchen hantierte. Baverstock war ihr behilflich, ohne eine große Hilfe zu sein, doch merkte man, daß ihm das ganze Ritual nicht fremd war. Wir beide wurden nur höchst selten um unsere Meinung gebeten. Wenn Miss Pursglove nicht redete – was kaum der Fall war –, dann ergriff Constance das Wort. Ihre

Erinnerungen, so schien es, bezogen sich auf bessere, strahlendere Tage, als sie Lady Davenall je gekannt hatte. Und zusammen mit ihren Erinnerungen stand ein unsichtbarer Gast am Tisch unserer kleinen Teegesellschaft: James Davenall, der Mann, von dem sich beide Frauen wünschten, er möge noch am Leben sein.

»Ich habe furchtbar geweint, als ich meinen Jamie wiedersah«, sagte Miss Pursglove schließlich. »Ich habe ihn furchtbar gescholten, daß er uns alle so hinters Licht geführt hat.«

»Nana, Nanny«, sagte Baverstock. »Sie wissen doch, daß Lady Davenall nicht wünscht, daß man von diesem Norton so spricht, als wäre er...«

»Quatsch! Wenn sie ihren eigenen Sohn nicht von Adam unterscheiden kann, dann soll sie das der Frau überlassen, die ihn großgezogen hat. Ich habe sowieso nie an seinen Tod geglaubt. Das wolltet ihr Anwälte uns glauben machen, aber ich wußte es besser.«

An ihrer Überzeugung war nicht zu rütteln. Baverstock warf einen leicht verzweifelten Blick in meine Richtung. Constance jedoch schien es kaum erwarten zu können, daß sie fortfuhr. »Woher nimmst du diese Gewißheit, Nanny?«

»Er kam hier rein, so leicht gebückt und mit diesem scheuen Blick, genau wie damals, wenn er als kleiner Junge was angestellt hatte. Ich hätte ihn überall erkannt. Er ist mein Jamie, da gibt es keinen Zweifel. Ich weiß, daß Sir Hugo anderer Meinung ist, aber das ist ja auch kein Wunder, oder? Er war schon immer ein schwieriger Junge, dieser Hugo. Nicht so lieb und sanft wie Jamie.«

»Aber selbst dann«, begann ich.

»Bitte um Entschuldigung, aber man kann es drehen und wenden, wie man will. Mr. James ist wieder bei uns. Ich muß jetzt wohl lernen, ihn Sir James zu nennen. Er ist wieder da, wie er es versprochen hatte.«

»Versprochen?« fragte Constance.

»Als ich ihn das letztemal sah. Vor elf Jahren. Er kam hoch in mein Zimmer über dem Kinderzimmer, bevor er nach London aufbrach. Er sagte, er würde weggehen und vielleicht lange nicht zurückkehren. Ich hätte nie gedacht, daß er eine so lange Zeit meinte. Aber ich nahm ihm das Versprechen ab, zurückzukommen. ›Keine Sorge, Nanny‹, sagte er. ›Du wirst mich wiedersehen.‹«

»Vielleicht«, warf Baverstock ein, »meinte er damit, wenn er aus London zurückkäme.«

»Dummes Zeug! Er meinte genau das, was er gesagt hat. Und jetzt hat er sein Versprechen gehalten. ›Nun, Nanny‹, sagte er, als er mich hier besuchte, ›ich bin wieder da, so wie ich es versprochen habe.‹ Beweist das nicht, daß es derselbe Mann sein muß, der sich vor all den Jahren von mir verabschiedet hat?«

»Ich glaube kaum«, begann Baverstock. Er wurde unterbrochen, als Constance sich plötzlich von ihrem Stuhl erhob.

»Würdet ihr mich für einen Moment entschuldigen?« sagte sie. »Ich glaube, ich brauche ein bißchen frische Luft.« Ich wollte mich ebenfalls erheben, doch sie winkte ab. »Bleib sitzen, und trink deinen Tee, William. Ich weiß, du wirst noch einige Fragen an Nanny haben. Ich bin längst zurück, bis du sie alle gestellt hast.«

Ich schaute sie verblüfft an. »Nun, ich...«

»Bitte«, sagte sie. Plötzlich lag in ihren Augen die inständige Bitte, sie gehen zu lassen. Sie sehnte sich nach dem Alleinsein wie nach einem Schluck Wasser in der Wüste. Ich konnte mir den Grund dafür zwar nicht vorstellen, wollte es ihr aber auch nicht verweigern.

»Nun gut«, sagte ich. »Aber du gehst nicht weit, ja?«

»Nein, William. Nicht weit.«

»Bei meiner Seele, hier kann Constance nichts passieren«, sagte Miss Pursglove. »Nehmen Sie noch etwas Teegebäck, Mr. Trenchard, und beruhigen Sie sich.«

Ich ließ mich wieder in den Sessel sinken und tröstete mich mit dem Gedanken, daß sie vielleicht nichts mehr von Nannys vehementer Behauptung hören wollte, James sei zurückgekehrt. Mir ging es ebenso, obwohl die alte Frau geistig keineswegs so verwirrt war, wie die Davenalls sie geschildert hatten. Eher traf wohl das Gegenteil zu; sie polierte ihre Erinnerungen so blank wie die Kupferkessel auf dem Herd und forderte uns mit dem Vertrauen heraus, das sie vor elf Jahren in das Versprechen ihres Zöglings gesetzt hatte: Er würde zurückkehren.

»Fünfundsechzig Jahre habe ich für die Davenalls gearbeitet«, erinnerte sie sich und nickte stolz. »Lange genug, denke ich, um mir einiger Dinge sicher zu sein. Es war im Jahre 1817 – da war ich gerade erst fünfzehn –, als Sir Gervase geboren wurde. Sir Lemuel war mein erster Herr, verstehen Sie, obwohl ich damals nur ein einfaches Kindermädchen war. Erst als die erste Lady Davenall Heimweh nach Irland bekam und für immer auf die Insel zurück zog, mußte ich mich ganz allein um den jungen Herrn kümmern. Ich sah ihn in seiner Wiege liegen, und ich sah ihn in seinem Grab liegen. Ja nun.« Sie nickte mit dem Kopf. »Er war schon ein schlimmer Wildfang, unser Sir Gervase, als Mann und als Junge. Sir Lemuel verbannte ihn einmal nach Irland zu seiner Mutter, aber es hat wohl nicht viel genützt. Er kam als der Taugenichts zurück, als der er hingegangen war. Der kleine Jamie dagegen, der war ganz anders. Schon als er auf die Welt kam, konnte man sehen, daß aus ihm mal ein anständiger Gentleman werden würde...«

VII

Trenchard versuchte sich nur Mut zu machen. Es war nicht so gewesen, daß Constance von Nanny Pursgloves Erinnerungen und den Erklärungen, woran sie James Davenall erkannt hatte, nichts mehr hatte hören wollen. Sie war einfach in Gedanken zu jenem letzten Abschied im Juni 1871 zurückgekehrt; wenn sie einige Zeit für sich allein hatte, konnte sie auch körperlich an jenen Ort zurückkehren.

Nanny Pursgloves Haus stand nahe am Kanal. Constance wußte, daß sie nur den steilen Weg zum Schleusenwärterhäuschen hochzugehen brauchte, um zum alten Treidelpfad zu kommen. Sie ging ohne Eile, genoß die Einsamkeit des milden Nachmittags. Denn dies, so erinnerte sie sich nur zu gut, war der Weg, den sie vor vielen Jahren schon von Cleave Court kommend gegangen war, dem Ruf ihres Verlobten folgend. Damals hatte sie genauso wenig wie jetzt gewußt, was ihn bedrückte, doch sie war gehorsam hingegangen, aus dem Gefühl heraus, daß es sich um kein gewöhnliches Rendezvous handelte.

Das Kanalwasser klatschte träge gegen das Ufer. Auf der anderen Seite drängte sich die grüne Pracht von Conkwell Wood, hinter dessen Hängen sich damals wie jetzt verschwiegene Wiesen erstreckten; man mußte nur den Weg kennen, der zu ihnen führte...

Bei dem Aquädukt vor ihr tauchte ein schmales Boot auf. Links unter ihr lagen der Fluß und die Eisenbahnlinie. Hinter ihr saß ihr Mann in bequemer Unwissenheit in Nanny Pursgloves Häuschen und suchte nach Wegen, das zu leugnen, was sie sich selbst jetzt noch nicht einzugestehen wagte.

An jenem Tag im Jahre 1871 hatte sie sich an der Flußbiegung gefragt, ob er wohl wie versprochen auf sie warten würde. Im Schutze einiger überhängender Bäume hatte sie gezögert. Hitze und Zweifel stiegen in ihr auf, als sie weiterging. Und dann sah sie ihn; gegen den Wall gelehnt rauchte er eine Zigarette und schaute in das Wasser des Flusses. Sein Haar war etwas unordentlich, seine Wangen hohl, sein Blick war unsicher und glitt ab. Beim Geräusch ihrer Schritte hatte er aufgeblickt, hatte gelächelt, ohne daß dadurch der erste Eindruck der Verzweiflung abgemildert worden wäre, war ihr entgegengekommen, um sie zu küssen, und hatte als erster zu sprechen begonnen.

An diesem Tag im Jahre 1882 erreichte sie, entnervt von ihren eigenen düsteren Vorahnungen, die Flußbiegung. Sie zögerte im Schutze der überhängenden Bäume, versuchte sich an die Worte und an den Gesichtsausdruck ihres abgewiesenen Besuchers zu erinnern, ging noch einmal die Zeilen seines Briefes durch. »Keiner von uns kann vergessen, nicht wahr?« Darin hatte er recht. Doch woher konnte er das wissen? Es sei denn...

Sie folgte langsam der Kurve des Treidelpfades. Vor ihr verengte sich die Wasserstraße vor dem Aquädukt. Plötzlich breitete sich unter ihr das offene Tal aus. Ein Mann stand am Weg, gegen den Wall gelehnt, eine Zigarette rauchend. Er war da; jetzt erst wurde ihr klar, daß sie es die ganze Zeit über gewußt hatte. Er war da und wartete auf sie.

VIII

»... Ich glaubte ihnen nicht, als sie mir sagten, er sei tot. Das ist mal sicher. Ich sagte zu Mr. Quinn: ›Wenn Mr. James mir sagt, ich würde ihn wiedersehen, dann kann ich mich auf sein Wort verlassen.‹ Quinn ärgerte sich mächtig darüber, wie er sich über viele andere Sachen auch ärgerte. Ich wünschte, er wäre jetzt hier und müßte zugeben, daß ich recht gehabt hatte. Nicht, daß er es tun würde. Nein, der nicht. Dabei fällt mir ein, daß es schon merkwürdig war, daß Mr. James sich nicht erkundigte, weshalb Quinn gegangen war. Zwar weiß ich die genauen Umstände nicht, weshalb er gegangen ist, aber er war immerhin Mr. James' Kammerdiener. Doch als ich ihn erwähnte, sagte Mr. James nichts dazu, als wüßte er bereits ...«

Die Uhr auf Miss Pursgloves Kaminsims schlug fünf. Baverstock schreckte auf seinem Stuhl zusammen. »Der Herr sei meiner Seele gnädig«, sprudelte er hervor. »Ist es schon so spät? Ich hätte schon vor einer halben Stunde in Bath sein sollen. Wo ist Ihre Frau, Mr. Trenchard? Wir müssen los.«

Es war absurd. Beinahe hätte ich vergessen, daß Constance uns verlassen hatte. Jetzt machte ich mir plötzlich Sorgen. Sie hätte längst zurück sein müssen. Ich ließ Baverstock bei Miss Pursglove zurück und eilte draußen den Weg entlang, doch von Constance war weit und breit nichts zu sehen. Meine Besorgnis nahm zu. Ich probierte es bergauf; vielleicht befand sie sich oben auf dem Hügel außerhalb meines Blickfeldes. Am Kanal stieß ich auf einen Verwalter in hohen Stiefeln, der das Schilf schnitt. Ich fragte ihn, ob hier eine Dame vorbeigekommen sei. Er hielt in seiner Arbeit inne, um sich meine Beschreibung durch den Kopf gehen zu lassen, dann nickte er langsam.

»Ist schon über 'ne halbe Stunde her. Sie ging den Treidelpfad lang auf den Aquädukt zu.«

»Aquädukt?«

»Da entlang.« Er deutete mit dem Daumen. »Knappe Meile.«

Ich rannte in die angegebene Richtung. Seine Worte hatten in mir etwas zum Klingen gebracht. Während ich ihr in Salisbury den Hof machte, hatte Constance gelegentlich ihr letztes Treffen mit James Davenall »am Aquädukt« erwähnt. Zwei davon konnte es hier wohl nicht geben. Dies war kein schlichter Spaziergang um der frischen Luft willen gewesen. Sie ging einen Weg zurück, der unweigerlich zu einer verlorenen Bindung führte. Ich beschleunigte mei-

nen Schritt; ich floh vor den Verdächtigungen, die sich in meinen Kopf drängten, und verfolgte sie gleichzeitig.

IX

Er sprach als erster.

»Als du mir in deinem Brief schriebst, du würdest Cleave Court besuchen, wußte ich, daß du nicht auf die nochmalige Bestätigung meiner Mutter aus warst, wie du behauptet hast, sondern daß du eine Bestätigung anderer Art suchen würdest. Und deshalb bin ich hier. Du wußtest, daß ich auf dich warten würde, nicht wahr? Heute genau wie damals.«

Auf ihrem Gesicht kämpften Glaube und Zweifel miteinander. Fragen drängten über ihre Lippen.

»Woher wissen Sie das? Wer hat Ihnen diese Dinge erzählt? Es ist nicht möglich, daß...«

»Niemand hat mir etwas erzählt, Connie. Ich habe es erlebt, genau wie du, zusammen mit dir. Das ist keine Illusion, kein Trick. Ich habe dich hier vor elf Jahren getroffen, als die Blätter grün und nicht gelb waren.« Er schaute zurück ins Tal jenseits des Aquädukts. »Wir gingen durch das Schleusentor und weiter hoch durch die Wälder. Richtig?«

Er blickte sie direkt an, schien sie zur Erinnerung an die Ereignisse jenes Tages zwingen zu wollen. Ihre Antwort kam aus der Ferne von elf Jahren.

»Ja.«

Jetzt sah er an ihr vorbei; seine Stimme wurde lauter. »Wir gingen bis zur Hyazinthenwiese, nicht wahr?«

»Ja.«

»Und dort...«

Plötzlich wirbelte Constance herum. Ihr Ehemann stand zwölf Meter entfernt. Er keuchte leicht; sein Gesicht war nicht von der Anstrengung verzerrt. Sie legte eine Hand vor den Mund. »William...«

»Sei still!« Trenchards Stimme war ein Zerrbild seines normalen Tonfalls. Er ging an ihr vorbei und blieb neben Norton stehen. »Sie sind uns gefolgt, nicht wahr? Sie haben dieses Treffen inszeniert, um meine Frau zu überzeugen...«

»Ich habe gar nichts inszeniert!« Norton nahm seinen Arm von dem Wall und reckte die Schultern. Ohne mit der Wimper zu zucken, sah er Trenchard an. »Ich bin aus dem gleichen Grund hierhergekommen wie Connie. Wären Sie nicht aufgetaucht, hätte ich ihr die Wahrheit über die Gründe gesagt, weshalb ich weggegangen bin.«

»Das läßt sich leicht behaupten!«

»Und warum ich zurückgekehrt bin.« Er lächelte schwach. »Jetzt muß ich wohl eine bessere Gelegenheit abwarten.« Er sah Constance an und verbeugte sich steif. »Bis wir uns wiedersehen.« Damit drehte er sich um und marschierte über den Aquädukt davon.

Erst als Norton ihren Blicken entschwunden war, sprach Trenchard, ohne Constance anzuschauen. Seine Worte waren für sie bestimmt, doch sein Blick ging in die Richtung, in der Norton verschwunden war. »Du hättest nicht hierherkommen sollen, Constance. Du hättest nicht mit ihm sprechen sollen. Siehst du nicht, was du zerstörst?«

Auch Constance blickte an ihm vorbei. »Ich weiß kaum noch, was ich sehe und was nicht.«

Trenchard nahm ihren Arm. »Komm mit mir zurück. Wir reden nicht mehr über dieses Thema. Von nun an wirst du mir diese Angelegenheit überlassen. Du wirst ihn nicht mehr sehen. Ich verbiete es dir. Solltest du ihm zufällig begegnen, wirst du nicht mit ihm sprechen.« Langsam gingen sie den Treidelpfad zurück, zu der Stelle, wo Baverstock auf sie wartete, um sie zum Bahnhof zu fahren. »Hast du mich verstanden, Connie?«

Ihre Antwort kam kläglich genug, um Nachgiebigkeit zu signalisieren. »Ich habe verstanden.«

Und das wollte sie auch. An diesem Tag begriff sie zum erstenmal, was ihre Pflicht war.

DRITTES KAPITEL

I

In der trügerischen Ruhe des Tages nach unserem Besuch in Somerset behielt ich Constance so scharf im Auge wie ein Kerkermeister seinen Gefangenen. Natürlich gab es keine Gitter, keine Schlüssel, keine abgesperrten Türen – sondern nur all die anderen Barrieren, die Norton zwischen uns aufgerichtet hatte. Erst eine Woche zuvor war er in unserem Leben aufgetaucht, und jetzt schon war die Möglichkeit, er könnte wirklich James Davenall sein, schlimmer als jede Gewißheit.

An diesem Sonntagnachmittag spielte Patience nach dem Tee auf dem Teppich, und Constance saß lesend am Fenster. Ich schlich mich in mein Arbeitszimmer, wo Schweigen wenigstens normal war, und suchte vergeblich meine Befürchtungen zu zerstreuen. Wenn ich nur mit Constance hätte reden können, wenn ich ihr nur die wesentliche Frage hätte stellen können: Falls sie ihm glaubte, was war dann mit ihrer Liebe zu ihm? Doch ich hatte alle derartigen Gespräche unter ein Tabu gestellt, und sie hatte sich dem unterworfen. Damit hatte ich meine Autorität als Vorstand des Haushalts gefestigt; sie hatte das respektiert. Ich hatte darauf bestanden, die Sache alleine in die Hand zu nehmen. Während ich nun unruhig durch den Raum ging oder nervös aus dem Fenster spähte, um zu überprüfen, ob die Straße leer war, erkannte ich, wie hilflos ich der Angelegenheit gegenüberstand.

Mein verwirrter Geisteszustand kann vielleicht als Erklärung dienen für den albernen Weg, den ich am nächsten Morgen einschlug. Ich frühstückte zeitig, noch bevor Constance aufgestanden war, und verließ das Haus. Ich wich von meiner normalen Route zur Orchard Street ab und begab mich nach Paddington. Tief in mir hatte sich das absurde Gefühl ausgebreitet, ich könnte Norton in seinem Hotel überraschen und ihn dazu bewegen, seine Ansprüche zurückzuziehen.

Der Angestellte am Empfang teilte mir mit, Norton nehme gerade sein Frühstück im Speisesaal ein. Ich ging direkt hinein. Und da saß tatsächlich Norton, las eine Zeitung und rauchte zu seiner letzten Tasse Kaffee eine Zigarette. Der Raum war gefüllt, aber es herrschte die zu dieser Stunde übliche Ruhe. Außer dem gelegentlichen Klappern von Geschirr und dem Flüstern von Kellnern war nichts zu hören.

Norton sah mich kommen, zeigte aber keine Reaktion. Er senkte nicht ein-

mal seine Zeitung. Nachdem ich ein paar Augenblicke in ungemütlichem Schweigen neben seinem Tisch gestanden hatte, sagte ich: »Ich möchte mit Ihnen sprechen.«

Jetzt ließ er sich dazu herab, die Zeitung beiseite zu legen. »Dann setzen Sie sich.«

Ich setzte mich, sah ihn über den Tisch hinweg durch den Rauch an, der von seiner im Aschenbecher ruhenden Zigarette aufstieg. »Wenn möglich unter vier Augen.«

»Ich habe meinen Kaffee noch nicht ausgetrunken«, sagte er und füllte geradezu herausfordernd seine Tasse. »Wenn Sie mit mir sprechen möchten, dann müssen Sie es schon hier tun. Falls nicht, habe ich nichts dagegen, wenn Sie wieder gehen.«

Ich senkte meine Stimme. »Weil Sie hoffen, Sie könnten Ihre üblen Absichten allein meiner Frau kundtun.«

Seine Stimme blieb ruhig; seine Augenbrauen hoben sich, als wollte er Verachtung über meine Bemerkung zum Ausdruck bringen. »Der Grund ist, daß wir einander nichts zu sagen haben. Wir wissen beide, was Sie fürchten.«

Ich beugte mich über den Tisch. »Ich will von Ihnen nichts weiter als das Versprechen, daß Sie in Zukunft meine Frau nicht weiter belästigen.«

»Ich belästige sie nicht. Sie tun das, mit Ihren ungeschickten Versuchen, ein Treffen zwischen uns zu verhindern. Ich muß Ihnen sagen«, er lächelte, »als jemand, der Ihre Frau kennt, daß Sie sich mit dieser Handlungsweise von Ihrer Frau nur entfremden. Wäre ich der Betrüger, für den Sie mich halten, dann würde mir Ihr Hang zur Selbstschädigung mehr Vergnügen bereiten, als es tatsächlich der Fall ist.«

Ich saß, hilflos festgenagelt, in der Falle. »Nach dem Mittwoch werden Sie nur zu gern das tun, was ich von Ihnen verlange.«

»Ganz im Gegenteil. Ich nehme eher an, daß Sie nach dem Mittwoch auch noch das letzte bißchen Autorität bei Connie verloren haben werden. Hat sie Ihnen erzählt, daß sie mir geschrieben hat?«

»Sie lügen!«

»Fragen Sie sie selbst – falls Sie es wagen. Ich würde Ihnen den Brief zeigen, aber Sie werden verstehen, daß ich ihn als Gentleman vertraulich zu behandeln habe.«

Wieder hatte er meine Schwäche schonungslos aufgedeckt. Fragte ich Constance nach dem Brief, dann hieße das, ich würde ihm Glauben schenken. Und falls ich ihm glaubte, konnte ich dann ihre Antwort glauben? »Es gibt keinen derartigen Brief. Mit solchen Tricks werden Sie es nicht schaffen, Unfrieden in meiner Ehe zu stiften.«

»Das höre ich gern. Leider erübrigt es sich, die Saat auszustreuen, wenn sie bereits sprießt. Hat Connie Ihnen jemals in vollem Umfang erzählt, was bei unserer letzten Begegnung geschah, vor meiner ... Abwesenheit?«

Darauf konnte ich mich nur mit leicht zerknitterter Würde erheben. »Es gibt keine Geheimnisse zwischen uns.«

Er leerte seine Tasse und lächelte mir dann zu. »Oh, doch. Ich glaube sogar fast, daß es nur das zwischen Ihnen gibt.«

Die Beine meines Stuhls kratzten laut über den Fußboden. Ich wollte nur weg, weg von seinem grausamen, ironischen Blick, fand aber keinen Rückzug, der nicht nach Flucht ausgesehen hätte. »Sie haben genug gesagt.«

»Sie haben dieses Gespräch gewollt. Sie können es jederzeit beenden.«

Das tat ich. Mit so viel Würde, wie ich nur aufbringen konnte, verließ ich den Speisesaal. Hinter meinem Rücken spürte ich, wie sein Lächeln breiter wurde. Jetzt hatte er mich da, wo er mich haben wollte. Und er wußte es.

II

Dienstag, der 10. Oktober 1882, war der Tag der Vorbereitung für die gegnerischen Parteien in dem Gerichtsstreit, der bald als der Fall Norton gegen Davenall bekannt werden sollte. Norton selbst verbrachte den größten Teil dieses Tages in der Staple-Inn-Kanzlei von Warburton, Makepeace & Thrower, wo er noch einmal mit Hector Warburton die möglichen Fragen der Untersuchung vom nächsten Tag durchging.

Es war ein grauer Tag mit aufsteigendem Nebel, der kalt und klamm zusammen mit dem Lärm der Stadt durch Warburtons offenstehende Bürofenster eindrang. Warburton näherte sich allen juristischen Angelegenheiten auf die gleiche Weise: Machte es sich bezahlt, und würde er gewinnen? Er hatte den Ruf, den besten Hirnen der Justiz nur die Fälle mit den besten Zutaten zu unterbreiten. Und in dem ihm von Norton vorgetragenen Fall entdeckte er Zutaten, die auch den anspruchvollsten Barrister reizen mußten.

Über seinen Schreibtisch hinweg betrachtete er seinen Mandanten mit einstudierter Gleichgültigkeit. Warburton konnte James Norton – oder wer immer er auch sein mochte – eine gewisse Bewunderung nicht versagen. Wäre Norton eines kriminellen Vergehens wegen angeklagt gewesen, anstatt selbst eine Zivilklage gegen die Davenalls einzubringen, dann hätte Warburton ihm vielleicht sogar empfohlen, sich vor Gericht selbst zu vertreten. Der Mann klang so überzeugend, er war so demonstrativ ehrbar, daß keiner sein Wort auch nur für einen Moment in Zweifel gezogen hätte. Das heißt, das galt für diejenigen, die die Fakten nicht kannten. Bei jenen, die informiert waren, mußte die Zeit zeigen, ob Nortons Zuversicht, daß er sie auch überzeugen konnte, berechtigt war. Im Augenblick lauschte Warburton ehrfürchtig dem Bericht des Mannes über sich und seine mißliche Lage. Im Geiste begann er jene Barrister aufzulisten, denen er vielleicht diesen Fall vorlegen könnte, denn er war im Gegensatz zu seinem Mandanten fest davon überzeugt, daß die Sache vor Gericht landen würde, bevor die Davenalls nachgaben. Nur ein Kronanwalt kam in Frage, das fühlte er, doch bei dem richtigen Mann würde auf der Geschworenenbank kein Auge trocken bleiben. Jetzt schon erkannte sein eigener nüchterner Verstand, wie es wahrscheinlich wirken würde – und die Aussicht war verlockend.

Weniger als eine halbe Meile entfernt brütete Richard Davenall in der stickigen Luft von Holborn über Präzedenzfällen und bedauerte, daß er kurz zuvor den Angestellten gegenüber so aufbrausend gewesen war. Sir Hugo hatte es abgelehnt, ihre Taktik für die Untersuchung zu besprechen, und zog es vor, den Tag mit Freddy Cleveland auf der Rennbahn zu verbringen. Die Gelegenheit, Notizen mit Baverstock auszutauschen, hatte sich nicht ergeben. So gab es niemanden, dem er seine Befürchtungen über die bevorstehende Untersuchung anvertrauen konnte. Sir Hugo schien das Ganze als günstige Gelegenheit zu betrachten, Norton ein für allemal loszuwerden, doch Norton war keineswegs verpflichtet gewesen, sich zu einem derartigen Treffen bereit zu finden. Warum also hatte er es getan? Und was, so fragte er sich, glaubte Catherine Davenall wirklich?

Ja, was? Das ließ sich anhand ihres ruhigen Tagesablaufes auf Cleave Court nicht sagen. Ein bißchen Verwaltungsarbeit am Morgen, eine Versammlung eines ihrer Wohltätigkeitskomitees in Bath am Nachmittag. Kein besorgter Pilgergang zu der Grabkammer der Davenalls in der Dorfkirche, um mit der Seele ihres verstorbenen Gatten Zwiesprache zu halten. Keine lange Audienz mit Baverstock, um dessen verwirrten Geist zu klären. Keine Pause, keine Hast, nicht mal Raum für Zweifel im verstecktesten Winkel ihres Verstandes.

Die gleiche Gelassenheit hätte man auch in Esme Pursgloves Häuschen finden können, wo das einzige Drama des Tages darin bestand, daß sich Lupin einen Kaktusstachel in die Pfote trat. Genaugenommen hatte man Miss Pursglove nichts von dem gesagt, was da kommen würde, doch auch das hätte sie nicht aus der Ruhe bringen können. Ihr Glaube an ihren früheren Zögling stand völlig außer Frage. Ihm konnte sie in jeder Krise, wie schlimm auch immer, vertrauen. In der Zwischenzeit mußten Pfoten verarztet werden.

In The Limes, St. John's Wood, wurde Mavis Hillier immer ärgerlicher über die unmißverständlichen Anzeichen häuslicher Disharmonie. Der Hausherr war überreizt und kam und ging zu allen möglichen und unmöglichen Zeiten, die Hausherrin war in sich gekehrt und redete kaum ein Wort; selbst Burrows hatte geklagt, er könne im Garten wenig ausrichten, wenn Mrs. Trenchard ständig über den Blumenbeeten träumte. Die schleichende Vergiftung hatte auch schon Patience erreicht, deren Wutanfälle ebenso untypisch wie beunruhigend waren. Hillier war mit der Köchin einer Meinung, daß eine derartig unbehagliche Atmosphäre nicht lange toleriert werden durfte. Was genau sie dagegen unternehmen wollten, hatten sie allerdings noch nicht festgelegt. Statt dessen trösteten sie sich gemeinsam mit der saftigen Wildpastete, an der ihre Arbeitgeber beim Abendessen so wenig Interesse gezeigt hatten.

Auf der Rennbahn von Newsbury erwiesen sich Freddy Clevelands Pferdetips als äußerst unzuverlässig, wie Sir Hugo schon oft genug hatte feststellen müssen. Normalerweise hätte er über eine weitere verlorene Wette nur gelacht, die Fetzen des Wettscheins weggeworfen und eine kleine Erfrischung an der Bar vorgeschlagen. Heute jedoch mußte er sich eingestehen, daß die lange Pechsträhne endlich ein Ende finden sollte. Er konnte nicht einmal Cleveland mit seinen sarkastischen Äußerungen überschütten, da er auf die Gegenwart ihres verehrten Gastes Rücksicht nehmen mußte: ein großer Franzose, dessen Körperfülle nur noch von seiner Eitelkeit übertroffen wurde. Ständig mußte er mit Schmeicheleien bedacht werden, damit sie sich auf seine feindselige Einstellung Norton gegenüber verlassen konnten. Eine dieser Schmeicheleien war die Aufrechterhaltung seines lächerlichen angenommenen Namens »Monsieur le Comte de Moncalieri«. Sir Hugo war es natürlich völlig egal, unter welchem Namen er sich im »Claridge« eintrug. Die Erfahrungen, die er sich in seinem kurzen, behüteten Leben angeeignet hatte, sagten ihm, daß alle Menschen irgend etwas zu verbergen hatten und einige mehr als andere. Genau darauf verließ er sich.

In Holborn beendete Norton gerade seinen Bericht. Als er mit sanfter, überzeugender Stimme die letzten Worte sprach, stellte sich Hector Warburton für einen flüchtigen Moment die ganz und gar rhetorische Frage: Konnte dieser Mann wirklich James Davenall sein? Nicht, daß es für ihn auch nur von akademischem Interesse gewesen wäre. Der Gedanke war ihm nur durch Nortons vollendete Geschicklichkeit gekommen, mit der er seine Rolle ausfüllte. Ob diese Geschicklichkeit nun der Wahrheit oder überragendem schauspielerischem Können entsprang, war für Warburton nicht von Belang. Tatsächlich war es wesentlich, daß er die Vorbereitung des Falles nicht durch irgendwelche ehrlichen Überzeugungen seinerseits beeinträchtigte. Mit anderen Worten: Es war wichtig, daß er die Antwort nicht kannte. Für andere jedoch – tatsächlich sogar für mehr Menschen, als es im Augenblick noch der Fall zu sein schien – spielte das und nur das eine Rolle.

III

Ich erreichte Chester Square an diesem Abend früher, als ich beabsichtigt hatte, obwohl ich in der Orchard Street länger als nötig herumtrödelte, ja ich ließ es sogar zu, daß während des Besuchs meines Bruders Ernest die halbjährlichen Abrechnungen durchgesprochen wurden. Ich ging so weit, seinen Aufenthalt durch ein Glas Sherry zu verlängern, was ihm höchst ungewöhnlich vorgekommen sein muß. Vielleicht hoffte ich auf seinen Rat in meiner Zwangslage. Diese Hoffnungen wurden jedenfalls enttäuscht. Er betrachtete die Sherrykaraffe mit vorwurfsvollem Blick und begab sich hinaus in die Dämmerung.

Und so erreichte ich trotz all dieser Bemühungen Bladeney House viel früher als beabsichtigt. Greenwood informierte mich, daß noch keiner der anderen erwarteten Besucher da sei, doch würde sich Mr. Cleveland wie gewöhnlich im Musikzimmer befinden. Er, so schien es, wurde nicht als Besucher eingestuft.

Cleveland räkelte sich auf einem Sofa, die Beine lässig hochgelegt, und las eine Ausgabe vom Punch, *wobei er glucksende Laute von sich gab. Er blickte auf, als ich eintrat.*

»Sie hier, Trenchard? Zum Kriegsrat, nehme ich an.«

»Ja. Was ist mit Ihnen?«

»Hugo hat darauf bestanden. Sieht so aus, als sollte ich mit den anderen zusammen Fragen auf den Kerl abfeuern.«

»Tatsächlich?«

»Ja. Was frühstückte er am Morgen der Jagd auf Cleave Court im Jahre 1869? So was in der Art.«

Ich setzte mich ihm gegenüber. »Und wie lautet die Antwort?«

»Ich will verdammt sein, wenn ich das weiß. Aber was immer er sagt, ich soll ihm widersprechen.« Er lachte, und ich stimmte ein. »Klingt ein bißchen verzweifelt, was?«

»Vielleicht muß das so sein.«

Cleveland brachte sich in eine etwas aufrechtere Position. »Glauben Sie wirklich? Der Arzt von James ist herbestellt worden, müssen Sie wissen. Ganz zu schweigen von dem großen Bonzen höchstpersönlich.«

»Wie bitte?«

Er beugte sich zu mir herüber und senkte seine Stimme zu einem Bühnenflüstern. »Hugos Kronzeuge. Der sogenannte Graf von Moncalieri. Vielleicht erkennen Sie ihn. Wenn ja, dann sagen Sie nichts. Im Alter ist er furchtbar scheu geworden. Außerdem nehme ich an, daß seine wahre Identität sozusagen ein Test für Norton sein soll.«

»Ich bin mir nicht sicher, daß ich …«

Ich verstummte, als die Tür aufging. Es war Sir Hugo, zusammen mit einem massiv gebauten Mann mit gallischem Gesicht, bei dem es sich nur um diesen Grafen handeln konnte. Mein Anblick schien Sir Hugo zu überraschen; der Graf blickte schwermütig und ungerührt drein. Ich erhob mich.

»Trenchard«, sagte Sir Hugo. »Freut mich, daß Sie kommen konnten.« Wir gaben uns kurz die Hand. »Graf Moncalieri, dies ist der Gentleman, der Miss Sumner geheiratet hat. William Trenchard. Trenchard: Monsieur le Comte de Moncalieri.«

Wieder streckte ich die Hand aus, doch der Graf nahm sie nicht. Statt dessen machte er eine feierliche Verbeugung, »Bonsoir, Monsieur.« Seine Stimme klang voll, wie Sirup. Sein Gesicht sagte mir nichts: eine Menge Patrizierfalten, eine unbestreitbar edle Gesichtsform, helle, durchdringende Augen unter einer hohen, grüblerischen Stirn. Ich hielt ihn für ein fleischiges Exemplar aus dem Adelsstand des Zweiten Kaiserreiches, für den die Dritte Republik keinen angenehmen Zufluchtsort darstellte.

»Es ist mir eine Ehre, Ihre Bekanntschaft zu machen, Graf Moncalieri.«

»Keine Ursache, Monsieur Trenchard.« Sein Englisch war plötzlich perfekt, als wäre der französische Akzent ebenso künstlich wie der Titel. »Es ist eine Ehre für mich, einen solchen Ausbund an englischen Tugenden kennenzulernen.«

»Pardon?«

»Hugo berichtete mir, die Trenchards wären très grands épiciers. *Einzelhandel ist in diesem Land ein nobles Gewerbe. Deshalb fühle ich mich geehrt.« Von seinem Gesichtsausdruck ließ sich unmöglich ablesen, ob es scherzhaft oder beleidigend gemeint war. Ich brachte ein schwaches Lächeln zustande.*

»Habe ich richtig verstanden, daß Sie meine Frau kennengelernt haben?«

»Vor vielen Jahren. Ich bezweifle, daß sie sich daran erinnern würde. Doch wer weiß? Erinnerungen sind plötzlich wieder in Mode, nicht war, Hugo?«

Sir Hugo schien sich über den tieferen Sinn dieser Worte ebenfalls nicht ganz sicher zu sein. »Der Graf ist ein alter Freund meines Vaters, Trenchard, und war deshalb gut bekannt mit meinem verstorbenen Bruder. Da er gerade in London weilte, hat er sich großzügigerweise bereit erklärt ...«

»... den unbequemen Thronbewerber in Augenschein zu nehmen.« Der Graf verbeugte sich. »Auch das ist eine Ehre.«

Cleveland hatte sich von Sofa hochgekämpft und gesellte sich nun zu uns. »Erscheint nur passend, Graf Moncalieri. Schließlich sind Thronbewerber Ihre nationale Spezialität, nicht wahr?«

Wieder war kein Zucken in dem starren, mürrischen Gesichtsausdruck zu entdecken. »Frédérics Sinn für Humor war mir schon immer ein Genuß, Monsieur Trenchard. Für Sie zweifelsohne ebenfalls.«

»Ich muß zugeben, daß ich die Angelegenheit keineswegs lustig finde.«

»Nein?« sagte Cleveland mit einem schmerzlichen Ausdruck. »Dann stell' ich mich wohl besser in die Ecke.« Er schlenderte davon, doch nur bis zum

Klavier, wo er sich auf den Hocker warf und mit entwaffnendem Charme Mozart zu spielen begann. Sir Hugo mühte sich ein tolerantes Lächeln ab, bat den Grafen, Platz zu nehmen, bot Getränke an und eilte im Raum herum, während ich Moncalieris morbidem, forschendem Blick vom Sofa gegenüber ausgesetzt war.

»Woher rührt Ihre Bekanntschaft mit Sir Gervase?« fragte ich.

Einen Moment lang schien er nicht antworten zu wollen; er spielte mit der Uhrkette, die sich über die pralle Seidenweste spannte, während seine Mundwinkel unentschlossen zuckten. Dann entschied er plötzlich, daß die Frage eine Antwort verdient hatte. »Ich war Gast auf Cleave Court im Jahre 1846, als die Welt und ich mit ihr noch jung waren, als man noch sein Vergnügen suchen konnte, ohne die ... Konsequenzen fürchten zu müssen.«

»Das war noch vor James Davenalls Geburt?«

Er ignorierte die Frage. »Sir Gervase und ich dienten später gemeinsam – im Krimkrieg.«

Von der anderen Seite des Raumes mischte sich Sir Hugo ein. »Der Graf ist ein alter Freund der Familie, Trenchard. Und damit ist er durchaus qualifiziert, Norton als Betrüger zu entlarven.«

»Bis jetzt sind Sie Mr. Norton noch nicht begegnet, Graf?«

»Nein, Monsieur. Dieses Fest steht mir erst morgen bevor.«

»Schönes Fest!« sagte Sir Hugo. Er war mittlerweile bei der Tür angelangt, wo etwas in dem angrenzenden Zimmer, dessen Fenster zur Straße hinausgingen, seine Aufmerksamkeit erregte. »Ah! Da kommt Richard. Entschuldigen Sie mich.« Er eilte hinaus, was mir die Gelegenheit verschaffte, das Ausmaß von Moncalieris Freundschaft zu Sir Gervase zu testen.

»Soweit ich weiß, glaubte Sir Gervase nicht daran, daß sein Sohn tot sei, Graf. Verstanden Sie als sein Freund seine Gründe?«

»Sicher ist es leicht, die Schwäche eines Vaters zu verstehen. Gervase konnte seinen Sohn nicht aufgeben, solange noch ein Hauch von Hoffnung bestand. Aber ich lasse mich nicht irritieren von solcher ... faiblesse du cœur.*«*

»Lady Davenall merkwürdigerweise auch nicht. Auch ich verstehe, daß ein Vater in diesem Punkt schwach ist. Doch wie sieht es mit einer Mutter aus?«

Zum erstenmal zeigte Moncalieris Gesicht eine Reaktion. »Zu subtil, Monsieur. Es wäre zu Ihrem eigenen Besten, nicht so subtil zu sein, glaube ich.« Sein Blick fixierte mich, während hinter uns das Klavier erklang und sich irgendwo im Haus Türen öffneten und wieder schlossen. »Stellen Sie sich nur eine Frage: Wünschen Sie sich James Davenall lebend – oder tot? Ich würde vorschlagen, Sie denken gut darüber nach, bevor Sie antworten, denn es hängt sehr viel davon ab.«

Cleveland brach sein Spiel abrupt ab und wirbelte auf seinem Hocker herum. »Wenn es darum geht, Graf, dann wünschte ich mir, der arme alte Jimmy würde noch leben. Verdammt noch mal, er war mein Freund.«

»Ist Hugo nicht Ihr Freund? Möchten Sie, daß er seinen Titel und sein Vermögen verliert?«

»Nun ... nein.«

»Dann wünschen Sie, daß James tot ist, Frédéric, genauso, wie es sich Monsieur Trenchard wünscht.«

»Tu' ich das?«

»Ich glaube schon, Monsieur. Ich glaube, daß jeder von uns, der an diesem Abend hier ist, diesen Wunsch hegt.«

Selbstverständlich hatte der Graf recht. Beim Abendessen zählte Richard Davenall die Fragen auf, die er Norton stellen würde; er erläuterte, wie er ihn zu fangen und was für Fallen er ihm zu stellen hoffte. Wir nickten alle und erklärten uns bereit, unseren Teil dazu beizutragen. Nicht zum erstenmal drängte sich mir der furchtbare Gedanke auf: Was mußte es für ein Gefühl sein, zurückzukehren, wie Norton es behauptete, und von jenen, die ihn einst Sohn und Bruder und Freund genannt hatten, verleugnet zu werden? Ich kann für diese sentimentale Regung kein Verdienst für mich in Anspruch nehmen, denn sie wurde sofort wieder von der wachsenden Überzeugung unterdrückt, daß ich ihm gegenüber keine Nachsicht üben durfte: In dem bevorstehenden Kampf war sich jeder selbst der nächste. Doch das schlimmste an der Sache war, daß ich mich ihm nicht gewachsen fühlte. Wenn nur Richard Davenalls Nachforschungen einen echten, lebenden, betrügerischen James Norton zutage gefördert hätten, aber er hatte nicht das geringste entdecken können: Norton blieb ein völliges Rätsel. Aus diesem Grund, glaube ich, blieb die düstere Vorahnung, die mich nach der Fahrt nach Somerset überfallen hatte, so stark wie zuvor, der beste Beweis gegen unser zuversichtliches Gerede, wir könnten Nortons Ansprüche nun endgültig vom Tisch fegen. Solange ich unseren Feind nicht kannte, so lange konnte ich nicht wirklich glauben, daß wir ihn schlagen würden.

IV

Den ganzen Morgen hindurch hatte es in Holborn geregnet. Der Verkehr hatte die Straße in eine Schlammlandschaft verwandelt; von den Rinnsteinen lief Wasser auf die Gehsteige, auf denen sich die Passanten drängten. Von den Markisen tropfte es, und Pferde dampften; Gemüsehändler fluchten, und Handkarren schwankten gefährlich; die tiefhängenden Wolken legten sich erstickend über die Tagesgeschäfte. Alles war klamm und feucht, jedes kurze Schweigen wurde durch das Prasseln des Regens gestört. Wo endete der Fluß, und wo begann die Stadt? An einem solchen Tag konnte man nicht sicher sein.

Es fehlte noch eine Stunde bis Mittag, doch angesichts der Umstände brannten die Gaslampen in den Büros von Warburton, Makepeace & Thrower. Das spärliche Licht, das durch die hohen, zur Gray's Inn Road hinausschauenden Fenster drang, konnte die Düsternis kaum aufhellen. Regen spülte über die unterteilten Scheiben und warf bewegliche Schatten auf die gemörtelten Zierstreifen an der Wand. Kohle zischte und flammte in einem zugigen Kamin. Hector Warburton eröffnete die Sitzung.

»Meine Herren, nun, da die Vorstellungen beendet sind, können wir beginnen?«

Warburton saß am Kopf des Tisches, auf einem hochlehnigen, normalerweise für seinen Vater reservierten Stuhl. Das Feuer brannte in seinem Rücken und tat nichts, um seine blassen Raubvogelzüge aufzuhellen. James Norton, der links von ihm saß, machte dagegen einen ganz anderen Eindruck; er hatte sich leicht vorgebeugt, seine Hände ruhten gelassen auf dem Tisch, und sein Gesicht drückte sanfte Erwartung aus. Der Feuerschein, der sich in seinen Augen spiegelte, erzeugte einen Ausdruck, der an arrogante Zuversicht grenzte. Ihm gegenüber beugte sich Lechlade, Warburtons Angestellter, eifrig über seine Papiere und machte erste Notizen über den Ablauf. Neben Lechlade saß Sir Hugo Davenall, der nur aus hektischen Bewegungen und Gesten bestand; seine Hände zupften ständig an Taschen und Ärmeln, seine Blicke huschten über den Tisch, blieben nur selten irgendwo hängen und richteten sich nie auf Norton. Sein Cousin Richard musterte ihn unbewegt von der anderen Seite des Tisches. Er bemühte sich lediglich, nüchternes juristisches Interesse für seinen Mandanten an den Tag zu legen, hoffte aber gleichzeitig in der Art eines besorgten Onkels, Hugo würde endlich stillsitzen und aufhören zu rauchen. Jetzt schon qualmten drei zerdrückte Zigaretten in dem Aschenbecher neben Sir Hugos Ellenbogen.

Neben Richard Davenall saß sein Kollege, Arthur Baverstock, der sich in dieser Umgebung ganz und gar nicht wohl zu fühlen schien. Ihm gegenüber saß Dr. Duncan Fiveash, der kaum verhehlen konnte, daß er anderswo wichtigere Dinge zu erledigen gehabt hätte. Er war praktisch unter Zwang von Bath angereist; schließlich war es nicht ratsam, eine derart reiche Klientin wie Lady Davenall vor den Kopf zu stoßen. Allerdings konnte niemand von ihm verlangen, seinen Widerwillen auch noch vor ihrem Anwalt zu verbergen. Jetzt kaute er auf seinem Bart herum, spielte mit der leeren Pfeife in seiner Brusttasche und tröstete sich mit dem Gedanken, daß es gegen Mittag vorbei sein würde und er den alten Emery in St. Thomas besuchen konnte. Fiveash war kein junger und auch kein ehrgeiziger Mann mehr. Das befreite ihn zwar nicht vom Zwang der Anwesenheit, ersparte ihm aber wenigstens die Verpflichtung, so zu tun, als wäre es eine Ehre für ihn.

Es war diese merkwürdig gemischte Gesellschaft, an der Fiveash vor allem Anstoß nahm: diverse Davenalls, die ihm innerlich und äußerlich so vertraut waren, wie es nur bei einem Arzt der Fall sein konnte, der bereits die Wehwehchen von drei Generationen behandelt hatte; ein Rudel armseliger Anwälte, die nur darauf aus waren, die Sache in die Länge zu ziehen, um ihre Honorare zu steigern, während für ihn nichts weiter herausspringen würde als ein gewisses zweifelhaftes Wohlwollen; und dazu ein Trio von Freunden der Familie: ein stämmiger, cholerischer französischer Adliger, an den er sich vage erinnerte und der, nach seinem Herumgerutsche auf dem Stuhl zu urteilen, an Verstopfung zu leiden schien; ein außergewöhnlich besorgter Bursche zu seiner Rechten namens Trenchard; und am Ende des Tisches, weit zurückgelehnt und bemüht, Rauchringe in die Luft zu blasen, ein lässiger Müßiggänger, der ihm als Freddy Cleveland vorgestellt worden war. Fiveash wandte sich von ihnen allen ab und richtete seine Aufmerksamkeit auf den Vorsitzenden.

»Mein Mandant«, erklärte Warburton gerade, »hat auf dieses Treffen entgegen meiner ausdrücklichen Empfehlung bestanden. Ich habe ihm gesagt, daß er nicht verpflichtet sei, jenen, die seine Identität in Zweifel gezogen haben, eine zweite Chance vor der Gerichtsverhandlung einzuräumen, die meiner Meinung nach jetzt die logische Folge gewesen wäre.«

»Sie wollen also ...«, begann Sir Hugo, wurde aber sofort von seinem Cousin unterbrochen.

»Ich würde vorschlagen, Mr. Warburton ausreden zu lassen«, sagte Richard Davenall betont. Sir Hugo schnaubte und versank in Schweigen.

»Danke«, sagte Warburton mit einem kurzen Nicken in Davenalls Richtung. »Wie bereits erwähnt, machte ich meinen Mandanten darauf aufmerksam, daß bei einem solchen Treffen die andere Seite aller Wahrscheinlichkeit nach dafür Sorge trüge, daß nur solche Personen daran teilnähmen, deren feindselige Einstellung ihm gegenüber außer Frage stünde.« Er schaute sich um. »Das scheint tatsächlich auch der Fall zu sein.« Ein schwaches Lächeln. »Nichtsdestoweniger bestand mein Mandant darauf. Er glaubt – und ich bin sicher, Sie sind einer Meinung mit mir, daß diese Einstellung ihm nur zur Ehre gereicht –, er müsse seiner Familie jede Chance einräumen, ihn anzuerkennen, bevor ihre diesbezügliche Weigerung an die Öffentlichkeit dringt. Er ist der Ansicht, daß mittlerweile der ursprüngliche Schock über sein plötzliches Auftauchen abgeklungen ist. Vielleicht sind Sie jetzt in der Lage, Ihre bisherige Haltung aufzugeben und seine Identität anzuerkennen, ohne daß feindschaftliche Gefühle auf irgendeiner Seite zurückbleiben. Er hat hervorgehoben ...«

Sir Hugo schlug mit der ganzen Wucht seines Zorns mit der flachen Hand auf die Tischplatte und brachte so Warburton abrupt zum Schweigen. Er funkelte Norton an. »Ich werde Sie und Ihren Fall und Ihren Anwalt ...«

»Bitte! Hugo!« intervenierte Richard Davenall erneut. Und wieder gab Sir Hugo nach, wenn auch mit deutlich größerem Widerwillen.

»Sagen Sie, was Sie zu sagen haben, Mr. Warburton«, meinte er sarkastisch.

»Ich danke Ihnen. Nur noch dies: Nehmen Sie die Gelegenheit wahr, vergessen Sie den bisherigen unglücklichen Verlauf der Ereignisse, und akzeptieren Sie die offensichtliche Wahrheit, daß James Davenall zurückgekehrt ist. Die Alternative dazu wäre ein langwieriger, teurer Gerichtsstreit, der mit Ihrer Niederlage enden und aller Wahrscheinlichkeit nach zu einer Zersplitterung Ihrer Familie führen wird. Mein Mandant möchte diese Konsequenzen vermeiden. Er hofft, daß Sie ebenso denken.«

Diesmal sagte Sir Hugo nichts. Richard Davenall entgegnete in maßvollem Ton: »Ich fühle mich leider im Namen von Sir Hugo zu der Erklärung verpflichtet, daß Mr. Nortons Angebot sowohl beleidigend als auch vollkommen unannehmbar ist. Kein Mitglied der Familie des verstorbenen James Davenall hat Mr. Nortons Anspruch auch nur einen Moment lang ernsthaft in Erwägung gezogen. Für sie ist dieser Mann ein Fremder. Sein Versuch, sich als ihr verstorbener Verwandter auszugeben, hat bei ihnen sowohl Kummer als auch Empörung ausgelöst. Falls er hier und jetzt in schriftlicher, eidesstattlicher Form erklärt, seine Ansprüche zurückzuziehen, dann ist Sir Hugo bereit, die Sache nicht weiter zu verfolgen. Sollte dies nicht der Fall sein, so wird Sir Hugo eine einstweilige Verfügung gegen Mr. Norton beantragen und Anzeige gegen ihn erstatten. Dies sind unsere Bedingungen, die man nach Lage der Dinge wohl nur als äußerst großzügig bezeichnen kann. Falls sich Mr. Norton eine Ex-gratia-Zahlung erhofft hat, so muß ich ihn enttäuschen.« Er wandte sich an Baverstock. »Ich glaube, das ist auch Lady Davenalls Haltung?«

Baverstock räusperte sich. »Jawohl.«

Schweigen senkte sich über die kleine Versammlung. Clevelands Stuhl knarrte, als er sich zurücklehnte. Sir Hugo trommelte mit den Fingern. Das Feuer zischte. Und Norton hob eine Augenbraue, ein unauffälliges, aber unmißverständliches Signal für Warburton, daß er nun das Wort ergreifen wollte.

Sein Ton war leise und sanft, seine Modulation dem Anlaß perfekt angepaßt: Entschlossenheit, vermischt mit Sorge. »Es erfüllt mich mit tiefer Betrübnis, daß meine Familie mich nicht anerkennen will. Ich weiß, daß ihr euch durch meine frühere Täuschung hintergangen fühlt, aber ich bitte euch, laßt das nun nicht zwischen uns stehen. Wäre mein Vater noch am Leben, ich glaube, alles wäre anders ...«

»Wäre mein Vater noch am Leben«, warf Sir Hugo ein, »dann wären Sie Glücksritter gar nicht aufgetaucht, um unser Vermögen zu ergattern.«

Norton fuhr fort, als wäre er nicht unterbrochen worden: »Ich glaube, er hat sich immer dagegen ausgesprochen, mich offiziell für tot erklären zu lassen. Ich schließe daraus, daß er die Wahrheit geahnt hat. Ich wünschte, ich hätte ihn noch lebend vorgefunden, aber daran läßt sich nun nichts mehr ändern.« Er wurde nachdenklich. »Ich kann die Toten nicht mehr als Zeugen aufrufen, das heißt, in einem gewissen Sinne doch, auf den ich später zu sprechen kommen werde. Ich kann hier und heute auch nicht zwei Leute aufrufen, die mich erkannt haben und deren Abwesenheit mehr als verdächtig ist: Miss Pursglove, von der Sie wahrscheinlich behaupten werden, sie sei zu alt, um glaubwürdig zu sein; und Mrs. Trenchard, deren Ehemann anwesend ist, um all dem zu widersprechen, was zwischen uns geschehen ist.« Trenchard sagte nichts, sondern schaute nur unverwandt geradeaus. »Nun gut, ich verstehe durchaus, weshalb du wünschst, ich wäre tot, Hugo. Glaube mir, das verstehe ich wirklich. Ich kann sogar verstehen, weshalb du, Richard, dich verpflichtet fühlst, dich dieser Ansicht anzuschließen. Was dich anbelangt, Freddy, so möchte ich sagen, du hast bereits eine Wette über den Ausgang dieser Sache laufen.«

»Ich will verdammt sein ...«

Norton hielt eine Hand hoch. »Laßt mich ausreden«, sagte er sanft. »Ich verstehe, weshalb Sie, Trenchard, nicht wünschen, daß der frühere Verlobte Ihrer Frau von den Toten aufersteht. Ich kann allerdings nicht verstehen, wie es Ihnen, Dr. Fiveash, gelungen ist, sich selbst einzureden, ich sei nicht Ihr ehemaliger Patient.«

»Junger Mann ...«

Wieder die besänftigende Geste. »Wie soll ich anfangen, Sie davon zu überzeugen, daß Sie sich irren? Es gibt nur einen Weg: die Wahrheit.«

»Die Wahrheit«, mischte sich Moncalieri mit dröhnendem Tonfall ein, »ist die, Monsieur, daß Sie nicht James Davenall sind. Die Wahrheit ...«

»... ist, daß Sie Prinz Napoleon Joseph Charles Paul Bonaparte sind, offizieller bonapartistischer Anwärter auf den Kaiserthron Frankreichs«, sagte Norton mit ruhiger Überzeugung. »Die Wahrheit ist, daß ich Sie oft genug mit meinem Vater in Paris besucht habe, in für Sie glorreicheren Tagen. Ich bin überrascht, Sie hier zu sehen, Prinz, und neugierig auf den Grund dafür. Es kann nicht sein, daß Sie lediglich dem armen Hugo helfen wollen. Das erscheint mir als zu selbstlose Geste.«

Trenchard schaute voller Verblüffung vom einen zum anderen. Es gab keinen Zweifel daran, daß Norton recht hatte: Der Schock, den seine Worte ausgelöst hatten, zeigte sich überdeutlich auf Moncalieris gerötetem, verzerrtem Gesicht. Er war nun kein Graf mehr, sondern ein Prinz mit dem Blut von Bonaparte. Fiveash erkannte ihn und war sich sicher, sogar einen napoleonischen Zug in seinem Gesicht zu entdecken. Vor vielen Jahren war er dem Mann einmal auf Cleave Court in Gesellschaft von Sir Gervase begegnet, als er noch kein Geheimnis aus seiner Identität gemacht hatte.

Endlich schleuderte der Prinz Norton eine Antwort entgegen. »Ich habe mich vor Ihnen nicht für den Namen zu verantworten, den ich mir erwählt habe.«

»Doch später wäre behauptet worden, daß ich nicht den richtigen Namen eines ehemaligen Bekannten gewußt hätte. Es tut mir leid, wenn ich Sie in Verlegenheit gebracht habe, doch ich hielt es für das beste, gleich zu zeigen, daß ich mich von solchen Tricks nicht irritieren lasse.«

»Nicht übel«, sagte Cleveland mit an die Nerven gehendem Humor.

»Mein Ruhm eilt mir voraus«, warf der Prinz ein, der sich wieder gefaßt hatte. »Es beweist gar nichts, daß Monsieur Norton mich erkannt hat.«

»Wir haben uns zuletzt im November 1870 gesehen«, sagte Norton kühl. »Sie speisten in Bladeney House mit Ihrer Geliebten. Wie geht es Cora heute?«

»*Mon Dieu,* das geht zu weit! Ich werde nicht ...«

»... länger vortäuschen, ich sei nicht James Davenall?«

Prinz Napoleon war wütend. Erkannt zu werden mochte noch seiner Eitelkeit geschmeichelt haben, doch er hatte bestimmt bei diesem Anlaß nicht damit gerechnet, an eine abgeschobene Geliebte erinnert zu werden. Er dachte kaum darüber nach, woher Norton wissen konnte, mit wem er vor zwölf Jahren diniert hatte, sondern erhob sich von seinem Stuhl. »Der Teufel soll Sie holen, Mr. Norton – oder wer immer Sie sein mögen. Ich bin nicht hergekommen, um mich beleidigen zu lassen. Dies ist alles ... *la tromperie.* Das Unglück eines Lebens in der Öffentlichkeit besteht darin, daß es Lügen ... und Klatsch anzieht.« Er näherte sich Norton. In seinem Gesicht arbeitete es heftig; seine gewaltigen Schultern hingen leicht herab, als hätten ihn die Worte des anderen Mannes bereits verwundet. »Sie haben nichts weiter bewiesen, als daß Sie nicht James Davenall sein können.«

Norton wandte sich der sich ihm nähernden Gestalt zu. »Ein bißchen empfindlich, was, weil Sie die arme Cora verhungern ließen? Ich glaube, das ist wirklich nicht notwendig. Es gibt mehr Dinge, deretwegen Sie empfindlich sein müßten, als nur eine abgelegte Geliebte. Viel mehr, möchte ich sagen.«

Der Prinz stoppte abrupt. Er stand nun hinter Richard Davenall, eine Hand auf die Stuhllehne gestützt, als brauche er einen Halt. »Wie meinen Sie das?« fragte er langsam.

»Sie waren ein Freund der Familie, noch bevor ich geboren wurde. Sie wurden auf Cleave Court durch Ihren Cousin, Prinz Louis Napoleon, während seines Exils in Bath eingeführt. Er hatte sich mit meinem Großvater, Sir Lemuel, angefreundet. Während eines Besuches bei Ihrem Cousin in Bath lernten Sie im Herbst 1846 meinen Vater kennen. Ich glaube, Sie reisten damals unter dem Namen Graf von Montfort.«

»Woher ...?«

»Mein Vater erzählte es mir. Woher sonst sollte ich es wissen? Vielleicht äußerst gewissenhafte Nachforschungen? Obwohl ich keine Ahnung hatte, daß Sie heute hier sein würden? Es wäre möglich, denke ich. Vielleicht möchten Sie etwas Definitiveres hören.«

Prinz Napoleon stand über Norton gebeugt, so daß ihre Gesichter nur Zentimeter voneinander entfernt waren. »Ich möchte gar nichts von Ihnen, Monsieur – *rien*!«

»Ich bezweifle, daß Sie die Konfrontation mit mir gewagt hätten, wenn Sie informiert gewesen wären, was mein Vater mir alles über Eure Kaiserliche Hoheit erzählt hat. Also lassen Sie Ihre Gedanken zurückschweifen. Sechsunddreißig Jahre. Eine lange Zeit, das gestehe ich Ihnen zu, aber was bedeutet Zeit für einen Prinzen? Sir Harleys Irrgarten auf Cleave Court am 20. September 1846.«

Ein Röhren entrang sich der Brust von Prinz Napoleon. Er riß die Schultern hoch, fuhr sich mit einer Hand an die zitternde Kehle und blickte auf Norton herab. »Wer *sind* Sie?«

Norton ignorierte die Frage. »Meine Mutter hat den Irrgarten aufgehoben. Hat man Ihnen das gesagt? Ich nehme an, Sie können den Grund dafür erraten. Sie hat nichts übrig für Dinge, die sie an dieses Datum erinnern könnten. Soll ich allen anderen hier die Bedeutung des Irrgartens erklären?«

Prinz Napoleon funkelte über den Tisch hinweg Sir Hugo an. »Ich gebe Ihnen die Schuld!« Seine Stimme steigerte sich zu einem zornigen Kreischen. »Ihre Mutter hätte mich warnen müssen!«

»Beruhigen Sie sich, Prinz«, sagte Norton. »Meine Mutter wußte nicht, in welchem Ausmaß mein Vater mich eingeweiht hatte.«

Doch der Prinz wollte sich nicht beruhigen. Mit einem Fluch fuhr er auf dem Absatz herum und rauschte zur Tür. Dort blieb er lange genug stehen, um seinen Peiniger anzufunkeln. »Ich werde diese Inquisition nicht dulden. Ich wünsche Ihnen allen viel Spaß an dieser Sache, aber belästigen Sie mich nicht mehr damit.« Er stieß die Tür auf und war verschwunden.

V

In dem anschließenden Schweigen starrte Sir Hugo zum erstenmal mit völlig ungläubigem Blick Norton an, als wollte er diesen feinen, zurückhaltenden Zügen ihr Geheimnis entreißen. Der Schock hatte den Rest der Gesellschaft verstummen lassen. Nur das Kratzen von Lechlades Feder und das Schlagen der Tür – die einen Spalt offenstand, nachdem Prinz Napoleon sie zugeknallt hatte – übertönten im Raum das Rauschen des Regens.

Nichts bewegte sich, bis auf ein halbes Dutzend rasender Gedanken, die vergeblich nach Schlußfolgerungen suchten, die bereits vorweggenommen worden waren.

Richard Davenall war vielleicht am besten geeignet, das zu erfassen, was geschehen war. Er wußte seit vielen Jahren von Sir Gervases Freundschaft mit Prinz Napoleon und hatte sie stets bestenfalls für unglücklich gehalten. Der Prinz hatte schon immer Pech mit schlechten Manieren kombiniert und damit jene vor den Kopf gestoßen, die sich davon nicht erheitert fühlten. In die Kategorie jener, die sich darüber amüsierten, hatte er seinen Cousin gedrängt. Doch ihre Freundschaft hatte länger überlebt, als bloßes Amüsement gerechtfertigt hätte. Sir Gervase hatte sogar 1854 einen Brief an die *Times* geschrieben, in dem er den Prinzen gegen den Vorwurf der Feigheit verteidigte, weil dieser die Krim in einem frühen Stadium des Feldzugs wegen einer zweifelhaften Krankheit verlassen hatte. Sie hatten sich 1846 kennengelernt, das stimmte, doch unter welchen Umständen war ihre lebenslange Beziehung geschmiedet worden? Woher wußte Norton von Dingen, von denen Richard keine Ahnung hatte? Außer ... Seine Gedanken wandten sich dem Spätherbst des Jahres 1854 zu, als er im Alter von zweiundzwanzig Jahren, noch Student zu dieser Zeit, während Sir Gervases Abwesenheit im Dienste Ihrer Majestät mit der Verwaltung von Cleave Court betraut worden war. Catherine, die loyalerweise ihren Mann zur Krim begleitet hatte, war ohne Vorankündigung und unerklärlich deprimiert Mitte Dezember wieder heimgekehrt. Erst später hatte sie den Grund dafür angedeutet: ein Zusammenstoß mit Prinz Napoleon in Konstantinopel. Der Prinz tobte vor Wut über Unterstellungen in der Presse, er habe sich davongemacht; er war so wütend, daß er ein paar Sachen äußerte, von denen Catherine bis dahin keine Ahnung gehabt hatte. Zu dieser Zeit und all den folgenden Ereignissen wanderten nun seine Gedanken ...

Die Tür wurde mit Wucht zugeknallt. Es klang wie ein Schuß einer fernen Schlacht, und Richard Davenall war nicht der einzige, der zusammenzuckte. Cleveland, der hinübergegangen war und die Tür mit dem Fuß zugestoßen hatte, entschuldigte sich mit einem reuigen Lächeln. »Sorry. Wollte sie nicht knallen.« Er kehrte zu seinem Sitzplatz zurück.

Das Geräusch schien Sir Hugo aus seiner Trance gerissen zu haben. »Wer *sind* Sie?« fragte er plötzlich, immer noch Norton anstarrend. »Das hat er gefragt. Und das will ich wissen.«

»Du weißt, wer ich bin«, lautete die ruhige Antwort.

»Sie sind nicht mein Bruder.«

»Dann beantworte deine Frage selbst. Ich nehme an, du hast eine Armee von Privatdetektiven angesetzt, um mir eine andere Identität anzuheften. Was haben sie herausgefunden?«

»Bis jetzt«, sagte Richard Davenall, »haben wir noch nichts über Ihre

Aktivitäten vor Ihrem Besuch auf Cleave Court am 26. September entdekken können.«

»Erlaubt mir, etwas Licht in eure Dunkelheit zu bringen. Vom Sommer 1871 an bis zu Beginn dieses Jahres lebte ich in Nordamerika. Ich verließ das Land nur, um mir einen Verdacht zu bestätigen, der sich erst vor kurzem in meinem Kopf festgesetzt hatte. Das konnte ich in Frankreich tun. Nachdem das erledigt war, wurde der Anlaß meines Verschwindens vor elf Jahren plötzlich hinfällig. Es dauerte einige Monate, bis ich mich den so plötzlich veränderten Umständen angepaßt hatte. Nun, da dies geschehen ist, trete ich vor euch als der Mann, der ich bin, ob euch das nun paßt oder nicht – als James Davenall.«

»Meine Herren«, mischte sich Warburton ein, »darf ich zum Kern der Sache vorstoßen? Möchte irgend jemand hier die Fakten, die mein Mandant in Verbindung mit Prinz Napoleon vorgebracht hat, in Zweifel ziehen? Zu der Moral, ihn hier unter einem falschen Namen einzuführen, möchte ich mich nicht äußern, Davenall«, er nickte in Richtung seines Kollegen, »trotz der Armseligkeit seines Auftritts. Doch er schien jedenfalls restlos überzeugt zu sein.«

»In diesem Punkt müssen wir umdenken.«

»Werden die Fakten in Frage gestellt?«

»Nein ... So, wie sie sind, nicht.«

»Könnten Sie mir dann die Frage beantworten, wie mein Mandant derartige Dinge wissen kann, falls es sich bei ihm um einen Betrüger handelt?«

»Das läßt sich ... schwer sagen.«

»Es ist sogar, genaugenommen, unmöglich, nicht wahr? Möchten Sie jetzt nicht doch lieber einlenken?«

»Ganz gewiß nicht.«

»Dann muß ich Sie warnen, daß die weiteren Beweise, die mein Mandant möglicherweise vorlegt – vielleicht einem Gericht vorlegt –, Ihrer Familie nicht zur Ehre gereichen werden.«

Davenall griff nach einem Strohhalm. »Wir bestehen darauf, Fotos zu begutachten, James' Schneider zu konsultieren, seinen Schuhmacher, jeden, der Auskunft geben kann.«

»Wir haben seinen verdammten Doktor konsultiert!« rief Sir Hugo in einem plötzlichen Ausbruch destruktiver Energie. »Das ist wohl ein ganzes Stück intimer als verschwommene Fotos oder die Aussage von einem Flickschuster, möchte ich meinen. Fällen Sie Ihr Urteil, Herr Doktor.«

Fiveash spitzte die Lippen, irritiert von den schlechten Manieren des jungen Mannes, behielt aber seinen reservierten Tonfall bei. »Mr. Norton kam am Abend des 26. Septembers in meine Praxis. Ich führte eine überaus gründliche Untersuchung durch.«

»Auf wessen Verlangen hin?« warf Warburton ein.

»Da ich seiner Behauptung, er sei mein früherer Patient, völlig ungläubig gegenüberstand, schien das die beste Weise, um ...«

»Aber wer verlangte diese Untersuchung?«

»Es geschah in beiderseitigem Einvernehmen.«

»Mein Mandant leistete also keinen Widerstand?«

»Nein.«

»Das ist wohl kaum die Handlungsweise eines schuldigen Mannes. Er hätte sich leicht weigern können.«

»Wie dem auch sei, ich untersuchte ihn jedenfalls mit seiner Zustimmung.«

»Was stellten Sie fest?«

»Es handelt sich um einen Mann Mitte Dreißig, der sich bester Gesundheit erfreut. Um es deutlicher auszudrücken, es handelt sich nicht um James Davenall.«

»Was bringt Sie zu dieser Aussage? Ist er zu groß, zu dünn, zu muskulös? Gibt es irgendeinen auffälligen Leberfleck oder ein Muttermal, das ihm fehlt?«

»Ich mache keine genauen Aufzeichnungen von den physischen Eigenarten meiner Patienten. Er hat ungefähr die gleiche Größe, auch wenn er etwas kräftiger gebaut ist.«

»Könnte eine Änderung in seinen Lebensumständen dafür verantwortlich sein?«

»Das wäre möglich. Was besondere Kennzeichen anbelangt, so erinnere ich mich an nichts, was hier von Bedeutung sein könnte.«

»Worauf basiert denn Ihre Schlußfolgerung?«

»Sie basiert auf den gleichen Grundlagen, nach denen ich mich morgens im Spiegel erkenne. Diesen Mann kenne ich nicht.«

»Diese Grundlagen scheinen mir medizinisch kaum vertretbar.«

»Es gab auch medizinische Gesichtspunkte, die mich in meiner Einschätzung bestärkten.«

»Welcher Art?«

»Gesichtspunkte, die zwischen einem Arzt und einem Patienten vertraulich zu behandeln sind.«

»Sie gehen doch davon aus, daß Ihr Patient tot ist, Herr Doktor. Endet die Vertraulichkeit nicht hier? Der Eid des Hippokrates erstreckt sich doch sicher nicht über das Grab hinaus.«

»Unter gewissen Umständen kann das durchaus der Fall sein.«

Warburton wandte sich an Richard Davenall. »Das ist eine Argumentation auf einem geradezu empörenden Niveau. Glauben Sie wirklich, daß Sie damit durchkommen?«

»Ich denke, es wird genügen.«

»Ich fürchte nicht.« Wieder signalisierte Norton seinem Rechtsbeistand, daß er das Wort ergreifen wolle. »Ich bin Dr. Fiveash dankbar für seine fehlgeleitete Loyalität, doch seine falsche Auffassung darf nicht unwidersprochen im Raum stehenbleiben. Ich muß Ihnen offen darlegen, was für ihn genauso schmerzlich sein mag wie für mich. Als er mich letzten Monat untersuchte, hielt er nach Anzeichen einer Krankheit Ausschau, die er ursprünglich im Jahre 1871 diagnostiziert hatte. Er gelangte aufgrund des Fehlens dieser Anzeichen zu seiner jetzigen Schlußfolgerung.«

Fiveash war völlig verblüfft. Trenchard sah in seinem Gesicht weniger Ärger, aber dafür mehr Erstaunen als in dem von Prinz Napoleon. »Woher wissen Sie ...?« begann der Doktor.

»Ich floh vor elf Jahren wegen dieser Diagnose. Ich bin zurückgekehrt, weil ich erfuhr, daß sie falsch war. Sie haben sich getäuscht, Herr Doktor, schlicht und einfach getäuscht.«

Jetzt war Fiveash in seiner Berufsehre gekränkt. Zorn stieg in ihm auf. »Wie können Sie es wagen? Das ist ..., das sind Vermutungen, zu denen noch Beleidigungen hinzukommen.«

»Nein, Herr Doktor. Es ist die schlichte Wahrheit. Ich kam im April 1871 zu Ihnen, weil ich, wie ich glaubte, an einer Augenkrankheit litt. Sie diagnostizierten Syphilis.«

Die Aufmerksamkeit aller war auf ihn gerichtet. Lechlade hatte aufgehört zu schreiben. Selbst Cleveland saß vorgebeugt auf seinem Stuhl, den Blick auf Norton gerichtet. Trenchard bewegte sich nicht, versuchte seine Ohren vor der Wahrheit zu verschließen. Wenn James Davenall erfahren hatte, daß er mit Syphilis infiziert war, wenn James Davenall ein ehrenwerter Mann war – was konnte er dann wenige Wochen vor seiner Heirat mit einer unschuldigen Frau tun? Was konnte er anderes tun als ...?

»Ich gebe Ihnen weder irgendeine Schuld, noch verdamme ich Sie. Ich glaube, die Symptome von Syphilis sind ohnehin äußerst heikel zu identifizieren, was besonders auf meinen Fall zutraf. Ich holte sogar die Meinung eines Spezialisten aus der Haley Street ein. Das Urteil war identisch, doch ebenso falsch. Ich konnte nicht mit den Vorbereitungen für die Hochzeit mit Miss Sumner fortfahren, doch wie sollte ich den Grund dafür erklären? Ich muß gestehen, daß ich die Flucht einem Geständnis vorzog. Als ich die Nachricht auf Cleave Court hinterließ, hatte ich Selbstmord im Sinn. Daran hatte sich auch nichts geändert, als ich am gleichen Abend in London eintraf. Doch ich brachte den Mut dazu nicht auf. Der 17. Juni 1871 war nicht mein Todestag, obwohl ich manchmal fast der Meinung bin, er wäre es besser gewesen. Ich verließ das Land auf einem Dampfer mit Ziel Halifax, Nova Scotia, unter falschem Namen. Noch nicht Norton, denn ich wechselte mehrmals den Namen. Ich wollte mich auslöschen aus der Welt, die ich einst gekannt hatte. Es war die einzige Möglichkeit, die Scham zu ertragen, die ich empfand. Und ich hatte Erfolg, wie Sie sehen.«

Durch mehr als nur einen Kopf huschte der Gedanke: Dieser Mann meint es ernst – er ist James Davenall. Trenchard bemühte sich, seinen schlimmsten Befürchtungen ins Gesicht zu sehen, und sah sich lediglich mit noch Schlimmerem konfrontiert: Wenn er diesen Mann weiterhin bekämpfte, was er tun mußte, wenn er Constance nicht verlieren wollte, dann würde er allein und aller Wahrscheinlichkeit nach im Unrecht sein. Es war nicht sein Wunsch, es war nicht seine Pflicht, und trotzdem würde er es tun. Seine Liebe war stärker, als ihm manchmal selbst bewußt war; er würde diesen Mann bis zum bitteren Ende bekämpfen. Er sah Norton an und machte sich mit dem Gedanken vertraut: Dieser Mann, der vielleicht mein Freund hätte sein können, ist von nun an mein Feind. Er schauderte.

Fiveashs Reaktion war offensichtlich in eine andere Richtung gegangen. Er war alt und zufrieden und angesehen, doch jetzt stand er plötzlich am Pranger und sah sich verdammt. Dazu war er noch nicht bereit; dies war weder der rechte Ort noch die rechte Zeit. Sein ganzes Lebenswerk schien durch seine Fehlbarkeit zusammenzubrechen. Er schimpfte lautlos. Es hatte so viele Spuren gegeben, die ihn in die Irre geführt hatten. All die vorangegangenen Ereignisse hatten ihn unbewußt auf James Davenalls Krankheit vorbereitet. Es schien nur gerecht zu sein, ja fast angemessen. Konnte er einen derart katastrophalen Fehler begangen haben? Er kämpfte zornbebend gegen den Gedanken an.

»Nein! Es ist nicht möglich. Es ist kein Zweifel möglich. James Davenall war unheilbar krank. Ich habe Sie zu Emery geschickt, und er bestätigte meine Diagnose.«

»Sie haben mich hingeschickt. Ja, das stimmt. Sie taten es und haben es nun bestätigt. Sie wissen, daß ich es war.«

»Ein Versprecher. Nichts weiter als ein Versprecher. Ich meinte ... ich meinte nicht ... Sie.«

»Sie sagten mir, die Krankheit sei unheilbar, und ich glaubte Ihnen. Ich schlich mich davon, um zu sterben. Aber ich starb nicht. Die Symptome verschwanden allmählich. Ich dachte, sie würden wiederkehren, aber das taten sie nicht. Ich konsultierte einen amerikanischen Arzt. Er erklärte mir, daß ich vollkommen gesund sei. Kein Anzeichen von Syphilis. Ich suchte den berühmten französischen Venerologen Fabius in Paris auf. Er sagte mir das gleiche. Sie haben sich geirrt. Sie haben sich alle geirrt.«

Erneutes Schweigen. Schließlich sagte Trenchard: »Einen Moment. Habe ich Sie richtig verstanden, daß Sie bereit sind, vor Gericht zuzugeben, daß Sie an Syphilis zu leiden glaubten?«

Norton zuckte mit keiner Wimper. »Falls notwendig – ja.«

»Dann würden Sie also auch zugeben, daß Sie – ganz gleich, ob die Diagnose nun richtig oder falsch war – guten Grund zu der Annahme hatten, der Arzt könnte recht haben?«

Nortons Antwort bestand nur aus einem Lächeln.

Sir Hugo wandte sich Trenchard zu. »Was zum Teufel tun Sie da, Mann? Sie spielen sein Spiel, gehen davon aus, daß es sich bei all dem nicht nur um einen Haufen Lügen handelt.«

»Trenchard kümmert sich um seine Interessen«, sagte Norton. »Das kann man ihm nicht verdenken. Ein Mann glaubt nicht, Syphilis zu haben, es sei denn, er habe sich zuvor in eine Situation begeben, in der er sich hätte anstecken können. Trenchard will darauf hinaus, daß ich in diesem Fall Constance während unserer Verlobungszeit hätte untreu sein müssen.«

»Und was kümmert mich das?« fauchte Sir Hugo.

»Gar nichts, lieber Bruder. Dir bedeutet es nichts, doch Trenchard alles. Doch auch diese Annahme beruht auf einer Fehleinschätzung. Ich hatte guten Grund zu fürchten, ich könnte mich mit Syphilis infiziert haben, doch das hatte nichts mit irgendeiner Untreue Constance gegenüber zu tun.«

»Wie sollte es dann möglich sein?« fragte Trenchard.

»Dr. Fiveash hat mir diese Frage vor elf Jahren zufriedenstellend beantwortet. Ich will es ihm überlassen, Sie nun gleichermaßen zufriedenzustellen.«

»Guter Gott«, sagte Fiveash langsam.

»Ja, Herr Doktor?«

»Es ist nicht möglich. Sagen Sie, was Sie wollen, führen Sie uns alle möglichen Tricks vor, aber Sie können nicht wissen, was zwischen uns geschah, außer Sie wären wirklich James Davenall. Und das werde ich niemals glauben – werde ich niemals zugeben.«

»Weil es Ihr berufliches Ansehen schädigen könnte?«

»Gottverdammt, nein. Ich werde es nicht zugeben, weil es nicht wahr ist.«

»Sie wollen es nicht zugeben, weil Sie nicht wollen, daß es wahr ist.«

»Nein.«

»Wollen Sie nun erklären, was Sie mir damals erklärt haben, oder muß ich es tun?«

»Ich sage nichts.«

Eine weitere Pause, ein weiterer wortloser Abgrund. Dann erhob sich Norton ganz überraschend und völlig geräuschlos. »Dann werde ich auch nichts sagen.«

Von Sir Hugo kam verzweifelter Jubel. »Weil Sie nichts wissen! Fiveash hat gezeigt, daß Sie nur bluffen.«

Falls der Mann, auf den Norton herabblickte, sein Bruder war, wurde die sich in seinem Gesicht abzeichnende Verachtung nur durch sehr wenig brüderliches Mitleid abgemildert. »Nein, Hugo, ich halte mich im Augenblick lediglich zurück, das ist alles. Wenn ich reden muß, dann werde ich es auch tun, doch dann werdet ihr es bedauern. Das ist alles, was ich momentan zu sagen habe.« Eine höfliche Verbeugung. »Mr. Warburton wird meine Position erläutern. Ich hoffe, bald von euch zu hören – zu unser aller Bestem. Und jetzt wünsche ich allen einen guten Tag.« Langsam ging er an ihnen vorbei und zur Tür hinaus. Sein Abgang hatte Würde und Zurückhaltung; er hatte gerade genug gesagt und genug zurückgehalten, um die Ehrbarkeit eines Mannes anzudeuten, der auf seinem Recht bestand, niemals aber Rechte anderer für sich beanspruchen würde. Die Tür fiel hinter ihm ins Schloß. Im gleichen Moment begann die Staple-Inn-Glocke zu schlagen. Es war Mittag. Niemand konnte glauben, daß sie sich tatsächlich erst vor einer Stunde hier versammelt hatten. Warburton blickte von einem zum anderen und wartete auf das Ende der Glockenschläge.

»Meine Herren«, sagte er schließlich, »ich nehme an, Ihnen ist nun klar, wie gut unser Fall abgesichert ist. Mein Mandant hat mich angewiesen, Ihnen eine weitere Möglichkeit einzuräumen, Ihre Position zu überdenken. Wenn wir von nun an gerechnet in zwei Tagen – das ist Freitag, der dreizehnte, mittags – nichts von Ihnen gehört haben, werden wir zum frühestmöglichen Termin eine Gerichtsverhandlung in Chancery beantragen. Dort werden wir die Aufhebung der Hinderungsgründe fordern, deretwegen Sir James Davenall sein Besitz und sein Titel vorenthalten werden. Ich bezweifle, daß es im gegenwärtigen Stadium mehr dazu zu sagen gibt.«

»Dazu gibt's eine Menge zu sagen«, schrie Sir Hugo. »Ich habe Fragen, die er nicht beantworten ...«

»Hugo!« unterbrach ihn Richard Davenall scharf. »Mr. Warburton hat recht.« Er warf dem anderen Mann einen Blick zu. »Ich werde dafür sorgen, daß Sie rechtzeitig über unsere Entscheidung informiert werden.«

»Besten Dank.«

»Und jetzt sollten wir dieses Treffen beenden. Baverstock?«

Der Anwalt schreckte auf seinem Stuhl zusammen. Er war die ganze Zeit über sprachlos gewesen und fand auch jetzt nur mit Mühe Worte. »Ja. Ja, natürlich. Absolut.«

»Noch ein letzter Punkt«, sagte Warburton. »Sollten Sie irgendwelche Hoffnungen auf Sir Hugos Glauben setzen, mein Mandant sei nicht über die Dinge informiert, die er soeben abgelehnt hat, öffentlich zu bekunden, so muß ich Ihnen mitteilen, daß wir im Besitz einer Kopie von Sir Gervases Totenschein sind. Die Schlußfolgerungen, die sich daraus ziehen lassen, werden wir dem Gericht vorlegen, falls es keine andere Möglichkeit geben sollte.«

Richard Davenall blickte Fiveash an. »Ist Ihnen die Bedeutung dieser Worte klar, Herr Doktor?«

Die Antwort war ein heiseres Flüstern. »Ja.«

VI

Sir Hugo Davenall saß wie betäubt in der Ecke des Büros seines Cousins in High Holborn. Seine frühere Besorgnis hatte einer mürrischen Lethargie Platz gemacht. Er hatte noch nicht einmal den durchweichten Mantel abgelegt, in dem er von Staple Inn hermarschiert war. Schwer atmend starrte er geradeaus, die Unterlippe vorgeschoben, das Kinn in die linke Hand gestützt, während er mit der rechten dem Muster auf der Armlehne seines Stuhls nachfuhr.

Cleveland stand am Fenster, preßte ein Glas mit Scotch gegen seine Brust, rauchte träge und starrte mit leerem Blick auf die Straße hinaus. Neben ihm lehnte Trenchard am Fenstersims, den Rücken den vorbeifahrenden Straßenbahnen zugewandt, offensichtlich in Gedanken versunken. Seitlich vom Fenster war Richard Davenall hinter seinem breiten, unordentlichen Schreibtisch in eine im Flüsterton gehaltene Konferenz mit Baverstock vertieft. Beide machten besorgte Gesichter. An der Tür ging Dr. Fiveash auf und ab. Gelegentlich hielt er neben dem bis zur Decke reichenden Bücherregal inne und betrachtete den Buchrücken eines juristischen Wälzers; dann holte er seine Taschenuhr hervor, sah nach, wie spät es war, und steckte sie mit einem schweren Seufzen wieder weg.

Lediglich Trenchard blickte auf, als sich die Tür öffnete und ein Angestellter eintrat, der direkt auf Richard Davenalls Schreibtisch zuging.

»Was gibt's, Benson?«

»Ein Bote vom Hotel ›Claridge‹ hat diese Nachricht vor wenigen Augenblicken gebracht, Sir. Der Absender ist Moncalieri.«

Davenall hatte den Brief aufgerissen, noch bevor sich die Tür wieder hinter dem Überbringer geschlossen hatte, doch ein Klicken mit der Zunge war seine einzige unmittelbare Reaktion.

»Was hat Prinz Napoleon zu seiner Entschuldigung anzuführen?« fragte Cleveland.

Davenall lächelte grimmig. »Er ist mehr als nur mißgestimmt. Es sieht so aus, als würde er nach Frankreich zurückkehren ... auf der Stelle.«

»Er verläßt das sinkende Schiff?«

»Möglicherweise sieht er es so. Ganz sicher ist ihm nicht nach weiteren Begegnungen mit Mr. Norton zumute. Er fand diese Diskussion ... unerfreulich. Vielleicht ist es ganz gut so. Ich fürchte, Warburton würde beträchtliches Kapital aus Bemerkungen wie dieser schlagen: ›Monsieur Nortons Bezugnahme auf ein bestimmtes Datum des Jahres 1846 ist purer Blödsinn. Ohne jede Bedeutung. Außerdem erscheint es undenkbar, daß Sir Gervase ihm von derartigen Dingen erzählt hat.‹«

»Was für Dingen?«

»Genau das ist es. Wenn das Datum unwesentlich ist, gibt es nichts zu erzählen. Und doch deutet er es an. Kein Wunder, daß die Bonapartisten unter seiner Führung nicht gerade Oberwasser bekommen haben.« Langsam zerriß Davenall die Nachricht und warf die Fetzen in den Papierkorb. »Das wäre also unser adliger Verbündeter gewesen.«

»Ich habe sehr sorgfältig über alles nachgedacht, was Norton gesagt hat«, mischte sich Trenchard ein.

»Ich bin sicher, das haben wir alle«, schnappte Davenall. Dann: »Entschuldigung, Trenchard. Meine Nerven sind ein bißchen ausgefranst. Was für Schlußfolgerungen haben Sie aus seinen Ausführungen gezogen?«

»Daß er die Wahrheit sagt. Irgend etwas ist in Zusammenhang mit Prinz Napoleon und Sir Gervase auf Cleave Court im September 1846 geschehen. Etwas Unehrenhaftes, vielleicht sogar Schändliches. Und Norton weiß davon. Wer sonst könnte darüber noch informiert sein?«

»Nur Catherine. Ich bin mit Baverstock übereingekommen«, ein kurzes Nicken in Richtung seines Kollegen, »daß er sie darauf ansprechen soll. Doch möglicherweise ist sie nicht in der Lage, uns zu helfen.«

»Aber sicher kann sie das – falls Norton bezüglich ihrer Gründe, den Irrgarten aufzugeben, recht hat.«

»Da bin ich Ihrer Meinung. Doch vielleicht streitet sie jegliche Kenntnis ab. Nachdem Sie ihre Bekanntschaft gemacht haben, bin ich sicher, daß Sie sich das vorstellen können.« Ein bedeutungsvoller Blick.

»O ja. Das kann ich.«

»Abgesehen davon, was würde uns das bringen? Und spielt es jetzt wirklich noch eine Rolle, daß sich Prinz Napoleon von dieser Sache zurückgezogen hat? Damit kann Nortons Anspruch weder bewiesen noch zurückgewiesen werden. James war 1846 noch nicht einmal geboren.«

»Wann wurde er geboren?«

»Im Februar 1848. Warum fragen Sie?«

»Ich weiß nicht genau. Es ist bloß ...«

»Sie sagten, Ihrem Gefühl nach habe Norton in allen Punkten die Wahrheit gesagt. Erstreckt sich das auch auf seine Behauptung, James zu sein? Es ist wohl besser, wenn wir wissen, wo wir alle stehen.«

»Es könnte durchaus sein«, warf Cleveland ein. »Ich weiß, die Vorstellung ist für euch Burschen nicht leicht, aber ich finde den Jungen ungemein überzeugend.«

»Und Sie, Trenchard?« fragte Davenall. »Was denken Sie?«

»Ich kenne Ihre Familie nicht gut genug, um eine Meinung zu äußern. Ich bin James nie begegnet. Stand er ... seinem Vater nah?«

»Nein. Das ist das Merkwürdigste an all dem. Sir Gervase war der kühlste, zurückhaltendste Mensch, den man sich vorstellen kann. Absolut unväterlich. Ich hatte stets das Gefühl, er würde James nicht einmal die Uhrzeit sagen, aber wie gut habe ich ihn wirklich gekannt? Ich war in erster

Linie sein Rechtsberater. Als Cousin spielte ich so gut wie keine Rolle. Herr Dr. Fiveash«, er wandte sich der auf und ab marschierenden Gestalt bei der Tür zu, »haben Sie die Krise Ihres medizinischen Gewissens endlich überwunden?«

Fiveash funkelte ihn an. »Das läßt sich nicht auf die leichte Schulter nehmen.«

»Tut mir leid. Ich wollte das damit auch nicht andeuten. Zumindest können Sie diese Sache mit dem Totenschein aufklären. Soviel ich weiß, ist Sir Gervase an den Folgen eines Schlaganfalls gestorben.« Er schaute zu Trenchard hinüber. »Sir Gervase erlitt vor drei Jahren einen Schlaganfall. Die letzten achtzehn Monate seines Lebens verbrachte er in vollkommen hilflosem Zustand in einem Pflegeheim. Ironischerweise scheint der Anfall durch eine Reihe von Streitigkeiten ausgelöst worden zu sein, die in Zusammenhang mit seiner Weigerung standen, James für tot erklären zu lassen.« Sein Blick kehrte zu Fiveash zurück. »Würden Sie dazu etwas sagen, Herr Doktor?«

Fiveash stieß einen tiefen Seufzer aus. »Der Schein gibt als Todesursache allgemeine Paralysis eines Geisteskranken an.«

»Geisteskranken?«

»Eine reine Formulierungssache. Die Symptome sind nicht unvereinbar mit denen eines Schlaganfalls. Und er hatte tatsächlich einen leichten Schlaganfall.«

»Leicht? Mir wurde erzählt, er sei sehr schwer gewesen.«

»Die Krankheit war ernst, der Zerfall beschleunigte sich rapide, doch die Symptome waren schon lange bekannt. Worauf Norton hinaus will, ist eine ganz einfache Sache: Die allgemeine Paralysis eines Geisteskranken ist die übliche Umschreibung von Syphilis im dritten Stadium. Schlicht ausgedrückt, Sir Gervase starb an Syphilis.« Er sackte auf einen Stuhl.

Richard Davenall sah seinen Cousin an. »Wußtest du das, Hugo?«

»Hmm?« Sir Hugo schreckte aus seiner Lethargie hoch. »Ja. Der alte Knabe hatte die Syphilis. Hast du erwartet, daß ich es in der *Times* verkünde?«

»Du hättest es mir sagen können.«

»Ich dachte, es gehe dich nichts an.«

»Jetzt geht es mich etwas an. Weiß es deine Mutter?«

»Von mir nicht. Und ich glaube nicht, daß sie was geahnt hat. Sie hat ihn nie besucht. Kein einziges Mal. Ich bin weiß Gott oft genug zu ihm rausgetrabt. Er sah mich an, und die Enttäuschung stand ihm im Gesicht geschrieben. Ich war es nicht, den er sehen wollte. Manchmal denke ich, er wartete auch nicht auf Mutter.«

»Sondern auf James?«

»Ja. Mein kostbarer, verschwundener Bruder James.« Plötzlich griff er nach den Fransen an der Armlehne seines Stuhls und zerrte daran. »Dieser Mann ist nicht James. Er kann es nicht sein. Er ist ... zu verdammt beeindruckend.«

»Und er hat keine Syphilis«, fügte Fiveash klagend hinzu.

Richard Davenall lehnte sich über seinen Schreibtisch und starrte den Doktor durchdringend an. »Wollen Sie nun klar und deutlich sagen, was Sie vorhin verschwiegen haben?«

»Nun gut. James konsultierte mich im April 1871 – genau wie Norton sagte. Er klagte über Sehstörungen, verbunden mit Tränen der Augen, Lidzucken und Lichtüberempfindlichkeit. Diese Symptome waren noch nicht sonderlich ausgeprägt, deuteten aber auf eine Hornhautentzündung hin, deren am weitesten verbreitete Ursache die kongenitale Syphilis ist.«

»Kongenitale?«

»Er meint«, sagte Sir Hugo, »daß James die Krankheit geerbt hat.«

»Guter Gott. Du wußtest das?«

Es war Fiveash, der darauf eine Antwort gab. »Als ich Sir Hugo die wahre Natur der Krankheit eröffnete, fühlte ich mich verpflichtet, ihn über das kleine Risiko zu informieren, dem er ausgesetzt gewesen war. Das hatte mich stets bedrückt. Sir Gervase infizierte sich vor über dreißig Jahren mit Syphilis. Zu der Zeit hoffte ich, daß er nicht Lady Davenall und damit James angesteckt hatte, doch dafür gab es keine Garantie. Lady Davenall hat nie irgendein Anzeichen der Krankheit gezeigt. Unseligerweise ist es durchaus möglich, daß man Syphilis an seine Nachkommen weitergibt, ohne selbst irgendwelche Symptome davon zu zeigen. Als James mich bat, ihn zu untersuchen, fand ich meine schlimmsten Befürchtungen bestätigt. In Sir Hugos Fall war das Risiko wesentlich geringer. Als er geboren wurde, war die Krankheit aller Wahrscheinlichkeit nach bereits über das Infektionsstadium hinaus.«

Mehrere Minuten lang sprach niemand, nachdem Fiveash geendet hatte. Er selbst saß zusammengesunken auf seinem Stuhl, sichtlich bekümmert, daß er so viele Geheimnisse seines Sprechzimmers hatte ausplaudern müssen. Trenchard kämpfte gegen die Sympathie an, die in ihm für den Mann aufstieg, der von Geburt an die Last der Sünden seines Vaters hatte tragen müssen. Nun erkannte er, was Norton mit den Worten gemeint hatte: Zumindest für ein Mitglied der Davenall-Familie lag in dieser Krankheit nichts Unehrenhaftes.

»Wieviel davon haben Sie James mitgeteilt?« fragte Richard Davenall endlich.

Fiveash seufzte. »Alles, was ich wußte. Der junge Mann war ungemein deprimiert. Er hatte ein Recht darauf, die Wahrheit zu erfahren. Gott weiß, daß ich sonst kaum etwas für ihn tun konnte. Ein paar lindernde Augentropfen ... und ein erbarmungsloser Rat.«

»Was für ein Rat?«

»Ich sagte ihm, daß die Krankheit unheilbar sei, daß sich die Symptome verschlimmern würden, daß es ein langsamer, schmerzhafter Tod, endend in geistigem Zerfall, sein würde. Es gehört zu den unangenehmsten Pflichten eines Arztes, meine Herren, einem Patienten derartige Dinge zu sagen, vor allem wenn es sich bei dem Patienten um einen netten und ansonsten vollkommen gesunden jungen Mann handelt, der im Begriff steht zu heiraten. Der letzte Teil fiel mir am schwersten. Ich mußte ihm sagen, daß er auf keinen Fall heiraten dürfe; kurz gesagt, er müsse unbedingt jedes Risiko vermeiden, seine Verlobte anzustecken.«

»Mußten Sie so ... offen sein?«

»Sie verstehen sicherlich, daß mir keine andere Wahl blieb.«

»Ist Ihnen später nicht in den Sinn gekommen, daß ihn das in den Selbstmord getrieben haben könnte?«

»Natürlich dachte ich daran. Aber hätten Sie – hätte irgend jemand aus der Familie – mir dafür gedankt, wenn ich diese Informationen weitergegeben hätte? Lady Davenall wußte und weiß nichts von der Untreue ihres Gatten. Hätten Sie es lieber gesehen, wenn ich ihr alle Illusionen geraubt hätte? Ich glaube nicht, Sir.«

»Ist es möglich, daß Sie sich getäuscht haben, Doktor?« fragte Trenchard. »Ist es möglich, daß Norton die Wahrheit sagt?«

»Ich habe ausgiebige Tests durchgeführt. Ich habe James zu einem Spezialisten geschickt, der meine Diagnose bestätigte. Jede Möglichkeit eines Irrtums ist ausgeschlossen. Allein der Gedanke ist absurd.«

»Besteht denn die Möglichkeit einer spontanen Heilung?«

»In der Medizin gibt es keine absoluten Gewißheiten, doch die irreversible Natur der Syphilis reduziert die Chancen einer Heilung auf annähernd Null. Sir Gervase besaß eine ungemein robuste Konstitution, aber im Endeffekt nützte ihm auch das nichts. Wenn James Davenall heute noch am Leben wäre, dann würde er nicht so wie James Norton ein Bild blühender Gesundheit bieten. Ich könnte mir beispielsweise vorstellen, daß er blind wäre.«

»Dann haben wir ihn also«, sagte Sir Hugo mehr zu sich selbst. »Von seiner selbst gelegten Bombe zerfetzt.«

Fiveash betrachtete ihn verblüfft. »Sie denken doch nicht daran, etwas von all dem an die Öffentlichkeit zu tragen?«

»Warum nicht?«

Richard Davenall starrte Hugo an. »Der Doktor hat vollkommen recht, Hugo. Nichts davon darf über diese vier Wände hinausdringen. Dein Vater als Syphilitiker bloßgestellt, deine Mutter entehrt, unsere Familie mit Schande überhäuft: Das wären die Konsequenzen, wenn wir diese Information gegen Norton einsetzen. Er weiß das genausogut wie wir.«

»Eben. Dann lassen wir seinen Bluff doch auffliegen.«

»Das kann nicht dein Ernst sein. Du hast das nicht bis zum Ende durchdacht.« Der Ältere sah den Jüngeren an, suchte vergeblich nach einem Funken von Verständnis. »Unsere Familie wäre ruiniert.«

»Dir wäre es lieber, wenn der Ruin nur mich beträfe, ja? Du bist der Anwalt, Richard. Was wird geschehen, wenn Norton gewinnt?«

»Ich glaube kaum ...«

»Was wird geschehen?«

»In diesem unwahrscheinlichen Fall würde der Titel des Baronets an ihn fallen.«

»Ja?«

»Zusammen mit dem ganzen Besitz«, entgegnete er zögernd. »Dein Vater hat all seinen Besitz James vermacht, ungeachtet der beantragten Todeserklärung. Cleave Court, Bladeney House, sämtliche Pachtbeträge: Dein gesamtes Legat würde an ihn fallen.«

»Ist das alles?«

»Es könnte sogar Wiedergutmachungsforderungen geben für irgendwelche Teile des Besitzes, die du veräußert hast, seit der Titel auf dich übergegangen ist, doch das alles ...«

»Das alles habe ich auch aus anderen Quellen erfahren, die weniger zurückhaltend sind als du. Ich wünschte, du würdest dich öfter daran erinnern, Cousin, daß du *meine* Interessen zu schützen hast, nicht die der Familie. Wenn ich zu wählen habe, ob ich arm wie eine Kirchenmaus werde oder ob der Name Davenall einen Kratzer abbekommt, dann solltest du wissen, daß es für mich da gar nichts zu wählen gibt.«

»Aber deine Mutter ...«

»... Würde endlich mal die Augen geöffnet bekommen bezüglich des Mannes, den sie geheiratet hat. Ich kann ihr da nicht helfen. Wenn du das vermeiden willst, dann such einen Weg, wie wir Norton aufhalten können. Du hast zwei volle Tage Zeit. Ich würde vorschlagen, du nützt sie gut. Und jetzt hab' ich das Thema satt.« Er erhob sich von seinem Stuhl. »Kommst du, Freddy? Ich glaube, ein Drink wäre jetzt angebracht.«

Die beiden Männer verließen den Raum, wobei sie sich Mühe gaben, einen betont unbesorgten Eindruck zu machen. Die anderen blieben zurück und dachten über den harten Kurs nach, den Sir Hugo einzuschlagen bereit war. Sein Geist funktionierte schlicht und einfach. Er schätzte den Reichtum und die damit verbundene Verschwendung weit mehr als die Achtung der anständigen Gesellschaft. Nun, da dieser Reichtum gefährdet war, mußten alle anderen Erwägungen – einschließlich der seelischen Verfassung seiner Mutter – ins zweite Glied zurücktreten.

VIERTES KAPITEL

I

Es regnete immer noch, als ich an jenem Nachmittag Richard Davenalls Büro verließ. Der Regen schien sogar noch stärker geworden zu sein, hing wie ein Laken vor der dunklen Silhouette der Häuserwände. Ich gab die Hoffnung auf, unter derartigen Bedingungen eine Droschke zu erwischen, und trottete erschöpft in westlicher Richtung auf die Orchard Street zu. In gewisser Weise baute mich der Regen, der mir ins Gesicht klatschte, wieder auf; ich brauchte ihn, um die Erinnerungen des Tages wegzuspülen. Im Gegensatz zu jenen, die James Davenall gekannt hatten, blieb mir nicht einmal eine widersprüchliche Erinnerung, an die ich mich hätte klammern können, nichts, was mir in den einsamen Momenten der Angst hätte zuflüstern können, daß Norton nicht der war, für den er sich ausgab. Woher sollte er so viel wissen, wenn er nicht die Wahrheit sagte? Darauf gab es keine Antwort, nur eine weitere quälende Frage: »Was sollte ich Constance sagen – was könnte ich ihr sagen?«

Gerade als ich die Southampton Row überqueren wollte, hielt eine Droschke unaufgefordert neben mir, und Dr. Fiveashs großes, bärtiges Gesicht schaute aus dem Fenster. »Sie sehen ja völlig durchweicht aus, Mann. Steigen Sie ein!«

Einen Augenblick lang zögerte ich, unsicher, ob ich Gesellschaft wünschte und vor allem die Gesellschaft eines Mannes, der die bitteren Erfahrungen des Tages geteilt hatte. Dann gab ich nach und stieg ein.

»Sehr freundlich von Ihnen, mich mitzunehmen«, sagte ich.

»Das mindeste, was ich tun kann. Ich fahre zu meinem Hotel in Bayswater. Ist das Ihre Richtung?«

»Ich steige auf halbem Weg aus, wenn Sie nichts dagegen haben. Fahren Sie heute abend noch nach Bath zurück?«

»Morgen. Ich fahre nicht ungern.«

»Das kann ich mir vorstellen.«

Mit mühsam unterdrückter Irritation schlug er sich auf den Schenkel. »Das ist eine teuflische Sache! Eine ausgesprochen teuflische Sache!«

Mir tat Fiveash fast genauso leid, wie ich mir selbst leid tat. Norton hatte zwei bis jetzt absolut zuverlässige Aspekte unseres Lebens in Frage gestellt: in Fiveashs Fall seine berufliche Kompetenz, in meinem Fall eine glückliche Ehe. »Vielleicht fühlen Sie sich genauso wie ich – hilflos.«

»Es ist schlimmer als das. Ich praktiziere seit vierzig Jahren. Während dieser

ganzen Zeit habe ich mich um die Wehwehchen und Krankheiten der Davenalls gekümmert, ohne auch nur einmal darüber zu klagen, wie lange sie sich stets Zeit ließen, ihre Rechnungen zu bezahlen. Ich pflegte Sir Gervase während der dreißig Jahre seiner selbstverschuldeten Leiden und sagte ihm kein einziges Mal, was ich von ihm hielt. Und nun geschieht das. Und dieser junge Taugenichts Sir Hugo sagt, er werde nur zu gern riskieren, daß ich als inkompetenter Versager hingestellt werde, bloß damit er weiterhin mit Whisky und Soda versorgt bleibt. Ich fühle mich hilflos, jawohl, aber auch verraten und verkauft.«

»Von den Davenalls oder vom Schicksal?«

Er runzelte die Stirn. »Sie halten ihn nicht für einen Betrüger, nicht wahr?«

»Ich bin nicht in der Lage, eine derartige Feststellung zu treffen. Sie schon.«

»Dann gebe ich Ihnen mein Wort – er ist nicht James Davenall.«

»Ich glaube das nur zu gern. Doch wenn er es nicht ist, wie kann er dann wissen, was zwischen Ihnen und dem echten James Davenall vor elf Jahren absolut vertraulich besprochen worden war?«

Seine Stirn furchte sich noch mehr. »Die gleiche Frage habe ich mir ebenfalls schon gestellt. Bis zum heutigen Tag habe ich mit niemandem darüber gesprochen. Als ich Sir Hugo über die wahre Natur der Krankheit seines Vaters in Kenntnis setzte, könnte er es möglicherweise erraten haben, aber ...«

»Aber er hätte es wohl kaum irgendeiner Person weitererzählt.«

»Richtig.« Er starrte aus der rüttelnden Droschke hinaus auf die Straße und wurde noch nachdenklicher. »Ich schickte James zu einem Kollegen von mir, Dr. Emery, doch dessen Diskretion steht außer Frage. Abgesehen davon glaube ich, daß der arme Kerl unter einem falschen Namen zu ihm gegangen ist.« Sein Blick kehrte zu mir zurück. »Halten Sie es für möglich, daß Norton alles von James Davenall persönlich erfahren hat?«

»Falls sie sich gekannt hatten, müßte die Familie Norton ebenfalls kennen. Und warum hätte er elf Jahre warten sollen?«

Er nickte bekümmert. »Sie sagen es.«

»Führen Sie irgendwelche Aufzeichnungen, zu denen Norton vielleicht Zugang bekommen hat?«

»Natürlich, aber die liegen nicht so herum, daß jeder Passant sie lesen könnte.« Wieder fühlte er sich in seiner Berufsehre getroffen. »Verzeihen Sie. Ich wollte damit sagen, daß ich die Berichte über meine Patienten unter Verschluß halte. Abgesehen davon, warum sollte sich jemand dafür interessieren? Woher sollte jemand wissen, wonach er suchen muß?«

Eine Antwort meinerseits war nicht nötig. Unsere Theorien waren verzweifelt genug, um für sich selbst zu sprechen. Schweigend starrten wir aus den Fenstern der Droschke, die sich durch den stockenden Verkehr der Oxford Street wühlte. Beide hatten wir die gleiche trostlose Aussicht vor uns. Wir waren so weit wie immer – wenn nicht weiter – von einer Antwort entfernt.

II

Zwei Meilen entfernt, hinter den vornehmen Fassaden von Pall Mall, lagen die fensterlosen Räume der Zufluchtsstätte, die Sir Hugo aufgesucht hatte, um seine düsteren Gedanken zu verscheuchen. In dem dunklen Billardsaal eines Clubs, dessen Komitee mit Sicherheit jeden Sohn eines Ladenbesitzers hinausgeworfen hätte, der die Unverschämtheit besaß, um Mitgliedschaft nachzusuchen, suchten Sir Hugo und Freddy Cleveland den unangenehmen Nachgeschmack der Tagesereignisse durch regelmäßige Zuführung von Whisky und Soda zu vertreiben.

Sir Hugo war wütend. Das erkannte Cleveland an der Genauigkeit und Heftigkeit, mit der er seine Billardstöße ausführte. Dagegen hatte er auch nichts. Das mürrische Schweigen, nur unterbrochen von gelegentlichen beißenden Sarkasmen, war jedoch eine andere Sache. Cleveland erwartete von seinen Freunden, daß sie stets und ständig genauso leichtfertig und frivol waren wie er selbst. Das traf auf Sir Hugo nun bereits seit mehreren Tagen nicht mehr zu, und er lief Gefahr, als Langeweiler eingestuft zu werden. Und Cleveland zog es vor, mit Langeweilern nichts zu tun zu haben.

»Warum schlägst du dem Kerl nicht einen Handel vor?« fragte er lässig, während Sir Hugo mit einem wuchtigen Stoß eine weitere Kugel versenkte. »Es ist doch sicherlich Platz für euch beide. Er scheint ein anpassungsfähiger Bursche zu sein.«

Als Antwort machte Sir Hugo nur ein finsteres Gesicht. Er nahm einen Schluck aus seinem Glas, bevor er an den Tisch zurückkehrte.

»Ich sehe keine günstige andere Möglichkeit für dich. Selbst ich kann nicht mehr beschwören, daß es sich bei dem Mann nicht um Jimmy handelt. Er hat so etwas an sich, verstehst du.« Eine weitere Kugel wurde in ein Loch geknallt. »Etwas ... ich weiß nicht recht ... Unheimliches.«

Es war kaum verwunderlich, daß Sir Hugo nicht sonderlich gesprächig war. Das lag nicht nur daran, daß er Norton haßte. Was das anbelangte, so hatte er allerdings auch seinen Bruder James gehaßt. Es war auch nicht einfach nur so, daß er nicht wußte, wie er ihn besiegen sollte, obwohl er allein dadurch, daß er auf so arrogante Weise seinem Cousin die Lösung des Problems überlassen hatte, seine Unfähigkeit bewiesen hatte. Da steckte mehr dahinter als nur diese unbequemen Realitäten: Da war Nortons Fähigkeit, sich an die Vergangenheit zu erinnern und sie in der Gegenwart als Waffe einzusetzen. Jetzt erst, während er um den Tisch herumschlich und sich bemühte, Clevelands Gequatsche nicht zu stören, wurde Sir Hugo allmählich klar, wie mächtig diese Waffe werden konnte.

Es war, wie er sich erinnerte, im Herbst 1879 gewesen, als der liebe Cousin Richard ein Wochenende auf Cleave Court vorgeschlagen hatte, um seinen unerklärlich widerspenstigen Vater zu überzeugen, daß nun wirklich die Zeit gekommen war, James offiziell für tot erklären zu lassen.

Er verspürte nicht die geringste Lust dazu. Er haßte Cleave Court. Entweder wimmelte es dort von Jagdkameraden seines Vaters aus der Nachbarschaft, oder es war leer – und durch diese Leere hallten nur die unsichtbaren Schritte seines verschwundenen Bruders. Er haßte jeden zugigen Kamin und jede knarrende Diele von Cleave Court. Man hatte ihn für ein kränkelndes Kind gehalten, ein trotziges, undankbares Kind, nicht wert der Privilegien und Verpflichtungen des Titels und des Grundbesitzes. Glücklicherweise war er der jüngere der beiden Söhne von Sir Gervase, bestimmt für die Armee, wo man einen ordentlichen Mann aus ihm machen würde. Nun, es war anders gekommen, für sie und für ihn. In dem beschwingten, unbekümmerten Wirbel der Londoner Gesellschaft hatte er sein Element gefunden; er war der Liebling jeder Gastgeberin, der Freund aller, die etwas darstellten. Seine schlimmsten Taktlosigkeiten wurden toleriert, da er – James sei Dank – der zukünftige Baronet war.

Also begab er sich nach Cleave Court und stellte mit Erleichterung fest, daß ihm die langweilige Gesellschaft des Adels von Somerset erspart bleiben würde. Quinn, der Butler, für den Hugo einen Schuß Sympathie empfand, weil der Mann sich nicht die Mühe gab, seine Abneigung Lady Davenall gegenüber zu verbergen – eine Abneigung, die Hugo oft genug zu teilen glaubte –, berichtete ihm, daß sie seit Weihnachten »keinen Empfang« mehr gegeben hätten und es auch in nächster Zeit nicht beabsichtigten.

Lady Davenall selbst zeigte mit völlig unvorhersehbarer Plötzlichkeit mütterliche Gefühle. Bei dieser Gelegenheit befand sie sich mittendrin in einem derartigen Anfall. »Ich finde keine Entschuldigung für deinen Vater, Hugo. Eine solche Unbedachtsamkeit ist unerträglich. Du mußt es mit ihm ausdiskutieren – von Mann zu Mann.«

»Hugo verstand nicht, weshalb die Angelegenheit so dringend war. Sein Vater war erst zweiundsechzig – und würde mindestens noch zehn Jahre leben, schätzte er. Doch er hatte ihn seit sechs Monaten nicht mehr gesehen, und als er ihm nun gegenüberstand, erkannte er, daß Sir Gervase ganz plötzlich ein gebrechlicher alter Mann geworden war: verhärmt und vergeßlich und unter einem Gesichtstremor leidend. Seine sämtlichen Funktionen waren geschädigt bis auf seine Launen, die so schnell wechselten wie eh und je. Beim Abendessen war er eindeutig rührselig vor lauter Freude über Hugos Gesellschaft. Als Hugo anschließend den Grund seines Besuches erklärte, schlug seine Stimmung sofort um.

»Ich schätze, es ist nichts weiter als eine juristische Notwendigkeit, Papa.

Es dient nur dazu, keinen Zweifel über die Nachfolge aufkommen zu lassen.«

Sir Gervase schien ihn nicht zu hören. Er kauerte zusammengesunken in einem Lehnstuhl und starrte ein Ölgemälde seines Urgroßvaters Sir Harley Davenall an. Dazu knetete er mit seiner knochigen Hand seine zitternde Wange.

»Du mußt wirklich endlich akzeptieren, daß James tot ist.«

Sir Gervase funkelte ihn an. »Ich will verdammt sein!«

»Papa!«

Plötzlich kam der alte Mann schwankend von seinem Stuhl hoch und schleuderte sein Brandyglas durch den Raum. Es knallte gegen die Mauerkrönung des Kamins: die Splitter flogen durch den Rost, und die letzten paar Tropfen Alkohol zischten im Feuer auf. Hugos Muskeln waren aufs äußerste angespannt. Sein Vater wandte sich ihm zu: seine Augen flammten, sein Mund zuckte. »Du junger Narr! Weißt du nicht, warum?« Mit wilden Gesten deutete er in Richtung der Räume, in die sich seine Frau zurückgezogen hatte. »Weißt du nicht, warum sie das will?«

»Es ist nur...«

Sir Gervase bewegte sich mit der Geschwindigkeit einer zuschlagenden Katze. Er packte Hugo am Kragen und zerrte ihn vom Stuhl hoch. Hugo hörte, wie sein Kragenknopf absprang und auf ein Tablett auf dem Tisch neben ihnen klirrte. Er starrte in das Gesicht seines Vaters, eine zitternde Maske undurchschaubarer Emotionen, und bemerkte mit Entsetzen, daß der alte Mann sabberte; sein Kinn war mit Speichel bedeckt. »Ich werde dir sagen, warum sie das will, die intrigante Ziege.«

»Papa! Um Himmels willen!«

Plötzlich sackte er auf seinen Stuhl zurück. Sir Gervase hatte ihn fallenlassen wie der Adler die Maus und ragte drohend über ihm, die Umrisse seiner Gestalt die eines großen Raubvogels, die rechte Hand zur Kralle erstarrt, so wie er ihn sein Leben lang gefürchtet hatte. Dann stürzte auch er, kippte seitlich weg und krachte auf den Teppich. Er warf dabei den Tisch mitsamt dem Tablett mit den Karaffen um, dann rollte er auf den Rücken und blieb inmitten von Holz und Scherben liegen.

Es dauerte mehrere Tage, bis klar war, daß er sich nicht mehr erholen würde. Hugo hatte es bereits satt, die geschrumpfte, sprachlose Hülle seines Vaters zu besuchen, die jeden Morgen in den Kissen seines Bettes aufgerichtet wurde. Dann verkündete Lady Davenall, daß Sir Gervase auf Dr. Fiveashs Rat hin in ein Pflegeheim in Bristol gebracht würde. Niemand erwartete, daß er von dort wieder zurückkehren würde.

»Ich würde behaupten, daß es so am besten ist«, bemerkte sie munter beim Frühstück. »Und Dr. Fiveash ist bereit zu bestätigen, daß dein Vater nicht länger im Besitz seiner geistigen Fähigkeiten ist. Das bedeutet, wir können dich zu seinem Erben erklären lassen.« Es ließ sich schwer beurteilen, was sie an dem Kommentar hinderte, wie sehr sich doch Hugos Besuch gelohnt hatte.

»Dann kann ich genausogut nach London zurückkehren.«

»Ja, mein Lieber, das kannst du. Doch zuvor hab' ich noch einiges, was du in Bath für mich erledigen mußt. Ich habe vereinbart, daß du heute morgen noch bei Baverstock vorbeischaust. Du weißt schon, der Anwalt in der Cheap Street.«

»Wozu um alles in der Welt?«

»Natürlich um das gerichtliche Verfahren in Gang zu bringen.«

»Aber damit wirst du sicherlich Richard beauftragen.«

Sie schenkte ihm ein fröhliches Lächeln. »Nein. Ich ziehe einen Ortsansässigen vor.«

Hugo war bestürzt, mochte aber nicht widersprechen. »Also gut.«

»Und Dr. Fiveash möchte dich sprechen. Als Termin hat er heute nachmittag zwei Uhr in seiner Praxis vorgeschlagen.«

»Was will er?«

»Ich habe keine Ahnung. Ich würde sagen, du gehst hin und siehst selbst.«

Also begab er sich widerwillig zu Fiveashs großem, ohne jeden Komfort eingerichtetem Haus am Rande von Bath, das gefährlich nahe an dem steilen Abhang von Claverton Down thronte. Der Doktor wartete in seinem Sprechzimmer auf ihn. Fiveash war schon immer ein arbeitsamer, ernsthafter Mann gewesen, doch heute schien er besorgter und unruhiger denn je. Er ging am Fenster auf und ab, schlug die Hände zusammen und kaute auf seinem Bart herum. Schließlich fühlte sich Hugo verpflichtet, das Thema von sich aus anzuschneiden.

»Geht es um meinen Vater, Herr Doktor?«

»Ja ja. So ist es. Tatsächlich.«

»Meine Mutter hat mir erzählt, daß keine Aussicht auf Heilung besteht.«

»Nein. Nicht die geringste.«

»Wir haben uns damit abgefunden. Ein Schlaganfall.«

»Es war kein Schlaganfall.« Fiveash drehte sich um und musterte Hugo mit düsterer Miene.

»Kein Schlaganfall? Was war es dann?«

Der Doktor atmete tief durch. »Ihr Vater hat Syphilis. Seit vielen Jahren schon. Dies ist jetzt nur das schlimmste – und endgültige – Stadium der Krankheit.«

»Guter Gott.«

»Ich dachte, Sie sollten es wissen. Ich nahm an, sie möchten, daß Ihre Mutter weiterhin nichts von dieser Tatsache erfährt.«

»Ja. Das wäre wohl das Beste.«

»Das sollte sich nicht als zu schwierig erweisen. Das Pflegeheim, das ich empfohlen habe, wird die Angelegenheit diskret behandeln. Ein Schlaganfall kann sozusagen eine Vielzahl von Sünden überdecken. Da ist jedoch noch etwas, was Sie wissen sollten.«

»Ja?«

»Als ich die Krankheit Ihres Vaters diagnostizierte, mußte ich ihm sagen, daß er im Interesse seiner Frau – und eventueller noch ungeborener Kinder – sich von nun an aller ... ehelichen Pflichten enthalten sollte.«

»Wann war das?«

»Noch vor Ihrer Geburt.«

»Sie meinen...«

»Ich meine, daß ich Grund zu der Annahme habe, daß Ihre Mutter möglicherweise von Ihrem Vater angesteckt wurde, obwohl sie nie irgendwelche diesbezüglichen Symptome gezeigt hat. Es existiert deshalb ein geringfügiges Risiko, daß Sie die Krankheit geerbt haben, obwohl ich hinzufügen möchte, daß das Risiko tatsächlich äußerst gering ist. Auf jeden Fall hätte Ihr Vater, nachdem ich mit ihm gesprochen hatte, niemals zulassen dürfen, daß Ihre Mutter erneut schwanger wurde. Es war unglaublich unverantwortlich. Um deutlicher zu werden, ich fühle mich verpflichtet, Sie mit den Warnsignalen der Krankheit vertraut zu machen.«

Fiveash sprach weiter, doch Hugo hörte nicht mehr zu. Er dachte über etwas nach, von dem der Doktor keine Ahnung haben konnte. Ein Ehemann, der mit seiner Frau im Zölibat leben mußte. Eine Ehefrau, die nach den schlimmsten nur vorstellbaren Gründen für diese Enthaltsamkeit suchen würde. Ein verlorener Sohn, dessen Tod der Vater nicht akzeptieren wollte. Einen anderen Sohn, den er nicht als Erben wollte und dem er hatte mitteilen wollen ... Der Stoß war zu heftig gewesen. Die Kugel knallte gegen die Bande, sprang vom Tisch und rollte scheppernd über den Holzfußboden davon.

»Pech!« sagte Cleveland.

Sir Hugo richtete sich auf und sah ihn an. Er stellte sich vor, wie leicht es seinem Freund fallen würde, Norton als einen Davenall anzuerkennen, und fragte sich gleichzeitig, ob er sich genauso schnell mit dem Gedanken vertraut machen würde, daß Sir Hugo selbst vielleicht gar kein Davenall war. »Irgendwann mußte es mich einholen«, sagte er nachdenklich.

»Was denn, alter Junge?«

»Mein Schicksal, Freddy. Ich bin überrascht, daß das Glück so lange gehalten hat.«

III

Der Zug hatte Reading verlassen und fuhr auf Swindon zu. Der Regen hatte aufgehört, gegen die Scheibe von Arthur Baverstocks Abteil zu klatschen, und der Provinzanwalt spürte, wie seine Abneigung gegen die Londoner Praktiken im allgemeinen und die von Richard Davenall im besonderen allmählich nachließ. Die Landschaft wurde vertrauter, und seine Erinnerung an die Unannehmlichkeiten des Tages verlor an Schärfe. Sie waren übereingekommen, daß er sofort nach Bath zurückkehren und Lady Davenall fragen solle, was im September 1846 auf Cleave Court geschehen war. Er war froh gewesen, einen Vorwand zu haben, die anderen Davenalls verlassen zu können. Tatsächlich wäre er sogar glücklich gewesen, wenn er mit der ganzen Angelegenheit nichts mehr zu tun gehabt hätte, aber Baverstock war immerhin klug genug, um Lady Davenalls Wunsch, einen eigenen Vertreter zu haben, nicht zu widersprechen.

Es war seltsam, sinnierte er, während er aus dem Fenster schaute und die überfluteten Felder betrachtete, daß er wahrscheinlich jetzt schon mehr über die Bedeutung des von Norton angeführten Datums wußte, als er je von Lady Davenall erfahren würde. Er war überrascht und insgeheim erfreut, daß Richard Davenall nichts davon zu wissen schien. Aber schließlich hatte Baverstock ihm gegenüber den Vorteil eines langen Gesprächs mit Esme Pursglove, die in fünfundsechzig Jahren auf Cleave Court mehr gesehen und weniger vergessen hatte als sonst ein Mensch, lebend oder tot. Er erinnerte sich nur ungern an die vielen Gelegenheiten in letzter Zeit, bei denen er in Miss Pursgloves Häuschen beim Tee in der Falle gesessen und mit einem Ohr ihren endlosen Reminiszenzen über ein Leben im Dienste der Davenalls gelauscht hatte. Wäre er nur etwas aufmerksamer gewesen, so ging es ihm nun durch den Sinn, dann hätte er jetzt vielleicht verständlichere Zusammenhänge im Kopf als nur ein Gewirr unzusammenhängender Bemerkungen aus einer ganzen Reihe von Teestundenmonologen. Doch das ließ sich korrigieren, da hegte er keinen Zweifel. Bis dahin konnte er nichts Besseres tun, als sich das wieder ins Gedächtnis zu rufen, was Miss Pursglove veranlaßt hatte, auf das Ereignis zu sprechen zu kommen. Es war der Irrgarten gewesen, natürlich, dieser verwünschte Irrgarten, für den er so wenig Interesse gezeigt hatte. Ja, der hatte die Sache ins Rollen gebracht.

»Mr. Crowcroft hat mich gestern besucht. Zuerst Quinn, jetzt Crowcroft. Wo soll das noch hinführen? Er hat sich fürchterlich über den Irrgarten aufgeregt. Es ist ihm nicht erlaubt, ihn weiterhin zu pflegen. Das hat er gesagt: ... *nicht erlaubt*. Kein Wunder, daß der arme Mann gekündigt hat ...

Natürlich behaupten manche, der Geist des alten Sir Harley spuke im

Irrgarten herum, aber das ist schlichter Blödsinn. Es ist nur ein Vorwand: Sie haben Angst, den Weg hinaus nicht mehr zu finden. Was Lady Davenall anbelangt, so habe ich nie erlebt, daß sie zu dem Garten gegangen wäre. Ich denke, sie hält es für Geldverschwendung, ihn weiterhin zu pflegen. Ich kann mir nicht vorstellen, daß sie Angst hat, sich darin zu verirren. Sie ist viel zu vernünftig für so was ...

Jetzt, wo ich davon spreche, fällt mir wieder ein, daß sie *doch* hingegangen ist, aber das war vor langer, langer Zeit. Ich sehe sie jetzt deutlich vor mir, wie sie ihren Sonnenschirm dreht und Sir Gervase bittet, ihr die geheime Route zu zeigen. Das muß noch vor ihrer Hochzeit gewesen sein, als sie noch ein ganz junges Ding war, nicht älter als siebzehn, weil sie stets von ihrer Gouvernante begleitet wurde, wie sich das schließlich gehörte ...

Miss Strang. Das war ihr Name. Lady Davenall hieß damals ganz schlicht Miss Webster, obwohl sie alles andere als schlicht aussah. Doch sie wurde von Miss Strang in den Schatten gestellt, daran bestand kein Zweifel. Ich bin ihr nur ein paarmal begegnet. Ein ernstes, schottisches Dingelchen, aber in ihren Augen konnte man die Heide und das Moor sehen. Manche behaupteten, Sir Gervase mache in Wirklichkeit Miss Strang den Hof. Hätte mich nicht überrascht. Er war schon immer einer, der das haben wollte, was er nicht kriegen konnte. Vielleicht hat Colonel Webster was spitzgekriegt. Auf jeden Fall war sie plötzlich verschwunden. Entlassen, wie wir hörten.

Wann war das nur gleich? Sir Gervase und Lady Davenall heirateten im Frühjahr 1847, also muß es ...«

»Die Fahrkarte bitte, Sir.«

Baverstock wandte seine Gedanken wieder der Gegenwart zu und fummelte in seiner Tasche herum. Nicht, daß die Unterbrechung ihn sonderlich gestört hätte. Er war sich seiner Sache jetzt sicher. Nachdem er die Fahrkarte gefunden und der Schaffner ihn wieder allein gelassen hatte, wiederholte er die Worte, die sie gesagt hatte:

»... muß es der vorangegangene September gewesen sein. September 1846.«

IV

Schließlich erzählte ich Constance gar nichts. Ich klammerte mich an den bequemen Gedanken, daß die ganze Sache zu scheußlich sei, um erzählt zu werden, falls Nortons Geschichte stimmte – und falls sie nicht stimmte, war sie es nicht wert, erzählt zu werden. Und so hielt sich das angespannte Schweigen, das seit unserer Rückkehr von Somerset zwischen uns hing, bis zum Ende eines quälenden Abends. Wir saßen beide da und lasen, während die Sekunden dahintickten: keiner von uns konzentrierte sich auf die Lektüre.

Endlich – wenn auch immer noch viel zu früh – erhob sich Constance und sagte, sie begebe sich zur Ruhe. Erst als sie an der Tür angelangt war, hielt sie inne und schnitt das Thema an, das uns den ganzen Tag beschäftigt hatte.

»Du hast mit keinem Wort deinen Besuch bei Mr. Nortons Anwalt erwähnt, William.«

Ich klappte mein Buch zu und blickte zu ihr auf. Ich hätte darauf reagieren können, indem ich ihr all meine unwürdigen Ängste und schrecklichen Vorstellungen eingestand, die mich zu dem vergeblichen Versuch getrieben hatten, ihre Hoffnung zusammen mit meinem Verdacht mundtot zu machen. Statt dessen goß ich nur noch Öl ins Feuer dieser Sinnlosigkeit. »Wir waren übereingekommen, nicht mehr davon zu sprechen.« Selbst in meinen Ohren klangen diese Worte grob und albern.

»Wir haben von nichts anderem gesprochen.«

»Das ist dein Entschluß.«

»Nein, William. Ich würde nur zu gern all meine Gedanken mit dir teilen. Du mußt doch sehen…«

»Ich sehe nur, daß Norton ein Betrüger ist. Für dich besteht keinerlei Notwendigkeit…«

»Wenn ihr das heute bewiesen hättet, dann hättest du darüber gesprochen.«

»Das heutige Gespräch hat nichts geändert.«

»Und ich sehe, daß sich auch nichts ändern wird. Wie du meinst. Gute Nacht, William.« Sie drehte sich um und verließ das Zimmer.

Ich stopfte meine Pfeife und legte sie dann unangezündet zur Seite. Ich trank einen Schluck Whisky und stellte fest, daß er nicht schmeckte. Es schien tatsächlich nichts anderes zu tun zu geben, als ruhelos auf und ab zu gehen und in Gedanken den Kampf zu kämpfen, den ich nun schon unzählige Male ausgefochten hatte. Die abstoßende Wahrheit ließ sich nicht leugnen: Ich fürchtete ihn viel mehr, als daß ich an seiner Identität zweifelte. Das war auch nicht verwunderlich. Ich hatte gute Gründe, ihn zu fürchten, und keinen einzigen Grund, an ihm zu zweifeln.

Plötzlich stand ich vor dem Schreibpult, in dem Constance die Bücher mit den Haushaltsausgaben verwahrte. Auch ihre wenigen persönlichen Papiere bewahrte sie hier auf wie ich die meinen in meinem Arbeitszimmer, weder unter Verschluß noch in irgendeiner Weise gesichert, denn wir hatten noch nie Geheimnisse voreinander gehabt – bis jetzt. Ich griff nach dem Deckel, der – wie hätte es anders sein sollen – nicht gesichert war, und senkte ihn langsam herab, wobei ich darauf achtete, daß er nicht knarrte. Im Innenraum befand sich eine Reihe von drei kleinen Schubladen, der einzige Ort, wo etwas von Wert verborgen sein konnte. Ich zog an jedem Griff; die letzte Schublade war verschlossen. Das war an sich vollkommen harmlos, denn der Schlüssel zu den

Schubladen lag normalerweise in einem der kleinen Fächer darüber. Ich durchsuchte sie sorgfältig. Er war nicht da. Wieder zerrte ich an der versperrten Schublade. Sie ging nicht auf. Lautlos verfluchte ich meine eigene Dummheit, überhaupt diesen Versuch unternommen zu haben. Er hatte mir nur das bestätigt, was ich ohnehin schon wußte: Ich stieß Constance von mir weg. Zum erstenmal gab es Geheimnisse zwischen uns.

Als ich nach oben ging, saß Constance vor ihrer Frisierkommode und bürstete ihr Haar – ihr langes, glänzendes, kastanienbraunes Haar. Ich beobachtete, wie sich das Licht in ihm fing, und stellte mir vor, wie ich zu ihr hinüberging, wie ich es bei jeder anderen Gelegenheit getan hatte, ihr die Bürste aus der Hand nahm und sie auf den Nacken über dem Spitzenkragen ihres Morgenmantels küßte. Ich blieb hinter ihr stehen, während der Gedanke mein Selbstmitleid aufwühlte. In diesem Moment trafen sich unsere Blicke im Spiegel. Vielleicht sehnte sie sich nach meiner Berührung. Doch ihr Blick konnte nichts anderes gesehen haben als die strenge Linie meines Mundes, die unnachgiebige Unnahbarkeit meines Gesichtsausdrucks. Mir waren die abgeschlossene Schublade und der fehlende Schlüssel eingefallen; schnell begab ich mich ins Badezimmer.

V

Richard Davenall hatte das düstere, viel zu große Haus in der North Road, Highgate, von seinem Vater Wolseley Davenall geerbt, zu dessen strenger, unnachgiebiger Seele es haargenau gepaßt hatte. Dem Haus fehlte fast alles, was Richard an Komfort und Annehmlichkeiten gebraucht hätte, doch er hatte hier nun schon über zwanzig Jahre allein gelebt und konnte sich nicht vorstellen, es zu verlassen. An diesem Abend saß er in seinem Arbeitszimmer, lauschte dem im Kamin heulenden Wind, beobachtete die Flamme der Öllampe vor ihm auf dem Schreibtisch und erinnerte sich daran, wie er einst vor dem schwankenden Lichtkreis gestanden hatte, während sein Vater auf dem Platz gesessen hatte, auf dem nun er saß, an jenem Abend, als er, Richard, so plötzlich und überraschend im Sommer 1855 von Cleave Court zurückgekehrt war.

Er erinnerte sich, wie er verlegen von einem Fuß auf den anderen getreten war und versucht hatte, überall hinzuschauen, nur nicht in die graugrünen Flintsteinaugen seines Vaters. Mit plötzlichem Schamgefühl erinnerte er sich auch an die Schuld, die durch all seine Ausflüchte nur noch deutlicher zum Ausdruck gekommen war. Im Blick seines Vaters hatte kein Hauch von Vergebung gelegen, keine Spur von Freundlichkeit. »Dein Onkel«, damit meinte er seinen Bruder, Sir Lemuel, »hat mit mir gesprochen. Es war kein erfreuliches Gespräch.«

»Das tut mir leid, Sir.«

Der hagere Kopf seines Vaters nickte ernst, und Richard dachte einen verrückten Moment lang, daß er mit seinem mageren, faltigen Hals, der aus dem steifen, großen Kragen ragte, wie eine Schildkröte aussah. »Das sollte es auch. Ich will nicht ins Detail gehen.« Seine Oberlippe kräuselte sich. »Es genügt wohl zu sagen, daß ich dich nicht nach Cleave Court geschickt habe, damit du mir diesen Verdruß bereitest.« In Wolseley Davenalls Vokabular bedeutete Verdruß, daß man sich seinen schlimmsten Zorn zugezogen hatte.

»Es gibt nichts, was ich dazu sagen könnte, Sir.«

»Nach dem zu urteilen, was ich gehört habe, hast du bereits zuviel gesagt – und getan. Es gereicht zu deinem Vorteil, auch wenn es nicht dein Verdienst ist, daß ich deinen Onkel überreden konnte, dafür Sorge zu tragen, daß sein Sohn nichts – absolut nichts – von dem erfährt, was geschehen ist.« Wolseley hatte also kein gutes Wort für seinen Sohn eingelegt.

»Darf ich fragen ...?«

»Du darfst gar nichts fragen!« Wolseleys Augen weiteten sich einen Moment und enthüllten den Zorn, der sich hinter seiner angeborenen Reserviertheit verbarg. War es nur Zorn? Manchmal glaubte Richard, sein Vater könnte ihm gegenüber sogar weitaus weniger väterliche Gefühle hegen. Wolseley Davenall, ein ältlicher Bräutigam, aus dem ein Witwer in mittleren Jahren geworden war, hatte sein Leben – falls man es Leben nennen konnte – auf Ressentiments und Schmerz und Trauer aufgebaut. Für einen solchen Vater konnte ein Sohn nichts weiter sein als ein Resonanzboden für seinen Menschenhaß. Endlich begriff Richard. Sein Vater empfand Freude über seine Schande. Mehr konnte er sich nicht erhoffen. »Ich habe beschlossen, dich unter Aufsicht von Mr. Chubb zu stellen, bis dein Benehmen den Mindestanforderungen entspricht und weniger – oder besser keine – Hemmungslosigkeiten mehr aufzuweisen hat.«

Richard schloß die Augen. Gregory Chubb hatte sich nie die Mühe gemacht, seinen Haß auf den Sohn seines Seniorpartners zu verbergen. Und nun würde er Gewalt über ihn haben. Es war ein hoher Preis für den Lapsus eines jungen Mannes, ein Preis, den er, wie sich herausstellte, sechs lange Jahre zu zahlen hatte.

»Vielleicht war der Preis doch nicht so hoch.«

Er richtete diese Bemerkung an sich selbst, nachdem er vor seinem geistigen Auge gesehen hatte, wie sich sein siebenundzwanzig Jahre jüngeres Ich aus dem Lampenschein entfernt hatte und mit den drohenden Schatten seines Vaterhauses verschmolzen war. Denn es stimmte. Es war für ihn nicht so schlimm gewesen, nicht annähernd so schlimm wie für eine andere Person – falls Norton diese andere Person war und nicht gelogen hatte.

Zwischen den Papieren auf seinem Schreibtisch zog Richard ein Blatt hervor und beugte sich auf seinem Stuhl vor, um es zu lesen, nicht zum erstenmal an diesem Abend. Es paßte besser zu Nortons Behauptungen, das mußte er zugeben, als all die umständlichen Konstruktionen, die er und andere seit damals darauf aufgebaut hatten. Das erneute Lesen schien jedes Leugnen nur noch bedenklicher zu machen.

17. Juni 1871

Lieber Vater, liebe Mutter,
dies sind die letzten Worte, die Ihr je von mir hören werdet. Ich bin entschlossen, am heutigen Tag meinem Leben ein Ende zu bereiten. Ich habe nicht den Wunsch, Euern Schmerz zu lindern, denn Ihr werdet wohl wissen, wie sehr Ihr ihn verdient habt. Es ist um Constances willen, daß ich dies tun muß. Möge Gott mir verzeihen – und Euch. Ich verlasse Euch in Liebe, aber ohne Respekt.

James

Dieser Brief wurde an diesem Abend von Sir Gervase in seinem Ankleidezimmer entdeckt. Die bitteren, quälenden Abschiedsworte hatten bis zum heutigen Tag keine Erklärung gefunden. Es war der Abschiedsbrief eines Selbstmörders, der gleichzeitig eine ganze Familie gemordet zu haben schien. Die Davenalls lebten nun in dem bewaffneten Lager ihrer eigenen Feindseligkeit, einander entfremdet und ohne Liebe. Nur James' Eltern und Richard, ihr Anwalt, hatten den Abschiedsbrief gesehen, doch seine Botschaft verfolgte die Familie immer noch über die Abgründe hinweg, die sich zwischen ihnen aufgetan hatten.

Der Briefbogen fiel aus Richards Fingern. Er saß ein paar Augenblicke lang still und starrte vor sich hin, als stünde das Geheimnis um James' Verschwinden in großen Lettern irgendwo in der Dunkelheit gedruckt. Dann griff seine Hand nach einem anderen, dünnen Bogen Papier. Er begann zu lesen.

Bericht an R. Davenall — Vertraulich
Betreff: James Norton

Ich habe eine Woche lang jede Bewegung des oben Genannten umfassend verfolgt. Ich konnte keinerlei Hinweise auf Herkunft, Absichten oder Bekannte finden mit Ausnahme der Adresse seines Bankiers, Hazlitt's in The Strand. Er hat London einmal verlassen: am Samstag, den 7. Oktober. Er fuhr mit dem

Zug nach Bathampton in Somerset. Von dort aus ging er zu Fuß den Treidelpfad des Kennet & Avon-Kanals entlang bis zu einer Stelle, an der er sich mit Mrs. Trenchard traf. Ihr Gespräch war nur kurz und wurde durch Mr. Trenchards Erscheinen auf der Bildfläche gestört. Der Observierte kehrte dann zu Fuß nach Bathampton und mit dem Zug nach London zurück.

Dreimal verließ er sein Hotel spät abends und kehrte erst in den frühen Morgenstunden zurück. Bei jeder dieser Gelegenheiten erwies es sich als unmöglich, ihm zu folgen. In der Kunst des Ausweichens und Täuschens scheint er recht geübt zu sein, so daß ich fast befürchte, ihm ist bewußt, daß er beobachtet wird. Anscheinend hat er nichts dagegen, daß seine Bewegungen bekannt sind, mit Ausnahme dieser nächtlichen Ausflüge, die im allgemeinen in die verkommensten, armseligsten Bezirke der Stadt führen, obwohl ich nicht sagen kann, ob er diese Route wählt, um eine Verfolgung noch schwieriger zu machen, oder ob dies aus anderen Gründen geschieht.

Der Observierte hat, obwohl elegant gekleidet, in seinem Hotel wenig Aufmerksamkeit erregt. Er gilt hier als nüchtern und korrekt, ein zuverlässiger, aber nicht extravaganter Mann, ein gerngesehener Hotelgast. Er zahlt seine Rechnung jeden dritten Tag. An Geld fehlt es ihm ganz offensichtlich nicht.

10. Oktober 1882 *T. Roffey*

Roffey war der beste dieser unerfreulichen Spezies, doch selbst er hatte keine Fortschritte erzielen können. Zum zweitenmal sprach Richard laut. »Wer *bist* du?« sagte er ruhig. »Wer *bist* du?« Die Antwort darauf, die ihm über die Jahre hinweg zuwinkte, konnte er weder glauben noch nicht glauben.

VI

Als ich am nächsten Morgen die Orchard Street erreichte, war ich nicht in der Stimmung, auf meine Umgebung zu achten. Den wenigen Passanten in der Gegend von Trenchard & Leavis gönnte ich kaum einen Blick. Deshalb zuckte ich förmlich zusammen, als mir einer dieser Passanten plötzlich den Weg versperrte und seinen Schirm beiseite nahm, um mir sein Gesicht zu zeigen: Es war Dr. Fiveash.

»Guter Gott«, sagte ich und blieb abrupt stehen. »Sie haben mich ganz schön erschreckt, Herr Doktor.«

»Verzeihen Sie mir, Trenchard. Ich hielt es für wesentlich, vor meiner Rückkehr nach Bath noch einmal mit Ihnen zu sprechen.« Er sah so aus, als meinte er es ernst. Seine rotgeränderten Augen und sein wirres Aussehen deuteten darauf hin, daß er eine noch unruhigere Nacht als ich verbracht hatte. Seine Vitalität entsprang der reinen Verzweiflung.

Ich bat ihn in mein Büro, doch er zog die frische Luft vor, also begleitete ich ihn zurück nach Marble Arch. Die Oxford Street lag still und fast verlassen unter einem vom Regen des gestrigen Tages ausgequetschten, aber immer noch grauen Himmel. In einer Art erschöpfter Verwirrung blickte Fiveash sich um, als würde er in eine frühere Heimat zurückkehren, die sich über jedes Wiedererkennen hinaus gewandelt hatte.

»Es gab einmal eine Zeit«, sagte er, als wir uns in der Nähe von Marble Arch befanden, »da hielt ich London für das absolute Mekka meiner Ambitionen. Ich träumte davon, ein berühmter Chirurg in einem der Lehrkrankenhäuser zu werden. Jetzt besuche ich diese Stadt nur noch, wenn ich dazu gezwungen bin.«

»Und Sie verlassen Sie mit einer gewissen Erleichterung?«

»Genau so ist es.«

Wir betraten den Park durch das Cumberland Gate und gingen langsam einen der feuchten, mit Blättern übersäten Wege entlang. Nach ungefähr dreißig Metern begann Fiveash erneut zu sprechen.

»Ich bin zu Ihnen gekommen, weil keiner von uns in diese verdammte Sache verwickelt sein möchte und weil ich den Davenalls nicht traue. Als Opfer ihrer Schachzüge müssen wir zusammenhalten. Und ich habe viel über das nachgedacht, was Sie gestern gesagt haben.«

»Ich habe nur…«

»Sie haben nur gefragt, wie irgend jemand das wissen könnte, was ich James Davenall vor elf Jahren gesagt habe. Nun, ich habe mich seitdem nichts anderes gefragt. Heute morgen habe ich Sie aufgesucht, weil mir eine Möglichkeit eingefallen ist.«

»Was für eine Möglichkeit?«

»Sie sprachen von meinen Aufzeichnungen. Falls jemand die Notizen gelesen hätte, die ich mir machte, nachdem James Davenall mich konsultiert hatte, wäre er über seine Krankheit informiert gewesen. Dann wäre es nicht mehr schwierig gewesen, auf das Motiv seines Selbstmordes zu schließen.«

»Aber Sie sagten, Sie hielten Ihre Aufzeichnungen unter Verschluß.«

»Das tue ich auch. Niemand außer meiner Sekretärin und mir hat Zugang zu ihnen, und Miss Arrow arbeitet seit achtzehn Jahren für mich. Ihre Loyalität steht außer Frage. Doch erst letzte Nacht, als ich in meinem Kopf die absurde Möglichkeit wälzte, sie könnte mich verraten haben, dachte ich daran.

Im Januar dieses Jahres brach sich Miss Arrow bei einem Fahrradunfall das Bein. Die Bremsen versagten, als sie Bathwick Hill hinabfuhr, und sie verlor die Kontrolle über das Rad. Sie hatte sogar Glück, daß sie sich keine schlimme-

ren Verletzungen zuzog. Typischerweise hatte sie nichts anderes im Kopf als die Unannehmlichkeiten, die durch ihren mehrmonatigen Ausfall für mich entstanden, und sie empfahl mir als Ersatz eine Augenzeugin ihres Unfalls, die sie anschließend auch im Krankenhaus besucht hatte: eine gutaussehende junge Dame namens Miss Whitaker. Wie sich herausstellte, wartete sie darauf, nach Ostern eine Stelle als Lehrerin anzutreten, und sie sprang nur zu gern in die Bresche. Miss Whitaker erwies sich als charmant und tüchtig; schnell hatte sie Miss Arrows Arbeit erfaßt und ging mühelos auf meinen Stil ein. Sie erklärte sich sogar unaufgefordert bereit, mein antiquiertes System der medizinischen Aufzeichnungen neu zu organisieren, und arbeitete sich emsig durch die ziemlich wahllos geordneten Akten, die wir über jeden Patienten führen.«

»Sie meinen…«

»Ich meine, falls Miss Whitaker Informationen über James Davenalls Krankengeschichte gesucht hat, dann hätte sie es nicht besser treffen können. Natürlich hatte ich keinerlei Anlaß, Verdacht zu schöpfen. Ich betrachtete es als ausgesprochenen Glücksfall, daß ich ihre Dienste in Anspruch nehmen konnte. Doch Mitte Februar verschwand Miss Whitaker spurlos. Eines Morgens erschien sie einfach nicht mehr, und als ich in ihrer Unterkunft anrief, teilte man mir mit, sie sei völlig überraschend abgereist und habe keine Adresse hinterlassen. Es war unerklärlich.«

»Was unternahmen Sie?«

»Ich verbannte die ganze Angelegenheit aus meinen Gedanken. Schließlich hatte ich dadurch keinen Verlust erlitten. Zumindest nahm ich das an.«

»Bis jetzt?«

»Genau. Was ist, wenn nun Miss Arrows Unfall gar kein Unfall war? Bremsen lassen sich leicht manipulieren, und Miss Whitaker war Augenzeugin des Unfalls, vergessen Sie das nicht. Ich frage mich, ob sie nicht noch etwas mehr dazu beigetragen hat. Das verschaffte ihr die Möglichkeit, sich bei mir einzuschleichen. Der Eifer, mit dem sie sich um meine Aufzeichnungen kümmerte, war nur ein weiteres Beispiel für ihre Tüchtigkeit. Als sie dann das gefunden hatte, was sie suchte, verschwand sie einfach.«

Wir waren beim Musikpavillon angelangt, der verlassen in der dumpfen Morgenluft lag. Nach einer Runde machten wir uns auf den Rückweg. »Wie würden Sie Miss Whitaker beschreiben, Herr Doktor?«

»Wie? Nun, sie war jung, hübsch, voller Energie. Sie brachte einen Hauch von Frühling in meine winterliche Praxis. Wäre ich dreißig Jahre jünger, ich hätte es bei ihr versucht. Sie hatte … eine gewinnende Art. Falls ich recht habe, hat sie mich gründlich zum Narren gehalten, aber ich bezweifle, daß ich da der erste war, und ich werde auch nicht der letzte gewesen sein. Sie war recht gesprächig, sagte aber kaum etwas über sich selbst. Sie gab ihr Alter mit zweiundzwanzig an, obwohl sie durchaus hätte älter sein können – oder jünger. Sie

war offensichtlich gebildet. Sie sagte, ihre Familie lebe im Ausland, obwohl ich mich nicht erinnere, daß sie erwähnt hätte, wo. Die Andeutung eines Akzentes lag in ihrer Stimme – ein leichter französischer Akzent, dachte ich mir oft. Das ist aber nun wirklich alles. Es ist nicht viel, nicht wahr?«

Fiveash irrte sich. Mir bedeutete es etwas – etwas, woran ich mich klammern konnte. »Sicherlich ist es für unsere Zwecke ausreichend. Sie werden es wohl kaum für einen Zufall halten, daß Norton so kurze Zeit danach auf der Bildfläche erscheint. Wie läßt sich Miss Whitakers Verhalten erklären – falls sie keine Spionin war?«

»Ich finde keine Erklärung. Aber derartige Umstände zu machen – Miss Arrows hätte getötet werden können. Es erscheint unglaublich.«

»Wenn dadurch Norton in die Lage versetzt wurde, sich als James Davenall auszugeben, dann war es ihnen vielleicht die Sache wert. Und bedenken Sie die teuflische Verschlagenheit, die dahintersteckt. Sie entdecken, daß James Syphilis hatte, also macht man aus der Not eine Tugend und behauptet, Ihre Diagnose sei falsch gewesen. Vermutlich wurde Norton von einem Spezialisten untersucht. Sie bringen eine Kopie von Sir Gervases Totenschein in ihren Besitz, der ihnen das bestätigt, was sie schon wissen. Das veranlaßt sie zu der Hoffnung, daß die Familie lieber nachgeben wird, als seine Unmoral vor Gericht breittreten zu lassen.«

»Aber was ist mit den anderen Dingen? Wie konnte Norton Prinz Napoleon so zum Narren halten?«

»Ich gebe nicht vor, alle Antworten zu besitzen, Herr Doktor. Zum erstenmal jedoch habe ich das Gefühl, daß wir etwas in der Hand haben, wo wir ansetzen können. Zum erstenmal bin ich mir absolut sicher: Er ist nicht James Davenall.«

»Wer ist er dann? Ich hege immer noch den Verdacht, daß er mit den Affären der Davenalls bereits vertraut gewesen sein muß, bevor er diesen Plan faßte. Ich kann nur dann glauben, daß Miss Whitaker als seine Spionin agierte, wenn ich gleichzeitig auch glaube, daß sie wußten, daß es etwas zu spionieren gab. Sie können nicht auf eine reine Vermutung hin gehandelt haben.«

Doch ich wollte mich nicht von Fiveashs Bedenken irritieren lassen. Er hatte mir ein Geschenk gebracht, das kostbarer war als jeder Beweis: Zuversicht. Jetzt konnte ich meinen Feind erkennen. Sein Name war Norton, sein Verbrechen Betrug, seine Schwäche eine Frau namens Whitaker. »Wir nageln ihn noch fest, Herr Doktor. Darauf geb' ich Ihnen mein Wort.«

»Ich hoffe es, Trenchard. Ich hoffe es sehr.«

»Was werden Sie jetzt tun?«

»Nach Bath zurückkehren. Ich werde Baverstock von meinem Verdacht in Kenntnis setzen. Zweifellos wird er seinerseits Richard Davenall informieren. Sie müssen sehen, was sie daraus machen können. Da meine berufliche Kompetenz in Frage gestellt worden ist, werde ich wohl besser auf eigene Rechnung

juristischen Rat suchen. Ich fürchte jedoch, daß bei alledem nichts herauskommen wird, falls wir keine Verbindung zwischen Norton und Miss Whitaker herstellen können. Sie muß aufgespürt werden – und zwar so bald wie möglich.«

»Ich glaube, wir können uns darauf verlassen, daß die Davenalls zu diesem Zweck ihre sämtlichen Mittel und Möglichkeiten einsetzen.«

»Das glaube ich auch. Doch vielleicht reicht auch das nicht. Vielleicht gebe ich mich irgendwelchen Illusionen hin.«

Ich blickte ihn fragend an. »Ich verstehe nicht.« Ich verstand ihn wirklich nicht. Der Trost, den seine Worte mir gebracht hatten, schien bei ihm in keiner Weise erwirkt worden zu sein.

»Ich habe gestern mit Emery zu Abend gegessen«, erwiderte er nach einer Pause. »Das ist der Spezialist, zu dem ich James vor elf Jahren geschickt habe. Er hat ihn zweimal untersucht, das letztemal lediglich zwei Tage vor seinem Verschwinden. Emery suchte für mich seine Aufzeichnungen heraus, und da stand in seiner eigenen Handschrift: die Bestätigung meiner Diagnose.«

»War es nicht das, was Sie wollten?«

»Doch. Aber es war nicht alles, was ich wollte. Ich wünschte mir, Emery könnte mich beruhigen, mir versichern, daß wir uns unmöglich getäuscht haben konnten. Ich wollte von ihm hören, daß allein aus diesem Grund Norton auf keinen Fall James Davenall sein könne.« Wir legten einige Meter schweigend zurück, dann fuhr er fort: »Statt dessen erinnerte er mich daran, daß Syphilis die trügerischste aller Krankheiten ist. Sie kann sich hinter anderen Krankheiten verstecken. Es mag sich herausstellen, daß es sich gar nicht um Syphilis handelt. Es ist unmöglich, Gewißheit zu erlangen. Sir Gervases Krankheit veranlaßte uns, die Krankheit seines Sohnes auf die gleiche Weise zu begründen. Doch wir könnten uns getäuscht haben. Miss Whitaker mag aus allen möglichen Gründen verschwunden sein. Norton kann die Wahrheit sagen. Falls er die Wahrheit sagt, dann stellen Sie sich nur all das Elend vor, zu dem ich ihn völlig sinnlos verdammt habe. Ich stelle es mir vor, Trenchard. Ich habe es ständig vor Augen.«

VII

»Wir sind entzückt, Sie zu sehen, Mr. Baverstock, nicht wahr, Lupin? Entzückt, da gibt es keinen Zweifel. Wir haben in den letzten paar Wochen nur wenig Gesellschaft gehabt. Entweder Festmahl oder Hungerkur, das ist meine Erfahrung. Und auch die von Lupin.

Der Tee sollte mittlerweile gezogen haben. Hier haben Sie Ihre Tasse. Was wollten Sie doch gleich wissen? Miss Strang? Komisch, daß Sie gerade auf den Namen kommen. Vivien Strang. Ah, ja. Sie hätten sie nicht als hübsch bezeichnet, Mr. Baverstock. Nein, nicht eigentlich hübsch. ›Großartig‹ wäre das richtige Wort. Ein stolzes, kaltes Gesicht und dazu die passende Haltung. Hätten Sie gern etwas Kuchen? Ich weiß doch, daß Sie ein Leckermäulchen sind.

Ich habe Ihnen schon mal von Miss Strang erzählt. September 1846. Ja, das müßte stimmen. Ein genaues Datum? Ihr Anwälte seid schreckliche Menschen, das muß ich schon sagen. Es war ein schöner Spätsommer, daran erinnere ich mich. Und ein glücklicher Sommer. Sir Gervase und Lady Davenall waren verlobt, also sahen wir Miss Webster, wie sie damals noch hieß, recht häufig auf Cleave Court, zusammen mit Miss Strang. Sir Lemuel war entzückt. Sämtliche Schandtaten von Sir Gervase schienen vergessen und verziehen. Vielleicht hatte ihm die Zeit in Irland doch gutgetan.

Dann tauchte dieser widerliche Franzose auf. Plon-Plon, so nannten sie ihn. Prinz Napoleon, richtig. Haben Sie ihn kennengelernt? Nun, ich nehme nicht an, daß die Jahre ihn angenehmer gemacht haben. Ein gräßlicher, arroganter, zotige Reden führender ... Ich kann Fluchen nicht ausstehen, Mr. Baverstock, das wissen Sie, und wenn ich es mir recht überlege, kann ich auch die Franzosen nicht ausstehen – zumindest jene nicht, die ich kenne.

Der Prinz freundete sich mit Sir Gervase an. Vielleicht war es auch umgekehrt. Sie waren im gleichen Alter, und sie hatten auch den gleichen Charakter, das könnte ich beschwören. Sie stifteten sich gegenseitig zu Unfug an. Das führte zu einigen Unstimmigkeiten mit Miss Webster, das will ich nicht leugnen. Sie war damals erst siebzehn, aber genauso willensstark und entschlossen, wie Sie sie heute kennen. Sie hatte für den Prinzen nichts übrig, was nur vernünftig von ihr war. Deshalb war sie wohl auch erleichtert, als er so plötzlich verschwand.

Das war gegen Ende September, glaube ich. Das Wetter war noch warm, viel wärmer als diese feuchten Sommer, die der Herr uns nun schickt. Und dieser Plon-Plon war übers Wochenende gekommen. Sir Lemuel gab am Samstagabend einen Ball. Miss Webster war anwesend, natürlich in Begleitung von Miss Strang. Und der Cousin des Prinzen, der später französischer Kaiser wurde. Er lebte damals in Bath. Es war ein großartiges Ereignis, da gibt es keinen Zweifel. Cleave Court war damals ganz anders als heute, das kann ich Ihnen sagen. Sir Lemuel hatte Laternen und Orangen und Zitronen in die Bäume im Park hängen lassen. Oh, es war ein herrliches Bild.

Das war das letztemal, daß ich Vivien Strang sah. Sie stand in einer Ecke und betrachtete hochmütig und schrecklich mißbilligend die lärmende Festlichkeit, wie das nur eine nüchterne Schottin fertigbringt. Drei Tage später erfuhren wir, daß Colonel Webster sie hinausgeworfen habe. Fristlos entlassen. Halten Sie davon, was Sie wollen. Sie hätte lange Finger gemacht, so hörte man.

Crowcroft hatte jedoch eine andere Geschichte. Er behauptete, er habe sie im Irrgarten gefunden – im Irrgarten, stellen Sie sich vor –, und zwar am Montagmorgen nach dem Ball. Er war kein Klatschmaul, dieser Crowcroft. Er hätte so was nicht erfunden. Er ging im Morgengrauen zum Irrgarten, und da kam sie heraus, obwohl sie doch um die Zeit nicht mal einen Anlaß gehabt hätte, hineinzugehen. Nun, es kommt einem recht merkwürdig vor, nicht wahr?

Was noch merkwürdiger ist – noch am gleichen Montag verließ der Prinz Cleave Court. Fuhr zurück nach Bath zu seinem Cousin. Das war nicht geplant, das weiß ich. Aber ich sag' ja immer, man kann sich nie darauf verlassen, daß ein Franzose das tut, was man von ihm erwartet.

Sie fragen ständig nach dem Datum, und ich sage Ihnen ständig: Ich weiß es nicht. Ich habe Ihnen erzählt, was geschehen ist – zumindest das, was ich davon weiß. Reicht das nicht? Nun, möchten Sie noch eine Tasse Tee, oder müssen Lupin und ich allein die Kanne leeren?«

VIII

Dr. Fiveash kehrte an diesem Nachmittag in sein Haus zurück. Er ließ seine Reisetasche im Flur fallen und ging schnurstracks in seine Praxis, wo Miss Arrow sich gerade mit seinem Juniorpartner, dem etwas wirren, unordentlichen Dr. Perry, unterhielt.

»Ah, Dr. Fiveash«, sagte Perry. »Schön, daß Sie wieder da sind.«

Fiveash nickte und zog seine Uhr hervor. »Was machen die Hausbesuche?«

»Oh, bin schon unterwegs.« Perry schnappte sich seine aus allen Nähten platzende Arzttasche und eilte zur Tür.

»London ist Ihnen nicht gut bekommen, Herr Doktor, ja?« sagte Miss Arrow, nachdem Perry den Raum verlassen hatte.

»Es war noch schlimmer als sonst.« Er ließ sich schwer auf einen Stuhl fallen. »Machen Sie sich nur keine Sorgen wegen des jungen Perry. Der hat ein dickes Fell.«

»Wir kommen in Ihrer Abwesenheit schon zurecht.« Miss Arrow war ungerührt und unerschütterlich. Von Natur aus und aufgrund ihrer früheren Beschäftigung wirkte sie recht matronenhaft; sie neigte zu vorwitzigen Bemerkungen, meist auf Kosten des Doktors. Alles in allem war sie schlicht unentbehrlich.

»Mir geht etwas im Kopf herum, Miss Arrow. Es betrifft Miss Whitaker. Erinnern Sie sich an sie?«

Miss Arrow runzelte die Stirn. »Wie könnte ich diese Göre vergessen? Man hätte meinen können, sie sei Miss Nightingale höchstpersönlich, so wie sie nach meinem Unfall zu meiner Rettung herbeigeeilt kam.«

»Die Bremsen versagten, nicht wahr?«

»Ja. Ein Kabel riß. Das werde ich Mr. Westaway nie verzeihen – er hatte gerade erst alles durchgesehen. Was Miss Whitaker anbelangt, so werde ich ihr – oder mir – nie verzeihen, daß sie Sie so im Stich gelassen hat. Aber es hat keinen Sinn...«

»Was wissen Sie sonst noch über sie?«

Wieder runzelte sie die Stirn. »Nur das, was ich Ihnen erzählte. Und das war ja so gut wie nichts.«

»Während ihrer Besuche bei Ihnen im Krankenhaus hat sie nichts erzählt? Irgendwas über Freunde oder Verwandte oder über...«

»Herr Dr. Fiveash, worum geht es?«

»Hatte sie hier irgendwas zurückgelassen, als Sie wieder in die Praxis kamen?«

»Sie hat sozusagen gar nichts hinterlassen. Sie war äußerst gewissenhaft, das muß ich ihr lassen. Alles befand sich in perfekter Ordnung. Die Neuorganisation der Akten hat sie wirklich gut gemacht, das muß ich zugeben. Es ist nur ein Jammer, daß sie die Arbeit nicht beendet hat.«

»Und sie hat nichts zurückgelassen, was ihr gehörte?«

Miss Arrows Stirn furchte sich nachdenklich. »Ein paar Kleinigkeiten in ihrer – meiner – Schreibtischschublade. Das ist alles.«

»Was haben Sie damit gemacht?«

»Herr Doktor, das ist Monate her.«

Er lächelte. »Ich kenne Sie.«

Sie lächelte ebenfalls. »Ich habe sie nicht weggeworfen, nur für den Fall ... Ich hätte ihr ordentlich den Kopf gewaschen, falls sie zurückgekommen wäre, um die Sachen zu holen. Aber sie wären den Weg nicht wert gewesen. Ich hab' sie in einen alten Schuhkarton gesteckt.« Sie erhob sich und ging ganz leicht hinkend zu einem hohen Schrank in der Ecke. Die Türen des Schranks standen offen: Wirre Papierhaufen, Akten und medizinische Texte waren zu sehen. Aus einem der unteren Fächer holte Miss Arrow eine alte Schuhschachtel und stellte sie auf den Schreibtisch. Fiveash musterte den Inhalt: eine Feder und ein paar Bleistifte, ein Tintenfaß, Nadel und Faden, ein Stück Band, eine Streichholzschachtel voller Stecknadeln, ein Omnibusfahrplan von Bath, ein spiralgebundener Taschenkalender des akademischen Jahres 1881/82. Er blätterte die Seiten durch; sie waren leer. Ganz unten im Karton lag eine zusammengefaltete, vergilbte Zeitung. Er nahm sie heraus und legte sie flach auf den Schreibtisch. Es war die *Times* vom 12. Juli 1841.

»Eine vierzig Jahre alte Zeitung, Miss Arrow. Was halten Sie davon?«

»Sie stammt aus Ihrem eigenen Archiv, Herr Doktor.«

»Tatsächlich?« Er hatte über die Jahre hinweg alle Ausgaben der *Times* aufbewahrt, die medizinische Artikel enthielten. Dies war wohl eines dieser Exemplare. »Können Sie sich vorstellen, was sie damit gewollt hat?«

»Ich habe keine Ahnung.«

Er blätterte die erste Seite um, dann die nächste. Oben in einer Ecke sah er den zackigen Rand, wo ein grobes Rechteck aus dem Blatt gerissen worden war. Miss Whitaker hatte, so erinnerte er sich, alle medizinischen Berichte dem Datum nach geordnet. Etwas hatte hier ihre Aufmerksamkeit erregt, und sie hatte sich entschlossen, es zu entfernen. Er faltete die Zeitung wieder zusammen und legte sie in die Schachtel. »Ich gehe weg, Miss Arrow.«

»Sie sind doch gerade erst gekommen.«

»Ich bleibe nicht lang. Ich bin rechtzeitig zur Abendsprechstunde wieder zurück.«

IX

Während Dr. Fiveash Bathwick Hill hinab in die City eilte, brütete Arthur Baverstock an seinem Schreibtisch im ersten Stock über dem Lärm der Cheap Street vor sich hin. Vor ihm lag ein ziemlich mitgenommen aussehender Almanach. Sein morgendliches Gespräch mit Lady Davenall hatte ihm nicht weitergeholfen. Sie hatte auf die meisten der von ihm geschilderten Ereignisse gleichgültig reagiert; was die Bedeutung irgendeines Datums im Jahre 1846 anbelangte, so hatte sie totale Unwissenheit vorgeschützt. Wie sie mit der Andeutung, sie könnte Trägerin der Krankheit Syphilis sein, umging, hatte er zu seinem eigenen Besten gar nicht erst herauszufinden versucht. Das überließ er nur zu gern Richard Davenall.

Die Teestunde bei Esme Pursglove war jedoch ganz anders verlaufen. Auf ihre muntere Weise war sie so mitteilungsbedürftig gewesen, wie sich Lady Davenall hoheitsvoll verschlossen gegeben hatte. Der ewige Kalender des Almanachs hatte Baverstock zudem mit einer Information versorgt, über die Miss Pursglove nicht verfügte. Sir Lemuel Davenall hatte an einem Samstag im September 1846 einen Ball zu Ehren des Prinzen Bonaparte gegeben. Crowcroft war in der Morgendämmerung des nächsten Tages Miss Strang, die sich in aufgelöstem Zustand befand, im Irrgarten begegnet. Und der 20. September 1846 war ein Sonntag gewesen.

X

Der diensttuende Bibliothekar war ein Patient von Dr. Fiveash und hatte in ungewohntem Tempo die gebundenen Ausgaben der *Times* vom dritten Quartal des Jahres 1841 angeschleppt. Dr. Fiveash ignorierte die scherzhafte Frage, wonach er denn suche, und zog sich mit dem dicken Band in eine Ecke zurück. Er setzte seinen Kneifer auf und suchte die Ausgabe vom Montag, dem 12. Juli.

Der von Miss Whitaker herausgerissene Teil betraf die Kolumne des Herausgebers. Der Artikel war durchsetzt mit dem fettgedruckten Namen DAVENALL. Fiveash drückte den Band mit den Ellbogen nieder, beugte sich tief über die Seite und begann zu lesen.

> Als wären die Beleidigungen, die dem Ruf der britischen Justiz durch die Gerichtsverhandlung – falls man es überhaupt so bezeichnen kann – gegen den EARL OF CARDIGAN zu Beginn dieses Jahres zugefügt wurden, noch nicht genug, müssen wir nun erfahren, daß ein weiterer Husarenoffizier mit seinen Duell-, um nicht zu sagen Mordabsichten erneut von der selektiven Blindheit unserer Justiz profitiert hat.
>
> Wie sonst sollte man das vollkommene Fehlen einer legalen Vorgehensweise charakterisieren, wie es im Fall von Lieutenant Gervase DAVENALL von den 27. Husaren zum Tragen gekommen ist; es ist eindeutig erwiesen, daß er sich mit Lieutenant Harvey THOMPSON vom gleichen Husarenregiment duelliert und ihn durch einen Pistolenschuß in Wimbledon Common am 22. Mai dieses Jahres schwer verwundet hat.
>
> Der Anlaß dieses Duells – *cherchez la femme*? Was den Ausgang dieses Duells anbelangt, so liegt unseres Wissens Lieut. THOMPSON immer noch im Krankenrevier des Regiments in Colchester. Was die Konsequenzen anbelangt, so fragen wir vergeblich danach. Großzügige Geister könnten der Meinung sein, daß Lieut. THOMPSON genügend für sein zügelloses Verhalten gelitten hat, denn es erscheint fast sicher, daß er aufgrund seiner Verletzung den Dienst nicht wieder aufnehmen kann. Wir sind zwar nicht der gleichen Meinung, wollen aber auch keine Einwände erheben. Doch was ist mit Lieut. DAVENALL? Ist er verhaftet und in Polizeigewahrsam genommen worden? Erwartet ihn eine Gerichtsverhandlung wegen Mordversuchs? Nichts dergleichen. Wurde er vor ein Kriegsgericht wegen Angriffs auf einen Offizierskollegen gestellt? Nein. Und warum nicht? Wir wagen anzudeuten, daß die Nachsicht der Behörden in einem

gewissen Zusammenhang zu sehen ist zu der Freundschaft, die zwischen Lieut. DAVENALLS Vater, Sir Lemuel DAVENALL, und dem Oberbefehlshaber, LORD HILL, besteht.

Sir Lemuel ist kein unsensibler Mann. Er hat dafür gesorgt, daß sein Sohn auf den Offiziersrang verzichtet und sich für eine Weile nach Irland zurückzieht, um sich dort um den Familienbesitz zu kümmern. Sir Lemuel ist kein Mann, der keine Achtung verdient hätte. Seine eigene militärische Laufbahn ist eine Zierde für den Familiennamen, sein Verhalten in den Napoleonischen Kriegen verdient es, nicht vergessen zu werden. Doch wir müssen uns auch eingestehen, daß Sir Lemuel kein Mann ohne Fehl und Tadel ist. Er hat uns das demonstriert, was wir alle insgeheim wissen, was aber öffentlich bestritten wird: Die Strenge des Gesetzes gilt nicht gleichermaßen für den Sohn eines Baronets und für den Sohn eines Metzgers. Der eine bekommt, nachdem er unrechtmäßig zur Waffe gegriffen hat, nur noch halben Lohn und wird nach Irland geschickt, wo ihn schlimmstenfalls ein bißchen Langeweile erwartet. Hätte der andere das gleiche getan, dann würde er nun in der Tretmühle einer unserer Besserungsanstalten schwitzen.

Cui bono? Es nützt, so lehrt uns die Erfahrung, weder dem unbußfertigen Lieut. DAVENALL noch seinem nachsichtigen Vater. Läßt man einen derartigen Spielraum erst einmal zu, dann kann er nicht mehr eingeschränkt werden, denn diese Freiheiten, einmal genossen, werden danach stets und immer erwartet. Wer weiß, zu welchen Exzessen sich Lieut. DAVENALL nun bemüßigt fühlt? Falls es jenen, denen ein derartiges betrügerisches Einverständnis der Leute mit den richtigen Beziehungen gegen den Strich geht, ein Trost sein sollte – wir sind überzeugt davon, daß die Familie DAVENALL noch ausreichend Grund haben wird, diese schädliche Milde ungemein zu bedauern.

XI

Als ich an diesem Spätnachmittag die Avenue Road entlangging, konnte ich es kaum erwarten, Constance das zu erzählen, was ich von Fiveash erfahren hatte. Meiner Vorstellung nach fegte diese Information Nortons Ansprüche praktisch vom Tisch, doch in meinem Eifer, ihr davon zu berichten, lag sowohl etwas Brutales als auch etwas Trügerisches. Es schien fast so, als wollte ich ihr ansehen, daß bei ihr mehr Enttäuschung als Erleichterung im Spiel war, als sehnte ich mich nach der Bestätigung meines Verdachts.

Nur dies kann erklären, warum ich sofort an Norton dachte, als Hillier mich im Flur begrüßte und mir mitteilte, daß Constance im Wintergarten mit einem Besucher namens Davenall den Tee einnehmen würde. Ich drückte Hillier Hut und Mantel in die Hand und stürmte los; ein Teil von mir, glaube ich, wünschte, es möge Norton sein.

Doch es war Richard Davenall. Er und Constance blickten beide erschrocken auf und zeigten dann ein verwirrtes Lächeln, als ich einfach so hereinplatzte.

»Trenchard!« sagte Davenall. »Ich dachte, Sie seien bereits zu Hause. Ansonsten hätte ich in der Orchard Street vorbeigeschaut. Doch Ihre Frau hat mich willkommen geheißen.«

»Gut«, sagte ich leicht keuchend.

Constance erhob sich und hauchte mir einen Kuß auf die Wange. »Wo du nun da bist, William, werde ich dich und Richard alleine lassen. Soll ich Hillier bitten, dir Tee zu bringen?«

»Nein. Nein danke.« Sie nickte und ging hinaus. Sofort strich ich sie aus meinen Gedanken. Davenall war mir als Zuhörer so recht wie jeder andere auch. »Haben Sie von Fiveash gehört?« fragte ich, kaum daß die Tür zu war.

»Nein.«

Ich setzte mich ihm gegenüber. Ich spürte die Zeichen angestrengten Eifers in meinem Gesicht und meiner Stimme, konnte sie aber nicht unterdrücken. »Er glaubt, jemand habe in seinen Krankenberichten herumgeschnüffelt – um Norton mit den Details zu versorgen, mit denen er uns gestern überrascht hat.«

»Erzählen Sie mir mehr.«

Das tat ich und fügte auch noch all die Konstruktionen hinzu, die ich auf Fiveashs Worten aufgebaut hatte, ohne die Besorgnis auf Davenalls Gesicht weiter zu beachten. Es ließ sich nicht beurteilen, ob ihn nun die Dürftigkeit der Beweise störte oder das Ausmaß an Zuversicht, das ich daraus schöpfte: schließlich war er nicht umsonst Anwalt. Als ich geendet hatte, vergingen einige Augenblicke, bevor er antwortete.

»Ich werde darüber einen ausgewogenen Bericht von Baverstock erhalten.«

»Ja. Doch bis dahin …«

»Bis dahin ist es vielsagend, aber kaum schlüssig. Ich kann durchaus verstehen, daß Fiveash sich angesichts der letzten Ereignisse begierig darauf stürzt, aber um ehrlich zu sein, es ist ausgesprochen fadenscheinig.«

»Sie können das doch nicht allen Ernstes für einen Zufall halten.«

»Ich halte das für mehr als wahrscheinlich. Und selbst wenn nicht, wo ist der Beweis, daß sie in irgendeiner Verbindung mit Norton steht? Momentan fürchte ich, daß uns das nicht weiterbringt.«

»Das ist purer Defätismus. Ich hatte …«

»Es ist purer Realismus, Trenchard. Bis morgen mittag muß ich Warburton irgendeine Antwort geben. Unbewiesene Anschuldigungen, Norton habe eine Spionin auf Fiveash angesetzt, helfen uns nicht.«

Ich erhob mich und ging zum Fenster. Durch einen Vorhang von Kletterpflanzen konnte ich Constance am anderen Ende des Gartens langsam zwischen den Kräuterbeeten herumschlendern sehen. In letzter Zeit hatte sie sich angewöhnt, im Garten zu spazieren, wenn ich zu Hause war, und träumerisch Sträußchen mit Thymian und Rosmarin zu pflücken. Burrows hatte sich sogar schon darüber beklagt. Doch Constance hätte mir ihre Handlungsweise nicht erklärt, selbst wenn ich sie danach gefragt hätte. Mit einem Seufzer wandte ich mich wieder Davenall zu. »Was führt Sie zu mir?«

»Die Dringlichkeit, Stellung zu beziehen. Und ich bin froh, daß ich gekommen bin. Mir ist nun klar, wie dringend es ist.«

»Wie meinen Sie das?«

»Constance wich meinen Fragen äußerst höflich aus, Trenchard, aber für mich ist klar, daß sie an Norton glaubt. Ihnen muß das auch bewußt sein.«

»Wir haben über das Thema nicht gesprochen.«

»Nicht gesprochen?« Er blickte mich absolut ungläubig an. »Haben Sie ihr mitgeteilt, wie es steht?«

»Nein.«

»Jetzt verstehe ich, weshalb sie so gar keine Neugierde zeigte. Ich nehme an, Syphilis ist kaum eine passende ...«

»Ich habe ihr nichts von den gestrigen Ereignissen erzählt, und ich werde ihr auch nichts erzählen, bis ich beweisen kann, daß Norton ein Lügner ist.«

Davenall erhob sich und gesellte sich zu mir ans Fenster. Er schaute in den Garten hinaus und muß Constance als blassen Schatten gesehen haben. Als ich ihn anblickte, trug sein Gesicht den Ausdruck ehrlichen Schmerzes.

»Was ist denn?«

»Sie spielen mit dem Feuer, Mann. Constance hat ihn einst geliebt. Wenn Sie versuchen, sie auszuschließen ...«

»Wen geliebt?«

Unsere Blicke trafen sich und rangen einen Moment lang mit all den Zweideutigkeiten, die in der Luft lagen. Constance mag die leichte Brise gespürt haben, die ihr Haar zauste, das sie heute zu Ehren irgendeiner persönlichen Erinnerung anders trug; sie mochte sich von der herabsinkenden Düsternis in ein Gefühl von Trauer hüllen lassen. Einmal schaute sie direkt in unsere Richtung.

»Selbst Sie sind sich nicht sicher. Sie saßen gestern da und zuckten nicht mit der Wimper, aber Sie sind sich nicht sicher, nicht wahr?«

Er wandte den Blick nicht ab. »Nein, Trenchard, ich bin mir nicht sicher. Keiner von uns ist das.«

»Ich schon.«

»Dann habe ich vielleicht eine kluge Wahl getroffen.«

»Wieso?«

»Ich habe mit Hugo gespeist. Ich glaube, ich habe ihn davon überzeugt, daß

es katastrophal wäre, wenn wir es zu einer gerichtlichen Konfrontation mit Norton kommen lassen würden. Jedenfalls ist er damit einverstanden, daß wir einen letzten Versuch unternehmen, das zu vermeiden.«

»Und wie?«

»Indem wir Norton so viel Geld anbieten, daß jeder Betrüger überzeugt sein muß, daß er mehr zu gewinnen hat, wenn er unser Angebot akzeptiert, als wenn er auf seinen Ansprüchen beharrt. Das entspricht meinem ursprünglichen Vorschlag, nur mußte die Summe angehoben werden.«

»Wieviel?«

»Zehntausend Pfund.« Er muß bemerkt haben, daß ich große Augen machte. »Ich weiß, das tut weh, selbst angesichts von Hugos Mitteln. Seine Zustimmung zeigt das ganze Ausmaß seiner Verzweiflung. Es ist nicht gerade das Lösegeld für einen König, aber doch für einen Baronet. Ich schlug vor – und er stimmte mir zu –, daß Sie Norton das Angebot unterbreiten sollten.«

»Warum gerade ich?«

»Weil Sie kein Davenall sind, weil es nicht Ihr Geld ist und weil Sie ihn genauso gern loswerden möchten wie wir.«

»Kurz gesagt, ich soll die Dreckarbeit für Sir Hugo machen?«

»Wenn ich dieses Angebot über Warburton mache, könnte man es gegen uns verwenden. Wenn Hugo zu Norton geht, dann kann es durchaus sein, daß er den Kopf verliert. Außerdem sind Sie davon überzeugt, daß Norton ein Betrüger ist. Dies ist Ihre Chance, es zu beweisen.«

»Wie?«

»Wenn er ein Betrüger ist, wird er akzeptieren. Es ist leicht verdientes Geld. Die Sache läßt sich schnell über die Bühne bringen. Eine Bankanweisung über zehntausend Pfund im Austausch gegen seine schriftliche Bestätigung, daß er seinen Anspruch zurückzieht. Sie können auch noch Ihre eigenen Bedingungen diktieren, wenn Sie das wünschen. Vielleicht ein reuevoller Brief an Constance?«

»Wann?«

»Noch vor morgen mittag. Ich habe die Bankanweisung dabei. Werden Sie das für uns tun?«

»Gestern noch bezeichneten Sie das als Geld, mit dem man sich Ärger vom Hals schafft. Sie sprachen davon voller Verachtung.«

»Das tue ich auch heute noch. Es ist verachtenswert. Doch Sie haben ja gehört, was in diesem Raum gesprochen wurde. Das hat uns dazu getrieben.«

»Und wenn er sich weigert?«

»Bieten Sie ihm mehr an. Hugo ist für die doppelte Summe gut. Nur die Bedingungen dürfen nicht verändert werden.«

»Und falls er sich nicht bestechen läßt?«

»Jeder Mann hat seinen Preis.«

»Vielleicht läßt sich sein Preis nicht in Pfund berechnen.«

»Das befürchten Sie genauso wie ich, Trenchard. Ich kann diesen Mann nicht durchschauen. Ich hoffe, er will nichts weiter als Geld. Ich würde vorschlagen, Sie halten sich auch daran.«

»Also gut. Ich werde zu ihm gehen.«

Perverserweise genoß ich bereits diese Aussicht. Ich hatte nichts dagegen, als Bote der Davenalls zu agieren, wenn es mir die Gelegenheit bot, Norton zu verstehen zu geben, daß zumindest ich gewußt hatte, daß er das Angebot annehmen würde – und warum. Ich würde Constance aus ihrem Traum von James wecken und Norton aus meinen Alpträumen verbannen. In weniger als vierundzwanzig Stunden wäre alles vorbei.

FÜNFTES KAPITEL

I

Norton empfing mich im Wohnzimmer seiner im zweiten Stock gelegenen Suite des »Great Western Hotel«. Es war zehn Uhr morgens, doch er trug immer noch seinen Schlafrock. Er stand am Fenster, von dem aus man einen Blick zu dem belebten Seitenausgang des Bahnhofs hatte, und rauchte eine Zigarette. Er wandte sich mir nicht zu, bis der Hotelpage die Tür hinter mir geschlossen hatte.

»Tut mir leid, daß ich gestern abend nicht da war, als Sie mich aufsuchten.«

»Das macht nichts. Jetzt sind Sie da.«

»Ja. Und es sind nur noch knapp zwei Stunden, bis Richard meinem Anwalt seine Antwort überbringt. Ich muß sagen, ich hatte angenommen, daß er erst in letzter Minute angehechelt kommt. Doch ich bin froh, daß Sie gekommen sind. Wie geht es Connie?«

»Ich bin nicht hier, um mit Ihnen über meine Frau zu sprechen.«

»Nicht? Na gut, wie Sie wünschen.« Er wandte sich wieder dem Fenster zu. »Der Hotelmanager bot mir Räumlichkeiten an, die auf der Seite der Praed Street liegen, aber ich ziehe diese hier vor. Ich kann all die herumrennenden Reisenden beobachten.« Er beugte sich vor. »Alle in geschäftigen, ungemein geschäftigen Aufträgen unterwegs.« Ich stand jetzt neben ihm; auch mein Blick wandte sich der Straße zu. »Und wie lautet Ihr Auftrag, Trenchard?« Ich zuckte zusammen, als ich merkte, daß er mich ansah. »Hmm?«

»Ich bin nur gekommen, um Ihnen zwei Dinge zu sagen.«

»Und die wären?« Sein beherrschter, ironischer Blick begegnete dem meinen. Insgeheim verfluchte ich den Mann wegen seiner unmenschlichen Kühle, dieser Aura gelangweilten Wissens um die Dinge, die da kommen würden, die unausgesprochene Andeutung hinter jeder seiner Bemerkungen, daß nichts, was ich sagen oder tun konnte, ihn überraschen würde.

Ich fiel auf die aufreizende Gleichgültigkeit seiner Frage herein. »Zuerst einmal möchte ich Ihnen sagen, daß ich Ihnen auf die Schliche gekommen bin. Eine Frau, die sich Whitaker nannte, hat für Sie die Informationen, die Sie über James Davenalls Krankheit besitzen, aus Dr. Fiveashs vertraulichen Aufzeichnungen entwendet.«

Sein Gesicht, das ich nach einer Reaktion absuchte, verriet gar nichts: er zwinkerte nicht einmal. »Ich fürchte, ich kenne die Dame nicht.«

»Ich hatte nicht erwartet, daß Sie es zugeben.«

»Nun, dann sind Sie zumindest nicht enttäuscht.«

»Ich habe Ihnen das mitgeteilt, damit Sie begreifen: Sie können mich keine einzige Minute zum Narren halten. Sie sind nicht James Davenall.«

»Ich finde es seltsam, daß mein vehementester Opponent ein Mann ist, dem ich nie begegnet bin. Natürlich kenne ich den Grund dafür, Sie haben Angst, ich könnte Ihnen Connie wegnehmen. Sie hat Sie nur geheiratet, weil sie mich für tot hielt. Nun, ich kann Ihre Gefühle verstehen. Sie befinden sich wirklich in einer schwierigen Lage, nicht wahr?«

»Es ist nicht…«

»Aber sie ist bei weitem nicht so schwierig wie meine Lage, nach elf Jahren. Ist Ihnen das schon einmal in den Sinn gekommen?«

»Ich sagte Ihnen bereits: Sie sind nicht dieser Mann.«

Er lächelte. »Sie wiederholen sich, Trenchard, um es sich selbst einzureden. Das funktioniert nicht, das wissen Sie. Wirklich nicht.« Vor lauter Zorn drohte ich die Beherrschung zu verlieren. Doch bevor ich zu einer Entgegnung ansetzen konnte, sprach er weiter. »Und was war der zweite Anlaß Ihres Besuches?«

»Die Davenalls sind bereit, Ihnen Geld zu bieten.«

»Schweigegeld. Soweit ist es gekommen. Wieviel?«

»Ich habe eine Bankanweisung über zehntausend Pfund bei mir.«

»So viel?«

»Ich muß Ihnen sagen…«

»Machen Sie sich nicht die Mühe, mir die Bedingungen zu erklären, Trenchard. Das Geld interessiert mich nicht. Es gehört mir sowieso. Bald. Sehr bald schon. Hugo wird das akzeptieren müssen. Und Sie ebenfalls. Obwohl es nicht das Geld ist, was Ihnen Sorgen bereitet. Bei Ihnen geht es um einen Besitz anderer Art, nicht wahr?«

Verzweifelt klammerte ich mich an das Angebot, das ich ihm zu machen hatte. »Sie sind bereit, Ihnen zehntausend Pfund zu zahlen.«

»Sind Sie bereit, Ihre Frau aufzugeben?«

»Verdammt. Norton…«

»Nicht Norton!« Sein Gesicht befand sich dicht vor dem meinen. Zum erstenmal fiel die Maske träger Sorglosigkeit. »Davenall ist der Name. James Davenall. Vor elf Jahren mußte ich alles aufgeben, um meine Familie in glücklicher Unwissenheit ihrer eigenen Verderbtheit zu halten. Wissen Sie, was ich seitdem entdeckt habe? Daß mir nichts, aber auch gar nichts davon etwas bedeutet hat. Mit Ausnahme von Constance. Sie aufzugeben war die schwerste, edelste Tat, die ich je vollbracht habe. Jetzt, da ich weiß, daß es gar nicht nötig gewesen wäre, ist mir kein Edelmut mehr geblieben, auf den ich zurückgreifen könnte – und mit Sicherheit auch keine Habgier. Ich bin nur gekommen, um das zu beanspruchen, was mir rechtmäßig zusteht – in erster Linie Constance.«

»Sie wird niemals...«

»Sie wird niemals die Liebe vergessen, die wir füreinander empfunden haben. Als ich ihr mitteilte, daß ich sie verlassen würde, konnte ich ihr den wahren Grund nicht sagen. Sie können sich nicht vorstellen, wie hart das war. Ich weinte um sie genauso wie um mich. Sie versuchte, mich aufzuhalten. Sie bot sich mir an jenem Tag als Beweis für ihre Liebe an, als eine Möglichkeit, mich zu halten.«

»Das ist nicht wahr.«

»Ich mußte mich von ihr abwenden und davongehen. Ich werde das nicht noch einmal tun.«

Ich hätte ihn schlagen sollen, hätte ihn zwingen müssen, das eben Gesagte zurückzunehmen. Aber seine Worte hatten eine tiefere Wirkung erzielt als irgendein Schlag. In dumpfem Entsetzen starrte ich ihn an.

»Verstehen Sie mich nun, Trenchard? Vergessen Sie meine Familie. Dies ist eine Sache zwischen Ihnen und mir. Um Connies willen bin ich bereit, Sie zu vernichten.«

Ich verließ das Hotel als geschlagener Mann. Bei dem Aufruhr, der in mir tobte, merkte ich kaum, wohin ich ging. Ich schreckte erst auf, als ich um mich blickte und feststellte, daß ich mich in der Gegend von Lancaster Gate befand. Ich ging zurück zur Praed Street und wartete an der Eastbourne-Terrace-Kreuzung auf eine Lücke im Verkehr.

Vor mir sah ich die Menschen, die das »Great Western Hotel« betraten oder verließen. Plötzlich hielt ich den Atem an. Einer von ihnen war Norton, makellos mit Zylinder und grauem Mantel bekleidet. Er wirbelte seinen Stock herum und blieb kurz am Fuße der Hoteltreppe stehen, um seine Zigarette auszudrükken. Er machte keine Anstalten, eine Droschke anzuhalten, sondern bewegte sich in flottem Tempo in Richtung Marylebone. Mich hatte er bestimmt nicht gesehen. Und das brachte mich auf die Idee.

Ich eilte über die Kreuzung. Keine Zeit war zu verlieren. Norton ging schnell; seine hohe Gestalt war leicht zwischen den nickenden Köpfen auszumachen, entfernte sich aber immer weiter. Die Anstrengung, ihn im Auge zu behalten, war groß genug, um vorerst jede Analyse meiner Motive zu verhindern.

Norton verlangsamte sein Tempo nicht, als er in die Edgware Road einbog und nach Süden strebte, doch er warf keinen einzigen Blick zurück. Seine Verfolgung war relativ einfach. Er ging die Park Lane entlang, und ich ließ mich etwas zurückfallen, als die Menschenmenge immer dünner wurde. Nicht, daß ich mich hätte sorgen müssen: womit immer sich seine Gedanken beschäftigen mochten, mit der Möglichkeit einer Verfolgung bestimmt nicht. Er hatte den größten Teil der Park Lane hinter sich, als er in den Hyde Park einbog. Ich folgte ihm.

Da war er, ein Stück vor mir, und nichts als Bäume und Gras zwischen uns; keine Büsche, keine Hecken, keine Menschen und kein Lärm, um meine Schritte zu übertönen. Ich ließ mich noch weiter zurückfallen aus Angst, er könnte sich jeden Moment umdrehen. Doch er tat es nicht. Dann schlug ein anderes Gefühl, vernichtender als jede Angst, seine Krallen in mich. Die gleichmäßig ausschreitende Gestalt, die Strecke zwischen uns, der unsichtbare Faden, an dem er mich mit sich zog: Plötzlich war mir die Bedeutung klar. Die Gewißheit, die mich überfiel, hätte mich beinahe aufschreien lassen. Er wußte, daß ich da war. Er wollte, daß ich ihm folgte.

Die Achilles-Statue ragte vor uns auf. Einige verstreute Fremde ruhten sich zu ihren Füßen aus. Norton hielt schnurstracks auf sie zu. Dann tauchte eine Gestalt, die uns den Rücken zuwandte und deren Hände auf der Kette ruhten, die um die Statue gespannt war, aus der Anonymität der Masse auf. Ich trat noch einen Schritt näher, spürte, wie ich scharf einatmete, wie etwas in meinem Herzen riß, und dann wußte ich es: Es war Constance.

Ich blieb regungslos im Schatten eines Baumes stehen und beobachtete wie gelähmt, wie Norton sich ihr näherte. Auf seine Berührung hin drehte sie sich um und schaute zu ihm auf. Es war ihr Gesicht, eingerahmt von einer mir nur zu vertrauten Haube, ihr Blick, dem mein Blick so oft begegnet war, ihr Lächeln, das ich in letzter Zeit von ihren Lippen verbannt hatte. Da gab es keinen Zweifel, keine Frage, keine Hoffnung auf einen möglichen Irrtum.

Im Schlenderschritt umkreisten sie die Statue, folgten der Absperrung der Kette. Im nächsten Moment würden sie hinter dem Sockel verschwinden, auf dem Achilles stand. Ich konnte es nicht ertragen, sie wiederauftauchen zu sehen. Ich drehte mich um und ging schnell den gleichen Weg zurück.

II

»Es ist ganz klar, daß meine Instruktionen ausführlicher hätten sein müssen, Mr. Baverstock. Erlauben Sie mir, das nun nachzuholen. Hören Sie auf mit diesen sinnlosen Nachforschungen in der obskuren, antiken Historie meiner Familienaffären. Mich interessiert es nicht im mindesten, ob dieser Norton den Prinzen Napoleon in irgendeiner Weise in der Hand hat. Überraschen würde es mich nicht. Der Prinz hat derartig monumentale Laster, daß es für einen ganzen Haufen Erpresser ausreichen würde. Aber für den gegenwärtigen Fall hat das nicht mehr Bedeutung als Miss Pursgloves Geplapper bezüglich Miss Strang. Beide Angelegenheiten sind irrelevant, und ich freue mich keineswegs, Ihnen ein Honorar zu zahlen, wenn es für solche Trivialitäten verwandt wird.

Zweimal in ebenso vielen Tagen haben Sie hier Zeit vertrödelt, die Sie besser in London verbracht hätten, um Nortons wahre Identität festzustellen. Der Grund, weshalb mein Vater damals auf Miss Strangs Dienste verzichtet hat, wurde mir nicht mitgeteilt, aber ich kann Ihnen versichern, daß Miss Pursgloves blühende Phantasie – ebenso wie Crowcrofts angebliche Begegnung – denkbar weit am Ziel vorbeigeht. Weder weiß ich es, noch will ich es wissen, wie Miss Strangs weitere Karriere verlaufen ist. Vermutlich ist sie nach Schottland zurückgekehrt. Und dabei wollen wir es bewenden lassen. Ich hoffe, Sie haben mich verstanden, ja?

Überbringen Sie meinem Sohn diese Nachricht. Norton wird kein Geld angeboten, keinerlei Entgegenkommen eingeräumt. Sollte er die Frechheit besitzen – was ich bezweifle –, seine anmaßenden Ansprüche vor Gericht einzuklagen, dann werden wir ihm mit Verachtung und Würde entgegentreten. Was die Mittel zu seiner Vernichtung anbelangt, so liegt es an Ihnen – und meinen Verwandten –, sie zu finden. Ist das deutlich genug?«

III

Richard Davenall befand sich nicht in seinem Büro, wurde aber jeden Moment zurückerwartet. Ich hielt mich nicht auf. Tatsächlich war ich sogar froh, ihn verpaßt zu haben. Es versetzte mich in die Lage, bei Benson eine hastig geschriebene Nachricht zurückzulassen, in der ich ihm Nortons Zurückweisung unseres Angebotes mitteilte. Anschließend machte ich mich sofort auf den Weg nach St. John's Wood. Ich wollte vor Constance zu Hause sein.

In The Limes plauderte Hillier in der Einfahrt mit dem Brotjungen. Sie schien überrascht, mich zu sehen.

»Wo ist Ihre Herrin?« bellte ich. Der Ton meiner Stimme vertrieb sofort den Brotjungen, der sich eilig auf sein Rad schwang.

»Nicht im Haus, Sir.«

»Wo ist sie dann?«

Hillier ließ sich nicht leicht einschüchtern. Ihre kühle Antwort beschränkte sich auf reine Tatsachen. »Sie hat mir nicht gesagt, wohin sie geht, Sir.«

»Wann rechnen Sie mit ihrer Rückkehr?«

»Die Köchin erwartet sie zum Mittagessen. Essen Sie ebenfalls zu Hause?«

Sie erhielt keine Antwort. Ich war bereits auf dem Weg ins Haus, rannte fast, damit nichts meinen Entschluß ins Wanken bringen konnte. Ich begab mich direkt ins Ankleidezimmer, öffnete das Schreibpult und zog noch einmal an der Schublade. Sie war immer noch verschlossen. Es war sinnlos, erneut nach dem Schlüssel zu suchen; ich wußte, daß er nicht da war. Ich griff nach dem Brieföffner, schob die dünne Klinge in den schmalen Spalt zwischen der oberen Schubladenkante und dem Rahmen und übte immer mehr Druck aus, bis mit einem plötzlichen Splittern das Schloß nachgab.

Ein Bündel Briefe lag vor mir, von einem Band zusammengehalten. Ich öffnete es und blätterte die Briefe durch. Einige stammten von mir, adressiert an Constance in Salisbury und aufgegeben in Blackheath – geschrieben im Haus meines Vaters in den Tagen meiner Werbung. Der heftige Widerspruch zwischen den angedeuteten Liebeserklärungen dieser Briefe und der Gewalt, die ich ihrem Gedenken bereits angetan hatte, machte mich fast krank. Es gab auch noch andere Briefe, einige davon – wie ich mit Sicherheit annahm – in James Davenalls Handschrift und aus der Zeit vor seinem Verschwinden datiert. Einer stammte von Constances Bruder Roland, nur wenige Monate vor seinem Tod geschrieben; mehrere Briefe waren von einer liebevollen, mittlerweile verstorbenen Tante. Und ganz unschuldig bei den anderen lagen zwei Briefe neueren Datums. Die Schrift ähnelte der Davenalls: Sie konnten nur von Norton sein. Ich setzte mich und las sie.

Den ersten Brief hatte er am Tage seines Besuchs in The Limes geschrieben. Mich überraschte weder der Inhalt noch daß Constance ihn vor mir geheimgehalten hatte. Schließlich stand nur das darin, was ich ohnehin erwartet hatte. Gegen Ende zu erregte ein Satz meine Aufmerksamkeit. »Keiner von uns kann vergessen, was auf jener Wiese geschah, nicht wahr?« Es mußte sich um die gleiche Wiese handeln, von der er gerade gesprochen hatte, als ich sie am Aquädukt gestört hatte. »Wir gingen bis zur Hyazinthenwiese, erinnerst du dich?« Was konnte damit gemeint sein? Auf der Suche nach einer Antwort las ich den zweiten Brief.

Great Western Hotel
Praed Street
LONDON W.

11. Oktober 1882

Liebe Constance,
Ich habe, wie ich vermute, wahrscheinlich genauso wenig Zweifel wie Du, daß Williams Bericht – falls er Dir überhaupt irgendwas berichtet – vom heutigen Treffen in der Kanzlei meines Anwalts nicht gerade zuverlässig sein dürfte. Ich kann es ihm nicht verdenken, aber ich kann es auch nicht hinnehmen, daß Du völlig uninformiert bleibst.

Falls Du der Wahrheit ins Auge sehen kannst – und die ist, daß meine Liebe für Dich noch genauso stark ist wie an dem Tag vor elf Jahren, als ich Dich verließ –, dann komme bitte um elf Uhr am Freitag morgen zu der Achilles-Statue im Hyde Park. Dann wird Schluß sein mit all diesen Vorwänden und Vortäuschungen – für immer und ewig.

Für immer der Deine
James

Ich ließ die Briefe offen auf der Löschunterlage liegen und verließ den Raum. Hätte ich nur ihre Fragen beantwortet, als sie mich darum gebeten hatte, dann hätte sein Brief einen falschen Unterton bekommen. Doch so hatte meine Heimlichtuerei ihm nur den Weg geebnet. Ich war entschlossen, Constance dafür zu verdammen, daß sie sich zu einem Treffen mit ihm bereit gefunden hatte, doch tief in meinem Herzen konnte ich ihr keine Schuld mehr geben.

Meine ziellosen, unruhigen Schritte führten mich zur Einfahrt. Ich glaube, ich wollte sehen, ob vielleicht eine Droschke einen Fahrgast vor unserer Tür absetzte – möglicherweise Constance, die von einem Rendezvous zurückkehrte, über das ich nun schon zuviel wußte. Ich konnte jedoch nur Burrows entdecken, der unter den Büschen Unkraut jätete. Als er mich sah, hörte er damit auf und kam, von seinem Ischias geplagt, den Weg entlang geschwankt.

»Pardon, Sir, nur ein Wort.«

Widerstrebend blieb ich stehen. »Ja?«

»Die Herrin mag ein paar Farbtupfer an diesen Rabatten, und ich geb' mir Mühe, ihr gefällig zu sein.«

»Ich bin sicher…«

»Deshalb hoffe ich, daß Sie nichts dagegen haben, wenn ich Ihnen sage, daß es nicht gut ist, wenn Sie zwischen meinen Lobelien herumtrampeln und Ihre Pfeife ausklopfen.« Er stemmte einen Ellenbogen auf den Stiel seiner Hacke und betrachtete mich mit herausfordernder Gewißheit.

»Ich habe nicht die Angewohnheit…«

»Die Spuren sind noch deutlich zu sehen.« Mit dem Daumen deutete er auf einige Blumen unter einer Birke. »So deutlich zu sehen wie die Nase in Ihrem Gesicht. Wenn nicht die Asche gewesen wäre, hätte ich die kleine Patience im Verdacht gehabt.«

Irritiert überquerte ich den Rasen und schaute auf die zertretenen Lobelien hinab. Jemand mußte wirklich darauf herumgetrampelt sein. Und da war die verstreute Asche, über die sich Burrows beklagt hatte. Ich bückte mich, um sie näher in Augenschein zu nehmen; meine Irritation wandelte sich in Neugierde.

»Das ist keine Pfeifenasche«, sagte ich mehr zu mir selbst. »Das ist Zigarettenasche. Und ich rauche keine Zigaretten.«

»Wenn Sie es sagen, Sir.«

Es war klar zu erkennen, daß Burrows mir nicht glaubte, doch seine Meinung interessierte mich im Moment kaum. Wir befanden uns an einer Stelle nahe des Eingangstores. Ich stellte mir einen Mann vor, der unter der Birke stand, genau wie ich jetzt. Es war Nacht, und so bemerkte er die Lobelien unter seinen Füßen nicht. Er konnte durch das Tor geschlüpft sein, das niemals verschlossen war; dann hatte er in der Dunkelheit gestanden, ruhig eine Zigarette geraucht und das Haus mit den erleuchteten Fenstern beobachtet, hatte die Bewegungen der Gestalten hinter den Vorhängen verfolgt und auf die verein-

barten Signale von einer Person im Haus gewartet, die wußte, daß er sich hier befand. Bei dem Gedanken schauderte ich zusammen.

IV

Hector Warburton erlaubte sich einen selbstzufriedenen Blick auf die Uhr, deren Zeiger auf zehn nach zwölf zeigten, als Lechlade Richard Davenall in sein Büro in Staple Inn führte. Davenall sah traurig und zerfurcht und erschöpft aus. Warburton jedoch, der ihn keineswegs um die Aufgabe beneidete, eine Verteidigung gegen seinen Mandanten aufzubauen, empfand keinen Funken Sympathie für seinen Kollegen. Er hätte seine gegenwärtige Bedeutung nicht erlangt, wenn er sich derartig unprofessionelle Gedanken erlaubt hätte. Hier ging es schließlich um eine geschäftliche Angelegenheit. Um so schlimmer für Davenall, falls er sich so weit von seinen beruflichen Normen entfernt hatte, daß er Familiengefühle mit der Jurisprudenz vermischte. Warburton für seinen Teil würde ihm keine Gnade zeigen.

»Sie sind ein bißchen spät dran, Davenall«, sagte er in neutralem Tonfall. »Setzen Sie sich doch.«

»Danke. Ich stehe lieber.« Richard war sich sehr wohl seiner eigenen problematischen Lage bewußt: Haltung war das einzige, woran er sich klammern konnte.

»Hat Sir Hugo seine Meinung geändert?«

»Nein, das hat er nicht.«

»Verstehe. Dann bleibt mir nichts anderes übrig, als den Dingen ihren Lauf zu lassen.«

»Falls das Ihre Instruktionen sind.«

»Jawohl. Tatsächlich hat mir das Kanzleigericht einen Platz auf seiner Liste für den 6. November angeboten. Ich werde nun das Datum bestätigen.«

Richard Davenall strich sich über den Bart und blickte dann Warburton direkt an. »Das ist wesentlich früher, als ich erwartet hatte. Im Interesse aller Betroffenen...«

»Eine weitere Verzögerung kann nicht hingenommen werden. Sir James möchte seinen Titel so bald wie möglich zugesprochen erhalten.«

Warburton hatte seinen Mandanten absichtlich als »Sir James« apostrophiert. Es konnte nicht schaden, Davenall wegen seiner Neigung zur Verschleppung ein bißchen zu reizen. Doch Richard ließ sich nicht reizen. In Wahrheit waren seine Motive professioneller, als Warburton ahnte. Er war entschlossen, alles zu tun, um Hugo zu helfen, und war sogar bereit, jede Erniedrigung hinzunehmen – falls sie sich letzten Endes zu ihren Gunsten auswirken würde. »Mr. Norton«, sagte er mit Nachdruck, »schien die Aussicht auf eine umfassende Gerichtsverhandlung nicht gerade freudig zu begrüßen. Ich bin schlicht und einfach ...«

»Sie wird ihm aufgezwungen – von Ihrem Mandanten.«

Richard ließ sich auf dem Stuhl neben ihm nieder, eine Geste so bedeutsam wie seine anfängliche Entschlossenheit zu stehen. »Warburton«, er beugte sich über den Schreibtisch, »ich brauche Zeit, um Hugos Sinneswandlung vorzubereiten.«

Warburton wahrte seine Distanz: er wünschte keinen Anflug von Komplizenschaft. »Es handelt sich lediglich um eine Anhörung. Ich glaube nicht, daß die Hauptverhandlung so früh angesetzt wird.«

Nervös leckte sich Richard die Lippen. Normalerweise hätte er sich nie so erniedrigt und Warburton um einen Gefallen gebeten: seit Mittwoch machte er dem toten Gervase in stillem Zwiegespräch schwere Vorwürfe, daß er ihm keine andere Wahl ließ. Mit Warburton senior wäre es anders gewesen: ein Nicken, ein Wink und eine hilfreiche Hand. Doch was konnte in diesem hageren, hohlwangigen Gesicht mit den wäßrigen Augen Hoffnungen erwecken? Nichts. Und doch hatte er Hoffnung. »Wie Sie schon sagten, es ist nur eine Anhörung. Darf ich daraus schließen, daß in diesem Stadium der ... medizinische Beweis noch nicht erwähnt wird?«

»Sie dürfen nicht.«

»Aber Sie werden doch sicherlich nicht ...«

»Ich werde das tun, was zur Wahrung der Interessen meines Mandanten notwendig ist. Deswegen wird es auch keine Gefälligkeiten geben. Ist das klar? Wenn ja, dann dürfte es wohl nichts mehr zu besprechen geben. Wir werden die notwendigen Papiere so bald wie möglich zur Verfügung stellen.«

Richard seufzte und erhob sich. Warburton hatte recht: Es gab nichts mehr zu besprechen. Mit der Andeutung eines Nickens wandte er sich ab und verließ den Raum. Während er die Treppe hinabstieg, griff er in seine Manteltasche und knüllte den Zettel, den er vom Büro mitgenommen hatte, zu einem kleinen Ball zusammen. Es war der Zettel mit der Nachricht, die Trenchard ihm hinterlassen hatte; die drei Worte hatten sich in seinen Kopf eingebrannt: »Norton sagt nein.«

V

Constance betrat mein Arbeitszimmer, in dem ich die Vorhänge halb zugezogen hatte. Ich spürte, wie mein ganzer Zorn in eine trostlose Betrachtung meiner eigenen Dummheit versickerte. Ich hatte sie die Auffahrt hochkommen sehen, und einige Minuten später stand sie im Türrahmen meines Zimmers.

»Hillier hat mir ausgerichtet, ich solle sofort nach meiner Rückkehr zu dir kommen«, sagte sie atemlos, als wäre sie die Treppen hochgerannt.

Ich blieb regungslos auf meinem Stuhl sitzen, stählte mich selbst, um den unnachgiebigen Herrn spielen zu können. Ich wartete einen Moment, um meine Stimme zu festigen. »Ich weiß, wo du gewesen bist.«

Ruhig schloß sie die Tür, kam dann ein paar Schritte auf mich zu. Ich konnte ihr Gesicht jetzt deutlicher sehen; es war gerötet – von anderen Dingen, so bildete ich mir ein, als nur vom schnellen Laufen. Sie trug ein dunkelblaues, hochgeschlossenes Kleid mit Blumenmuster. Kragen, Ärmel und Saum waren mit Spitze besetzt. Jetzt, im Augenblick des Verlustes unserer Intimität, wurde mir die reife Schönheit dieser Frau, die meine Ehefrau war, bewußt. Mit allen Sinnen spürte ich, wovon sich meine Liebe zu ihr nährte, genauso wie ich spürte, was zu der Distanz zwischen uns geführt hatte. Sie sagte nichts, doch die Botschaft in ihrem Blick war deutlich genug: Sie schämte sich nicht.

»Du hast dich mit Norton im Park getroffen – nachdem ihr euch verabredet hattet.« Sie sagte immer noch nichts. »Du hast Briefe von ihm erhalten – und sie mir vorenthalten.« Ihr Blick sagte alles, was ihr Mund verschwieg: Mein Vertrauensbruch übertraf den ihren bei weitem. »Du hast ihm erlaubt – oder ihn ermutigt –, dir weiterhin einzureden, er sei James Davenall.« Und was, so erwiderte sie lautlos, wenn er es wirklich ist? »Du hast all meine Befehle mißachtet.«

Endlich sprach sie: »Du hättest mir die Wahrheit sagen sollen.«

»Die Wahrheit?« Ich versuchte es mit müdem Spott. »Welche Wahrheit hat er dir denn erzählt?«

»Ich weiß, warum er wegging und warum er zurückkehrte.« Plötzlich wurde ihr Gesicht weich. »Du wirst sicherlich einsehen, daß mich seine Notlage tief bewegt, nicht wahr?«

War es meine Hand, die auf den Tisch vor mir schlug? Sie schien eher einem anderen Mann zu gehören, den ich beobachtete und der diese grobe Antwort gab. »Ich sehe nur, daß du bereit bist, unsere Ehe zu gefährden wegen einer kleinen Liebschaft mit einem wertlosen Betrüger.«

»Wenn du wirklich das siehst, William, dann bist du blind. Ich mußte ihn treffen, um die Wahrheit zu erfahren. Ich werde das nicht vergessen.«

»Du wirst das tun, was ich dir sage.«

Sie ging an mir vorbei zum Fenster, hob den Vorhang etwas und drehte sich zu mir um. »Du kannst mir in dieser Sache keine Befehle erteilen. Du weißt, daß ich James geheiratet hätte, wäre er am Leben geblieben. Jetzt kann ich nicht mehr bezweifeln, daß er lebt. So was läßt sich nicht vergessen.«

Die Saat ging auf, und die Frage drängte mit aller Macht heraus. »Liegt das an dem, was zwischen euch geschah, als ihr euch das letztemal gesehen habt?«

»Was meinst du?«

»Ihr habt davon gesprochen, als ich euch am Aquädukt überraschte. Du hast mir nie etwas anderes erzählt, als daß er dich vor elf Jahren an dieser Stelle verlassen habe. Aber das ist nicht die Wahrheit, oder? Du bist mit ihm noch an einen anderen Ort gegangen, nicht wahr? Eine Wiese ganz in der Nähe. Was geschah dort?«

»Was geschah, ändert nichts daran …«

»Du sagtest, ich sei blind. Also mach mich sehend. Was geschah?«

Ihr Blick irrte ab, allerdings nicht aus Schwäche. Meine Worte schienen ihr die Szene nahezubringen, die sie mir schildern sollte. »Über jenes Feld«, murmelte sie. »So weit und so schnell. Rennen … und nie aufhören zu rennen.«

»Was?«

Sie riß sich zusammen, blickte mich an, kehrte mit ihren Gedanken in die Gegenwart zurück. »Heute morgen hat James mir alles erzählt. Jetzt verstehe ich. Er hat aus Liebe zu mir so gehandelt.«

»Constance!«

»Heute morgen bot er an, auf seine Ansprüche zu verzichten.«

»Was hat er getan?«

»Er sagte, um meinetwillen würde er auf alle juristischen Vorgehensweisen verzichten und der Welt zu verstehen geben, daß er ein Betrüger wäre. Er würde seine Identität als James Norton behalten. Er würde für immer aus unserem Leben verschwinden. Er würde sich nicht weiter zwischen uns stellen. Er sagte, er würde all das tun – wenn ich es von ihm verlangte.«

Das also war der letzte Test, den er ersonnen hatte. In mein Selbstmitleid vertieft, berücksichtigte ich keine Sekunde lang die Qualen, die ein solches Angebot bei Constance ausgelöst haben mußte. Ich wollte nur das Resultat wissen. »Hast du es von ihm verlangt?«

»Nein.«

»Warum nicht?«

»Weil er genug gelitten hat. Weil ich nicht das Recht habe, von ihm zu verlangen, daß er in sein Exil zurückkehrt.«

»Oder weil du ihn liebst?«

»Er erzählte mir, du habest ihm Geld angeboten – in Hugos Auftrag. Stimmt das?«

»Ja.«

»Aber er hat es abgelehnt?«

»Ja. Weil du ihm die Hoffnung vermittelt hast, er könnte noch mehr gewinnen … von …« Meine Stimme versickerte in ein tiefes Schweigen. In Constan-

ces Augen lag ein Ausdruck, den ich noch nie zuvor gesehen hatte. Norton und ich, wir hatten es endlich gemeinsam geschafft. Wir hatten ihre Liebe zu mir vernichtet.

Mit entschlossenen Schritten ging sie an mir vorbei zur Tür. Dort wandte sie sich noch einmal um. »Ich will fair zu uns beiden sein, William. Ich muß weg. Ich werde mit Patience zu meinem Vater fahren. James sagte, nächsten Monat sei eine Anhörung. Danach werde ich entscheiden, was zu tun ist.«

»Du wirst entscheiden?«

»Ja, ich werde entscheiden. Bis dahin werde ich keinen von euch sehen. Das ist ein Versprechen.«

»Constance!«

»Nein. Sag nichts. Es ist am besten so. Ich werde morgen früh abreisen. Bitte versuch um unsretwillen nicht, mich davon abzuhalten.«

VI

Richard Davenall fand Sir Hugo in seinem Club in Pall Mall. Ein ergebnisloser Besuch in Bladeney House hatte lediglich die Emotionen verstärkt, die sich nach seiner Visite in Staple Inn in ihm aufgestaut hatten. Und nun mußte er auch noch seinen Cousin aufsuchen in dem nachmittäglichen Mief einer geschmacklos dekorierten Bar, wo es nach seinem Dafürhalten zu viele Spiegel und Plüschsessel gab – vor allem aber stand es seiner Ansicht nach einem Gentleman schlecht an, hier die Tagesstunden zu vertrödeln. Er ignorierte einen Kellner und vertrieb mit einem scharfen, deutlichen Blick Hugos Trinkgenossen von dem Ecktisch.

»Ist Cleveland nicht bei dir?« fragte er beißend.

»Nein.« Hugo blickte seinem scheidenden Gefährten sehnsüchtig nach. »Aber Leighton ist ein braver Bursche. Möchtest du einen Drink?«

Richard ignorierte die Frage und setzte sich. Hugo war eindeutig betrunken – stärker als gewöhnlich. Nun, Richard brachte sogar ein gewisses Verständnis dafür auf. Hätte er nicht seit Jahren solide gelebt, vielleicht hätte er sich ihm angeschlossen. »Norton hat uns abgewiesen.«

»Bei Gott, das hat er?« Hugo klopfte mit einer Zigarette auf den Tisch neben sich. Lautlos tauchte ein Kellner auf und gab ihm Feuer. »Bitte noch einen Doppelten, Emmett«, dröhnte Hugo.

»Glaubst du nicht, daß du genug hast?« sagte Richard.

»Ich hab' nur von unserem Freund Norton genug, lieber Cousin, das ist alles. Meinst du, unser Angebot war zu niedrig?«

»Nein. Ich glaube, er denkt, er habe uns am Kragen.«

Hugo schnaubte. »Vielleicht hat er das.«

»Warburton will eine Anhörung für den 6. November arrangieren.«

»Können wir ihn aufhalten?«

»Nein. Auch eine Hauptverhandlung können wir nicht verhindern. Du solltest auf das Schlimmste vorbereitet sein.«

Emmett kehrte mit einem vollen Glas zurück. Hugo nahm einen kräftigen Schluck. »Vorbereitet sein? Wann hat mich meine Familie je auf etwas vorbereitet?«

»Es steht außer Frage, daß sich dein Vater schlecht benommen hat, aber...«

Hugo knallte sein Glas auf die Tischplatte. »Mein Vater! Was gäbe ich nicht drum, ihn jetzt vor mir zu haben – um die Wahrheit aus ihm rauszuschütteln. Sag mir, Richard, warum wollte mein Vater nie James' Tod akzeptieren?«

»Väterliche Schwäche, denke ich.«

»Zum Teufel mit der väterlichen Schwäche! Mir gegenüber hat er nie welche gezeigt. Und weißt du auch, warum?«

»Nein.«

»Du hast gehört, was Fiveash sagte.« Trotz seines betrunkenen Zustandes senkte Hugo die Stimme. »Er sagte meinem Vater, er dürfe nicht zulassen, daß meine Mutter ein zweitesmal schwanger würde. Doch sie wurde es, nicht wahr?«

»Worauf willst du hinaus?«

Hugo warf sich plötzlich auf seinem Stuhl zurück, rieb sich die Augen und seufzte. »Ich weiß nicht. Hat meine Mutter irgendwas über dieses ... dieses Datum verlauten lassen, das Norton erwähnte?«

»Ich habe noch nichts von Baverstock gehört.«

»Was weißt du darüber? 1846, nicht wahr?«

»Nichts, es scheint zu weit in der Vergangenheit zurückzuliegen, um noch irgendeine Bedeutung zu haben.«

»Die Vergangenheit?« Hugo trank erneut und fuhr sich mit den Fingern durchs Haar. »Sieht so aus, als hätte ich der Vergangenheit dieses ganze verdammte Schlamassel zu verdanken.« Aus rotgeränderten Augen warf er seinem Cousin einen anklagenden Blick zu. »Nun, du weißt mehr von der Vergangenheit als ich, Richard. Also benütze sie – um mich aus dieser Sache rauszukriegen.«

Richard Davenall verließ den Club nicht sofort, obwohl er Hugo verließ, der entschlossen schien, den Nachmittag durchzutrinken. Richard mußte zugeben, daß sein Cousin mit seinen beißenden Sarkasmen in einem Punkt recht hatte: Es gab einiges, was die Vergangenheit zu beantworten hatte. Und da dieses Labyrinth von einem Gebäude, dessen Räumlichkeiten zwischen düster und grell schwankten, einiges aus der Vergangenheit der Davenalls zu bieten hatte, zwei Clubpräsidenten eingeschlossen, konnte er den Club nicht einfach so verlassen. In der Art einer Wallfahrt – denn er hatte schon vor langem seine Clubmitgliedschaft verfallen lassen – stieg er die breite, vom gedämpften Farbton der bemalten Fensterscheiben erhellte Treppe hoch zu der höhlenartigen, verstaubten Bibliothek, wohin Hugos Generation sich nur selten verirrte. Hier wurden ältere, bedeutendere Mitglieder mit goldgerahmten Porträts geehrt, die in dunklen Grotten zwischen vernachlässigten Bücherreihen hingen.

Richard mußte eine Weile nach dem Porträt suchen, das er im Geist vor sich sah – nicht, weil es umgehängt worden wäre, sondern weil er schon so lange nicht mehr hier gewesen war. Der Rahmen war wuchtiger, als er ihn in Erinnerung hatte, die Ölfarben dunkler; er mußte die Lampe auf dem Tisch daneben anzünden, um es überhaupt erkennen zu können. Die kleine Tafel unten am Rahmen bestätigte es ihm: Es handelte sich um Sir Lemuel, Baronet (1779–1859), gemalt im ersten Jahr seiner Präsidentschaft vor fünfzig Jahren.

Sir Lemuel ähnelte seinem Bruder Wolseley, Richards Vater, auf eine Art und Weise, in der ein bengalischer Tiger einer englischen Hauskatze ähnelt: Die Gesichtszüge waren gleich, aber der Rahmen war ein ganz anderer. Das Gesicht war hager – jedenfalls hagerer als das von Wolseley und eingerahmt von einem herausfordernden militärischen Backenbart. Die Augen hatten den gleichen grünen Unterton, doch sie ließen Sir Lemuels Ausdruck wärmer erscheinen, während Wolseley dadurch lediglich mürrischer blickte. Er hielt sich stolz und aufrecht, die Brust mit den Orden, die ihm nach Waterloo verliehen worden waren, herausgestreckt, während der einzige Stolz seines Bruders sein guter Ruf war, auf den er geradezu besessen achtete. Während Lemuel für sein Land kämpfte, studierte Wolseley Zivilrecht. Während Lemuel Fuchsjagden ritt, schloß Wolseley Pachtverträge ab. Während Lemuel alles gehörte, was sich in seinem Blickfeld befand, und Großzügigkeit ein Wesenszug von ihm war, haßte Wolseley diese Verschwendung und kultivierte seine Ressentiments. Wessen Sohn wäre Richard lieber gewesen? Er zweifelte nicht an der Antwort, während er die wettergegerbte Miene des großen, alten Baronets betrachtete.

Richards früheste Erinnerungen an seinen Onkel waren die eines willkommenen Eindringlings in die Langeweile einer Kindheit in Highgate – ein weißhaariger alter Mann, der ihm im Garten einen Gummiball zuwarf und hinter vorgehaltener Hand Grimassen schnitt, während sein Vater beim Essen Mieteinnahmen diskutierte. Später dann, so erinnerte sich Richard, folgte ein idyllischer Sommer auf Cleave Court nach seinem ersten Jahr in Shrewsbury. Gervase war nach seinen Schandtaten als Erziehungsmaßnahme nach Irland geschickt worden, und der Skandal um ein Duell klang in den Ohren des jungen Richard wahnsinnig aufregend.

Damals dachte er zum erstenmal daran, daß er wesentlich glücklicher wäre, wenn er Lemuels Sohn anstatt der Sohn seines Vaters wäre. Er dachte sogar, daß auch Sir Lemuel mit dieser Lösung glücklicher wäre. Denn wenn auch der alte Mann viel redete und häufig lachte, so war der Schmerz doch deutlich erkennbar, den eine abwesende Frau und ein ungehorsamer Sohn verursachten.

Nicht so klar zu erkennen war für den jungen Richard, welches Vergnügen seinem Vater der scharfe Kontrast zwischen seiner eigenen respektablen Ehe und seinem braven Sohn einerseits und Sir Lemuels ungeordneten Verhältnissen andererseits bereitete. Eine Frau, die ihre Heimat mehr liebte als ihren Ehemann, ein Erbe, der dem Ruf seines Regimentes Schaden zugefügt hatte. All das wurde ihm erst klar, als er an einem Wintertag des Jahres 1861 am Totenbett seines Vaters stand.

Es war das erstemal, daß Richard seinen Vater überrascht sah. Ärgerlich, häufig wutentbrannt, immer ernst: doch das Leben schien für diesen weit vorausschauenden Mann mit allerdings kleinem Blickfeld keine Überraschungen bereitzuhalten. Nur der Tod hatte die Fähigkeit, ihn zu überrumpeln. Mit siebenundsiebzig zu sterben, wo sein Bruder mit seinem zügellosen Leben achtzig geworden war – das war sein letzter Groll, den er dieser Welt entgegenschleudern konnte.

»Wie geht es Ihnen, Sir?« sagte Richard banal.

»Ich sterbe«, röchelte sein Vater. »Es ist typisch für dich, daß du das Offensichtliche nicht bemerkst.«

»Ich hoffe...«

»Spar dir die Mühe. Du hast all meine Hoffnungen, die ich in dich gesetzt habe, enttäuscht. Warum sollte es mit deinen Hoffnungen anders sein?«

»Es tut mir leid, Vater.« (Es kostete ihn eine gewisse Überwindung, ihn nicht »Sir« zu nennen.)

»Leid ist alles, was ich von dir erfahren habe.«

Richard beugte sich etwas vor. »Habe ich nicht einiges davon wiedergutgemacht?«

»Nichts. Ich habe dich nach Cleave Court geschickt, damit du deinem Onkel zeigst, wie sich der Sohn eines Gentlemans benehmen sollte, was er darstellen sollte. Ich habe dir vertraut. Du hast mich verraten.«

»Aber seit damals...«

»Seit damals bist du ein Angestellter wie viele andere auch. Alles, was zählt, ist, daß du deinem Onkel einen Sieg über mich ermöglicht hast..., nachdem ich fünfzig Jahre lang seine Niederlage vorbereitet hatte. Seitdem warst du nicht mehr mein Sohn.«

»Ich glaubte, mit der Zeit Eure Vergebung erlangen zu können.«

»Auf keinen Fall.« Der alte Mann bewegte sich, als versuchte er, sich vom Kopfkissen hochzustemmen. Doch er wollte nur, daß Richard ihn deutlich sehen konnte. »Du hast dir all die Mühe umsonst gemacht, Junge – wie ich es beabsichtigt habe.« Dann grinste er. Seine Zähne kamen zwischen den schmalen, gespannten Lippen zum Vorschein. Das Grinsen war schrecklicher als jede Grimasse, ein Grinsen der Verachtung, sein letztes Geschenk für einen ungeliebten Sohn.

»Umsonst.« Richard blickte auf zu dem gemalten Lächeln von Sir Lemuel und stellte fest, daß er der gleichen Meinung war. Sein bisheriges Leben war größtenteils umsonst gewesen, seine fünfzigjährigen Bemühungen, das zu tun, was man von ihm erwartete. Und wozu hatte es geführt? Zu einem Verbergen moralischer Feigheit unter dem Mantel von Recht und Anstand?

Der Juli 1855 war ein Monat der Dürre und der Hitze auf Cleave Court. Sir Lemuel verließ nur selten das Haus; lesend und dösend saß er in seinem Arbeitszimmer im Erdgeschoß, die Verandatüren geöffnet und die Vorhänge zugezogen. In dieses Zimmer beorderte er Richard an einem windstillen, herrlichen Vormittag; hier wurden die letzten Worte gewechselt, die sie je miteinander sprachen. Ein offener Brief lag in seinem Schoß, sein Vergrößerungsglas ruhte darauf. Seine rechte Hand streichelte die Schnauze seines treuen Labradors, der neben seinem Stuhl lag. Als Richard den Raum betrat, dachte er, Sir Lemuel schlafe, doch seine Unbeweglichkeit war die Stille der Trauer.

»Ich glaube, Sie wollten mich sehen, Sir.«

Sir Lemuel sah ihn ernst an. »Gervase wird als nicht mehr dienstfähig heimgeschickt. Er ist nicht verwundet, sondern krank. Nicht ernsthaft, doch es reicht aus. Ich habe diesen Brief von seinem kommandierenden Offizier bekommen. Dem Datum nach zu urteilen, muß er jeden Tag eintreffen. Man hätte annehmen sollen, er schreibe selbst. Vielleicht wollte er ganz überraschend ankommen.«

»Ich kann mir den Grund nicht vorstellen.«

»Nicht? Ich auch nicht – bis der kleine Jamie mit dem herausplatzte, was er gesehen hatte. Den kleinen Burschen trifft keine Schuld. Ich hätte es genauso sehen können – wenn ich nur gewollt hätte.«

»Wie meinen Sie das, Sir?«

»Ich meine, daß ich der Sensibilität meiner Schwiegertochter zu lange freien Lauf gelassen habe – ebenso wie meiner Sympathie für dich. Du mußt uns verlassen, Richard, auf der Stelle. Ich möchte, daß du bei Gervases Rückkehr nicht mehr hier bist.«

»Warum?«

»Wenn er Grund zu der Annahme hat, daß irgend etwas nicht in Ordnung ist, müßte ich um dein Leben fürchten. Und wenn du bleibst, wird er einen Grund haben. Deshalb mußt du gehen.«

»Wenn das Ihr Wunsch ist, bleibt mir keine Wahl.«

»Keine Wahl?« Sir Lemuel warf einen Blick zu dem dunstflimmernden Terrassengarten. »Natürlich hast du die Wahl. Du könntest meinen Wunsch mißachten – wie meine Frau und mein Sohn es oft genug getan haben. Aber das würde die Trauer nur vermehren. Nein, Richard, du bist ein besserer Mann als mein Sohn. Deshalb mußt du gehen.«

Richard Davenall stieg langsam die geschwungene Treppe hinab. Am gleichen Tag noch hatte er Cleave Court verlassen, hatte sich an Sir Lemuels karge Anerkennung geklammert, um seine Scham zu mildern. Er war gegangen, weil sein Onkel ihn davon überzeugt hatte, daß es noch nicht zu spät war, vom Abgrund einer nicht mehr rückgängig zu machenden Handlung zurückzutreten. Nun, da er in das graue Licht der Pall Mall trat und langsam nach Osten ging, begann er mehr als nur den Wert eines Lebens in Frage zu stellen, das daraus bestanden hatte, ständig seinem übelwollenden Vater Opfer zu bringen; er begann den ganzen Sinn seiner Flucht vor der verlockenden Leidenschaft eines Sommers vor siebenundzwanzig Jahren in Frage zu stellen. Das Grinsen seines Vaters auf dem Sterbebett hatte ein Fenster zu einer Welt von Lügen aufgestoßen.

Zu seiner Linken ragte das Denkmal des Krimkrieges auf. Er wandte sich ihm zu und lächelte, hieß das Ende willkommen, das dieser Mann, der sich James Davenall nannte, all ihren Lügen bereiten würde. Er dachte an Hugo und lachte laut auf; dann schlug er die Hand vors Gesicht, als ihm die Tränen in die Augen schossen. Vom Abgrund zurücktreten? Kaum zu fassen, daß er das je für möglich gehalten hatte. Mit einer bewußten Willensanstrengung riß er sich zusammen, bemühte sich, die Fassade seiner abblätternden Würde hochzuhalten, und ging schnellen Schrittes davon.

VII

Prinz Napoleon Joseph Charles Paul Bonaparte alias Graf von Moncalieri alias Bürger Jerome Napoleon wurde als Sohn des ehemaligen Königs von Westfalen (ein jüngerer Bruder des großen Napoleon) geboren. Er war ein hübscher Junge voller Charme und Intelligenz. Er sah aus wie ein Patrizier, und seine Gesichtszüge waren denen seines berühmten Onkels verblüffend ähnlich. Nichtsdestoweniger verplemperte er sein Leben als jähzorniger Possenreißer und verschwendete seine Vorzüge, um sich zum Gespött aller zu machen, die ihn kannten.

Das war der Hintergrund der großen, mächtigen Gestalt, die nun nachdenklich im verblassenden Licht eines Pariser Nachmittags die Avenue des Champs-Elysées entlangstrebte, ein hoheitsvolles Überbleibsel des verlorenen Kaiserreiches, in seinem Heimatland nur deswegen toleriert, weil er kaum beachtet wurde. Siebenunddreißig Jahre zuvor war er verbannt worden, weil ihm die Landbevölkerung als »neuem Napoleon« zugejubelt hatte. Jetzt betrat er gelangweilt eine am Wege liegende Bäckerei, kaufte sich ein Stück Kuchen und aß es auf der Straße. Die Krümel bröselten auf seinen Mantel, während er ein Mädchen auf der anderen Straßenseite beobachtete, die mit sinnlichem Gang vor einem noch geschlossenen Restaurant auf und ab schlenderte.

Ein Leckermaul mit Augen, die gern auf hübschen Mädchen ruhten. Oft genug, sinnierte er, hatte ihn das zurückgeworfen. Jetzt war er sechzig Jahre alt, korpulent, wurde allmählich kahl und hatte Schwierigkeiten beim Treppensteigen. Er lächelte. Das Gesicht des Mädchens erinnerte ihn an diesen kleinen Teufel in Stuttgart. Sie war die Prügel wert gewesen, die ihm ihr Vater verpaßt hatte. Nun ja, er hatte seine Chancen gehabt und sie alle vertan, das ließ sich nicht leugnen. 1848 hatten sie ihn zugunsten seines ränkeschmiedenden Cousins abgeschoben, der – gegen jede Wahrscheinlichkeit – einen Sohn zurückgelassen hatte, um die Sache der Bonapartisten im Exil aufrechtzuerhalten. Seit der Zeit war es für ihn zur Alltäglichkeit geworden, abgeschoben zu werden; die Möglichkeiten hatten sich alle als trügerisch erwiesen.

Er aß den Kuchen auf, bürstete sich die Krümel ab und ging weiter. Es war Freitag, der 13. – ein ausgesprochen schlechtes Omen für den Schritt, den er in einen versteckten Winkel seiner Vergangenheit zu tun beabsichtigte. Er wußte, daß er diesen Schritt besser nicht tun sollte, doch sein Leben hatte größtenteils aus Unüberlegtheiten bestanden, und er war nun zu alt, um sich noch zu ändern. Dieser Norton – oder Davenall, wer immer er war – hatte sein Gewissen gekitzelt oder einen Nerv berührt. Jedenfalls konnte er die Sache nicht auf sich beruhen lassen.

Da war die Nummer 23, auf der anderen Seite der Straße. Das Tor neben dem Namen G. PILON (CARROSSIER) war geschlossen. Er überquerte die Straße und zog an der Klingel für den ersten Stock. Ein Mädchen mit magerem Gesicht öffnete. Sie nickte ihm ohne den Hauch eines Lächelns zu.

»*Quelle surprise*«, sagte sie kalt.

»*Pour moi aussi. Eugénie.*«

Die Lippen des Mädchens kräuselten sich. »*Comme si de rien n'était.*«

Er ignorierte den Seitenhieb. »*Votre maîtresse, est-elle à la maison?*«

»*Pour vous, sans doute. Suivez-moi, s'il vous plaît.*«

Sie führte ihn nach oben in einen kleinen Salon und verließ ihn. Er blickte sich um, bewunderte die verblaßte Pracht der Dekoration – unechte

Samttapeten, purpurne Polster, eine Goldbronzeuhr, einen Spiegel mit vergoldetem Rahmen, den er, wie er sich vorstellte, einst selbst hätte besitzen können. Es gab deutliche Anzeichen des Niedergangs hier bei seiner ehemaligen Geliebten, doch sie waren noch nicht überwältigend. Selbst nach ihrer eigenen Schätzung, der man kaum glauben konnte, mußte sie jetzt vierzig sein. In letzter Zeit hatte er ihren Namen in Verbindung mit einem reichen Amerikaner gehört. Vielleicht versteckte sich heutzutage hinter Parvenus mehr Geld als hinter Prinzen. Vielleicht war das schon immer so gewesen.

Die Tür öffnete sich, und sie trat lächelnd ein. In ihrem Gesicht hatten sich die acht Jahre, die seit ihrer letzten Begegnung vergangen waren, deutlich eingegraben, obwohl ihr Haar immer noch dunkel und makellos gelockt war. Er ließ seinen Blick über ihren Körper gleiten, der in den engen Faltenwurf eines seidenen Morgenrocks gehüllt war, und mußte zugeben, daß gelegentliche Entbehrungen ihrer Figur nicht geschadet hatten.

»*Bonjour*, Cora. Wie geht es meiner englischen Perle?«

Cora mit ihrer angeborenen Kühle wahrte Distanz. »Ich bin immer noch Cora; allerdings fehlen die Perlen.«

»Du hast immer noch Eugénie.«

»Aber nur, weil ihre Schulden so beträchtlich sind.«

»Komm, komm. Eine Wohnung auf den Champs-Elysées? So schlimm kann es wohl nicht sein.«

»Woher willst du das wissen? Du hast dich lange genug nicht mehr blikken lassen.«

»Wir hatten beide unsere Schwierigkeiten, Cora. Wir waren niemals ... Freunde in der Not.«

Cora lächelte. »Das stimmt. Keine Vorwürfe, Plon-Plon. Dafür sind wir zu alt, nicht wahr?«

In dem Blick, den sie tauschten, lag die schweigende Komplizenschaft zweier Menschen, die wußten, daß jede Bitterkeit auf die sich wandelnden Zeiten sinnlos war. Das Zweite Kaiserreich hatte sie beide hoch emporgehoben – Prinz Napoleon als der mit Ehren überhäufte Cousin des Kaisers, Cora als englische Kurtisane, die von der lockeren Moral einer unreifen Aristokratie profitierte. Nun, da all das dahin war, konnten sie von Glück sagen, daß sie überlebt hatten.

»Wie geht es deiner Frau?« erkundigte sich Cora in neutralem Tonfall.

»Die gleiche Heilige wie eh und je.«

»Und deinen Söhnen?«

»Das weißt du doch sicher, Cora, oder? Der kaiserliche Prinz war so nett zu sterben, aber so verschlagen, meinen Sohn Victor als seinen Erben einzusetzen. Ich bin wieder einmal übergangen worden.«

»Bist du deshalb gekommen? Um dich trösten zu lassen?«

»Ha!« Der Prinz lachte sein stürmisches, bellendes Lachen, ging auf Cora zu und schmatzte ihr einen Kuß auf die Stirn. »Nein, Cora. Ich bin nicht zu trösten.« Seine Hand glitt über ihre Schulter auf die einladende Kurve ihrer von Seidenstoff umhüllten Brust zu. Dann löste er sich von ihr und ging zu einem kleinen Tischchen, wo er mit einem Porzellangegenstand zu spielen begann.

»Warum dann?«

»Erinnerst du dich an die Familie Davenall?«

»Wie könnte ich sie vergessen? Dein Freund Sir Gervase war so ungemein ... hartnäckig.«

»Jetzt ist er tot.«

»Das sind viele meiner Kunden. Und?«

»Er hatte einen Sohn – James.«

»Ich erinnere mich. Er hat ihn mehr als einmal mit nach Meudon gebracht. Und wir trafen ihn in Somerset beim letztenmal. Der junge Mann, der sich umgebracht hat.«

»Angeblich. Jetzt ist jemand aufgetaucht, der behauptet, James Davenall zu sein. Erbe des Baronettitels. Ein Betrüger, muß man wohl annehmen – der hinter dem Geld her ist.«

»Was geht das mich an – oder dich?«

»Ich habe mich einverstanden erklärt, Sir Hugo dabei zu helfen, diese Ansprüche zurückzuweisen.«

»Warum?«

»Um einer alten Freundschaft willen.«

»Du bist zu einer Freundschaft gar nicht fähig, Plon-Plon. Ich sage das nicht, um dich zu verletzen. Du hast es oft genug zugegeben.«

Er stellte das Porzellan ab. »*C'est vrai.* Nun gut. Cora, wenn du schon fragst: Sir Hugo hat sich bereit erklärt, meiner Kampagne eine nicht unbeträchtliche Summe zur Verfügung zu stellen.«

»Kampagne? Du hast immer noch ...«

»Ich habe immer noch Hoffnung. Allerdings setze ich die nicht auf Sir Hugo. Dieser Anwärter auf den Titel wußte zuviel über mich, als daß ich von Nutzen hätte sein können. Es war ziemlich ... entwaffnend.«

»Vielleicht ist er gar kein Betrüger.«

»Er ist ganz sicher kein Narr. Er wußte sehr viel darüber, wie ich Gervase Davenall kennengelernt hatte. Sag mir, hab' ich je bei dir über meinen ersten Besuch bei den Davenalls im Jahre 1846 ... geplaudert?«

»Nicht daß ich wüßte. Deine Bettgespräche drehten sich in der Regel darum, wie sehr du dem Kaiser überlegen seist. Was du auch warst, zumindest in all den Punkten, auf die es ankommt.«

»Vielleicht hab' ich mal was gesagt – irgendwann.«

»Wenn ja, dann habe ich es vergessen.«

»Ich würde dir keine Vorwürfe machen, wenn du diese Information verkauft hättest.«

»Das also ist es. Nein, Plon-Plon. Ich bin diesem Mann nie begegnet. Ich habe ihm nie etwas erzählt.«

»Er benützt den Namen Norton.«

»Norton? Warum hast du das nicht gleich gesagt?«

Er wirbelte herum. »Du kennst ihn?«

»Norton? Ja. Aber er ist nicht...«

Plötzlich packte er sie ohne jedes Anzeichen von Zärtlichkeit bei den Schultern. »Nicht wer?«

»Ich habe Anfang dieses Jahres einen Mann namens Norton kennengelernt. Plon-Plon, du tust mir weh!«

Er ließ sie los. »Pardon. Sag mir schnell, wie hast du ihn kennengelernt?«

»Ich habe gute und schlechte Tage. Heute ist ein guter Tag. Damals war ein schlechter Tag. Es war Februar. Im Bois de Boulogne lag Schnee. Ich war mit einem ... Verehrer dorthin gefahren. Wir waren beide betrunken. Es gab mal eine Zeit, da wäre ich wählerischer gewesen. Er fand Gefallen an einem Mädchen im Pré Catalan und warf mich aus seiner Kutsche. Kannst du dir das vorstellen? Die berühmte Cora Pearl, in Kriegsbemalung und betrunken, allein im Schnee ohne eine wärmende Pelzstola. Ich setzte mich auf eine Bank und weinte. Du wirst es dir kaum vorstellen können.«

»Leider doch.«

»Ein junger Engländer hatte Mitleid mit mir. Er gab mir seinen Mantel und brachte mich heim. Unterwegs lud er mich zum Essen ein. Er sah gut aus..., und er war großzügig. Er sagte, sein Name sei Norton.«

»Was machte er in Paris?«

»Er suchte einen Arzt auf, sagte er, obwohl er kaum den Eindruck machte, als hätte er einen nötig.«

»Hat er sich bei dir nach den Davenalls erkundigt?«

»Nein.«

»Oder nach mir?«

»Nein. Er meinte, wir seien uns schon mal begegnet, aber ich würde mich wohl kaum daran erinnern. Ich glaubte ihm nicht.«

»Und sonst nichts?«

»Nein. Er war ein Ausbund an Höflichkeit.«

»Zum Teufel mit seiner Höflichkeit!« Der Prinz durchquerte das Zimmer und ließ sich schwer auf einen Stuhl fallen. »Hast du irgendwas zu trinken, Cora? Ich bräuchte einen Schluck.«

»Für dich, Plon-Plon, werde ich den besten Brandy öffnen. Warte hier.«

Sie schlüpfte aus dem Zimmer. In Gedanken schlüpfte auch Prinz Napoleon durch den Vorhang der Jahre in eine Zeit, an die sich ein hartnäckiger Fremder besser zu erinnern schien als er selbst.

Damals nannten sie ihn Prinz von Montfort. Er war von Italien gekommen, um seinen in Bath im Exil lebenden Cousin, Prinz Louis Napoleon, zu besuchen. In »Pulteney's Hotel« untergebracht, tobte der vierundzwanzigjährige Plon-Plon über die beschränkten Freizeitmöglichkeiten, bis Louis Napoleon ihn in aller Unschuld auf Cleave Court bei Sir Lemuel einführte.

Sir Lemuels Sohn Gervase war fünf Jahre älter als Plon-Plon. Sie hatten nichts Gemeinsames außer einer Vorliebe für Exzesse, doch diese Vorliebe teilten sie im Überfluß. Hinter den herrlichen Terrassen von Bath, die Anstand und Würde ausstrahlten, kannte Gervase verschlungene Pfade in ein Labyrinth verdorbener Gelüste. Dorthin führte er einen begierigen Plon-Plon; es war seine Einführung in eine Welt, die er nie wieder verlassen sollte, sein Ruin und seine Erlösung zugleich. Es erklärte auch, weshalb er sechsunddreißig Jahre später in Gedanken versunken in der Wohnung einer alternden Hure saß, zurückgestoßen und geschmäht von der Welt.

Gervase hatte eine Verlobte, ein hübsches, nettes Mädchen, daran bestand kein Zweifel, doch im Grunde nichts weiter als ein Schmuckstück für den Salon. Die Verlobte hatte eine Gouvernante. Miss Strang, die graziöse, bezaubernde Miss Strang, die Gervase mit jedem verbotenen Blick tiefer in ihre Netze lockte. Sie hatte Macht über ihn. Während er ihrem Schützling zaudernd den Hof machte, beobachtete er sie ständig und wartete auf die günstige Gelegenheit, die nie kam.

Das heißt, sie kam nie, bis Plon-Plon auf Cleave Court auftauchte, denn nun entdeckte Gervase, der Miss Strang auf Schritt und Tritt belauerte, endlich das ersehnte erste Anzeichen von Schwäche und war sofort entschlossen, das auszunützen. Er erklärte das alles seinem Freund bei einem Kartenspiel nach dem großen Ball, den Sir Lemuel zu Ehren von Louis Napoleon und dessen jungem Gast gegeben hatte. Alle anderen Zecher und Nachtschwärmer waren schon gegangen. Nur die beiden jungen Männer, für die das Fest zahmste Unterhaltung gewesen war, tranken noch weiter und wetteten und diskutierten, bis der Sonntagmorgen des 20. Septembers 1846 heraufdämmerte.

»Hast du gesehen, wie sie dich angeschaut hat, Plon-Plon?«

»*Moi? Mais non, mon ami.* Mademoiselle Webster hat nur Augen für dich.«

»Ich rede von diesem schottischen Miststück, Catherines Gouvernante. Vivien Strang.«

»*Encore* Mademoiselle Strang? Gervase, du bist besessen.«

»Ich habe mir geschworen, sie zu besitzen. Und jetzt habe ich einen Weg gefunden. Sie konnte den Blick nicht von dir abwenden.«

»Nun, die Dame hat Geschmack. Für meinen Geschmack sind *les écossaises* ... zu kalt.«

»Es kommt nur darauf an, was sie von dir hält.«

»Wir tanzten miteinander, wir unterhielten uns – nichts weiter. *Mais c'est vrai:* Ich hätte mehr von ihr haben können, wenn ich gewollt hätte. Ich glaube, sie fand mich atemberaubend.«

»Also, was meinst du? Schreib ihr ein Briefchen, und schlag ihr ein heimliches Rendezvous vor ... um Mitternacht. Ich könnte es zustellen, wenn ich zu dieser gottverdammten Teeparty gehe.«

»Ich sage dir, Gervase, sie würde nicht kommen – und ich möchte es auch gar nicht. Sie ist zu ... *sévère.*«

»Ich würde für dich zu dem Rendezvous gehen, Plon-Plon. Und ich wette mit dir, daß sie kommt.«

»Wetten? Nun wird es interessant. Wieviel?«

»Aha, jetzt riechst du den Braten. Na gut, du hattest heute nacht das Glück des Teufels, *mon ami.* Was hältst du davon, daß wir alles, was ich dir schulde, verdoppeln? Oder wir sind quitt.«

»*Alors,* ich nehme die Wette an. Es ist eine noble Wette. Ich werde gewinnen, *sans aucun doute.* Es wird mir ein Vergnügen sein.«

»Du wirst verlieren, Plon-Plon. Und das Vergnügen ... wird ganz auf meiner Seite sein.«

»Dein Brandy, Plon-Plon.«

Coras Rückkehr überraschte ihn. Er blickte ruckartig auf – und hielt den Atem an. Sie stand neben der Tür, ein Tablett mit einer gekühlten Flasche und zwei Gläsern in der Hand. Sie lächelte wie zuvor auch, doch nun hatte sie den Morgenrock abgelegt. Vollkommen nackt schritt sie langsam auf den flachen Tisch neben seinem Stuhl zu und beugte sich vor, um das Tablett neben seinem Ellenbogen abzustellen.

»Du hast immer gesagt, ich gefiele dir in jeder Garderobe – am besten aber gefiele ich dir nackt«, meinte sie. »Entschuldige meine Eitelkeit, aber alles ist, wie du siehst, immer noch in bester Ordnung.«

Prinz Napoleon stieß langsam den Atem aus. Da stand sie, schöner, als er sie in Erinnerung gehabt hatte, das Fleisch faltenlos, die Kurven und Rundungen am richtigen Platz, seine einladende Cora. »*Superbe*«, murmelte er, »*toujours superbe.*«

»Erinnerst du dich, wie ich so auf einem riesigen Silbertablett im ›Café Anglais‹ serviert wurde?«

»Das war der Gang, der viel zu gut war, um gegessen zu werden.«

»Du erinnerst dich wirklich.«

»Erinnerst du dich an die Karte, die ich dir nach unserer ersten Begegnung sandte?«

»*Où? Quand? Combien?*«

»Du hast es auch nicht vergessen.« Plötzlich schloß er die Augen. Coras Worte führten seine Gedanken in eine andere, ferne Zeit. Damals hatte er die Wette angenommen. Er hatte die Nachricht geschrieben. Aber er hatte nicht gedacht...

Jetzt war sie ihm ganz nah. Er konnte ihr Parfüm riechen. Es war sein Lieblingsparfüm. Sie griff nach seiner Hand.

»*Chez moi. Ce soir. Pour rien.*« Sie küßte seine Hand und preßte sie gegen ihre Brüste. »Oder bist du wirklich nicht zu trösten?«

Er schlug die Augen auf und lächelte breit. »Nein, Cora«, sagte er. »Noch nicht ganz.«

SECHSTES KAPITEL

I

Edgar Parfitt erreichte an diesem Samstagmorgen die Orchard Street noch früher als gewöhnlich. Es war der 14. Oktober. Er dachte nicht daran, dem Personal auch nur die geringste Chance einzuräumen, sich über ihn zu beklagen, vor allem deswegen, damit er mehr Spielraum hatte, sich über das Personal zu beklagen. Vor ihnen anzukommen war deshalb eine Selbstverständlichkeit. Heute jedoch hatte er sich selbst übertroffen. Es war noch nicht ganz hell, als er sich der Hintertür näherte. Er rieb sich die Hände in Erwartung einer ruhigen halben Stunde, die er damit verbringen wollte, seinem wunderbaren Plan den letzten Schliff zu geben. Bald schon würde er ihn Mr. Ernest präsentieren können, den er dafür zu gewinnen hoffte. Schließlich war Mr. Ernest...

Was war das? Die Tür war unversperrt, und die erste Post war bereits aus dem Briefkasten genommen worden. Man war ihm zuvorgekommen! Wer konnte das sein? Die angrenzenden Büros waren leer, die Fensterläden geschlossen. Von der Post war nichts zu sehen. Dann hörte er ein Geräusch über sich. Befand sich Mr. William bereits in seinem Büro? Das war noch nie dagewesen. Mürrisch hängte er Hut und Mantel auf und kletterte die Stufen hoch.

Noch nie dagewesen oder nicht, da saß jedenfalls Mr. William – der Trenchard, vor dem alle am wenigsten Furcht und Respekt hatten – an seinem Schreibtisch und las bei geöffneter Bürotür einen Brief, der mit der Morgenpost gekommen war.

»Guten Morgen, Sir«, sagte Parfitt.

Trenchard blickte auf. »Oh, Sie sind es.« Parfitt fiel auf, daß er verstört und unrasiert aussah; das Haar hing ihm wirr ins Gesicht. Er hatte nicht einmal einen Kragen zu seinem Hemd angelegt. Als Parfitt den Raum betrat, schlug ihm ein Geruch aus schalem Pfeifenrauch und..., ja, eindeutig Alkohol entgegen. »Wie spät ist es?«

»Kurz nach sieben.«

Trenchard blinzelte, als wären seine Augen entzündet, und streckte die Hand aus, um die Lampe auf seinem Schreibtisch zu löschen. »Kommen Sie immer so früh?«

»Eine Angewohnheit, Sir. Jawohl.« Parfitts Blicke huschten durch den

Raum. Ein verschmiertes Wasserglas stand auf dem Kaminsims. Trenchards Jacke und Mantel hingen über einer Stuhllehne. War es möglich, daß er die ganze Nacht hier zugebracht hatte?

Trenchard hustete und erhob sich von seinem Stuhl. »Nun, ich fürchte, ich muß jetzt Ihnen das Feld überlassen.« Er griff nach seiner Jacke, zog sie an und ging mit unsicheren Schritten zu dem Spiegel an der gegenüberliegenden Wand.

»Gehen Sie wieder, Sir?«

Aus der Jackentasche zerrte Trenchard einen Kragen und eine Krawatte. Er blinzelte in den Spiegel und begann sie anzulegen. »Jawohl, Parfitt. Auf schnellstem Wege.«

Parfitts Blick huschte zu dem verlassenen Schreibtisch. Auf der Löschunterlage zeichneten sich die ringförmigen Abdrücke des Wasserglases ab, die verstreuten Papiere waren mit Tabakkrümeln bedeckt. Und da lag der Brief, den Trenchard gelesen und wieder in den Umschlag gesteckt hatte. Parfitt konnte gerade noch den Poststempel erkennen: Bath, 13. Oktober.

»Sie werden mich jetzt entschuldigen müssen.« Trenchard drückte sich an ihm vorbei, nahm den Brief und ging zur Tür. »Ich muß unbedingt ...«

»Wen der Teufel treibt«, murmelte Parfitt vor sich hin, als er Trenchards verhallenden Schritten lauschte. Nun, Mrs. Parfitt hatte stets gesagt, daß es mit dem noch mal ein schlimmes Ende nehmen würde. Und sie täuschte sich selten.

II

Brotherton & Baverstock
Notare
Albany Chambers
Cheap Street
Bath, Somerset

13. Oktober 1882

Lieber Davenall,
Entschuldigen Sie, daß ich diesen Brief an Ihre Privatadresse sende, doch ich möchte das Risiko nicht eingehen, daß er ungelesen über das Wochenende in Ihrem Büro liegt.

Lady Davenall beharrt darauf, daß der 20. September 1846 ein Datum ohne jede Bedeutung ist. Ich weiß jedoch von Miss Pursglove, daß im September 1846 Lady Davenalls damalige Gouvernante, eine schottische Jungfer namens Strang, nach einem noch ungeklärten Vorfall im Irrgarten von Cleave Court entlassen wurde. Aus der gleichen Quelle weiß ich, daß Prinz Napoleon im September 1846 einen Ball auf Cleave Court besuchte, wahrscheinlich am 19. Lady Davenall hat mich jedoch angewiesen, die in Verbindung mit Miss Strang auftretenden Fragen auf sich beruhen zu lassen, woran ich mich gebunden fühle.

Lady Davenall hat mir weiterhin aufgetragen, Sir Hugo auszurichten – was ich nun wohl Ihnen überlassen darf –, daß Mr. Nortons Ansprüche ohne jede Kompromißbereitschaft zurückgewiesen werden müssen. Sie würde gegen jegliche diesbezüglichen Geldangebote Einspruch erheben. Ich möchte hinzufügen, daß sie in dieser Hinsicht nichts von mir erfahren hat.

Sie werden verstehen, daß mir in dieser Angelegenheit nur noch sehr wenig Bewegungsspielraum bleibt. Ich wäre Ihnen verpflichtet, wenn Sie mich über Warburtons weiteres Vorgehen informieren würden.

Ich verbleibe
Ihr ergebener *Arthur E. Baverstock*

Die Droschke hielt, und Richard Davenall schob Baverstocks Brief zurück in seine Tasche. Sie waren bei The Limes angelangt. Er kletterte hinaus, bezahlte den Kutscher, füllte seine Lungen mit der St.-John's-Wood-Luft – etwas lieblicher als die ewig muffige Highgate-Luft – und marschierte die Einfahrt hoch. Sein Schritt war beschwingt, sein Hut saß in keckem Winkel, als hätte er trotz der mißlichen Umstände, die ihn ständig beschäftigten, irgendeine Inspiration erfahren.

Die Haustür stand offen. Im Flur entdeckte er einen großen Reisekoffer. Auf der untersten Stufe der Treppe saß ein kleines Mädchen im Reisecape, das Haar zu Zöpfen geflochten, und starrte vor sich hin. Ihre Hand umklammerte in ihrem Schoß eine Kappe. Richard hatte sie bei seinem vorherigen Besuch schon einmal gesehen.

»Hallo«, sagte er. »Du bist Patience, nicht wahr?« Sie gab keine Antwort. »Verreist du?«

Der Blick des kleinen Mädchens klammerte sich an ihm fest, aber sie sagte noch immer nichts.

»Ist dein Vater zu Hause?« Mit dem mangelnden Selbstvertrauen eines eingefleischten Junggesellen beugte er sich zu ihr hinab. »Dein Daddy – weißt du, wo er ist?«

Endlich sprach sie, ganz langsam, als hätte sie die Worte auswendig gelernt. »Daddy ... kommt ... nicht.«

Richard runzelte die Stirn. Was konnte sie damit meinen? Plötzlich knarrten die Stufen unter den Schritten einer aufgelösten weiblichen Gestalt. »Keine Zeit, hier herumzusitzen und zu träumen, Patience!« rief sie. »Wir müssen los!« Richard blickte auf. Es war das Kindermädchen. Als er sie bei seinem letzten Besuch gesehen hatte, hatte sie einen ruhigen, tüchtigen Eindruck gemacht, was jetzt einer hektischen Betriebsamkeit gewichen war. »Komm schon«, sagte sie und zog Patience hoch. »Wir müssen gleich aufbrechen.« Das Paar verschwand im angrenzenden Zimmer. Patience drehte sich noch einmal zu ihm um und blickte ihn ernst an.

Richard richtete sich langsam auf und schaute sich um. Am Ende des Flures stand Constance in einer offenen Tür und betrachtete ihn mit dem gleichen Ernst, mit dem ihn ihre Tochter angesehen hatte. Er hätte nicht sagen können, wie lange sie dort schon stand.

»Guten Morgen«, sagte er stockend.

»Hallo, Richard«, erwiderte sie. »Suchen Sie William?«

»Ja.«

»Er ist nicht hier. Möchten Sie nicht hereinkommen?« Sie zog sich in das Zimmer zurück, und er folgte ihr. »Bitte schließen Sie die Tür.« Er tat es. »Ich habe Ihnen gerade einen Brief geschrieben.«

»Tatsächlich?«

»Ich dachte, Sie sollten über meine Absichten unterrichtet sein – und meine Gründe dafür.« Sie nahm den noch nicht zusammengefalteten Briefbogen von ihrem Schreibpult und reichte ihn ihm. Sein Blick ruhte gegen seinen Willen auf dem gesplitterten Holz einer Schublade. »Lesen Sie nur.«

Er ging mit dem Brief ans Fenster und begann zu lesen. Es dauerte nicht lange.

»Nun?« sagte sie, als er fertig war.

Er sah sie an: das Licht vom Fenster erhellte ihr Gesicht. Zum erstenmal bemerkte er, wie gekünstelt ihre Haltung war. Ein Aufruhr tobte in ihr, eine Leidenschaft, die der Brief nur flüchtig andeutete. »Wenn Sie es vorziehen, bei Ihrem Vater anstatt bei Ihrem Ehemann zu leben, Constance, so geht mich das nichts an.«

»Der Anlaß dafür schon.«

»Wo ist William?«

»In der Orchard Street. Er beschloß, uns beiden den Abschied zu ersparen.«

»Ich bin heute morgen dort gewesen. Sie sagten mir, er habe das Haus verlassen. Deshalb kam ich her.«

»Oh?« Ihre teilnahmslose Reaktion schockierte ihn. Es war, als interessierte sie sich nicht länger für Trenchards Aktionen, als wären jetzt schon die Fesseln einer früheren, ungeweihten Verbindung stärker als der legale Bund der Ehe.

»Beabsichtigen Sie, Ihre Unterstützung für Nortons Ansprüche offen zum Ausdruck zu bringen?«

»Ich werde den Ausgang der Anhörung abwarten.«

»Und dann?«

Ihr Blick, der bis jetzt durch den Raum geirrt war, konzentrierte sich nun auf ihn. Ihr offener, freimütiger Gesichtsausdruck war Antwort genug. »Ihre Weigerung, James zu akzeptieren, verblüfft mich«, sagte sie schließlich. »William ist eifersüchtig, Hugo habgierig. Und Lady Davenall ist mir immer ein Buch mit sieben Siegeln geblieben. Aber Sie, Richard – wie können *Sie* dieses Spiel mitmachen?«

»Die Beweise sind...«

Ihre erhobene Hand brachte ihn zum Schweigen. »Ich frage Sie als sein Cousin und Freund, nicht als sein Anwalt.«

Etwas in ihrer Stimme bewog ihn, ehrlich zu sein. »Ich bin mir einfach nicht sicher, wer er wirklich ist. Er weiß genug, um jedermann zu überzeugen; das leugne ich nicht. Doch manchmal scheint er zuviel zu wissen. In manchen Dingen mehr als James, in anderen weniger. Als wenn...«

»Ja?«

»Als wenn er der Mann wäre, der James hätte sein können, aber nicht gewesen ist.«

»Er ist James. Ich habe keinen Zweifel mehr.«

Nebeneinander standen sie am Fenster und blickten in den Garten hinaus. All diese ordentlich getrimmten Hecken, diese innere häusliche Ruhe, all das sollte ein Ende finden für ... ja, wofür? Ein fallendes Blatt trieb dicht an der Fensterscheibe vorbei.

»Ich habe seine Geschichte, die ihr mir alle vorzuenthalten suchtet, von seinen eigenen Lippen gehört.« Ihre Stimme senkte sich zu einem Flüstern. »Es hat mir das Herz gebrochen.«

Auch Richard sprach im Flüsterton. »Als hätte er in seinem Inneren all die falschen Schritte und verräterischen Wendungen gesammelt, die wir gemacht haben. Als wäre er unsere Vergangenheit, die Genugtuung verlangt, unser Gewissen, das sich nicht länger unterdrücken läßt.«

Ein Augenblick des Schweigens folgte. Dann schien sie gemerkt zu haben, daß er etwas gesagt hatte. »Was?«

Er drehte sich um und lächelte ihr zu. »Nichts. Ich sehe, daß Sie sich nicht beirren lassen. Was Catherine für Sie ist, daß sind Sie für mich.«

»Ein Buch mit sieben Siegeln? Aber ich habe...«

»Sie haben ihre Willenskraft, ihre Stärke. Jetzt fällt mir zum erstenmal die Ähnlichkeit auf.« Sein Blick wanderte zurück zum Fenster und weiter, durch die Schichten seines Gedächtnisses zu einem anderen Tag.

Catherine, die Frau seines Cousins, war für Richard Davenall in den acht Monaten, die die kümmerliche Zeit der Leidenschaft in seinem ganzen Leben darstellten, ein Mensch, wie er ihn nie zuvor gekannt hatte und nie wieder kennenlernen würde. Was immer ihrer zufriedenen Heiterkeit auf der Krim einen so schweren Schlag versetzt hatte, was immer ihr Prinz Napoleon in Konstantinopel in einem Wutanfall eröffnet hatte, hatte ihr wahres Ich kurzzeitig zum Erblühen gebracht. Denn nur er und sie allein wußten, daß Catherine weder das fügsame Mauerblümchen ihrer Jugend noch die abweisende Einsiedlerin ihrer späteren Jahre war. Es gab noch eine andere, geheime Catherine, die im Dezember 1854 nach Cleave Court zurückkehrte und Richard während der folgenden Monate die Ehre ihrer Gesellschaft erwies.

Sie war damals fünfundzwanzig Jahre alt und zu voller Schönheit erblüht. Ganz plötzlich wurde sie rastlos und unruhig; sie war zornig und aufgebracht wegen all der Dinge, die ihr zwischen einem dominanten Vater und einem dominanten Ehemann verweigert worden waren. Sie enthüllte nie, welcher Funken diese Stimmung heftiger Emotionen ausgelöst hatte, und Richard fragte nie danach. Er war ein junger, schüchterner Mann von zweiundzwanzig, der scheinbar hingebungsvoll das Verwaltungswesen erlernte und darauf aus war, den Beifall seines fordernden Vaters zu erlangen. Er hätte der leisesten Andeutung, daß zwischen ihnen etwas mehr sein könnte als nur der Respekt, den er ihr schuldete, widerstehen müssen, doch er tat es nicht. Statt dessen schürte er die Flamme eines gefährlichen Gefühls.

Im Jahre 1855 setzte der Frühling zeitig ein, als läge Cleave Court in Italien und nicht in Somerset. Der April bestand aus einer Folge atemberaubend schöner Tage. Richard begleitete Catherine auf endlosen Spaziergängen, Ausfahrten und Ausflügen. Als wäre er genau wie Richard von dem unheimlichen Paradies, zu dem das Wetter ihre Heimat gemacht hatte, verhext, ermutigte Sir Lemuel die beiden noch und schien aus ihrer Unbekümmertheit ein Stück Jugend für sich zurückzugewinnen. Es gab keine Arbeit, keine Pflicht, kein Ende drohte ihrer Idylle. Gervase war weit weg und vergessen von jenen, die behaupteten, ihn zu lieben. Die Welt bestand aus Catherines Lächeln und fliegenden Haaren und ihren durch das warme Gras rennenden Füßen. Und das Ende der Welt war noch nicht in Sicht.

Er zögerte, als er sie das erste Mal küßte, schreckte zurück vor der Aussicht, was er zu tun im Begriff stand. Sie befanden sich in den Wäldern hinter Cleave Court, in einem Königreich aus grünbeschirmten Sonnensäulen, einzig und allein zu ihrem Vergnügen geschaffen. Das Haar hing ihr offen über die Schultern, ihre Augen glänzten. Alles in ihm sehnte sich danach, das weiße Fleisch unter ihrem Kleid zu berühren – und sie schien es sich zu wünschen.

»Du bist verheiratet«, sagte er zögernd.

»Mein Mann hat jedes Recht auf mich verloren.«

»Doch ich habe es gewonnen?«

Statt einer Antwort zog sie ihn an sich.

Eine halbe Stunde nachdem er The Limes verlassen hatte, saß Richard Davenall mit herabgesunkenen Schultern auf einer groben Bank ohne Rükkenlehne in der Nähe des Gipfels von Primrose Hill. Ein Stück den Hang hinab spielte ein Kind mit einem Reifen, während seine Mutter ein Buch las. Überall sah man fallende Blätter. Wenn er genau lauschte, konnte er hören, wie sie um ihn herum zu Boden schwebten.

Constance mußte mittlerweile unterwegs sein. Sie hatte es gewagt zu handeln, wo er gezaudert hätte. Er hätte ihr, selbst wenn er gewollt hätte, nicht die geheime Angst erklären können, die ihn würgte. Seine Bedenken, sein Instinkt, sein lebenslanges Training, all das verbot ihm fast schon die Erinnerung daran.

Sie hatten den Tag auf dem Lande verbracht und waren nachmittags nach Cleave Court zurückgekehrt. Es war die letzte Juniwoche des Jahres 1855; die endlosen goldenen Tage hüllten ihre Welt in eine verführerische Wärme. Sir Lemuel war zu seinem Schuhmacher nach Bath gefahren und hatte den kleinen James mitgenommen – zumindest nahmen sie das an. Tatsächlich jedoch hatte der kleine Kerl nach ihrem Aufbruch über Übelkeit geklagt: ein kleiner Sonnenstich, hatte Nanny Pursglove vermutet. Er war zu Bett gebracht worden, und Sir Lemuel war alleine gefahren.

Das Haus lag merkwürdig verlassen da; die Dienstboten befanden sich alle unten im Erdgeschoß oder machten irgendwelche Besorgungen. In den oberen Räumlichkeiten war nur die schwüle Brise zu hören, die seufzend durch die offenen Fenster fuhr und die schweren Vorhänge bauschte. Das alles schien nur für sie geschaffen zu sein – so wie sie füreinander.

In Catherines Raum blähten sich die halb zugezogenen Vorhänge in dem schwachen Luftstrom. Der Teppich war vom Sonnenlicht gesprenkelt, das auch auf die beiden Gestalten auf dem Bett fiel. Die Sonne wärmte ihr nacktes Fleisch und fing ihr Lächeln ein, als sie seine Hand nahm und sie führte, so noch das Delirium seiner Hingabe erhöhend: Er gehörte ihr mit Leib und Seele, und sie schien die Seine zu sein.

Dann erstarrte sie unter ihm und riß die Augen weit auf. Auf ihrem Gesicht lag plötzlich ein Ausdruck derartigen Entsetzens, daß er ihn selbst jetzt noch nicht aus seiner Erinnerung verbannen konnte.

Sie schrie auf: »James!«

Als er den Kopf in Richtung ihres Blickes wandte, sah er nur noch eine kleine huschende Gestalt, die durch die offene Tür floh. Wie ein Gewehrschuß knallte sie hinter ihm zu. James hatte sie gesehen – doch nicht früh genug. Für einen Augenblick hatte sie ihm gehört – dann hatte er sie für immer verloren.

Richard holte Baverstocks Brief aus seiner Tasche und las ihn noch einmal. Es schien mehr Geheimnisse zu geben, als er angenommen hatte. Irgend etwas verband den September 1846 und den Juni 1855 mit der Gegenwart. Und es gab nur einen Weg, das herauszufinden. Er mußte sie wiedersehen, mußte diesem Blick, diesem mitleidlos anklagenden Blick standhalten und ihr die Wahrheit entreißen. Er mußte mit Catherine über all das sprechen, was so lange zwischen ihnen unter einer Schicht tiefen Schweigens begraben gelegen hatte. Er erhob sich von der Bank und ging schnell den Hügel hinab.

III

Von Dr. Fiveashs Sprechzimmer hatte man einen Blick auf den von Kastanienbäumen gesäumten Rasen. Jenseits davon fielen die schwachen Strahlen der Sonne auf die bleichen Steine der Häuser der Stadt, die sich an den Hängen hinaufzogen. Genau in diesem Raum, sagte Fiveash und wandte sich vom Fenster ab, hatte er James Davenall über die wahre Natur seiner Krankheit aufgeklärt.

»Ich hätte nicht gedacht«, fuhr er fort, »daß unser Gespräch mir elf Jahre später immer noch schlaflose Nächte bereiten würde.« Gedankenverloren stand er da, dann lächelte er plötzlich. »Nun, was führt Sie zu mir, Trenchard?«

»Ihr Brief«, erwiderte ich.

Fiveash seufzte. »Ich dachte, Sie sollten es wissen. Ich wünschte nur, es wäre ... unkomplizierter.«

»Ganz sicher stärkt Ihre Entdeckung unsere Sache. Miss Whitaker interessierte sich offensichtlich für alles, was in irgendeinem Zusammenhang mit den Davenalls stand.«

»O ja, das ist klar zu sehen. Doch ein Duell, das vor mehr als vierzig Jahren ausgetragen wurde? Wie soll das Norton helfen?«

»Ich weiß nicht. Ich dachte, ich könnte hier bei Ihnen Näheres herausfinden.«

Der Doktor schüttelte den Kopf. »Ich fürchte, es ist zu spät. Seit Miss Whitakers Verschwinden sind acht Monate vergangen.«

»Vielleicht hat sie irgendwelche Hinweise über ihren jetzigen Aufenthaltsort hinterlassen – möglicherweise in ihrer Unterkunft?«

»Sie können es gern probieren. Sie wohnte in Norfolk Buildings, hinter dem Bahnhof Green Park. Miss Arrow wird die Adresse haben. Ich werde sie fragen.« Er ging schwerfällig in das angrenzende Büro.

Ich wandte mich dem Fenster zu; dabei sah ich mich in dem Spiegel an der Wand über der Untersuchungsliege. Die letzten vierundzwanzig Stunden forderten ihren Preis, das war deutlich zu erkennen. Ich zog meine Uhr hervor und ließ sie aufschnappen. Constance mußte mittlerweile das Haus verlassen haben und würde nun wohl Patience mit einem Bilderbuch beschäftigen, während der Zug durch Surrey fuhr. Was würde sie ihrem Vater sagen, fragte ich mich. Was sollte ich meinem Vater sagen?

Fiveash kehrte in das Zimmer zurück. »Nummer 13, Norfolk Buildings. Sie wohnte dort bei der Witwe Oram.«

»Nummer 13. Besten Dank.« Ich machte einen Schritt in Richtung Tür.

»Trenchard!« Er hielt mich am Ellenbogen fest. »Nennen Sie es die Impertinenz eines Arztes, wenn Sie mögen, aber Sie machen auf mich nicht gerade einen gesunden Eindruck. Gibt es etwas, was ich ...?«

»Danke, Doktor, aber ich fühle mich vollkommen in Ordnung.«

»Ist zu Hause alles bestens?«

»Um einen Ihrer Sätze zu gebrauchen: so gut, wie man es erwarten kann.«

»Sie dürfen sich von dieser verdammten Sache nicht unterkriegen lassen.«

»Nein?«

»Möchten Sie zum Lunch bleiben?«

Es war klar, daß er sich nicht nach meiner Gesellschaft sehnte: Er war aufrichtig besorgt. Die Zeichen der Anspannung waren für ihn deutlicher zu erkennen als für mich. Oder vielleicht hatte ich mich nur innerlich gestählt, sie zu mißachten. Ich wischte seine Besorgnis beiseite und verließ das Haus.

Norfolk Buildings war in Form einer einzigen Terrasse angelegt, die sich in einer auf nette Art heruntergekommenen Gegend von Bath bis zum Flußufer hinabzog. Lärm und Rauch stiegen von dem nahegelegenen Güterbahnhof von Green Park auf, doch fröhliche Blumenkästen an den Fenstern und frische Farbe schmückten zumindest einige der Häuserfronten. Ein schäbig gekleidetes Mädchen spielte vor der Nummer 13, an der eine Bronzeplatte darauf hinwies, daß hier ein Zahnarzt sich seinen Lebensunterhalt zu verdienen suchte. Aus einem offenen Fenster im zweiten Stock drang das Jaulen einer Geige.

»Ich halte nach Mrs. Oram Ausschau«, sagte ich zu dem Mädchen.

»Sie wohl auch nach Ihnen«, erwiderte sie, während ihr Blick an mir vorbeiwanderte.

Ich drehte mich um und sah in einem Fenster des Erdgeschosses eine Frau vor mir, aus deren käsigem Gesicht mit der spitzen Nase mich zwei kleine, blinzelnde Augen wie Glasperlen anstarrten. Ich bedeutete ihr mit einer Geste, daß ich mit ihr sprechen wolle, doch an dem abrupten Ruck, mit dem sie den Vorhang zuzog, ließ sich ihre Reaktion nicht abschätzen.

Doch dann stand sie schnell wie der Blitz in der Haustür, eine kurzatmige Mischung aus Pink und Sepia. »Sie haben sicher gehört, daß das Dachzimmer frei ist«, trillerte sie und hüpfte vor mir in einer Art Parodie einer Verbeugung herum. »Man hat von dort eine wunderbare Aussicht. Möchten Sie nicht eintreten?«

Ich klärte sie nicht über ihren Irrtum auf, bis wir in ihrem mit allerlei Plunder vollgestopften Wohnzimmer saßen. Aus seiner Ecke heraus musterte mich ein großer, zerrupfter Papagei mißtrauisch und flatterte mit den Flügeln.

»Einen schönen Papagei haben Sie da, Mrs. Oram.«

»Obadiah ist ein Ara, mein Bester.«

Beim Klang seines Namens gab der Vogel einige wortähnliche Laute von sich, denen Mrs. Oram mit schiefem Kopf lauschte.

»Haben Sie verstanden, was er gesagt hat, Mr…?«

»Trenchard. Nein, ich glaube nicht.« Es hatte wie »Misterkin, Sunkysin« geklungen, aber ich hatte nicht weiter darauf geachtet.

»Egal. Sie werden ausreichend Gelegenheit haben, seine kleinen Sätze zu lernen. All meine Mieter tun das.«

»Vielleicht sollte ich Ihnen sagen, Mrs. Oram, daß ich nicht wegen des Zimmers gekommen bin.«

Sie hielt den Kopf immer noch schief; ihr Blick huschte durch den Raum und richtete sich auf mich. »Nicht … wegen des Zimmers?« Obadiah ließ ein weiteres »Misterkin, Sunkysin« folgen, diesmal mit einem höhnischen Unterton.

»Nein. Ich komme wegen einer Ihrer ehemaligen Mieterinnen. Miss Whitaker. Sie hat Sie im Februar verlassen, glaube ich. Ich versuche sie aufzuspüren.«

»Miss Whitaker?« Sie starrte mich intensiv an. Aus der Nähe konnte man sehen, daß ihre blassen, gepuderten Wangen bei jedem Wort vibrierten. »Da sind Sie ziemlich spät dran, mein Bester, ziemlich spät, würde ich sagen. Meinst du nicht auch, Obadiah?« Sie schoß einen Blick in Richtung des Vogels. Der Schnabel zuckte nach unten und schien ihr die Bestätigung zu liefern, die sie suchte. »Dr. Fiveash war auf der Suche nach ihr schon vor sechs Monaten hier. Er war ziemlich hartnäckig, jawohl, das war er.« Sie lächelte. »Ich meine, sie wäre besser dran, wenn sie von Ihnen als von ihm gefunden wird. Nicht, daß Ihnen das helfen würde, denn ich habe keine Ahnung, wohin sie gegangen ist.«

»Es ist sehr wichtig für mich, daß ich sie finde. Für jemanden, der mir dabei helfen könnte, käme eventuell eine Belohnung in Frage.«

»Hast du das gehört, Obadiah?« Sie drehte sich um und grinste den Vogel an.

»Misterkin, Sunkysin!«

»Ich sehe schon. Sie haben eine viel gewinnendere Art als der langweilige Dr. Fiveash, mein Bester. Ich würde Ihnen ja auch wirklich gern helfen, aber Miss Whitaker wohnte hier recht zurückgezogen, fürchte ich. Sie zahlte ihre Miete im voraus und hatte keine einzige schlechte Angewohnheit. Ich will nicht das Geringste gegen sie sagen, aber sie war nicht gerade … gesellig. Und sie verschwand ohne ein Wort. Sie war seriös und anständig, aber nicht gerade … rücksichtsvoll. Wenn Sie wissen, was ich meine.«

»Hat sie mal erwähnt, wo sie gewohnt hat, bevor sie nach Bath kam?«

»Gütiger Himmel, ich hatte schon Glück, wenn ich mal zwei Worte hintereinander aus ihr herausholen konnte.« Sie lehnte sich zu mir. »Manch einer hätte sie verschlossen genannt. Ich hielt sie lediglich für ... reserviert.« Wieder warf sie den Oberkörper herum. »Wie würdest du sie nennen, Obadiah?«

»Misterkin, Sunkysin!«

»Haben Sie seine Aussprache jetzt schon mitbekommen, mein Bester?«

»Könnte ich nicht behaupten.«

»Es ist ein Satz, den ihm mein verstorbener Mann beigebracht hat. Das war schon ein Typ, mein Oram. Der Pfarrer meinte, es sei Blasphemie, aber er ist ein schrecklicher Trauerkloß. Schnell beim Predigen, langsam beim Lachen, das ist immer mein...«

»Misterkin, Sunkysin!«

»Da! Haben Sie's diesmal verstanden?«

»Nein.« Ich lächelte und bewegte mich in Richtung Tür.

»›Mr. Quinn, sunk in sin.‹ [Mr. Quinn, versunken in Sünde.] Ich dachte, für ein Paar junge Ohren wäre das deutlich zu hören.«

Verständnislos sah ich sie an. »Quinn?«

»Mr. Quinn war ein Freund von meinem Oram. Sie tranken gern zusammen, in Orams Fall sogar zu gern. Er erfand diesen albernen Reim und brachte ihn Obadiah bei. Ich weiß wirklich nicht, warum. Aber ich bin froh, eine Erinnerung an...«

»Quinn stand in Diensten der Davenalls auf Cleave Court?«

»Das ist richtig, mein Bester. Woher wissen Sie das?«

»Er und Ihr Mann tranken zusammen?«

»Regelmäßig. Dreimal in der Woche im ›Red Lion‹. Hat er nie versäumt, bis zu seinem Todestag nicht. Es war der Suff, der ihn umbrachte. Sie müssen wissen, mein Oram sagte immer, daß Wasser ihn eher als Alkohol umbringen würde, womit er gewissermaßen recht hatte. Er fiel stockbesoffen in den Fluß und ertrank. Ein komischer Kauz, mein Oram, bis zum Schluß.«

»Was ist mit Quinn?«

»Ich hab' ihn seit dem Tag, an dem es mit meinem Oram dahinging, nicht mehr gesehen. Letzte Ostern vor sieben Jahren. War ein Freitag. Der Pfarrer nannte es Blasphemie.«

»Wo könnte ich Quinn finden?«

»Ich bezweifle, daß Sie ihn überhaupt finden können. Er war genauso zugeknöpft wie diese Miss Whitaker. Er verließ Cleave Court, das weiß ich – dann hab' ich nichts mehr von ihm gehört. Ich schätze, Sie sollten es mal im ›Red Lion‹ versuchen. Ist nur um die Ecke, am Monmouth Place. Falls jemand Bescheid weiß, dann Wally Fishlock. Er war das dritte Mitglied in ihrer Saufschule. Und ich habe gehört, er sei immer noch an ihrem Tisch in der Kneipe zu finden. Stimmt's, Obadiah?«

»Mr. Quinn, sunk in sin!« Diesmal verstand ich es.

Fishlock war genau so, wie Mrs. Oram ihn beschrieben hatte. Ein hagerer, gebräunter, kummervoller Mann in gedecktem Tweed, der im »Red Lion« an der hinteren Bar über einen Krug und ein Glas gebeugt hockte. Der Alkohol lockerte nicht seine Zunge, wohl aber Geld.

»›Türlich erinnere ich mich an Alfie Quinn. Wir haben oft zusammen gebechert. Er und Charlie Oram. Wir hatten… gemeinsame Interessen. Will's nicht schärfer formulieren. War'n aber mehr, als die alte Mutter Oram je erfahr'n hat. Das ist nur 'ne Andeutung, verstehen Sie?

Alf war 'n alter Soldat. Hart wie'n Nagel, mit mehr Tricks wie'n Affe. Nicht aus dem Holz, aus dem man Kammerdiener schnitzt. Aber er und sein Herr – Sir Gervase Davenall, verflucht sei er – waren zusammen auf der Krim. Alf war sein Offiziersbursche. Deshalb gehörten sie zusammen wie Flöhe und Hunde. Alf verließ Cleave Court vor drei Jahren. Erfuhr erst davon, als er nicht mehr hierherkam. Schätze, er ist weggezogen. Zurück nach London. Oder in 'ne andere Gegend.«

»Stammte er ursprünglich aus London?«

»Hat er gesagt.«

»Und Sie haben ihn seitdem nicht mehr gesehen?«

»Kein einziges Mal. Joe hat ihn gesehen.« Er nickte in Richtung der phlegmatischen Gestalt, die hinter der Bar Gläser polierte. »Stimmt's, Joe?«

Der Wirt war ein untersetzter, vorsichtiger Mann, der mir einen durchdringenden Blick zuwarf. »Könnte sein«, sagte er schließlich.

Ich versuchte, beiläufig zu klingen. »Erst vor kurzem?«

»War's nicht Februar?« warf Fishlock ein.

Joe nickte bestätigend. Ich schob mich an die Bar. »Haben Sie ihn hier gesehen? In Bath?«

Joe schnüffelte. »Könnte sein. Ich hab' einen Windhund, verstehen Sie. Ich trainiere jeden Morgen mit ihm am Kanalufer. An einem Morgen im letzten Februar trottete ich mit ihm bei Sydney Gardens den Treidelpfad lang. Da fielen mir ein Mann und eine Frau auf einer der Fußgängerbrücken über den Kanal auf. Der Mann sah aus wie Alfie Quinn. Ich rief, aber er ging davon. Als ich bei dem Steg ankam, war er verschwunden.«

»Und die Frau?«

»Die war immer noch da. Sie sagte, er habe sie nur nach dem Weg gefragt und sie wisse nicht, wo er sei. Mag stimmen. Aber ich kannte sie. War die Frau, die bei der Witwe Oram gewohnt hat.«

»Miss Whitaker?«

»Hab' ihren Namen nie gewußt. Aber ich hab' sie oft genug gesehen. Sie war's, kein Zweifel. Was Quinn anbelangt… nun, war noch früh am Morgen. Hab' ihn nicht gut gesehen – könnte mich auch geirrt haben. Glaub' ich aber

nicht. War aber verdammt offensichtlich, daß er mit mir nichts zu tun haben wollte, trotz all dem Bier, das er in diesem Raum hier in sich reingeschüttet hat. Ist ab wie 'n Hase, der meinen Hund gesehen hat.«

Der Ort entsprach, als ich später dort ankam, genau Joes Beschreibung: ein ruhiger, schattiger Park, geteilt von der Eisenbahnlinie und dem Kanal. Mehrere Brücken spannten sich über den Kanal, und auf einer von diesen Brücken hatte er sie an jenem kalten Februarmorgen gesehen. Um von dem Treidelpfad zur Brücke zu kommen, mußte er durch ein Tor und dann einem sich windenden Pfad folgen, was Quinn genügend Zeit verschaffte, um sich zur Straße davonzumachen, während Miss Whitaker sich ihre Ausrede überlegen konnte.

Ich setzte mich auf eine Bank neben der Eisenbahn, wo vorbeidonnernde Züge die Stille zerrissen, und versuchte die Ereignisse, von denen ich eben gehört hatte, miteinander in Verbindung zu bringen. Ich zweifelte nicht mehr daran, daß es eine solche Verbindung gab. Ich mußte mich nur an Fishlocks Worte erinnern, als ich ihn über seinen ehemaligen Saufkumpanen befragt hatte.

»Irgendwas verband Alfie und diesen Sir Gervase. Gibt's gar keinen Zweifel. Schätze, die anderen Davenalls hab'n ihn bei den Ohren gepackt und rausgeworfen, als Sir Gervase nicht mehr da war, um ihn zu beschützen. Wenn's so war, dann hab'n sie 'nen großen Fehler gemacht. Alfie Quinn läßt sich nicht aufs Kreuz legen. Wenn sie ihn sich zum Feind gemacht haben, brauchen sie keine anderen Feinde mehr. Wenn's so war, dann wird er schon dafür sorgen, daß es ihnen noch leid tut.«

Endlich hatte ich das sichere Gefühl, das Loch in Nortons Rüstung entdeckt zu haben. Quinn, der rachsüchtige Exdiener – Miss Whitakers Schnüffeleien in Fiveashs Kartei –, und Nortons ansonsten unerklärliches Wissen: Ich hatte ihn. Diesmal, davon war ich überzeugt, war ich ihm auf die Schliche gekommen.

IV

Arthur Baverstock hatte seinem Sohn versprochen, an diesem Nachmittag mit ihm auf die Bathampton Downs zu gehen, um dort seinen Drachen steigen zu lassen, falls das Wetter hielt. Er hatte gerade gegen das Barometer geklopft, um sich zu vergewissern, daß kein Wetterumschwung bevorstand, und begonnen, seinen Schreibtisch aufzuräumen, als sein Sekretär einen unwillkommenen Besucher ankündigte.

»Ein Mr. Trenchard, Sir. Er wirkt etwas erregt.«

Baverstock seufzte schwer.

»Ich könnte sagen, Sie hätten das Haus bereits verlassen.«

»Nein, nein. Ich empfange ihn besser. Führen Sie ihn herein.« Was konnte Trenchard wohl in Bath wollen, fragte sich Baverstock. Oder vielmehr, wie lange würde es dauern? Er warf einen Blick aus dem Fenster und sah die einladenden Schatten hoher Wölkchen. Erics Drachen würde bei solchen Bedingungen wunderbar fliegen – falls er überhaupt flog.

»Ich bin froh, daß ich Sie noch erreicht habe, Mr. Baverstock«, drang eine Stimme an sein Ohr. Er sah noch heruntergekommener aus, seine Augen blickten noch wilder und verstörter, als Baverstock ihn in Erinnerung gehabt hatte. Er knirschte mit den Zähnen, lächelte und streckte die Hand aus.

»Ich wußte nicht, daß Sie in Bath sind, Mr. Trenchard.«

»Ein flüchtiger Besuch. Doch ich habe einige neue Beweise aufgetrieben, an denen Sie vielleicht interessiert sind.«

Baverstock senkte mutlos den Kopf. Er spürte jetzt schon, daß Lady Davenall das nicht billigen würde. Er wünschte, er hätte sich nie um ihre Angelegenheit gekümmert, und dachte wehmütig daran, für was für eine Auszeichnung er das anfangs gehalten hatte.

»Was können Sie mir über Alfred Quinn sagen?«

»Das kommt darauf an, was Sie wissen wollen.«

Als Trenchard es ihm erklärte, wurde Baverstock noch mutloser. Miss Arrows Fahrrad, ein vierzig Jahre alter Zeitungsausschnitt, Mrs. Orams Ara, ein flüchtiger Blick in Sydney Gardens: Warburton würde sie auslachen.

»Quinn war, wenn ich recht informiert bin, Sir Gervase Davenalls Kammerdiener«, schloß Trenchard.

»Ja, das war er«, sagte Baverstock. »Und später Butler.«

»Wurde er entlassen?«

»Ja.«

»Können Sie mir den Grund sagen?«

Eine Weigerung schien sinnlos; es hätte ihn nur aufgestachelt. »Lady Davenall ordnete ihre Angelegenheiten neu, nachdem Sir Gervase in ein Pflegeheim gebracht worden war. Sie und Quinn ... kamen nicht gut miteinander aus. Ich bin sicher, ich habe Ihnen ...«

»Ist das alles?«

»Genaugenommen nein. Einige Dinge aus Sir Gervases Besitz – eine goldene Uhr, eine silberne Schnupftabakdose, Manschettenknöpfe – wurden vermißt. Der Verdacht fiel auf Quinn. Die Uhr tauchte bei einem Juwelier in Bradford-on-Avon auf, der bestätigte, daß er sie von Quinn gekauft hatte. Quinn behauptete, Sir Gervase habe sie ihm noch vor seinem Kollaps als Zeichen seiner Wertschätzung geschenkt. Doch der Verkauf sprach gegen ihn. Alles in allem würde ich sagen, daß er so, ohne irgendwelche gegen ihn erhobenen Anklagen, billig davonkam.«

»Aber er wurde ohne einen Penny hinausgeworfen – nach mehr als zwanzig Dienstjahren.«

»Keinen Augenblick zu früh, möchte ich sagen.«

»Weil er ein undurchsichtiger Typ war?«

»Ich hatte den Eindruck, daß man ihn in keinem anderen Haushalt beschäftigen würde. Sir Gervase behielt ihn wahrscheinlich aus Sentimentalität.«

Trenchard beugte sich über den Schreibtisch: Gewißheit funkelte in seinen Augen. »Ich bin überzeugt davon, daß Quinn es war, der all die Informationen und Erkenntnisse an Norton weitergab, die er im Laufe der Jahre über die Davenalls gesammelt hatte. Ich glaube, er hat Miss Whitaker angestiftet, sich bei Dr. Fiveash einzuschleichen und seine Kartei auszuspionieren. Sie können ein Vermögen damit machen, und Quinn hätte sich an jenen gerächt, die ihn hinausgeworfen haben. Ergibt das einen Sinn?«

Baverstock war sich zwar durchaus im klaren darüber, wie fadenscheinig diese Beweise vor Gericht wirken würden, konnte aber nicht leugnen, daß sie tatsächlich einen Sinn ergaben. Er erinnerte sich daran, wie er vor drei Jahren Quinn in seinem Zimmer auf Cleave Court mitgeteilt hatte, daß er gehen müsse. Es war Anfang Dezember 1879. Sir Gervase war vor kurzem in das Pflegeheim eingeliefert worden, und Baverstock empfand noch Dankbarkeit über Lady Davenalls Entschluß, seine Dienste in Anspruch zu nehmen. Es war ein Anlaß, den er bis jetzt lediglich als eine Art klinischen Schnitt betrachtet hatte, mit dem man sich einer unerwünschten Sache entledigte; nun ging ihm durch den Sinn, daß diese Sache vielleicht doch nicht so folgenlos geblieben war, wie er angenommen hatte.

»Lady Davenall wünscht, daß sie bis morgen früh verschwunden sind«, sagte Baverstock entschieden.

Quinn, der am Fenster gestanden und in den Garten hinausgeblickt hatte, drehte sich um und sah ihn voll an. Es war das erstemal, daß Baverstock ihn ohne Uniform sah. Er war überrascht, wie muskulös der Mann war, der auf die fünfzig zuging, in dessen kurzen Haaren aber kaum ein Schimmer von Grau zu entdecken war. Quinns Gesicht war hager und streng geschnitten, mit einer leicht vorspringenden Stirn und unruhigen, durchdringenden Augen. Er hatte die platte Nase und die knorrigen Hände eines Boxers oder eines alten Soldaten, der er ja auch gewesen sein sollte. Hinter seinem respektvollen Benehmen und seinem nichtssagenden Akzent hatte sich stets noch etwas Wachsames und Bedrohliches versteckt, etwas, was sich nicht ganz unterdrücken ließ. Baverstock schauderte; in dem Zimmer war es eisig kalt.

»Ich nehme an, Sie werden uns keinen Ärger machen.«

Quinn sagte immer noch nichts.

»Offen gestanden bin ich der Meinung, daß Sie gut davongekommen sind. Lady Davenall hat sich Ihnen gegenüber als recht gnädig erwiesen.«

Quinn stemmte die Hände in die Hüften und starrte Baverstock an. Dann zog er eine Augenbraue hoch und sagte endlich etwas. »Wo hat Lady Davenall Sie denn aufgetrieben?«

»Ich glaube kaum ...«

»Vierundzwanzig Jahre lang hab' ich ihrem Mann gedient. Ich kenne mehr von seinen Geheimnissen, als sie je erfahren wird. Glaubt sie wirklich, sie kann es sich leisten, mich zum Feind zu haben?«

»Darum geht es nicht, Quinn.«

»Nicht? Seien Sie gewarnt, Herr Anwalt. Sie hat ihren Sohn in den Selbstmord getrieben. Sie hat ihren Mann in ein Pflegeheim abgeschoben. Sie hat Sie als Ersatz für ihren Cousin angeheuert. Jetzt jagt sie mich weg. Sie ist eine harte Frau. Vergessen Sie das nie.« Er wandte sich ab und holte eine Reisetasche hinter einem Stuhl hervor: sie war bereits gepackt. »Sagen Sie ihr, daß ich heute abend noch verschwinde. Mit Sack und Pack.«

»Gut. Dann bleibt nur noch die Frage Ihres noch ausstehenden Lohnes zu klären. Ich habe ihn mitgebracht.« Baverstock zog den vorbereiteten Umschlag aus seiner Tasche und überreichte ihn. »Korrekt bis zum Ende des Monats.«

Quinn nahm den Umschlag und warf ihn in seine Reisetasche. »Ich fühle mich zu äußerster Dankbarkeit verpflichtet.«

»Unter den gegebenen Umständen ist das ungemein großzügig.«

»Unter den gegebenen Umständen ist das eine verdammte Beleidigung. Aber keine Sorge. Was diese Familie mir schuldet, werde ich mir schon holen – wenn die Zeit reif ist.«

Das Knallen der Bürotür riß Baverstock aus seinen Erinnerungen. Er sah sich um und stellte fest, daß er allein war. Trenchard war gegangen.

V

Nanny Pursglove in ihrem Häuschen an dem Hochwasser führenden Avon war an diesem Tage die Gastgeberin, die mich am herzlichsten willkommen hieß. Sie war lediglich etwas enttäuscht, daß ich alleine kam.

»Mrs. Trenchard ist nicht dabei?« sagte sie, als sie mich in ihr winziges Wohnzimmer führte.

»Nein«, erwiderte ich. Dann, um weiteren Fragen aus dem Wege zu gehen, fügte ich hinzu. »Ich hatte gehofft, Sie könnten mir einiges über Alfie Quinn erzählen.«

»Meine Güte, was möchten Sie denn über ihn wissen?«

»Mr. Baverstock sagte mir, Quinn sei entlassen worden.«

»Das muß er wohl am besten wissen.«

»Wegen Diebstahls.«

»So wurde gemunkelt. Möchten Sie eine Tasse Tee?«

»Wurde noch ein anderer Grund angedeutet?«

»Setzen Sie sich doch, Mr. Trenchard. Lupin und ich sind wirklich schlechte Gastgeber.« Sie füllte eine Tasse aus der stets bereiten Kanne und reichte sie mir. »Ich habe mit Mr. Quinn über zwanzig Jahre lang zusammengearbeitet. Lange genug, um beurteilen zu können, ob er ein Halunke war oder nicht, meinen Sie nicht auch?«

»Ja, das meine ich. Deshalb bin ich zu Ihnen gekommen.«

»Er hat nie zum restlichen Personal gepaßt. Er schien nicht für ein Leben als Dienstbote geboren. Ein Halunke? Nun, das dachten wir eigentlich immer. Aber er war mehr ein geschickter, verschlagener Fuchs von einem Mann. Ich hätte mir vorstellen können, daß er seinem Herrn was stiehlt. Aber sich dabei erwischen lassen? Nicht Mr. Quinn.« Sie schüttelte vehement den Kopf. »Er hatte Sir Gervase in der Hand. Er hatte es gar nicht nötig, ihm etwas zu stehlen. Lady Davenall wußte das genau.«

»Deshalb wollte sie ihn um jeden Preis loswerden, unter jedem Vorwand?«

Miss Pursglove warf mir einen scharfen Blick zu. »Weshalb wollen Sie das alles über Mr. Quinn wissen? Ich habe seinen Namen in Ihrer Gegenwart nie erwähnt.«

»Einer Ihrer Sätze hat mich nachdenklich gemacht. Sie sagten, daß Norton...«

»Mr. James, meinen Sie«, warf sie ein.

»Sie sagten, er sei nicht überrascht gewesen, als Sie erwähnten, daß Quinn weg sei. Sie sagten, es machte den Eindruck, als hätte er das schon gewußt.«

»Hab' ich das gesagt?«

»Woher hätte er das wissen können?«

Ganz plötzlich reagierte sie abwehrend. »Vielleicht hatte ich es ihm bereits erzählt. Sie wissen doch, wie verwirrt alte Damen manchmal sind, Mr. Trenchard. Das sagt man mir ja oft genug.«

»›Nicht geboren für ein Leben als Diener‹, so sagten Sie, glaube ich. Was meinen Sie, was ihn dazu gebracht hat?«

»Im Krimkrieg war er Sir Gervases Offiziersbursche. Sir Gervase wußte, daß er sich auf ihn verlassen konnte, und wollte ihn nach Kriegsende nicht verlieren. Es war sehr großzügig von ihm, Mr. Quinn eine solche Position anzubieten. Kammerdiener eines Baronets ist eine ordentliche Verbesserung gegenüber Lohn und Lebensbedingungen eines gemeinen Soldaten, würde ich sagen.«

»Ja, sehr großzügig.«

»Ich hab' mal was in der Richtung zu Mr. Quinn gesagt.« Langsam

erwärmte sie sich für das Thema. »›Bei Sir Gervase sind Sie aber auf die Beine gefallen‹, sagte ich. Und wissen Sie, was er antwortete? ›Ich hab' nicht mehr gekriegt, als mir zusteht.‹ Das waren seine Worte. Was halten Sie davon?«

»Ich weiß es nicht.«

»Ich auch nicht. Er ließ sich nichts von dem entlocken, was da draußen im Feld passiert war. Sir Gervase wurde krank, das wissen wir. Vielleicht pflegte ihn Mr. Quinn wieder gesund. Wie auch immer, zwischen den beiden bestand jedenfalls ein geheimes Band.«

»Aber Sie haben keine Ahnung, in welcher Hinsicht?«

»Was Mr. Quinn einem nicht erzählen wollte, das kriegte man auch nicht aus ihm raus. Natürlich hat ein Mann Anspruch auf seine Privatsphäre, aber er übertrieb es wirklich. Nein, er war nie einer von uns. Das konnte man schon an seinem Gesicht sehen.«

»Ich wollte, ich könnte es. Sie haben keine Ahnung, wo er stecken könnte?«

»Nicht die geringste. Aber was sein Gesicht anbelangt – das könnte ich Ihnen gleich zeigen.«

»Sie machen mich neugierig.«

Sie brauchte keine Ermutigung, sondern eilte bereits zu einem verglasten Schränkchen in der Ecke des Raumes. Sie öffnete die Tür und holte hinter einer Porzellanschäferin ein silbergerahmtes Foto hervor. »Ein Teil des Personals wurde fotografiert ... oh, das muß schon zwölf Jahe her sein. Sie werden mich bestimmt erkennen.«

Ich nahm ihr das Foto aus der Hand und hielt es ins Licht. Es war offensichtlich im Garten von Cleave Court aufgenommen worden; im Hintergrund erkannte man die rückwärtigen Fenster des Hauses. Auf einer Bank saßen zwei Frauen mit Schürzen, die nach Küche aussahen. Daneben saß Miss Pursglove kerzengerade und springlebendig auf einem Stuhl; sie hatte sich seither so gut wie nicht verändert. Hinter der Bank posierten starr und steif drei männliche uniformierte Bedienstete. Zwischen Bank und Stuhl lehnte ein grauhaariger, mit einem Wams bekleideter Mann auf einem Rechen, den ich für Crowcroft, den Obergärtner, hielt. Hinter dem Stuhl stand, eine Hand auf der Lehne, ein kleiner, untersetzter Mann, bekleidet mit Melone und hochgeknöpftem Tweedjackett. Auf diese letzte Gestalt deutete Miss Pursgloves zitternder Finger.

»Da haben Sie Ihren Mr. Quinn. Wird Ihnen allerdings nicht viel sagen.«

Ich betrachtete ihn genauer. War das, so fragte ich mich, während mir in Miss Pursgloves sonnenwarmem Wohnzimmer ein kalter Schauer über den Rücken lief, das Gesicht meines wahren Feindes? War das der Verschwörer, in dessen Auftrag Norton lediglich seine Rolle spielte? Es schien kaum möglich. Alfred Quinn, Offiziersbursche, Kammerdiener und Butler bei Sir Gervase, stand, das mußte man zugeben, weder in erstarrter Ehrfurcht vor der Kamera, noch blickte er in grinsender Bewunderung in die Linse. Weder sein Ausdruck noch seine Haltung ließen irgendwelche Rückschlüsse auf seinen Charakter zu. Ein hagerer, kräftiger Mann, der vielleicht zu stolz für irgendeinen Dienstbotenposten aussah – das war alles.

»Wann, sagten Sie, wurde dieses Foto gemacht?« fragte ich schließlich.

»Wenn mich mein Gedächtnis nicht täuscht, was nur höchst selten der Fall ist, dann wurde es im Sommer vor Mr. James' Verschwinden aufgenommen. Das müßte 1870 gewesen sein.«

»Wie alt wäre Quinn damals gewesen?«

»Als er zu uns kam, war er ein junger Mann, etwas über zwanzig. Dann muß er zu der Zeit um die vierzig gewesen sein.«

»Haben Sie eine Ahnung, wo er geboren wurde? Was er getan hat, bevor er in die Armee eintrat?«

»Nein. Er schien London zu kennen, aber nicht so gut, daß man hätte sagen können, das sei seine Geburtsstadt. Er war kein Mann, der in Erinnerungen schwelgte – er beantwortete nicht mal eine höfliche persönliche Frage, wenn es sich irgendwie vermeiden ließ. Ich weiß über ihn ungefähr so viel, wie Sie hier auf dem Foto sehen.«

Mir kam die Idee. »Dürfte ich mir mal das Foto ausborgen, Nanny?«

Sie runzelte die Stirn. »Nun…«

»Ich verspreche, daß Sie es zurückbekommen.«

Lebenslanger Gehorsam überwand ihre Bedenken. »Ganz bestimmt?«

An diesem Nachmittag dachte ich, während ich im Zug den Weg nach London zurücklegte, an Alfred Quinn, den vorsichtigen, wachsamen Diener, der stets mehr als nur ein Diener gewesen war. Wo mochte er sich nun aufhalten? Diese Frage war zu meinem Talisman geworden, zu einem Unterpfand der Hoffnung, daß diesem ganzen Mysterium nichts Düstereres und Unheimlicheres zugrunde lag als der Haß und der Groll eines Dieners.

VI

Richard Davenall war ein Mann mit durchschnittlichen, nicht gerade ausgefallenen Gewohnheiten. Wären seine wenigen Dienstboten nicht bereits im Bett gewesen, so hätten sie sich bestimmt sehr gewundert, daß ihr Herr sich um diese Zeit noch in seinem Arbeitszimmer befand. Die Lampen brannten, das Feuer loderte, die Whiskykaraffe stand offen auf seinem Schreibtisch, als die Uhr Mitternacht schlug und Sonntag, den 15. Oktober 1882, ankündigte, während ein Regenschauer gegen die vorhanglosen Fenster prasselte.

Auch an jenem Tag hatte es geregnet, erinnerte sich Richard. An jenem Tag im Januar 1861, als sein Vater auf dem Friedhof von Highgate beerdigt worden war. Ein halbes Dutzend Angestellte nahmen pflichtgemäß an diesem grauen, feuchten, bitterkalten Tag an der Beerdigung eines ungeliebten Mannes teil. Die meisten Familienmitglieder hatten nicht gerade überzeugende Entschuldigungen vorgebracht. Das Erscheinen seines Cousins Gervase, der zusammen mit dem dreizehnjährigen James in letzter Minute erschien, stellte daher eine erfreuliche Überraschung dar.

Wolseley Davenall, knauserig im Leben, hatte seinen Sohn durch seine Extravaganz im Tod überrascht. Der Kauf einer Familiengruft in der schattigen Egyptian Avenue, in die die verstorbene Mrs. Davenall nach mehr als siebzehn Jahren in ihrem bescheidenen Grab überführt worden war, um bei ihrem Gatten zu ruhen, schien Richard eine ungerechtfertigte und unpassende Protzerei für einen derartigen Puritaner. Die armselige Trauergemeinde machte das alles noch grotesker.

Nachdem die massive Eisentür der Gruft feierlich versiegelt worden war und die Trauergemeinde sich zu zerstreuen begann, zog Gervase, der durch seinen herausfordernden Gang und seine fehlende schwarze Kleidung mißbilligendes Kopfschütteln erzeugt hatte, einen Taschenflakon aus seinem Reisemantel und bot ihn Richard an.

»Nein danke, Gervase.«

»Wie du willst.« Gervase nahm einen Schluck.

Richard krümmte sich innerlich, als Gregory Chubb, sein Büroaufseher, aus dem Haufen der Anwälte und Angestellten, die vor ihnen den Weg entlanggingen, einen Blick zurückwarf. »Freut mich, daß du kommen konntest«, sagte er mit einer gewissen Anstrengung zu seinem Cousin.

»Nicht der Rede wert, alter Junge. Ich nehme an, du hast nichts dagegen, daß ich den Jungen mitgebracht habe.« Er klopfte James, der schweigend mit ausdruckslosem Gesicht neben ihm ging, auf die Schulter. »Ich dachte, er sollte seinem Großonkel die letzte Ehre erweisen.«

Richard war verwirrt. Er hatte James seit seiner abrupten Abreise von Cleave Court vor sechs Jahren nicht mehr gesehen. Aufgrund der besonderen Umstände dieser Abreise hatte er auch nicht damit gerechnet. Sogar mit dem Vater des Jungen hatte er während dieser Zeit nicht mehr als ein paar Worte gewechselt, da er – auf Wolseleys wortloses Gebot hin – aus der Familiengesellschaft so gut wie verbannt war.

»Geht es Catherine gut?« fragte er schließlich; er war froh, daß sein Cousin das Zittern in seiner Stimme dem gegebenen Anlaß zuschreiben konnte.

»Oh, bestens. Aber sie läßt sich von Cleave Court nicht weglocken, fürchte ich.«

»Ach so. Natürlich. Richte ihr bitte … Grüße aus.«

»Nur zu gern. Nur zu gern.«

Sie verließen die Avenue und gingen langsam den sich windenden Weg zum Haupttor des Friedhofs hinab. Aus dem Regen war ein schwaches Nieseln geworden, ein feuchter Vorhang, der sich vor die in Reih und Glied angeordneten Gräber spannte, doch die Kälte hatte sich verschärft. Ihr Atem bildete kleine Wolken.

»Vielleicht sollte ich in ein paar Tagen mal in deinem Büro vorbeischauen«, sagte Gervase nach einer Pause. »Bloß, um mich zu vergewissern, daß alles in Ordnung ist.«

»Ich bin mir nicht ganz sicher, daß ich dir folgen kann.«

Gervase lächelte. »Du wirst dich von nun an um meine rechtlichen Angelegenheiten kümmern, oder?«

Richard war verblüfft. Sein Vater hatte ihn wirklich nicht in dem Glauben bestärkt, daß diese Aufgabe einmal auf ihn übergehen würde. »Oh ... ja, natürlich. Ich fühle mich geehrt. Aber ich dachte ...«

»Daß dieser Kretin Chubb es übernehmen würde? Nein, alter Junge, bestimmt nicht. Dein Vater erklärte mir, ich sollte ihn als seine Hauptkraft betrachten – irgendein Unsinn über das Dienstalter. Doch ich ziehe es vor, daß diese Dinge in der Familie bleiben. Sag mal«, er senkte die Stimme, »hast du dich mit deinem Vater aus irgendeinem Grund überworfen? Ich muß schon sagen, in den letzten Jahren hat er dich ziemlich schäbig behandelt.«

»Ich wüßte wirklich nicht ...«

»Kann's dir nicht verdenken. Pingelig, so ist er mir immer vorgekommen – verdammt pingelig. Aber ich will ja nichts Schlechtes ...

Schau halt mal nächste Woche an irgendeinem Abend zum Essen vorbei, ja? Ich könnte dich dann umfassend ins Bild setzen. Der ganze Kleinkram über meine Angelegenheiten?«

Richard merkte, daß er lächelte. Wenn Gervase nur Bescheid wüßte. Wenn sein Vater das gewußt hätte. Das bedeutete Befreiung von der Knechtschaft durch Chubb. Befreiung von einem Leben als juristischer Laufbursche. Das bedeutete einen neuen Anfang, die langersehnte Chance, die Fehler der Vergangenheit zu vergessen.

Richard hatte keine Ahnung, wie lange die Glocke schon geläutet hatte. Er lauschte, gestört in seinen Erinnerungen: Die Dienerschaft, schon im Dienst eine schläfrige Bande, hatte sich nicht gerührt. Wieder klingelte es. Mit einem Seufzer erhob er sich, nahm die Lampe und verließ den Raum.

Wolseley Davenall, in allen Dingen ein vorsichtiger Mann, hatte in die breite Eingangstür seines Highgate-Hauses einen Spion einbauen lassen. Als Richard die Abdeckung zurückschob und hindurchspähte, erkannte er in dem späten Besucher William Trenchard. In dem flackernden Licht der Verandalaterne wirkte er hager und verstört. Er schob beide Riegel gleichzeitig zurück und öffnete die Tür.

»Trenchard! Was bringt Sie...?«

»Ich hab' Ihre Nachricht erhalten.«

»Nachricht? Oh – ja. Kommen Sie herein.« Er hatte tatsächlich Nachricht in The Limes hinterlassen, daß er sich freuen würde, nach Trenchards Rückkehr von ihm zu hören. Jetzt schien das schon ewige Zeiten zurückzuliegen. »Ich hatte nicht die Absicht, Sie noch mitten in der Nacht aus dem Haus zu jagen.«

»Ist es schon so spät?« fragte Trenchard und folgte ihm ins Arbeitszimmer. »Ich habe jegliches Zeitgefühl verloren.«

»Ich war heute morgen bei Ihnen. Constance teilte mir mit, daß sie für eine Weile bei ihrem Vater bleiben würde.«

Trenchard gab keine Antwort. Im Arbeitszimmer half ihm Richard aus seinem völlig durchweichten Mantel und musterte ihn von oben bis unten.

»Sie schauen total erledigt aus«, sagte er. In Wirklichkeit dachte er, daß Müdigkeit und Verzweiflung eine rastlose, tollkühne Energie in Trenchard geweckt hatten.

»Was wollten Sie mir sagen?«

»Das kann warten. Möchten Sie einen Drink?«

Trenchard nickte und wärmte sich am Feuer, während Richard ihm ein Glas füllte.

»Ich habe mit Bedauern gehört, daß Constance es für nötig erachtet..., wegzugehen.«

Trenchard nahm einen Schluck und lächelte grimmig. »Sie hat mich verlassen.«

»Sicherlich hat es nichts...«

»Sie glaubt an Norton. Meine einzige Chance, sie zurückzugewinnen, besteht darin, ihn als Betrüger zu entlarven.«

»Ich kann nicht glauben...«

»Ich darf keine Zeit mehr mit Illusionen und Selbsttäuschungen verschwenden. Ich will Nortons Lüge aufdecken, und Sie können mir dabei helfen.«

»Wie?«

»Er hat ihr erzählt, daß ich ihm in Sir Hugos Auftrag Geld angeboten habe. Das hat sie gegen mich aufgebracht. Dann bot er ihr an, freiwillig seine Ansprüche zurückzuziehen – wenn sie es von ihm verlangen würde. Sie sehen, er ist verdammt clever.« Trenchard starrte ins Feuer, aus dem die Hitze seines Hasses zurückschlug.

»Es tut mir leid, daß die Probleme meiner Familie sich zwischen Sie und Constance gedrängt haben«, sagte Richard.

Trenchard sah ihn an und leerte sein Glas. »Das spielt jetzt keine Rolle mehr. Ich war heute in Bath – und dort hab' ich seine Schwachstellen entdeckt. Dort hab' ich die Mittel und Wege gefunden, ihn zu vernichten.«

Richard nahm Trenchard das Glas aus der verkrampften Hand und füllte es erneut. Sein Besucher, erkannte er, war nicht mehr der selbstsichere Ehemann mit den besten Absichten, der lediglich seine Ehe vor einem Glücksritter hatte schützen wollen. Norton hatte Trenchard in allen Belangen ausmanövriert und ihn so zu einem Besessenen gemacht. Und diese Besessenheit konzentrierte sich auf Norton.

»Was können Sie mir von Alfred Quinn erzählen?«

»Quinn? Warum fragen Sie?«

Trenchards Erklärung beunruhigte Richard mehr und mehr. Dem verschlungenen Pfad, der Quinn mit Norton in Verbindung brachte, konnten nur jene folgen, die unbedingt an diese Schlußfolgerung glauben wollten. Trenchards fiebrige Theorien würden nichts nützen, wenn Constance diesen Norton als James Davenall willkommen hieß. Falls das geschah, würde Trenchard zu einem Risikofaktor für ihre Sache werden: ein eifersüchtiger, irrationaler, tobender Ehemann. Seine Jagd auf Quinn, wie gerechtfertigt auch immer, würde unvernünftig und albern erscheinen.

Nachdem Trenchard geendet hatte, wurde es still im Zimmer, ein so beredtes Schweigen, daß man es nicht ignorieren konnte. Richard stocherte im Feuer herum, füllte ihre Gläser auf und sagte nichts.

»Nun?« fragte Trenchard nach einer langen Pause.

Richard zeigte ein abwehrendes Lächeln. »Es ist eine verführerische Theorie.«

»Ist das alles?«

»Im Augenblick ja.«

»Aber sehen Sie denn nicht, was dahintersteckt?«

»Ich sehe keine Verbindung zu Norton – und das allein zählt. Ein entlassener, rachsüchtiger Diener ist das eine, einen derartigen Plan auszuhecken etwas ganz anderes. Was Sie da entdeckt haben, kann genausogut eine täuschende Mischung aus Zufällen und Umständen sein.«

»Das sagte Baverstock auch.«

»Er ist ein vernünftiger Mann. Warum überschlafen Sie das alles nicht noch mal? Bleiben Sie hier, wenn Sie mögen. Vielleicht sehen Sie die Dinge in einem ganz anderen Licht, wenn...«

»Versuchen Sie nicht, mich davon abzubringen. Was können Sie mir über Quinn erzählen?«

»Nichts, was Sie nicht inzwischen selbst herausgefunden haben. Er war Sir Gervases Offiziersbursche im Krimkrieg, später sein Kammerdiener und noch später James' Kammerdiener. Baverstock weiß mehr über die Umstände seiner Entlassung als ich.«

»Haben Sie eine Ahnung, wo er sich jetzt aufhält?«

»Nein. Aber schließlich gehört es auch nicht zu meinen Aufgaben...«

»Irgendeine Vermutung, wo er ursprünglich herkam?«

»Die Armee war sein Zuhause. Das ist alles, was ich weiß.«

»Sprach er mit einem Akzent?«

»Nicht daß ich wüßte. Das ist...«

»Der Nachname klingt irisch. Glauben Sie, daß er Ire war?«

»Nein. Das ist...«

»Ihre Familie besitzt Ländereien in Irland, nicht wahr?«

»Ja. Aber was hat das...?«

»Einen Moment!« Trenchard schlug sich mit der Hand gegen die Stirn. »Sie haben mir erzählt, daß Sir Gervases Mutter erst vor kurzem gestorben sei. In ihrem Haus in Irland von einem Einbrecher ermordet.«

»Das stimmt. Aber...«

»Wieviel haben die Einbrecher erbeutet?«

»Ich verstehe wirklich nicht...«

»Nicht? Das sollten Sie aber. Quinn wäre über die Werte in Lady Davenalls Haus informiert gewesen; er hätte gewußt, wo Geld und Schmuck versteckt ist und wann man am besten in das Haus eindringt.«

»Auf was wollen Sie hinaus?«

»Daß er möglicherweise der Einbrecher war – auf der Suche nach Geld für seine Verschwörung.«

»Das ist unvorstellbar.«

»Möglich, aber es ergibt mehr und mehr Sinn.«

Richard erhob sich von seinem Stuhl und packte Trenchard bei den Schultern. »Hören Sie!« sagte er scharf. »Hören Sie mir zu, bevor Sie zu weit gehen. Sie sind müde und überspannt. Sie sind Constances wegen durcheinander. All das ist verständlich. Aber es nützt nichts, wenn Sie nun völlig haltlose Anschuldigungen gegen Quinn erheben.«

Trenchard starrte ihn ausdruckslos an. »So ist das also, ja? Sie wollen nicht helfen?«

»Natürlich will ich helfen. Es ist ganz klar, daß wir Quinn finden müssen. Schließlich war er James' Kammerdiener und ist somit ein wichtiger Zeuge. Wenn er hinter all dem steckt, dann werden wir das herausfinden. Ehrlich gesagt bezweifle ich, daß er die Intelligenz – oder das Organisationstalent – besitzt, um das zu tun, was Sie vermuten.«

Trenchard befreite sich aus Richards Griff und ging ans Fenster. Der Regen trommelte immer noch gegen die dunklen Scheiben. »Ich schätze, damit muß ich mich erst mal abfinden.«

»Im Augenblick ja, fürchte ich.«

»Was wollten Sie mir sagen?«

»Nichts, was Ihre Theorie unterstützt. Es betrifft die Information, mit der Norton Prinz Napoleon in die Flucht geschlagen hat.«

Während Richard berichtete, was Baverstock über Vivien Strangs und Prinz Napoleons Anwesenheit auf Cleave Court im September 1846 aufgedeckt hatte, spürte er, wie sein Glauben an die Bedeutung dieses Ereignisses ins Wanken geriet. War das im Grunde nicht eine noch fadenscheinigere Mischung von miteinander in Verbindung stehenden Zufällen als Trenchards Verdächtigungen? Ein weiterer entlassener Dienstbote – eine weitere verräterische Spur aus Daten und Ereignissen, die nirgendwohin führte. Wo lag in all diesem Durcheinander ihre Rettung?

»Ich beabsichtige, Catherine morgen zu besuchen«, schloß er, »und aus ihr alles herauszuholen, was sie über Miss Strang weiß. Es wird nicht leicht sein.«

»Warum nicht?«

»Aufgrund ... langjähriger Differenzen zwischen uns.«

»Noch eine Familienfehde?«

»Nicht direkt.«

»Aber ein weiteres Geheimnis, in das ich nicht eingeweiht werde?«

»Ich kann den Schaden, den meine Familie in Ihrer Ehe angerichtet hat, nicht ungeschehen machen, Trenchard, aber ich kann versuchen, ihn in Grenzen zu halten. Deshalb besuche ich Catherine morgen – trotz allem, was dagegen spricht. Ich gebe Ihnen mein Wort, daß mein inneres Widerstreben gegen diesen Besuch in keinerlei Zusammenhang mit Ihren gegenwärtigen Problemen steht.«

»Werden Sie sie nach Quinn fragen?«

»Ich werde seinen Namen ganz gewiß erwähnen. Aber ich kann Ihnen nicht versprechen, daß sie dem Thema Quinn aufgeschlossener gegenübersteht, als es bis jetzt bei Miss Strang der Fall gewesen ist.«

»Warum sollte sie etwas verschweigen?«

»Ich weiß es nicht. Das hoffe ich ja herauszufinden. Seien Sie versichert, daß ich Sie über den Ausgang dieses Gesprächs informieren werde.«

»Was werden Sie im Fall von Quinn unternehmen?«

»Ich werde Nachforschungen veranlassen. Mehr kann ich nicht tun.«

Mit plötzlicher Entschlossenheit nahm Trenchard seinen Mantel von der Stuhllehne und warf ihn sich um die Schultern. »Also gut. Ich warte auf ein Wort von Ihnen. Kommen Sie noch am gleichen Tag zurück?«

»Spätestens am Montag.«

»Ich werde bis dahin nichts unternehmen. Anschließend...«

»Trenchard!« Richard sah ihn intensiv an. »Es war eindeutig ein Fehler, Norton Geld anzubieten. Sie zu überreden, dieses Angebot zu überbringen, hat diesen Fehler noch verstärkt. Ich bedaure die Folgen unserer Fehlbeurteilung. Aber verschlimmern Sie nun die Sache nicht noch.«

»Wie könnte ich?«

»Bevor dieser Fall vor Gericht kommt, haben wir immer noch eine Chance, alles in Ordnung zu bringen. Bis dahin bitte ich Sie, mir zu vertrauen. Unternehmen Sie nichts, ohne es vorher mit mir abzusprechen.«

Doch Trenchards Blick war voller Mißtrauen: Vertrauen war nicht mehr möglich. »Ich werde nichts unternehmen, bis ich von Ihnen gehört habe. Was danach passiert, kann ich jetzt noch nicht sagen.«

Auch Richard wußte das nicht. Er hatte noch nicht weiter vorausgedacht als bis zu dieser unangenehmen Begegnung mit Catherine, in der all die unausgesprochenen Vorwürfe und Zweifel wie Gespenster zwischen ihnen sitzen würden. Nachdem Trenchard von der feuchten Nacht verschlungen worden war und Richard den Riegel vorgelegt hatte, wanderten seine Gedanken unwiderstehlich zu der lächerlichen Chronik zurück, zu der die Zeit sein Leben gemacht hatte.

»Also abgemacht«, sagte Gervase. »Wir treffen uns am Dienstag um sechs im Club.«

»Aber gern«, sagte Richard, während sie in die Swain's Lane einbogen. Die Kutschen und Droschken der anderen Trauergäste fuhren bereits los, wobei sie ein etwas weniger feierliches Tempo als bei ihrer Ankunft vorlegten. Der Leichenbestatter wartete auf der anderen Seite der Straße, um Richard nach Hause zu bringen, während Gervases Phaeton neben der Friedhofskapelle stand. »Möchtest du noch auf einen Sprung mit zu mir kommen?«

»Ich fürchte, dazu reicht die Zeit nicht. Jamie muß noch seine Sachen packen. Morgen fängt in Eton die Schule wieder an. Er freut sich darauf – nicht wahr, mein Sohn?«

James schaute freudlos zu ihm auf. »Ja, Papa.«

»Und jetzt sag Cousin Richard auf Wiedersehen.«

James streckte seine kleine, behandschuhte Hand aus. Als Richard nach ihr griff, begegnete sein Blick dem Blick des Jungen. Ums Haar hätte er die Fassung verloren. Diese Augen – jung, aufmerksam und gespannt –, diese Augen hatten einst... Er riß seine Hand zurück und preßte sie gegen die Stirn, als wollte er sich vor dem plötzlichen Anfall von Reue schützen.

»Ist was nicht in Ordnung, alter Junge?« fragte Gervase.

Richard faßte sich. »Es ... es ist nichts. Tut mir leid. Mir ist ... einen Moment lang schwindlig geworden.«

»Die ganze Anspannung, denke ich. Hier, nimm einen Schluck.« Er hielt ihm den Taschenflakon hin.

Diesmal setzte Richard die Flasche an die Lippen. Er war dankbar für das Brennen in seiner Kehle, das die Frage abwehrte: Erinnerte er sich noch? Als er den Flakon zurückgab, starrte ihn James immer noch an, doch Richard wandte den Blick ab.

Gervase berührte ihn am Ellenbogen. »Wir müssen los. Vergiß nicht unsere Verabredung.«

»Werde ich bestimmt nicht.«

»Komm, Jamie.«

Richard sah ihnen nach, wie sie die wenigen Meter zu der Kutsche gingen, wo der Kutscher ihnen hineinhalf. James warf noch einen flüchtigen Blick über die Schulter, und Richard zwang sich zu einem Lächeln, achtete aber darauf, daß sich ihre Blicke nicht trafen.

»Nach Hause, Quinn«, sagte Gervase.

Quinn, ein graugesichtiges Individuum mit Cape und dunklem Zylinder, hatte dann die Pferde antraben lassen und Richard flüchtig zugenickt, während die Kutsche davonfuhr. Jetzt, zwanzig Jahre später, saß Richard allein in seinem Arbeitszimmer in Highgate vor dem ersterbenden Feuer und mußte sich eingestehen, daß es schon seltsam war, daß Gervase an diesem Tag Quinn einem seiner üblichen Kutscher vorgezogen hatte. Er mußte einräumen, daß Quinn stets mehr ein Familienmitglied als ein Dienstbote gewesen war. Was hatten sie schon groß von ihm gewußt? Welches Vertrauen mochte Quinn bei seinem Herrn und Meister erworben haben, das Catherine später dann gebrochen hatte? Konnte Trenchard mit lauter falschen Folgerungen zum richtigen Schluß gelangt sein?

SIEBTES KAPITEL

I

Es war ein trostloser, windiger Sonntag in Salisbury. Obwohl man durch die Fenster der Kathedrale Kerzen sehen und zwischen vereinzelten Windstößen Chorstimmen hören konnte, lag der Hof jenseits ihrer aufragenden Mauern leer und schweigend da – bis auf die wirbelnden Blätter und das Jaulen des Windes unter dem Dach.

Vor zehn Minuten war das noch ganz anders gewesen. Da war am Nordeingang eine Schar windzerzauster Geistlicher in bauschigen Gewändern aufgetaucht, unter ihnen ein untersetzter älterer Mann mit weißen Haaren, der von einem unauffälligen roten Backsteinhaus in einer entfernten Ecke des Kirchenhofes quer über den Rasen gegangen war.

Der Canon Sumner war ein liebenswürdiger, aber alles andere als tüchtiger Geistlicher, der im allgemeinen ein zufriedenes Lächeln zur Schau trug. Doch heute wirkte sein Ausdruck, sein ganzes Erscheinungsbild zerknittert und verzweifelt. Ihn quälten offensichtlich schwere Sorgen.

Die Ursache von Sumners Kummer, seine Tochter Constance, saß neben einem hell lodernden Feuer in dem gemütlichen, wenn auch mit allerlei Krimskrams überladenen Wohnzimmer, das er soeben verlassen hatte. Sie war mit einem Solitärspiel beschäftigt, wenn auch nicht darin vertieft. Ihre Aufmerksamkeit konzentrierte sich mehr auf ein Ölgemälde über dem Kamin, ein Porträt ihrer Mutter in einem eleganten Ballkleid aus der Zeit ihrer Verlobung mit einem bescheidenen Kaplan namens Sumner.

Beim Geräusch der sich öffnenden Tür zuckte Constance auf ihrem Stuhl zusammen und drehte sich um. Es war ihre um fünf Jahre ältere Schwester Emily, eine überzeugte Jungfer, die in der Diözese unermüdlich gute Werke vollbrachte. Seit dem Tod ihrer Mutter war sie die Herrin des Hauses. Constance hatte Emily schon immer um die Klarheit ihrer Gedanken und die Ausgeglichenheit ihres Wesens beneidet. Emily hatte Constance stets um ihr strahlendes Aussehen und um ihre bezaubernde Tochter beneidet. Die beiden Schwestern tauschten ein herzliches, neidloses Lächeln aus.

»Hab' ich dich erschreckt?« fragte Emily.

»Tut mir leid«, erwiderte Constance. »Momentan zucke ich bei jedem Schatten zusammen. Ich dachte, du seist bei Patience.«

»Ich habe sie bei der Nanny gelassen, in deren Auffassung von Kindererziehung eine vernarrte Tante keinen Platz hat.« Emily drückte die Hand ihrer Schwester, bevor sie sich am Feuer auf dem Stuhl gegenüber niederließ. »Außerdem habe ich Vater gehen sehen und dachte mir, jetzt wäre eine günstige Gelegenheit, um mit dir allein zu sprechen.«

»Ich weiß nicht, was ich dem, was ich gestern abend sagte, noch hinzufügen könnte.«

»Vater würde sich wünschen, daß du deinem Herzen einen Stoß gibst. Hast du nicht bemerkt, wie er heute bei der Morgenliturgie aussah?«

»Wie hätte mir das entgehen können? Du nimmst doch hoffentlich nicht an, daß es mir Vergnügen bereitet, ihm Schmerzen zuzufügen?«

»Natürlich nicht. Ich bin deine treueste Verbündete in allen Dingen. Das weißt du.«

»Vergelt's Gott, Emily. Was soll ich tun?«

»Ich möchte, daß du sicher bist. Kannst du das?«

»Ich bin mir sicher, daß James zu mir zurückgekehrt ist. Andernfalls wäre ich nicht so hin- und hergerissen.«

»Du hast William guten Glaubens geheiratet.«

»Ich habe William in dem Glauben geheiratet, daß James tot ist. Nur dieser Glaube führte zu unserer Ehe.«

»Vater würde sagen, daß der heilige Bund der Ehe Vorrang hat vor jedem Gefühl, wie tiefgreifend es auch immer sein mag. Ich würde das gleiche sagen – wenn mich irgendein anderer Mensch als du fragen würde.«

»Und wenn *ich* dich frage, Emily? Was sagst du, wenn *ich* frage?«

»Ich sage, daß William dir ein guter Mann war. Du hast nie etwas anderes behauptet.«

»Ich behaupte nur, daß ich in meinem Herzen eine Witwe war, als ich William heiratete – eine Witwe, die nun feststellt, daß ihr wahrer Ehemann lebt.«

»Du weißt sehr wohl, daß weder die Kirche noch das Gesetz einen derartigen Anspruch anerkennen.«

»Wenn ich gezwungen bin, zwischen ihnen zu wählen, dann muß ich erst einmal die Einsamkeit wählen.«

»Es ist eine schwere Wahl.«

»Ich verlange doch nichts weiter als etwas Zeit zum Nachdenken. Zeit, mit mir selbst ins reine zu kommen, die Zeit, diese Wahl als das zu sehen, was sie ist.«

»Das wirst du immer hier finden. Dies ist dein Zuhause, was immer geschieht. Aber sag mir: Kannst du ganz ehrlich behaupten, daß James im Recht war, zuerst, als er dich verließ, und dann, als er wieder auftauchte, wohl wissend, welchen Kummer er dir bereiten würde?«

»O ja. Auf jeden Fall. Er hat mir die ganze Wahrheit erzählt, verstehst du? Ich wünschte, ich könnte sie mit dir teilen, aber ich darf jetzt noch nicht für ihn sprechen. Ich kann nur sagen, daß er aus Liebe zu mir so gehandelt hat. Jetzt muß ich aus Liebe zu ihm handeln. Wenn ihn alle verleugnen, dann muß ich zu ihm stehen.«

»Dir ist doch klar, daß Vater in ziemliche Verlegenheit gerät, wenn die Umstände deiner Anwesenheit hier in der Kirchengemeinde bekannt werden? Der Dekan könnte es sogar als eine disziplinarische Angelegenheit betrachten.«

»Ich werde abreisen, bevor das geschieht.«

»Dann müssen wir dafür Sorge tragen, daß es nicht geschieht. Hast du William geschrieben? Es wäre angebracht, wenn er dir nicht folgen würde.«

»Ich habe den Brief hier.« Sie holte den Umschlag unter dem Solitärbrett hervor.

»Soll ich ihn für dich aufgeben? Die Dienstboten könnten es merkwürdig finden, daß du so kurz nach deiner Ankunft schon schreibst. Sie sind in jeder Beziehung gewissenhaft, aber in keiner Beziehung diskret.«

»Ich danke dir, Emily. Vielleicht wäre das klug.« Sie reichte ihr den Brief.

»Ich werde jetzt gehen. Du begleitest mich besser nicht. Ich bin im Handumdrehen wieder da – und Vater hat nichts gemerkt.« Sie warf einen kurzen Blick durchs Fenster hinüber zu der vertrauten Form der Kathedrale, als wollte sie sich vergewissern, daß Canon Sumner noch mit seinen Gebeten beschäftigt war. Dann eilte sie hinaus, froh, anstatt nur zu reden, endlich etwas tun zu können.

Constance blieb wieder allein vor dem Kamin zurück, wo sie als Kind gespielt hatte. Erneut wanderte ihr Blick zum Porträt ihrer Mutter, und sie fragte sich, was sie wohl zur Handlungsweise ihrer Tochter gesagt hätte. Vielleicht war es ganz gut, daß sie das nicht erleben mußte.

Constance seufzte. Die Einsamkeit war, wie Emily gesagt hatte, eine schwere Wahl. War sie stark genug, um es zu schaffen? William hatte ihr Vertrauen verraten – das stand fest. Doch was war mit James? Welche Ansprüche durfte er an sie stellen? Und konnte sie ihnen widerstehen? Wenn er zu ihr käme, was würde sie sagen?

Wie so oft in letzter Zeit dachte sie wieder einmal an ihre letzte Begegnung beim Aquädukt im Juni des Jahres 1871, an all das, was es bedeutet und was sie zum damaligen Zeitpunkt nicht gewußt hatte. Sie erinnerte sich, daß sie an jenem Morgen im Musikzimmer auf Cleave Court gesessen hatte, erinnerte sich daran, daß Quinn ihr James' Brief auf einem silbernen Tablett gebracht, daß sie ihn gelesen hatte und anschließend sofort aus dem Raum geeilt war, weil sie es kaum hatte erwarten können, James wiederzusehen und sich davon zu überzeugen, daß alles in bester Ordnung war. Jetzt noch konnte sie die Macht und den Drang dieser Sehnsucht spüren, konnte immer noch die Tiefe des Gelöbnisses ihrer Liebe an jenem Tag nachempfinden.

II

Richard Davenall hatte Cleave Court seit Sir Gervases Beerdigung nicht mehr besucht. Auch das war, wie all seine anderen Besuche, von einer Ausnahme abgesehen, nur ein kurzer Pflichtbesuch gewesen. Es war merkwürdig, sinnierte er, daß er stets als ergebener, schüchterner Besucher erschienen war, ein Geschäftsmann, eine professionelle Notwendigkeit im Leben der Familie. Nie war er als Familienmitglied gekommen.

Er lächelte vor sich hin. Der Grund für seine andauernde Demutshaltung war nicht schwer zu finden. Dort im Park, wo das Gras mit roten und goldenen Herbstblättern bedeckt war, wo unter einem ständig grauen Himmel die jahreszeitlich bedingte Fäulnis lauerte, lag sein gesamtes Schicksal – das Schicksal eines Mannes, der zu wenig riskiert und zu viel verloren hatte.

Die Kutsche hielt an. Richard kletterte hinaus und sah sich um. Dies hier war, falls es überhaupt einen solchen Ort gab, das Zuhause der Davenalls; diesen Platz hatten sie sich geschaffen, diesem Land hatten sie den Stempel mit ihrem Namen aufgedrückt. Warum um alles in der Welt fühlte er sich dann hier stets wie ein Eindringling – einer, der nie ganz akzeptiert worden war und es auch nie werden würde? Er schüttelte den Kopf und betrat das Haus.

Auf sein Telegramm hatte er keine Antwort erhalten; lediglich die Kutsche hatte am Bahnhof auf ihn gewartet. Auch jetzt drängten sich keine Verwandten in der Eingangshalle, um ihn willkommen zu heißen. Nur Gibbs, der Butler, empfing ihn und versuchte nach bestem Wissen und Gewissen alle Spuren peinlicher Verlegenheit aus seinem Gesichtsausdruck fernzuhalten.

»Ich nehme an, ich werde erwartet, Gibbs?« sagte Richard.

»In der Tat, Sir.«

»Wo ist Lady Davenall?«

»Ich glaube, Sie macht gerade einen Spaziergang, Sir.«

Richard hätte es wissen müssen. Er hatte einen genauen Zeitpunkt angegeben: dies war Catherines Reaktion darauf. »Dann werde ich ihre Rückkehr abwarten.«

»Sir Hugo wäre dankbar, wenn Sie ihm Gesellschaft leisten würden, Sir.«

Richard fuhr heftig herum. »Hugo? Er ist hier?«

»Jawohl, Sir. Seit gestern. Im Augenblick hält er sich im Rauchsalon auf.«

Richard ging geradewegs hin. Düstere Vorahnungen hüllten ihn ein. Sein Besuch diente dem Zweck, mit Catherine über Hugo zu sprechen, doch Hugo war ihm zuvorgekommen.

Der Rauchsalon entsprach nicht mehr seiner Erinnerung. Einst war er ein Zufluchtsort für Gervase und seine Saufkumpane gewesen; jetzt war er nur noch spärlich möbliert, bar aller Gemütlichkeit. In der Mitte des Raumes stand eine große Holztruhe mit geöffnetem Deckel. Davor saß auf einem niedrigen Hocker Sir Hugo Davenall.

»Hallo, Richard«, sagte Hugo, ohne aufzublicken.

»Ich wußte nicht, daß du deine Mutter besuchen wolltest.«

»Tu ich auch nicht. Man könnte sagen, ich sei aus geschäftlichen Gründen hier.«

»Dürfte ich fragen, was für Geschäfte?«

»Ich tue das, was du längst hättest tun sollen, lieber Cousin.« Jetzt schaute er mit sarkastischem Grinsen auf. »In dieser Truhe befindet sich das, was von meinem verstorbenen, betrauerten Bruder übriggeblieben ist. Kleidung, Schulbücher, Krawattennadeln, Manschettenknöpfe und ähnliches.«

»Ich wußte gar nicht, daß so viele Dinge aufbewahrt wurden.«

»So viel ist es auch wieder nicht. Eine Kricketmütze«, er hielt sie hoch, »seine Collegerobe.« Er zog ein Bündel schwarzen Tuches hervor.

»Warum dann?«

»Weil wir damit Norton herausfordern können. Frag ihn, ob er seine alten Besitztümer identifizieren kann. Laß uns sehen, ob er sich die Mütze im wahrsten Sinne des Wortes aufsetzen kann.«

»Das könnte von Nutzen sein, Hugo. Es freut mich, daß du bereits...«

»Ich habe auch mit den Pächtern gesprochen.« Er erhob sich, klopfte sich den Staub von den Händen und lächelte wieder. »Und dafür gesorgt, daß ihnen die Wichtigkeit ihrer Aussage, daß es sich bei Norton um einen Betrüger handelt, klar ist.«

»Du warst offensichtlich recht beschäftigt.«

»Das mußte ich wohl, angesichts der Tatsache, daß es dir ziemlich gleichgültig zu sein scheint, ob dieser Mann mir meinen Titel stiehlt oder nicht.«

»Hugo!«

Plötzlich trat der junge Mann dicht an Richard heran und starrte ihn durchbohrend an. »Wenn es sein muß, dann stelle ich mich allein gegen Norton. Ich werde dafür sorgen, daß er sich noch wünscht, er hätte dieses Spiel nie begonnen.«

Richard war ärgerlich und gekränkt, daß Hugo seine Bemühungen so gering schätzte, doch er wußte, daß jeder Einwand sinnlos war. Statt dessen versuchte er vernünftig zu argumentieren. »Wenn genügend Leute Norton unterstützen, Hugo, dann wird das Zeugnis von Pächtern und Schneidern vor Gericht bedauerlicherweise wenig Gewicht haben.«

»Bah!« Hugo wirbelte herum und stolzierte zum Kamin. »Was weißt denn *du* schon?«

»Ich weiß, wie ein Gericht entscheidet oder die Geschworenen, falls es dazu kommt. Kenntnisse, die man von Norton nicht erwarten könnte, falls er nicht James wäre, die Bestätigung durch seine frühere Verlobte...«

»Was?«

»Constance Trenchard erklärte mir gestern, daß sie seine Geschichte glaubt. Sie hat nicht erwähnt, daß sie zu seinen Gunsten aussagen wird, aber sie wird es wohl tun, wenn er sie darum bittet.«

»Verflucht seien diese Weiber! Nanny Pursglove. Trenchards Frau. Sie sind vernarrt.«

»Sie hat Trenchard verlassen. Ganz offensichtlich nimmt sie die Sache nicht auf die leichte Schulter.«

Urplötzlich trat Hugo mit voller Wucht gegen das Holzscheit, das zwischen Kiste und Deckel geklemmt worden war. Das Holz zerbrach und rutschte in zwei Teilen über den Fußboden; der Deckel knallte so laut zu, daß die leeren Vasen auf dem Kaminsims zu klirren begannen.

»Ob du es glaubst oder nicht, Hugo, ich versuche dir zu helfen.«

»Nenn mir ein Beispiel für deine Bemühungen.«

»Deshalb bin ich hier. Deine Mutter muß zum Sprechen gebracht werden.«

»Worüber?«

»Über das, was hier im September 1846 geschah. Über ihre frühere Gouvernante, Miss Strang. Das hat Norton benützt, um Prinz Napoleon einzuschüchtern. Das ist der Schlüssel zu all dem.«

»Dann wünsche ich dir viel Glück. Freiwillig erzählt mir meine Mutter nichts.«

»Nun gut. Ich werde sehen, daß ich sie finden kann.«

»Tu das.« Hugo lehnte nun am Kaminsims: sein gewalttätiger Ausbruch war vorbei, seine Frustration gezügelt. Er blickte seinen Cousin ohne Zorn, aber nicht ohne Verachtung an. »Tu das, Richard.«

Ohne ein weiteres Wort verließ Richard das Zimmer. Als die Tür hinter ihm ins Schloß fiel, preßte Hugo zwei Fingerknöchel seiner linken Hand gegen den Mund und drückte seine Zähne hinein, bis der Schmerz den plötzlichen Ansturm der Tränen zurückdrängte. Er war entschlossen, daß Richard es nie erfahren sollte. Falls er es irgendwie verhindern konnte, würde niemand je die schreckliche Wahrheit erfahren, die er heute an diesem Tag bestätigt gefunden hatte.

III

Emily Sumner überquerte noch zielstrebiger als sonst Chorister's Green und steuerte auf den Briefkasten Ecke North Walk zu. Befriedigt stellte sie fest, daß keine Passanten da waren, die sie hätten beobachten können. Obwohl sie Constance ihre volle Unterstützung zugesagt und das auch aufrichtig gemeint hatte, konnte sie jetzt, da sie allein war, nicht leugnen, daß ihre Schwester sich auf einem unseligen Kurs zu befinden schien. Sich gegen fast alles zu stellen, was richtig und anständig war, schien der pure Wahnsinn zu sein. Nichts in ihrer ganzen Erziehung hatte ihr einen Grund geliefert, der das Verlassen eines Ehemannes durch seine Frau gerechtfertigt hätte.

Doch tief in ihrem Herzen war Emily trotz ihrer altjüngferlichen Art eine hoffnungslose Romantikerin; sie vergoß ganze Tränenströme über rührseligen Romanen, und Constances Zwangslage hätte sie auch gerührt, wenn sie nicht miteinander verwandt gewesen wären. James Davenall war der Freund ihres Bruders Roland und der perfekte Mann für ihre Schwester gewesen. Was immer auch der gesunde Menschenverstand diktierte, es blieb die Tatsache, daß es einfach wunderbar war, zu ihm zu stehen, falls er wirklich noch am Leben war.

Sie erreichte den Briefkasten. Die Straße war leer bis zum St. Anne's Gate. Der Rasen vor der Kathedrale lag verlassen da. Beruhigt öffnete sie ihr Täschchen, holte den Brief heraus und warf ihn durch den Schlitz. Ihre Mission war beendet. Sie wandte sich ab, um zu gehen, blieb dann abrupt stehen.

Keine zehn Meter von ihr entfernt stand James Norton an der Ecke des Platzes und beobachtete sie ruhig. Sie wußte sofort, wer er war, nicht nur aufgrund der Beschreibung ihrer Schwester, sondern auch aus eigener Erinnerung. Zuvor hatte sie nur Constances gewaltige Illusion nachempfinden können, eine hoffnungslose, wenn auch bewundernswerte Passion für etwas, was nie sein konnte. Jetzt wußte sie es. Sie war James Davenall nur einige Male begegnet, und das lag viele Jahre zurück, doch in dem Gesicht dieses Mannes fand sie die Gewißheit des Vertrauten, die kein Leugnen duldete. Instinktiv wußte sie, daß er der war, der er zu sein behauptete. Und Emily Sumner gehörte nicht zu jenen, die ihre Instinkte mißachteten.

»Ich sehe, Sie haben mich erkannt, Emily«, sagte Norton und tippte an seinen Hut. »Das freut mich.«

»Sie hätten nicht hierherkommen sollen«, sagte sie, überrascht von ihrer eigenen Atemlosigkeit.

»Ich konnte nicht anders. Ich muß sie sehen.«

»Das ist unmöglich.«

»Ich habe ihre Wünsche respektiert, indem ich sie nicht zu Hause aufgesucht habe. Doch ich muß sie sprechen. Nur ein paar Minuten, das ist alles. Wo und wann immer sie will.«

»Es geht nicht.« Eilig ging sie auf ihn zu, in der Absicht, an ihm vorbei über den Platz zu gehen. Doch er legte seine Hand auf ihren Arm; die Leichtigkeit seines Griffs zwang sie nicht dazu, aber sie blieb trotzdem stehen.

»Wir haben uns seit elf Jahren nicht mehr gesehen, Emily. Ist das alles, was Sie mir zu sagen haben?«

»Mr. Norton.«

»Nennen Sie mich James.«

»Glauben Sie nicht, Sie haben Constance bereits genug Schmerz zugefügt?«

Norton betrachtete das Pflaster, dann schaute er sie offen an, ließ sie die Aufrichtigkeit in seinem Blick sehen. »Wir lieben uns. Das wissen Sie. Sie haben mir einst gesagt, wir seien füreinander geschaffen. Das werden Sie doch jetzt nicht leugnen, oder?«

Emilys Herz hämmerte. Eine strenge Erziehung und die Erwartungen einer christlichen Gemeinde kämpften mit der plötzlich aufquellenden Freude, die sie empfand. Was ist zu tun, fragte sie sich, wenn kein Weg der richtige ist? »Was immer Constance tut, ich werde zu ihr halten. Aber sie ist eine Ehefrau und Mutter. Diese Bande können nicht einfach zerrissen werden.«

»Nur ein Wort. Ein ganz kurzes Wort. Das ist alles, was ich verlange.«

Ihr Gesichtsausdruck machte deutlich, daß sie ihn nicht mehr zurückweisen würde. »Ich werde ihr sagen, daß ich Sie gesehen habe.«

Norton lächelte. »Die Wiese am Wasser, morgen um zehn. Wir sind oft dort spazierengegangen – wie Sie sicherlich wissen. Die Bank, auf der wir zu sitzen pflegten, um den Sonnenuntergang hinter der Kathedrale zu beobachten. Dort ist es sicher und ruhig. Richten Sie ihr aus, daß ich dort auf sie warten werde.« Wieder tippte er an seinen Hut. »Ihr ergebener Diener, Emily.«

Dann drehte er sich um und marschierte flotten Schrittes auf das Nordtor zu.

IV

Ein Gärtnergehilfe erzählte Richard, daß er Lady Davenall oben auf der Aussichtsterrasse gesehen habe, und dort fand er sie auch tatsächlich. Sie lehnte an dem hölzernen Geländer vor dem kleinen, strohgedeckten Bau und betrachtete mit einer gewissen entschlossenen Zufriedenheit das hügelige Parkgelände ihres Zuhauses.

Noch atemlos von dem steilen Anstieg hielt Richard am Fuße der Treppen inne, die zu dem Aussichtsturm hinaufführten, und schaute einen Moment lang in die Richtung, in die Catherines Blick ging. Dünner Rauch stieg spiralförmig aus den Schornsteinen des Hauses unter ihnen. Überall um sich herum konnte er das sanfte Fallen der bronzenen Blätter hören. Hier waren sie einst gewesen, in einer anderen Periode ihres Lebens; als er sich daran erinnerte, verfluchte er sie insgeheim dafür, daß sie diesen Ort für ihre Begegnung gewählt hatte.

»Guten Tag, Richard«, sagte sie, ohne zu ihm hinabzusehen.

Er begann die Stufen hochzusteigen und riskierte den ersten Blick auf ihr Gesicht. Seit Sir Gervases Beerdigung hatten sie sich nicht mehr getroffen. Mit einem Gefühl des Erschreckens bemerkte er, daß sich ihr Ausdruck – den er damals ihrer Trauer zugeschrieben hatte – nicht verändert hatte. Blaß, zurückhaltend und wunderschön: So war die Frau, die er einst zu lieben geglaubt hatte.

Ihr Tweedkleid war hochgeschlossen und mit Pelz besetzt. Ihr Haar, zu Zöpfen geflochten und unter dem verschleierten Hut zusammengesteckt, war genauso grau, wie er es sich gedacht hatte. Nichts davon ließ ihn zögern. Was ihn kurz innehalten ließ, war die Bewegung ihrer Hände, die auf der Balustrade ruhten. Zwischen ihren behandschuhten Fingern hielt sie den langen Stiel einer einzigen weißen Rose und drehte ihn hin und her, während sie über den Garten blickte. Das war der einzige Hinweis, daß sie nicht so ruhig war, wie ihr Gesicht und ihr Ausdruck es glauben machen wollten. Mit wachsender Faszination starrte Richard die Rose an. Der saftige Stiel war geknickt, aber nicht gebrochen. Seine Dornen rissen das feine Leder von Catherines Handschuhen auf. Die noch mit Tau besetzten Blütenblätter fielen hinab, doch sie achtete nicht darauf. Ihr Blick – und anscheinend auch ihre Aufmerksamkeit – blieb auf den fernen Horizont gerichtet.

»Warum bist du gekommen?« fragte sie plötzlich. Noch immer blickte sie nicht in seine Richtung.

»Wo es dir doch lieber gewesen wäre, ich wäre nicht gekommen?« fragte er bekümmert.

»Genau.«

»Weil ich mich dazu verpflichtet fühlte.«

»Solche Verpflichtungen, wie du sie mir gegenüber hattest, sind vor vielen Jahren null und nichtig geworden. Ich möchte nicht, daß sie erneuert werden.« Jetzt sah sie ihn an: Der vernichtende Blick ihrer Augen beschämte ihn mehr als viele Worte. »Du bist wegen dieses Glücksritters hier.«

Er war auf der obersten Stufe stehengeblieben, drei Schritte von ihr entfernt; es schien unmöglich, diesen Abstand zu überwinden. »Nortons wegen, ja. Zumindest teilweise. Wegen seines Anspruchs, dein Sohn zu sein.«

»Du weißt, was ich von seinem Anspruch halte.«

»Ja. Du glaubst, das läßt sich ignorieren.«

»Ich beachte es nicht. Ich beschäftige andere, um ihn in die Schranken zu weisen.« In ihrem Ton lag keine Ironie. Sie war nicht mehr – falls sie es je gewesen war – die Catherine, die Richard geliebt hatte. Die Mauern der Autokratie und Arroganz, hinter die sie sich zurückgezogen hatte, waren unüberwindlich – das galt für ihn noch mehr als für jeden anderen.

»Norton weiß zuviel, um ignoriert oder widerlegt zu werden. Hast du einmal in Betracht gezogen, daß er...?«

»Er ist nicht mein Sohn.«

»Wirst du das vor Gericht bezeugen?«

»Ja.«

»Dann solltest du wissen, was Norton aussagen wird. Ich kann nicht vorhersehen, wie freimütig er sein wird, doch falls er all das sagt, was er uns bei seiner Anhörung erzählt hat, dann werden ganz bestimmt schmerzliche Enthüllungen...«

»Spar dir deine Bemühungen.« Sie wandte sich ihm halb zu, ließ dabei die zerrupfte Rose fallen. »Hugo hat es mir bereits erzählt..., den ganzen schmutzigen Bericht.«

Wieder spürte Richard den scharfen Stich des Verrats in seiner Brust. Wenn sie nicht zusammenhalten konnten, was blieb ihnen dann noch an Hoffnung? »Er hatte nicht das Recht...«

»Es ist mir vorzuenthalten? Es freut mich ungemein, daß du meiner Meinung bist. Es ist am besten, wenn es alle wissen. Sei versichert, Richard, ich werde nicht in Ohnmacht fallen, wenn dieser Mann vor Gericht – oder sonstwo – behauptet, daß Gervase an Syphilis gestorben ist. Ist das alles, was du mir sagen wolltest?«

Er kämpfte um seine Fassung. »Nein. Das heißt...«

»Vielleicht sollte ich dich mit dem vertraut machen, was mir Hugo noch erzählt hat. Er ist zum Beispiel zu der Schlußfolgerung gelangt, daß Gervase nicht sein Vater ist.«

Etwas wie ein Stöhnen entfloh Richards Lippen. Er lehnte sich schwer gegen die Balustrade, umklammerte das Geländer.

»Es hat den Anschein, daß Gervase kurz vor seinem Kollaps einige Dinge sagte, die sich nun so interpretieren lassen, daß er Hugo nicht als seinen Sohn betrachtete.«

»Daher sein Widerstreben, ihn zu seinem Erben einzusetzen«, murmelte Richard.

»Vermutlich.«

»Was hast du Hugo gesagt?«

»Daß er recht hat.«

Er sah sie an – sie sprach so ruhig, strahlte solch eine eisige Selbstbeherrschung aus – und erkannte, daß er nicht den Schimmer einer Ahnung hatte, was sie wirklich empfand. »Hast du«, seine Stimme schwankte, »ihm den Namen seines Vaters genannt?«

»Das war nicht nötig. Hugo glaubt ihn bereits zu kennen.«

»Er hat nichts zu mir gesagt.«

»Warum sollte er?«

»Weil ... er mein Sohn ist, nicht wahr?«

»Ja, Richard. Hugo ist dein Sohn, das Kind deiner Verpflichtungen, von denen du dich losgesagt hast.«

»Warum hast du es mir nie gesagt?«

»Warum hast du es nie geahnt?«

»Ich denke, ich habe es oft vermutet oder befürchtet oder gehofft. Doch es gab keine Möglichkeit, Gewißheit zu erlangen.«

»Bis jetzt. Bis jetzt habe nur ich es gewußt. Ich habe es dir vorenthalten, weil ich der Meinung war, daß du es nicht wert bist, es zu wissen.«

Er schüttelte den Kopf, duckte sich leicht unter dem Ansturm ihrer Worte. »Du bist eine harte Frau, Catherine.«

»Du hast mich dazu gemacht.«

»Ich?«

»Ja, Richard, du. Weil du so schwach warst und ich dir vertraut habe. Du hast dich von Sir Lemuel vertreiben lassen. Du hast dich hier vor siebenundzwanzig Jahren stillschweigend davongeschlichen und es mir allein überlassen, Gervase entgegenzutreten, mit deinem Kind unter dem Herzen.«

»Ich wußte nicht ...«

»Dir war es egal. Ich wäre mit dir gegangen, wäre an jeden Ort der Welt mit dir geflohen. Doch du bist alleine geflohen.«

»Catherine, ich ...«

»Schweig!« Ihr Gesicht war eine Maske unnachgiebiger Härte. Scham und Schande schlugen über ihm zusammen. »Ich werde dir jetzt zum ersten- und zum letztenmal erzählen, Richard, welchem Schicksal du mich überlassen hast. Als Gervase in diesem Sommer heimkehrte, ahnte ich bereits, daß ich von dir schwanger war. Ich wußte, daß du nichts tun würdest, um mir zu helfen. Deine Liebe war nichts wert. Folglich wollte ich das bißchen, was ich besaß, erhalten: Ich wollte meine Ehe bewahren. Es war wichtig, daß Gervase keinen Anlaß hatte, an meiner Treue zu ihm zu zweifeln. Deshalb versuchte ich ihn in seiner ersten Nacht zu Hause zu verführen.«

Richard suchte ihren Blick, sah für einen Moment die in ihren Augen liegende Anschuldigung und blickte schnell und verstohlen weg, wie ein Mann, der sich nicht ins Gesicht sehen konnte.

»Ich versagte. Ich demütigte und erniedrigte mich für nichts. Ich flehte ihn an, warf mich ihm an den Hals. Ich hätte alles getan, doch er wies mich zurück. Mein Mann war ein gewohnheitsmäßiger Ehebrecher. Mehr als ein Dienstmädchen ist seiner Wollust zum Opfer gefallen. Doch er wies mich in dieser Nacht und in allen folgenden Nächten zurück. Warum? Ich dachte, er habe vielleicht meine Motive erraten. Ich befürchtete, James könnte etwas zu ihm gesagt haben. Wir sprachen nie darüber, als mein Zustand sichtbar wurde, auch später nicht, als Hugo zur Welt kam. Ich hielt sein Schweigen für Verachtung. Das war natürlich auch der Grund, weshalb er sich so hartnäckig weigerte, James für tot erklären zu lassen. Wir beide wußten, daß James sein einziger Sohn war.

Aber er hatte es nicht erraten, nicht wahr? Jetzt weiß ich das. Dr. Fiveash hatte ihn gewarnt. Ich glaube, daß er Prostituierte und die Frauen anderer Männer vorzog. Jetzt weiß ich, daß irgendwo tief in seiner verfluchten Seele ein Anflug von Gewissensbissen, ein Hauch von Anstand lauerten, vielleicht sogar ein Gefühl von Schuld, das ihn veranlaßte, sich an das Versprechen zu halten, das er Dr. Fiveash gegeben hatte. Gott verfluche ihn und dich, Richard, für das, was du aus mir gemacht hast. Und jetzt geh. Und sprich nie wieder davon. Ich werde es auch nicht tun.«

Mühsam hob Richard den Kopf. Er wünschte nichts mehr als das zu tun, was sie von ihm verlangt hatte: sich davonschleichen und sich vor der Wahrheit verstecken. Doch er konnte das nicht tun. Zumindest in einem Punkt irrte Catherine. Seine Verpflichtungen waren noch nicht beendet. Sie hatten erst begonnen. »Hast du Hugo all das erzählt?« fragte er schließlich mit einer Stimme, die er kaum als die seine erkannte.

»Ich habe Hugo gar nichts erzählt. Er weiß nur das, was er vermutet. Was die Identität seines natürlichen Vaters anbelangt, so täuscht er sich. Er denkt, es sei ... Prinz Napoleon.«

Einen verrückten Augenblick lang dachte Richard, das könne nicht ihr Ernst sein. Doch ihr unveränderter Gesichtsausdruck bestätigte ihm, daß sie es ernst gemeint hatte. »Und du hast ihn in dem Glauben gelassen?«

»Ich habe es weder zugegeben noch geleugnet. Doch jede Vermutung, wie unzutreffend auch immer, ist immer noch besser als die Wahrheit selbst. Er darf es nie erfahren. Verstehst du? Niemals.«

»Wenn das dein Wunsch ist...«

»Es ist ein Befehl. Und ich glaube, du wirst gehorchen.«

»Wie du meinst. Doch wir müssen auch noch über andere Dinge sprechen. Gott weiß, ich wollte, es wäre nicht so, aber es gibt da gewisse Fragen, die ich dir stellen muß.«

»Miss Strang betreffend?«

»Ja.«

»Ich habe Baverstock bereits erklärt, daß Miss Strang völlig nebensächlich ist. Ich habe zu dem Thema nichts zu sagen.«

»Das kann ich nicht akzeptieren.«

»Das wirst du wohl müssen.«

»Prinz Napoleon kannte sie, nicht wahr?«

»Er ist ihr begegnet. Das ist ein Unterschied.«

»Als du von der Krim zurückgekehrt bist, hast du angedeutet, der Anlaß dafür sei etwas gewesen, was Prinz Napoleon gesagt oder getan hatte. Stand das in irgendeinem Zusammenhang mit Miss Strang?«

»Nein.«

»Was war es dann?«

»Deine Fragen beleidigen mich, Richard. Bitte geh jetzt.«

»Sie müssen beantwortet werden.«

»Das müssen sie nicht.«

»Wenn du mit Aussicht auf Erfolg Nortons Ansprüche zurückweisen willst...«

»Werde ich dich nicht um Rat fragen. Natürlich kann ich Hugo nicht daran hindern, deine Dienste als Anwalt in Anspruch zu nehmen, doch ich würde es als Gefälligkeit werten, wenn du dich nicht weiter um diese Angelegenheit kümmern würdest.«

»Das kann ich nicht tun.«

»Oh, doch, das kannst du. Ich kann dich allerdings nicht dazu zwingen. Eines allerdings *kann* ich tun: Ich kann mich weigern, dich zu empfangen, falls du mich noch einmal besuchen kommen solltest. Möchtest du nicht lieber dir und den Dienstboten eine solche Peinlichkeit ersparen?«

»Bei Gott, Catherine...«

»Du rufst den Namen des Herrn an? Also gut. In Gottes Namen, Richard, entferne dich aus meinem Leben. Nach allem, was du mir angetan hast, bist du mir wenigstens das schuldig, denke ich. Wenn wir uns begegnen, was sich zweifellos nicht vermeiden lassen wird, dann erinnere dich bitte daran, was wir füreinander sind: Fremde, nichts weiter. Und jetzt geh.«

Er wandte sich ab und stieg langsam die Stufen hinab, unsicher, ob er lachen oder weinen sollte. In seinen Ohren klangen ihre Worte, all ihre Worte, die er jetzt und vor siebenundzwanzig Jahren gehört hatte wie ein einziger langer Sirenengesang in einer Sprache, die er nicht verstand. Die Flucht des Feiglings unter dem Deckmantel, das Richtige zu tun. Es war leichter gewesen, die Liebe zu verlieren, als den Haß zu ertragen, der ihr gefolgt wäre. Das Leben eines Taugenichts, das in Wirklichkeit das Leben seines Sohnes war. Solche Gedanken verfolgten ihn wie der zornige Chor der Saatkrähen.

V

An diesem Sonntag senkte sich die Dämmerung schnell über die Tuilerien. Erst im allerletzten Augenblick tauchte die Sonne am Pariser Himmel auf und vergoldete den Wolkenschleier, bis der westliche Himmel wie eine gewaltige Kupfertrommel glänzte.

Prinz Napoleon rutschte unbehaglich auf der Bank unter einem Denkmal herum. Er zog seinen Mantel über der Brust zusammen; die Asche seiner fast vergessenen Zigarre fiel auf den Stoff. Er fluchte und warf den Zigarrenstummel in den Staub zu seinen Füßen, wo Tauben nach den Samenkörnern pickten, die er zuvor mitgebracht und in einem der wenigen Anfälle von Großzügigkeit, die er sich noch zugestand, verstreut hatte. Er war sich selbst nicht ganz sicher, was er hier ohne Brandy und nur mit Tauben als Höflingen verloren hatte, außer daß es immer noch tausendmal besser war, als sich in Gesellschaft seiner frommen Frau die Knie wundzuscheuern, die auch jetzt in diesem Augenblick mit ihrem Gast und einem geschwätzigen Priester am anderen Ende der Stadt kommunizieren würde.

Ah, Frauen! Vergnügen und Verzweiflung zugleich. Wenn alles gesagt und getan war, was blieb einem da noch groß an Wahl zwischen der unkorrumpierbaren Marie Clotilde und der nur allzu korrupten Cora Pearl? Nichts, sagte ihm sein Erfahrungsreichtum, nichts, außer daß sie verschiedene Wege zu der gleichen Trostlosigkeit boten. Die eine diente auf den Knien, die andere auf dem Rücken. Er lächelte. Um der Wahrheit die Ehre zu geben, Cora war für beide Möglichkeiten bereit. Dann stöhnte er auf, als ein gezerrter Brustmuskel ihn daran erinnerte, daß einem das Alter begangene Sünden nicht mehr so schnell vergab.

Da – das gestand er sich ein – lag das Problem. Vielleicht hatten ihm beide Frauen zuviel beigebracht. Vielleicht hatte er einfach zu lange gelebt. Er konnte nicht leugnen, daß ihn seit seinem kurzen *Rapprochement* mit Cora seine Erinnerungen bedrückten. Ein Priester – und ganz besonders der Beichtvater seiner Frau – hätte es Gewissen genannt, doch Plon-Plon wußte es besser. Er fühlte sich lediglich von der Vergangenheit verfolgt, von den Phantomen toter Freunde und Feinde. Am hartnäckigsten belastete ihn die Erinnerung an diese schottische Gouvernante und die närrische Wette um ihre Tugend, seit ihm Cora von ihrer Begegnung mit Norton erzählt hatte. Diese obskure, lang zurückliegende Wette – was spielte das jetzt noch für eine Rolle? Er wußte es nicht, doch der Gedanke ließ ihm keine Ruhe.

Vielleicht war es dieser ungestüme Exzeß ihrer Jugend – nicht der größte oder ernsteste Exzeß, das bestimmt nicht, aber irgendwie war er besonders in der Erinnerung haften geblieben –, auf den Gervase bei ihrem, wie sich später herausstellte, letzten Treffen angespielt hatte. Plon-Plon war zur Beerdigung des kaiserlichen Prinzen in England gewesen; der hirnlose Junge hatte es geschafft, sich während seines Dienstes in der englischen Armee von Zulus niedermetzeln zu lassen. Plon-Plon hatte sich durch einen Gang zum Bladeney House der jämmerlichen Gastfreundschaft der kaiserlichen Witwe in Chislehurst zu entziehen gesucht in der Hoffnung, etwas belebenden Frohsinn zu finden. Doch Gervase war nicht zu Hause gewesen. Quinn hatte ihn zum Club seines Herrn verwiesen.

12. Juli 1879. Ein später, aber alles andere als milder Abend senkte sich über London. Obwohl die anständigen Läden mittlerweile alle geschlossen hatten, machte Plon-Plon einen Umweg vom Chester Square aus, denn es war nicht das Anständige, was er an dieser Stadt am meisten liebte. Ein Samstagabend im Sommer ließ die herumlungernden Taschendiebe und die geschminkten Huren in Scharen ausschwärmen. Wie ein Erstickender nach Luft, so strebte Plon-Plon nach diesen und allen anderen Dingen, die von der Langeweile und Steifheit seiner eigenen Klasse möglichst weit entfernt waren.

In der Jermyn Street kam er bei dem Hutmacher vorbei, den er oft besuchte, und strebte mit freudig erregtem Schritt Richtung Haymarket, wo sich die Straßen schnell mit all dem füllten, was ihm vom Leben der Stadt am köstlichsten erschien.

Die Menschen drängten in die Theater, die Prostituierten versammelten sich vor den Eingängen, aus geöffneten Kneipentüren drang Lärm und Stimmengewirr. Droschken luden ihre Fracht in die bereits überfüllten Straßen. Plon-Plon, der hier seine Anonymität ebenso wie seine Umgebung genoß, schlenderte durch das Gedränge, schüttelte einen zerlumpten Jungen ab, der an seinem Ärmel zupfte, und musterte die herausgeputzten Huren, die ihm aus jedem Eingang zuwinkten, ohne sich allerdings einer von ihnen zuzuwenden. Er schaute in Gassen und in Keller, wo Licht und Musik lockten, lachte über die sich herumdrückenden Schläger und Säufer und warf den Mädchen mit den frischen Gesichtern, deren Charme noch nicht so oft verkauft worden war, lüsterne Seitenblicke zu. Er war in seinem Element.

Plötzlich schwankte eine Gestalt aus einer Gasse und prallte gegen ihn.

Plon-Plon taumelte zurück, murmelte einen Fluch und wandte sich um. Der andere Mann klammerte sich haltsuchend an einen Laternenpfahl. Die grobe Beschimpfung erstarb ihm auf den Lippen. Es war Gervase.

»Ich wollte dich gerade in deinem Club besuchen, *mon ami.*«

Gervase zog sich in die Höhe. »Das ist mein Club«, sagte er mit grimmigem Lächeln.

»Du siehst nicht gut aus.«

Der andere lachte. »Hab' ich das je getan?« Dann begann er wieder zu schwanken und lehnte sich stützend gegen die Wand.

Plon-Plon klopfte ihm auf die Schulter. »Was ist los, Gervase? Zuviel Wein?«

Nein, das war es nicht. Sein Freund war zwar unsicher auf den Beinen und sprach undeutlich, aber er war eindeutig nicht betrunken. Er schwitzte, obwohl es eine kalte Nacht war. Ein Muskel an seiner Wange zuckte rasend schnell. Seine Augen waren blutunterlaufen. Er wirkte alt und bemitleidenswert zerbrechlich. »Weshalb bist du hier?« fragte er mit plötzlicher Klarheit.

»Der kaiserliche Prinz wurde heute beerdigt.«

»Ja, verdammt, natürlich. Ich hab's gelesen. Solltest du nicht die Kaiserin trösten?«

»Als ich sie verließ, trank sie gerade Tee mit meiner Frau.«

»Tee? Jesus, Tee!« Gervases Gesicht verzog sich schmerzlich. »Warum wollen diese Frauen nichts weiter als Tee?« Er starrte Plon-Plon wild an. »Erinnerst du dich an diese Teeparty, als wir noch jung waren, alter Freund? Bei der ich von dir eine Botschaft überbrachte? Die Party, wo ich für dich den Kuppler spielte.«

»Ich bin mir nicht sicher...«

»Ich habe die Wette gewonnen, was? Ich habe gewonnen.«

»*Oui, mon ami.* Du hast gewonnen.«

»Möchtest du einen guten Witz hören, Plon-Plon? Ich glaube, ein Fluch lag an jenem Tag auf mir. Ich habe den Rest meines Lebens dafür bezahlt..., daß ich diese Wette gewonnen habe.«

»Komm, ich stütze dich beim Gehen.« Plon-Plon zog Gervases Arm um seine Schulter und führte ihn über die Straße; in seinem Zustand war Haymarket nicht der richtige Ort für ihn.

»Sie wollen, daß ich James für tot erklären lasse.«

»Ist er nicht tot?«

»Sie wollen, daß ich Hugo an seine Stelle setze.«

Sie hatten den gegenüberliegenden Bürgersteig erreicht. Plon-Plon steuerte eine Seitenstraße an, die sie zur Pall Mall bringen würde. »Kinder können eine Prüfung sein, *mon ami.* Eine Prüfung – und sie können einen traurig machen.«

Gervase zitterte nun und stützte sich stärker auf seinen Begleiter. »Ich werde es Ihnen allen zeigen«, flüsterte er. »Sie werden meinen Sohn nicht betrügen.«

»Hugo?«

»Nein.« Ein Knirschen der Zähne. »Nicht Hugo. Meinen Sohn.«

»Ich verstehe nicht.«

»Niemand tut das, Plon-Plon. Niemand.«

»Möchtest du in deinen Club?«

Gervases Stimme war ein kaum hörbares Gemurmel. »Nach Hause.«

»Dann muß ich eine Droschke anhalten. Kannst du allein stehen?«

»Allein? O ja. Immer allein.«

Plon-Plon überließ Gervase einen Moment lang sich selbst und ging an den Rand des Bürgersteigs. Eine leere Droschke näherte sich und hielt neben ihm. Er bat den Kutscher zu warten und ging zu seinem Freund zurück.

Gervase war nun ruhiger und stand sicherer auf seinen Füßen. Er schaute zum Himmel empor, wo die Sterne wie Stecknadelköpfe in der Nacht glänzten. »Wo ist er jetzt, was meinst du?« murmelte er.

»Hinein in die Droschke, *mon ami.* Möchtest du, daß ich dich begleite?«

»Nein. Quinn ist diese ... Zustände gewohnt. Du nicht. Tut mir furchtbar leid, alter Junge.«

Gervase stieg in die Droschke, und Plon-Plon schlug die Tür hinter ihm zu. »Morgen wirst du dich besser fühlen«, sagte er lächelnd. »Dann redest du nicht mehr von Betrug.«

»Ha! Ich pfeife auf ihre Pläne.« Gervase schnippte mit den Fingern. Im Schein der Droschkenlampe sah Plon-Plon, daß das Gesicht seines Freundes erneut schweißgebadet war. »Ich werde es sein, der sie betrügt«, sagte er mit breitem Grinsen. »Am Ende – kurz vor dem Ende – werde ich es ihnen sagen.«

»Was wirst du ihnen sagen?«

»Wo er ist – was sonst?« Gervase streckte seine Hand durch das Fenster der Droschke und nahm Plon-Plons weiche Wange zwischen Daumen und Zeigefinger. »Eine Wette ohne Ehre ist eine Wette mit dem Teufel. Ist es nicht so, alter Freund?«

»Vielleicht, *mon ami.* Vielleicht.«

Gervase lachte, das Lachen eines fiebrigen Mannes – oder das Lachen eines Mannes, der gesehen hatte, was die Zukunft für ihn bereithält. Er ließ Plon-Plon los und klatschte gegen die Seitentür der Droschke. »Chester Square, Kutscher. Fahr wie der Teufel!«

Der Gaul trabte an. Gervase winkte seinem Freund einmal zum Abschied zu, dann sackte er auf seinem Sitz zusammen. Plon-Plon sah ihm nach, wie er in der Nacht verschwand.

»Votre Majesté! Votre Majesté!«

Plon-Plons Kopf ruckte hoch. Welcher Witzbold wagte es, ihm einen derart grandiosen Titel ins Gesicht zu schleudern? Ein Mann beugte sich über ihn, eine alte, krumme Gestalt in einem fadenscheinigen Mantel. Das Gesicht des Mannes dicht vor ihm war zerknittert und verhärmt, das graue Fleisch so gespannt, daß man die scharfen, weißen Knochen darunter fast schon sehen konnte. Das Haar, wie bei einem Sträfling rasiert, wuchs in Stoppeln aus seiner Kopfhaut und seiner Kieferpartie. Die grünen, glänzenden Augen starrten ihn gebannt an.

»Votre Majesté Impériale!«

»Citoyen, mon homme, c'est tout.«

»Non, non.« Der Mann klopfte sich gegen den Kopf. *»Je me souviens de vous. Alma. A côté du Commandant en Chef.«*

»Mais oui.« Plon-Plon lächelte. Ein verkommener alter Soldat erinnerte sich, daß er vor fast dreißig Jahren in Alma an ihm vorbeigeritten war. Jetzt erkannte er den Mantel. Es war der Umhang eines gemeinen Soldaten der französischen kaiserlichen Armee. In brüderlicher Geste packte er den Arm des Mannes und lockerte sofort seinen Griff, als er spürte, wie spindeldürr der Arm war. Er nahm eine Goldmünze aus der Tasche und drückte sie dem Veteranen in die Hand.

»Pour vous, mon brave.«

»Merci, mon général.«

»Merci, mon ancien soldat.«

Der Mann schlurfte davon. Was hatte ihn wohl ruiniert, fragte sich Plon-Plon, das Kaiserreich oder die Republik? Es spielte kaum eine Rolle. Zumindest hatte er sich erinnert.

Es wurde dunkel und kalt. Zeit, heimzugehen und seine Frau mit ein paar beiläufigen Blasphemien zu demütigen. Plon-Plon erhob sich. Ganz plötzlich mußte er wieder an Gervase denken; aus dem schneidigen englischen Offizier, der er zu ihrer besten Zeit im Krimkrieg gewesen war, war ein stolpernder, tobender alter Mann geworden, der allein in den Straßen Londons herumirrte. Was hatte er mit all seinen wild hervorgestoßenen Worten gemeint? Aller Wahrscheinlichkeit nach nichts – falls es sich bei James Norton nicht um die unbezahlte Schuld seiner Wette mit dem Teufel handelte. Aber nein, redete sich Plon-Plon selbst ein. Es war besser zu glauben, daß seine Worte nichts bedeutet hatten. Viel besser. Er schüttelte den Kopf und lenkte seine Schritte in Richtung seines Zuhauses.

VI

Als Dr. Fiveash hörte, daß an diesem Abend noch ein Besucher auf ihn wartete, bedauerte er erneut, daß er Dr. Perry ein freies Wochenende genehmigt hatte, und stieg dann die Stufen zu seinem Sprechzimmer hinab. Er war entschlossen, jeden Patienten, der so rücksichtslos war, ihn jetzt noch aufzusuchen, kurzerhand abzufertigen. Demzufolge wußte er auch nicht recht, ob er sich nun freuen oder es bedauern sollte, daß es Richard Davenall war, der ihn erwartete.

»Davenall! Ich hätte Sie im Wohnzimmer empfangen, wenn ich gewußt hätte, daß Sie es sind.«

»Spielt keine Rolle, Doktor. Das genügt vollkommen. Man könnte sagen, ich bin in einer medizinischen Angelegenheit hier.«

Fiveash nahm ihm seinen Mantel ab und bot ihm einen Platz an. »Ich weiß nicht, ob ich Sie recht verstehe.«

»Trenchard hat mir alles über Miss Whitaker erzählt.«

»Oh, das? Ich wollte morgen Baverstock aufsuchen und ihn auf...«

»Hat Trenchard Ihnen seine Theorie erläutert, daß Miss Whitaker von einem ehemaligen Diener von Sir Gervase als Spionin eingesetzt wurde?«

Fiveash runzelte die Stirn. »Nein. Ich gab ihm Miss Whitakers alte Adresse. Danach habe ich nichts mehr von ihm gehört.«

»Dann werde ich es Ihnen erklären.«

Während Davenall Bericht erstattete, holte Fiveash von ganz hinten aus seinem Medizinschrank eine Flasche Whisky und schenkte ihnen beiden ein. Sein Stirnrunzeln vertiefte sich, und als Davenall geendet hatte, blickte er recht verwirrt drein.

»Sie scheinen die Theorie nicht gerade überzeugend zu finden, Doktor.«

»Das ist es nicht.«

»Was dann?«

»Dieser Quinn...«

»Wie ich schon sagte, Lady Davenall hatte Grund, ihn vor drei Jahren zu entlassen. Es besteht kein Anlaß zu der Annahme, daß er hier in der Gegend geblieben ist. Das Gegenteil ist wesentlich wahrscheinlicher.«

»Genau darum geht es. Ich dachte, Lady Davenall müßte es wissen.«

»Was wissen?«

»Er hat ihren Mann regelmäßig im Pflegeheim besucht. Ich glaube sogar, Quinn war der letzte Besucher, den Sir Gervase vor seinem Tod empfing.«

Davenall starrte ihn erstaunt an. »Quinn? Ein regelmäßiger Besucher?«

»Das hat mir das Pflegepersonal versichert.«

»Aber das ist nicht möglich. Zu dem Zeitpunkt war er längst entlassen.«

»Das hindert einen Mann kaum daran, seinen ehemaligen Arbeitgeber zu besuchen. Ich muß zugeben, daß ich erst gegen Ende davon erfahren habe. Es muß ungefähr im März letzten Jahres gewesen sein. Ich ging damals recht häufig hin, denn Sir Gervase befand sich eindeutig im letzten Stadium seiner Krankheit. Er war lebhaft und konnte sich gelegentlich verständlich äußern: Das letzte Aufflackern der Kerze, bevor sie erlischt. Damals verschwendete ich kaum einen Gedanken daran, aber im Rückblick erscheinen mir die Umstände doch recht merkwürdig.«

Als Dr. Fiveash an diesem Morgen Cedar Lodge erreichte, bedauerte er mehr denn je die vor keinem Wind geschützte Lage oberhalb der Avon-Schlucht. Es war ein scheußlicher Tag, trostlos grau und kalt, die Art von Tag, sinnierte er düster, an dem Patienten, die den Winter soweit überstanden haben, endgültig die Hoffnung auf den Frühling aufgeben.

Die Oberin wartete im Flur auf ihn. »Ich glaube, Sir Gervase hat sich entschlossen zu gehen«, verkündete sie. »Er ist sehr gesprächig.«

Sie begannen die Treppe, auf der jeder Schritt hallte, hochzusteigen. »Hm. Ergibt das, was er sagt, einen Sinn?«

»Nein. Er verlangt nach seiner Familie, würde ich meinen.«

»Dann wird er vergeblich nach ihr verlangen, denn ich bezweifle, daß er sie in dieser Welt noch einmal sieht.«

»Jetzt ist gerade jemand bei ihm. Allerdings kein Verwandter.«

»So? Wer dann?«

»Er nennt nie seinen Namen, obwohl er regelmäßig zu Besuch kommt. Ich glaube, er erwähnte einmal, daß er zusammen mit Sir Gervase in der Armee gedient habe.«

Ihre Wege trennten sich am zweiten Treppenabsatz, und Fiveash ging allein zu dem Zimmer, in dem Sir Gervase in gnädiger Ahnungslosigkeit auf den Tod wartete. Als er die Tür öffnete, erhob sich der Besucher hastig von einem Stuhl neben dem Bett und wandte sich ihm zu. Er erkannte Quinn sofort und versuchte sich zu erinnern, was er über dessen Fortgang von Cleave Court wußte.

»Quinn, nicht wahr?« sagte er, das Zimmer betretend.

»Jawohl, Sir. Hab' nur mal hereingeschaut, um meinen alten Herrn zu besuchen.«

Fiveash blickte auf seinen Patienten herab – hager, grau und vom Tode gezeichnet. Er saß höher aufgerichtet in den Kissen als gewöhnlich, ein Arm über der Bettdecke, die Hand mit den zuckenden Fingern zur Klaue geformt. Sein Blick, bemerkte Fiveash, war auf Quinn gerichtet und folgte ihm auch, als dieser langsam zum Fußende des Bettes ging.

»Ich mache mich dann wieder auf den Weg.«

»Gut, gut.« Fiveash stellte seine Tasche auf den Stuhl, von dem Quinn sich eben erhoben hatte, und klappte sie auf. Ein Klicken von der anderen

Seite des Raumes sagte ihm, daß er nun mit seinem Patienten allein war. Quinn war gegangen.

Als er von seiner Arzttasche aufblickte, erregte etwas auf dem Nachttisch seine Aufmerksamkeit. Für die Patienten, die keiner zusammenhängenden Sprache mehr mächtig waren, stellte Cedar Lodge einen kleinen Notizblock und einen Bleistift zur Verfügung, falls sie sich in dieser Form mitteilen wollten. Fiveashs Erinnerung nach hatte Sir Gervase nie von dieser Möglichkeit Gebrauch gemacht. Doch jetzt konnte er deutlich erkennen, daß ein Blatt abgerissen worden war. Das Papier darunter zeigte undeutlich den Schriftabdruck. Beiläufig griff er nach dem Block und musterte ihn: Der Abdruck war nicht zu entziffern. Dann schaute er Sir Gervase an – die starrenden Augen, die klauenartige, zuckende Hand – und schüttelte den Kopf. Nein, er konnte nichts geschrieben haben. Er legte den Notizblock beiseite, strich die ganze Angelegenheit aus seinem Gedächtnis und holte sein Stethoskop aus der Tasche. Als er Sir Gervase wieder einen Blick zuwarf, sah er, daß er lächelte.

»Übrigens«, sagte Fiveash, während er Richard Davenall zur Tür begleitete, »über welche medizinische Angelegenheit wollten Sie mit mir sprechen?«

»Mmm?«

»Sie sagten, deswegen seien Sie gekommen.«

»O ja. Es geht um Trenchard. Ich bin etwas besorgt über ... seine Geistesverfassung. Seine Frau hat ihn verlassen, müssen Sie wissen.«

»Guter Gott. Davon hat er mir nichts gesagt.«

»Ich habe mich gefragt, ob Sie mit mir der Meinung sind, daß er angesichts dieser Umstände dazu neigen könnte, übereilte, abwegige Schlüsse zu ziehen. Ich meine, daß er sich sozusagen an Strohhalme klammert. Verschwörungen entdeckt, wo gar keine existieren. Kurz gesagt, daß er unter der Anspannung zusammenbricht.«

»Als er mich gestern hier besuchte, war ich tatsächlich erschrocken über die Wandlung, die mit ihm vorgegangen ist, seit ich ihn in London gesehen hatte. Jetzt, da Sie mir von seiner Frau erzählt haben, muß ich Ihnen wahrscheinlich zustimmen.«

»Genau das ist der springende Punkt«, sagte Davenall, an der Schwelle stehenbleibend. »Angesichts dessen, was Sie mir eben berichtet haben, bin ich mir nicht mehr sicher, daß Sie mir zustimmen sollten. Sind *Sie* sich sicher? Gute Nacht, Herr Doktor.«

VII

Zwei Tage nach meiner Rückkehr von Bath erhielt ich einen Brief von Constance. Der Postbote war gerade gekommen, als ich das Haus verlassen wollte. Ich blätterte die Post durch und stieß auf einen Brief, den ich ebenso herbeigesehnt wie gefürchtet hatte. Er war in Salisbury aufgegeben worden; die Adresse war in Constances Handschrift geschrieben. Da ich es nicht wagte, den Brief auf der Stelle zu öffnen, steckte ich ihn in die Tasche und ging los.

Den ganzen Weg durch den Regent's Park fragte ich mich, was sie wohl geschrieben haben mochte. Während ich mich durch das Gewühl in der Baker Street drängte, versuchte ich mir einzureden, daß sie heimkehren werde, daß sie ihr verrücktes Eintreten für Norton bedauern werde und sich schließlich doch entschlossen habe, zu mir zu stehen.

Als ich dann allein in meinem Büro in der Orchard Street stand und mit zitternder Hand den Brieföffner hielt, wußte ich, daß es so nicht sein konnte. Alles, was ich von ihr hören wollte, hätte sie auch mit einem Telegramm ausdrücken können. Dieser Umschlag hier enthielt – gehalten in ihrer sauberen, klaren Handschrift – eine andere Art von Botschaft.

The Little Canonry
Cathedral Close
SALISBURY, Whiltshire

15. Oktober 1882

Mein lieber William
Du wirst sicherlich erfahren wollen, daß wir gut angekommen sind und uns gut eingewöhnt haben. Patience erfreut sich ihrer neuen Umgebung und schickt Dir all ihre Liebe.

Ich habe dem, was ich vor meiner Abreise gesagt habe, nichts hinzuzufügen, und ich kann mir nicht vorstellen, daß es bei Dir anders sein sollte. Ich weiß, daß Du mir nicht zustimmen wirst, aber ich bin überzeugter denn je, daß eine Trennung in diesem Stadium sowohl notwendig als auch klug ist. Ich bitte Dich, meine Entscheidung zu respektieren und nicht zu versuchen, mich hier zu besuchen, bis ich wieder Frieden gefunden und einen Entschluß gefaßt habe. Sei versichert, daß für James die gleichen Bedingungen gelten.

Diese wenigen Worte müssen für den Augenblick reichen. Ich bin noch zu verwirrt, um mehr zu schreiben.

Constance

Das war es, so kurz und höflich wie nur möglich. Sie hatte mir alles Liebe von unserer Tochter geschickt, aber nicht von sich selbst. Ich ließ den Brief auf den Schreibtisch flattern, tastete nach dem Stuhl und ließ mich auf ihn fallen.

Ich weiß nicht, wie lange ich so saß und auf den Bogen Papier starrte. Erst das Läuten des Telefons riß mich aus meinen Gedanken.

»Ja?«

»Ein Anruf für Sie, Mr. Trenchard.«

»Von wem?« Ich dachte, er komme von meinem Bruder, der auf der Einrichtung des Apparates bestanden hatte und ihn am häufigsten benutzte.

»Von einem Mr. Richard Davenall, Sir.«

Warum sollte mich Davenall anrufen, anstatt mich zu besuchen, um mir mitzuteilen, was er herausgefunden hatte? Sofort wurde ich mißtrauisch. »Stellen Sie durch.«

»Trenchard?«

»Ja.«

»Tut mir leid, mich über dieses Ding bei Ihnen zu melden, aber ich hab's eilig.« Wirklich, fragte ich mich. Oder wollte er mir bei dem, was er mir zu sagen hatte, nicht ins Gesicht sehen?

»Haben Sie etwas erfahren?«

»Bedauerlicherweise nein. Catherine weigert sich nach wie vor, über Miss Strang zu sprechen.«

»Und was ist mit Quinn?«

»Ich habe keine weiteren Informationen über ihn.« Wäre er hier im Zimmer gewesen, so hätte ich beurteilen können, ob sein Zögern bedeutete, daß er etwas wußte, es mir aber nicht anvertrauen wollte. »Natürlich werde ich meine Leute auf ihn ansetzen, aber im Augenblick kann man nichts weiter tun.«

»Nichts?«

»Überhaupt nichts.«

»Verstehe. Nun, trotzdem vielen Dank für den Anruf.«

»Trenchard!«

»Ja?«

»Es tut mir leid. Glauben Sie mir.«

Ich legte auf und starrte wieder auf Constances Brief. Sie hatte nichts von mir verlangt – nur daß ich sie in Ruhe lassen und auf ihr Urteil vertrauen sollte. Nun hatte Richard Davenall trotz seines umfassenden Bedauerns dasselbe von mir verlangt. Die Botschaft war klar. Ich behinderte die eine Seite und bedrängte die andere. Keiner würde mir bei der Suche nach der Wahrheit behilflich sein.

Ich griff in die Innentasche meiner Jacke und holte das Foto hervor, das Nanny Pursglove mir gegeben hatte. Da war Quinn; sein fleckiges, vergilbtes Bildnis starrte mich an, fixiert auf dem sepiagefärbten Papier, so wie es auch in den Wendungen und Windungen der Vergangenheit der Davenalls fixiert war. Ich lächelte grimmig und schob es in meine Tasche zurück. Niemand würde mir helfen, ihn zu finden. Also gut, dann würde ich ihn eben allein auf mich gestellt finden.

VIII

Die Salisbury-Wiesen bilden ein langgezogenes Oval fruchtbaren Weidelandes, durch das sich kreuz und quer Entwässerungskanäle ziehen, nur geteilt von dem schmalen Damm des Fußweges zur Stadt. An diesem Morgen saß ein großer, elegant gekleideter Herr auf halbem Weg auf einer Bank, rauchte eine Zigarette und genoß den Anblick der Kathedrale, deren graue Turmspitze hinter den Bäumen aufragte. Die meisten Passanten hätten ihn lediglich für einen Bewunderer mittelalterlicher Kirchenarchitektur gehalten, der einer ihrer besten Schöpfungen seine Reverenz erwies, doch James Norton hatte trotz des äußeren Anscheins dringendere Gründe für seine Anwesenheit; der häufige Blick auf seine Taschenuhr und die aufmerksamen Blicke, mit denen er den Pfad in beide Richtungen absuchte, machten das deutlich.

Schließlich trat er die Zigarette aus, zog ein schmales Notizbüchlein aus der Innentasche seines Mantels, blätterte bis zu einer bestimmten Stelle und begann dann den Inhalt mit angespannter Aufmerksamkeit zu studieren.

Obwohl er sehr vertieft erschien, bemerkte Norton sofort die Gestalt, die am südlichen Ende des Pfades vor der Hecke am Wegesrand auftauchte. Ohne ein Anzeichen von Eile schob er das Buch zurück in die Tasche. Er schaute mehrere Minuten lang zu der Gestalt hinüber, bis er sicher war, daß es sich um eine Frau handelte; sie kam allein, war ordentlich gekleidet und ging ziemlich schnell, dabei ängstliche Blicke um sich werfend, als wäre sie nervöser, als es der Ort oder die Zeit gerechtfertigt hätte. Mit plötzlicher Entschlossenheit erhob sich Norton von der Bank. Als die Frau näherkam, zog er seinen Hut und begann zu lächeln. Erst als sie nur noch dreißig Meter entfernt war, erkannte er, daß ihn die Ähnlichkeit getäuscht hatte. Sein Lächeln verschwand.

»Emily! Was hat das zu bedeuten?«

»Sie kommt nicht.«

»Dürfte ich fragen, warum?«

Emily erreichte die Bank und ließ sich schwerfällig darauf nieder, als wäre sie für den stützenden Halt dankbar. »Sie kann Sie nicht sehen. Das müssen Sie verstehen. Ich bin gekommen, um Ihnen zu erklären, daß es so am besten ist.«

Norton setzte sich neben sie und blickte sie angespannt an. »Ich glaube, das wird Ihnen nicht gelingen.«

»Sie verlangen zuviel von ihr. Sie ist mit einem anderen verheiratet. Das läßt sich durch nichts ändern.«

»Wer spricht diese Worte wirklich, Emily? Sie oder Constance?«

»Ich bin nur die Überbringerin, aber ich glaube, ihre Botschaft ist klug und weise. Erst gestern gab sie ihrem Mann das schriftliche Versprechen, daß sie als Gegenleistung dafür, daß er ihr Zeit zum Nachdenken läßt, Sie nicht sehen wird. Sie können nicht von ihr verlangen, daß sie dieses Versprechen bricht.«

Norton wurde nachdenklich. »Nein. Natürlich nicht. Ist das ihr einziger Hinderungsgrund?«

»Wie meinen Sie das?«

Er schaute weg, als bedauerte er die Frage. »Tut mir leid. Ich sollte Sie nicht bitten, Constances Motive zu analysieren. Sie sind, wie Sie schon sagten, untadelig.«

»Sie hat um Erleuchtung gebetet. Wir alle haben das.«

»Dies muß eine große Belastung für Ihren Vater sein.«

»Das kann ich nicht leugnen. Ich weiß, daß sich Constance schrecklich schuldig fühlt, daß sie ihm das aufgebürdet hat.«

»Genau wie ich, Emily. Genau wie ich.«

»Sie verlangt nichts weiter als etwas Zeit zum Nachdenken.«

»Ich habe im Laufe der Jahre reichlich Zeit dazu gehabt. Hat Constance Ihnen erzählt ..., warum ich damals gegangen bin?«

»Nein. Sie sagte, sie habe nicht das Recht, für Sie zu sprechen.«

»Ah, ich verstehe. Ihr Gerechtigkeitssinn. Nun, das beruhigt mich. Es ist keine Geschichte, die für die Ohren einer Dame geeignet ist.«

»Und doch haben Sie sie ihr erzählt.«

»Weil ich sie liebe. Es darf keine Geheimnisse zwischen uns geben.«

Emilys Kinnlinie spannte sich, als wäre der Augenblick gekommen, auf den sie sich vorbereitet hatte. »Wenn Sie meine Schwester wahrhaftig lieben, möchten Sie ihr dann nicht die schwere Prüfung ersparen, ihrem Gatten ungehorsam zu sein, indem sie für Sie aussagt?«

Norton ließ den Kopf sinken. »Das also ist es. Deshalb sind Sie wirklich gekommen, nicht wahr?«

Emily sprach hastig; die Worte sprudelten in einem Tempo aus ihr heraus, das keinen Raum mehr ließ für Zweifel oder Unentschlossenheit. »Sie hat mir von ihrem Entschluß erzählt, bei der Verhandlung Ihres Falles für Sie auszusagen. Davon wird sie nicht mehr abgehen. Aber ich denke, Sie sollten wissen, was das für sie bedeutet: den endgültigen Bruch mit ihrem Ehemann. Die Mißbilligung der anständigen Gesellschaft. Öffentliche Ächtung. Und zu all dem kann es durchaus passieren, daß die Position meines Vaters in der Kathedrale unhaltbar wird. Ich glaube, Sie verlangen zuviel von ihr, und ich glaube auch, daß Sie das wissen.«

Norton schaute auf. »Ihnen ist doch klar, daß mein Fall ohne Constances Aussage fast hoffnungslos ist?«

»Nicht in meinen Augen.«

Ein trauriges Lächeln. »Also gut. Bringen Sie ihr meine Botschaft,

Emily. Es wird keine Zeugenvorladung geben. Es wird nicht einmal eine höfliche Anfrage geben. Ich werde von Constance nicht verlangen, daß sie für mich aussagt.«

»Das ist sehr großzügig von Ihnen.«

»Es ist wahrscheinlich sehr dumm von mir. Außerdem werde ich ihr Versprechen respektieren, das sie Trenchard gegeben hat. Auch das ist wahrscheinlich dumm, aber zumindest ehrenhaft.«

»Ja, James. Das ist es.«

»Und es bringt mir die Auszeichnung ein, daß Sie mich beim Namen nennen.« Er stand plötzlich auf. »Also dann adieu, Emily.« Er beugte sich nieder, um ihre behandschuhte Hand zu küssen, blickte ihr dabei in die Augen. »Für den Moment jedenfalls.«

Sie sah ihm nicht nach, als er sich in Richtung Norden entfernte. Sie blieb einfach sitzen und genoß den majestätischen Anblick der schlanken Spitze der Kathedrale. Endlich riskierte sie einen Blick, um sich zu vergewissern, daß er außer Sichtweite war. Jetzt erst zog sie ein Taschentuch aus ihrem Ärmel, um ihre Tränen zu trocknen.

IX

»Danke, Benson.«

Der Angestellte verschwand und ließ Richard mit der Akte zurück, die er angefordert hatte: ein schweres Bündel Papiere mit Pacht- und Mietverträgen und Maklerberichten von Sir Hugo Davenalls irischen Besitztümern. Richard blätterte die Papiere nachdenklich durch.

Genau wie der gegenwärtige Eigentümer kannte er den Carntrassna-Besitz nur dem Namen nach. Zehntausend Acre waren von den gewaltigen Ländereien in der Grafschaft Mayo geblieben, die seit dem siebzehnten Jahrhundert im Besitz der Familie Fitzwarren gewesen waren. Durch seine Ehe mit Mary Fitzwarren, der einzigen Erbin, war der Besitz 1815 an Sir Lemuel Davenall übergegangen. Seltsamerweise hatte er trotz ihrer langen Trennung ihr den Besitz vererbt und nicht seinem Sohn. Richard erinnerte sich, wie sein Vater gegen diesen Entschluß Sturm gelaufen war. Gervase dagegen schien geradezu froh gewesen zu sein, nicht nur Carntrassna, sondern auch seine Mutter in ihrer dortigen freiwilligen Abgeschiedenheit vergessen zu können.

»Carntrassna?« hatte er einst gesagt. »Ein Mühlstein um den Hals meines Vaters. Bin froh, ihn los zu sein. Eine Verpflichtung, nichts weiter.«

Verpflichtung oder nicht, die geschrumpften Ländereien waren auf Sir Hugo übergegangen, als unbekannte Eindringlinge die alte Lady Davenall im Februar 1882 ermordet hatten. Richard hatte sie nie kennengelernt, mußte aber zugeben, daß ein Leben – aus nur ihr bekannten Gründen – in einer derartigen Isolation inmitten all des Elends über so viele Jahre hinweg durchaus eine gewisse Leistung darstellte. Wie die meisten Engländer seines Alters und seiner Herkunft besaß er eine feste Vorstellung von Irland und den Iren, eine Vorstellung, die auf keinerlei persönlichen Erfahrungen basierte, die aber noch konkreter wurde durch den Gedanken daran, daß eine harmlose vierundachtzigjährige Dame allein aus dem Grund ermordet wurde, daß sie ein relativ großes Stück Land besaß.

Kennedy, ihr Verwalter, war mit einer solchen Erklärung des Vorfalls keineswegs einverstanden gewesen. Richard erinnerte sich, daß er einen langen Brief geschrieben hatte, in dem er die Bauernschaft von jedem Vorwurf freisprach und Sir Hugo ihrer Loyalität versicherte. Da stand es, zusammen mit der endlosen Liste armer Pächter, mehrere Seiten in sauberer, pedantischer Handschrift. Richard zog sie aus dem Bündel und ließ seinen Blick über die Zeilen fliegen.

Kennedy wohnte seit Februar in Carntrassna House. Ein abwesender Eigentümer kam ihm zweifellos sehr gelegen; deshalb wohl legte er so viel Betonung darauf, wie wünschenswert es doch wäre, die Dinge so zu belassen, wie sie waren. Erst auf der dritten Seite fand Richard die gesuchte Passage.

> Am Sonntagmorgen, 12. Februar, wurde Lady Davenall tot in ihrem Bett aufgefunden. Sie war mit einem Kopfkissen erstickt worden. Es gab genügend Anzeichen dafür, daß sie Widerstand geleistet hatte, was angesichts ihres Alters bemerkenswert erscheint. Ihr Schlafzimmerfenster stand weit offen; draußen war eine Leiter angelegt worden, die man von einem nahen Schuppen geholt hatte. Ich weiß, es wird heißen, sie sei von Nationalisten oder rachsüchtigen Pächtern ermordet worden. (Ich nehme an, Sie haben davon gehört, daß erst vor kurzem zwei von Lord Ardilauns Gutsverwaltern ermordet wurden.) Ich möchte Ihnen deshalb versichern, daß die Carntrassna-Pächter Lady Davenall und ihrer Familie stets aufrichtige Zuneigung und Achtung entgegengebracht haben. Ich kann nicht glauben, daß sie für eine derartige Missetat verantwortlich sind. Da auch ein Teil von Lady Davenalls Schmuck fehlt, scheint es sich eher um einen Einbrecher gehandelt zu haben, der überrascht wurde. Ich bin zuversichtlich, daß die Pächter der Polizei bei der Identifizierung des Täters jede Hilfe zukommen lassen werden. Nach seiner Inhaftierung wird man sicherlich feststellen, daß persönliche Bereicherung sein einziges Motiv gewesen ist.

Doch bis jetzt war der Übeltäter noch nicht inhaftiert worden. Der Schmuck blieb spurlos verschwunden. Der Mord an Lady Davenall war nach wie vor ein ungeklärtes Verbrechen. Richard konnte sich problemlos vorstellen, was Trenchard behaupten würde: Dieser Quinn war in den Mordfall verwickelt, und der Schmuck war in England verkauft worden, um die nötigen Mittel zur Durchsetzung von Nortons Ansprüchen zur Verfügung zu haben. Doch nichts deutete darauf hin, daß es wirklich so gewesen war. Der Erlös hätte niemals ein derartiges Risiko gerechtfertigt. Wie so viele andere Theorien stimmte auch diese nicht mit den Tatsachen überein. Mit einem Seufzer schob Richard den Brief zurück in das Bündel und schnürte es wieder zusammen.

X

Die Abendandacht war vorbei, doch Canon Hubert Sumner, dem die Gebete und Hymnen wenig Trost gebracht hatten, blieb noch an seinem Platz. Er betastete das geschnitzte Holz der Kirchenstühle und betrachtete voller Trauer die Steinplatten unter seinen Füßen. Es war nicht seelischer Trost, den er suchte. Die Hoffnung darauf hatte er für den Moment aufgegeben. Statt dessen wollte er durch seinen verspäteten Aufbruch den Anliegen der Gläubigen entgehen, denen seine Niedergeschlagenheit wohl kaum entgehen würde.

Denn Canon Sumner war ein beliebtes Mitglied der Kirchengemeinde. Sein reifes Alter und seine Herzlichkeit, verbunden mit dem vollkommenen Fehlen von Arglist und Ehrgeiz, machten ihn bei allen beliebt. Der schmerzliche Ausdruck, der sich nun, da er allein war, auf seinem Gesicht breitmachte, hätte sie traurig gestimmt. Er starrte in das Kerzenlicht, doch auch das konnte die Dunkelheit nicht aufhellen, in die Constances Probleme ihn gestürzt hatten. Er fühlte sich älter und sah auch älter aus, als es sein robuster Geist je zugegeben hätte. Ihm, der den Tod seines Sohnes als grausamen, aber doch unvermeidlichen Unfall und den Tod seiner Frau als zwangsläufiges Wirken der Natur hingenommen hatte, erschien es nun schwieriger, sich mit der Notlage seiner Tochter auseinanderzusetzen. Für ihren Kummer konnte er kein heilendes Gebet finden, keinen tröstenden Text – vor allem aber keine richtige göttliche Antwort.

Nachdem das Echo der schwer ins Schloß fallenden Tür längst verhallt war, stand Sumner endlich auf und drehte sich um, um die Kirche zu verlassen.

Ein Mann stand am Ende des Kirchengestühls. Seine geduldige, erwartungsvolle Haltung machte Sumner klar, daß er schon seit einer Weile hier sein mußte. Er war groß, bärtig und dunkel gekleidet. Er hielt einen Zylinder in seiner linken Hand, während seine rechte Hand mit ausgestreckten Fingern auf seiner Brust ruhte. Er war kein Priester. Mehr konnte Sumner mit seinen schlechten Augen und bei der in der Kathedrale herrschenden Dämmerung nicht erkennen. Er lächelte und spähte zu dem Fremden hinüber, während er zwischen den Kirchenstühlen hindurchging.

»Guten Abend, mein Sohn. Kann ich Ihnen in irgendeiner Weise behilflich sein?«

»Erkennen Sie mich nicht?«

»Ich ... ich glaube nicht.«

»Ich bin es, James.«

Sumner blieb abrupt stehen. »James ... Norton?«

»Davenall.«

Der Canon schien den Boden unter den Füßen zu verlieren. Er schwankte, griff nach einem Halt. Seine Finger verfehlten das Kirchengestühl, und er fiel nach vorn. Norton erwischte ihn an beiden Arme und setzte ihn auf einen Stuhl.

»Es tut mir leid. Ich wollte Sie nicht erschrecken.«

»Nein, nein«, murmelte Sumner. »Ich bin es, der sich entschuldigen muß. Ich muß ... muß wohl gestolpert sein. Die Steinplatten sind ziemlich ... uneben.« Er rückte seine runde, goldgerahmte Brille zurecht, die ihm auf die Nasenspitze gerutscht war, und blinzelte den Mann an, der nun neben ihm Platz genommen hatte.

»Ich dachte, ich müßte mit Ihnen sprechen, Constance wünscht nicht, daß ich sie zu Hause besuche. Deshalb bin ich zu Ihnen gekommen.«

»Sind Sie ... James?« Die Frage kam so zögernd, daß sie schon fast rhetorisch klang.

»Sehen Sie das nicht?«

»Ich sehe, daß Sie es sein könnten, und ich weiß, daß Constance glaubt, daß Sie es sind. Emily ebenfalls.«

»Reicht das nicht?«

»Vielleicht.«

»Wie kann ich Sie überzeugen?«

Sumner lächelte schwach. »Die Überzeugung eines Priesters, mein Sohn, entsteht aus dem Glauben. Und Glaube ist eine Gabe Gottes. Sie kann nicht von Menschen erzeugt werden.«

»Dann kann ich nur hoffen, daß Gott Ihnen den Glauben an mich geben wird.«

»Ich teile diese Hoffnung. Momentan jedoch bin ich sehr besorgt.«

»Aus welchem Grund?«

»Der Gedanke beunruhigt mich, daß kein Mann meine Tochter – wenn er sie wirklich liebt – zwingen würde, sich zwischen dem Versprechen, das sie ihm gegeben hatte und von dem sie sich durch seinen Tod entbunden glaubte, und dem Schwur, den sie ihrem Mann in dieser Kathedrale hier geleistet hat und von dem Gott sie niemals entbinden wird, entscheiden zu müssen.«

Bekümmert sah Norton dem Canon in die Augen. »Jene, die Gott miteinander verbunden hat, soll kein Mensch je trennen.«

»Das befiehlt die Kirche.«

»Und das glaube auch ich.«

»Wirklich?«

»O ja. Ich bin gekommen, um Ihnen das mitzuteilen. Ich werde es Constance überlassen, ihre eigene Erlösung zu finden. Ich liebe sie und werde sie immer lieben. Doch Liebe allein ist nicht genug. Sie haben recht. Ich werde sie nicht vor die Wahl stellen. Ich werde nicht versuchen, sie wiederzusehen. Ich werde heute abend noch abreisen und nicht zurückkehren.«

Zum erstenmal seit Constances Ankunft in Salisbury zeigte sich auf Stiftsherr Sumners Gesicht ein Hauch seiner früheren Zufriedenheit und Ausgeglichenheit. Er streckte seine Hand aus und legte sie auf Nortons Schulter. »Sei gesegnet, mein Sohn. Was Sie tun, ist zum Besten aller.«

»Ich wünschte, ich könnte das glauben.«

»Sie werden es, wenn die Zeit gekommen ist.«

»Ich bezweifle das, aber wenn es Sie beruhigt, dann werde ich mich bemühen, ebenfalls so zu denken.«

»Wohin werden Sie nun gehen?«

»Zurück nach London. Ich beabsichtige, weiterhin um das zu kämpfen, was rechtmäßig mir gehört. Aber ich werde das ohne meinen stärksten Verbündeten tun.«

»Ohne Constance?«

»Sie haben mein Wort. Werden Sie als Gegenleistung für mich beten?«

Sumner machte sich innerlich Vorwürfe wegen der Erleichterung, die er gezeigt hatte. Er fühlte sich von Nortons Opfer beschämt. Für ihn als Geistlichen war ein Gebet das mindeste, was er ihm schuldete. »Laß uns jetzt beten, mein Sohn. Sie werden in den kommenden Gerichtsverhandlungen all die Kraft benötigen, die meine Gebete Ihnen bringen können.«

Sumner wandte sich ab und sank auf die Knie. Er hörte, wie Norton neben ihm dasselbe tat. Im Geiste suchte er nach einem passenden Gebet und stieß dabei auf eins für Menschen, deren Geist oder Gewissen voll Sorge und Kummer war. Es schien nur allzu treffend. Er widmete sich ihm voller Inbrunst, den eigenen Geist nun von einer schweren Last befreit, und fügte seinen Worten noch einen speziellen Tribut für den neben ihm Knienden hinzu.

»O gesegneter Herr, Vater der Gnade und Gott allen Trostes; wir flehen dich an, blicke voller Mitleid und Mitgefühl auf diesen deinen gequälten Diener, James Davenall, herab. Du schriebest bittere Dinge gegen ...«

»Wer bist du?« Norton schrie die Frage in voller Lautstärke heraus. Seine Stimme füllte die Empore und hallte noch Augenblicke später in der Kuppel nach.

Erstaunt drehte sich Sumner um. Norton war auf seine Hacken gesunken. Er umklammerte mit ausgestreckten Armen den Rand des Betpultes und starrte wild über den Gang hinweg auf das leere Kirchengestühl auf der anderen Seite. »Was ist?« fragte der Canon. »Was ist denn passiert?«

»Haben Sie ihn nicht gesehen?«

»Wen?«

»Den Mann, der dort drüben saß.«

»Da ist niemand. Wir sind ganz allein.«

»Ich blickte auf, während Sie beteten – ich weiß nicht, warum. Doch es saß jemand mir genau gegenüber.«

»Sie müssen sich das eingebildet haben. Kerzenlicht und die Schatten unter diesem Baldachin können einem die merkwürdigsten Sachen vorgaukeln.«

Norton schien sich wieder unter Kontrolle zu haben. Er setzte sich wieder auf die Bank und fuhr sich mit einer Hand übers Gesicht. »Ja, natürlich. Es muß so sein, wie Sie gesagt haben. Ich muß es mir eingebildet haben.«

»Sollen wir das Gebet beenden?«

»Nein!« Norton erhob sich. »Ich muß jetzt gehen. Ich danke Ihnen ... für all Ihre freundlichen Worte.« Er eilte davon, und bevor Sumner noch einen Einwand vorbringen konnte, marschierte er bereits mit hallenden Schritten auf das Mittelschiff der Kirche zu.

Als der Canon sich erhoben hatte, war Norton nur noch ein vager Schatten an der Westseite der Kathedrale. Er blinzelte in die Düsternis, bis ihm das Zuschlagen der Tür am Nordausgang sagte, daß Norton gegangen war. Dann kehrte er mit einem verwirrten Stirnrunzeln und einem bekümmerten Kopfschütteln auf die Kirchenbank zurück, denn er zumindest hatte ein Gebet zu beenden.

»Du schriebest bittere Dinge gegen ihn und ließest ihn auskosten seine früheren Sünden und Laster; dein Zorn liegt schwer auf ihm, und seine Seele ist voller Kummer und Sorge ...«

ACHTES KAPITEL

I

Die *Times* vom Samstag, dem 4. November 1882, brachte in ihrer juristischen Berichterstattung einen kurzen, aber prägnanten Artikel; dies kann man als den Zeitpunkt werten, in dem der Fall Norton gegen Davenall öffentlich wurde.

> Schriftlich abgegebene eidesstattliche Erklärungen müssen am Montag von Richter Wimberley vom Gerichtshof des Lordkanzlers daraufhin begutachtet werden, ob die Anklage von Mr. James Norton gegen Sir Hugo Davenall, Baronet of Bladeney House, Chester Square, London, zugelassen wird. Es ist Mr. Nortons Absicht, nachzuweisen, daß er kein Geringerer als Sir Hugos älterer Bruder James ist, der vor elf Jahren spurlos verschwand und im Jahre 1880 offiziell für tot erklärt wurde. Er beantragt die Aufhebung der Hinderungsgründe, die ihm Zugriff zu dem Besitz und dem Titel von Sir James Davenall verwehren. Gegen diesen Antrag wurde Widerspruch eingelegt. Mr. Charles Russell, Kronanwalt, wird für den Kläger plädieren, während der ehemalige zweite Kronanwalt, Sir Hardinge Giffard, die Verteidigung übernommen hat. Ein weiterer Zusammenstoß zwischen diesen beiden berühmten Rivalen des Gerichtssaals, zusammen mit den sensationellen Aspekten dieses Falles, öffnet der Spekulation über den Ausgang dieses interessanten Gerichtsstreites Tür und Tor.

II

Richard zeigte keinerlei Reaktion, als er diesen Artikel las. Er hegte nicht den Wunsch, Sir Hugo darauf aufmerksam zu machen, der neben ihm in der rüttelnden Droschke saß. Das hätte die düstere Stimmung, in die der junge Mann versunken war, nur noch verstärken können. Für diese Stimmung gab es allerdings, das wußte er, mildernde Umstände, wozu nicht zuletzt die frühe Stunde zählte, zu der sie in Giffards Büro sein mußten.

Tatsache jedoch blieb, daß er einen der besten Anwälte angeworben hatte, die für Geld zu haben waren, und ihn so umfassend wie nur möglich informiert hatte. Ein bißchen Dankbarkeit von Hugos Seite aus wäre durchaus angebracht gewesen.

»Giffard hat großartige Erfolge verbucht«, bemerkte er im Gesprächston.

»Dann hoffe ich bei Gott, daß es ihn nicht zu selbstsicher gemacht hat.« Hugo schnippte Asche von seiner Zigarette aus dem Fenster. »*Du* hast ihn ausgesucht.«

Richard knirschte mit den Zähnen und sagte nichts. Er vermutete, daß jeder andere Anwalt, der in den letzten drei Wochen mit Hugos ungestümen Forderungen konfrontiert gewesen wäre, sich von dem Fall zurückgezogen hätte. Genau aus diesem Grund hatte er das Treffen mit Giffard so lange wie nur irgend möglich hinausgeschoben.

»Immer noch nichts über Norton?« Hugos Frage war durch die ewigen Wiederholungen mehr zu einer Anklage geworden.

»Immer noch nichts. Auch nicht über Quinn.«

Hugo schnaubte verächtlich. »Der ist kein Verlust.«

»Als James' Kammerdiener ...«

»Er ist ein Dieb, den meine Mutter rausgeworfen hat. Er würde keine Gelegenheit versäumen, es uns heimzuzahlen.«

»Vielleicht. Aber Trenchard glaubt ...«

»Zur Hölle mit Trenchard! Was ist mit seiner Frau?«

»Soweit ich informiert bin, tritt sie nicht als Zeugin auf.«

»Warum hast du sie dann nicht für unsere Seite vorladen lassen?«

»Das habe ich dir bereits erklärt, Hugo. Wenn du sie in den Zeugenstand zwingst, sagt sie vielleicht wer weiß was.«

Ein mürrisches Schweigen senkte sich über sie. Außerhalb der Droschke machte sich London lärmend für den Tag bereit. Richard schloß für einen Moment die Augen und ließ seine angespannten Sinne von den besänftigenden Geräuschen umspülen. In diesen letzten Wochen hatte er sich so müde gefühlt; ständig hatte er die Angestellten und Roffey angetrieben, nach Beweisen zu suchen, an deren Existenz er nicht glaubte, hatte Hugos erbitterte Einmischungen zurückgewiesen, während er darum betete, daß er nicht mehr von der Wahrheit erraten hatte, als Catherine vermutet hatte, ständig die aussichtslose Hoffnung vor Augen, die Konfrontation könnte wie durch ein Wunder vermieden werden. Doch diese Hoffnung existierte in Wirklichkeit nicht. Das wußte er jetzt.

Denn Roffey hatte nichts entdecken können. Er war der Beste seiner dubiosen Berufsgattung, doch ein Monat unermüdlicher Nachforschungen über James Norton hatte nur eines zutage gefördert: daß er derjenige war, der er zu sein behauptete. Der Gedanke hämmerte in Richards Hirn, wann immer er ihm die Chance dazu ließ. In solchen Momenten erinnerte er sich an Gervase – Gervase, der entgegen jeglicher Wahrscheinlichkeit und Vernunft darauf beharrte, daß James nicht tot war.

Richard wurde an einem Abend im Sommer des Jahres 1878 nach Bladeney House zum Essen befohlen und stellte erstaunt fest, daß er der einzige Gast war. Gervase, normalerweise ein großzügiger Gastgeber, hatte ganz offensichtlich etwas Wichtiges mit ihm zu besprechen. Er war unnatürlich still und sah nicht besonders gut aus. Sein Gedächtnis ließ ihn im Stich, als sie über einen Pachtvertrag sprachen. Er klagte über die Kühle des Abends, das Essen schmeckte ihm nicht: Er war, kurz gesagt, nicht gerade in bester Form. Gegen Ende der Mahlzeit kam er auf das zu sprechen, was Richard für sein eigentliches Anliegen hielt.

»Catherine möchte James offiziell für tot erklären lassen. Ich sagte, ich würde das mit dir besprechen.«

Richard, der seit einiger Zeit schon auf diese Ankündigung gewartet hatte, war dennoch überrascht, daß dieses Thema angeschnitten wurde, während Quinn sich noch im Raum befand. Er ordnete seine Gedanken. »Sieben Jahre sind vergangen. Ein solcher Schritt ist sowohl möglich als auch vernünftig.«

»Wieso vernünftig?«

»Nun, dein Testament weist immer noch James als Erben aus. Ich habe bereits erwähnt ...«

»Ich werde es nicht ändern!«

Richard fuhr fort: »Du mußt das auch nicht notwendigerweise tun, da Hugo im Falle des Todes von James ohnehin zum Erben wird. Wenn die Zeit gekommen ist, wird jedoch das Testament erst dann rechtsgültig, wenn James offiziell für tot erklärt worden ist. Würde man das jetzt bereits in die Wege leiten, dann kann man spätere Komplikationen und Verzögerungen vermeiden.«

Gervase grunzte. »Ich dachte mir schon, daß du dich auf ihre Seite schlägst.«

»Das ist keine Frage, wer sich auf welche Seite schlägt.«

»Und ob.« Gervase starrte ihn über den Tisch hinweg an. Sein Gesicht war gerötet: an seiner linken Wange zuckte ein Nerv. »Es geht um die Frage, wer sich gegen meinen Sohn stellt.«

»Ich verstehe nicht. James ist tot. Hier handelt es sich lediglich um eine juristische ...«

Das Glas in Gervases rechter Hand zersplitterte, als wäre es von einer Kugel getroffen worden. Glassplitter klirrten über den Tisch, und der Portwein ergoß sich in roten Flecken über das Damasttuch. Richard schaute seinen Cousin erstaunt an, doch Gervase tupfte lediglich den tiefen Schnitt an seinem Daumen mit einer Serviette ab und erwiderte ruhig seinen Blick. Das Glas war ihm nicht aus der Hand gefallen. Er hatte es mit der Hand zerquetscht.

Bevor irgendein Wort fallen konnte, doch ohne ein Anzeichen von Hast hatte Quinn das zerbrochene Glas entfernt und den großen Fleck mit einer Serviette abgedeckt. Einen Augenblick lang fragte sich Richard sogar, ob er sich den ganzen Vorfall nur eingebildet hatte. Dann schaute er erneut Gervase an; an seinem verzerrten Lächeln erkannte er, daß es Wirklichkeit gewesen war.

»Mein Sohn lebt«, sagte Gervase. »Und ich werde zu ihm stehen.«

»Paper Buildings, meine Herren.«

Der Ruf des Kutschers brachte Richards Gedanken wieder in die Gegenwart zurück. Sie hatten ihr Ziel erreicht.

III

Als ich an diesem Morgen in der Orchard Street ankam, informierte mich Parfitt mit einem, wie mir schien, respektlosen, wissenden Lächeln, daß mein Bruder Ernest in meinem Büro auf mich wartete.

Als ich leise eintrat, blätterte er gerade die Grossistenkataloge durch, die sich auf meinem Schreibtisch angesammelt hatten. »Was führt dich zu mir?« fragte ich, in der Hoffnung, ihn überrascht zu haben.

»Du, William«, erwiderte er ungerührt.

»Ja?«

»So kann das nicht weitergehen, das ist dir hoffentlich klar. Die Bürostunden, die du nicht einhältst, die Art und Weise, in der du mit einigen unserer Lieferanten gesprochen hast, die Unordnung«, er deutete mit einer Hand auf das Chaos auf meinem Schreibtisch, »die in deinem Büro herrscht.«

Unter anderen Umständen hätte ich mich gegen seine versteckten Andeutungen zur Wehr gesetzt, doch die letzten Wochen machten sich bemerkbar. Ich fühlte mich müde und erschöpft. Was kümmerte mich Trenchard & Leavis? Meine ganze Energie hatte ich der Suche nach Quinn gewidmet. Ich hatte die Dienstbotenquartiere von halb London abgeklappert, hatte die Besitzer von jeder Vermittlung für Hauspersonal befragt, hatte mich in den Saufclubs der alten Soldaten herumgetrieben, hatte zahllosen Menschen das zerknitterte Foto unter die Nase gehalten – doch alles war umsonst gewesen. Mehr hatte ich nicht tun können.

»Schlimmer noch«, fuhr Ernest fort. »Parfitt sagte mir, daß du oft betrunken seist.« Er griff quer über den Schreibtisch und schob einige Papiere von einer Karaffe, in der sich noch ein Rest Whisky befand.

»Was willst du?« fragte ich, zu erschöpft für irgendeinen Protest.

»Ich habe die Situation mit Vater besprochen. Er ist meiner Meinung, daß es so nicht weitergehen kann. Ich habe daraufhin Parfitt gebeten, deine Aufgaben zu übernehmen – und er war einverstanden.«

»Darauf möcht' ich wetten.«

»Ich würde vorschlagen, du nimmst unbegrenzten Urlaub.«

»Unbegrenzt?«

»Glaube nicht, daß ich kein Mitgefühl für deine Lage aufbringe, William.« Ich hatte stets die Fähigkeit meines Bruders zu Mitgefühl bezweifelt, seine Gabe für Heuchelei jedoch nie in Frage gestellt. »Constances Verhalten ist nicht zu entschuldigen. Trotzdem muß meine erste Sorge dem Wohlergehen des Geschäfts gelten. Für mich ist klar, daß du dich hier nicht nützlich machen kannst, bevor du nicht deine persönlichen Angelegenheiten in Ordnung gebracht hast.«

»Ich bin sicher, du hast recht.«

Sein schmales Gesicht nahm den verkniffenen, stirnrunzelnden Ausdruck an, mit dem er stets auf Ironie reagierte. »Offen gesagt, William, ich begreife nicht, wieso du nicht entschlossener aufgetreten bist bezüglich …«

»Ist das alles?« unterbrach ich ihn.

»Hmm. Ich sehe, daß man mit dir nicht vernünftig reden kann. Also gut. Ich verlasse dich …, damit du deinen Schreibtisch räumen kannst.«

»Danke.«

Als er zur Tür ging, fiel mein Blick auf das Büroexemplar der Times*, das zwischen all den Papieren lag. Ernest hatte offensichtlich darin gelesen, während er auf mich wartete. Die Gerichtsseite war aufgeschlagen: unten in der Ecke war der Artikel zu sehen, den ich vor Verlassen meines Hauses gelesen hatte, mit der Überschrift* NORTON GEGEN DAVENALL.

»Übrigens«, sagte Ernest und hielt an der Schwelle inne, »Winifred fragt, ob du nicht morgen mit uns in die Kirche gehen und hinterher mit uns speisen möchtest.«

»Ich glaube nicht«, erwiderte ich. »Ich werde ziemlich beschäftigt sein.«

»Wenn es irgend etwas gibt, was wir tun können …«

»Nichts.«

Das stimmte. Der Artikel in der Times *hatte mir klargemacht, was ich bereits gewußt hatte: Die Zeit wurde sehr schnell knapp.*

IV

Sir Hardinge Stanley Giffard, Kronanwalt, Mitglied des Parlaments von Launceston, besaß sowohl im wahrsten als auch im übertragenen Sinne des Wortes viele der Eigenschaften eines Bullterriers. Kurz und kräftig, wie er gebaut war, mit kampfeslustigem Auftreten, das durch Alter und eine lange Reihe juristischer Erfolge sich zu einer bedrohlichen Selbstsicherheit ausgewachsen hatte, bot er im Gerichtssaal mit Perücke und Robe einen ehrfurchteinflößenden Anblick. An diesem frühen Sonntagmorgen in seinem Anwaltsbüro zeigte er, nachdem er sich herabgelassen hatte, sein Honorar für die Übernahme von Sir Hugo Davenalls Fall zu nennen, ein anderes, um keinen Deut weniger einschüchterndes Auftreten.

»Sie haben keinen Hinweis darauf finden können, wer Norton wirklich ist, Davenall?« fragte er mit einem verächtlichen Zucken der Augenbrauen.

»Keinen.«

»Das«, er legte eine unheilvolle Pause ein, »ist bedauerlich. Natürlich«, eine weitere Pause, »müssen wir nicht beweisen, wer er ist, sondern nur, wer er *nicht* ist.«

»Ich hatte gedacht, daß es sich um eine klare Sache handelt«, warf Hugo etwas zu bemüht ein. »Die Familie hegt nicht den geringsten Zweifel.«

Sir Hardinge fixierte ihn mit einem strengen Blick. »Es wäre unklug«, sagte er langsam, »sich in Sicherheit zu wiegen. Um das Verfahren in seinem Sinne zu lenken, muß Norton nur nachweisen, daß er wirklich einen gerichtlich vertretbaren Fall hat. Sein Anwalt wird versuchen, Zeit zu gewinnen, daher ist seine Aufgabe etwas leichter als meine. Ich bin überzeugt davon, daß seine Position stärker wird, wenn er diese Anhörung überlebt. Ich beabsichtige deshalb, dafür zu sorgen, daß seine Ansprüche schon in dieser Anhörung wie ein Luftballon platzen. Ich beabsichtige, ihn zu quälen, meine Herren, Druck auf ihn auszuüben, ihn zu jagen und ihn schließlich zu zerbrechen.«

Hugo lebte auf. »Das ist die richtige Devise.«

»Das Dossier über das Leben Ihres Bruders, Sir Hugo ...« Er deutete auf die Akte neben sich. »Mich beunruhigt die fehlende Bestätigung der vielen Details.«

»Sie werden verstehen«, sagte Richard, »daß ein Großteil der betreffenden Informationen sich auf sehr lang zurückliegende Ereignisse bezieht.«

Sir Hardinges Gesichtsausdruck ließ nicht darauf schließen, daß er das als angemessene Entschuldigung betrachtete, doch ließ er es dabei bewenden. »Das muß noch verbessert werden, wenn der Fall vor Gericht kommen sollte. Wollen wir hoffen, daß es nicht dazu kommt. Was Ihre eigene Aussage anbelangt, Sir Hugo ...«

»Ich werde nur zu gern jedermann, der es hören will, mitteilen, daß dieser Mann ein Betrüger ist.«

»Genau darum geht es. Etwas mehr Demut und Zurückhaltung wäre nicht fehl am Platze. Wir müssen Nortons Anwalt Russell im Auge behalten. Er hat das, was man als das gewisse Etwas bezeichnet, und legt einen schnell herein. Seien Sie deshalb bei der Verurteilung seines Mandanten nicht zu übereifrig. Beschränken Sie sich auf die Fakten. Verlieren Sie nicht die Beherrschung.«

»Er wird mich nicht erschüttern können.«

»Das bleibt abzuwarten. Natürlich ist Norton dran, sobald er in den Zeugenstand tritt. Dann zählen die anderen Zeugen nichts mehr. Ich gehe davon aus, daß Sie folgende Taktik gutheißen, meine Herren. Wir starten einen umfassenden Frontalangriff auf seine Glaubwürdigkeit. Offen gesagt bezweifle ich, daß er die Fähigkeit hat, dem zu widerstehen. Sollte das jedoch der Fall sein, dann werden wir uns auf die Zeugenaussagen naher Verwandter stützen. Ihre Mutter, Sir Hugo?«

»Ist bereit, ihre Aussage zu machen.«

»Lady Davenall«, sagte Richard, »ist jedem Anwalt gewachsen.«

»Ich bin froh, das zu hören. Und wenn Sie mit der Diagnose des Arztes konfrontiert wird, daß ihr Mann Syphilis hatte?«

»Darauf ist sie vorbereitet.«

»Hoffentlich nicht zu sehr vorbereitet. Wenn Russell diesen Beweis benutzt, geht er das Risiko ein, den Richter zu verärgern. Ein paar Tränen von Lady Davenall wären dabei eine große Hilfe. Alles in allem gesehen denke ich, das würde zu unserem Vorteil ausschlagen.« Er sah sie abwechselnd an. »Nun, meine Herren, ich glaube, wir haben unseren Mann richtig eingeschätzt und die richtige Vorgehensweise festgelegt. Wir sehen uns dann am Montagmorgen.«

Er erhob sich, gab ihnen die Hand und begleitete sie zur Tür. Abschiedsworte wurden gewechselt. Sir Hardinges Lächeln strahlte Zuversicht aus. Auch Hugo lächelte. Alles schien in bester Ordnung zu sein.

»Ein Wort noch, bevor Sie gehen, Davenall«, sagte Sir Hardinge leise zu Richard, während er an der Tür stehenblieb.

»Ich gehe schon voraus«, sagte Hugo und stieg die Treppe hinab.

Richard trat zurück in den Raum. Sir Hardinge schloß die Tür. »Ein interessanter Fall«, sagte er jovial.

»Freut mich, daß Sie es so sehen.«

»Das tue ich – zumindest, was ich davon weiß.«

»Ich verstehe nicht ganz.«

»Ich habe den Eindruck, daß hinter der Sache mehr steckt, als man auf den ersten Blick sieht.«

»Ich versichere Ihnen ...«

»Tun Sie das nicht. Ich will Ihnen nur eine faire Warnung zukommen lassen, Davenall. Ich bin kein Winkeladvokat, den man mit einer halben Geschichte abspeisen kann. Es mag sein, daß Sie mir alle Fakten vorgelegt haben. Es mag aber auch sein, daß dies nicht der Fall ist. Sollte letzteres zutreffen, dann wird dieser junge Mann«, er deutete zur Tür, »der Verlierer sein, nicht ich.«

»Das ist mir klar, Sir Hardinge.«

»Schön. Solange es Ihnen nur klar ist. Auf Wiedersehen, Davenall.«

Nachdem Richard gegangen war, kehrte Sir Hardinge an seinen Schreibtisch zurück und blätterte erneut die Akte durch. Dünn, daran gab es nichts zu deuteln, sehr dünn. Nicht zum erstenmal bedauerte er es, den Fall übernommen zu haben. Russell würde nach Rache dürsten, nachdem er ihm im Fall Belt gegen Lawes eine vernichtende Niederlage beigebracht hatte. Vielleicht war dies seine wohlverdiente Strafe.

Doch wie hätte er sich weigern können? Vor zehn Jahren war er Junioranwalt bei Serjeant Ballantine im sogenannten Tichborne-Fall gewesen. Damals hatte er auf der Gegenseite eines absolut identischen Falles gekämpft – und verloren. Er hatte sich aus der Affäre ziehen können, bevor ihn die Klägerseite zerfleischte, das stimmte, doch diese Erfahrung hatte bei ihm tiefere Wunden geschlagen, als er je zugegeben hätte. Jetzt hatte ihm Davenall die Möglichkeit eröffnet, diese Scharte auszuwetzen. Das durfte er nicht ungenutzt lassen. Was hatte ihm Ballantine einst über das Tichborne-Fiasko gesagt? Der Fall hätte gleich bei der Anhörung vor dem Kanzleigericht abgeschmettert werden müssen, perforiert, bevor er sich zu dem monströsen Geschwür einer Jahrhundertverhandlung auswuchs. Wie immer hatte der alte Scharlatan recht gehabt. Die Zeit war gekommen, das zu beweisen.

V

Die vergangenen drei Wochen hatten Emily Sumner auf eine schwere Probe gestellt. Als die unverheiratete und in ihrer Vorstellung nicht zu verheiratende Tochter eines Geistlichen hatte sie gelernt, ihre Gefühle aus zweiter Hand zu leben. Deshalb sympathisierte sie nicht bloß mit Constance und deren unglücklicher Situation, sondern sie spürte selber jeden Stich und jeden Schmerz.

In letzter Zeit hegte sie sogar den Verdacht, daß ihre Leiden schlimmer waren als die ihrer Schwester. Constance hatte schließlich Patience als Trost. Und Constance hatte ja nicht untätig auf dieser Bank sitzen und mit ansehen müssen, wie der beste Mann, den zu kennen sie die Ehre gehabt hatte, tapfer sein Schicksal annahm. Und Constance ... Doch solche

Gedanken waren ungerecht, das wußte sie, geboren aus Stolz, Neid und möglicherweise sogar Begehrlichkeit. Das ging nicht an. Constance war lethargisch bis zu der Grenze scheinbarer Gleichgültigkeit, nicht weil sie unsensibel war, sondern weil die lange Zeit der Qual ihre Gefühle paralysiert hatte.

Jetzt jedoch stand, wie sie beide wußten, eine Krise bevor. Ihr Vater war nach dem Frühstück und der flüchtigen Lektüre der *Times* in nachdenklicher Stimmung zur Kathedrale aufgebrochen. Da er dort im Grunde nichts zu tun hatte und da er die Gewohnheit besaß, geistliche Angelegenheiten auf den Tag vor dem Feiertag zu verlegen, konnte sich Emily nur vorstellen, daß er zum Beten in die Kathedrale gegangen war.

Er hatte die *Times* aufgeschlagen am Frühstückstisch liegenlassen. Emily, eine so ordentliche Tochter, wie sie sich jeder achtlose Vater nur wünschen konnte, wischte den Marmeladenfleck weg, den er zurückgelassen hatte, bevor sie die zerknitterten Seiten sortierte. Das war der Augenblick, in dem sie den Artikel sah, den er gelesen hatte. Mit einem kleinen Aufschrei brachte sie die Zeitung nach oben zu ihrer Schwester.

Constance befand sich in ihrem Schlafzimmer mit dem Erkerfenster und schaute versonnen zu der Kathedrale hinüber. »Die *Times* hat einen Artikel über die Anhörung gebracht«, verkündete sie, mit der Zeitung wedelnd.

»Das war zu erwarten.«

»Was ist, wenn sich die Leute daran erinnern, daß du einmal mit James verlobt warst?«

»Dann werden sie vielleicht meine Meinung hören wollen.«

»Was wirst du ihnen sagen?«

Constance schüttelte bekümmert den Kopf. »Ich weiß es nicht. Ich weiß es einfach nicht.«

In einem Anfall schwesterlicher Gefühle setzte sich Emily neben sie auf die Fensterbank und umarmte sie innig. »Du mußt dich bald entscheiden«, sagte sie.

»Ich weiß. Es ist nicht fair, weder dir noch Vater, noch William oder James gegenüber, es so weiterlaufen zu lassen. Doch was soll ich tun?«

»Zu der Anhörung gehen?«

»Ich kann nicht. Täte ich es, ich wüßte nicht, ob ich schweigen könnte. Doch wenn ich für James aussage, dann wird William denken, ich hätte ihn verraten.«

»Er hätte dir diese Entscheidung nicht aufzwingen dürfen. Das werde ich ihm nicht verzeihen.«

»Geh nicht zu hart mit ihm ins Gericht. Es ist schwierig, auf einen Menschen nicht eifersüchtig zu sein, den man liebt. Ich glaube, er weiß, daß er mich nicht hätte täuschen dürfen. Vielleicht versucht er eine Art Wiedergutmachung, indem er mich hier in Ruhe läßt.«

»Es ist wahrscheinlicher, daß er glaubt, mit dieser Anhörung sei die Sache erledigt.«

»Wenn es nur so wäre.« Constance wurde nachdenklich. »Emily ...«

»Ja?«

»Würdest du die Anhörung für mich besuchen?«

»Ich?«

»Ja. Ich kann nicht hingehen, doch du schon. Du könntest für mich Augen und Ohren offenhalten. Du könntest mir alles berichten, was James sagt und tut. Dann könnten wir gemeinsam entscheiden, was unsere Pflicht ist.«

»Aber ... dann könnte es zu spät sein.«

»Zu spät für wen?«

»Für James natürlich.«

Constance schüttelte den Kopf. »Nein, Emily.« Sie blickte zum Fenster. »Verstehst du, wenn James an diesem Tag siegt, dann kann ich ihn, glaube ich, aufgeben. Doch wenn er verliert ...«

Es war nicht nötig, daß sie den Satz beendete. Endlich erkannte Emily mit absoluter Klarheit, zu welcher Lösung die vergangenen Wochen ihre Schwester geführt hatten. Ja, natürlich. Selbstverständlich. Das war der einzig mögliche Ausweg. Sie umarmte Constance mit überschwenglicher Erleichterung. »Ich werde gehen«, sagte sie, bemüht, ein Schluchzen zu unterdrücken. »Ich werde stolz darauf sein, gehen zu dürfen.«

VI

Insgeheim war Richard erleichtert, daß Hugo sich nach ihrem Gespräch mit Sir Hardinge Giffard nicht erbot, ihn zurück zu seinem Büro zu begleiten. Er mußte allein sein, um in Ruhe über die Schlußbemerkungen des bedeutenden Anwalts nachdenken zu können. Tief in Gedanken versunken stieg er an diesem Morgen die Stufen zu Davenall & Partners hoch.

Er fand Benson, der gerade die Morgenpost öffnete, allein im äußeren Büro vor. »Guten Morgen, Sir«, sagte der Angestellte. »War es eine zufriedenstellende Konsultation?«

Richards Antwort bestand aus einem unverbindlichen Grunzen, gefolgt von einem Themawechsel. »Irgendwas Interessantes dabei?«

»Eine Antwort von diesem Kennedy.«

»Oh?« Richard hatte fast schon vergessen, daß er dem Verwalter von Carntrassna geschrieben und weitere Details über den Tod seiner Tante angefordert hatte. Jetzt war er sogar für diese kleine Ablenkung dankbar. »Ich nehme es mit in mein Büro.«

Er schloß die Tür seines Büros hinter sich und ließ sich mit Kennedys

Brief an seinem Schreibtisch nieder. Der Brief umfaßte mehrere Seiten. Wirklich, der Mann war unerträglich geschwätzig. Doch er sah sich wohl besser an, was er zu sagen hatte.

> Carntrassna House
> Carntrassna
> Grafschaft Mayo
>
> 30. Oktober 1882
>
> Lieber Mr. Davenall,
> Ich bin Ihnen zutiefst verpflichtet für Ihren Brief vom 17. Wir, die wir hier für Sir Hugo tätig sind, sind sehr beruhigt, daß man uns nicht ganz vergessen hat. Mein einziger Gedanke bei meinem Umzug von dem Gasthaus in Murrismoyle ging dahin, in Abwesenheit des Eigentümers die effektive Verwaltung des Besitzes sicherzustellen. Es bedarf daher keiner Erwähnung, daß nichts mir größeres Vergnügen bereiten könnte, als ...

Unglücklicherweise ging es doch nicht ohne weitere Erwähnungen ab. Richard überflog mehrere Absätze, bevor er an die Stelle gelangte, die ihn interessierte.

> Was die Umstände von Lady Davenalls Ermordung anbelangt, so muß ich Ihnen zu meinem tiefsten Bedauern mitteilen, daß ich meinem vorangegangenen Bericht nichts weiter hinzufügen kann. Die Polizei hat beklagenswert geringe Fortschritte in ihren Ermittlungen gemacht; es fehlt einfach an Beweisen. Was Ihre spezielle Frage betrifft, so kann ich Ihnen ganz eindeutig sagen, daß Lady Davenall trotz ihres hohen Alters bis zum Schluß eine energische, geistig lebhafte Dame war. Ich hatte das Privileg, ihr mehr als zwanzig Jahre lang als Verwalter dienen zu dürfen, und kann deshalb, was dieses Thema anbelangt, größere Kenntnisse für mich in Anspruch nehmen als ihre Familie, denn ich kann mich nicht erinnern, daß irgendein Verwandter sie in diesem Zeitraum besucht hätte. Ich glaube, der letzte derartige Besuch hat während der Amtszeit meines Vorgängers, Mr. Lennox, stattgefunden, obwohl das nichts weiter als eine Annahme ist, da er und seine Familie zu der Zeit, als ich hier meine Stelle antrat, bereits ausgewandert waren.

Richard legte den Brief beiseite. Die letzten paar Seiten hatte er gar nicht gelesen. Die Geschwätzigkeit dieses Burschen war unerträglich. Ganz zu schweigen von seiner Unverschämtheit. Er bezweifelte, daß Hugo eine

Lektion über die langjährige Verbannung seiner Großmutter begrüßen würde, vor allem von einem geschwätzigen schottisch-irischen Gutsverwalter. Schließlich handelte es sich um ein selbstgewähltes Exil. Richard wußte das von keinem Geringeren als Sir Lemuel höchstpersönlich. Er erinnerte sich daran, daß ihm der alte Mann mehr als einmal erzählt hatte, daß seine Frau nach Irland zurückgegangen und nie zurückgekehrt war. Sir Lemuel wollte verdammt sein, wenn er um eine Versöhnung betteln würde: Sollte sie doch in dem Connaught-Sumpf ihrer Wahl schmoren. Und das hatte sie auch, mehr als vierzig Jahre lang, bis ...

Er riß den Brief wieder an sich. In seinem Kopf war eine Saite angeschlagen worden. Wie war doch gleich der Name gewesen? Richtig – Lennox. Er hatte den Namen schon einmal gehört, nicht irgendwo in den Carntrassna-Papieren, sondern an anderer Stelle, in einem viel merkwürdigeren Zusammenhang. Sein Gedächtnis sagte ihm, daß er sich unbedingt daran erinnern müsse. Doch wo war das nur gewesen? Einen Moment lang schien er es gehabt zu haben, doch dann war es wieder entschwunden. Er lehnte sich auf seinem Stuhl zurück und fuhr sich mit der Hand über die gerunzelte Stirn. Es nützte nichts. Was immer der Name auch bedeutete – es lag außerhalb seines Erinnerungsvermögens.

VII

Sonntagmorgen in Paris. Eine blasse Sonne erhellte den Fluß. Buchfinken zwitscherten in den Bäumen am Quai St. Michel. Prinz Napoleon versuchte mannhaft seine chronische Depression und den gewaltigen Kater, verursacht durch die Unmengen Wein, die er am Abend zuvor in der russischen Botschaft getrunken hatte, zu vertreiben. Er blieb stehen, um sich auf das Geländer zu stützen und flußaufwärts zu dem wuchtig aufragenden Bauwerk von Notre-Dame zu blicken.

An diesem nichtswürdigen, milden Herbsttag befand sich Plon-Plon in äußerst gereizter Stimmung. Wie er, ein erklärter Demokrat und Atheist, zum bonapartistischen Anwärter auf den Kaiserthron des katholischen Frankreichs geworden war, verstand er manchmal selbst nicht mehr. Niemals hatte er daraus auch nur einen Hauch von Befriedigung geschöpft, geschweige denn einen Moment des Vergnügens, für den er nicht mit Schmerz und Reue bezahlt hatte. Er spuckte in Richtung des Flusses, dann wandte er sich ab, um zu gehen.

Ein paar Schritte entfernt stand ein Zeitungskiosk. Plon-Plon trabte darauf zu; vielleicht würde eine Tüte Bonbons den bitteren Geschmack des Versagens für eine Weile überdecken. Doch er hatte kein Glück.

»Les journaux seulement.«

Plon-Plon machte ein finsteres Gesicht. Er warf einen Blick auf die Zeitungsstapel und entdeckte darunter die gestrige *Times* aus London. Einer plötzlichen Laune folgend, kaufte er ein Exemplar und marschierte davon. Ironie, das wußte er, fand sich überall. Vor achtundzwanzig Jahren hatte sein Cousin, der Kaiser, die *Times* seinetwegen verboten und geächtet. Im November 1854 war er von der Krimfront unterwegs nach Konstantinopel gewesen und hatte erst später gehört, was der unverschämte »Thunderer« über ihn gesagt hatte. Selbst jetzt noch, während er die unschuldigen Seiten anstarrte, konnte er sich genau an die Berichte erinnern, die ihn erreicht hatten.

> Von unserem Korrespondenten, Paris, Sonntag, 19. November: Nicht weniger als drei verschiedene Meldungen von der Front verkünden die Abreise des Prinzen Napoleon nach Konstantinopel aufgrund einer Krankheit. Sollte das stimmen, so ist das eine der unglücklichsten Entscheidungen, die er je getroffen hat. Die Wirkung, die allein durch das Gerücht entstand, er wolle das Lager verlassen ..., hat ihm mehr geschadet als irgendein anderer Vorfall in seinem bisherigen Leben. Seine Chancen auf den kaiserlichen Thron sind nun ...

Ja, wie groß waren die wohl! Null natürlich, das wußte er jetzt.

> Ich nehme an, es gibt außer Prinz Napoleon noch viele weitere Personen, die für ihr Leben gern in prächtigen Uniformen herumstolzieren, vorausgesetzt, sie kommen einem Schlachtfeld nicht zu nahe und müssen nicht die Mißlichkeiten des Krieges erdulden – Personen, die in die Armee eintreten ohne die mindeste Absicht, jemals die damit verbundenen Mühen und Entbehrungen auf sich zu nehmen, und die sich dann unter dem erstbesten Vorwand ihren Pflichten entziehen, ganz gleich, wie sehr das ihrem Ruf schadet. Unglücklicherweise findet die Öffentlichkeit in dem vorliegenden Beispiel kaum einen Anlaß zur Entschuldigung ..., und ich bezweifle, ob die Ruhr, unter der Prinz Napoleon angeblich leidet ...

Angeblich leidet? Oh, und ob er gelitten hatte, Gott allein, falls es einen gab, wußte das. Das mit der Ruhr war natürlich etwas übertrieben gewesen, aber ihn der Feigheit zu beschuldigen, angesichts all dessen, was er in Alma getan und in Inkerman zu tun versucht hatte, das war zuviel.

Plon-Plon ließ sich auf eine Bank kurz vor dem Petit Pont fallen und schlug die Zeitung auf. Englischer Journalismus, so schwülstig der war, würde ihn zumindest davor retten, die Parade der Andächtigen auf ihrem Weg zu Notre-Dame beobachten zu müssen.

Hier! Was war das? »NORTON GEGEN DAVENALL. Schriftliche Aussagen werden am Montag bewertet ... Mr. James Norton erhebt Klage gegen Sir Hugo Davenall ... Antrag zur Aufhebung der Hinderungsgründe, die ihm den Zugriff auf Besitz und Titel als Sir James Davenall verwehren.«

Plon-Plon pfiff durch die Zähne. Soweit war es also gekommen. Eigentlich sollte er für diesen Thronbewerber, einen Kollegen, etwas Sympathie aufbringen. Doch wie könnte er? In den letzten Wochen hatte er den Namen James Norton vergessen. Nun bohrte er sich erneut in seinen Kopf. Wer war er wirklich? James Davenall? Ein nichtsnutziger Betrüger? Oder ... jemand mit einem anderen Anspruch auf den gleichen Titel? Denn selbst James hatte eine vage Ahnung davon gehabt.

Die Weltausstellung von 1867 zog die industriellen und kulturellen Wunder von halb Europa nach Paris. Für Plon-Plon bedeutete es sechs Monate geistiger und körperlicher Prasserei. Es gab Zeiten – damals und vor allem jetzt –, da dachte er, daß er niemals glücklicher gewesen wäre. Den Morgen verbrachte er damit, sich Notizen über die faszinierenden mechanischen Ausstellungsstücke zu machen, wobei er den zuständigen Experten Mysterien entlockte, vor allem, was sein Lieblingsthema, den Flug mit Motorkraft, anbelangte; das Mittagessen wurde jeden Tag von dem Chefkoch einer anderen Nation zubereitet; und dann die Stunden des intensivsten Vergnügens: der Nachmittag.

Er hatte sich mitten im Herzen der Ausstellung einen speziellen, geschlossenen Raum gesichert und ihn üppig mit türkischen Teppichen und Diwans zu einer kastanienbraunen und goldenen Plüschorgie ausgestattet. Der Raum wurde durch Elektrizität erhellt; er wurde nie müde, das seinen verblüfften Gästen vorzuführen. Nachdem sie gekommen und gegangen waren und seine Begeisterung für die Wissenschaft verebbt war, wenn die Besuchermenge verschwunden war, um dem Ruf des Can-Can zu folgen, wenn der Nachmittag verblaßte und in den Abend überging, dann kam Cora und stachelte seine Lust und Begierde mit einer weiteren Variante der Hurerei an, die der Erfahrung und dem Geschick von einem Dutzend Nationen entsprang. Das Leben, davon war er überzeugt, hatte nicht mehr zu bieten.

Als die Ausstellung im Juli an ihrem Höhepunkt angelangt war, besuchten Sir Gervase und sein Sohn James Paris als Plon-Plons Gäste. Sie stiegen in seiner nachgebauten römischen Villa an den Champs-Elysées ab und genossen in vollen Zügen das Leben der Stadt. Am dritten Tag ihres Besuches gelangte James in den Genuß des größten Privilegs, das Plon-Plon zu vergeben hatte: eine Einladung zum Tee in seinem Raum auf dem Ausstellungsgelände. Das war, wie er bald erkannte, ein Fehler.

»Du gehst im Herbst nach Oxford, hat mir dein Vater erzählt«, sagte er, nachdem nach seiner Demonstration des elektrischen Lichtes eine Pause eingetreten war.

»Ja.« Einsilbige Antworten stellten James' Beitrag zum Gespräch dar. Er machte einen unerklärlich nervösen Eindruck.

»Gefällt es dir in Paris? Ich glaube, du hast dir gestern abend die Operette von Offenbach angesehen, nicht wahr?«

»Ja.«

»Und? Was hältst du davon? Hast du den Bühneneingang belagert, um Mademoiselle Schneider näher ins Auge zu fassen?«

»Nein, das heißt ...«

»*Mon pauvre garçon.* Du enttäuschst mich. Selbst der Zar ist ...«

»Wir sind vor dem Schluß gegangen.«

»Vor dem Schluß? *Mon Dieu.* Warum?«

»Vater erkannte jemanden im Publikum.« James senkte den Kopf. Er war überhaupt nicht nervös, das erkannte Plon-Plon jetzt. Er war besorgt – wegen seines Vaters. »Er war sehr beunruhigt. Er sagte, wir müßten sofort aufbrechen. Wir warteten nicht mal die Pause ab.«

»Wen hat er erkannt?«

»Eine Frau. Sie saß ein paar Reihen hinter uns.«

»Wer war sie?«

»Ich bin mir nicht sicher. Eigentlich dachte ich, Sie wüßten es vielleicht.«

»*Moi*? Wie könnte ich? Ich war ja nicht mal dort.«

»Nein. Aber Vater flüsterte den Namen vor sich hin, als er sie plötzlich sah. Natürlich wollte er nicht, daß ich es hörte, also konnte ich ihn schlecht danach fragen. Außerdem ...«

»Wie war der Name?«

»Vivien Strang. Ich dachte, Sie als ältester Freund meines Vaters ...«

»Strang?«

»Ja. Das war der Name, da bin ich mir ganz sicher.«

»*L'écossaise! L'écossaise encore.*«

»Sie kennen sie also?«

Plon-Plon blickte auf. Hätte er nur seine Worte zurücknehmen können. Jetzt blieb ihm nichts weiter übrig, als zu leugnen. »Nein, James. Ich habe nie von ihr gehört.«

»Aber Sie sagten doch gerade ...«

»Ich dachte an eine andere Person. Tut mir leid. Ich kenne niemanden namens Strang.«

James schaute ihn zweifelnd an. »Wenn Sie sich sicher sind. Es ist nur so, daß ...«

»Niemanden!« Plon-Plon erhob sich, um zu unterstreichen, daß für ihn das Thema beendet war. Er ging zum Schreibtisch. Hier fiel ihm plötzlich die kleine, wie eine Tulpe geformte Glühlampe neben dem Tintenfaß aus Onyx auf: eine weitere seiner technischen Spielereien. Sie leuchtete rot, was bedeutete, daß ein Besucher durch den Privateingang gekommen war und Zutritt erwartete.

Auch James hatte das rote Licht bemerkt. »Was ist das?«

Plon-Plon tat es leichthin ab. »Das? Oh, nichts von Bedeutung. Entschuldige mich einen Moment.« Eilig ging er zur Tür hinaus ins Vestibül. Davor lag der Haupteingang, doch er wandte sich nach rechts, teilte einen schweren Vorhang und betrat ein schwach erhelltes Vorzimmer.

Cora räkelte sich dort geduldig auf einem Diwan und rauchte eine türkische Zigarette. Das lange, schwarze Kleid, das sie trug, hätte ausgesprochen züchtig gewirkt, wäre nicht die Reihe Knöpfe, die von Kopf bis Fuß reichte, von der Hüfte an abwärts geöffnet gewesen. »Was tust du hier?« zischte er.

Coras hennagefärbte Wimpern flatterten, während sie die Beine übereinanderschlug, wobei sie ihre wunderbar geformten Oberschenkel bestens zur Wirkung brachte. »Du hast mich für die Zeit herbestellt, mein Lieber. Erinnerst du dich nicht mehr?«

Jetzt fiel es ihm wieder ein. Gervase hatte sich über James' Schüchternheit Frauen gegenüber beklagt und seine Entschlossenheit bekundet, daß der Junge während seines Aufenthaltes in Paris eine gründliche sexuelle Erziehung erhalten sollte. Plon-Plon hatte Coras Dienste angeboten und sich einverstanden erklärt, als Vermittler zu dienen. Das war das mindeste, was er tun konnte. Doch nun hatte sich die Lage geändert. Jetzt hallten in seinem Kopf zu viele Echos, zu viele alte Erinnerungen an frühere Täuschungen und Verführungen nach.

»Die Pläne haben sich geändert, Cora. Geh nach Hause.«

Cora protestierte. »Plon-Plon! Ich habe mich darauf gefreut! Für gewöhnlich können sich die Jungen mich nicht leisten.«

Plon-Plon lächelte und faltete die Zeitung zusammen. Cora war natürlich nicht nach Hause gegangen. Als noch ein paar Knöpfe aufsprangen, schickte er James auf einen begleiteten Rundgang durch die Ausstellung, und Cora hatte sein aufgewühltes Gewissen auf ihre eigene Art und Weise beruhigt. Ob James weiter an der mysteriösen Miss Strang herumgerätselt oder was er im Lauf der Zeit vielleicht herausgefunden hatte, wußte Plon-Plon nicht. Und das war sicher besser so, hatte er doch seine guten Gründe, zu wünschen, er hätte den Namen Vivien Strang nie gehört.

Den hohen militärischen Rang, mit dem sich der Prinz schmückt, hat er nicht durch tüchtigen Einsatz auf dem Schlachtfeld oder durch langjährige Dienste erworben. Weder

> eindeutige militärische Begabungen noch das Dienstalter hatten die geringste Rolle gespielt, und als ihm das Recht auf die Generalsepauletten verliehen wurde, geschah dies nicht einzig und allein zum Zwecke einer nutzlosen Zierde ... Was immer der Anlaß war, kein Mann in seiner Position sollte – außer er würde buchstäblich fortgeschleift werden – das Schlachtfeld verlassen, nachdem er es einmal betreten hat.

Sie hätten ihn tatsächlich hinschleifen müssen, hätte er gewußt, was ihn in Konstantinopel erwartete. Als sich der erste Zorn in ihm gelegt hatte und sobald er es mit dem Verlauf seiner Krankheit in Einklang bringen konnte, glaubte er, daß ein Besuch im Militärhospital in Scutari seinen Ruf etwas aufpolieren könnte. Und so machte er sich, begleitet von einem Adjutanten und einigen englischen und französischen Zeitungskorrespondenten (zu denen nicht der Vertreter der *Times* gehörte), auf den Weg zu den Barmherzigen Schwestern, inspizierte eine Krankenstation und verteilte Zigarren an einen Haufen brüllender Amputierter.

Er hatte schnell wieder verschwinden wollen, doch die Journalisten drängten ihn, auch das britische Hospital zu besuchen, wo die berühmte Miss Nightingale seit kurzem residierte, und er hatte ihnen den Wunsch, über diese Begegnung zu berichten, nicht abschlagen wollen.

Das britische Barackenhospital bestand aus einem stinkenden Labyrinth schmutziger Korridore und höhlenartiger Löcher. Miss Nightingale betrachtete den überraschenden Besuch hoher Würdenträger als unbedeutende Nebensächlichkeit, und so waren sie gezwungen, sich auf die Suche nach ihr zu begeben. Plon-Plon bedauerte, dieses Labyrinth je betreten zu haben. Reihen um Reihen tödlich stiller oder kreischender, zuckender Männer, viele noch in ihren schlammverkrusteten Uniformen, vielfach geflickt und mit geronnenem Blut bedeckt. In den düsteren Ecken der Räume krochen Insekten über die Verbände der Verwundeten und brachten Infektion und Tod. Ein nach Zimt duftendes Taschentuch gegen die Nase gepreßt, stürmte Plon-Plon durch diesen Alptraum.

Auf einem der dunklen Korridore kam ihm eine Krankenschwester entgegen. Sie trug eine Schüssel mit blutrotem Wasser in Händen und wäre beinahe mit ihm zusammengeprallt. Beide sprangen sie einen Schritt zurück. Der Journalisten wegen begann Plon-Plon eine hochtrabende Entschuldigung zu formulieren. Plötzlich wurde sein Mund trocken. Er brachte keinen Ton mehr heraus. Er sah der Schwester direkt in die Augen, und sie erwiderte seinen Blick. Es war Vivien Strang, und sie war es, die sich zuerst faßte.

»Eure Kaiserliche Hoheit! Ich muß gestehen, damit hätte ich nicht gerechnet.« Natürlich war sie älter geworden, hagerer, ernsthafter. Ihre

Kühle hatte sich in Bitterkeit verwandelt, ihre Zurückhaltung in erprobte, feste Stärke. Doch ihre Augen? Die waren die gleichen geblieben. Sie würden, das wußte er, immer die gleichen bleiben. In ihnen würde er immer eine Anklage lesen können, auf die es keine Antwort gab.

»Mademoiselle Strang«, sagte er schließlich, »Sie ... Sie arbeiten hier als Krankenschwester?«

»Ja. Und was ist mit Ihnen, Eure Kaiserliche Hoheit?«

Plon-Plon konnte das neugierige Gemurmel der Journalisten hinter sich hören. »Sind Sie vielleicht hier, um Ihr Gewissen zu beschwichtigen?«

Der Adjutant trat vor, doch Plon-Plon hielt ihn zurück. »*Un moment, Mademoiselle,* ich glaube, Sie können mir keine Vorwürfe machen.«

»Fragen Sie die Mütter der Söhne, die hier sterben.«

Er hatte keine Antwort für sie. Was er dann sagte, bedauerte er sofort wieder. »Soldaten müssen ihre Pflicht erfüllen. Traurigerweise ist der Tod oft Bestandteil dieser Pflicht. Für Mütter mag das schwer verständlich sein, aber ich ...«

»Ich spreche als eine Mutter!« Sie starrte ihn mit einer Intensität an, vor der er, wäre er allein mit ihr gewesen, geflohen wäre. »Sie sollten wissen, daß ich als Mutter spreche. Besser als alle anderen Leute sollten Sie das wissen.«

Ihm blieb nichts anderes übrig, als Unwissenheit vorzutäuschen. »Mademoiselle, ich weiß nicht, wovon Sie sprechen. Wenn Sie mich jetzt entschuldigen würden ...«

Das blutige Wasser schwappte in sein Gesicht, bevor er auch nur merkte, daß sie die Schüssel gehoben hatte. Die Wärme des Wassers verwandelte sich in eine kriechende Kälte, als es sein Gesicht herabströmte und seine Generalsuniform tränkte. Als er die Augen wieder öffnete, war die Frau verschwunden. Die Schüssel kam scheppernd auf dem Boden zur Ruhe. Die Journalisten lachten. Der Adjutant wischte mit einem Tuch über die Uniform.

Plon-Plon ließ die Zeitung auf einer Bank liegen und schlurfte in düsterer Stimmung durch die Blätter am Quai de Montebello in östlicher Richtung davon. Seit damals hatte er sie nie wieder zu Gesicht bekommen. Seit dem Gespräch mit James Davenall im Juli 1867 und dem Zusammentreffen mit James Norton fünfzehn Jahre später hatte er nicht einmal mehr ihren Namen gehört. Er dachte, sie habe ihm bereits das Schlimmste angetan, an jenem Tag in Scutari. Doch jetzt wußte er, daß es noch viel schlimmer kommen konnte, falls Norton – wie er befürchtete – tatsächlich der Mann war, für den er ihn hielt.

VIII

Seit ein paar Tagen war mir vage bewußt geworden, daß Hillier mit mir sprechen wollte. Aus Angst, sie könnte sich bei mir erkundigen, wann Constance zurückkomme, war ich ihr aus dem Weg gegangen. An diesem Sonntagnachmittag jedoch, als ich gerade das Haus verlassen wollte, fing sie mich mit einem derart entschlossenen Gesichtsausdruck im Flur ab, daß ich wußte, jetzt gab es kein Entrinnen mehr.

»Ich muß mit Ihnen sprechen, Sir«, sagte sie betont.

»Ich bin wirklich in Eile.«

»Es kann nicht warten.«

»Also gut.« Wir gingen in das Wohnzimmer, und sie schloß die Tür. »Worum geht es?«

»Ich möchte kündigen, Sir.«

»Kündigen?«

»Ich ... habe eine andere Stelle gefunden.«

»Darf ich fragen, wo?«

»Mortlake, Sir. Ein sehr hübscher Haushalt. Ich glaube, ich werde mich dort wohl fühlen, sehr wohl fühlen.«

»Ich kann mich nicht erinnern, daß Sie mich um eine Referenz gebeten haben.«

Sie errötete. »Ich wollte Sie nicht belästigen, Sir, deshalb ... Ich habe Ihre Mutter darum gebeten. Schließlich war ich bei ihr in Blackheath länger als bei Ihnen.«

Es war weiß Gott nur eine Kleinigkeit, aber irgendwie brachte es nach all den Wochen von Constances Abwesenheit und nachdem Ernest mir die Tür von Trenchard & Leavis vor der Nase zugeschlagen hatte, das Faß zum Überlaufen. »Wann möchten Sie gehen?« preßte ich zwischen zusammengebissenen Zähnen hervor.

»Sobald es Ihnen ... paßt.«

»Paßt? Nun, Hillier, ich glaube, morgen wäre passend.«

»Oh! Ich hatte nicht vor ...«

»Oder heute, wenn Sie das vorziehen.« Ihr zerknirschter Blick rührte mich nicht. »Verschwinden Sie, wann immer zum Teufel Sie wollen.«

Sie brach in Tränen aus, aber ich hielt mich nicht damit auf, die kleine Wunde, die ich geschlagen hatte, zu heilen. Ich knallte die Haustür hinter mir zu und verfluchte alle Beteiligten an der Verschwörung, die James Norton und der Rest der Welt gegen mich ausgeheckt hatten.

Ich hatte nicht bemerkt, wie dicht der Nebel geworden war. Der kalte, weiße Dunst wogte mir entgegen, als ich in die Avenue Road einbog. Es war erst früher Nachmittag, doch der Nebel hatte seine eigene Nacht geschaffen, in der alle Geräusche gedämpft und jeder Anblick verschwommen war. Ich eilte durch die Straßen, froh über den alles einhüllenden Mantel der Dunkelheit, froh darüber, nur ein anonymer Passant in einer blinden Welt zu sein.

Ich hatte den verrückten Entschluß gefaßt, Norton in seinem Hotel aufzusuchen, um meine Differenzen mit ihm ein für allemal zu regeln, bevor die Gerichte die Sache unwiderruflich öffentlich machten. Der Nebel, so glaube ich, brachte meine Fieberpläne wieder auf den Boden der Realität zurück. Obwohl er immer dichter wurde, je näher ich dem Regent's Park kam, wurden meine Schritte immer schneller. Ganz plötzlich fiel mir auf, daß mich mein Tempo zum Keuchen gebracht hatte. Mein Herz hämmerte, meine Lungen pumpten. Als ich mir mit der Hand über die Stirn fuhr, war sie feucht vom Schweiß. Ich stürzte durch den gelblichen, wirbelnden Vorhang des Nebels und verfluchte all die verpaßten Gelegenheiten, in denen ich es versäumt hatte, den Mann zu erledigen, der mich zu der Erkenntnis gezwungen hatte, daß es zwischen uns nur einen Sieger und einen Besiegten geben konnte.

»Penny für den armen Kerl, Mister?«

Ich hörte ihn, bevor ich ihn an der Straßenecke sah: ein unterernährter Junge mit Augen so groß wie eine Untertasse, der eine Tabakdose in der Hand hielt. Neben ihm lehnte eine größere Gestalt an der Wand; Stroh schaute aus dem mit einem Sack bedeckten Kopf. Zwei Knöpfe gaben die glotzenden Augen ab, und ein Schnürriemen sorgte für ein erstarrtes, irres Grinsen.

»Penny für den armen Kerl, Mister?«

Er wollte mit der Dose rasseln, aber kein Geräusch war zu hören. Sie war leer. Ich nahm eine Münze aus meiner Tasche und warf sie hinein. Seine Augen wurden noch größer, und sein Mund klaffte in einem lautlosen Japsen auf. Dann überquerte ich die Straße, und schon hatte der Nebel sie wieder verschluckt.

Ich wandte mich den Stufen zu, die zum Regent's Canal hinabführten. Der Treidelpfad würde mich vermutlich verläßlicher nach Paddington bringen als das Gewirr der nebligen Straßen. Ich weiß nicht, was mich dazu brachte, anzuhalten und mich umzudrehen, doch als ich es tat, hob sich der Vorhang des Nebels für einen Moment, und ich sah den Jungen, den ich eben an der gegenüberliegenden Straßenecke zurückgelassen hatte. Sein Geschäft schien aufzuleben. Ein Mann und eine Frau standen bei ihm. Die Frau beugte sich hinab und warf eine Münze in die Dose des Jungen. Vielleicht fragte sie ihn nach dem Weg. Jedenfalls drehte er sich um und deutete direkt zu mir herüber. Gerade als die Frau den Kopf in meine Richtung wandte, wallte der Nebel wieder auf und verhüllte die Szene mit einer weißen, undurchdringlichen Wand.

Ich verscheuchte das flüchtige Bild aus meinem Kopf, stieg die Stufen hinab und ging den Pfad entlang. Ich muß zwanzig Meter gegangen sein, bevor ich bemerkte, daß ich die falsche Richtung eingeschlagen hatte. Ich murmelte einen Fluch vor mich hin, drehte mich um und ging zurück.

Hier war der Nebel am dichtesten. Der Bogen der Brücke, von der ich gerade herabgestiegen war, ragte als dunkler, verschwommener Schatten vor mir auf. Ich orientierte mich rasch und eilte weiter.

Dann hob sich erneut der Vorhang des Nebels. Ich blickte zum Brückengeländer auf und sah dort einen Mann und eine Frau stehen, die zu mir herabschauten.

Ihr Kleid war aus tintenschwarzem Samt, der Kragen mit weißer Spitze besetzt. An ihrer Brust prangte eine einzige, blutrote Rose. Ihr Kopf war unbedeckt, und das Haar, fast genauso schwarz wie ihr Kleid, fiel ihr in dicken Flechten auf die Schultern. In ihrer Kinnlinie, in der Intensität ihrer dunklen Augen, dem Zucken ihrer Lippen, der Art und Weise, wie sie einfach nur dastand und in schamloser Neugier auf mich herabblickte, kamen gleichzeitig der Hochmut einer Kaiserin und die Provokation einer Hure zum Ausdruck.

Als mein Blick sich auf den Mann neben ihr richtete, endete jeder Zweifel, und Furcht kroch in mir hoch. Ich wußte sofort, wer er war; ich erkannte ihn an den flintsteingrauen Augen, dem hageren, verschlagenen Gesicht, den breiten, muskulösen Schultern. Ich brauchte nicht erst das Foto, das mir gesagt hätte, wer er war, doch in diesem Moment sehnte ich mich nach der Sicherheit, die es als Beweisstück für mich repräsentierte. Ich zog es aus der Tasche, blickte auf das Bild und wußte, daß hier kein Zweifel mehr möglich war. Ich hatte ihn gefunden – oder war von ihm gefunden worden.

Höchstens eine Sekunde hatte ich den Blick von ihnen abgewandt, doch als ich wieder aufschaute, waren sie verschwunden. Der Nebel hatte sein Geschenk wieder an sich genommen.

Ich hörte das Echo meiner Schritte unter der Brücke, als ich zurückrannte und, drei Stufen gleichzeitig nehmend, die Treppe hochhetzte. Jetzt schienen es viel mehr zu sein als beim Abstieg. Doch die ganze Hast war umsonst. Als ich oben auf der Brücke auftauchte und mich umblickte, war im eisigen Nebel nichts zu sehen und nichts zu hören außer meinem keuchenden Atem. Sie waren verschwunden. Und ich konnte nichts weiter tun, als den Namen meiner Jagdbeute in die Luft zu schreien.

Ich ging in den Park und machte mich auf die aussichtslose Suche. Weit und breit kein Mensch. Ich folgte einigen der mir bekannten Wege und verirrte mich trotzdem hoffnungslos. Endlich fand ich mich am Bootsee wieder und tastete mich dann vorsichtig zum Hanover Gate zurück. Ich war müde und erschöpft, und der Nebel kroch mir nun bei Einbruch der Dunkelheit in die Knochen. Auf dem Heimweg ging ich all die Gründe durch, weshalb ich mir alles nur eingebildet haben könnte, und widerlegte sie gleichzeitig. Selbstzweifel und mangelndes Vertrauen in meine eigenen Sinne nagten an mir.

Dann fiel mir ein, daß sie mit dem Jungen gesprochen hatten, der für seinen Strohkameraden Pennies erbettelte. Ich ging zu der Straßenecke zurück; es wäre mir eine weitere Münze wert gewesen, wenn er mich hätte beruhigen können.

Doch er war nicht da. Auch er war verschwunden. Nur die Strohpuppe hatte er zu meiner Begrüßung zurückgelassen. Sie hing verkrümmt am Fuße der Mauer; Stroh ragte aus dem zerlumpten Torso, die Knopfaugen starrten, und der Schnürsenkelmund grinste. Ich hörte, wie über Primrose Hill ein unsichtbares Feuerwerk begann, und erinnerte mich, daß heute Boufire Night war. Der mit Stroh ausgestopfte Bursche war im Stich gelassen worden – genau wie ich.

IX

Sein Pflichtgefühl veranlaßte Richard Davenall, an diesem Nachmittag The Limes zu besuchen. Besorgt von Roffeys Bericht, Trenchard habe sich auf eigene Faust auf die Suche nach Quinn gemacht, hatte er am Samstag in der Orchard Street angerufen, nur um zu hören, daß »Mr. William unbefristeten Urlaub« genommen habe. Diese Nachricht löste bei ihm heftige Besorgnis bezüglich der Geistesverfassung des jungen Mannes aus.

Doch er hatte sich umsonst nach St. John's Wood aufgemacht. Das in Tränen aufgelöste Hausmädchen hatte ihm lediglich sagen können, daß ihr Herr mit unbekanntem Ziel das Haus verlassen habe. Der anhaltende Nebel, in Highgate unbedeutend, aber hier fast undurchdringlich, machte weitere Nachforschungen aussichtslos. Er befahl dem Kutscher, ihn nach Hause zu fahren.

Als er schließlich durchfroren und fast verzweifelt wegen der langsamen Fahrt in der North Road ausstieg, wünschte er sich nichts weiter als einen Whisky und ein warmes Kaminfeuer. Doch als er im Haus die vertraute Atmosphäre auf sich wirken ließ, spürte er, wie ihn ein anderes Gefühl überkam, das ihm einen Schauer über den Rücken jagte.

Einen Moment blieb er wie gelähmt stehen, während die Tür hinter ihm ins Schloß fiel. Braddock hatte seinen freien Nachmittag, deshalb war die obere Etage des Hauses leer. Doch das allein konnte die Atmosphäre nicht erklären. In dem kalten Schweigen lag etwas Alarmierendes, etwas, was sich seiner Gegenwart bewußt war und auf ihn wartete.

Er ging auf sein Arbeitszimmer zu. Die hohen Decken und schmalen Flure seines Vaterhauses engten ihn ein. Am Ende des Korridors stand die Tür seines Arbeitszimmers offen. Im Schein des verlöschenden Kaminfeuers konnte er sie sehen. Und dann wußte er es.

Es war genau solch ein Abend gewesen, damals im Spätherbst 1859, mit Nebel und Kälte. Er war in düsterer Stimmung von Holborn zurückgekehrt, sich innerlich immer noch krümmend beim Gedanken an eine ganze Reihe von kleinen Demütigungen, die ihm Gregory Chubb zugefügt hatte. Er hatte sich entschlossen, sich bei seinem Vater zu beschweren, obwohl er wußte, daß es sinnlos sein würde. Kühn war er in Richtung des Arbeitszimmers des alten Mannes marschiert. Genau wie jetzt hatte auch damals die Tür halb offen gestanden; drinnen war im Schein des Kaminfeuers ein reges Gespräch im Gange gewesen. Gervase und sein Vater. Als er bemerkt hatte, daß sie von seiner Anwesenheit nichts wußten, war er stehengeblieben und hatte gelauscht – so wie er auch jetzt stehenblieb und sich erinnerte.

»Zehntausend Pfund?« sagte Wolseley ungläubig. »Falls dies ein Scherz sein soll, junger Mann, so ist es ein sehr armseliger.«

»Es ist kein Scherz!« Mühsam unterdrückter Zorn schwang in Gervases Stimme mit. »Ich verlange, daß du das arrangierst.«

»Als Testamentsvollstrecker deines Vaters muß ich ...«

»Als *mein* Anwalt hast du das zu tun, was ich dir sage – oder ich suche mir einen anderen.«

»Du hast kein Recht, so mit mir zu reden.«

»Habe ich das Recht, über diese Summe zu verfügen? Nur darum geht es mir.«

Wolseley preßte seine Antwort zwischen zusammengebissenen Zähnen hervor. »Im strikten Sinne des Gesetzes ja.«

»Dann zahl es, und die Sache ist erledigt.«

»Das kann ich nicht. Womit hat er sich eine derartige Summe verdient? Sein Gehalt würde in zwanzig Jahren keinen solchen Betrag ergeben.«

»Ich brauche keine Moralpredigt. Du hast meine Anweisungen. Und meine Unterschrift dazu. Ich möchte, daß das Geld sofort bezahlt wird – und dann möchte ich, daß die Sache vergessen ist. Habe ich mich klar ausgedrückt?«

»Ich habe deinen Vater gewarnt, daß du dein Erbe verschleudern würdest. Wäre er heute noch am Leben ...«

Ein lauter Knall ertönte, als hätte Gervase mit der Faust auf den Schreibtisch geschlagen. »Ob das klar ist, verdammt noch mal?«

Nach einer Pause kam Wolseleys Antwort in einer einzigen, eisigen Silbe. »Ja.«

»Gut. Ich will, daß er sofort aufbricht. Kann ich dir die Arrangements überlassen?«

»Das kannst du.«

»Keine Verzögerung, vergiß das nicht.«

»Es wird keine ... Verzögerung geben. Lennox wird sein Geld bekommen.«

Richard ging in sein Arbeitszimmer und zündete die Lampen an. Jetzt, da er sich erinnerte, kam ihm alles noch unbefriedigender vor. Lennox war Kennedys Vorgänger gewesen, ein Mann, der aller Logik nach Gervase nichts hätte bedeuten sollen. Doch Gervase hatte ihm zehntausend Pfund gezahlt. Richard ließ sich schwer auf seinen Stuhl fallen und betrachtete die Schreibtischplatte, auf die sein Cousin einst mit der Faust geschlagen hatte. Der Maserung ließ sich kein Hinweis entreißen, die gelackte Oberfläche gab keine Antwort. Die Geister waren verschwunden. Ihre Geheimnisse waren zurückgeblieben.

NEUNTES KAPITEL

I

Der Vice-Chancellor's Court. Lincoln's Inn: erhellt von zischenden Gaslampen, möbliert in Eiche und rotem Leder, jeder Tisch beladen mit von rosa Bändern zusammengehaltenen Papierbündeln und Bergen von Präzedenzfällen, jeder Sitz von perückentragenden Anwälten und deren flüsternden Ratgebern belegt, jede Bank gefüllt mit einer bunten Mischung aus Müßiggängern und Neugierigen, jeder Dachsparren nachhallend von erwartungsvollem Stimmengemurmel. Das war die Arena, in der der Fall Norton gegen Davenall stattfand; hier saßen sich die streitenden Parteien an diesem feuchten Novembermorgen gegenüber.

Jene, die den Ablauf des juristischen Dramas und seine Hauptdarsteller kannten, hatten beobachtet, wie sich die beiden altgedienten Anwälte auf gegenüberliegenden Seiten des Gerichtssaals vorbereiteten, und hatten auf Anzeichen und Hinweise gewartet, was nun folgen würde. Russell war bei weitem der weniger Aktive der beiden gewesen; er verbreitete um sich die Atmosphäre eines nicht sonderlich interessierten Amateurs. Im Gegensatz dazu war Giffard ständig in gemurmelte Konsultationen mit einem ganzen Schwarm von Junioranwälten vertieft. Man hatte bemerkt, daß er sich einmal gereizt mit dem grauhaarigen Anwalt unterhalten hatte, bei dem es sich Gerüchten zufolge um den Cousin des Beklagten handelte. Sir Hugo Davenall persönlich war wohl der langbeinige junge Mann mit den wirren Haaren, der von seinem Stuhl aufgestanden war, seinen Kragen richtete, seine Lippen betastete, mit den Fingern trommelte und dessen Blicke kreuz und quer durch den Gerichtssaal gingen. Aus keinem erkennbaren Grund heraus blieb sein Blick häufig an der elegant gekleideten, verschleierten Dame hängen, die viele für seine Mutter hielten, die sich ihm bis jetzt aber weder genähert noch mit ihm gesprochen hatte.

In eine Richtung allerdings wanderte Sir Hugos Blick nie – hinüber zu dem Kläger, dem rätselhaften Mr. Norton. Dieser Mann, dessen Behauptung, Sir Hugos Bruder zu sein, ihn in den Mittelpunkt der Neugierde aller Sensationslüsternen stellte, bewahrte eine Pose träger Regungslosigkeit zwischen Russell und dem glatthaarigen Anwalt, den die *Cognoscenti* als Herbert Warburton erkannten. Er hatte mit keinem der beiden Herren mehr als nur ein paar Worte gewechselt; zu der öffentlichen Galerie hatte er nicht einmal einen Blick hinübergeworfen. Kurz gesagt, er hatte sich nichts anmerken lassen bis auf eine ziemlich unverständliche Ruhe, von der einige enttäuscht waren, die andere jedoch als Signal für eine ungemein große Zuversicht werteten. Die Erwartung schlug hohe Wellen.

»Das Hohe Gericht betritt den Saal.«

Richter Wimberley war durch die Tür getreten und stand schon auf seinem Platz, noch bevor der Gerichtsdiener seine Ankündigung beendet hatte. Jetzt spähte er mürrisch zu den Reihen der sich ungeschickt erhebenden Gestalten hinüber. Er war ein kleiner, ordentlicher, geschäftiger Mann mit einem nickenden, eierförmigen Kopf mit spitzer Nase, was ihm in vollem Gerichtsornat das Aussehen eines erschrockenen, schlecht gelaunten Moorhuhnes gab. Er starrte mißmutig in den vollbesetzten Saal, als wollte er andeuten, daß er mit einem schwächeren Besuch gerechnet habe. Dann zupfte er gereizt an seiner Robe und setzte sich hin.

Gerade als sich die anderen Mitglieder des Gerichts graziös auf ihre Plätze sinken ließen, öffnete sich knarrend die Tür zur öffentlichen Galerie, und eine schlicht gekleidete Dame schlich mit schamgerötetem Gesicht auf Zehenspitzen zu einem freien Sitz, wobei sie jemand darauf aufmerksam machte, daß sie ihre Rückfahrkarte der Strecke Salisbury–Waterloo hatte fallen lassen. Richter Wimberley beobachtete mit durchdringendem Blick, wie sie sich danach bückte; nur die Aura aufgeregter Ernsthaftigkeit, die sie umgab, hielt ihn davon ab, sie wieder hinauswerfen zu lassen. Mit einem angedeuteten Fingerschnippen wies er den Gerichtsdiener darauf hin, daß die Verhandlung beginnen könne.

Der Fall wurde aufgerufen, sämtliche Angaben wurden peinlich genau zu Protokoll genommen, dann erhob sich Mr. Charles Russell, Kronanwalt, und wandte sich an das Gericht. Er sprach langsam und leise, deutete durch seine beherrschte Haltung und seinen Tonfall an, daß alle Vernunftgründe für seinen Mandanten sprachen. Der blanke Stahl, der bei ihm, wie man wußte, unter der Oberfläche durchaus vorhanden war, blitzte noch nicht auf, die Flammen des Feuers, für das er bekannt war, schlugen noch nicht hoch. Er schien sich bewußt zurückzuhalten, als wüßte er genau, daß nur ein Mann diesen Fall für den Kläger gewinnen könnte: der Kläger selbst. Und schneller, als man hätte erwarten können, wurde der Mann, der unter dem Namen James Norton bekannt war, als Zeuge vereidigt.

Bevor die Befragung begann, erhob Richter Wimberley mit gespitzten Lippen einen Einwand. »Sie geben Ihren Namen mit Norton an?«

»Jawohl, Euer Lordschaft.«

»Dann geben Sie also zu, daß er nicht Davenall ist?«

»Davenall ist der Name, mit dem ich geboren wurde. Ich habe ihn seit elf Jahren nicht mehr benutzt und werde ihn auch erst dann wieder benutzen, wenn mir das Recht dazu von diesem Gericht zugestanden worden ist.«

Das war ein guter Anfang für den Kläger. Richter Wimberley schien zufriedengestellt, wenn nicht sogar beeindruckt. »Sie können fortfahren, Mr. Russell«, sagte er mit einem leichten Nicken in Richtung des Anwalts.

»Wann und wo wurden Sie geboren?«

»Ich wurde auf Cleave Court in der Grafschaft Somerset am 25. Februar 1848 geboren.«

»Wer waren Ihre Eltern?«

»Sir Gervase und Lady Davenall.«

»Sie waren ihr erstes Kind?«

»Jawohl.«

»Und damit Erbe des Baronettitels der Davenalls?«

»So ist es.«

»Welche Schulen besuchten Sie?«

»Eton und Oxford.«

»Welches College?«

»Christ Church.«

»In welchem Jahr machten Sie Ihren Abschluß?«

»1870.«

»Wie würden Sie sich selbst zu jener Zeit beschreiben?«

Die Ouvertüre war also vorbei. Das Interesse und die Spannung im Zuschauerraum nahmen hörbar zu. Viele in der Galerie beugten sich vor, konnten kaum erwarten zu hören, wie er sich der Herausforderung stellen würde. Biographische Fakten waren eine Sache, eine überzeugende Selbstdarstellung eine ganz andere.

Einen Augenblick lang zögerte Norton. War er verloren? Nein. Dies war kein Zögern, dies war Absicht gewesen. Als er sprach, geschah dies mit der leidenschaftlichen Geläufigkeit eines Mannes, der sein zwölf Jahre jüngeres Ich entweder gar nicht oder nur zu gut kannte.

»Ich war zu der Zeit zweiundzwanzig Jahre alt. Ich war wohlbehütet und unter privilegierten Umständen aufgewachsen. Ich war im Besitz eines beträchtlichen Vermögens und würde noch mehr erben. Die Welt lag mir zu Füßen, und ich hielt das für durchaus angebracht. Zu der Zeit hätte ich mich als ein Exemplar des englischen Gentlemans beschrieben, der davon überzeugt ist, daß er all die Vorteile verdient hat, die er genießt. Im Rückblick erkenne ich jetzt, daß ich ein eitler, närrischer junger Stutzer war.«

Das Schweigen vibrierte vor Spannung. Die ganze Aufmerksamkeit des Gerichts gehörte ihm.

»Das ist bewundernswert aufrichtig«, sagte Russell.

»Einspruch, Euer Lordschaft«, sagte Giffard, sich erhebend. »Was mein geschätzter Kollege als bewundernswert aufrichtig bezeichnet, würde ich eine unerträgliche Beleidigung des Gedenkens an einen wunderbaren jungen Mann nennen.«

Richter Wimberley verzog das Gericht zu einem säuerlichen Stirnrunzeln. »Sir Hardinge, es ist eindeutig entweder das eine oder das andere. Aber es ist noch zu früh, das zu beurteilen. Fahren Sie fort, Mr. Russell.«

»Danke, Euer Lordschaft. Gehen wir ein Jahr weiter. Wie würden Sie sich selbst im Juni 1871 beschreiben?«

Wieder die genau berechnete Pause. Diesmal war das Gericht darauf vorbereitet und wartete geduldig. Dann fuhr Norton fort. »Ich war ein Jahr älter, aber keineswegs klüger. Ich hatte das Glück gehabt, mich mit einer jungen Dame mit ausgezeichnetem Charakter verloben zu dürfen. Hätten wir geheiratet, so hätte sie ohne jeden Zweifel einen günstigen Einfluß auf mich ausgeübt. Damals jedoch war mir nicht bewußt, daß mein Charakter durchaus verbesserungswürdig war. Die Freiheit, sich jeder Laune – genaugenommen sogar jedem Laster – hingeben zu können, schien mir Belohnung genug. Meine Arroganz und meine Dummheit hatten sich lediglich verstärkt.«

»Wären Sie bereit, den Namen Ihrer damaligen Verlobten zu nennen?«

»Ich würde es vorziehen, das nicht zu tun. Sie heiratete einen anderen, da sie mich für tot hielt. Ich möchte sie nicht in Verlegenheit bringen.«

»Einspruch, Euer Lordschaft.« Giffard sprang erneut auf. »Das angebliche Zartgefühl des Klägers ist nichts weiter als ein höchst durchsichtiges Ausweichmanöver.«

Richter Wimberley schien diese Angriffstaktik ermüdend zu finden. »Wenn dem so ist, dann können Sie später im Kreuzverhör auf diesen Punkt zurückkommen, Sir Hardinge. Fahren Sie fort, Mr. Russell.«

»Wann war die Hochzeit geplant ... mit dieser jungen Dame mit ausgezeichnetem Charakter?«

»Sie war auf den 23. Juni festgelegt worden.«

»Wieso kam es nicht dazu?«

»Am 18. Juni verließ ich das Land.«

»Unter welchen Umständen.«

»Unter den Umständen totaler Anonymität.«

»Bitte erklären Sie das näher.«

»Ich hatte einige Tage in London zugebracht, während meine Verlobte sich bei meiner Familie in Somerset aufhielt. Am 17. Juni war ich kurz dorthin zurückgekehrt. Ich traf mich mit meiner Verlobten und setzte sie davon in Kenntnis, daß ich sie nicht heiraten könne. Meinen Eltern hatte ich eine Nachricht hinterlassen, daß ich Selbstmord zu begehen beabsichtigte. Dann war ich wieder nach London gefahren und hatte eine Droschke nach Wapping genommen.«

»Zu welchem Zweck?«

»Den Zweck hatte ich bereits in der Nachricht angedeutet: Selbstmord. Durch Ertrinken.«

»Was hatte Sie zu diesem verzweifelten Entschluß gebracht?«

Der Höhepunkt war gekommen. Alle Augen waren auf ihn gerichtet, alle Ohren warteten gebannt auf seine nächsten Worte. Dies war ein Moment, in dem er entweder ein Geheimnis aufdecken oder ein Märchen erfinden mußte. Jetzt ging es um Buße oder Meineid.

»Ich hatte mich seit einigen Monaten schon nicht wohl gefühlt. In den letzten Wochen war es eindeutig schlimmer geworden. Ich hatte es geschafft, die Symptome vor den mir nahestehenden Menschen zu verbergen, doch sie waren um nichts weniger akut. Ich hatte deshalb meinen Arzt konsultiert.«

»Den Hausarzt?«

»Ja. Fiveash. Ein guter Mann.«

Russell schaute zum Richter auf. »Dr. Fiveash wird später als Zeuge aufgerufen, Euer Lordschaft.« Dann wandte er sich wieder dem Kläger zu. »Wie lautete seine Diagnose?«

»Syphilis.«

Irgendwo oben auf der Galerie ertönte ein mühsam unterdrücktes, schnaubendes Geräusch. Richter Wimberley blickte irritiert auf. »Ich werde beim ersten Anzeichen von ordinären Reden oder Zoten den Gerichtssaal räumen lassen. Fahren Sie fort, Mr. Russell.«

»Was für eine Behandlung schlug Dr. Fiveash vor?«

»Keine, abgesehen von Linderungsmitteln für die unmittelbaren Symptome. Er sagte, die Krankheit wäre bereits so weit fortgeschritten, daß er keine Möglichkeit mehr sehe, sie zum Stillstand zu bringen. Ein langsames Siechtum, verbunden mit vielen zusätzlichen Einschränkungen, wäre unvermeidlich. Um genau zu sein, ein Siechtum zum Tod.«

»Gab er Ihnen keinen Rat?«

»Nur den, daß eine Ehe undenkbar sei.«

»Ich verstehe. Sie haben das akzeptiert?«

»Selbstverständlich.«

»Sagen Sie, hat diese Diagnose Sie überrascht?«

Der gutaussehende, redegewandte und offenkundig gesunde Kläger richtete seinen Blick in die Ferne. »Nicht ganz.« Die einzige Bewegung war nun auf der Seite der Beklagten zu sehen. Sir Hugo Davenall und sein Rechtsberater flüsterten in besorgtem Tonfall miteinander. Sir Hardinge Giffard drehte sich nach ihnen um, schaute dann wieder zu Norton hinüber, Richter Wimberley warf einen Schweigen erheischenden Blick in ihre Richtung und schaute dann hoch zur Galerie, wo wieder derbe Späße die Runde zu machen schienen.

»Wieso waren Sie nicht überrascht?«

»Weil ich die Gewohnheit gehabt hatte, mit Prostituierten zu verkehren.«

Kam da ein leiser Pfiff von den Pressesitzen? Falls ja, so ging er sofort in der nächsten Intervention von Giffard unter. »Euer Lordschaft, das ist die schändlichste Verleumdung, der je eine bedeutende, angesehene Familie ausgesetzt war.«

Richter Wimberley schien es nicht zu hören. »Sie geben öffentlich zu, grob unmoralisch gehandelt zu haben, junger Mann?«

»Das tue ich, Euer Lordschaft.«

»Während Sie mit einer jungen Dame verlobt waren, die Ihren Worten nach von bestem Charakter war?«

»Jawohl, Euer Lordschaft.«

Der Richter schüttelte bekümmert den Kopf. »Fürchterlich, fürchterlich«, murmelte er. »Fahren Sie fort, Mr. Russell.«

»Die Diagnose überraschte Sie also nicht. Welche Auswirkungen hatte das auf Sie?«

»Ich wurde dadurch gezwungen, das ganze Ausmaß meiner moralischen Verkommenheit zu erkennen. Es brachte mich zu der Erkenntnis, daß ich nicht nur unfähig zur Ehe, sondern ihrer auch nicht würdig war. Es trieb mich dazu, der Wahrheit ins Gesicht zu sehen: Mein Leben war eine derartige Lüge gewesen, daß ich überhaupt kein Recht zum Leben hatte.«

»Was taten Sie?«

»Ich war verzweifelt, voller Selbstmitleid und voller Haß auf mich selbst. Die Wahrheit zu sagen schien schlimmer zu sein, als einfach nur meinem Leben ein Ende zu machen. Ich beschloß, mich umzubringen.«

Von der öffentlichen Galerie kam ein unterdrücktes Schluchzen. Die Frau, die zu spät gekommen war, weinte leise in ein besticktes Taschentuch. Richter Wimberley schaute auf, äußerte aber kein Wort des Tadels. Tränen schienen durchaus angemessen.

»Das also war es, was Sie am Abend des 17. Juni 1871 nach Wapping führte?«

»Ja.«

»Was taten Sie dort?«

»Ich verließ die Droschke vor einer Kneipe. Dort trank ich bis zur Sperrstunde. In einem Kirchhof in der Nachbarschaft wartete ich, bis sich die Straßen geleert hatten. Gegen Mitternacht stieg ich einige Stufen hinab, die von einer Gasse neben der Kneipe aus zum Fluß führten. Es war eine mondlose Nacht. Die Flut war da. Ich hätte mir kaum günstigere Umstände wünschen können, um ungesehen in den Fluß zu springen. Vom Kirchhof hatte ich einen Pflasterstein mitgenommen, mit dem ich mich beschweren wollte. Damit war ich gerade beschäftigt, als ich von einer langsam vorbeifahrenden Polizeibarkasse überrascht wurde. Sie sahen mich nicht, da ich in den Schatten zurücksprang, aber sie glitten so dicht an mir vorüber, daß ich hören konnte, was die beiden Männer miteinander sprachen.«

»Was sagten sie?«

»Der erste Mann sagte etwas wie ›gute Nacht für Springer, George‹. Ich begriff nicht, was er damit meinte. Dann erwiderte der andere Mann: ›So ist es. Ich hab' letzte Nacht selber zwei rausgeangelt. Dreht einem den Magen um, wenn man sie wie Fisch auf der Platte vom Fischhändler liegen sieht und die halbe Themse aus ihren Mündern schwappt.‹«

Keuchende, stöhnende Laute waren im Gerichtssaal zu hören, unfreiwilliger Ausdruck des Abscheus all jener, denen Nortons Schilderung zu lebendig war. Richter Wimberley funkelte den Kläger an. »Das ist allerschlechtester Geschmack, junger Mann. Ich muß Sie bitten, Ihre Sprache zu zügeln.«

»Es tut mir leid, Euer Lordschaft, aber genau diese Worte benützte er. Sie hatten auf mich eine durchschlagende Wirkung. Nachdem die Barkasse verschwunden war, blieb ich an Ort und Stelle stehen und dachte daran, was es für meine Familie und meine Verlobte bedeuten würde, wenn man mich ›rausangelte‹. Jemand hätte die schreckliche Aufgabe vor sich, mich zu identifizieren. Oder – noch schlimmer – man rettete mich lebend. Bis dahin hatte ich nicht bedacht, was ein Selbstmord rein physisch bedeutete. Als ich es tat, geriet mein Entschluß ins Wanken.«

»Ihre Nerven versagten?«

»Ja.« Selbst jetzt nach elf Jahren kroch noch so etwas wie Scham in seine Stimme. »Nur der Pflasterstein flog ins Wasser. Ich ging wieder die Stufen hoch und schlich mich davon.«

»Wohin gingen Sie?«

»Die ganze Nacht hindurch marschierte ich durch die Straßen. Ich wußte kaum, wo ich mich befand. Gegen Morgen zu war mir klar, daß ich das nicht tun konnte, was ich mir vorgenommen hatte. Aber ich konnte auch nicht zu jenen zurückkehren, die mich mittlerweile für tot halten mußten, und ihnen erzählen, was schlimmer war als der Tod. Ich nahm mir also eine Koje auf einem Dampfer mit Ziel Kanada. Ich hegte die Hoffnung, daß ich die Kraft aufbringen würde, mitten auf dem Ozean über Bord zu springen. Ich brachte es nicht fertig. Als das Schiff in Halifax, Nova Scotia, einlief, befand ich mich immer noch an Bord.«

»Was taten Sie dort?«

»Ich war krank und ohne jedes Ziel. Ich reiste in die Vereinigten Staaten und suchte mir in New York eine billige Unterkunft. Um mir Alkohol und Chinin kaufen zu können, das mir in meinem Zustand Erleichterung verschaffte, nahm ich einen Job als Droschkenkutscher an. Mehrere Monate vergingen. Dann geschah etwas Merkwürdiges.«

»Und was war das?«

»Ich begann mich besser zu fühlen. Anfangs dachte ich, es handle sich nur um eine der vorübergehenden Erleichterungen, vor denen mich

Dr. Fiveash gewarnt hatte. Doch das war es nicht. Die Zeit sollte zeigen, daß ich gar nicht Syphilis hatte. Zu Beginn dieses Jahres wurde mir das von den bedeutendsten Spezialisten bestätigt. Mein Exil, verstehen Sie, war völlig sinnlos gewesen. Ich hatte elf Jahre meines Lebens damit verschwendet, vor den Konsequenzen einer Krankheit zu fliehen, die ich gar nicht hatte. Ich hatte mein Erstgeburtsrecht aufgegeben ... ohne jeden Grund.«

»Und jetzt möchten Sie das wieder beanspruchen?«

Norton senkte den Kopf. »Soweit ich es wert bin – ja. Das möchte ich.«

Schweigen senkte sich über den Gerichtssaal. Alle, die seine Aussage, sein Geständnis ebenso wie seinen Anspruch auf den Titel vernommen hatten, dachten über die emotionale Bedeutung dessen, was er gesagt hatte, nach. Norton blickte ernst zu Boden; seine vornehme Würde und seine Schwäche drängten seine Zuhörer, ihm zu glauben.

»Das ist eine Lüge! Das alles ist eine gottverdammte Lüge!« Eine ungepflegte, schwankende Gestalt sprang oben auf der Galerie auf die Beine und schrie die Worte zum Gericht hinunter. Er schwenkte seine Arme zornig in Richtung Norton, als wollte er ihn verscheuchen. »Glaubt kein Wort von dem, was er sagt! Versteht ihr denn nicht?« Seine Stimme wurde heiser. Er wandte sich dem Gang zu, offensichtlich entschlossen, hinunterzugehen. Dazu mußte er an der zu spät gekommenen Dame mit dem bestickten Taschentuch vorbei, schaffte es aber nur, gegen sie zu fallen. Mit einem überraschend sanften Ausdruck schaute sie in sein betrunkenes, verwirrtes Gesicht.

»William!« sagte sie mit einem kleinen, erstaunten Aufstöhnen.

II

Der Gerichtsdiener erklärte mir, ich hätte Glück, daß ich nicht wegen Mißachtung des Gerichts über Nacht eingesperrt würde. Er hatte mich am Kragen gepackt und stieß mich am Pförtnerhäuschen vorbei auf die Chancery Lane. Glücklicherweise hielt er mich für einen harmlosen Trunkenbold. Hätte er geahnt, welch ein Zorn während Nortons Lügenparade in mir gebrodelt hatte, dann wäre er sicherlich auf die Idee gekommen, mich der Polizei zu übergeben.

Ein Stückchen weiter die Straße hoch lehnte ich mich gegen ein Geländer, versuchte wieder zu Atem zu kommen und die schreckliche Besorgnis loszuwerden, die Nortons Worte bei mir ausgelöst hatten. Er hatte seine Geschichte abgeändert – und ich ahnte den Grund. Die Davenalls hatten sicherlich nicht gewünscht, daß er bei seiner ursprünglichen Behauptung, er habe die Syphilis von seinem Vater geerbt, bleiben würde, aber er hatte bestimmt nicht ihnen zuliebe die Schuld dafür auf sich genommen. Als ich Emily weinen sah, erkannte ich das ganze Ausmaß seiner Verschlagenheit. Sie war seine Botin zu

Constance. Sie würde ihr einreden, daß er seinen guten Namen opferte, um die ihm nahestehenden Menschen zu schützen. Und sie würde Constance drängen, zu ihm zu halten. Seine Erklärung war nicht an das Gericht, sondern an Constance gerichtet gewesen, deren aktive Unterstützung, falls er sie gewinnen konnte, alles andere in den Schatten stellen würde.

Ein Mann beugte sich unter dem Bogen des Pförtnerhäuschens hervor und starrte in meine Richtung. Wegen seiner Schirmmütze hielt ich ihn für einen Portier, der anscheinend der Meinung war, ich hätte mich nicht weit genug entfernt. Also drehte ich mich um und ging weiter die Straße hoch. Merkwürdigerweise hörte ich dabei hinter mir Schritte, als würde er mir folgen. Am Ende der Straße wandte ich mich plötzlich um. Da stand er, keine zehn Meter von mir entfernt.

Er war kein Portier. Die Schirmmütze war alt und schmierig, seine restliche Kleidung geflickt und fadenscheinig. Doch er war auch kein Landstreicher. Sein Schnurrbart war gewachst, und in der linken Hand hielt er eine qualmende Zigarre. Seine rechte Hand hielt nichts, weil es sie gar nicht gab. Der Arm war nur noch ein Stumpf; der Ärmel war zu einem flotten Knoten zusammengebunden.

»Kenne ich Sie?« fragte ich.

»Ich würde sagen nein«, erwiderte er. Als er näher kam, erkannte ich, daß er ein wandelndes Lumpenbündel an Widersprüchen war. Als er lächelte, kam eine Reihe verfaulter Zähne zum Vorschein, zu denen die scharf akzentuierte Stimme in krassem Gegensatz stand. Sein spärliches graues Haar und die pokkennarbige Haut deuteten auf eine ganz andere Person hin, als die scharlachrote Krawatte und die Zigarre hätten vermuten lassen. »Hab' Ihren … Auftritt … da drin gesehen«, sagte er mit einem Blick zurück zu Lincoln's Inn.

»Und?«

»Dachte, ich sollte Ihnen gratulieren …«

»Dazu gibt es wirklich keinen …«

»Zu einer der hitzigsten, impulsivsten Darstellungen, die mitzuerleben ich je das Mißvergnügen hatte.« Er steckte sich die Zigarre in den Mund und grinste verzerrt.

Norton hatte all meinen Zorn für sich beansprucht. Für eine weitere Person schien nichts mehr da zu sein. »Ist das alles, was Sie mir zu sagen haben?«

»Genaugenommen nein. Schätze, wir beide haben was gemeinsam.«

»Das glaube ich nicht.« Ich winkte eine vorbeifahrende Droschke heran, gab dem Kutscher als Adresse St. John's Wood an und stieg ein.

»Sie täuschen sich, alter Junge.« Ich drehte mich zu ihm um. »Was wir gemeinsam haben, ist ein Groll gegen die Davenalls.« Er zwinkerte mir zu und zuckte mit seinem Armstumpf. Die Geste und diese angedeutete Komplizenschaft waren widerlich, aber gleichzeitig auch unwiderstehlich. Zusammen fuhren wir los.

Ich hatte erwartet, daß er sich vorstellen würde, doch statt dessen fragte er: »Was spielen Sie für eine Rolle in der Geschichte?«

»Wenn Sie es schon wissen müssen – die Verlobte, von der er gesprochen hat, ist meine Frau.«

»Aha. Eine Herzensangelegenheit. Hätte ich mir denken können.«

»Tatsächlich?«

»Zu meiner Zeit hätten wir gewußt, wie man so eine Sache entscheidet!«

»Und wie?«

»Einer hätte den anderen gefordert.«

Ich warf ihm einen Blick zu und sah, daß er lächelte. Meine Worte brachten meinen Verdacht zum Ausdruck. »Wer sind Sie?«

»Mein Name ist Thompson.«

»Wie haben Sie Ihren Arm verloren?«

»Gervase Davenall hat ihn mir im Duell abgeschossen, vor mehr als vierzig Jahren.«

»Sie sind Lieutenant Thompson von den Twenty-Seventh Hussars. Sie trugen im Mai 1841 mit Gervase Davenall ein Duell aus.«

Er runzelte die Stirn. »Sie sind gut informiert. Ja, das war ich. Während sie mir das hier absägten, hab' ich mir vor Schmerzen ein paar Zähne an einem Offiziersstock ausgebissen.« Er schaute auf seinen Stumpf. »Gerry Davenall hatte ich es zu verdanken, daß ich die Armee verlassen mußte. Jetzt hab' ich nur noch das hier und die Litze an meiner Kappe vorzuweisen, daß ich der Königin und dem Vaterland gedient habe.«

»Sie wußten doch, was für ein Risiko Sie eingehen.«

»Zum Teufel mit dem Risiko! Ich bedauere es nicht. Es war ein fairer Kampf.«

»Warum hegen Sie dann einen Groll, wie Sie sagten?«

»Weil es schlimmer war, mich zu verstümmeln, als ein Pferd mit einem gebrochenen Bein nicht zu töten. Die Armee war alles, was ich hatte, verdammt noch mal. Und er war mal mein Freund gewesen. Er hätte wenigstens ganze Arbeit leisten können.«

»Sie waren Freunde?«

Er lächelte und schleuderte seinen Zigarrenstummel zum Droschkenfenster hinaus. »O ja. Wir waren so.« Er kreuzte die ersten beiden Finger seiner linken Hand. »Früher.« Dann riß er sie auseinander. »Wir waren dicke Freunde in Eton. Deshalb schlossen wir uns auch dem gleichen Regiment an.«

»Sie waren zusammen in Eton?«

»Schauen Sie nicht so überrascht drein. Ich war nicht immer ein einarmiger alter Bettler. Es gab mal eine Zeit, da war ich ein flotter Bursche, der sich die Damen aussuchen konnte. Genau wie Gerry.«

»Haben Sie sich deshalb duelliert – wegen einer Dame?«

Er kicherte. »Könnte man sagen, alter Junge. Könnte man sagen.«

»Ich habe nicht die Zeit für Ratespiele. Erzählen Sie es mir, oder lassen Sie es bleiben, ganz wie Sie wollen.«

»Werden Sie doch nicht gleich so grob! Ich dachte, Sie seien neugierig.«

»Das bin ich auch. Aber ich bin auch ungeduldig.«

»Also Karten auf den Tisch? Ich brauche Geld. Das sehen Sie wohl selbst. Es ist nicht lustig, wenn der Regen durch die Stiefel kommt und die eigenen Kumpels keine Schuldscheine mehr von einem annehmen.«

»Das ist Ihr Problem. Weshalb sollte ich Ihnen Geld geben, bloß damit Sie mir erzählen, worüber Sie sich vor all den Jahren mit Gervase Davenall gestritten haben?«

»Weil Sie wissen wollen, wer James Norton wirklich ist. Oder täusche ich mich da?«

Die Droschke schwankte heftig, als sie in die Tottenham Court Road einbog. Ich fiel gegen Thompson, wobei meine Hand auf seinen Armstumpf zu liegen kam. Er lachte über die Hast, mit der ich zurückzuckte.

»Ich hab' ihn heute morgen durchschaut, verstehen Sie. Er hat seine Rolle gut gespielt, aber nicht gut genug. Er ist nicht James Davenall.«

»Das weiß ich.«

»Das hoffen Sie, meinen Sie. Der Unterschied zwischen uns besteht darin, daß es mir verdammt egal ist, wer er ist, aber ich weiß, wer er ist.«

Konnte es sein? Wußte er es wirklich? Ich blickte in sein zerfurchtes, verwüstetes Gesicht; trotz seines spöttischen Lächelns funkelte Verzweiflung in seinen Augen. Ich fand keine Antwort auf meine Frage außer meinem Drang, ihm glauben zu wollen. »Wieviel verlangen Sie?«

Sein Lächeln wurde so breit, daß noch mehr braune, abgesplitterte Zähne zum Vorschein kamen. »Zwanzig Pfund würden mich aus der momentanen Klemme bringen. Sagen wir Guineen, da wir beide Gentlemen sind?«

»Ich habe nicht soviel bei mir.«

»Dann geben Sie mir etwas ... als Anzahlung.«

Ich zog eine Fünf-Pfund-Note aus meiner Brieftasche. »Was werden Sie mir als ... Anzahlung geben?«

Er griff mit Daumen und Zeigefinger nach dem Geldschein, doch ich ließ ihn nicht los. Er zog ein vorwurfsvolles Gesicht. »Das ist hart, alter Junge. Verdammt hart.«

»Das soll es auch, wenn man sich Geld auf diese Weise verdient.«

Er zog seine Hand zurück und ließ sich wieder in den Sitz der Droschke fallen. »Ist wohl nur fair. Ich werde Ihnen einen Teil der Geschichte erzählen. Er hat mich herausgefordert, weil ich etwas nicht zurücknehmen wollte. Etwas, was ich in der Hitze eines verdammten Streites gesagt hatte. Ich hatte ihn daran erinnert, daß ich ihn erwischt hatte, drei Jahre zuvor, bei einem Ball, den wir beide in Norfolk besuchten. Landsitz von einem Offizierskollegen. Sein Name spielt keine Rolle, Kostümfest, zur Feier der Krönung. Mein Gott, ist das *lange her. Im Sommer 38. Ich war damals so jung, daß ich nicht mal mehr sicher bin, daß es sich um die gleiche Person handelt.«*

»Kommen Sie zur Sache.«

Er zog eine Grimasse. »Haben Sie Geduld mit mir, alter Junge. Bin schon dabei. Champagner, beste Zigarren, die Damen schwebten in ihren provozierenden Verkleidungen herum. Ich könnte Ihnen erzählen ... Nun ja, die Sache war die, daß ich mein Auge auf eine hinreißende Kreatur geworfen hatte, die mehr als nur einen Walzer zu wünschen schien. Sie teilte mir mit, in welchem Zimmer sie schlief, obwohl Schlaf nicht gerade in ihrer Absicht zu liegen schien. Als ich weit nach Mitternacht zu ihr ging, mußte ich feststellen, daß man mir ... zuvorgekommen war. Gerry war schon vor mir da. Da lagen sie, in flagrante delicto. *Sie waren so miteinander beschäftigt, daß sie meine Anwesenheit nicht einmal bemerkten. Gerry hatte keine Ahnung davon, bis ich es ihm drei Jahre später erzählte. Deshalb duellierten wir uns. Deshalb wollte er mich töten – und hätte es ums Haar auch geschafft.«*

»Ich verstehe nicht. So, wie Sie davon sprechen, waren doch derartige Liaisons an der Tagesordnung.«

Er lächelte in angenehmer Erinnerung. »Das waren sie tatsächlich, alter Junge. Zu meiner Zeit waren wir nicht sehr prüde.«

»Warum dann das Duell?«

Er beugte sich vor und riß mir die Fünf-Pfund-Note aus der Hand. »Sie hören den Rest, wenn Sie Ihre Rechnung begleichen.«

Er muß die angespannte Ungeduld in meiner Stimme mitbekommen haben. »Wo und wann?«

»›The Lamb and Flag‹, Rose Street, heute abend um neun.« Er lehnte sich aus der Droschke und befahl dem Kutscher zu halten. Wir befanden uns auf halber Höhe der Albany Street. »Kommen Sie nicht zu spät«, sagte er und blinzelte mir zu. Dann sprang er hinaus.

Ich rätselte immer noch, ob er mich lediglich an der Nase herumführte, um einige seiner drängendsten Schulden bezahlen zu können, als die Droschke mich vor The Limes absetzte. Ich ging die Einfahrt hoch. Jetzt, wo Thompson mich nicht mehr ablenkte, begann ich plötzlich, meinen Ausbruch vor Gericht zu bedauern. Was hatte es mir schon eingebracht, außer daß mein Zorn sich einmal kurzfristig Luft gemacht hatte?

Abrupt blieb ich stehen. Neben der Haustür stand eine Frau. Sie wandte sich mir zu und sah mich an, als ich mich näherte. Ich erkannte sie sofort. Das Haar hatte sie unter dem Hut mit der schmalen Krempe versteckt, ein kurzer Mantel verbarg teilweise ihr Kleid, doch die königliche Kinnlinie war unverkennbar, genauso wie der ruhige, ernste Blick der dunklen Augen. Diesmal gab es keinen Nebel, der sie mir hätte entreißen können. Diesmal sprach sie mich an.

»Guten Tag, Mr. Trenchard. Ich habe sehr lange auf Sie gewartet.«

III

Während der Mittagspause der Verhandlung Norton gegen Davenall machten Sir Hugo Davenall, sein Cousin Richard und Sir Hardinge Giffard einen Spaziergang über die Lincoln's Inn Fields auf der Suche nach frischer Luft und Inspiration. Keines von beiden war überreichlich vorhanden.

»Er geht ein gewaltiges Risiko ein«, sagte Sir Hardinge gerade, »daß er seine Geschichte in diesem Stadium noch abändert.«

»Vielleicht sollten wir dankbar sein«, sagte Richard unsicher. »Wenigstens ist der Name deines Vaters nicht in die Sache hineingezogen worden, Hugo.«

Doch Hugo sah alles andere als dankbar aus. »Warum hat er das getan?« sagte er und nahm einen tiefen Zug aus seiner Zigarette. »Was hat der verfluchte Hund vor?«

»Ist Ihnen der Gedanke gekommen«, sagte Sir Hardinge, »daß er die Gefühle Ihrer Familie verschonen möchte?«

»Was zum Teufel meinen Sie damit?«

Giffard lächelte grimmig. »Vergessen Sie's. Betrachten wir es doch mal von der anderen Seite. Er nimmt alle Schuld auf sich. Er gesteht alle vergangenen Sünden ein. Das macht ihn beim Richter glaubwürdig. Können Sie mir folgen?«

»Nur zu gut. Sie müssen ihn in der Luft zerfetzen, Sir Hardinge.«

»Ich werde mein Bestes tun. Es gibt ein paar Schwachstellen, wo man ansetzen kann. Natürlich kein zentraler Punkt, aber es könnte genügen.«

»Ich hoffe bei Gott, das tut es.« Hugo blieb stehen, warf seine Zigarette zu Boden und trat sie mit dem Fuß aus. »Sie müssen mich jetzt entschuldigen. Ich will noch mit meiner Mutter sprechen, bevor die Verhandlung weitergeht.«

Er ging nach Lincoln's Inn zurück. Die beiden Männer sahen ihm nach. Kaum war er außer Hörweite, wandte sich Sir Hardinge an Richard. Ein Großteil seiner professionellen Zurückhaltung war verschwunden.

»Dieser Morgen hätte nicht schlechter laufen können, Davenall.«

»Das ist mir klar«, sagte Richard bekümmert.

»Wir dürfen keine Einmischungen von Trenchard mehr dulden.«

»Ich weiß wirklich nicht, wie ich ihn beeinflussen könnte.«

»Solche Vorfälle stärken lediglich Norton. Damit ist er die angegriffene, verletzte Partei.«

»Ich weiß, aber ...«

»Der Richter tendiert bereits in Nortons Richtung. Ich habe Wimberley noch nie so parteiisch erlebt. Und diese Änderung der Geschichte – verdammt schlau. Wenn wir ihn mit der Wahrheit konfrontieren, dann würde das nur für ihn sprechen. Ich hatte geplant, ihm den Wortlaut seiner letzten

Nachricht um die Ohren zu schlagen, aber darin kommt nur die Verantwortung seines Vaters für seine Krankheit zum Ausdruck.«

»Sie können den Brief jetzt nicht mehr verwenden.« Richard sprach in dumpfem, monotonem Tonfall, als würde er über eine verlorene Sache reden.

»Aber der Rest wird einem gezielten Angriff nicht standhalten. Sehen Sie das nicht? Damit es zu keiner ordentlichen Gerichtsverhandlung kommt, müssen wir ihn jetzt vernichten.«

»Wir verlassen uns da ganz auf Sie, Sir Hardinge.«

Giffard warf ihm einen rätselhaften Blick zu. »Manchmal, Davenall, frage ich mich, ob Sie mit ganzem Herzen bei der Sache sind. Wirklich, das frage ich mich. Sie hegen nicht rein zufällig den Verdacht, daß es sich bei Norton tatsächlich um Ihren vermißten Cousin handeln könnte?«

Richard sah ihn ausdruckslos an. »Möchten Sie wirklich, daß ich die Frage beantworte?«

»Nein«, sagte Sir Hardinge. »Wenn ich es mir recht überlege, glaube ich nicht, daß ich das möchte.«

IV

Ich führte sie ins Haus und nahm ihr den Mantel ab. Als der Pelz von ihren schmalen Schultern glitt, sah ich, daß sie noch immer das gleiche schwarze Kleid trug, am Hals mit einer weißen Spitzenrüsche, im Ausschnitt frische rote Rosen.

»Tut mir leid, daß niemand da war, um Sie einzulassen«, sagte ich lahm. Hillier hatte mich anscheinend beim Wort genommen und war gegangen. »Der Haushalt ist momentan etwas eingeschränkt.«

»Das spielt keine Rolle. Ich bin Ihretwegen gekommen.« Ihre Stimme klang merkwürdig tief, fast maskulin. »Sie wissen, wer ich bin?«

»Ja. Dr. Fiveash hatte sie vor einiger Zeit als Sekretärin eingestellt.«

»Es tat mir leid, den Doktor zu betrügen. Er war immer sehr freundlich zu mir.«

»Ich nehme an, daß Whitaker nicht Ihr wirklicher Name ist?«

»Nein. Ich heiße Rossiter. Melanie Rossiter.«

»Miss Rossiter?«

»Ja.«

»Und woher soll ich wissen, daß es sich dabei nicht um ein weiteres Pseudonym handelt?«

»Sie haben mein Wort.«

»Und was ist Ihr Wort wert, Miss Rossiter?«

Plötzlich blickte sie mich mit einem derart schmerzlichen Ausdruck an, daß ich am liebsten meine Worte zurückgenommen hätte. Ihre großen, dunkelbraunen Augen standen voller Tränen. »Ich bin zu Ihnen gekommen«, sagte sie mit schwankender Stimme, »weil ich sonst niemanden habe, an den ich mich wenden könnte.«

Was immer auch meine Gefühle waren, ich wollte sie jetzt noch nicht offen zeigen. »Sie erwarten, daß ich Ihnen das glaube?«

»Ich klammere mich an die Hoffnung, daß Sie es tun werden.«

»Sie geben zu, daß Sie in Dr. Fiveashs Akten bezüglich James Davenall spioniert haben?«

»Ja.«

»Auf Anweisung von Alfred Quinn hin?«

»Ja.«

»Und James Norton?«

Sie sah mich erstaunt an. An der Aufrichtigkeit ihrer Verblüffung bestand kein Zweifel. »Nein. Quinn hat mich dazu veranlaßt. Ich hatte keine Ahnung, wozu er die Information brauchte – bis ich von der Verhandlung las. Ich bin Mr. Norton nie begegnet.«

»Weshalb sind Sie zu mir gekommen?«

»Ich will mit einer kriminellen Verschwörung nichts zu tun haben. Deshalb brauche ich Ihre Hilfe – Sie müssen mich vor Quinn schützen.« Sie schaute zu Boden und unterdrückte ein Schluchzen. »Er würde mich umbringen, wenn er wüßte, was ich Ihnen schon gesagt habe.«

»Bitte, Miss Rossiter, bitte. Ich sah Sie gestern nachmittag zusammen mit Quinn im Regent's Park. Sie sind seine willfährige Komplizin.«

Sie hob den Kopf; in ihrem Blick, mit dem sie meinen Anschuldigungen begegnete, lag mutige Aufrichtigkeit. »Das denken Sie von mir? Es ist aber nicht so, Mr. Trenchard. Sie müssen mir glauben.«

»Warum sind Sie mir dann gefolgt?«

»Quinn wollte, daß ich Sie beschreiben kann. Er wollte, daß ich Ihre Frau in Salisbury besuche und mich bei ihr beschwere ...« Sie wandte den Blick ab und errötete. »Ich sollte ihr sagen, Sie hätten meine Gunst genossen und sich geweigert zu bezahlen. Er wollte, daß ich das Geld statt dessen von ihr verlange.«

Ich packte ihren Arm und zog sie zu mir herum. Die Schändlichkeit dieses Plans ließ sowohl Scham als auch Zorn in mir aufsteigen. »Was hielt Sie zurück?«

»Es gibt Grenzen für das, was ich zu tun bereit bin, um zu verhindern, daß Quinn mich ruiniert. Was er da von mir verlangte, ging über diese Grenzen hinaus.« Sie hatte langsam und entschlossen gesprochen, als wollte sie betonen, daß es diesmal nicht um die Vorspiegelung falscher Tatsachen ging.

»Warum sollte ich Ihnen glauben?« fragte ich schließlich.

»Weil wir einander brauchen, Mr. Trenchard. Quinn ist unser beider Feind. Gemeinsam können wir ihm vielleicht entrinnen.«

Ich vermute, dies war der Moment, in dem ich ihr zu vertrauen begann. Es gab keinen logischen Grund dafür außer ihrer Jugend, ihrer Schönheit und ihrer offensichtlichen Ehrlichkeit, doch mein Drang, irgendeinen Beweis finden zu müssen, daß Norton und Quinn sich gegen mich verschworen hatten, verscheuchte meine Zweifel. Ich führte sie ins Wohnzimmer und setzte mich ihr gegenüber. Was wohl Constance sagen würde, wenn sie aus einer derartigen Quelle erfahren würde, daß sie getäuscht worden war? Miss Rossiter schaute sich in dem Raum um, als wäre sie von der Einrichtung, die bescheiden genug war, geradezu überwältigt.

»Was hat Quinn gegen Sie in der Hand?« fragte ich nach einer Weile.

Sie warf mir einen Blick voll überraschender Intensität zu, dann senkte sie den Kopf und errötete. »Ich weiß gar nicht, wie ich es erklären soll«, sagte sie, nervös ihr Ansteckbukett befingernd. »Es ist zu ... schrecklich, um darüber zu sprechen.« Sie schloß die Augen, schlug sie nach einem Moment wieder auf.

»Sie müssen es mir erzählen, wenn ich Ihnen glauben soll.«

»Das ist mir klar.« Sie seufzte. »Also gut. Ich bin verlobt und will bald heiraten. Schon seit über einem Jahr. Mein Verlobter stammt aus einer sehr guten Familie. Sein Vater ist Weinhändler in Bristol. Ein Mann von Bedeutung mit bestem Leumund. Er hat unserer Verlobung trotz meiner niederen Herkunft nichts in den Weg gelegt, weil er erkannt hat, wie sehr sein Sohn und ich uns lieben. Mir würde es das Herz brechen, wenn die Verlobung gelöst würde.«

»Warum sollte das geschehen?«

»Weil Quinn im Besitz einiger Fotos ist. Er droht, sie meinem Verlobten zu zeigen. Die Fotos sind ...« Sie schluchzte auf und brach dann in Tränen aus. Noch bevor ich mich fragen konnte, ob meine Reaktion klug war, saß ich neben ihr auf dem Sofa und legte einen Arm um ihre Schultern. Ich versuchte sie zu trösten, so gut ich konnte. »Die Fotos zeigen mich so«, fuhr sie fort, »wie nur ein Ehemann mich sehen dürfte.«

»Wie ist Quinn in ihren Besitz gekommen?«

»Er und ich dienten vor zwei Jahren zusammen in einem Haushalt in Bristol. Ich als Hausmädchen, er als Bedienter, obwohl er behauptete, in seiner vorherigen Stellung Butler gewesen zu sein. Das war, bevor ich Clive kennenlernte, müssen Sie wissen. Quinn überredete mich, daß ich gutes Geld verdienen könnte, wenn ich für einen ihm bekannten Künstler Modell stünde. Und das stimmte auch. Noch mehr konnte man verdienen, wenn man sich fotografieren ließ. Ich war ja so dumm. Ich glaubte wirklich, die Fotos würden nur zu dem Zweck gemacht, daß der Künstler die Ähnlichkeit vergleichen konnte, wenn ich ihm nicht Modell stand. Später erzählte mir Quinn, wofür sie wirklich benutzt wurden.« Sie schauderte. »Es hat den Anschein, als hätte er einige Kopien für sich behalten. Wir arbeiteten schon längst nicht mehr zusammen, als er mich letzten Dezember besuchte und mir drohte, die Fotos Clive zu zeigen ..., falls ich nicht tat, was er wollte.«

»Und dann verlangte er von Ihnen, Sie sollten unter Dr. Fiveashs Aufzeichnungen James Davenalls Krankengeschichte heraussuchen?«

»Ja. Es war nicht schwierig. Der Doktor war ein vertrauensvoller Arbeitgeber.«

»Quinn arrangierte Miss Arrows Unfall?«

»Ja.«

»Und Sie wohnten bei der Witwe Oram in Norfolk Buildings, bis Sie die Aufgabe erledigt hatten?«

Überrascht sah sie mich an. »Das wissen Sie?«

»Und was erhielten Sie als Gegenleistung? Die Fotos?«

»Ja. Doch sie waren wertlos. Ich hätte mir denken können, daß er auch die Negative besitzt. Die hat er mir versprochen, wenn ich ihm diesen weiteren Dienst erweisen würde ...« Sie blickte zur Seite. »Indem ich Sie schändlich verleumden würde.«

Ich tätschelte ihre Hand. »Meine Dankbarkeit gehört Ihnen, Miss Rossiter.«

»Danke«, murmelte sie. Dann fügte sie mit kräftigerer Stimme hinzu: »Hätte Ihre Frau eine derartige Geschichte geglaubt?«

»Vielleicht. Wir sind uns fremd geworden ... seit einigen Wochen. Möglicherweise hätte sie angenommen ... Der Sinn der Sache ist jedenfalls völlig klar: Norton will sie für sich gewinnen. Zweifellos wäre er zufällig in der Nähe gewesen, um ihr Trost zu spenden, nachdem Sie sie davon überzeugt hatten, daß man mir nicht trauen könne.«

»Was soll ich tun ... jetzt, da ich Ihnen alles erzählt habe?«

Sie hatte sich in meine Macht begeben. Als ich in ihre offenen, forschenden Augen sah, wunderte ich mich über die verblüffende Schnelligkeit, mit der aus einer furchteinflößenden Feindin eine erfreuliche Verbündete geworden war. »Ich möchte, daß Sie alles niederschreiben, was Sie mir eben erzählt haben. Wir lassen es durch die Anwälte der Davenalls zu einem eidesstattlichen Dokument machen. Dann möchte ich, daß Sie meiner Frau die Wahrheit sagen.«

Entschlossen reckte sie ihr Kinn vor. »Gut. Ich werde tun, was Sie von mir verlangen.«

»Unglücklicherweise sehe ich keine Möglichkeit, Quinn die Negative abzunehmen.«

»Das spielt keine Rolle«, sagte sie kopfschüttelnd. »Er hätte sie mir sowieso nie gegeben. Ich muß Clive die Wahrheit gestehen und auf seine Liebe zu mir vertrauen.«

»Wo ist Ihr Verlobter jetzt? In Bristol?«

»Nein. Er befindet sich mit seinem Vater auf Geschäftsreise in Portugal. Er hat keine Ahnung, daß ich in London bin.«

»Kann ich irgend etwas für Sie tun?«

»Vor allem brauche ich Ihren Schutz, Mr. Trenchard. Ich sollte heute zu Ihrer Frau nach Salisbury fahren. Quinn wollte mich an der Waterloo Station

am Zug um vier Uhr treffen. Was soll ich tun, wenn er merkt, daß ich ihm nicht gehorcht habe? Er weiß, wo ich abgestiegen bin. Ich muß um mein Leben fürchten, wenn er denkt, ich hätte ihn verraten.«

»Sie müssen hierbleiben. Ich werde an Ihrer Stelle zur Waterloo Station gehen.«

»Nein!« Verzweiflung schwang in ihrer Stimme mit. »Wenn er Sie sieht, wird er ahnen, was ich getan habe. Es ist besser, wenn er im ungewissen bleibt. Er ist ein gefährlicher Mann, Mr. Trenchard. Ein sehr gefährlicher Mann.«

Widerstrebend mußte ich einräumen, daß sie recht hatte. »Also gut. Ich werde meiner Frau telegrafieren, damit sie augenblicklich zurückkehrt. Inzwischen schreiben Sie Ihre Aussage nieder, damit meine Frau sie lesen kann.«

Ich öffnete das Schreibpult, fand Feder und Papier und ließ sie, mit der Niederschrift beschäftigt, zurück, während ich aus dem Haus zur Post in der St. John's Wood High Street eilte. Dort telegrafierte ich Constance und benutzte dabei die nachdrücklichsten Formulierungen, die mir einfielen: LEBENSWICHTIG, DASS DU SOFORT HEIMKEHRST. HABE BEWEIS, NORTON IST NICHT JAMES. *Miss Rossiters Bericht ergab zwar nicht ganz, wie behauptet, diesen Beweis, aber er würde genügen, um Constances Vertrauen in Nortons Ehrlichkeit zu erschüttern. Auf dem Rückweg nach The Limes spürte ich, wie der Schleier der Verzweiflung, der sich seit Wochen über mich gesenkt hatte, lichter wurde. Die Verschwörung von Norton und Quinn war nicht so fest geknotet, wie ich befürchtet hatte. Mit Miss Rossiters Hilfe würde ich mich daraus befreien.*

V

In Lincoln's Inn wurde die Verhandlung wieder aufgenommen. Mr. Russells abschließende Fragen an den Kläger hatten nicht die Erregung auslösen können, die am Vormittag geherrscht hatte, doch als er sich hinsetzte, stieg das Interesse wieder. Die Journalisten leckten ihre Bleistifte. Selbst der unaufmerksamste Besucher oben auf der öffentlichen Galerie hörte auf, seine Fingernägel zu inspizieren. Denn Sir Hardinge Giffard hatte sich erhoben – räuspernd und seine Robe um die Schultern ziehend –, um sein Opfer zu stellen.

»Mr. Norton ...« Er legte besondere Betonung auf den Namen und hielt nun inne, um die Wirkung auf den Richter abzuschätzen. »Ich gehe davon aus, daß Sie in vollem Ernst behaupten, der verstorbene James Davenall zu sein?«

Nortons Antwort war von beispielhafter Kühle. »Ich habe noch nie in meinem Leben etwas so ernsthaft betrieben wie die Wiederherstellung meiner wahren Identität.«

»Das freut mich. Ist Ihnen klar, wie streng Meineid vor dem Gesetz bestraft wird?«

»Euer Lordschaft, ich protestiere!« Mr. Russell sprang auf. »Mein Mandant steht unter Eid.«

»Das tut er«, erwiderte Richter Wimberley. »Vielleicht möchte Sir Hardinge den Kläger jedoch daran erinnern, daß eine Anklage wegen Meineids mit an Sicherheit grenzender Wahrscheinlichkeit folgen würde, falls er in dieser Sache unterliegt.« Er lächelte schwach. »Doch möglicherweise hat der Kläger diese Erinnerung gar nicht nötig.«

»So ist es, Euer Lordschaft«, sagte Norton ruhig.

»Gut. Fahren Sie fort, Sir Hardinge.«

»Ich habe Ihre Ernsthaftigkeit deshalb in Frage gestellt, weil Ihr Anspruch im Grunde lediglich lächerlich wäre, würde er der Familie Davenall nicht derartigen Schmerz und Kummer bereiten. Hat ein Mitglied dieser Familie Sie auch nur flüchtig erkannt?«

Nortons Antwort kam ohne jedes Zögern. »Nein.«

»Welche Erklärung haben Sie für diese einstimmige Zurückweisung Ihrer Person?«

»Ich kann nicht für sie sprechen. Diese Zurückweisung hat mich tief getroffen.«

»Sind Sie dann einer Meinung mit mir, daß die wahrscheinlichste Erklärung dafür ist, daß sie einfach nicht glauben, daß Sie ihr verstorbener Verwandter sind?«

»Einspruch, Euer Lordschaft!« Mr. Russell intervenierte erneut. »Es ist absurd, wenn mein geschätzter Kollege so tut, als wäre mein Mandant tot.«

Richter Wimberley preßte die Lippen zusammen. »Soviel ich weiß, wurde Mr. James Davenall vor zwei Jahren offiziell für tot erklärt. Deshalb ist Sir Hardinges Verbindung des Namens mit dem Wort ›verstorben‹ absolut korrekt.«

Giffard lächelte. »Ich danke Ihnen, Euer Lordschaft. Nun, Mr. Norton?«

»Ich bin zu der Schlußfolgerung gezwungen worden, daß sie mich lieber verleugnen, als den Konsequenzen meiner Rückkehr ins Auge zu sehen.«

»Diese Beschuldigung ist gegen Sir Hugo Davenall gerichtet?«

»Ja.«

»Und gegen seine Mutter, Lady Davenall?«

»Auch hier muß ich, obschon widerstrebend, mit ja antworten.«

»Sie erwarten allen Ernstes, daß dieses Gericht zu der Auffassung gelangt, eine Mutter könne ihren Sohn verleugnen, einen Sohn, den sie für tot gehalten hat und für den Sie sich nun ausgeben, ein Sohn, der ihr wunderbarerweise wiedergeschenkt wurde und den sie nun nicht anerkennen will aus Gründen der ... ja, was? Bequemlichkeit?«

»Nicht Bequemlichkeit. Nein. Meine Mutter hat sehr feste, puritanische

Ansichten. Wenn sie mich anerkennt, müßte sie auch die Gründe für mein damaliges Verschwinden anerkennen. Und diese Gründe sind es, die sie so abstoßend findet. Was meinen Bruder anbelangt, so ist wohl offensichtlich, was er zu verlieren hat, wenn er mich anerkennt.«

»Oh, ja. ›Die Gründe für Ihr damaliges Verschwinden.‹

Sie behaupten, eine Nachricht hinterlassen zu haben, ich glaube, im Haus der Familie in Somerset, in der Sie einen Selbstmord andeuten. Helfen Sie mir doch mal mit dem Datum.«

»Es war der 17. Juni 1871.«

»Wo haben Sie die Nachricht hinterlassen?«

»Im Ankleidezimmer meines Vaters.«

»Stimmt genau, Mr. Norton. Ich gratuliere Ihnen. Natürlich hätte man das auch durch Lektüre der Zeitungsberichte über das Verschwinden des verstorbenen Mr. Davenall in Erfahrung bringen können. Was stand in diesem Brief?«

Norton zögerte. Er runzelte die Stirn. »An den genauen Wortlaut kann ich mich nicht mehr erinnern.«

Giffard lächelte. »Weil das nicht in der Zeitung stand. Wenn uns das Manuskript fehlt, geraten wir ins Schwimmen, nicht wahr, Mr. Norton?«

»Es ist elf Jahre her. Sie können nicht erwarten ...«

»Irgendein herausgegriffener Satz würde genügen!« Giffards Lächeln verstärkte sich.

Norton warf ihm einen durchdringenden Blick zu. »›Liebe Mutter, lieber Vater. Das sind die letzten Worte, die Ihr je von mir hören werdet. Ich bin entschlossen, meinem Leben ein Ende zu machen.‹ Soll ich fortfahren?«

Das Lächeln verschwand von Giffards Gesicht. »Das ist nicht notwendig«, sagte er nach einer kurzen Pause. »Der Inhalt des Briefes ist möglicherweise inzwischen bekannt geworden, also brauchen wir diesen Punkt nicht weiter zu verfolgen.«

»Euer Lordschaft!« rief Russell. »Wir bestreiten diese Behauptung. Die Verteidigung wird den Beweis erbringen müssen, daß dieser Brief veröffentlicht wurde.«

»Was das anbelangt«, erwiderte Giffard, »müßte man ein Protokoll des Verfahrens der offiziellen Todeserklärung studieren, in dem dieser Brief sicherlich erwähnt wurde.«

»Ist ein derartiges Protokoll verfügbar?« fragte Russell.

Giffard lächelte. »Ich fürchte nein.«

»Dann kann dieser Punkt nicht, wie Sie schon sagten, weiter verfolgt werden«, warf Richter Wimberley säuerlich ein. »Fahren Sie mit Ihren Fragen fort, Sir Hardinge.«

Giffard warf sich in die Brust, als wollte er zeigen, daß er die Situation im Griff hatte. Dennoch schwang nun ein wachsamer Ton in seiner Stimme mit. »Dem rührenden Bericht von Ihrem versuchten Selbstmord mangelte es an Details, Mr. Norton. Vielleicht könnten Sie uns jetzt einige nachliefern. Wo, behaupten Sie, wären Sie am Abend des 17. Juni 1871 in Wapping ausgestiegen?«

»An der Drehbrücke gegenüber dem Eingang zum Wapping Bassin.«

»Das stand sicherlich in den Zeitungen. Wie hieß die Kneipe, in der Sie angeblich einige Stunden verbrachten?«

»Nicht mehr als zwei Stunden, würde ich sagen. Ich erinnere mich an den Namen nicht mehr. Ich war nicht in der Verfassung, in der ich auf Gasthausnamen geachtet hätte.«

»Wo befand sich in Beziehung zu diesem namenlosen Gasthaus der Kirchhof, von dem Sie angeblich einen Pflasterstein mitgenommen haben?«

»Genau gegenüber, auf der anderen Seite der Straße.«

»Bestimmt haben Sie doch die Gegend erkundet. Haben Sie so von der Gasse neben dem Gasthaus und den dahinführenden Treppen erfahren? Haben Sie sich auf diese Weise für diese Gegend für Ihren angeblichen Selbstmord entschieden?«

»Nein. Ich bin seitdem nie wieder dort gewesen, obwohl ich Sie jederzeit problemlos hinführen könnte. Wenn ich, wie Sie es andeuten, das ›Gelände erkundet‹ hätte, hätte ich mir dann nicht auch den Namen der Kneipe gemerkt?«

»Nein, Mr. Norton. Sie sind klug genug, um hier und da aus Gründen der Wahrscheinlichkeit ein bißchen Ungewißheit einzustreuen. Wenden wir uns Ihrem nächsten Abenteuer zu. Wo gingen Sie im Juni 1871 an Bord dieses vermeintlichen Dampfers nach Kanada?«

»West India Docks.«

»Der Name des Schiffes?«

»*Ptarmigan.*«

»Ein normales Passagierschiff?«

»Nein. Ein Frachtschiff.«

»Was für Fracht?«

»Ich habe keine Ahnung. Ich habe nie die Laderäume inspiziert.«

»Der Name des Kapitäns, mit dem Sie diese Passage aushandelten?«

»Weiß ich nicht mehr.«

»Unter was für einem Namen reisten Sie?«

»Smith.«

»Nicht sehr originell.«

»Ich hatte nicht das Gefühl, originell sein zu müssen.«

»Wann erreichte die ... *Ptarmigan* ... Nova Scotia?«

»Die Überfahrt dauerte ungefähr einen Monat.«

»Dann kamen Sie also Mitte Juli an?«

»Ich denke schon. Tut mir leid, daß ich mir das Datum nicht aufgeschrieben habe. Zweifellos können Sie es irgendwo verzeichnet finden.«

»Ich zweifle nicht, daß Sie das bereits gefunden haben. Wie lange blieben Sie in Halifax?«

»Eine knappe Woche.«

»Dann reisten Sie über die Grenze und nach New York. Warum?«

»Es schien mir ganz natürlich, eine große Stadt anzusteuern. Außerdem wollte ich so schnell wie möglich britisches Territorium verlassen. In den Vereinigten Staaten hoffte ich untertauchen zu können.«

»Sind Sie seitdem in New York geblieben?«

»Nein. Ich bin sehr viel im Land herumgereist.«

»Immer unter dem Namen Norton?«

»Ja.«

»Nicht Smith?«

»Wie Sie sagten – er ist nicht sonderlich originell.«

»Warum überhaupt ein Pseudonym?«

»Ich wollte, daß mich meine Familie weiterhin für tot hielt.«

»Waren Sie nicht weit genug entfernt, um ohnehin sicher vor Entdekkung zu sein?«

»Möglicherweise, aber ich wollte keinerlei Risiko eingehen.«

»Und warum sind Sie nun auf der Bildfläche erschienen?«

»Die Entdeckung, daß ich nicht an Syphilis sterben würde, hat mein Weltbild verändert.«

»Erzählen Sie uns doch, wo Sie sich aufgehalten haben, Mr. Norton, und was Sie getan haben, als Sie diese Entdeckung machten.«

»Es war eine Vermutung, die im Laufe der Jahre immer stärker wurde.«

»Sie sprachen zuvor schon von den Symptomen Ihrer Krankheit. Wann litten Sie zuletzt an diesen Symptomen?«

»Das ist schon einige Jahre her.«

»Wie viele Jahre?«

»Sechs oder sieben.«

»Seitdem fühlten Sie sich vollkommen gesund?«

»Ja.«

»Behaupten Sie also, Sie seien spontan von der Syphilis genesen oder Sie hätten tatsächlich niemals an dieser Krankheit gelitten?«

»Ich vermute letzteres, aber ich besitze nicht die entsprechenden Qualifikationen, um das mit Sicherheit sagen zu können.«

»Und was ist mit jenen, die das können? Dieser ›bedeutendste Spezialist‹? Um wen handelt es sich da?«

»Um Dr. Fabius, den besten europäischen Venerologen.«

»Wo und wann konsultierten Sie ihn?«

»In Paris im Februar dieses Jahres.«

»Auf wessen Empfehlung hin?«

»Auf Empfehlung meines amerikanischen Arztes.«

»Sie sagten aber doch vorhin, Sie hätten sich seit sechs oder sieben Jahren völlig gesund gefühlt. Warum haben Sie so lange auf eine Bestätigung gewartet?«

»Es bestand die Möglichkeit eines Rückfalls. Außerdem ...«

Nortons kurzes Zögern schien Sir Hardinge zu elektrisieren. Mit einer schwungvollen Drehung wandte er sich ihm zu, die Stimme anklagend erhoben. »Ist es nicht so, Mr. Norton, daß erst der Tod von Sir Gervase im letzten Jahr Sie dazu veranlaßte, die absurde Behauptung zu erheben, Sie seien sein Erbe? Bis dahin hätten Sie damit keine Aussicht auf Erfolg gehabt. Natürlich hat Ihnen Fabius einwandfreie Gesundheit attestiert, da Sie nicht syphilitisch sind. Um es deutlicher auszudrücken, Sie sind nicht James Davenall, nicht wahr?«

Norton erwiderte ungerührt: »Ich bin James Davenall.«

»Warum erhoben Sie dann nicht Ihren Anspruch, als Ihr Vater noch am Leben war?«

»Ich bedaure, Sie enttäuschen zu müssen, aber der Grund dafür ist ein ganz prosaischer. Zum Teil wartete ich, um völlige Gewißheit zu haben. Hauptsächlich jedoch wartete ich, weil es mir an Geld mangelte. Meine Herkunft und meine Erziehung stellten nicht gerade die Basis für eine lukrative Beschäftigung dar. Ich mußte viele Jahre mit bescheidendsten Mitteln auskommen. Dr. Fabius' Gutachten ist jedoch nicht billig zu bekommen. Auch die Reise nach Frankreich ist nicht billig. Anwälte zu engagieren, um meinen Anspruch einzuklagen ...«

»Sie rechneten also damit, daß die Davenalls Sie zurückweisen würden?«

»Traurigerweise ja.«

»Sie haben also im Laufe der Jahre ihre Trinkgelder als Droschkenkutscher gespart, um dieses Unternehmen zu finanzieren?«

»In gewissem Sinne trifft das zu. In Wirklichkeit war ich nicht all die Jahre hindurch Kutscher. Ich habe in vielen Branchen gearbeitet.«

»Was machten Sie zuletzt?«

»Ich war Texter in einer Werbeagentur in Philadelphia.«

Giffard verzog das Gesicht. »Ein trauriges Schicksal für einen englischen Baronet.«

»Sie sagen es.«

»Vielleicht dachten Sie sich diese Geschichte in einer Mußestunde zwischen zwei Seifenslogans aus.«

»Nein.«

»Wissen Ihre früheren Kollegen von Ihren jetzigen Plänen?«

»Nein.«

»Vielleicht ist das für Ihren Gemütszustand das beste.« Er legte eine rhetorische Pause ein und ging dann wieder zum Angriff über. »Eine letzte Frage, Mr. Norton. Die mittlerweile verheiratete Verlobte des verstorbenen James Davenall, deren Namen zu nennen Sie zu zartfühlend waren ..., sind Sie ihr seit Anmeldung Ihrer Ansprüche begegnet?«

»Ja.«

»Hat sie Sie als Ihren früheren Verlobten anerkannt?«

»Nicht öffentlich.«

»Also dann in privatem Rahmen?«

»Ich würde es vorziehen, den Inhalt eines Privatgesprächs mit einer Dame nicht zu enthüllen.«

»Das ist ja geradezu rührend ritterlich. Aber das wird nicht reichen, Mr. Norton. Ich sage Ihnen ins Gesicht, daß diese Pose galanter Zurückhaltung nichts weiter ist als eine Strategie, mit der Sie hoffen, die Unterstützung dieser Dame für Ihre Ansprüche zu gewinnen, ohne daß diese Unterstützung als echter Beweis eingeführt wird.«

»Das weise ich entschieden zurück.«

»Geben Sie dann zu, daß sie Ihre Ansprüche zurückgewiesen hat?«

»Nein.«

»Sind Sie von ihr erkannt worden: ja oder nein?«

»Das kann ich nicht sagen.«

»Sie müssen.«

Norton sah zum Richter hinüber. »Euer Lordschaft, ich wende mich an Sie. Ich darf doch, wenn ich es so wünsche, die Antwort auf diese Frage verweigern?«

Russell sprang auf. Er schien um seinen Mandanten zu fürchten. »Euer Lordschaft, ich glaube, was der Kläger meint, ist ...«

»Danke, Mr. Russell, seine Meinung dürfte klar sein.« Richter Wimberley blickte mit einem Ausdruck offensichtlich ehrlicher Besorgnis auf Norton herab. »Natürlich können Sie die Antwort verweigern, junger Mann. Das ist keine kriminelle Handlung. Ich muß Sie jedoch warnen. Wenn Sie nicht antworten, bleibt dem Gericht kaum etwas anderes übrig, als Sir Hardinges Interpretation Ihrer Motive zu akzeptieren. Sind Sie sich über die Konsequenzen im klaren?«

»Ja.«

»Gut. Wollen Sie antworten?«

Norton schwieg. Dieses Schweigen schloß all die Zweifel und Möglichkeiten ein, die sich aus seiner Aussage ergaben. Viele im Gerichtssaal verstanden nicht, wieso diese eine Frage plötzlich zur Schlüsselfrage seiner Glaubwürdigkeit geworden war, doch sie spürten, daß jetzt die Entscheidung anstand. Intuitiv wußten sie, daß dies der Höhepunkt des Falles war und daß seine Antwort alles entweder zum Guten oder zum Schlechten wenden würde. Als er schließlich zu einer Erwiderung ansetzte, sprach er in leisem Ton, doch jeder verstand seine Worte. »Nein«, sagte er, »ich werde nicht antworten.«

Oben auf der öffentlichen Galerie schluchzte Emily Sumner leise vor sich hin. Es war der einzige Laut im Gerichtssaal.

VI

Als ich nach The Limes zurückkehrte, fand ich die Köchin im Flur vor.

»Mein Gott!« rief sie. »Da sind Sie ja, Sir.«

Ich hatte keine Zeit für ihr Geplapper. »Wo ist Hillier?«

»Sie ist gegangen, Sir, heute morgen. Sagte, Sie wüßten Bescheid.«

»Das tue ich auch. Nun, wie wär's mit einem Tee? Ich habe einen Gast.«

»Gast, Sir?«

»Ja. Sie sitzt im Wohnzimmer. Was Sie auch wissen würden, wenn Sie hier gewesen wären, um sie einzulassen.«

»Niemand hat geklingelt, Sir. Von der Küche aus hätte ich die Glocke gehört. Ich bin seit dem Frühstück dort.«

Offensichtlich ließ auch ihr Gehör sie allmählich im Stich. »Egal. Machen Sie Tee für zwei Personen, und zwar so schnell wie möglich. Und ein paar Sandwiches. Ich habe Hunger.«

»Sehr wohl, Sir.«

»Und machen Sie das Gästezimmer zurecht. Die Dame wird über Nacht bleiben.« Auf ihren Gesichtsausdruck hin fügte ich hinzu: »Ich weiß, daß das normalerweise nicht zu Ihren Aufgaben gehört, aber ohne Hillier ... nun ja ... Sie verstehen schon, nicht wahr?«

»Ja, Sir«, sagte sie widerwillig. »Schätze schon.« Und damit verschwand sie.

Im Wohnzimmer war Miss Rossiter anscheinend mit ihrer Niederschrift fertig. Sie saß noch vor dem Schreibpult, hatte aber die Feder aus der Hand gelegt und starrte ins Leere. Ihre Aufmerksamkeit mußte auf etwas anderes gerichtet gewesen sein, denn sie hörte mich nicht kommen.

»Miss Rossiter!«

Sie fuhr zusammen. »Mr. Trenchard! Tut mir leid.«

»Dazu besteht kein Anlaß. Sind Sie fertig?«

»Ja.« Sie erhob sich und reichte mir drei sauber beschriebene Blätter.

Ich setzte mich in einen Sessel und begann zu lesen. Dabei spürte ich, wie zwei widersprüchliche Empfindungen in mir stritten: einmal die während des Lesens wachsende Zuversicht. In dem Dokument stand alles drin, was ich benötigte, um beweisen zu können, daß Quinn gegen die Davenalls und mich eine Verschwörung angezettelt hatte. Die andere, etwas weniger intensive Empfindung war die, daß Melanie Rossiter mich beobachtete, während ich auf dem Teppich auf und ab ging. Ich fühlte mich in zunehmendem Maße verant-

wortlich für sie, bewegt und gerührt von dem Risiko, das sie einging, um mir zu helfen. Hoffte sie, daß ich sie vor Quinn beschützen würde? Betete sie insgeheim darum, daß ich mich bei ihrem Verlobten für sie verwenden würde? Ich durfte sie weder in dem einen noch in dem anderen Punkt enttäuschen, das war mir klar.

»Ich bin Ihnen für das hier sehr dankbar«, sagte ich schließlich. »Sie haben nicht zuviel versprochen. Es ist mehr, als ich von Ihnen verlangen durfte.« Als ich ihre zusammengepreßten Lippen sah und die Hände, die sich zu Fäusten geballt hatten, erkannte ich, daß meine Worte nur zu sehr ins Schwarze getroffen hatten. »Sie müssen das nicht mit Ihrem Namen unterzeichnen, das wissen Sie.«

»Ich werde es tun. Es ist die einzige Möglichkeit, mich von ihm zu befreien.«

»Ich glaube, da haben Sie recht.«

Ich brachte die schriftliche Aussage zurück zum Schreibpult und hielt ihr die Feder hin. Ohne zu zögern, unterschrieb sie die letzte Seite und setzte ihre Initialen unter die anderen Seiten. »So«, sagte sie. »Das wäre erledigt.«

Die Hand, in der sie die Feder hielt, zitterte. Instinktiv griff ich danach und nahm sie in meine Hand, um sie beruhigend zu drücken. Statt dessen verschränkten sich meine Finger mit den ihren. »Sie können sich auf mich verlassen«, sagte ich heiser.

»Danke«, erwiderte sie sanft. Dann richtete sich der Blick ihrer großen, dunklen Augen forschend auf mich, als suchte sie nach einem Beweis, daß sie mir vertrauen könne. »Ich habe solche Angst vor dem, was mit mir geschehen könnte.«

»Das müssen Sie nicht. Ich werde dafür sorgen, daß Ihnen kein Leid zugefügt wird. Ich beabsichtige, Quinn für das, was er getan hat, hinter Gitter zu bringen.«

»Und mein Verlobter?«

»Wenn er Ihrer wert ist, dann wird er Verständnis haben. Ich werde tun, was in meiner Macht steht, damit er begreift.«

Sie wandte sich mir zu und sah mir offen in die Augen. Unsere Hände waren immer noch ineinander verschränkt. »Gott segne Sie dafür«, sagte sie, »daß Sie mein Freund sind.« Dann ließ sie abrupt meine Hand los und sprang errötend zurück, denn sie hatte etwas gesehen, was mir entgangen war. Die Köchin war mit dem Tee hereingekommen.

ZEHNTES KAPITEL

I

Richard Davenall verließ Lincoln's Inn an diesem Nachmittag allein und in düsterer Stimmung. Russell hatte den Schaden, den Norton durch seine Weigerung, auf Giffards Frage zu antworten, verursacht hatte, nicht mehr wiedergutmachen können. Hugo hatte darauf so reagiert, als wäre der Fall bereits gewonnen, hatte Sir Hardinge auf die Schulter geklopft und darauf bestanden, ihn seiner Mutter vorzustellen, ja er hatte ihn sogar zum Abendessen nach Bladeney House eingeladen. Für all das hatte Richard jedoch nichts übrig. Es lag nicht daran, daß er Hugos Zuversicht für falsch hielt, sondern eher für zu wohl begründet. Da lag der Hase im Pfeffer. Norton hatte ihn nicht nur mehr als je zuvor beeindruckt, sein Auftritt hatte ihn auch auf eine höchst beunruhigende Art und Weise bewegt. Er hatte in Richard den schlafenden Verdacht geweckt, daß dieses edle, gemarterte Wesen, das er den ganzen Tag hindurch im Gerichtssaal beobachtet hatte, kein anderer als James Davenall persönlich war.

Dämmerung senkte sich über London, als Richard Lincoln's Inn verließ. Er stellte den Kragen hoch, knöpfte seine Handschuhe zu und eilte in südlicher Richtung davon, begierig darauf, sich in dem abendlichen Verkehrsgewühl der Stadt zu verlieren. Er blickte zu dem neuen, fast vollendeten Königlichen Gerichtshof hinüber, der rechts vor ihm hinter Planen und Bauzäunen aufragte, und sinnierte einen Moment lang über seinen Beruf und die traurige Vergeudung des Lebens all der fehlgeleiteten Menschen nach, die sie als Mandanten bezeichneten.

Er seufzte und beschleunigte seine Schritte, froh darüber, eine Aufgabe vor sich zu haben, die seine Gedanken von derart düsteren Pfaden abbringen könnte. Benson hatte ihm am Nachmittag eine Nachricht überbracht. Roffey wünschte ihn dringend zu sprechen, und so hatte er beschlossen, dem schäbigen Büro des Mannes über einem Tabakladen etwas abseits von Ludgate Hill einen seiner seltenen Besuche abzustatten. Als Richard sich durch das Gewirr der überfüllten Straßen bis an sein Ziel durchgekämpft hatte, wurde er nachdrücklich an die ewigen Notwendigkeiten erinnert, die derart heruntergekommene Örtlichkeiten mit den eleganten Anwesen am Chester Square verbanden. Nur für Richard, der sich in beiden Welten bewegte, war die Ironie ihrer Verbindung überdeutlich.

Roffey wartete mit der in seiner Branche üblichen Geduld auf ihn und fügte noch eine typische Entschuldigung hinzu. »Tut mir leid, daß ich Sie stören mußte, Mr. Davenall.«

»Benson sagte, es sei dringend.«

»Da die Verhandlung weiterläuft, dachte ich, Sie sollten es gleich wissen. Wie sieht es aus?«

»Soso. Was haben Sie herausgefunden?«

»Etwas über Quinn. Nicht viel. Nichts Definitives. Aber immerhin etwas.«

»Nun?«

»Die Beschreibung paßt, und seinen Namen hat er möglicherweise in Flynn umgeändert. Ich hab' mich bei einem mir bekannten Sergeant von Scotland Yard erkundigt: Da haben wir dann einen Mann, den die Polizei nur zu gern in die Finger bekommen möchte.«

»Warum?«

»Sie glauben, er stecke hinter einer Serie von Einbrüchen. Das heißt Hauseinbrüche. Häuser der Reichen und Einflußreichen in Stadt und Land. Safes wurden aufgebrochen, Geld, Schmuck und Kunstgegenstände gestohlen. Alles sehr gekonnt gemacht; man glaubt, ohne Insiderinformationen wäre es nicht möglich gewesen. Ein Mann, der Diener oder ehemalige Diener kennt oder der die Häuser und die Besitzer kennt, kommt dafür ganz offensichtlich in Frage. Natürlich wissen sie nichts von Quinn. Das ist meine Theorie, die auf in Hehlerkreisen kursierenden Gerüchten basiert, aber sie paßt zu den Fakten. Dadurch, daß sie ihn entließ, könnte Lady Davenall ihm ein ... lukrativeres Beschäftigungsfeld eröffnet haben.«

Richard lächelte kläglich. »Das würde erklären, warum er nicht gerade scharf darauf ist, von uns gefunden zu werden.«

»Ja, in der Tat, Sir. Ich sollte vielleicht hinzufügen, daß ein Dienstbote bei einem dieser Einbrüche getötet wurde, also geht es zusätzlich noch um Mord. Falls es sich bei Quinn um Flynn handelt, wird er mit unseren Nachforschungen bestimmt nichts zu tun haben wollen. Außer ...«

»Außer was?«

»Außer er ist bereits in diese Sache verwickelt. Mir ist der Gedanke gekommen, daß Mr. Trenchard vielleicht recht haben könnte. Norton braucht sowohl Geld als auch Informationen, um seine Ansprüche durchsetzen zu können. Quinn könnte ihm beides liefern. Selbstverständlich existiert dafür nicht der geringste Beweis, aber Norton ist zwischendurch immer wieder verschwunden, vielleicht um sich mit seinem Förderer zu treffen. Wir haben keine Ahnung, wo, aber ...«

»An einem Ort, an dem sich Quinn oder Flynn sicher fühlt?«

»Das war auch mein Gedanke, Sir. Hilft Ihnen das weiter?«

»Ich bin mir nicht sicher, Roffey. Ich bin mir ganz und gar nicht sicher.«

II

Der Köchin Gehör muß sie wieder im Stich gelassen haben, denn als an diesem Spätnachmittag die Türglocke läutete, regte sich nichts. Schließlich öffnete ich selbst. Ein Postjunge stand vor der Tür und stampfte mit den Füßen, um sich warm zu halten. Er hatte ein Telegramm von Constance für mich. Es war die Antwort auf mein Telegramm und besagte schlicht und einfach, daß sie sofort Salisbury verlassen würde. Bevor der Abend vorüber war, würde sie wieder bei mir sein und sich meine Rechtfertigung anhören. Ich gab dem Jungen ein Trinkgeld und kehrte ins Wohnzimmer zu Miss Rossiter zurück.

»Meine Frau kommt heute abend zurück«, verkündete ich.

»Das freut mich«, erwiderte Miss Rossiter. »Wann wird sie da sein?«

»Ich bin mir nicht sicher. Höchstwahrscheinlich ziemlich spät. Hoffentlich bin ich rechtzeitig zurück.«

»Zurück?«

»Ja. Ich muß mich heute abend noch mit jemanden treffen. Mit einem Mann namens Thompson. Er behauptet, er wisse, wer Norton wirklich ist. Es tut mir sehr leid, Sie allein lassen zu müssen, aber ...« Ich verstummte, als mir ein neuer Gedanke kam. Miss Rossiter hatte einen vierzig Jahre alten Zeitungsausschnitt aus Dr. Fiveashs Praxis mitgenommen, der sich auf Harvey Thompson und dessen Duell mit Gervase Davenall bezogen hatte. Warum war mir das nicht eher eingefallen? Ich konnte sie jetzt fragen, warum sie das getan hatte.

Die Frage kam nie über meine Lippen. Miss Rossiter starrte an mir vorbei; ihr friedlicher Gesichtsausdruck wurde von blankem Entsetzen weggewischt. Mit zitternder Hand deutete sie auf das Fenster hinter mir, an dem trotz der fortgeschrittenen Stunde die Vorhänge noch nicht zugezogen waren. »Quinn!« rief sie. »Er ist da!«

Eine Sekunde lang konnte ich meinen Blick nicht von ihrem angstverzerrten Gesicht abwenden. Dann wirbelte ich herum und hatte nichts als die nackte Fensterscheibe vor mir.

»Er war da«, sagte Miss Rossiter hinter mir. »Ich hab' ihn gesehen, sein schreckliches Gesicht. Er schaute direkt zu uns herein.«

Vielleicht hielt er sich noch im Garten auf. Ich raste durch den Flur auf das Frühstückszimmer zu. Einen Moment lang fummelte ich an den Riegeln der Verandatür herum, dann stieß ich sie auf und stürmte auf die Veranda hinaus.

Nichts. Licht aus dem Wohnzimmer überflutete das Geländer und den anschließenden Rasen. Nachdem sich meine Augen an die Dunkelheit gewöhnt hatten, konnte ich in dem Nebel nichts weiter erkennen als den mir nur zu vertrauten Garten. Die einzigen Geräusche waren mein keuchender Atem und der spöttische Schrei einer Eule. Ich ging zum Ende der Veranda und lauschte auf Geräusche eines Eindringlings. Es war nichts zu hören.

Dann sah ich es. Das Seitentor stand offen, nicht weiter als einen schmalen Spalt, aber es genügte, um ein wenig Licht von der Eingangslaterne durchzulassen. Burrows verriegelte das Tor stets, bevor er heimging, doch nun stand es offen. Ich ging hinüber, machte es ganz auf und suchte mit den Augen die leere Zufahrt ab. Falls Quinn diesen Weg genommen hatte, mußte er schon längst verschwunden sein. Ich schloß das Tor und verriegelte es. Vielleicht hatte Burrows es vergessen. Ich erinnerte mich daran, daß ihm das schon einmal knapp zwei Monate zuvor passiert war, als Norton das erstemal in meine Welt eingedrungen war. Vielleicht aber hatte Miss Rossiter tatsächlich ihren Peiniger gesehen.

Ich ging ins Haus zurück. Sie saß immer noch auf dem Sofa und starrte gebannt zum Fenster. Ich zog die Vorhänge zu, setzte mich dann neben sie; wieder legte sich mein Arm ganz von allein um ihre Schulter.

»Ist schon gut«, sagte ich. »Falls er da war, ist er jetzt jedenfalls verschwunden.«

Sie hatte geweint. Ich konnte die Spuren auf ihren bleichen Wangen sehen. Sie blickte mich mit unverhüllter Angst an. »Doch wie weit ist er weg? Für wie lange? Vielleicht wartet er nur – daß Sie mich allein lassen.«

»Dann werde ich Sie nicht allein lassen.« In diesem Moment schien meine Verabredung mit Thompson völlig unwichtig. Was konnte ich von ihm kaufen, was einem Vergleich mit der Wahrheit standhielt, die Miss Rossiter mir schenkte?

»Sie sagten ...«, fing sie an.

»Ich werde Sie nicht verlassen«, sagte ich fest. »Vertrauen Sie mir.«

»Ich danke Ihnen. Sie sind so freundlich. Schließlich könnte ich es mir auch nur eingebildet haben.«

»Das glaube ich nicht. So oder so. Sie werden nicht allein sein.«

III

An diesem Abend kam man in Fleet Street und Strand nur langsam voran. Feuchtkalter Nebel legte sich in die herabsinkende Dunkelheit, doch Richard Davenall kümmerte das nicht. Anders als die meisten Passanten, die sich auf den Straßen und in den Trambahnen drängten, hatte er kein bestimmtes Ziel.

Er überquerte den Trafalgar Square und marschierte auf der Nordseite der Pall Mall entlang, ein Weg, der ihn an dem Club vorbeiführen würde, dem er einst angehört hatte und dem Hugo immer noch angehörte. Er hatte den Club ignorieren wollen, konnte dann aber doch nicht widerstehen, einen Blick zu dem vertrauten, schwach erhellten Eingang zu werfen. Was er dort sah, ließ ihn abrupt stehenbleiben.

Durch das Erkerfenster links vom Clubeingang konnte man in einen Raum blicken, der zu seiner Zeit als die »Shelburne Bar« bekannt gewesen war. Hier war es stets weniger ruhig und diskret als in den anderen Bars zugegangen, deshalb hatte sie auch die jüngeren, protzigeren Mitglieder angezogen. Und auch jetzt hatten sie sich hier unter den Lüstern versammelt und posierten und stolzierten herum, um die Bewunderung ihrer Kollegen zu erregen. Richard schaute zu dieser Gattung Mensch hinüber, um deren rechtliche Angelegenheiten er sich so viele Jahre lang gekümmert hatte, und nicht zum erstenmal wurde ihm klar, daß er die Arbeit, die er einst geliebt hatte, nun im wahrsten Sinne des Wortes haßte.

Dann sah er genauer hin. Im Mittelpunkt der lärmenden Meute erkannte er Hugo. Er hätte es wissen müssen. Sir Hugo Davenall, der nie auf die Idee gekommen wäre, eine Feier könnte verfrüht sein, genoß in vollen Zügen den Sieg, den er seiner Ansicht nach in Lincoln's Inn errungen hatte. Mittlerweile würde er wohl jedem in dem Raum einen Drink spendiert und seinen Triumph hinausposaunt haben. Neben ihm standen ein lächelnder Freddy Cleveland und dieser Leighton zusammen mit einigen anderen, die Richard vage kannte. Hugo selbst – das Haar zerzaust, die Zigarette zwischen grinsenden Lippen, das Champagnerglas in der Hand – war ganz offensichtlich bereits betrunken. Im Augenblick schien er all seine Sorgen vergessen zu haben; die entfernte Möglichkeit einer Niederlage kam ihm gar nicht erst in den Sinn.

»Kein hübscher Anblick, was?«

Es schien so, als wäre die Stimme aus dem Nichts gekommen. Als Richard herumwirbelte, entdeckte er James Norton hinter sich, der in der Mündung einer schmalen Gasse stand, kaum sichtbar gegen die tiefe Dunkelheit.

»Hallo, Richard«, sagte er. »Was führt dich hierher?«

»Ich ... ich könnte dich dasselbe fragen.«

»Schreib es einer nostalgischen Regung zu. Ich wollte mir wieder einmal den alten Laden ansehen. Und wen finde ich – natürlich Hugo. Legt eine ›Floor-Show‹ aufs Parkett.«

»Wie bitte?«

»Verzeih. Muß ein Amerikanismus sein, den ich irgendwo aufgeschnappt habe. Zigarette?«

»Nein danke.«

»Wie du willst. Ich rauche eine.«

Als Norton sein Zigarettenetui aus der Innentasche seines Mantels zog, funkelte das Laternenlicht auf der silbernen Oberfläche. Richard stockte der Atem.

»Was ist?«

»Nichts.«

»Ist dir das ins Auge gestochen?« Er nahm sich eine Zigarette, ließ dann das Etui zuschnappen und drückte es Richard in die Hand. »Papa schenkte es mir zum einundzwanzigsten Geburtstag.« Richard drehte es in seinen Händen. Die Initialen JD wurden sichtbar, elegant eingraviert in der Mitte des Musters. »Erinnerst du dich daran?«

»Ich . . . ich bin mir nicht sicher.«

»Selbst wenn du dir sicher wärst, würde es keine Rolle spielen. Oder?« Norton riß ein Streichholz an und sah Richard ruhig an. Dann hielt er es an seine Zigarette und blies es aus. »Selbst wenn ich dich dazu bringen könnte, mir zu glauben – du würdest nicht danach handeln, nicht wahr?« Er streckte die Hand aus und nahm das Etui wieder an sich.

»Ich kann nicht etwas glauben, was nicht stimmt.«

»Du kennst mich seit dem Tag, an dem ich dein Büro betreten habe. Es gibt keinen Grund, jetzt etwas anderes vorzuschützen.«

»Ich schütze nichts vor.«

»Was glaubst du, weshalb ich mich geweigert habe, Giffards Frage zu beantworten?«

»Ich weiß nicht.«

»O doch, du weißt es. Ich liebe sie, Richard. Täte ich das nicht, dann hätte ich sie in diesen Gerichtssaal geschleppt und sie von Russell zu dem Eingeständnis zwingen lassen, daß sie mich kennt. Aber sie hat Besseres von mir verdient als das. Was ich von meiner Familie nicht gerade behaupten kann.«

»Sie haben kein Recht . . .«

»Ich habe jedes Recht!« Seine Stimme klang plötzlich bitter. »Was glaubst du, weshalb ich über die Ursache meiner Syphilis gelogen habe? Was sollte ich davon haben?«

»Sie dachten, Sie könnten damit die Sympathien des Gerichts gewinnen.«

»Das ist Unsinn, und das weißt du auch. Ich versuche den guten Namen der Familie zu retten, falls dir das etwas sagt. Ich räume euch allen jede Chance ein, die ich irgendwie vertreten kann. Doch was habt ihr mir als Gegenleistung angeboten?«

»Mr. Norton . . .«

»Mein Name ist Davenall! Das weißt du.«

»Ich weiß nichts dergleichen. Wenn Sie mich nun entschuldigen würden. Ich muß wirklich . . .«

»Warte!« Nortons Hand berührte seine Schulter in einer besänftigenden Geste. »Zeig mir nicht die kalte Schulter, Richard. Vielleicht verliere ich morgen, um unserer Familie willen.«

Richard hielt inne – einen Augenblick länger, als gut war, das wußte er. Der leichte Druck dieser Hand an seiner Schulter bewegte ihn nun, da er den Blick abgewandt hatte. Mehr als alle Worte bat ihn diese Hand, einmal in seinem Leben auf die Stimme seiner Seele zu hören.

»Schau dir Hugo an«, murmelte Norton. In dem hellerleuchteten Erkerfenster der Bar sah man Sir Hugo Davenall in trunkenem Überschwang über irgendeinen Witz lachen. Freddy Cleveland klopfte ihm auf die Schulter. All seine Freunde umschwärmten ihn, zogen ihn in den Kreis einer Kameraderie, die nichts zählte.

»Ich werfe dir nichts vor, Richard. Dir am allerwenigsten. Ich würde keinem Mann etwas vorwerfen – der zu seinem Sohn hält.«

»Was hast du da gesagt?«

»Papa wußte die ganze Zeit über, daß Hugo dein Sohn ist. Er hat es mir selbst erzählt. Keine Sorge. Er hat es sonst niemandem erzählt. Er meinte, der einzige Mensch, der es wissen müsse, sei sein einziger Sohn.«

IV

Der Abend ging in die Nacht über, und Miss Rossiter und ich wurden allmählich nervös. Bis zu Constances Ankunft gab es nichts zu tun. Ich glaube, dieser Gedanke war es, der uns am schwersten belastete. Alles war erledigt, alles war vorbereitet. Wir konnten nur noch warten.

Nach einem eher kärglichen Mahl fragte Miss Rossiter, ob sie sich oben in ihrem Zimmer ein wenig ausruhen könne. Die Ängste und Schrecken des Tages hatten sie erschöpft. Ich blieb allein zurück, las noch einmal ihre schriftliche Aussage, trank dann ein paar Schluck Whisky und genoß die Aussicht auf den Sieg, den ich dicht vor Augen hatte. Meine Gedanken wurden leichter, und ich wurde immer zuversichtlicher, daß ich den Preis für mich beanspruchen konnte.

Die Uhr im Wohnzimmer schlug acht, und ich schreckte aus leichtem Dösen hoch. Sofort war ich hell wach: meine Schläfrigkeit überraschte mich, ja ich fühlte mich von ihr fast verraten. Eine irrationale Furcht ergriff mich, die sich jedoch gleich wieder legte: Nach wie vor lag auf dem Schreibpult die abgegebene Erklärung. Dennoch beunruhigte mich der Gedanke daran. Es konnte noch Stunden dauern, bis Constance da war. Ich faltete die Niederschrift zusammen, steckte sie in einen Umschlag, versiegelte ihn und brachte ihn hoch in mein Arbeitszimmer, wo ich ihn in eine Schreibtischschublade legte, die ich sofort absperrte.

Nachdem der Schlüssel sicher in meiner Westentasche untergebracht war, schwand meine Besorgnis. Ich ging zum Fenster, schob die Vorhänge zurück und blickte die Zufahrt hinab zur Avenue Road. Es war eine stille, schwarze, neblige Nacht. Ich musterte aufmerksam die Umrisse der Bäume, verglich sie mit den in meinem Gedächtnis gespeicherten Bildern, bis ich so gut wie sicher war, daß niemand – egal, ob Quinn oder sonst jemand – in der Nähe des Hauses herumschlich.

Ich trank noch einen weiteren Scotch und stellte mir das Wiedersehen mit Constance vor: wie ich ihr die Neuigkeit überbringen würde, wie ich gleichzeitig barmherzig und doch überlegen mit ihr umgehen würde. Es konnte jetzt wirklich nicht mehr lange dauern; bald würde sie mich in einem neuen, wahren Licht sehen.

Ich spürte, wie mich die Schläfrigkeit wieder überwältigte, und trat hinaus auf den Treppenabsatz. Von hier aus konnte ich den Flur zum Gästezimmer überblicken. Die Tür stand einen Spalt offen, doch der Raum wurde nur von dem flackernden Kaminfeuer erhellt. Ich ging auf die Tür zu, während ich mir einredete, daß meine Sorge um Miss Rossiters Bequemlichkeit mein einziges Motiv war.

Sie lag schlafend im Bett. Ich mußte die Tür nur ein Stückchen aufstoßen, um ihren Kopf auf dem Kissen zu sehen. Sie hatte den Kragen ihres Kleides gelöst. Ihr Haar war nicht mehr zu einem Knoten zusammengebunden, sondern fiel in schwarzer Pracht fast bis auf die Taille hinab.

Ich trat in den Türrahmen und schaute sie an. Ihre eindringlichen, jetzt geschlossenen Augen schienen mich hinter ihren bleichen Lidern immer noch in ihren Bann zu schlagen. Ich betrachtete den zu einem halben Lächeln verzogenen Mund mit den vollen Lippen, die sanfte Rundung des Kinns, die pochende Ader an ihrem entblößten Hals, das Heben und Senken des Busens unter ihrem Kleid, die kaum sichtbare Bewegung des Ansteckbuketts, ausgelöst durch den Rhythmus ihres Atems. In diesem Moment spürte ich den ersten Ansturm einer schrecklichen Sehnsucht, ohne daran zu denken, daß ich bald nicht mehr allein mit ihr sein würde. Ich wollte meine Finger durch ihr Haar gleiten lassen, ihre sanften Lippen küssen, ihre …

Ich stand wieder draußen auf dem Flur. Die Tür hatte ich hinter mir geschlossen. Ich keuchte, schwitzte, versuchte zu verstehen, was ich beinahe getan hätte. Die monströse Dummheit des Gedankens stand in scharfem Gegensatz zu der Leichtigkeit, mit der ich dieser Regung beinahe nachgegeben hätte. In wenigen Stunden würde ich wieder mit meiner Frau vereint sein. Und wovon träumte ich? Miss Rossiter war gekommen, um mir zu helfen, und das war nun mein Dank.

Ich stolperte zurück in mein Arbeitszimmer, schenkte mir einen weiteren Scotch ein und stürzte ihn herunter. Sofort kam eine gewisse Ruhe über mich. Jetzt, da Miss Rossiter aus meinem Blickfeld verschwunden war, konnte ich das Ganze als eine vorübergehende Verirrung abtun. Ich ging ans Fenster und schaute erneut hinaus. Alles ruhig. Ich überprüfte den Schreibtisch. Er war verschlossen.

Als ich mich wieder dem Raum zuwandte, wurde mir schwindlig. Ich hatte zuviel getrunken. Ich war übermüdet. Was immer der Grund war, meine Glie-

der und meine Gedanken wurden von einer überwältigenden Schwere niedergedrückt. Ich zog meine Uhr hervor. Es war fast neun, die Zeit, zu der Thompson im »Lamb and Flag« auf mich warten würde. Oder war es schon später? Die Uhrzeiger verschwammen vor meinen Augen, so daß ich mir nicht sicher sein konnte. Ich wußte nur, daß Thompson vergeblich auf mich warten würde.

Schwankend tastete ich mich zur Chaiselongue und warf mich darauf. Ich brauchte nichts weiter, so redete ich mir ein, als etwas Ruhe. Bis zu Constances Ankunft würde ich längst wieder wach und ausgeruht sein. Doch ich kann nicht vorgeben, daß mein letzter Gedanke vor dem Einschlafen meiner Frau galt. Ich dachte an Melanie Rossiter. Einen Augenblick lang glaubte ich ihr Gesicht dicht vor mir zu haben, so, wie ich es schlafend im Gästezimmer gesehen hatte. Doch jetzt schlief sie nicht mehr. Ihre geöffneten Augen waren weit und dunkel und unergründlich und blickten mich direkt an.

V

Emily Sumner hatte sich für die Nacht in einem Hotel ohne Alkoholausschank in der Nähe von Charing Cross eingemietet, in dem auch die Frau des Dekans regelmäßig abstieg, wenn sie eine Sitzung ihres Wohltätigkeitskomitees für gefallene Mädchen aus dem East End besuchte. Es erscheint zweifelhaft, ob die Frau des Dekans Emilys Mission in der Hauptstadt gebilligt hätte, aber es wäre ihrer Aufmerksamkeit sicher nicht entgangen, daß Emily an diesem Abend in einem Zustand nicht sehr damenhafter Erregung in das Hotel zurückgekehrt war. Es wäre ihr aufgefallen, daß Emily in der Lounge Selbstgespräche geführt hatte, bevor sie sich mit der recht unverständlichen Bitte auf ihr Zimmer zurückgezogen hatte, man möge ihr das Abendessen dort servieren anstatt im Speisesaal. Angesichts der Umstände war es für Emilys Ruf nur gut, daß die Frau des Dekans in Salisbury unabkömmlich war und so nicht mitbekam, daß nun beide Sumner-Schwestern auf Abwege geraten waren.

Als es an diesem Abend kurz nach neun Uhr an der Tür klopfte, nahm Emily an, daß das Hausmädchen das Tablett holen würde. Doch als sie, das Tablett in der Hand, die Tür öffnete, stand ihre Schwester Constance atemlos vor der Schwelle.

»Constance!« rief sie. »Ich hätte nie gedacht ...«

»Ich auch nicht. Darf ich hereinkommen?«

»Natürlich. Natürlich.« Sie stellte das Tablett ab und zog ihre Schwester herein. »Schließ die Tür. Buchstäblich jeder Hotelgast hier scheint ein Freund der Frau des Dekans zu sein oder zumindest ihr Informant.«

Normalerweise hätten sie beide darüber gelächelt, doch jetzt achtete keine darauf.

»Ich habe dieses Telegramm von William erhalten«, sagte Constance ernst und reichte Emily das zerknitterte Formular. »Mir blieb keine andere Wahl, als sofort zu kommen.«

»Ich verstehe. Aber dies ... Es ergibt keinen ...«

»Was ist?«

»William hat heute James' Zeugenaussage vor Gericht gestört. Er hat ihn der Lüge beschuldigt. Der Richter ließ ihn schließlich aus dem Saal werfen.«

Constance wandte den Blick ab. »Das habe ich befürchtet. Sie gehen sich gegenseitig an die Kehle.«

»Nein!« Emily berührte die Schulter ihrer Schwester. »James hat überhaupt nicht reagiert. Er hat sich untadelig benommen.«

Emily war zu Tränen gerührt, bevor sie mit ihrem Bericht über die Ereignisse des Tages fertig war. Für sie und ihre Schwester stellte Nortons Weigerung, schlecht von seinem Vater zu sprechen, den offensichtlichen Beweis dar, daß er tatsächlich der verlorene Sohn war. Seine Weigerung, Giffards entscheidende Frage zu beantworten, werteten sie als kaum noch benötigten Beweis für seine edle Gesinnung und seine Aufrichtigkeit – und vor allem für seine alles überdauernde Liebe zu Constance. Ohne es zu ahnen, hatte er genau den einen Weg eingeschlagen, auf dem er sie vielleicht doch noch für sich gewinnen konnte – den Weg, auf dem er auf seine Ansprüche würde verzichten müssen.

Als Emily geendet und ihre Tränen getrocknet hatte, legte Constance, die sich alles schweigend und mit ausdruckslosem Gesicht angehört hatte, ihre Hand auf die Kaffeekanne, die auf dem Tablett stand. Sie war noch warm, und so schenkte sie ihnen eine Tasse ein. Erst als sie die gemeinsame Tasse mit dem belebenden schwarzen Gebräu geleert hatten, begann sie zu sprechen.

»Weißt du, was ich an James am meisten geliebt habe? Weißt du, was ich immer noch an ihm liebe?«

»Er ist ein liebenswerter, guter Mann, Constance.«

»Ja. Und auf seine Weise ist William das auch. Doch James besitzt eine innere Stärke, die ihn über andere hinaushebt, verstehst du. Als er mir mitteilte, daß er gehe und unsere Hochzeit nicht stattfinden könne, versuchte ich ihn auf jede nur denkbare Weise davon abzubringen, sogar mit ... Nun, du kannst dir sicher vorstellen, zu was für extremen Mitteln ich gegriffen habe. Doch er ließ sich nicht beirren. Er geriet nicht in Versuchung. Ich weiß jetzt, warum er mich verlassen mußte, warum er mich nicht heiraten konnte. Doch das alles durchzuhalten, dem Drang, sich jemandem anzuvertrauen, zu widerstehen, der ihm vertrauten Welt den Rücken zu kehren, sich freiwillig ins Exil zu begeben, damit die Schande seines Vaters verborgen bleibt: das erfordert wahren Mut, wahre Güte.«

»Er ... verbirgt immer noch die Schande seines Vaters.«

»Und ist bereit, deswegen den Verlust seiner Ansprüche in Kauf zu nehmen. Ich kann nicht begreifen, was sich seine Familie dabei denkt.«

»Sie denken an sich«, sagte Emily bitter.

»Ja. Ich fürchte, so ist es.«

»Was also sollen wir tun?«

Constance erhob sich, als hätte sie bereits eine Entscheidung getroffen. »William hätte sich diesen Auftritt im Gerichtssaal nicht geleistet, wenn er den Beweis besäße, von dem er im Telegramm gesprochen hat. Es wurde heute nachmittag um zwei Uhr aufgegeben. Wann, sagtest du, wurde er in Lincoln's Inn des Saales verwiesen?«

»Es muß kurz nach Mittag gewesen sein.«

»Er ist also entweder innerhalb der nächsten beiden Stunden auf diesen Beweis gestoßen, oder ...«

»Oder was?« Emily erkannte an dem entschlossenen Zug im Gesicht ihrer Schwester, daß sie die Alternative bevorzugte.

»Oder seine Behauptung, einen derartigen Beweis zu besitzen, ist ein ebenso irrationaler Ausbruch wie sein Auftritt im Gerichtssaal. Ich muß mir vorwerfen, daß ich ihn die vergangenen Wochen alleine gelassen habe, allein mit seinen brütenden Gedanken. Er besitzt nicht James' Willenskraft und Charakterstärke, Emily. Es läßt sich nicht sagen, wie sich das alles auf ihn ausgewirkt hat. Komm, wir müssen sofort zu ihm.«

»Ich soll dich begleiten?«

»Wenn du möchtest.«

»Aber er wird dich allein erwarten.«

»Da William behauptet, einen Beweis zu haben, kann er sich nicht beschweren, wenn ich einen Zeugen mitbringe.«

Emily fühlte sich so geschmeichelt, daß ihre Schwester sie um ihre Begleitung gebeten hatte, daß sie kaum in Erwägung zog, was sie in The Limes erwartete. Constance überlegte inzwischen, ob es sich bei Williams Beweis lediglich um ein entschuldbares Mittel handelte, sie nach Hause zu locken, oder um einen weiteren schändlichen Versuch, den Mann zu denunzieren, den sie ihr ganzes Leben lang insgeheim geliebt hatte. Während Emily mit ihrem Hütchen und ihrem Schal beschäftigt war, bemühte sich Constance, der Tatsache ins Auge zu sehen, daß sie vor der unvorstellbaren Wahl stand, sich zwischen ihrem gesetzmäßigen Ehemann und dem einzigen Mann, den sie je wirklich hatte heiraten wollen, entscheiden zu müssen.

VI

Ich lag auf der Chaiselongue. Die Möbel und die Wände schwankten vor meinen Augen. Ich rang verzweifelt nach Luft, mein Herz hämmerte. Meine Hände, mit denen ich mühsam an meinem Kragen riß, waren schweißnaß. Über mir in der äußersten Ecke der Zimmerdecke ringelten sich Stuckschlangen und zischten mich mit ihren grauen, tastenden Zungen an.

Ich richtete mich auf und lauschte mit hängendem Kopf meinen keuchenden Atemzügen. In das Muster des Teppichs waren Drachen eingewoben. Sie waren schon immer dagewesen, doch jetzt bewegten sie sich, rotteten sich zusammen, glotzten mich an. Mühsam blickte ich auf, sah zu der Öllampe auf meinem Schreibtisch hinüber, die in goldener, unnatürlicher Energie pulsierte. Das Licht blendete mich, die Hitze konnte ich fast auf meiner Haut spüren.

Es klopfte an meiner Tür, kaum hörbar, aber hartnäckig. Als ich mich erhob, verschwand das Schwächegefühl plötzlich; die Symptome eines kräftezehrenden Fiebers verwandelten sich in psychische und physische Stärke. Ich eilte zur Tür und drehte den Griff. Sie war versperrt. Wieder und wieder drehte ich an dem Griff, aber ohne Erfolg.

Das Klopfen hielt an. »Wer ist da?« schrie ich. Die Lautstärke meiner Stimme erschreckte mich. Sie schien in dem Raum nachzuhallen; das Echo kam von Wänden, Decke und Boden zurück. Erst als es verklungen war, hörte ich die Antwort, so leise und eindringlich wie das Klopfen zuvor.

»Melanie. Ich bin gekommen, wie Sie es verlangt haben.«

Ich stellte mich dicht vor die Tür und flüsterte meine Antwort. »Ich habe das nicht verlangt. Warum sind Sie gekommen?«

»Weil Sie es wollten.«

»Nein. Gehen Sie zurück. Lassen Sie mich in Ruhe.«

»Aber Sie wollten mich.«

»Nein. Ich sage Ihnen doch – nein!«

Etwas, was wie ein unterdrücktes Schluchzen klang, drang an meine Ohren, dann hörte ich das Rascheln von Stoff.

»Melanie?«

Keine Antwort. Plötzlich bedauerte ich meine Worte, ein heftiges, fast übelkeiterregendes Bedauern. Ich ließ mich auf die Knie fallen und spähte durch das Schlüsselloch. Da war sie, fast schon am Ende des Flurs. Ihr langes, dunkles Haar ergoß sich über ein weißes Hemd. Ich hörte mich ihren Namen rufen: »Melanie! Melanie!« Sie blieb stehen und drehte sich langsam um. »Komm zurück! Bitte komm zurück!« Sie lächelte und kam auf mich zugelaufen.

Ich war wieder auf den Beinen und zerrte an dem Griff, doch die Tür ließ sich immer noch nicht öffnen. Ich hörte, wie sie es von der anderen Seite her versuchte, dann ertönte ihre traurige Stimme. »Du sagtest, du würdest mich einlassen.«

»Ich kann nicht. Die Tür ist versperrt.«

»Du hast den Schlüssel. Du kannst sie öffnen ..., wenn du mich wirklich willst.«

Natürlich. Der Schlüssel. Ich hatte ihn die ganze Zeit über bei mir gehabt. Ich griff in meine Westentasche und holte ihn hervor; dann starrte ich auf die verrückten Winkel und Kerben, starrte und versuchte zu begreifen, was für eine Irreführung sie darstellten.

»Worauf wartest du?«

»Irgend etwas stimmt nicht. Das ist nicht der richtige Schlüssel.«

»Natürlich ist er es.«

»Nein. Dieser Schlüssel ... ist für ein anderes Schloß. Ich kann mich nicht erinnern, welches, aber ...«

»Versuch es.«

»Nein. Das ist nicht nötig. Ich weiß es.«

»Willst du mich haben, William? Willst du mich wirklich haben?«

»Ja, aber ...«

»Dann öffne die Tür.«

Ich stieß den Schlüssel ins Schloß. Er paßte perfekt. Die Tür quietschte in den Angeln, als ich sie öffnete.

Sie war weg. Der Flur lag verlassen da. Sie konnte in der kurzen Zeitspanne, die ich zum Öffnen der Tür gebraucht hatte, nicht verschwunden sein, aber sie war nicht mehr da. Ich fühlte mich krank und nervös und auf unerklärliche Weise beschämt. Ich lehnte mich gegen die Wand, als eine dumpfe Schwäche mich übermannte. Mir schwindelte.

Dann sah ich am Ende des Flures Licht aus einer offenen Tür fallen. Als ich darauf zuging, fiel die Mattigkeit wie ein Mantel von mir ab. Ich eilte den Gang entlang, lachend und gleichzeitig den Klang meines Gelächters genießend, das durch das Haus hallte. Ich erreichte die Tür.

Melanie stand neben dem Kaminfeuer und bürstete ihr Haar und ließ es wieder auf ihre Schultern fallen. Der warme, flackernde Schein des Feuers machte ihr dünnes, weißes Hemd fast durchsichtig und zeigte mir, daß sie darunter nackt war.

»Wo ist er, William?« fragte sie sanft.

»Wer? Wen meinst du?«

»Du weißt, wen ich meine.«

Ich trat in das Zimmer und ging zum Fenster. Die Vorhänge waren nicht zugezogen, und der Regen klatschte gegen das schwarze Glas – so rabenschwarz wie ihr Haar.

»Wo ist er, William?« fragte sie hinter mir.

Ich blickte aus dem Fenster hinaus auf die Zufahrt vor dem Haus. Ganz am Ende, wo die Auffahrt in die Straße mündete, stand Thompson. Er war wegen des Regens dick vermummt, aber ich erkannte ihn an seinem Armstumpf.

»Wo ist er, William?«

Ich drehte mich zu ihr um. Sie hatte das Hemd ausgezogen. Ich konnte die Bewegungen ihres Körpers sehen, als sie ein Glas vom Kaminsims nahm und es in einem Zug leerte. Dann wandte sie sich um und schaute mich mit einem schwachen Lächeln an, schüttelte den Kopf, so daß ihr Haar schimmernd aufleuchtete, und wiederholte noch einmal: »Wo ist er?«

Mit Gewalt löste ich den Blick von ihr und wandte mich wieder dem Fenster zu. Thompson war einen Schritt näher gekommen und stand nun neben dem rechten Torpfeiler. Er schaute zu mir hoch, hielt dabei den Kopf schief, als wäre er sich dessen, was er sah, nicht sicher.

»Du mußt mir sagen, wo er ist, William.«

Sie stand jetzt neben dem Bett, im vollen Schein der Öllampe mir zugewandt; das goldene Licht erwärmte das bleiche Fleisch zu verführerischer Perfektion. Eine einzige rote Rose ragte aus der Vase auf dem Nachttisch. Sie nahm sie aus dem Wasser und drückte sie gegen ihre Lippen, während Wassertropfen vom Stengel auf ihre Brüste fielen.

»Wo ist er, William?« sagte sie atemlos. »Du weißt, daß du es mir sagen mußt.«

Die Frage war zu unserem einzigen Thema geworden. Wenn ich sagte, was sie wissen wollte, wäre ihr Körper meine Belohnung. Wieder wandte ich mich dem Fenster zu und sah Thompsons vom Regen gepeitschte Gestalt zu mir emporspähen. Er hob seinen linken Arm zum Zeichen dafür, daß er mich erkannt hatte, und ich hörte mich sagen: »Er ist da. Er ist da und wartet auf mich.« Dann tauchte ein schwarzer Schatten, viel schwärzer als die Nacht, aus seinem Versteck hinter dem Pfeiler auf, erhob sich über Thompson, stürzte sich auf ihn und verschlang ihn.

»Du hast es mir sagen müssen, William. Du weißt, daß du es mußtest.«

In diesem Augenblick haßte ich sie. Sie hatte sich auf das Bett gelegt und das Laken über sich gezogen. Ihr bleiches, spöttisches Gesicht war dem Kissen zugewandt.

Schwankend ging ich auf sie zu. Sie drehte sich um und blickte mich an. »Jetzt, da du es mir gesagt hast, darfst du mich bestrafen«, murmelte sie. »Wenn du willst.«

Ich griff nach ihr, riß das Laken weg und hob die Hand, um sie zu schlagen, erstarrte dann aber mitten in der Bewegung. Sie lag auf dem Bauch, die Beine gespreizt; Handgelenke und Fußknöchel waren mit dicken Stricken an die Bettpfosten gebunden. Sie lag nackt und gefesselt da und war mir auf Gnade und Ungnade ausgeliefert.

»Du kannst mit mir tun«, flüsterte sie, »was immer du willst.«

Ich ging zum Fußende des Bettes und blickte auf sie herab, auf ihre schlanken, von dem Strick aufgescheuerten Knöchel, auf die angespannten Muskeln ihrer Waden und Oberschenkel, auf die geteilten Hügel ihres Hinterns, auf die endlose schwarze Flut ihrer Haare und auf ihr mir halb zugewandtes Gesicht, um dessen Lippen ein Lächeln spielte.

»Was immer du willst.«

Plötzlich war auch ich nackt und warf mich über sie auf das Bett, erregter, als es sich meine Phantasie je hätte ausmalen können. Als ich in sie eindrang, schrie sie auf. Und in ihren Schrei hinein ertönte eine andere Stimme, ein schrilles Kreischen der Agonie. Es war Thompson, der da draußen in der Dunkelheit um Hilfe schrie, während ich mich wieder und wieder in dieses schwarzhaarige Wesen bohrte; es war der gemeinsame Aufschrei Thompsons und der Nacht, geboren aus vernichtendem Zorn über das, was ich getan hatte. Die Vase kippte um und zersprang auf dem Boden. Als ich erneut hinblickte, sah ich, daß die Rose verschwunden war und das verschüttete Wasser blutrot war. Da schrie auch ich auf – und erwachte.

Das Läuten war nicht in meinem Kopf. Es war die Türglocke. Ich wußte, daß es schon sehr lange geklingelt haben mußte. Endlich hörte ich, wie die Köchin mit schweren Schritten aus dem Souterrain hochstieg und dabei vor sich hin schimpfte.

Ich richtete mich im Bett auf. Was tat ich hier? Hämmernde Kopfschmerzen ließen mich zusammenzucken. Dann schaute ich mich um und sah neben mir Melanie Rossiter, nackt und schlafend.

Von unten drangen Stimmen hoch. »Ich werde erwartet. Wußten Sie das nicht? Wo ist Hillier?« Es war Constance. »Wo ist mein Mann?«

Ich befand mich im Gästezimmer. Das Feuer war fast erloschen, doch das vom Flur einfallende Gaslicht reichte aus, um mir zu zeigen, wo ich war – und wer bei mir war. Der Traum wirbelte bruchstückhaft vor meinem geistigen Auge vorbei. Ich blickte auf Miss Rossiter herab und schüttelte sie an der Schulter. Sie stöhnte leise, bewegte sich aber nicht. Ihr rechter Arm war über das Laken gestreckt, doch ihr Handgelenk, das ich von dem Strick, mit dem sie angebunden gewesen war, wundgescheuert gesehen hatte, war unversehrt.

»Er muß in seinem Arbeitszimmer sein. Wir haben Licht brennen sehen. Ich gehe zu ihm hinauf.«

Ich stürzte aus dem Bett und suchte nach meiner Kleidung. Sie war nicht da. Ich mußte sie in meinem Arbeitszimmer zurückgelassen haben. Ich fand lediglich meinen Morgenmantel, der am Fußende des Bettes lag. Ich schlüpfte hinein und stürzte zur Tür.

Zu spät. Constances Schritte ertönten bereits auf der Treppe. Eine Diele quietschte unter meinen Füßen, als ich auf den Flur hinaustrat. Da war Constance, fast schon am Treppenabsatz. Sie drehte sich um und runzelte die Stirn, als sie mich sah.

»William? Hast du mich nicht erwartet? Hast du mein Telegramm nicht bekommen? Was tust du im Gästezimmer?«

Sie erreichte den Treppenabsatz und kam den Flur entlang auf mich zu. Ich konnte mich weder bewegen noch sprechen. Mein Mund öffnete sich, doch kein Laut kam heraus.

»William!« sagte sie. »Was ist los mit dir?«

Als sie sich der Tür näherte, drang Melanie Rossiters Stimme aus dem Raum hinter mir. Zumindest war es teilweise ihre Stimme; der andere Teil war eine verkommene, ordinäre Parodie. »Wo sind Sie'n hin, Sir? Woll'n Sie nich' wieder ins Bett kommen?«

Constance blieb wie angewurzelt stehen und starrte mich an. »Wer ist das?« fragte sie. »Wer ist in dem Zimmer?«

»So allein isses kalt«, rief Miss Rossiter. »Woll'n Sie nich' kommen und ein Mädel 'n bißchen wärmen?«

Constance drückte sich an mir vorbei und stieß die Tür weit auf. Melanie Rossiter lag auf dem Bett, die Zudecke bis zur Hüfte zurückgeschlagen. Sie gähnte und streckte sich und blinzelte ins Licht.

Endlich fand ich meine Stimme wieder. »Ich ... ich kann alles erklären. Es ist nicht ...«

Constance funkelte mich eisig an. »Schaff sie aus dem Haus.«

»Es ist nicht so, wie es den Anschein hat. In Gottes Namen, du mußt mir glauben.«

Ihr Blick glitt über mich hinweg zurück ins Zimmer. Miss Rossiter hatte sich lässig umgedreht, um dem Licht auszuweichen. »Wie kann ich dir glauben? Du wußtest, daß ich komme. Du hast mich darum gebeten. Du hast mir Beweise versprochen. Wofür ist das hier Beweis?« Sie zitterte von Kopf bis Fuß vor Anstrengung, nicht die Beherrschung zu verlieren.

»Warte«, sagte ich. »Das ist der Beweis. Jawohl. Jetzt wirst du die Wahrheit erfahren.« Ich wandte mich um und rannte den Flur entlang, mich an die vage Hoffnung klammernd, daß sie mir glauben würde, sobald sie Miss Rossiters Aussage gelesen hatte.

Ich riß die Tür des Arbeitszimmers auf und stolperte hinein. Auf der Chaiselongue lagen meine Kleider. Ich zerrte meine Weste aus dem unordentlichen Haufen, holte den Schlüssel aus der Tasche, schwankte zu dem Schreibtisch und schaffte es im dritten Versuch, ihn zu öffnen. Der Umschlag lag an der Stelle, an der ich ihn zurückgelassen hatte.

»Hier!« brüllte ich. »Hier ist es!«

Constance stand in der Tür. Ich rannte zu ihr und drückte ihr den Umschlag in die Hände. Sie sah mich verständnislos an. »Was ist das?«

»Ihre Aussage. Ihre.« Ich deutete zum Gästezimmer. »Das ist nur eine verrückte Täuschung. Sie ist nicht das, was sie zu sein vorgibt. Diese Aussage beweist es.«

Einen Moment lang zögerte Constance. Dann brach sie das Siegel auf und öffnete den Umschlag. Ich beobachtete gebannt ihr Gesicht, als sie den Inhalt hervorzog, gegen jede Wahrscheinlichkeit hoffend, den Schimmer einer für mich positiven Reaktion zu erhaschen. Doch in ihrem Gesicht spiegelte sich nichts weiter als Abscheu. Sie hatte gar nicht die Zeit gehabt, etwas zu lesen, doch in ihrem Blick lag eine derartige Verachtung, wie ich sie noch nie gesehen hatte. Mein Blick richtete sich auf das, was sie in Händen hielt: keine mit Miss Rossiters sauberer Handschrift gefüllten Seiten, sondern ein Haufen Fotos. Ich riß sie ihr aus der Hand.

Sie waren alle von Melanie, die nackt in einem als Schlafzimmer hergerichteten Studio posierte. Das erste Foto zeigte, wie sie sich neben einem Toilettentisch die Haare bürstete, das Gesicht von der Kamera abgewandt. Auf dem zweiten Foto lag sie auf einem Laken und schlürfte Champagner; in Großaufnahme waren die bleichen Kurven und Vertiefungen ihres dargebotenen Fleisches zu sehen; sie lächelte kokett und hielt eine Rose zwischen ihren runden Brüsten mit den dunklen Nippeln. Auf allen Fotos zeigte sie eine Mischung von Selbstbeherrschung und Zügellosigkeit, die ihre Lüsternheit nur noch zu betonen schien.

»Ist das die Hure?« sagte Constance langsam.

Ich betrachtete das vierte Foto. Melanie lag bäuchlings auf einem Bett. Arme und Beine an die Bettpfosten gefesselt. Die Position der Kamera hinter und seitlich über ihr war mir sofort vertraut, genau wie der Blick auf ihr von dunklen Locken eingerahmtes Gesicht, halb abgewendet vom Kissen, um zurückschauen und der Kamera ihr spöttisches Lächeln fleischlicher Komplizenschaft darbieten zu können.

»Ist das die Hure?« wiederholte Constance.

Ich konnte nicht antworten. Im Moment war ich der Sprache nicht mächtig. Ich konnte nur ungläubig auf das starren, was ich in Händen hielt. Vor Entsetzen keuchend schaute ich auf den letzten, endgültigen Beweis, daß sie mich vernichtet hatte.

Die Tür des Gästezimmers knallte zu. Melanie Rossiter, voll bekleidet, doch das Haar immer noch offen bis zur Taille, kam auf uns zu. Constance wandte ihr den Rücken zu, so daß sie den ironischen Zug in ihrem Gesicht nicht sehen konnte.

»Sorry, wenn ich Sie eingetunkt hab', Sir«, sagte sie. »Hätten mir sagen müssen, daß Ihre Missus zurückkommt. Keine Sorge. Ich verschwinde einfach. Vom Honorar reden wir nicht mehr. Behalten Sie die Bilder als Erinnerung.« Sie blieb noch einmal oben auf dem Treppenabsatz stehen und ließ mich in ihren Augen die Freude und den Genuß der Jägerin sehen, die ihre Beute erlegt hatte. »Hoffe, Sie haben's genossen«, fügte sie mit einem Lächeln hinzu. Dann drehte sie sich um und stieg die Stufen hinab, ohne sich noch einmal umzublikken.

Ich sah Constance an, doch in ihrem Gesicht spiegelte sich ein derartiger Abscheu, daß ich jegliche Hoffnung aufgab, sie umstimmen zu können.

»Wie konntest du?« sagte sie schließlich. »Wie konntest du mir das antun?«

Meine Vernichtung war vollständig. Es gab nichts, was ich sagen oder tun konnte, um sie von meiner Unschuld zu überzeugen. Ich konnte nur zurücktreten, die Tür vor den unbeantwortbaren Anschuldigungen schließen und den Schlüssel im Schloß drehen.

Ich preßte meine Stirn gegen das kühle Holz und spürte die Tränen auf meinen Wangen. Dies war das Ende, das war mir klar.

VII

Im »Lamb and Flag« hatte Harvey Thompson über eine Stunde lang an der überfüllten Bar gesessen und mit dem Barmädchen schmutzige Witze ausgetauscht. Schließlich hatte er die Hoffnung aufgegeben, auch noch die restlichen sechzehn Pfund seines Handels mit Trenchard kassieren zu können. Er wollte gerade aufbrechen, als ein Mann mit scharfen Gesichtszügen in einem schäbigen Mantel sich neben ihm auf den Hocker fallen ließ und ihn mit schroffer Stimme auf ein Glas einlud.

»Nein danke, alter Junge. Ich muß ...«

»Hab' gehört, man schuldet Ihnen sechzehn Pfund.«

Thompson drehte sich um und musterte den Neuankömmling. Den dunklen Hut hatte er tief ins Gesicht gezogen, so daß man seine grauen, zerklüfteten Züge kaum sehen konnte; er war untersetzt und hielt in seinen kurzen, kräftigen Fingern das Geld. »Nun, da Sie es erwähnen ...«

»Ich komme von Trenchard. Er konnte selbst nicht kommen und hat deshalb mich geschickt. Was trinken Sie?«

»Das Übliche. Maisie weiß schon Bescheid.«

Das Barmädchen brachte ihnen die Getränke. Beim Anblick von Thompsons finsterem Begleiter gingen ihre Augenbrauen in die Höhe.

Als sie wieder allein waren, sagte Thompson: »Ich hatte nicht mit einem ... Ersatz gerechnet.«

»Kann Ihnen doch egal sein, solange Sie bezahlt werden.«

»Ja, das stimmt. Setzen wir uns?«

Sie gingen zu einem Tisch in einer verräucherten Ecke, wo niemand sie hören konnte. In dem flintsteingrauen Blick des Mannes lag etwas Drohendes, das Thompson beunruhigte. Der abgeschlossene Handel begann seinen Reiz für ihn zu verlieren.

»Sechzehn stehen noch aus«, sagte er zögernd. »Aber ich bin mir nicht sicher ...«

»Also, wer ist er?«

»Wie bitte, alter Junge?«

»Norton. Sie erzählten Trenchard, Sie würden seine wahre Identität kennen. Hier ist das Geld.« Er legte drei Fünf-Pfund-Noten auf den Tisch und beschwerte sie mit einem Sovereign. »Also raus damit. Was glauben Sie, wer er ist?«

»Wir wollen nichts übereilen, alter Junge.«

»Warum nicht? Auf was warten Sie?«

»Auf nichts. Es ist bloß so ...« Er musterte das grimmige, unbarmherzige Gesicht des Fremden. Der Anblick gefiel ihm ganz und gar nicht. »Wie war doch gleich Ihr Name, sagten Sie?«

»Ich hab' gar nichts gesagt. Spielt das eine Rolle?«

»Vermutlich nicht.«

»Also?«

Thompsons Instinkte sagten ihm, es wäre besser, das Geld zurückzugeben, doch seine Gläubiger saßen ihm im Nacken. Er konnte es sich nicht leisten, seinen Instinkten zu gehorchen. Er griff nach den Banknoten. »Sie können Trenchard sagen, daß ich folgendes vermute: Norton ist schon Gerry Davenalls Sohn, das stimmt, aber nicht ...«

Plötzlich wurde seine Hand von einem Griff wie eine Schraubzwinge umklammert. Der Sovereign drückte sich schmerzhaft in seine Finger, die von der mächtigen Hand des Fremden zusammengequetscht wurden. »Informationen zu verkaufen ist immer ein riskantes Geschäft, Thompson. Nach zwei Seiten zu verkaufen ist pure Dummheit. Miss Whitaker hat Sie gut bezahlt, damit Sie den Mund halten. Oder nicht?«

»Doch, verdammt noch mal, aber ...«

»Ich möchte, daß Sie jetzt mit mir rauskommen. Dann können wir die Sache ein für allemal regeln.«

»Ich komm' lieber nicht mit, alter Junge.«

»Sie werden tun, was ich Ihnen sage.«

Thompson tat es nicht. Der Fremde lockerte seinen Griff gerade so viel, daß er eine kleine Chance bekam. Da der fehlende rechte Arm keine Arbeiten mehr übernehmen konnte, war der linke Arm im Laufe der Jahre außergewöhnlich stark geworden. Mit einer drehenden, reißenden Bewegung befreite er sich und klemmte den Unterarm des anderen Mannes am Tisch fest. »Man kennt mich hier, alter Junge. Sie nicht. Wenn ich ein Wort sage, schafft man Sie mit den Füßen zuerst raus. Kapiert?«

Der Fremde ließ seinen Arm langsam vom Tisch gleiten und wischte sich dann die Handfläche an seinem Mantel ab. Er starrte Thompson an, sagte aber nichts, sondern sammelte lediglich sein Geld wieder ein, machte auf dem Absatz kehrt und marschierte aus der Kneipe.

Thompson steckte den Sovereign ein, nahm sein Glas und ging an die Bar zurück, wo er es sich erneut füllen ließ. Nach einem Blick in den Spiegel hinter den Schnapsflaschen strich er sich seinen Schnurrbart zurecht. »Übel aussehender Bursche«, bemerkte Maisie.

Thompson grinste und unterdrückte das beschwingte Gefühl, das ihn überkommen hatte, nachdem er seinem Gegner ein Schnippchen geschlagen hatte. Die Begegnung hatte so komplizierte Fragen in ihm aufsteigen lassen, daß er sie nicht beantworten konnte. Es mochte ungefähr sechs Monate her sein, daß sich dieses Mädchen an ihn herangemacht hatte. Wohl wahr – er hatte sie in dem Glauben gelassen, daß sie sich sein Schweigen erkauft hatte, aber es war unvernünftig, von ihr zu glauben, daß dies von Dauer war. Und vor allem war es ganz und gar nicht nett von ihr, ihm so einen Schläger auf den Hals zu hetzen. Doch davon abgesehen, wie zum Teufel waren sie überhaupt seinen Verhandlungen mit Trenchard auf die Spur gekommen? Er hatte gehofft, aus diesem juristischen Streit Kapital zu schlagen. Jetzt dachte er, daß er wohl besser die Finger davon ließ. Sechs Pfund waren vielleicht genug. Zumindest konnte er sich damit seine Vermieterin vom Leibe halten. Das heißt, falls sie jemals von dem Geld was zu sehen bekam. Er steckte sich eine Zigarre an, holte den Sovereign aus seiner Tasche und überlegte, welchem vernünftigen Zweck er ihn am besten zuführen sollte. Dann fing er Maisies Blick auf und bestellte sich einen weiteren Drink. Als sie ihm das Wechselgeld reichte, nahm er eine Zwei-Schilling-Münze und schnippte sie ihr in den großzügigen Ausschnitt. Lachend sagte er: »Die Davenalls sollen zur Hölle fahren, Maisie, das sage ich dir. Was zum Teufel kümmert's mich? Was zum Teufel?« Doch seine Worte waren pure Verschwendung. In dem Gekreische, das Maisie anstimmte, als sie die Münze aus ihrem Dekolleté fischte, hörte ihn kein Mensch.

VIII

Ich kniete immer noch vor der Tür, als mir Thompson einfiel. Wieviel nun Traum und wieviel Wahrheit gewesen war, konnte ich nicht sagen, aber irgendeine Rolle hatte er in jedem Fall gespielt. Sie hatte mich mit mir unbekannten Mitteln verhext, nicht nur um mich vor Constances Augen zu ruinieren, sondern noch aus irgendeinem anderen Grund, der mit Thompson zu tun hatte. Ihre wiederholte Frage »Wo ist er?« beinhaltete eine Kraft und eine Absicht, die über die Grenzen der Falle, die sie mir gestellt hatte, hinausgingen. Ich erinnerte mich an das bittere, verletzende Gefühl des Verrats, das meine Antwort in mir ausgelöst hatte, und mit einem Schlag wußte ich mit einer Gewißheit, die sich in mein Hirn brannte, daß er sich in Gefahr befand, weil er die Wahrheit wußte.

In verzweifelter Hast zog ich mich an. Ganz plötzlich war keine Zeit mehr zu verlieren. Ich schaute auf die Uhr. Es war fast elf. Wie lange mochte es her sein, seit ich auf der Chaiselongue eingeschlafen war? Wie lange, seit ich ahnungslos in das verzerrte Königreich geglitten war, daß sie für mich gebaut hatte? Zwei Stunden? Oder mehr? Ich war mir nicht sicher. Ich ging zum Schreibtisch, öffnete die rechte Schublade und starrte den Inhalt an: eine Pistole mit einem Lauf und eine Schachtel Munition. Mein Vater hatte darauf bestanden, daß ich die Pistole zum Schutz vor Einbrechern im Haus hatte. In gewissem Sinne waren die Einbrecher jetzt da. Ich schob die Pistole in eine Tasche, die Munition in eine andere. Dann eilte ich zur Tür und trat hinaus auf den Treppenabsatz.

Während ich die Treppe hinunterrannte, hörte ich im Wohnzimmer Stimmen – die unterdrückten, angespannten Stimmen von Constance und ihrer Schwester. Es war sinnlos, ihnen zu sagen, daß ich im Begriff stand, das Haus zu verlassen. Sie würden es bald genug merken. Angesichts der Umstände, der schrecklichen, unaussprechlichen Umstände, rechneten sie vielleicht sogar damit. In der Diele öffnete ich den Schrank, nahm Hut und Mantel heraus und schlich auf Zehenspitzen zur Tür.

Der Nebel hatte sich gelichtet. Ich blieb auf der Schwelle stehen; die kalte Nachtluft weckte meine Sinne wieder. Es war lebenswichtig, daß ich nicht an das dachte, was geschehen war, lebenswichtig, daß ich für eine Weile noch ein gewisses Maß an Selbstbeherrschung aufbrachte. Moment mal: Was war das? Regentropfen klatschten mir ins Gesicht. Ich streckte den Arm aus und beobachtete, wie sich das Wasser in meiner behandschuhten Hand sammelte. Es regnete, so wie es in meinem Traum geregnet hatte, als wollte …

Ich drehte mich um und wollte die Tür hinter mir schließen, als am Ende der Diele die Wohnzimmertür aufging und Constance herausschaute. Ich glaube, sie war zu angewidert, als daß sie sich vor mir hätte anmerken lassen, welche Gefühle sie bewegten. Ich für meinen Teil war zu sehr mit anderen Dingen beschäftigt, um etwas von der Reue, die auch jetzt noch in mir tobte, zu zeigen. Ich knallte die Tür zu und rannte die Zufahrt hinunter.

IX

Emily beobachtete besorgt, wie Constance in das Zimmer zurückkehrte, den Mund offen, die Augen rotgerändert, die Kehle arbeitete, um die Worte hinunterzuschlucken, die sie vielleicht hatte sagen wollen.

»Was ist denn, meine Liebe?«

»Er ist weg. Er ist … einfach hinausmarschiert. Ohne auch nur …« Dann überwältigten sie die Tränen, die sie bis jetzt zurückgehalten hatte. Alle Kraft wich aus ihren Gliedern, so daß Emily ihr zu einem Stuhl helfen und ihr ein Taschentuch in die Hand drücken mußte.

»Du mußt mir erzählen, was passiert ist, Constance. Diese Frau … war sie wirklich …«

»Eine Hure? Ich glaube schon. Ich glaube es wirklich. Ihre Augen waren so ... so hart und bitter. Es war fast so, als würde es sie amüsieren, erwischt worden zu sein.«

»Ich ... ich verstehe nicht.«

»Ich auch nicht. Es bestand kein Grund, etwas Derartiges zu tun. Ich fragte ihn, warum er das getan hatte, und er knallte mir einfach die Tür vor der Nase zu.«

»Aber ... er bat dich doch zu kommen.«

»Ja. Er bat mich. Er wollte, so scheint es, daß ich das miterlebe. Ich dachte, ich würde ihn kennen, Emily, all seine Laster und Tugenden. Und nun das! In meinen wildesten Phantasien hätte ich mir nicht vorstellen können ... Niemals.« Vehement schüttelte sie den Kopf. »Es tut mir leid, daß du das mit mir erleiden mußtest.«

»Ich bin nur froh, daß ich dir ein bißchen Trost bieten kann.«

Constance küßte ihre Schwester auf die Stirn. »Danke, Emily, ich danke dir. Ich hätte nie gedacht, daß ich einmal so einen Tag und so einen Abend erleben muß.« Ihre Stimme wurde heiser. »Nach James' Rückkehr war ich der Meinung, ich würde das Beste tun. War es denn so falsch, William zu verlassen? Habe ich ihn dazu getrieben?«

»Nein. Und tausendmal nein.«

»Was war es dann?«

»Das kann nur er beantworten.«

»Aber er wird es nicht tun. Er will nicht einmal mit mir sprechen.« Sie vergrub den Kopf in den Händen und schluchzte heftig. Emily legte ihr einen Arm um die Schultern und wiegte sie auf eine Art, wie sie es das letztemal als Zwölfjährige auf Befehl ihrer Mutter getan hatte, um die Zahnschmerzen ihrer siebenjährigen Schwester zu lindern.

So saßen sie einige Minuten lang. Constance weinte nicht mehr, doch Emily hielt sie immer noch in ihren Armen. Dann klopfte es an der Tür, und die Köchin kam mit dem Kaffee herein.

»Bin froh, daß diese Schlampe weg ist«, verkündete sie, während sie das Tablett abstellte. »Schätze, sie ist nicht besser ...«

»Danke, das reicht«, sagte Constance mit plötzlicher Festigkeit. Die Köchin stieß ein unwilliges Grunzen aus und verließ das Zimmer. Doch Emily konnte sehen, daß sich ihre Schwester nicht nur wegen des Hauspersonals zusammengerissen hatte. Als sie wieder allein waren, wischte sie sich die letzten Tränen fort und sprach in entschlossenem Ton: »Nach dem, was geschehen ist, kann ich nichts mehr für William tun.«

»Was willst du damit sagen?«

»Ich will sagen, Emily, daß mein Mann mich betrogen hat und daß er nicht mehr erwarten kann, daß ich ihm gehorche. Er hat meine Loyalität verloren und sie einem anderen gegeben – einem Mann, der ihrer würdiger ist, als er es je sein könnte.«

»James?«

»Ja. James ist bereit, alles aufzugeben, was rechtmäßig ihm gehört, ja er ist sogar bereit, seine wahre Identität aufzugeben, weil er es nicht übers Herz bringt, sich zwischen mich und meinen Mann zu stellen. Doch dieser Einwand existiert seit diesem Abend nicht mehr. Deshalb werde ich alles tun, was in meiner Macht steht, um ihn zu unterstützen.«

Emily schaute Constance in schweigender Bewunderung an. Die Details von Williams Vergehen waren ihr vorenthalten worden, doch sie konnten auf keinen Fall ihre Phantasievorstellungen übertreffen, denen sie sich hingegeben hatte, nachdem sie die betreffende Frau gesehen hatte. Dieser Vorfall und Williams Benehmen im Gerichtssaal paßten sogar zu dem Bild, das sie sich von ihm gemacht hatte: ein schwacher Mann, der es nicht wert war, der Ehemann ihrer Schwester zu sein. Nun schien auch Constance ihn in diesem Lichte zu sehen und sich endlich entschieden zu haben, wem ihre Loyalität – und ihre Liebe – wirklich gehörten. Natürlich war Emily vom Lauf der Ereignisse schockiert. Aber genauso selbstverständlich dachte sie auch an James – an den edlen, gutaussehenden, verkannten, mißhandelten James, der bis jetzt allein gegen die ganze Welt gestanden hatte. Und deshalb ließen die neue Überzeugung und die wiedergefundene Kraft, die sie in den Augen ihrer Schwester aufschimmern sah, freudige Hoffnung in ihr aufsteigen.

X

Ich verließ die Droschke in Long Acre und ging, den Anweisungen des Kutschers folgend, zum »Lamb and Flag«. Es war die schlimmste Zeit: Alle Kneipen von Covent Garden beförderten ihre betrunkenen Gäste auf die Straßen. Unter Laternenpfosten führten die Männer mit lauter Stimme ihre Streitgespräche von der Bar weiter. Betrunkene, die über den Rand des Bürgersteigs gefallen waren, rappelten sich mühsam aus der Gosse auf und verfluchten dabei die ganze Menschheit. In dunklen Gassen handelten Prostituierte ihren Lohn aus.

Im »Lamb and Flag« überredeten der Besitzer und zwei Hilfskräfte mit gebrochenen Nasen gerade die letzten Gäste zum Aufbruch. Von Thompson war nichts zu sehen. Hinter der Bar spülte ein Mädchen Unmengen von Bierkrügen. Als ich mich ihr näherte, sagte sie, ohne aufzublicken: »Wir haben geschlossen.«

»Ich sollte mich hier vor einiger Zeit mit jemandem treffen. Vielleicht kennen Sie ihn.«

»Bezweifle ich.«

»Er heißt Thompson. Hat einen Arm verloren, deshalb…«

Ein Lächeln huschte plötzlich über ihr Gesicht. »Oh, Cap'n 'Arvey! 'türlich kenn' ich ihn. Ist recht gefragt heut' abend.«

»Wie meinen Sie das?«

»Sie sind der zweite Typ, der hinter ihm her ist. Den andern hat er fortgejagt.«

»Thompson war also hier?«

»Ist grad erst gegangen. Müßten ihm fast an der Tür begegnet sein.«

»Welche Richtung hat er eingeschlagen?«

»Wohnt auf Lambeth zu, soweit ich weiß. Schätze, er hält auf Waterloo Bridge zu.«

Ich rannte hinaus. Wenn das Barmädchen recht hatte, konnte ich ihn noch einholen. Doch kaum war ich draußen, da erkannte ich das Problem. Ihm blieben ein Dutzend Möglichkeiten, um zur Brücke zu gelangen. Bei der ersten Kreuzung blieb ich unentschlossen stehen, ohne zu wissen, welche Richtung ich einschlagen sollte.

Dann spähte ich eine schmale Straße links von mir hinab und glaubte, ihn zu erkennen. Ein Betrunkener kam mit einer Hure auf mich zu; sie umklammerten sich gegenseitig und schwankten über das Pflaster. Doch hinter ihnen, jawohl: Ein einarmiger Mann marschierte unter den Gaslaternen entlang. Ich wollte ihm gerade nachrufen, da war er plötzlich weg. Er verschwand im Schatten zwischen zwei Laternen und tauchte nicht mehr auf. Dann tat eine weitere Gestalt, die ich bis jetzt noch nicht bemerkt hatte, das gleiche. Mit plötzlich erwachender Furcht fiel mir ein, daß ich möglicherweise nicht der einzige war, der Thompson suchte. Ich rannte auf die Stelle zu, die ihn verschluckt hatte. Von den Fassaden hallten meine Schritte hohl zurück.

Es war die Mündung einer schmalen Gasse. Am hinteren Ende konnte ich die Glasdächer von Covent Garden Market sehen. In der Gasse selbst standen unordentliche Stapel von Lattenkisten. Und da war Thompson, der sich einen Weg zwischen ihnen hindurch suchte.

»Thompson!«

Er stoppte und drehte sich um. »Wer ist da?«

»Ich bin's, Trenchard.« Ich begann, auf ihn zuzulaufen.

Er hob seinen Arm zum Zeichen, daß er mich erkannt hatte. »Ich dachte, Sie würden nicht mehr kommen, alter Junge.«

Ich rannte wie verrückt auf ihn zu, wollte mir selbst beweisen, daß ich nicht geahnt hatte, was gleich geschehen würde. Seine Hand war immer noch erhoben, seine Stirn vor Erstaunen gerunzelt. Er kam an einem Eingang links von ihm vorbei, keine zwanzig Meter von mir entfernt.

Es passierte so schnell, daß ich nicht einmal eine Warnung ausstoßen konnte. Und gleichzeitig schien es in fürchterlicher, traumhafter Langsamkeit zu geschehen. Ein Mann trat aus dem Schutz des Eingangs, kaum mehr als ein kompakter Schatten in der Dunkelheit. Mit einer huschenden Bewegung warf er den linken Arm um Thompsons Hals, während er ihm mit der rechten Hand in den Rücken stieß. Ich hörte einen gurgelnden, erstickten Schrei. Thompson riß in plötzlichem Bewußtsein des Schmerzes die Augen weit auf. Zu spät und zu kraftlos fuhr seine Hand nach oben, um den Angreifer abzuwehren. Dann knickten seine Knie weg, und er stürzte zu Boden.

Ich war abrupt stehengeblieben und starrte nun Thompsons Angreifer an, eine untersetzte, geduckte, muskulöse Gestalt. Sein Atem stand in Wolken in der kalten, feuchten Luft vor ihm. Das Messer, das er in der ausgestreckten Hand hielt, blitzte im Laternenschein auf. Ich hatte dieses graue, unbarmherzige Gesicht zuvor schon gesehen. Ich erkannte ihn sofort, so wie auch er mich erkannt haben mußte.

Ich weiß nicht, wie lange wir so standen und uns über Thompsons verkrümmten Körper hinweg anstarrten. Mir kam der Augenblick so endlos vor wie der vorangegangene Traum. Es endete erst, als Quinn sich nach einem letzten, sengenden Blick abwandte und in die Dunkelheit zurückzog.

In diesem Moment fiel mir die Pistole ein. Ich griff in die Tasche und umklammerte den Griff. Dann fiel mir ein, daß sie nicht geladen war. Quinn war mittlerweile am Ende der Gasse angelangt. Ich sah, wie er den offenen Platz dahinter betrat, einen Blick über die Schulter warf und aus meinem Blickfeld verschwand. Er war untergetaucht – und ich hatte nicht die Möglichkeit, ihn zu verfolgen.

Thompson lag mit dem Gesicht nach unten. Ein dunkler Blutfleck breitete sich auf seinem Mantel aus. Als ich ihn auf die Seite drehte, blickte er mit trüben, flackernden Augen auf und spuckte etwas Straßendreck aus, um sprechen zu können.

»Warum ... warum haben Sie ihn hinter mir hergeschickt, alter Junge?«

Ich beugte mich zu ihm hinab, damit er mich hören konnte. »Ich habe niemanden geschickt, Thompson. Glauben Sie mir.«

Seine Stimme war heiser und schwankend; ein Messer in der Dunkelheit hatte ihm all seine prahlerische Energie genommen. »Ist auch egal..., wer ihn geschickt hat ... Hat mich erwischt ... Komisch, nicht wahr?« Er grinste mit zusammengebissenen Zähnen.

»Was ist komisch?«

»Gerry ... hat mich am Ende ... doch noch erledigt ... Er oder ... sein verfluchtes Geheimnis.«

Ich beugte mich noch tiefer hinab, versuchte, ihn mit meiner Willenskraft so lange am Leben zu halten, bis er mir alles erzählt hatte. »Was ist sein Geheimnis, Thompson? Was ist es?«

»Möchten Sie ... gerne wissen, was?« Er stöhnte auf, preßte die Lider zusammen, um den Schmerz abzuwehren. Als er die Augen wieder öffnete, waren sie wie von einem Schleier überzogen; mühsam richtete sich ihr Blick auf mich und die Welt, die sie zum letztenmal sahen.

»Sagen Sie's mir. Um Gottes willen, sagen Sie's mir.«

»Kein Grund zur Sorge…, alter Junge.« Ich verlor ihn, sah, wie sich der Griff, mit dem er sich ans Leben klammerte, löste, mußte mit anhören, wie er mit wirren, gemurmelten Worten dem Leben adieu sagte. »Ist schon ein Witz, was? Schrecklich übler Scherz … Nimm es … Nimm es zurück, Gerry … Wir alle … alle machen Fehler.«

»Thompson?«

»Nur zu … Ich bin bereit…«

Ich hörte seinen letzten Atemzug und fühlte, wie sein Körper zusammensackte. Ich drückte ihm die starrenden, blicklosen Augen zu und ließ seinen Kopf sanft zu Boden gleiten. Er war tot, und ich hatte ihn – obwohl ich das Messer nicht selbst in der Hand gehabt hatte – getötet.

Ich erhob mich. Meine linke Hand, mit der ich seinen Nacken gestützt hatte, war blutverschmiert. Instinktiv schloß ich die Augen, um mir den Anblick zu ersparen. Doch dadurch stürzte eine andere Vision aus ihrem Versteck auf mich zu, eine weitere Anklage erhob ihre Stimme.

»Jetzt, da du es mir gesagt hast, darfst du mich bestrafen.« Ihr schwarzes Haar, ihr bleiches Fleisch, ihr Körper unter mir auf dem Bett. »Du kannst mit mir tun, was immer du willst.« Mit der Hand schlug ich gegen die vom Regen nassen Ziegel der Mauer. »Was immer du willst.« Doch das, was ich mir wünschte, konnte ich nicht haben: ein wiedergefundener Traum, ein rückgängig gemachter Verrat, eine Versuchung, der ich widerstanden hatte.

Harvey Thompson lag tot vor meinen Füßen, ermordet, um sein vierzig Jahre altes Geheimnis auf ewig in Vergessenheit geraten zu lassen. Ich blickte auf ihn herab und weinte um all des Bösen willen, das ich nicht beabsichtigt hatte und doch nicht würde vermeiden können. Es gab nichts, was ich noch für ihn tun konnte – nicht einmal im Tod. Das Barmädchen würde aussagen, daß ich nach ihm gefragt hatte; die Polizei würde mich für den Mörder halten.

Ich zog etwas Sackleinen aus den leeren Kisten in der Nähe und legte es über ihn, nicht um seine Leiche zu verbergen, sondern um ihn nicht einfach so in der Kälte liegenzulassen. Dann entfernte ich mich und überließ es einem anderen, ihn zu finden.

Auf der Piazza kam der erste Karren der Händler an. Innerhalb weniger Stunden würde es auf dem Market vor Menschen und Pferden nur so wimmeln. Früher oder später würde jemand die Gasse entlanggehen und entdekken, was unter dem Sackleinen verborgen lag. Ich eilte auf die andere Seite des Platzes und marschierte in südlicher Richtung davon, auf das Zuhause zu, das Thompson niemals mehr erreichen würde, auf den Fluß zu, wo Nortons Verschwörung ihren dunklen Anfang genommen hatte, auf einen wie auch immer gearteten Weg zu, der mir vielleicht die Möglichkeit bieten würde, mich und einen alten Soldaten, dessen Blut an meinen Händen klebte, zu rächen.

ELFTES KAPITEL

I

Wie es die Pflicht von ihm erforderte, saß Richard Davenall ganz vorn dem Gericht gegenüber, als der zweite Verhandlungstag in Sachen Norton gegen Davenall in Lincoln's Inn begann. Seine vorgebeugte, aufmerksame Haltung hätte niemanden vermuten lassen, daß er ernsthaft in Erwägung zog, etwas zu unternehmen, was den Fall wesentlich stärker beeinflussen würde als jedes bisher angeführte juristische Argument.

Denn Richard Davenall trug eine Bürde, die sich kein Anwalt leisten kann: Sein Gewissen hatte sich gemeldet. Er stand vor einer schweren Entscheidung, die ihm von all den Kompromissen seines Lebens nun aufgezwungen wurde. Doch die stille Qual in seinem Gesicht spiegelte bis jetzt nur die Agonie der Unentschlossenheit wider.

So war es auch kein Wunder, daß sich Richard nicht auf das Verhör konzentrieren konnte, das Dr. Russell mit dem nächsten Zeugen des Klägers, Dr. Duncan Fiveash, anstellte. Die Stimmen der beiden Männer – Fiveashs Stimme klang mürrisch und professionell, Russell redete in munterem Frageton – drangen wie aus weiter Ferne zu ihm durch. Obwohl ihm die taktischen Feinheiten bekannt waren, die dem Wortwechsel zugrunde lagen, erschien ihm die Aussage des Doktors mehr oder weniger unwichtig, ein reines Intermezzo zwischen der zuvor erlebten Dramatik und dem, was bald an Entscheidendem folgen würde. Fast eine Stunde lang sprach Dr. Fiveash über die Charakteristik von Syphilis, und Russell brachte ihn wieder und wieder dazu, Nortons Bericht zu bestätigen. Richard hörte sich diese Scharade schweigend an. Mit keinem Wort deutete Fiveash an, wie sich James Davenall die Krankheit geholt haben könnte – und zwar deshalb, weil Russell ihn kein einziges Mal danach fragte. Richard fragte sich, wieviel dieser berühmte Anwalt wirklich vom Fall seines Mandanten wußte.

Endlich konnte Sir Hardinge Giffard mit seinem Kreuzverhör beginnen. Der Tonfall änderte sich. Giffards Fragen kamen direkt und sehr entschieden. Russells Beredsamkeit, so wollte er wohl andeuten, mochte ja recht nett sein, aber es war nun doch höchste Zeit, zum Kern der Sache vorzustoßen.

»Wie lange war der verstorbene James Davenall Ihr Patient, Herr Doktor?«

»Von Geburt an.«

»Sie kannten ihn also gut?«

»Ja.«

»Sie kannten ihn besser, als wenn Sie lediglich auf gesellschaftlicher Ebene mit ihm verkehrt hätten?«

»Selbstverständlich. Die Beziehung zwischen einem Arzt und seinem Patienten ist zwangsläufig wesentlich intimer.«

»Sie sind der Ansicht, daß Sie ihn ohne Schwierigkeiten wiedererkennen würden?«

»Unbedingt.«

»Wenn Sie den Kläger ansehen – erkennen Sie in ihm den verstorbenen James Davenall?«

»Nein.«

»Als er Sie am 26. September dieses Jahres in Ihrer Praxis aufsuchte, bot sich Ihnen da die Gelegenheit, ihn zu untersuchen?«

»Ja. Ich habe ihn untersucht.«

»Brachte diese Untersuchung Sie zu der Erkenntnis, daß es sich bei ihm um den verstorbenen James Davenall handelt?«

»Nein. Das war nicht der Fall.«

»Kurz zusammengefaßt, Herr Doktor, was also ist Ihre professionelle Meinung bezüglich der Wahrscheinlichkeit, daß es sich bei dem Kläger um Ihren ehemaligen Patienten handelt?«

»Meine professionelle Meinung und mein persönlicher Glaube gehen dahin, daß er es nicht ist.«

»Ich danke Ihnen, Herr Doktor.«

Richard krümmte sich angesichts der geradezu klinischen Effizienz, mit der Giffard an die Sache herangegangen war. Er hatte den vielen anderen Wunden eine weitere hinzugefügt. Russell konnte zwar darauf hinweisen, daß nur James Davenall all das wissen konnte, was Norton wußte, war aber im Grunde nicht in der Lage, den angerichteten Schaden wiedergutzumachen. Der rauhe Ton in seiner Stimme schien anzudeuten, daß auch ihm das nur zu bewußt war. Er begann Richard leid zu tun; noch mehr Mitleid hatte er allerdings mit sich selbst.

Nicht, daß er geglaubt hätte, es mangle Russell nun an der notwendigen Energie und dem Durchhaltevermögen. Das passierte Spitzenanwälten höchst selten. Und bei der nächsten Zeugin zeigte er sich tatsächlich auch schon wieder von seiner besten Seite. Miss Esme Pursglove, die in ihrem besten Teestundenstil Energie und Zerbrechlichkeit in sich vereinte, inspirierte Russell zu einer onkelhaften Zungenfertigkeit, durch die sein Selbstvertrauen in zunehmendem Maße wiederhergestellt wurde. Schließlich hatte sie James Davenall genauso lange wie Dr. Fiveash gekannt und – ihrer Meinung nach – sogar um einiges besser. Sie war bereit, Nortons Anspruch genauso dogmatisch zu unterstützen, wie ihn Dr. Fiveash bestritt. Sie hegte, kurz gesagt, keinerlei Zweifel. Das heißt, zumindest bis zu dem Zeitpunkt nicht, an dem Sir Hardinge Giffard sie ins Kreuzverhör nahm.

»Wie alt sind Sie, Miss Pursglove?«

»Wie bitte?« Sie hatte ihn nicht verstanden, da er sehr leise gesprochen hatte, doch Richard erkannte sofort den erfolgreichen kleinen Trick, der da dahintersteckte.

»Tut mir leid. Hören Sie ein bißchen schlecht?«

Diesmal verstand Miss Pursglove die Frage. Sie erwiderte empört: »Bestimmt nicht.«

»Nun, bei einer Dame Ihres Alters wäre das durchaus verständlich. Was sagten Sie doch, wie alt Sie sind?«

»Ich werde einundachtzig.«

»Alle Achtung. Darf ich Ihnen dazu gratulieren, daß man Ihnen Ihr Alter wirklich nicht ansieht. Natürlich ist der Verfall einiger Fähigkeiten unvermeidlich. Sind Sie da einer Meinung mit mir?«

Miss Pursglove war offensichtlich nicht einer Meinung. »Ich ... ich verstehe nicht ganz, was Sie meinen.«

»Wenden wir uns einer anderen Sache zu. Der Kläger besuchte Sie am Nachmittag des 26. Septembers in Ihrem Haus. Wissen Sie zufällig, was für ein Wochentag das war?«

Die Antwort kam scharf und beißend. »Dienstag.« Ein Punkt für Miss Pursglove.

»Und Sie erkannten in ihm Ihren früheren Zögling, den verstorbenen James Davenall?«

»Er ist mein Jamie.« Ein vogelgleiches Nicken mit dem Kopf betonte das.

»Woran erkannten Sie ihn? War es der Klang seiner Stimme? Oder verlassen Sie sich mittlerweile mehr auf Ihre Augen als auf Ihre Ohren?«

»Ich kenne meinen Jamie.« Sie ließ sich nicht irritieren.

»Einigen wir uns also auf eine Kombination von beiden Sinnen.«

»Hmm. Wenn Sie meinen.«

»Ach, übrigens, wie spät ist es, Miss Pursglove?«

»Was soll das?«

»Nun, ich wäre Ihnen ungemein dankbar, wenn Sie mir sagen könnten, wie spät es auf der Uhr hier im Gerichtssaal ist.«

Miss Pursglove blickte sich verzweifelt um.

»Sie hängt dort drüben an der Wand über der Tür, durch die Sie hereingekommen sind.« Plötzlich sprang Russell auf. »Euer Lordschaft, Einspruch! In welcher Relevanz...«

»Ja«, schnappte Richter Wimberley. »Was für eine Bedeutung sollen diese Fragen haben, Sir Hardinge?«

»Sie sollen zeigen, Euer Lordschaft, wie schlecht die Zeugin sieht, und gewisse Zweifel an ihren Erkennungsfähigkeiten wecken.« Giffard strahlte. »Natürlich verzichte ich darauf, diesen Punkt weiterzuverfolgen.«

Das war auch nicht nötig. Er hatte sein Verhör mit einem Paukenschlag beendet, und Russell konnte nur in seinem Kielwasser schwimmen. Im Gegensatz zu den meisten anderen im Gerichtssaal wußte Richard, als Miss Pursglove schließlich den Zeugenstand verließ, daß es sich bei ihr um Nortons letzte Zeugin gehandelt hatte. Ihr letztes kummervolles Blinzeln in Richtung der Uhr war für ihn geradezu unerträglich symbolisch. Die Zeit war abgelaufen für den Kläger – und für ihn.

Richter Wimberley wählte diesen Moment, um zur Mittagspause zu vertagen. Kaum hatte er seinen Platz verlassen, da ertönten hinter Richard das Gemurmel und die Geräusche des allgemeinen Aufbruchs. Nur Richard rührte sich nicht. Giffard stieß ihn am Ellenbogen an und erkundigte sich, ob er mit ihm nach draußen kommen würde. Richard schüttelte den Kopf. Irgendwo hinter sich hörte er Hugos prahlerische Stimme, und eine Woge der Erleichterung überkam ihn, als die Stimme in der Ferne verhallte. Die letzten Gerichtsbediensteten sammelten ihre Papiere und Unterlagen ein, und die Schwingtüren schlugen hinter den Nachzüglern zu. Richard preßte seine Handflächen gegen die Tischplatte und stemmte sich hoch. Die Entscheidung, das wußte er, ließ sich nicht länger aufschieben. Er wandte sich zum Gehen.

Eine Frau stand in der Mitte des Ganges zwischen den Sitzreihen und starrte ihn mit einer derart beklemmenden Intensität an, daß klar war, daß nicht Neugierde, sondern Notwendigkeit sie nach Lincoln's Inn gebracht hatte. Doch Richard erkannte sie nicht. Falls sie sich persönlich für den Fall interessierte, wußte er nicht, warum.

»Kann ich Ihnen helfen, Madam?« erkundigte er sich.

»Sie sind Mr. Richard Davenall?«

»Ja.«

»Ich bin Emily Sumner.«

»Sumner?«

»Ja. Constances Schwester.«

»Oh, ich verstehe. Freut mich, Sie zu sehen, Miss Sumner.« Verlegen reichten sie sich die Hände. »Was führt Sie...?«

»Er wird verlieren, nicht wahr?«

»Ich weiß wirklich nicht...«

»James wird diese Verhandlung verlieren, wenn niemand für ihn eintritt.«

Ihr feierlicher Ernst machte Ausflüchte unmöglich. »Ja, ich glaube schon.«

»Das muß Sie freuen.«

»Nein. Um ehrlich zu sein, das tut es nicht.«

»Warum nicht?«

»Ich bin mir nicht sicher, ob ich das erklären kann.«

»Es liegt daran, daß Sie wissen, er ist James, nicht wahr? Constance hat mir alles anvertraut, Mr. Davenall. Ich bin hier, um ihre Interessen zu vertreten. Sie hat mir gesagt, daß Sie der einzige von James' Familie sind, der Vernunftgründen vielleicht zugänglich ist.«

Ihre Offenheit schockierte ihn. War er so leicht zu durchschauen? »Meine Position ... ist äußerst heikler Natur.«

»So heikel, daß Sie es zulassen, daß er verliert?«

»Ich bin Sir Hugo Davenalls Anwalt, Miss Sumner. Sie müssen einsehen...«

»Werden Sie für ihn sprechen?«

Ihre Vehemenz beschämte ihn. Warum konnte er sich nicht entscheiden? Warum konnte er ihre Gewißheit nicht teilen?

»Werden Sie?«

Dann hörte er sich antworten: »Ja.«

Sie umklammerte seine Hand. »Constance ist hier, Mr. Davenall. Sie braucht Ihren Rat, jetzt, da wir sicher sein können, daß Sie keinen Justizirrtum zulassen werden. Sprechen Sie mit ihr?«

»Selbstverständlich.«

»Dann kommen Sie bitte mit mir.«

Als Miss Sumner vor ihm aus dem Gerichtssaal rauschte, brachte Richard das erste schwache Lächeln dieses Tages zustande. Daß ausgerechnet jetzt jemand bei ihm um Rat nachsuchte, schien absurd. Eines jedoch war klar: Wenn ihn niemand unterstützte, würde Norton verlieren, davon war Richard überzeugt. Sein Gewissen sagte ihm, daß er das nicht zulassen durfte. Doch wollte er es verhindern, mußte er seinem eigenen Sohn in den Rücken fallen. Für einen, der mit den Kompromissen des Gesetzes groß geworden war, schien es unmöglich, den Weg aus einem derartigen Dickicht zu finden. Nun glaubte er mit der gleichen Entschlossenheit, die er bei Constance Trenchard gesehen hatte und die ihre Schwester offensichtlich ebenfalls besaß, daß er möglicherweise den Führer aus dem Dickicht gefunden hatte, den er so dringend benötigte.

II

Der Gedanke ans Essen lag Mr. Charles Russell, seines Zeichens Kronanwalt, fern, als er in Hector Warburtons Büro in Staple Inn saß und mit all seinen umfassenden Fähigkeiten versuchte, den fast unheimlichen Fatalismus zu überwinden, von dem sein Mandant erfaßt zu sein schien.

Der Fall Norton gegen Davenall nahm für Russell zunehmend katastrophalen Charakter an. Er hatte die Sache übernommen, weil Warburton bekannt dafür war, daß er fast immer auf seiten der Gewinner stand, weil Norton selbst so entwaffnend ehrlich und überzeugend klang und weil ein solcher Theatercoup genau zu seinen Ambitionen auf ein politisches Amt paßte. Er hatte die letzten zweieinhalb Jahre nicht aus Liebe zur Verfassung im Parlament gesessen, sondern weil es ihm als Sprungbrett auf den Posten des Generalstaatsanwalts dienen sollte, den er so sehr begehrte. Es konnte toleriert werden, wenn ein ehemaliger Kronanwalt der gegnerischen Partei es schaffte, daß es bei der Anhörung blieb und zu keiner offiziellen Gerichtsverhandlung kam; das war im Grunde lediglich peinlich. Doch sollte sich der Fall dazu auswachsen – und dies schien durchaus wahrscheinlich –, daß er seinen Ambitionen den Todesstoß versetzen konnte, so durfte das nicht geduldet werden.

»Ich bin mir nicht sicher, Mr. Norton«, sagte er, bemüht, seinen Ärger zu unterdrücken, »ob Ihnen klar ist, in welch gefährlicher Situation wir uns befinden.«

»Ganz im Gegenteil«, erwiderte Norton. »Es ist mir absolut klar.«

»Hätten Sie nicht darauf bestanden, jeden Hinweis auf Sir Gervase zu unterlassen ...«

»Möchten Sie, daß ich den Namen meines Vaters in den Schmutz ziehe?«

»Wenn es um Ihre Rettung geht – ja.«

Norton lehnte sich auf seinem Stuhl zurück und nahm einen Zug an seiner Zigarette. »Nun, ich kann in diesem Stadium kaum noch plötzlich eine andere Melodie anstimmen, meine Herren, oder?«

»Nein«, gab Mr. Russell bedrückt zu. »Das können Sie nicht.«

Warburton, der am Fenster gestanden hatte, ging langsam auf seinen Schreibtisch zu, beugte sich über ihn und blickte Norton durchdringend an. »Es ist noch nicht zu spät, um Mrs. Trenchard vorzuladen. Zu diesem Zweck könnten wir Vertagung beantragen.«

»Ich habe mich verpflichtet, sie aus der Sache herauszuhalten.«

»Falls man sie zur Aussage zwingt, würde sie Sie anerkennen?«

»Ich glaube schon.«

»Dann würde ich vorschlagen, daß Sie diese Verpflichtung brechen. Das ist unsere einzige Hoffnung.«

»Wirklich meine einzige Hoffnung, Mr. Russell?«

Russell holte tief Luft, bevor er antwortete: »Ihre Weigerung, Mr. Giffards Frage zu beantworten, stellt ein ernsthaftes Handicap dar. Falls noch eine weitere Person neben Miss Pursglove für Sie aussagen würde, könnte das dieses Handicap ausgleichen. So, wie die Dinge nun stehen, müssen wir darauf hoffen, daß ein Zeuge der Verteidigung zusammenbricht. Meiner Meinung nach eine sehr vage Möglichkeit.«

»Arme Nanny«, sagte Norton. »Sie hat sich schrecklich aufgeregt.«

»Ich an Giffards Stelle«, fuhr Russell fort, »würde den Spieß umdrehen und den Richter vor die Entscheidung stellen, ob dies nun ein Fall für das Gericht ist oder nicht. Innerhalb einer Stunde kann unsere Klage abgewiesen sein. Heute kann die Verteidigung nicht verlieren, Mr. Norton. Es kann höchstens passieren, daß sie nicht gewinnt. Für uns hingegen gibt es keine zweite Chance.«

Norton lächelte. »Für mich, meinen Sie. Sie malen meine Aussichten in schwärzesten Farben, Mr. Russell.«

»Das liegt daran...«

Ein scharfes Klopfen ertönte an der Tür. Warburton, der Anweisung gegeben hatte, daß er auf keinen Fall gestört werden durfte, blickte irritiert auf, als sein Angestellter eintrat. »Was gibt es denn?«

»Ein Herr im Empfangsbüro wünscht Mr. Norton in einer äußerst dringenden Angelegenheit zu sprechen.«

»Um wen handelt es sich?«

»Um einen Mr. Richard Davenall, Sir.«

Warburton war wie vom Donner gerührt. Er konnte sich nicht vorstellen, was der Anwalt der Verteidigung zu einem derart kritischen Zeitpunkt von dem Kläger wollte. Wenn es nicht unethisch war, so war es zumindest unorthodox, und Richard Davenall war keines von beidem. Was hatte er vor? »Sagen Sie ihm...«, begann er.

»Sagen Sie ihm, ich komme sofort zu ihm hinaus«, unterbrach Norton.

»Das wäre unklug. Man weiß nicht...«

»Ich spreche gleich mit ihm.«

Warburton preßte die Lippen zusammen und nickte dem Angestellten kurz zu. »Führen Sie ihn in Mr. Throwers Zimmer.«

»Sehr wohl, Sir.«

Kaum hatte sich die Tür hinter dem Angestellten geschlossen, da machte Warburton seiner Verstimmung einem Mandanten gegenüber, der seinen Rat schon zu oft mißachtet hatte, etwas Luft. »Sie müssen das schon mir überlassen. Es wäre vollkommen unangebracht, wenn Sie zum jetzigen Zeitpunkt mit ihm reden.«

Norton erhob sich und lächelte ausdruckslos. »Trotzdem werde ich mit ihm sprechen. Und zwar werde ich allein mit ihm sprechen.«

»Das wäre der Gipfel der Dummheit. Sie haben ja keine Ahnung, was für Vorschläge er Ihnen unterbreiten will.«

»Mein Entschluß steht fest. Keine Sorge, Mr. Warburton. Ich werde Ihnen nicht die Schuld geben, wenn es ein schlechtes Ende nimmt. Und jetzt entschuldigen Sie mich bitte, meine Herren.« Mit schnellen Schritten verließ er das Zimmer und ließ Warburton und Russell zurück, die sich nur verblüfft anschauen konnten.

III

Norton folgte den Anweisungen des Angestellten, ging bis zum Ende des verwinkelten Korridors und öffnete die Tür zu Mr. Throwers Zimmer. Hier sah es unordentlicher und nicht so professionell wie bei Warburton aus. Über eine Stufe gelangte man in einen Raum, in dessen Mitte ein großer, überladener Schreibtisch stand; von dem Erkerfenster aus konnte man die grauen Dächer von Holborn sehen.

Richard Davenall hatte aus diesem Erkerfenster geschaut. Beim Geräusch von Nortons Eintritt drehte er sich um, nickte fast schüchtern und sagte: »Sie sind also gekommen?«

»Selbstverständlich.« Norton kam näher. »Dachtest du, ich würde nicht kommen?«

»Ich dachte, Warburton würde Ihnen abraten, mich in diesem Stadium zu sehen.«

»Das hat er auch.« Norton blieb stehen und blickte zu Richard hinüber; sein offenes Gesicht zeigte nichts weiter als einen fragenden Ausdruck.

»Das war ein guter Rat.«

»Wieso sagst du das?«

»Weil ich hier sein könnte, um Ihnen in letzter Minute einen Kompromiß vorzuschlagen, sozusagen um das Gesicht zu retten. Ich könnte hier sein, um mit Ihnen ein Geschäft abzuschließen.«

»Das glaube ich nicht.«

»Woher wollen Sie das wissen?«

»Aus zwei Gründen. Zum einen glaube ich, daß Hugo überzeugt davon ist, daß er mich schlagen kann. Er will nichts anderes als einen totalen Sieg. Er hat es nicht nötig, das Gesicht zu wahren. Zum anderen würdest du – selbst wenn es so wäre – nicht seinen Boten spielen. Nicht jetzt.«

Richard strich über seinen Bart. »Sie haben recht. In beiden Punkten.«

»Was führt dich dann zu mir?«

»Ich habe Ihnen etwas zu sagen.« Richard umrundete den Schreibtisch, stellte sich dicht vor Norton und sah ihn offen und ehrlich an. Er schluckte schwer, als müßte er erst all seinen Mut zusammennehmen, dann sagte er:

»Ich möchte dir sagen ... Ich glaube, daß du James bist.« Er lächelte unsicher. »Du wirst sagen, ich habe das die ganze Zeit über schon gewußt, und in gewissem Sinne stimmt das vermutlich auch. Doch du mußt verstehen, wie schwer es der Familie fällt, sich mit der Tatsache abzufinden, daß du lebst. Gott weiß, daß ich genau wie sie versucht habe, so zu tun, als wärst du ein Betrüger, aber es hat nicht funktioniert. Ich habe mit dir gesprochen, ich habe dir zugehört, ich habe deine Aussage vor Gericht miterlebt: Mit jedem Tag ist in mir die Überzeugung gewachsen, daß du mein Cousin bist. Und jetzt kann ich nicht länger beiseite stehen und ansehen, wie andere das leugnen, was ich als die Wahrheit erkannt habe.« Er streckte die Hand aus. »Kannst du mir verzeihen, daß ich dich nicht sofort anerkannt habe?«

»Verzeihen? *Ich* dir verzeihen?« Norton trat leicht schwankend auf den Schreibtisch zu. Er beugte sich vor, stemmte die Handflächen auf die Platte, atmete schwer und wandte ruckartig den Kopf ab, als Richard ihn an der Schulter berührte.

»James?«

»Schon gut. Laß mir einen Moment Zeit.« Ein Schauder durchlief ihn, als er zurücktrat, dann richtete er sich hoch auf und stieß die Luft aus, um seine Haltung wiederzugewinnen. »Tut mir leid. Entschuldige diese Szene. Um zu überleben, habe ich mich an Zurückweisungen gewöhnt. Anerkennung ist jetzt fast zuviel für mich.« Er drehte sich um, lächelte breit und schüttelte Richards Hand. »Gott segne dich, Cousin, für deine Worte.«

»Ich konnte nicht zulassen, daß das Gesetz dich als Betrüger denunziert, während ich weiß, daß du keiner bist.«

»Das Gesetz kann mich immer noch als Betrüger hinstellen.«

»Nicht, nachdem ich heute nachmittag für dich ausgesagt habe. Was ich zu sagen beabsichtige, wird dafür sorgen, daß du nicht verlierst.«

»Du willst für mich aussagen?«

»Nachdem wir gestern abend auseinandergegangen waren, erkannte ich, daß mir keine ehrenhafte Alternative bleibt.«

»Meine Mutter und mein Bruder werden dir niemals vergeben.«

»Mit der Zeit werden sie es tun.«

»Das glaube ich nicht. Das wird unsere Familie auf ewig auseinanderreißen.«

»Ich bete darum, daß es nicht so ist. Doch wenn es unumgänglich ist, so soll es so sein. Ein Mann muß die Konsequenzen seiner Taten auf sich nehmen. Für mich ist diese Zeit gekommen.«

»Ich weiß, was das für dich bedeutet, Richard. Meine Bewunderung ebenso wie meine Dankbarkeit gehören dir.«

»An dem, was ich tue, ist nichts Bewundernswertes, James. Ich hätte es vor Wochen schon tun sollen, als ich tief in meinem Innersten wußte, daß du im Recht bist. Selbst jetzt bin ich mir nicht sicher, ob ich den Mut zu dieser Entscheidung gehabt hätte, wenn nicht Constance gewesen wäre. Sie ist diejenige, der deine Dankbarkeit gehören sollte.«

»Constance?«

»Ich komme gerade von ihr. Schau!« Richard führte ihn zum Fenster. Unter ihnen in dem kleinen Garten von Staple Inn saßen zwei Frauen auf einer Bank neben dem Springbrunnen: Emily Sumner, die nervös von einer Seite zur anderen schaute, und ihre Schwester Constance, eine stille, schlanke Gestalt in grauem Pelzmantel und fliederfarbenem Kleid, die nachdenklich in die Fontäne blickte, während eine leichte Brise die Federn an ihrem Hut bewegte.

Norton runzelte die Stirn. »Ich habe klar zum Ausdruck gebracht, daß ich sie in diese Sache nicht hineinziehe. Wieso ist sie hier?«

»Weil sie dich liebt.«

»Ich liebe sie auch. Deshalb wollte ich ihr das ersparen.«

»Sie möchte nicht geschont werden. Verstehst du denn nicht? Sie möchte beweisen, daß sie dich liebt.«

»Ich brauche keinen Beweis.« Er blickte Richard eindringlich an. »Sicherlich wird es ausreichen, wenn du für mich aussagst. Es ist nicht nötig, daß auch Constance in den Zeugenstand tritt.«

»Sie hofft, daß ihre und meine Aussage Hugo dazu bringen werden, nachzugeben und uns allen die öffentliche Agonie einer umfassenden Gerichtsverhandlung zu ersparen. Sie hofft, daß er dadurch zu der Überzeugung gelangt, daß er nicht gewinnen kann.«

»Teilst du diese Hoffnung?«

»Ja.«

»Du glaubst ernsthaft, er wird kapitulieren?«

»Hugo hat für eine verlorene Sache nichts übrig. Wenn er hier eine totale Niederlage erleidet, wird er, glaube ich, aufgeben. Das wäre wesentlich besser als die schwere Prüfung, die eine öffentliche Verhandlung allen Betroffenen auferlegen würde.«

Norton wurde nachdenklich. Einige Augenblicke lang blickte er auf die geduldig wartende Gestalt im Garten hinab. Dann trat er vom Fenster zurück, als hätte er einen Entschluß gefaßt. »Ich muß zu ihr.«

»Uns bleibt nicht mehr viel Zeit.«

»Genug. Wirst du hier auf mich warten?«

Richard nickte zustimmend. Als Norton aus dem Zimmer eilte, ließ er sich auf den Stuhl hinter dem Schreibtisch sinken und dachte an die Ungeheuerlichkeit, die er im Begriff stand zu tun. Wenn es für ihn nur auch so einfach wäre wie die Liebe zwischen diesen beiden jungen Menschen. Doch Richards Motive lagen selbst für ihn im dunkeln; jede seiner Handlungen war eine wirre Mischung aus Absicht und Zweck. Hatte James an sein Gewissen appelliert oder den selbstzerstörerischen Instinkt eines Mannes angesprochen, der von seiner eigenen Scheinheiligkeit angewidert war? Wollte er Gerechtigkeit für James oder ein schnelles, symbolträchtiges Ende für all die Täuschungen und Lügen, die er gelebt hatte?

Richard lehnte sich zurück und schaute wieder aus dem Fenster. Constance war nun allein. Emily mußte gesehen haben, daß sich James näherte, denn sie eilte in Richtung Chancery Lane davon. Und da tauchte James auf und strebte zielbewußt der Bank entgegen, auf der Constance saß.

IV

»Darf ich mich zu dir setzen?«

»Selbstverständlich.«

Er ließ sich neben ihr nieder. »Es ist kalt hier draußen. Ich hoffe, du hast nicht lange warten müssen.«

»Nicht sehr lange.« Sie sah ihn an. »Nicht annähernd so lange, wie du auf mich gewartet hast.«

»Fünfundzwanzig Tage, seit wir uns wiedergesehen haben.« Er blickte zu Boden. »An jedem dieser Tage habe ich an dich gedacht und mir gewünscht, ich könnte bei dir sein.«

»Mir ging es genauso.«

»Ich verstehe, warum du mich in Salisbury nicht sehen wolltest. Glaube mir, ich verstehe es wirklich.«

»James!«

Von der nächsten Bank drang heftiges Geraschel zu ihnen. Ein Mann, der den Tauben Brotreste zugeworfen hatte, knüllte die leere Tüte zusammen, erhob sich und marschierte davon.

»Ich glaube, wir haben ihn verscheucht«, sagte Constance, als er außer Hörweite war.

James lächelte grimmig. »Wenn er die Tauben regelmäßig füttert, sollte er daran gewöhnt sein. Die Hälfte der Parkbänke Londons dienen als Treffpunkt für vom Unheil verfolgte Liebespaare.«

»Sind wir das?«

Die hoffnungslose Sehnsucht in seinem Blick war Antwort genug. »Das Schicksal ist grausam mit uns umgesprungen, Constance. Mit jeder Faser meines Seins wünsche ich, wir könnten Mann und Frau sein, wie es uns einst bestimmt war.«

Mit aller Intensität erwiderte sie seinen Blick. »Je länger ich versucht habe, dich zu vergessen, desto stärker ist mir dieses Schicksal im Gedächtnis geblieben.«

Ihre Hand hatte den Weg zu der seinen gefunden. Er schien sie an seine Lippen führen zu wollen, als ihn etwas innehalten ließ. »Wären wir nur frei, um unseren Gefühlen zu folgen. Aber das sind wir nicht. Allein dadurch, daß wir hier sitzen und uns unterhalten, brechen wir feierliche Versprechen. Ich habe deinem Vater mein Ehrenwort gegeben, daß ich dich nicht in diese Sache hineinziehen werde. Und du hast deinem Mann versprochen, daß du mich nicht sehen würdest.«

»William hat das Recht verwirkt, mich an dieses Versprechen zu binden – oder an irgendein anderes.«

»Wie meinst du das?«

Sie wandte den Blick ab. »Wenn der richtige Moment gekommen ist, werde ich darüber sprechen können. Im Augenblick jedoch kann ich nur sagen, daß ich ihn nicht mehr als meinen Ehemann betrachte.«

»Ist dir klar, was du da sagst?«

Sie umklammerte seine Hand. »Ja, James. Es ist mir klar.«

»Es war nie mein Wunsch, zwischen euch zu treten.«

»Allein dadurch, daß du lebst, bist du zwischen uns getreten. Kaum wußte ich von deiner Rückkehr, da war mir klar, daß ich mich am Ende würde entscheiden müssen.«

»Zwischen Pflicht ... und Glück?«

Sie senkte den Blick. »Wäre das die Wahl gewesen, dann hätte ich mich entschließen können, das Glück zu opfern.« Als sie wieder aufschaute, standen ihre Augen voll Tränen. »Doch ich werde keinem Ehemann gehorchen, der mich beleidigt. Und ich werde es nicht zulassen, daß deine Familie dir dein Geburtsrecht raubt.«

Jetzt endlich küßte er ihre Hand. Er hob sie sanft an seine Lippen, und als sie die behandschuhten Finger berührten, runzelte er die Stirn. »Was ist das?« fragte er und fuhr mit dem Daumen die Umrisse eines Ringes an ihrem Mittelfinger unter dem dünnen Leder nach. »Als wir uns das letztemal sahen, trugst du nur deinen Ehering.«

»Ich trage ihn nicht mehr.«

Er zog ihr den Handschuh aus. An ihrem Mittelfinger blitzte der schön gefaßte Diamant eines Verlobungsringes.

»Erkennst du ihn nicht?«

Einen Moment lang starrte er ihre Hand in schweigender Konzentration an, dann schaute er ihr in die Augen. »Natürlich erkenne ich ihn. Ich habe ihn dir an dem Abend des Jagdballes auf Cleave Court geschenkt, als du sagtest, du würdest meine Frau werden.«

»Ich bin immer noch der gleiche Mensch, der dieses Versprechen abgegeben hat, James, und du bist der Mensch, dem ich es gegeben habe. Wo also könnte ich in der Stunde deiner schwersten Prüfung anders sein als an deiner Seite, den Ring an meinem Finger, den du mir geschenkt hast?«

Er beugte sich vor und küßte sie. Die Berührung seiner Lippen trug sie elf Jahre zurück, zu einem Abschied im Sommer oberhalb eines Aquädukts in Somerset; sie verschloß vor allem die Augen, sah nur noch die verschwommen aus ihrer Erinnerung auftauchende Wiese ihrer verlorenen und jetzt wiedergefundenen Liebe. Doch seine Augen blieben offen, und sie sahen in überzeugender Klarheit eine Zukunft, auf die er bis zu diesem Moment nicht mehr zu hoffen gewagt hatte.

V

Der Besuch der Verhandlung am Vice-Chancellor's-Gericht in Lincoln's Inn an diesem Nachmittag war enttäuschend. Das Verfahren schien an Elan verloren zu haben, das Gefühl schien sich breitzumachen, daß der Fall, alles in allem gesehen, doch zu fadenscheinig war, um Material für einen ernsthaften Gerichtsstreit abzugeben. Das Gerücht ging um, daß der Kläger keine eigenen Zeugen mehr aufzubieten hatte und daß man nur noch eine Reihe von Freunden der Davenalls zu erwarten hatte, die in langweiligen, zermürbenden Wiederholungen die unverschämten Ansprüche des Klägers zurückweisen würden.

Kaum hatte jedoch Richter Wimberley seinen Platz eingenommen, da schlug die Stimmung um. Etwas Ungewöhnliches war im Gange, denn Mr. Russell näherte sich der Bank und verwickelte den Richter in eine ernsthafte, im Flüsterton geführte Debatte. Endlich wedelte ein weiter, richterlicher Ärmel in Richtung Sir Hardinge Giffard, eine Aufforderung, sich dem kleinen Kreis anzuschließen. Nachdem er dieser Aufforderung Folge geleistet hatte, begann Sir Hardinge mit den Schultern zu zucken und deutlich ablehnende Gesten zu machen. Dann schickte Richter Wimberley beide Anwälte weg und wandte sich an das Gericht.

»Der Kläger bittet darum, zwei weitere Zeugen aufrufen zu dürfen, von denen bis jetzt noch keine beeidigten Erklärungen vorliegen. Angesichts der Bedeutung, die möglicherweise ihren Aussagen zukommt, genehmige ich ausnahmsweise diese Bitte.«

Diese Ankündigung führte zu besorgtem Geflüster auf seiten der Verteidigung. Mr. Russells erhobene Stimme schnitt wie ein Messer durch das Gemurmel. »Ich rufe Mrs. William Trenchard auf.«

Trenchard? Der Name sagte den Zuschauern nichts, die nun über genügend Platz oben auf der öffentlichen Galerie verfügten. Das Geheimnis erregte ihre Aufmerksamkeit, die sich nun in vollem Umfang auf die schlanke, elegante Dame, gekleidet in Grau und Lila, konzentrierte, die langsam auf den Zeugenstand zuging. Ihr Haar war kastanienbraun, ihr Gesicht bleich: Soviel konnte man unter dem Hut erkennen.

»Sie sind Constance Daphne Trenchard, wohnhaft The Limes, Avenue Road, St. John's Wood?«

»Ja, das bin ich.« Ihre Stimme klang leise, aber fest.

»Wie lange sind Sie verheiratet, Mrs. Trenchard?«

»Sieben Jahre.« Sie betastete etwas unter ihrem Handschuh, was ein Ring an ihrem Mittelfinger zu sein schien.

»Waren Sie vor elf Jahren mit James Davenall verlobt in der Absicht, ihn zu heiraten?«

»Ja.«

»Erkennen Sie in dem Kläger Ihren damaligen Verlobten wieder?«

Ohne jedes Zögern, aber merkwürdigerweise auch ohne jede besondere Betonung sagte sie: »Ja.«

»Von dem Sie bis vor kurzem glaubten, er habe im Juni 1871 Selbstmord begangen?«

»Ja.«

»Wann wurde Ihnen bewußt, daß er in Wirklichkeit noch am Leben war?«

»Als er mich am Sonntag, dem 1. Oktober, besuchte.«

»Da erfuhren Sie zum erstenmal von seiner Rückkehr?«

»Ja.«

»Bestätigten Sie seine Identität bei dieser Gelegenheit?«

Diesmal spürte man ein kurzes Zögern. »Nein.«

»Warum nicht?«

»Weil ich auf einen derartigen Schock nicht vorbereitet war und weil mein Ehemann mir einredete, ich müsse mich täuschen.«

»Ist Ihr Mann James Davenall jemals begegnet?«

»Nein.«

»Wie konnte er dann wissen, ob Sie sich täuschen oder nicht?«

»Es war das, was er glauben wollte.«

»Einspruch, Euer Lordschaft!« Giffard kam von seinem Sitz hoch. »Die Zeugin wird zu Spekulationen veranlaßt.«

Richter Wimberley runzelte die Stirn. »Darf eine Ehefrau legitimerweise Vermutungen über die Wünsche ihres Mannes anstellen? Ein strittiger Punkt, Sir Hardinge. Mrs. Trenchard«, er wandte sich der Zeugin zu, »sind Sie heute mit Wissen und Billigung Ihres Ehemannes hier?«

»Weder das eine noch das andere, Euer Lordschaft.«

Die Augenbrauen des Richters schossen in die Höhe. »Weder noch? Hm, hm. Wenn ich das gewußt hätte ... Nun, fahren Sie fort, Mr. Russell, aber verzichten Sie auf weitere Fragen bezüglich Mr. Trenchard.«

»Wie Euer Lordschaft wünschen. Nun denn, wann sahen Sie den Kläger das nächstemal?«

»Sechs Tage später in Somerset.«

»Bestätigten Sie seine Identität bei dieser Gelegenheit?«

»Nein. Doch meine letzten Zweifel wurden behoben.«

»Wie das?«

»James – der Kläger – war in der Lage, sich an Ereignisse zu erinnern, die einzig und allein nur er oder ich wissen konnten. Geheimnisse von Liebenden, könnte man sagen.«

Diese leicht anzügliche Formulierung löste hinten im Gerichtssaal Gekicher aus. Richter Wimberleys Gesicht rötete sich, und er warf einen drohenden Blick in diese Richtung. Dann forderte er Russell mit einer Geste auf fortzufahren.

»Ihr nächstes Treffen mit dem Kläger?«

»Sechs Tage später im Hyde Park, auf eine vorangegangene Verabredung hin.«

»Erkannten Sie ihn da an?«

»Ja.«

»Gestern lehnte es der Kläger ab zu sagen, ob Sie ihn anerkannt hätten oder nicht. Können Sie nun mit absoluter Sicherheit bestätigen, daß dies der Fall war?«

»Ja. Er ist James Davenall.«

»Mrs. Trenchard«, warf der Richter ein, »habe ich Sie richtig verstanden, daß Sie sich der Identität des Klägers seit dem 7. Oktober sicher waren?«

»Ja, Euer Lordschaft.«

»Warum haben Sie das nicht früher gesagt?«

»Mein Mann hatte es mir verboten.«

»Warum haben Sie seinen Befehl dann jetzt mißachtet?«

»Um einen Justizirrtum zu verhindern.«

»Ich weiß von Mr. Russell, daß Sie keine gerichtliche Vorladung erhalten haben. Darf ich daraus schließen, daß Sie aus vollkommen eigenem Entschluß hier sind?«

»Jawohl, Euer Lordschaft.«

»Aus Sorge um ... Gerechtigkeit?«

»Jawohl, Euer Lordschaft.«

Der Richter schien verblüfft. »Ist Ihnen bewußt, Mrs. Trenchard, daß der Kläger gestern öffentlich vor diesem Gericht bekannte«, er räusperte sich, »vor und während Ihrer Verlobung mit Prostituierten verkehrt zu haben?«

Ihre Antwort kam ohne eine Spur von Verlegenheit. »Ja, Euer Lordschaft.«

»Und daß der Kläger als Grund für sein Verschwinden den anscheinend wohlbegründeten Verdacht angab, als Folge seines Verkehrs mit Prostituierten sich mit Syphilis infiziert zu haben?«

»Ich bin mir all seiner Worte bewußt, Euer Lordschaft. Nichts davon könnte mich veranlassen, ihm den Rücken zuzuwenden. Im Gegenteil.«

Vor dieser Entschlossenheit, die schon an Leidenschaft grenzte, kapitulierte Richter Wimberley in schweigender Verwirrung. Er ließ Russell ein schwaches Nicken zukommen.

»Ich habe keine weiteren Fragen, Euer Lordschaft.«

Mr. Russell setzte sich, und Sir Hardinge erhob sich in brütendem Widerstreben, um seine Stelle einzunehmen. Eine Ewigkeit schien zu vergehen, bevor er das Wort ergriff, doch die Zeugin verlor weder ihre Haltung noch die ernste, stille Würde, mit der sie dem Richter begegnet war.

»Mrs. Trenchard«, seine Stimme wirkte wie durch eine nur mühsam unterdrückte Emotion belegt, »wie oft sind Sie dem Kläger begegnet?«

»Seit seiner Rückkehr?«

»Seit seiner *angeblichen* Rückkehr.«

»Viermal.«

»Sie haben drei davon beschrieben. Wann fand die vierte Begegnung statt?«

»Kurz bevor ich heute nachmittag diesen Gerichtssaal betreten habe.«

»Er suchte Bestätigung bei Ihnen, daß Sie für ihn aussagen würden?«

»Nein. Er suchte keine derartige Bestätigung.«

Giffards Gesicht verzog sich zu einem sarkastischen Lächeln. »Zweifellos bat er Sie, nicht auszusagen.«

»Nein. Es konnte ihm nicht entgehen, daß ich dazu entschlossen war.«

Ein Schnauben von Sir Hardinge, einige schnelle Schritte, dann änderte er seine Angriffstaktik. »Mrs. Trenchard, sind Sie glücklich verheiratet?«

Russell sprang auf, doch Richter Wimberley hatte bereits erkannt, worauf die Frage abzielte. »Ich habe darauf hingewiesen, Sir Hardinge, daß ich keine Anspielungen bezüglich Mr. Trenchard wünsche, eines Gentlemans, dem offensichtlich nicht bewußt ist, daß seine Ehe heute in die Brüche geht.«

»Ich glaube, es gehört zur Sache, Euer Lordschaft.«

Ein kurzes Trommeln der richterlichen Finger, dann: »Sie werden mich sehr schnell davon überzeugen müssen.«

»Danke, Euer Lordschaft. Mrs. Trenchard, sind Sie glücklich verheiratet?«

Zum erstenmal senkte die Zeugin den Blick. »Dies ist keine glückliche Zeit für meinen Mann und mich.«

»Wie lange dauert diese unglückliche Zeit schon?«

»Ich weiß nicht.«

»Seit Ihr früherer Verlobter wunderbarerweise von den Toten auferstanden ist – oder länger? Ich halte Ihnen vor, Mrs. Trenchard, daß Ihr plötzlicher Übertritt auf die Seite des Klägers nichts mit Ihrer Sorge um Gerechtigkeit zu tun hat, sondern aus dem Wunsch entstanden ist, Ihren Mann zu verletzen.«

Von Giffards Worten tief getroffen, blickte die Zeugin schnell auf. »Das ist eine unwürdige, unwahre Behauptung.«

»Nichtsdestoweniger...«

»Sir Hardinge!« Richter Wimberley beugte sich vor. »Ich bin nicht überzeugt, daß dies zur Sache gehört. Sie werden Ihre Frage zurücknehmen.«

Giffard schickte sich in das Unvermeidliche. »Wie Euer Lordschaft wünschen. Mrs. Trenchard, haben Sie irgendwelche Zweifel an der Identität des Klägers?«

»Nein.«

»Nicht den geringsten Zweifel?«

»Ich bin überzeugt davon, daß James Davenall lebt und als Kläger in diesem Gerichtssaal sitzt.«

Nach diesen Worten gab Giffard auf. Mit einem kaum verhohlenen Seufzer der Resignation sank er auf seinen Stuhl. Er schaute nicht auf, als Mrs. Trenchard an ihm vorbei zu ihrem Platz zurückging, und hob auch nicht den Kopf, als Mr. Russell über das allgemeine Gemurmel hinweg den Namen des nächsten Zeugen bellte.

»Ich rufe Mr. Richard Davenall auf.«

Das Gemurmel erstarb augenblicklich. Hier häufte sich eine Sensation auf die andere. Die Davenalls hatten sich bis jetzt hinter der allgemeinen Zurückweisung von Nortons Ansprüchen in einer gewissen Anonymität versteckt gehalten. Nun brach einer von ihnen sein Schweigen. Alle Blicke richteten sich auf ihn.

»Sie sind Richard Wolseley Davenall, wohnhaft Garth House, North Road, Highgate?«

»Das bin ich.« Er war ein dunkel gekleideter, gebeugter Mann mit grauem Haar und Bart, wässerig blauen Augen, die verräterisch zwinkerten, und einem unruhigen Blick. In der öffentlichen Galerie wurde geflüstert: Das war doch kein anderer als Sir Hugo Davenalls Anwalt.

»In welcher Beziehung stehen Sie zu James Davenall?«

»Er ist mein erster Cousin.«

»Erkennen Sie in dem Kläger Ihren Cousin James Davenall?«

»Ja.« Nachdem er das gesagt hatte, schien der Zeuge sichtlich erleichtert zu sein. Seine Schultern strafften sich, und er schaute geradeaus.

»Ohne jeden Zweifel?«

»Ohne jeden Zweifel.«

»Wie lange sind Sie schon von seiner Identität überzeugt?«

»Schwierig zu sagen. Diese Überzeugung ist allmählich in mir gewachsen, seit er mich am 29. September besucht hat. In der Folge habe ich mir all meine Erinnerungen an James ins Gedächtnis gerufen, im Vergleich zu Aussehen, Kenntnissen und Auftreten des Klägers. Ich bin jetzt zu dem Schluß gelangt, daß er tatsächlich mein Cousin James ist.«

»Sieht er wie Ihr Cousin aus?«

»Natürlich sieht er älter aus. Er sieht außerdem ... nun ja, seine Erlebnisse und Erfahrungen haben ihn verändert. Am Anfang ließ mich das Ausmaß dieser Veränderungen zweifeln. Jetzt denke ich, daß es angesichts all dessen, was er durchgemacht hat, nur zu verständlich ist.«

»Er ist mit Ihrer Familiengeschichte bestens vertraut?«

»Ja.«

»Er weiß all das, was Ihrer Meinung nach Ihr Cousin wissen müßte?«

»Ja.«

»Er verhält sich so, wie Sie es von Ihrem Cousin erwarten würden?«

»Ja.«

»Kurz, er ist der Cousin, den Sie in Erinnerung haben?«

»Ja, ich glaube, er ist es.«

»Ich danke Ihnen, Mr. Davenall.«

Nachdem Sir Hardinge sich zum Kreuzverhör des Zeugen erhoben hatte, funkelte er ihn aus nächster Nähe an, als empfände er diese Zeugenaussage als persönliche Beleidigung.

»Mr. Davenall, ich kann mich nicht entsinnen, in meiner ganzen beruflichen Laufbahn jemals einen Zeugen unter solch außergewöhnlichen«, er betonte jede einzelne Silbe mit übertriebener Präzision, »unter solch bizarren Umständen befragt zu haben.«

»Ich habe diese Umstände nicht geschaffen.«

»Da bin ich leider anderer Meinung. Wurden Sie von dem Kläger als Zeuge vorgeladen?«

»Nein.«

»Dann sind Sie vielleicht so nett und erklären uns, wieso Sie, Sir Hugo Davenalls Anwalt, sich freiwillig zu einer Zeugenaussage bereit erklärt haben, die der Verteidigung schadet und den Interessen des Beklagten zuwiderläuft.«

»Ich *handle* durchaus in Sir Hugos Interesse, indem ich dafür sorge, daß er sie nicht weiter verteidigt.«

»Hoho.« Giffard verdrehte die Augen und marschierte in drohender Haltung zum Tisch des Protokollführers; dann wirbelte er herum und starrte den Zeugen an. »Wie lange praktizieren Sie schon als Anwalt, Mr. Davenall?«

»Einundzwanzig Jahre.«

»Haben Sie etwas Derartiges schon einmal getan?«

»Was Derartiges?«

»Daß Sie versucht haben, einen Mandanten glauben zu machen, Sie seien sein Freund und stünden in seinen Diensten, nur um ihn anschließend ohne Vorwarnung zu verraten? Nun? Wie viele Mandanten wären wohl zu Ihnen gekommen, hätten sie gewußt, daß das zu Ihrem Repertoire gehört?«

»Einspruch, Euer Lordschaft!« schrie Mr. Russell aufspringend. »Will mein geschätzter Kollege damit andeuten, der Zeuge solle nicht die Wahrheit sagen, weil er damit vielleicht seiner Kanzlei Schaden zufügen könnte?«

»Nun, Sir Hardinge?« sagte der Richter. »Wollen Sie das damit andeuten?«

»Nein, Euer Lordschaft. Ich will lediglich andeuten, daß ein Mann, der erst an diesem Morgen vor diesem Gericht als überzeugter, treuer Ratgeber der Verteidigung auftrat, nun nicht diese Verteidigung in Verruf bringen kann, ohne daß man seinen Charakter und seine Aussage als vollkommen unzuverlässig bewertet.«

Der Zeuge blickte zum Richter auf. »Darf ich auf diese Anschuldigung antworten, Euer Lordschaft?«

Richter Wimberley zögerte einen Moment, dann sagte er: »Auf jeden Fall, Mr. Davenall.«

Jetzt wirkte der Zeuge nicht mehr gedrückt oder zweifelnd. Er sprach mit festerer, klarerer Stimme als zuvor. »Sir Hardinge weiß, daß ich von Anfang an über diese Verteidigung nicht glücklich war. Er machte sogar selbst eine diesbezügliche Bemerkung. Nun, ich leugne nicht, daß mich meine vorangegangene Unentschlossenheit kompromittiert. Vielleicht hätte ich es ablehnen sollen – oder müssen –, als Sir Hugos Anwalt tätig zu werden, nachdem mir klargeworden war, daß ich seine Überzeugung, bei dem Kläger handle es sich um einen Betrüger, nicht teilen konnte. Doch ich hielt es für das Beste, daß ihm ein Mitglied seiner eigenen Familie als Ratgeber zur Seite steht. Schließlich *ist* dies eine Familienangelegenheit. Ich hatte die Ehre, von Sir Hugos Vater als Rechtsbeistand und damit als Wächter der legalen Interessen *all* seiner Kinder auserwählt worden zu sein. Deshalb bereitet es mir mehr Kummer, als ich in Worte fassen kann, daß eines dieser Kinder das andere öffentlich vor Gericht bekämpft. Doch wenn ich vor die Wahl gestellt bin, mich zwischen ihnen zu entscheiden, wozu die Vorgänge mich gezwungen haben, dann darf für mich, um ehrenhaft zu bleiben, nur ein einziges Kriterium gelten: die Wahrheit.«

Die Wahrheit. Dieses eine Wort, in offensichtlichem Schmerz von einem Mitglied der Familie Davenall ausgesprochen, bewegte das Gericht mehr als jedes Argument oder jede Anklage, die Sir Hardinge vorbringen konnte. Und das schien er auch zu wissen, dem bitteren, resignierten Grollen nach zu schließen, mit dem er sich auf seinen Platz zurückzog und den Zeugen aus dem Zeugenstand winkte.

»Damit, glaube ich«, sagte Richter Wimberley nach einer kleinen Pause, »haben wir den letzten Zeugen des Klägers gehört. Habe ich recht, Mr. Russell?«

»Jawohl, Euer Lordschaft.«

Richter Wimberley spitzte die Lippen und begann, die vor ihm liegenden Papiere durchzusehen. Mr. Russell lehnte sich lächelnd zurück, um ein Wort mit seinem Mandanten zu wechseln. Sir Hardinge Giffard brütete nachdenklich über einigen Notizen, die ihm ein Assistent gereicht hatte. Der Stuhl, auf dem eben noch Richard Davenall gesessen hatte, war leer. Richard hatte sich nach hinten in den Gerichtssaal begeben. Dort saß er nun neben Mrs. Trenchard und wartete gespannt und besorgt – wie all die anderen Besucher auch – die weitere Entwicklung ab.

VI

»Diesem Gericht obliegt es«, erklärte Richter Wimberley, »zu entscheiden, ob ein gerichtlich zulässiger Fall vorliegt. Da Fragen der Identität bekanntermaßen äußerst schwierig zu beurteilen sind, dürfen die Behauptungen und Ansprüche des Klägers nicht leichtfertig bejaht werden. Genausowenig aber dürfen sie leichtfertig zurückgewiesen werden. Ist der Anspruch des Klägers falsch, so verdient er unsere Verachtung, ist er aufrichtig, so verdient er unsere äußerste Sympathie. In derartigen Fällen gibt es keine halben Maßnahmen. Von diesem Gericht wird jedoch nicht die Entscheidung verlangt, ob der Kläger über jeden vernünftigen Zweifel hinaus James Davenall ist oder nicht, sondern nur, ob er es mit ausreichender Wahrscheinlichkeit sein könnte, was dann in einer umfassenden Gerichtsverhandlung nachgewiesen werden müßte. In dieser Hinsicht wird die Frage der Anerkenntnis besonders bedeutsam. Könnte der Kläger keinen einzigen Menschen aufbieten, der James Davenall gut gekannt hat und der ihn nun als James Davenall identifiziert, so würde sein Wissen um James Davenalls Leben, wie umfassend auch immer, wenig bedeuten. Ich bin beeindruckt von der Tatsache, daß drei der vier von ihm aufgebotenen Zeugen ihn ohne jeden Vorbehalt erkannt haben. Sie alle waren sehr eng mit James Davenall vertraut gewesen. Keiner von ihnen hat etwas dadurch zu gewinnen, daß er einen Betrüger anerkennt. Man könnte sogar argumentieren, daß sie dadurch sehr viel zu verlieren hätten. Ich bin deshalb geneigt, zu dem Schluß zu kommen, daß hier tatsächlich ein Fall vorliegt, der gerichtlich geklärt werden muß.« Er spähte zu Sir Hardinge Giffard hinab. »Möchte die Verteidigung in diesem Stadium weitere Beweise vorlegen? Wenn ja, müssen wir vertagen.«

Giffard erhob sich halb und entgegnete in düsterem Ton: »Nein, Euer Lordschaft. Mein Mandant behält sich seine weiteren Maßnahmen vor.«

»Nun gut.« Richter Wimberley legte eine Pause ein, um seinen nächsten Worten noch größere Betonung zu geben. »Der Kläger, James Norton, hat zur Glaubwürdigkeit ausreichende Beweise vorgelegt in seiner Klage gegen

Sir Hugo Davenall. Der Fall soll vor einem Richter und einer Jury der Ersten Kammer zu einem vom Gericht noch festzulegenden Zeitpunkt verhandelt werden.«

VII

Richard erhob sich langsam und wartete, bis die Geräusche des allgemeinen Aufbruchs verklungen waren. Constance und Emily standen neben ihm, genau wie er von dem eben Erlebten von einem seltsam ehrfürchtigen Staunen befallen. Sie hatten den Sieg errungen, den die Gerechtigkeit forderte, doch ihre Zukunft war dadurch erschreckend in ihrer Ungewißheit geworden.

Während die letzten Zuschauer hinausgingen, bemerkten sie plötzlich James, der im Gang am Ende ihrer Sitzreihe stand. Er schien vollkommen gefaßt und beherrscht in diesem Moment, in dem er seine Ansprüche gerechtfertigt sah, und sagte schlicht: »Es ist vorbei, meine Freunde. Ihr habt mich gerettet.« Dann fügte er hinzu: »Ich danke euch aus tiefstem Herzen.«

Zuerst reagierten sie nicht. Richard stach besonders ins Auge, daß Hugo vorne im Gerichtssaal aufgeregt mit Giffard konferierte, während Constance von der Unwiderruflichkeit dessen, was sie getan hatte, wie gelähmt schien. So blieb es Emily überlassen, auf James zuzugehen, seine Hand zu ergreifen, ihn auf die Wange zu küssen und voller Inbrunst zu verkünden: »Ich freue mich sehr für dich, James. Ich freue mich wirklich sehr.«

Da ging auch Constance auf ihn zu und streckte ihm lächelnd die Hand entgegen. Sie sagte nichts, denn es bedurfte keiner Worte. Als Richard das sah, nickte er James zu und entfernte sich den Gang entlang. Er wußte, sie brauchten seine Gesellschaft jetzt nicht. Die Pflicht rief ihn an einen anderen Ort.

Giffard stand über den Tisch gebeugt, sammelte Dokumente ein und ignorierte ganz gezielt Hugo, der an seinem Ärmel zerrte und mit hoher, kreischender Stimme protestierte, daß er nicht den teuersten Anwalt engagiert habe, nur um dann diese Demütigung hinnehmen zu müssen. Richard wollte sich einmischen, als sich ihm Catherine in den Weg stellte und ihn mit einem sengenden Blick zum Stehen brachte.

»Ich hab' dir gesagt, du sollst Hugo in Ruhe lassen«, sagte sie mit kalter, drohender Stimme. »Und du hast dich geweigert. Ich denke, dein Verhalten am heutigen Nachmittag gibt mir das Recht, darauf zu bestehen, daß du ihn in Ruhe läßt.«

»Ich hatte gehofft, du würdest auf meine Worte hören. Hugo muß die Sache jetzt fallenlassen – zu seinem eigenen Besten.«

»Du bist ein Narr, Richard. Schlimmer noch, du bist ein einfältiger, leichtgläubiger Narr. Ich hätte mir denken können, daß du dich von Norton in die Tasche stecken läßt.«

»Catherine, du sprichst von deinem eigenen Sohn.«

»Vielleicht habe ich dich falsch beurteilt. Vielleicht tust du nur so, als würdest du ihm glauben, um Hugo zu schaden.«

»Das ist lächerlich.«

»Ist es das? Ich finde es bei weitem lächerlicher, daß du tatsächlich glaubst, dieser Mann könnte mein Sohn sein.« Sie deutete an ihm vorbei zur Tür. Als er sich umdrehte, sah er James gerade mit Constance am Arm den Gerichtssaal verlassen. »Er ist ein Betrüger, gestützt von der Gutgläubigkeit von Narren und der stillschweigenden Duldung von Schurken. Was bist du, Richard? Narr oder Schurke?«

»Catherine...«

»Es spielt eigentlich keine Rolle, was du bist. Auf jeden Fall gehörst du zu der Verschwörung gegen meinen Sohn.«

»Es gibt keine Verschwörung. Das ist absurd.«

»Du wirst alle unsere Familie betreffenden Papiere an Baverstock übergeben. Du wirst alle Informationen an ihn weiterleiten, die du in Hugos Auftrag gesammelt hast. Du wirst dich von meinem Sohn und seinen Angelegenheiten vollkommen trennen. Ist das klar?«

»Willst du diese Sache weitertreiben?«

»Das geht dich nichts an. Sind meine Bedingungen klar?«

»Ja.«

»Danke. Damit wäre unsere Diskussion – wären all unsere Diskussionen – beendet.«

Die Endgültigkeit ihrer Worte war unmißverständlich. Er hatte diesen Bruch vorausgesehen, als er sich entschlossen hatte, für James auszusagen. In vieler Hinsicht hatte er sogar die Erleichterung, die damit vielleicht verbunden sein mochte, herbeigesehnt. Doch die Erfahrung selbst, die Realität war eine ganz andere Sache. Diesen Moment bitterster Zurückweisung zu durchleben, das hieß zu verstehen, daß nur noch Haß gedeihen konnte, wo einst die Liebe geblüht hatte.

Er wandte sich ab. In dem Augenblick flogen die Türen des Saals auf, und Emily Sumner kam mit weißem Gesicht und wild um sich blickend hereingestürzt. Als sie ihn sah, rief sie: »Mr. Davenall! Kommen Sie schnell! Etwas Schreckliches ist geschehen!«

VIII

Ich war die ganze Nacht und den Morgen durch Londons Straßen gelaufen, bis ich vor lauter Müdigkeit und Verzweiflung schließlich der Verlockung einer schicksalhaften Bestimmung erlag.

Am späten Nachmittag trottete ich The Strand entlang in östlicher Richtung durch eine graue Welt, die der Winter bereits fest in seinem Griff zu haben schien. Um mich herum tobte das sinnlose, ziellose Chaos der größten Stadt der Welt, doch mir bedeutete das alles nichts. Denn die Realität war als einzige Begleiterin den ganzen langen, traurigen, dunklen Tag neben mir marschiert, und in ihrem Gesicht hatte ich eine Wahrheit entdeckt, die ich mir zu eigen machen wollte: daß Norton lediglich eine bewußte Version all der Lügen war, die wir leben.

In der Fleet Street, wo die Lügen täglich gedruckt und den Massen für einen Penny vorgeworfen werden, kaufte ich einen Evening Standard *und fand auf einer der vielen Seiten eine Lüge, die zu schreiben ich mitgeholfen hatte:*

MORD IN COVENT GARDEN

> *Am frühen Morgen wurde ein Toter gefunden, verborgen unter Sackleinen in einer an Covent Garden Market angrenzenden Gasse. Die Polizei ist der Ansicht, daß er letzte Nacht mit einem Messer erstochen wurde. Der Tote konnte noch nicht identifiziert werden. Ein besonderes Kennzeichen des Toten ist sein amputierter rechter Arm; wer einen solchen Mann kennt, wird gebeten, sich unverzüglich im Polizeirevier in der Bow Street zu melden. Der Todesfall wird als Mord eingestuft.*

Ich warf die Zeitung in eine Mülltonne und ging die Chancery Lane hinauf, in Gedanken bei Thompson, der nun auf einem Steinblock in irgendeinem kalten, feuchten Leichenschauhaus lag und darauf wartete, daß ihn jeder begutachtete, der einen vermißten, ermordeten, einarmigen Mann kannte. Dann dachte ich an Quinn – und an Norton, seine Kreatur –, als ich die Carey Street überquerte und auf Lincoln's Inn zuging.

Der Platz lag verlassen da, als ich ihn betrat. Als ich auf der Ostseite entlangging, tauchte eine Gruppe von Leuten aus der Richtung des Vice-Chancellor Court auf, die sich aufgeregt miteinander unterhielten. Als ich zu ihnen hinüberblickte, entdeckte ich am Ende der Gruppe Sir Hugo Davenalls Freund Freddy Cleveland. Ich drängte mich durch die Menge und packte ihn am Arm.

»Cleveland! Ich bin's, Trenchard.«

»Trenchard? Gütiger Himmel. Hätte Sie kaum erkannt, alter Junge. Überrascht mich, Sie hier zu sehen, nach dem gestrigen Rummel.«

»Waren Sie im Gerichtssaal?«

»Ja. Aber wenn Sie deswegen hier sind, haben Sie den Zug verpaßt. Ist schon alles vorbei – für den Moment jedenfalls.«

»Was soll das heißen?«

»Die Pressefritzen haben die Gerichtsverhandlung, die sie herbeigefleht haben. Der Fall ist sozusagen nach oben weitergereicht worden.«

»Norton hat gewonnen?«

Cleveland lächelte. »Er hat zumindest die erste Phase überlebt, um weiterkämpfen zu können. Hugo hat ganz schön angeschlagen ausgesehen. Kann's ihm nicht verdenken. Aber es bestand nicht mehr die geringste Chance, daß der Fall begraben würde, nachdem Ihre Frau vor dem Richter ein bißchen mit den Wimpern geklimpert hatte.«

»Meine Frau?«

»Sie hat für Norton ausgesagt. Hat ihn ohne Zaudern als Jimmy identifiziert. Verdammt beeindruckende Darbietung, muß ich schon sagen. Konnte einem zu Herzen gehen. Sie sollten bei ihr die Zügel ein bißchen straffer anziehen, alter Junge, sonst ... Na ja, genug geredet. Ich muß los.«

Er ging weiter, und ich blieb zurück und starrte in die grinsenden, unsichtbaren Gesichter meiner Feinde: Melanie, die mich getäuscht und betrogen hatte; Quinn, der mich geschlagen, und Norton, der mich weggeschoben und ersetzt hatte. Ihre Blicke bohrten sich tief in mich hinein; ihre Stimmen machten sich lustig über meinen Ruin; ihre Hände umklammerten meine Kehle. Die Leute starrten mich an und machten einander auf mich aufmerksam. Was sie sahen, war eine schlampige Gestalt, die sich die Tränen einer verrückten, persönlichen Verzweiflung abwischte. Doch was ich sah, als ich mich abwandte und auf das Gerichtsgebäude zustürmte, waren Norton und Constance, die langsam Arm in Arm auf mich zukamen – meine Frau und mein erbittertster Feind, vereinigt im Moment meiner Vernichtung.

Zehn Meter vor mir blieben sie stehen. Ich sah, wie die Farbe aus Constances Gesicht wich, wie sich ihr Mund vor Bestürzung öffnete. Doch in Nortons Gesicht entdeckte ich den Schimmer eines höhnischen Grinsens, das er nicht ganz unterdrücken konnte.

»Weg von ihr!« schrie ich.

»Trenchard«, fing Norton an. »Wir können ...«

»Weg von ihr!« Ich zog die Waffe aus meiner Tasche und richtete sie auf ihn. Diesmal war sie geladen.

»Trenchard, um Himmels willen!«

»Weg!« Ich spannte den Hahn.

Er zog seinen Arm unter ihrem hervor und ging bis zu dem Geländer, das den Rasen in der Mitte des Platzes abgrenzte, dann drehte er sich zu mir um. »Das ist Wahnsinn«, sagte er ruhig. »Begreifen Sie denn nicht? Sie haben verloren. Geben Sie auf, Mann.«

Er hatte recht. Ich hatte verloren – alles. Ich konnte sehen, wie die Waffe in meiner Hand zu zittern begann, konnte das Blut in meinem Kopf rauschen hören. Alles andere blieb still und schweigend, ein bewegungsloser Intervall, in dem er mir gegenüberstand und mich herausforderte. Dann flackerte in seinem Gesicht die Erkenntnis auf, daß sein Erfolg ihn auch in Gefahr bringen konnte. Und damit hatte er recht. Er hatte mir alles genommen. Er hatte mir nichts mehr gelassen, was ich noch verlieren konnte. Im gleichen Augenblick mußten wir einander verstanden haben. Denn als er auf mich zutrat, drückte ich ab.

Trenchards Bericht über die sechs Wochen, die ihn von einem zufriedenen Ehemann und angesehenen Geschäftsmann in einen verzweifelten Ausgestoßenen verwandelt hatten, endet an diesem Punkt. Es besteht kaum ein Zweifel, daß er überzeugt davon ist, daß seine Niederschrift der Ereignisse eine vollständige Rechtfertigung seines Mordanschlages auf Norton darstellt. Ob das zutrifft oder nicht, das müssen andere entscheiden. Und von deren Entscheidung hing nun seine Zukunft ab.

ZWÖLFTES KAPITEL

I

Der aus Gips geformte menschliche Kopf auf dem Bord befand sich in beunruhigender Nähe von Richard Davenalls rechter Schulter. Richard hatte mehrmals verstohlen in seine Richtung geblickt, ihn aber nicht genauer betrachtet. Nun, da die Verhandlung sich gerade in einigen langweiligen Details erging, sah er, daß der Schädel kreuz und quer von Linien durchzogen war, die die Oberfläche in unregelmäßige Flächen unterteilten, von denen jede mit einer winzigen Nummer beziffert war. An der Wand über dem Kopf hing ein gerahmter Text zu diesem Atlas eines anatomischen Schädels, der die Nummern bestimmten Instinkten oder Emotionen zuordnete. Richard ließ seinen Blick über die Liste gleiten – Ehrfurcht, Kinderliebe, Mut, Selbstverteidigung –, dann stoppte er abrupt. Nummer fünf, ein Siebeneck hinter dem linken Ohr, stand für Mord.

»Angesichts der Umstände«, sagte Bucknill schließlich, »ist für mich kein medizinischer Einwand erkennbar.« Er richtete sich aus seiner nachdenklichen Versunkenheit auf und betrachtete seine Gäste der Reihe nach nachdenklich. »Tatsächlich, von einem rein medizinischen Gesichtspunkt aus gesehen, ist es zweifellos der klügste Kurs, den man einschlagen kann.«

Richard fragte sich einen Moment lang, ob das nun ja oder nein bedeutete. Sie hatten Bucknill hinzugezogen, da er ohne jeden Zweifel der bedeutendste Vertreter der Psychiatrie war, eines zugegebenermaßen eng begrenzten Spezialgebietes, Autor des grundlegenden Werkes »Die Krankheit des Geistes in Relation zu kriminellen Handlungen« und Gründer der Zeitschrift »Gehirn: ein Journal der Neurologie«. Bevor er sich in seine Privatpraxis zurückgezogen hatte, war er als medizinischer Berater des Lordkanzlers für den Bereich Irrenanstalten zuständig gewesen. Seine Meinung würde schwerer wiegen als alle anderen – doch was war seine Meinung?

Äußerst umständlich und vorsichtig nahm Bucknill seine Stahlrandbrille ab und legte sie vor sich auf die Löschunterlage. Ohne die Brille sahen seine Augen traurig aus, was nur noch die Wirkung seines vollen, grauen Bartes und des kegelförmigen Kopfes verstärkte. »Ich könnte ohne das geringste Zögern zu der Feststellung gelangen«, fuhr er fort, »daß Mr. Trenchard sich zum Tatzeitpunkt in einem Zustand starker paranoider Wahnvorstellungen befand, die auch jetzt noch anhalten, wie sein schriftlicher Bericht zeigt.« Er richtete den Blick seiner traurigen Bluthundaugen auf Richard. »Ich glaube, Sie haben diesen Bericht gelesen, Mr. Davenall?«

»Ja, das habe ich.«

»Dann wird Ihnen auch die bemerkenswerte Deutlichkeit aufgefallen sein, mit der dieser Bericht Mr. Trenchards mentale Desintegration aufzeigt. Weder sein Gedächtnis noch seine Vernunft sind beeinträchtigt, sondern nur seine Fähigkeit, zwischen Realität und Einbildung zu unterscheiden. Dementsprechend beschreibt er reale und halluzinatorische Erlebnisse mit gleicher Präzision, ohne je die Genauigkeit seiner Erinnerungen in Zweifel zu ziehen, selbst wenn diese Erinnerungen ganz offensichtlich aus dem Reich der Phantasie stammen.« Bucknills Augen hatten zu glänzen begonnen, seine Gesichtszüge hatten eine gesunde Farbe bekommen; allmählich erwärmte er sich für sein Thema. »Nehmen Sie beispielsweise seinen unerschütterlichen Glauben an die absurde Erklärung, die er vorbrachte, als er *in flagrante delicto* mit einer Prostituierten überrascht wurde. Verstehen Sie, er gab diese Erklärung ab, weil er sie für wahr hielt. Sein Unterbewußtsein wendet derartige Tricks an, um sein Bewußtsein vor all dem zu schützen, was es nicht ertragen kann.«

Richard rutschte unruhig auf seinem Stuhl herum. »Soll das heißen, Herr Doktor, daß es sich bei seiner Niederschrift ... um ein reines Phantasiegebilde handelt?«

»Nein, Mr. Davenall. Ich will damit nur sagen, daß sein Geist tatsächliche Erlebnisse verzerrt, um sie mit seiner Paranoia in Einklang zu bringen, daß sich die ganze Welt gegen ihn verschworen hat.«

»Dann war er für seine Handlungen nicht verantwortlich, als er auf meinen Cousin schoß?«

»Als er die Waffe abfeuerte, schoß er auf all jene, die sich seiner aufrichtigen Überzeugung nach gegen ihn verschworen hatten. Er handelte, genaugenommen, in Selbstverteidigung.«

Ernest Trenchard, der bis jetzt still und bewegungslos auf seinem Stuhl gesessen hatte, beugte sich plötzlich vor und sagte: »Bestehen Aussichten auf Heilung, Herr Doktor?«

Bucknill atmete tief ein. »Da sieht es nicht gut aus, Mr. Trenchard. Ganz und gar nicht gut. Die Paranoia Ihres Bruders ist umfassend und tief verwurzelt. Er steht jeder Andeutung, er könnte das Opfer seiner eigenen Wahnvorstellungen geworden sein, feindselig gegenüber.«

»Das heißt, daß er für einen längeren Zeitraum sicher verwahrt wird?«

»Offen gesagt hege ich wenig Hoffnung, daß diese Verwahrung nicht von Dauer ist.«

Mit vorsichtig hochgezogenen Augenbrauen wandte sich Ernest an Richard. »Würde sich Norton damit zufriedengeben?« fragte er leise.

Einen Schauder unterdrückend, blickte Richard zu Bucknill hinüber. »Sie müssen wissen, Herr Doktor, daß Mr. Norton trotz seiner ernsten Verletzungen es vorgezogen hat, keine Klage gegen Mr. Trenchard zu erheben, solange dieser irgendwo sicher untergebracht ist, wo er weder sich noch andere gefährden kann. Mrs. Trenchard ist ebenfalls der Ansicht ...«

»Ich habe ihren Brief hier.« Bucknill hielt ihn hoch. »Sie tritt vehement für ihren Ehemann ein. Sie versucht sogar, einen Teil der Schuld für seinen Zustand auf sich zu nehmen. Es ist ermutigend, daß so viele Menschen ihm nur das Beste wünschen.«

»Wie sollen wir dann weiter vorgehen?« fragte Richard.

Bucknill lächelte. »Ich werde alles bezüglich einer Entmündigung wegen Geisteskrankheit arrangieren und die Gerichtsbehörden davon in Kenntnis setzen. Wann, sagten Sie, müßte er dort wieder erscheinen?«

»Am Mittwoch, dem zweiundzwanzigsten.«

»Nun, angesichts von Mr. Nortons entgegenkommender Haltung hege ich keinen Zweifel, daß das Gericht sich entschließen wird, Mr. Trenchard meiner Obhut zu übergeben. Ich kann mehrere ausgezeichnete Institutionen empfehlen, die sich dann mit seinen Problemen befassen werden.«

»Wir wollen nur das Beste für ihn«, sagte Ernest.

»Das Allerbeste?«

»Ja.«

»Da habe ich einige Broschüren, die Sie interessieren werden. Natürlich ist Ihnen klar, daß das Allerbeste auch sehr ... teuer ist?«

»Geld ist kein Hinderungsgrund.«

»Hätten nur mehr von meinen Patienten so aufgeklärte, fürsorgliche Familien.« Bucknills Lächeln wurde breit genug, um zu verbergen, daß ihm völlig klar war, daß den Trenchards ein geisteskranker Verwandter bei weitem nicht so peinlich war wie ein krimineller. »Sie können versichert sein, meine Herren, daß Mr. William Trenchard bei seiner Unterbringung jeden Komfort genießen wird. Jawohl, jeden Komfort.«

Kurz darauf standen Richard Davenall und Ernest Trenchard vor Bucknills gotisch angehauchtem Eingang und blickten die Wimpole Street hinauf und hinab in der vergeblichen Hoffnung, eine Droschke würde auftauchen.

»Nun«, sagte Ernest, »ich denke, das ging so gut, wie wir nur hoffen konnten.«

»Ja«, erwiderte Richard ohne jede Überzeugung. »Ich glaube auch.«

»Wieso hat Ihr Freund Norton ...«

»Er ist mein Cousin, genaugenommen.«

Ernest runzelte skeptisch die Stirn. »Wenn Sie meinen. Wie auch immer, ich begreife wirklich nicht, wieso er sich in dieser Angelegenheit so ungemein anständig benimmt.«

»Weil er ungemein anständig *ist.*«

»Ich beklage mich auch nicht. Eine Gerichtsverhandlung wäre sehr schlecht fürs Geschäft gewesen.«

Ja, dachte Richard, genau unter diesem Aspekt betrachtete dieser stets mißgestimmte Mann mit dem bleichen Gesicht James' Großzügigkeit. Im Vergleich zu dem Schutz der Profite von Trenchard & Leavis bedeutete es ihm wenig, daß sein Bruder vor einer Gefängniszelle bewahrt wurde.

»Die Zahlungen für die Institution, die Bucknill empfohlen hat, belaufen sich auf fast fünfhundert Pfund pro Jahr.« Ernest schüttelte beim Gedanken an eine derartige Extravaganz den Kopf. »Ich bin überzeugt davon, daß es ein billigerer Ort auch tut.«

»Mein Cousin möchte sicherstellen ...«

»Daß William nicht leidet. Ja, ich weiß. Trotzdem ...«

»Da Sie doch nichts zu den Kosten beitragen, Mr. Trenchard, kann es Ihnen doch egal sein, oder?«

Ernest warf Richard einen scharfen Blick zu, aufrichtig verblüfft darüber, daß irgend jemand für seinen unwürdigen Bruder mehr Geld auszugeben bereit war als unbedingt notwendig. »Die Bezirksanstalt hätte genügt«, sagte er bekümmert.

»Mein Cousin ist nicht dieser Meinung.«

»Hmm. Nun, das ist seine Sache. Ich würde sagen, das bringt ihm bei Constance einige Pluspunkte ein. Vielleicht ist das der Zweck der Übung.« Dann fügte er schnell hinzu, noch bevor Richard antworten konnte: »Ich kann nicht länger auf eine Droschke warten. Ich muß zur Orchard Street zurück. Jemand muß ja die Arbeit machen, die William im Stich gelassen hat. Ich wünsche Ihnen einen guten Tag, Davenall.«

Richard sah Ernest nach, der schnell die Straße hinunterging, und hoffte insgeheim, daß eine nochmalige Begegnung nicht notwendig sei. Der Kerl betrachtete seinen Bruder offensichtlich als eine Last, von der befreit zu sein die Familie sich glücklich schätzen konnte. Als er gefragt worden war, ob er Williams Erklärung lesen wolle, hatte er dieses Ansinnen äußerst heftig abgelehnt. Er schien zu beabsichtigen, seinen Bruder vollständig zu vergessen, ohne auch nur den geringsten Versuch zu machen, ihn zu verstehen.

Richard wünschte, er könnte es auch so halten. Doch während er den Kragen gegen den kalten Wind hochschlug und sich nach Norden zu in Bewegung setzte, war ihm nur zu bewußt, daß er darauf nicht zu hoffen brauchte. Natürlich hatte er sein Bestes für Trenchard getan, aber das war er ihm auch schuldig. Schließlich war er es gewesen, der Trenchard vor vielen Wochen versichert hatte, daß Norton genauso schnell wieder von der Bildfläche verschwinden würde, wie er aufgetaucht war. Wie falsch er doch damit gelegen hatte, wie unentschuldbar falsch.

Seit seiner Entlassung aus dem Krankenhaus erholte sich James in Richards Haus in Highgate, mit Constance als ständiger Pflegerin. Richards letzte Zweifel nach seinem Sinneswandel waren geschwunden, als er miterlebt hatte, wie die beiden sich sanft und vorsichtig zu ihrer alten, neu entdeckten Liebe zurücktasteten. Das hatte tiefe Zufriedenheit in ihm ausgelöst.

Nun hatte sich alles geändert. Bucknills geduldige Befragungen hatten Trenchard zu einer schriftlichen Erklärung veranlaßt, die allen, die sie zu lesen bekamen, als fast graphischer Beweis seiner Geisteskrankheit diente. Doch indem er sein eigenes Schicksal besiegelte, hatte Trenchard in Richard einen schlafenden Verdacht geweckt. Es brauchte nichts zu bedeuten, natürlich nicht. Aller Wahrscheinlichkeit nach bedeutete es nichts. Doch es hielt sich hartnäckig, wühlte sich in den innersten Kern seines Wohlbefindens. Dort blieb es und ließ ihm keine Ruhe.

II

Arthur Baverstock war an diesem Morgen in einer Geistesverfassung nach Cleave Court gefahren, die perfekt die Trostlosigkeit widerspiegelte, mit der der Spätherbst den Park überzogen hatte. Der Rauch von glimmenden Blätterhaufen trieb über die kahlen Rasenflächen. Und das Haus selbst, dem sich Baverstock über die lange Auffahrt näherte, schien in der über die Familie hereingebrochenen Düsternis versunken.

Lady Davenall erwartete ihn im Frühstücksraum. Während er durch die teppichbelegten Flure des Hauses ging, wünschte er sich, er hätte es niemals betreten. Er brachte Neuigkeiten, die ihre Ladyschaft keineswegs erfreuen würden, und sie, das fühlte er, würde Anweisungen für ihn haben, die ihm noch weniger gefallen würden.

Sie war nicht allein. Sir Hugo Davenall stand am Kamin, rauchte und nagte an seinen Fingernägeln. Baverstocks Depression vertiefte sich.

»Mr. Baverstock«, sagte Lady Davenall von ihrem Sitz nahe am Fenster, »nehmen Sie bitte Platz.«

Baverstock ließ sich auf dem Stuhl mit der hohen Rückenlehne nieder, der für ihn reserviert schien, und begrüßte Sir Hugo mit einem angedeuteten Nicken. Als er Lady Davenall ansah, konnte er kaum ihren Gesichtsausdruck erkennen, so fern und zurückgezogen wirkte sie in dem schlecht beleuchteten Raum.

»Können Sie uns von irgendwelchen Fortschritten berichten?« fragte sie in ihrem ruhigsten, einschüchterndsten Tonfall.

»In zwei Punkten, Euer Ladyschaft, gibt es etwas Neues. Erstens haben wir ein Datum für die Verhandlung: den 3. April.«

»Müssen wir so lange warten?« Eine Pause; Baverstock schwieg. »Nun, was meint Sir Hardinge dazu?«

»Das ... äh ... ist die zweite Neuigkeit, sozusagen.«

»Was soll das heißen?«

»Sir Hardinge hat ... äh ... angedeutet, daß er den Fall nicht zu übernehmen wünscht.«

Sir Hugo trat kräftig gegen das Kamingitter und schien einen Fluch ausstoßen zu wollen, als ihm im letzten Moment die Anwesenheit seiner Mutter bewußt wurde. »Ratten und ein sinkendes Schiff«, murmelte er, drückte seine Zigarette aus und griff nach einer neuen.

»Was für einen Grund hat er dafür angegeben?« fragte Lady Davenall mit veränderter Stimme.

»Keinen, Euer Ladyschaft.«

Sir Hugo schnaubte. »Ist das nicht offensichtlich?«

Eine genau bemessene Pause, dann fuhr Lady Davenall fort: »Sie werden einen anderen finden, Mr. Baverstock. Einen besseren Anwalt.«

»Das ... wird nicht leicht sein.«

»Und doch verlange ich es von Ihnen. Unternehmen Sie, was Sie wollen, aber treiben Sie einen erstklassigen Anwalt auf.«

»Ich hatte daran gedacht ..., uns die Dienste von Lewis & Lewis zu sichern, den Londoner Anwälten, die auf Fälle von Betrug und Hochstapelei spezialisiert sind.«

»Ausgezeichnet. Tun Sie das. Es ist ein Jammer, Hugo, daß dein Cousin sie nicht engagiert hat. Wir hätten die Sache vielleicht im Keim ersticken können.«

»Lewis & Lewis«, fuhr Baverstock fort, »werden wahrscheinlich umfassende Nachforschungen in den Vereinigten Staaten empfehlen, zur Feststellung von Mr. Nortons wahrer Identität.«

»Zweifellos noch mehr Geld«, warf Sir Hugo ein.

»Gut angelegtes Geld«, behauptete seine Mutter. »Vereinbaren Sie einen Termin mit Lewis & Lewis, Mr. Baverstock. Es darf kein Zaudern und Zögern mehr geben.«

Baverstock schluckte mühsam. »Sehr wohl, Euer Ladyschaft.«

»Und nun zu anderen Dingen. Ich möchte, daß Sie einen Mietvertrag kündigen. Eine Nebensächlichkeit im Vergleich zu dem, was wir eben besprochen haben, doch ich wünsche, daß Sie sich sofort darum kümmern.«

»Um welchen Mietvertrag geht es Euer Ladyschaft?«

»Um den von Miss Pursglove.«

Das also war es. Er hätte es sich denken können. »Miss Pursglove?«

»Jawohl, Mr. Baverstock. Ich möchte, daß Miss Pursglove von Weir Cottage entfernt wird.«

»Aber ... es war beabsichtigt, daß sie mietfrei bis zu ihrem Tode dort wohnen kann.«

»Mir ist durchaus bewußt, was beabsichtigt *war*. Allerdings war *nicht* beabsichtigt, daß sie sich die Freiheit nimmt, mich vor Gericht auf das Übelste zu verleumden, ohne daß sie die Konsequenzen tragen muß. Da sie keine Miete zahlt, genügt eine geringe Frist. Zu Weihnachten muß sie ausgezogen sein.«

»Aber ...«

»Ist das klar?«

»Äh ... ja. Ja, es ist klar.«

Sir Hugo lächelte, als er seine Zigarette ins Feuer warf. »Wußten Sie das nicht, Baverstock? Jene, die meine Mutter hintergehen, dürfen mit keinerlei Nachsicht rechnen.«

III

Als Richard nach Hause kam, teilte ihm Braddock mit, daß der Arzt gerade bei James seine tägliche Visite machte. So war er nicht überrascht, Constance im Wohnzimmer vorzufinden. Sie saß neben dem Kaminfeuer und las einen Brief. Als sie aufblickte, bemerkte er ihr besorgtes Stirnrunzeln und fragte sich, ob sie sich um Trenchards Wohlergehen sorgte oder ob ihre Sorge mehr dem Wunsche galt, Trenchard möge nicht länger ihr Schicksal verdüstern.

»Wir haben eine Übereinkunft erzielt«, verkündete er. »Bucknill ist gern bereit, sich um William zu kümmern.«

War es Erleichterung oder Freude, was sich auf ihrem Gesicht abzeichnete? Er hätte es nicht sagen können. »Das freut mich«, sagte sie. »Für William.«

Er setzte sich neben sie und drückte ihre Hand. »Nun, ich bin mir ganz sicher, daß es so am besten ist. Bucknill empfiehlt die Ticehurst-Anstalt in Sussex. Sie hat einen ausgezeichneten Ruf.«

»Und er wird dort gut behandelt?«

»Es wird ihm an nichts fehlen. Ich habe Ihnen eine Broschüre mitgebracht.«

Constance nahm das Büchlein entgegen und begann es durchzublättern.

»Sie müssen nur noch die Einwilligungserklärung unterzeichnen.«

Jäh legte sie das Büchlein aus der Hand und warf ihm einen durchdringenden Blick zu. »Einwilligungserklärung?«

»Eine reine Formalität.«

»Ja, natürlich.« Sie wurde nachdenklich. »Wir handeln richtig an William, nicht wahr, Richard?«

»Ich glaube schon. Er war für seine Handlungsweise nicht verantwortlich, als er James attackierte. Er braucht die Hilfe und die Behandlung, die ihm eine Anstalt bieten kann.«

»Wenn Sie das sagen, bin ich natürlich Ihrer Meinung. Ich rede mir ständig ein, daß dies die einzige Lösung ist. Und doch kann ich mich des Gefühls nicht erwehren, daß ich ihn verraten habe.«

»Constance, wenn Sie eine treulose Ehefrau wären und James wäre ein rachsüchtiger Mann, dann könnte William jetzt vor Gericht stehen und um sein Leben kämpfen müssen. Wie die Dinge stehen ...«

»Ich weiß.« Mit sichtlicher Anstrengung richtete sie ihre Gedanken auf andere Dinge. »Emily hat geschrieben.« Sie hielt den Brief hoch. »Sie kommt nächste Woche mit Patience und meinem Vater. Stört es Sie wirklich nicht, daß sie hier bei Ihnen wohnen?«

»Ganz und gar nicht. Ich freue mich, Emily wiederzusehen und Ihren Vater kennenzulernen.«

»Aber wir haben Ihnen schon zuviel aufgebürdet.«

»Es ist keine Bürde.« Er lächelte. »Dies ist ein kaltes, einsames Haus für eine Person, Constance. Es ist mir ein Vergnügen, Sie und James hier zu haben. Ich bin mir nicht sicher, was ich tun werde, wenn ...«

»Wenn wir gegangen sind? Wohin, Richard? Auch das bereitet mir Sorgen. Ich kann den Mann, den ich liebe, nicht heiraten. Und dieser Mann hat nicht einmal die Freiheit, seinen eigenen Namen zu führen.«

»*Noch* nicht.«

Sie betrachtete den Verlobungsring, den sie an ihrer linken Hand trug. »Ich frage mich«, sagte sie nachdenklich, »ob diese Ungewißheit je ein Ende haben wird.«

Richard bestritt das zwar heftig, fragte sich im Grunde aber dasselbe. Genausowenig konnte er diese Ungewißheit verscheuchen, als er an diesem Abend nach dem Essen James in seinem Zimmer den gewohnten Besuch abstattete. Er fand ihn, wie so oft, wach und munter vor, aber ohne irgendeine Beschäftigung. Ursprünglich hatte Richard diese nachdenklichen Phasen der natürlichen Mattigkeit der Genesung zugeschrieben und im Laufe der Zeit einen Wandel erwartet. Doch nichts hatte sich geändert. Er war zu dem Schluß gelangt, daß dieses Verhalten nur eine der Veränderungen war, die die elf Jahre im Charakter seines Cousins hinterlassen hatten.

»Der Doktor ist mit dir sehr zufrieden«, begann er das Gespräch.

»Ja«, erwiderte James. »Er möchte nur noch jeden zweiten Tag kommen und meint, ich könne jeden Nachmittag ein paar Stunden unten verbringen.«

»Großartig.«

»Die Schnelligkeit meiner Genesung schreibt er meiner ausgezeichneten Krankenschwester zu.«

»Constance ist von überwältigender Kraft und Stärke.«

»Ich weiß.«

Richard setzte sich neben das Bett. »Erinnerst du dich, was ich an jenem Tag in Staple Inn zu dir sagte, James? Erinnerst du dich, was ich über Constance sagte?«

James lächelte. »Du sagtest, sie möchte mir ihre Liebe beweisen. Ich habe es nicht vergessen, Richard.«

»Seit ihr beide hier wohnt, ist sie mir sehr ans Herz gewachsen – und mir liegt auch ihr Glück sehr am Herzen.«

»Glaubst du, mir nicht?«

»Doch, selbstverständlich, aber ...«

»Was sind meine Absichten? Geht es darum?«

Richard errötete. »Ja, ich glaube, darum geht es.«

James streckte seine Hand aus und tätschelte den Unterarm seines Cousins. »Keine Angst, Richard. Wir werden einen Weg finden. Ich werde meine Ziele so hoch stecken, wie Constance es zuläßt. Freundschaft, falls sie nicht mehr erlaubt. Und letzten Endes Heirat, wenn sie mich will. Ich werde sie weder so noch so im Stich lassen.«

»Was ist mit ihrem Mann?«

»Ich bedaure Trenchard, wirklich, doch ich glaube nicht, daß Constance an einen geisteskranken Ehemann gebunden bleiben sollte. Mit der Zeit wird sie hoffentlich auch so denken.«

»Also Scheidung?«

»Ja, nach einer gewissen Weile, aber das ist einzig und allein Constances Entscheidung. Und ich kann sie erst darum bitten, wenn ich diesen Rechtsstreit gewonnen habe. Nichts deutet darauf hin, daß Hugo aufgibt.«

Richard senkte den Kopf. »Ich hatte gedacht, er sei Vernunftgründen zugänglich. Ich scheine mich getäuscht zu haben.«

»Es ist meine Mutter, die keinerlei Vernunftgründen zugänglich ist. Sie kann mir nicht verzeihen, daß ich zurückgekehrt bin – genausowenig wie dir, daß du dich auf meine Seite geschlagen hast.«

»Eine Gerichtsverhandlung«, sinnierte Richard, »wird für uns alle ein langer, dunkler Weg werden.«

Als er später allein in der Finsternis seines Schlafzimmers lag, dachte Richard über all das nach, was James gesagt oder angedeutet hatte. Es hatte sehr viele Einschränkungen und vorsichtige Äußerungen gegeben, aber im Grunde war doch klar, daß er seine Ansprüche bis zur letzten Konsequenz durchzusetzen gedachte: Er wollte Hugo den Baronettitel entreißen, Catherine zwingen, ihn als ihren Sohn anzuerkennen, und Constance zu seiner Frau machen. Der Todeshauch, der ihn aus Trenchards Händen angeweht hatte, schien ihn in seinem Entschluß nur noch bestärkt zu haben. Und warum auch nicht? Das alles stand ihm schließlich zu. Und doch konnte Richard beim Gedanken daran keinen Schlaf finden. Am Ende dieses langen, dunklen Wegs, den sie nun alle gehen mußten, konnte er keinen Lichtschimmer sehen.

IV

Es war eine stille, klare, unnatürlich warme Nacht, die der Vollmond zu einem eigenartigen, farblosen Tag machte. Plon-Plon rannte Hals über Kopf durch den Irrgarten von Cleave Court, stürzte durch peitschende Äste und fegte große, unsichtbare Spinnweben beiseite. Er hatte sie schon gehört, bevor er sie gesehen hatte: Ihr Atem und der seine schienen wie einer. Als er um die letzte Biegung bog, huschte eine Fledermaus über sein Gesicht. Er schlug nach ihr, um freies Blickfeld zu bekommen ... und dann sah er es. Auf seiner Säule thronte Sir Harley Davenalls Kopf, das Gesicht zu einem toten Grinsen erstarrt. Unter ihm zwei ineinander verschlungene Leiber, die Körper zuckend und stoßend, das nackte Fleisch glänzend weiß im Mondschein. Als Plon-Plon aus dem Schatten trat, richtete sich Vivien Strangs Blick auf ihn. Sie drehte den Kopf zu ihm herum, öffnete den Mund, als wollte sie ...

Plon-Plon setzte sich, keuchend von den Anstrengungen seines Alptraums, in seinem Bett auf, überzeugt davon, daß er gegen Schluß aufgeschrien hatte, obwohl er keinen Schrei gehört hatte. Langsam fand er seine Selbstbeherrschung wieder, lauschte auf irgendein Anzeichen, daß er andere gestört hatte. Nichts war zu hören; im ganzen Haus herrschte dumpfes Schweigen.

Es war gar nicht schlecht, überlegte Plon-Plon, daß Marie Clotilde in Turin überwinterte. Möglicherweise hätte sie seine Qual für ein Zeichen gehalten, daß er das Licht gesehen habe. Und falls ihn die Diener gehört hatten, so hofften sie sicherlich nur, daß ihn der Schlag getroffen habe.

Er rollte sich aus dem Bett und tastete sich zum Toilettentisch. Dort schenkte er sich ein Glas Brandy ein, erwischte einen zu großen Schluck und begann krampfartig zu husten. Wenigstens wurde dadurch sein Kopf klar. Er ließ sich schwer auf der Bettkante nieder, schlürfte den Rest und wartete darauf, daß sein Gemüt wieder in seinen normalen Zustand des Wohlbehagens zurückfand. So spät in seinem Leben zu entdecken, daß er ein Gewissen besaß: Das war mehr, als er ertragen konnte.

Natürlich wußte er, daß im Grunde das Gewissen nicht der Anlaß seines immer wiederkehrenden Traumes war. Seit er von Nortons Sieg gelesen hatte, war sein Schlaf dreimal von dieser Vision seines Verrates an Vivien Strang gestört worden. Aber warum? Warum jetzt, wo doch alles so weit zurücklag? Er nahm einen weiteren Schluck Brandy und spürte, wie die

Wärme eines trügerischen Mutes in seine Seele sickerte. Auch in jener Nacht hatte er Brandy getrunken und war dann in mürrischer, ärgerlicher Stimmung eingedöst, als Gervase zur vereinbarten Zeit nicht zurückgekehrt war. Er hatte den Kopf lieber in den Sand gesteckt, als der Wahrheit ins Gesicht zu sehen. Doch jetzt konnte er sich die Wahrheit, wie immer sie auch aussehen mochte, nicht mehr vom Leibe halten. Vivien Strang, deren geträumter Schrei nach dem Blut schmeckte, das sie ihm in Scutari ins Gesicht geschüttet hatte, und James Norton, in dessen Anspruch alle Schuld enthalten war, auf deren Einlösung eine getäuschte Frau ein Anrecht hatte, würden ihn nicht zur Ruhe kommen lassen.

Plon-Plon erhob erneut sein Glas, doch es war leer. Mit einem Knall stellte er es auf dem Nachttisch ab und ließ sich dann auf die zerdrückten Kissen sinken. Sie hatte ihn schließlich gewarnt. Sie hatte ihn gewarnt, und er konnte nicht so tun, als wäre das nicht geschehen. Es reichte nicht aus, daß er die Vorhänge zugezogen und die leichte Reue in einer Flut von Brandy ertränkt hatte, das war ihm klar. Sie hatte ihn gewarnt, und er konnte das nicht vergessen.

Dezember 1846, eine Woche vor Weihnachten. Es war eine schöne, frostige Nacht in London; die Sterne funkelten in dem dunklen Samtkissen des Himmels. Der junge Plon-Plon war noch zufriedener als sonst mit sich, als er, sein Stöckchen wirbelnd, die King Street hinabschlenderte. Er hatte mit seinem Cousin, Louis Napoleon, gespeist und sich mit einem starrsinnigen amerikanischen Gast an ihrem Tisch über Sklaverei gestritten. Louis Napoleon hatte wegen seiner radikalen Bemerkungen recht schockiert dreingesehen. Sollte er doch, dachte Plon-Plon.

Ecke St. James's Square hielt Plon-Plon an, um sich eine Zigarre anzuzünden. Niemand befand sich in seiner Nähe, als er die Flamme mit der Hand schützte und den ersten Zug nahm. Doch als er sich umwandte, um das Streichholz wegzuwerfen, stand sie nur einige Meter von ihm entfernt.

Ihre Wangen waren eingefallen, ihre Kleider abgetragen. Nur ihr durchdringender Blick hatte sich nicht verändert. Er wußte nicht, was er tun sollte, ob er sie einfach ignorieren und davongehen oder zugeben sollte, daß er sie erkannte hatte. Schließlich entschied sie für ihn.

»Seit drei Tagen folge ich Ihnen«, sagte Vivien Strang. »Seit ich Sie beim Verlassen des Theaters gesehen habe.«

Er fragte nicht nach dem Grund, denn er kannte ihn. Seit dem Ball auf Cleave Court waren sie sich nicht mehr begegnet. Gervase hatte nach der Nacht in dem Irrgarten mit dem Preis geprahlt, den er gewonnen hatte. Wenn schon niemand sonst ahnt, weshalb Colonel Webster die Gouvernante seiner Tochter entlassen hatte – Gervase wußte es, und Plon-Plon vermutete es.

»Haben Sie mir nichts zu sagen, Prinz? Kein Wort für die Frau, die Sie ruiniert haben?«

Arroganz fand eine Stimme, wo die Ehre zum Schweigen gebracht worden war. *»Je ne comprends pas, Mademoiselle.«*

»Sprechen Sie englisch, Prinz. Ich weiß, daß Sie es können. Sie haben englisch geschrieben – als Sie mir die Nachricht schickten.«

»Ich habe keine Nachricht geschickt ...«

»Ich ging in den Irrgarten, weil ich dachte, Sie seien dort. Aber Sie haben mich getäuscht. Sie waren sein Partner. Und mich haben Sie zum Narren gehalten.«

»Das stimmt nicht.«

Sie trat einen Schritt näher. »Was hat er Ihnen erzählt? Vielleicht, daß ich mich ihm hingegeben hätte? Wenn ja, dann hat er gelogen. Was ich Ihnen vielleicht freiwillig gegeben hätte, hat er sich mit Gewalt genommen.«

»Er hat Sie vergewaltigt?«

»Er hat Schlimmeres getan, als mich zu vergewaltigen – er hat mich vernichtet. Als die Websters mich hinauswarfen, dachte ich immer noch, Gott verzeihe mir, daß es sich vielleicht um einen Irrtum handelte, daß er vielleicht die Nachricht gefälscht hatte, daß Sie nicht wußten, was er in Ihrem Namen getan hatte. Doch als ich mich hilfesuchend an Sie wenden wollte, waren Sie verschwunden, geflohen aus Bath, weil Sie nur zu gut wußten, was er getan hatte.«

»Sie übertreiben!«

»Nein! Ich übertreibe nicht. Den Beweis dafür trage ich mit mir herum. Ich bin schwanger von Ihrem elenden Freund, *mon prince charmant.* Ich bin schwanger, meine Familie hat mich verstoßen, meine Freunde haben sich von mir abgewandt. Ich bin verarmt und mittellos – durch Ihre Schuld.«

Im Aufblitzen ihrer Augen erkannte er die Wahrheit ihrer Worte. Aber er war noch jung genug, um zu glauben, er könne der in ihm aufsteigenden Scham entgehen. Er griff in seine Tasche und zog ein Bündel Geldnoten hervor. »Für Sie«, sagte er und streckte ihr das Geld entgegen. »Und das Baby.«

Während sie nach dem Geld griff, sah Plon-Plon, wie sich ihr Gesichtsausdruck änderte. Ihr Stolz wollte das zurückweisen, was sie seit ihrem tiefen Sturz so dringend benötigte. Wegen dieser Gabe, die sie nicht zurückweisen konnte, haßte sie ihn noch mehr.

Er wollte sich an ihr vorbeischieben, doch sie hielt ihn am Ärmel fest. Sie stand nun ganz nah vor ihm, nah genug für ihn, um zu erkennen, wie ernst ihre Worte gemeint waren.

»Eines Tages, Prinz, werden Sie bedauern, wie Sie und Ihr Freund mich behandelt haben.«

»Niemals.«

»Doch dann wird es zu spät sein.«

»*Bonsoir, Mademoiselle.*« Er schüttelte ihre Hand ab und ging davon, ohne es zu wagen, einen Blick zurückzuwerfen. Er marschierte quer über den Platz; mit jedem Schritt wuchs sein naiver Glaube, daß er mit ihr fertig sei, daß er mit jedem zurückgelegten Meter einem Haß enteilen könnte, der zu langsam war, um ihn zu erreichen.

Langsam, aber nicht zu langsam. Sechsunddreißig Jahre später wuchtete Plon-Plon seinen schweren, ächzenden Leib vom Bett hoch und schlurfte zum Fenster. Er schob den Vorhang beiseite und blickte auf die leere Avenue d'Antin hinaus. Niemand war da, keine Gestalt in der Nacht, die ihm in Erinnerung an eine vergessene Sünde zuwinkte. Warum auch? Was ging ihn Norton an? Was spielte er für eine Rolle, falls Vivien Strang ihren Sohn so weit gebracht hatte, daß er ein Erstgeburtsrecht für sich beanspruchte, das ihm zumindest in einer Beziehung tatsächlich auch zustand? Er würde in Paris bleiben oder seiner Frau nach Italien nachreisen. Vor dieser Verschwörung würde er sich die Ohren verstopfen und die Augen zuhalten. Es ging ihn nichts an. Norton konnte ihm nichts anhaben. An diesen Gedanken würde er sich klammern, bis die Gefahr vorüber war.

Plon-Plon kehrte zum Toilettentisch zurück und schenkte sich noch einen Brandy ein.

»Sie darf meinen Sohn nicht betrügen«, hatte Gervase gesagt.

»Hugo betrügen?«

»Nein. Nicht Hugo. Meinen Sohn.«

»Ich verstehe nicht.«

»Das tut niemand, Plon-Plon. Niemand.«

Doch damit, dachte Plon-Plon, während er den Brandy hinunterkippte, befand sich Gervase im Irrtum. Irgend jemand verstand. Eine Person, deren bulligen Umriß er als schwache Reflexion im Spiegel vor sich sehen konnte. Er verstand nur zu gut.

V

Der Bow-Stree-Gerichtshof erwies sich als so entgegenkommend, wie Bucknill vorausgesagt hatte. Am Mittwoch, dem 2. November 1882, ließ man sämtliche Anklagepunkte gegen William Trenchard fallen und wies ihn in die Ticehurst-Anstalt ein. Nach einem kurzen Auftritt vor Gericht wurde Trenchard zu den Zellen hinuntergebracht, um dort auf seinen Abtransport nach Ticehurst zu warten. Während dieser ungefähr einstündigen Wartezeit erhielt er Besuch: Richard Davenall.

»Wie geht's Ihnen, Trenchard?«
»Ich bin verrückt. Hat man Ihnen das nicht gesagt?«
»Sie müssen doch einsehen, daß dies in Ihrem eigenen Interesse ist.«
»Ich sehe nur, daß es Nortons Interessen dient.«
»In Ticehurst haben Sie alles, was Sie an Bequemlichkeit brauchen.«
»Bis auf meine Freiheit.«
»Bucknill ist ein ausgezeichneter Mann. Er glaubt, er könne Ihnen helfen.«
»Mir kann niemand helfen.«
»Aber Sie müssen das alles hinter sich lassen.«
»Wozu? Was erwartet mich denn in der Zukunft?«
»Hören Sie mir zu, Trenchard!«
»Hören *Sie* mir zu! Haben Sie meine schriftliche Aussage gelesen?«
»Ja.«
»Dann wissen Sie, daß es die Wahrheit ist.«
»In Ticehurst werden Sie diese Phantasiegebilde als das erkennen, was sie sind.«
»In Ticehurst werde ich mich an das erinnern, was andere zu vergessen wünschen.«
Richard erhob sich, verzweifelt von seiner Unfähigkeit, Trenchards Worte zu widerlegen. »Ich sehe, man kann mit Ihnen nicht vernünftig reden.«
»Sagen Sie, wo ist Constance?« Plötzlich klang Trenchards Stimme kläglich und bittend.
»Sie wohnt bei mir.«
»Und Norton?«
»Angesichts der Umstände kann ich Ihnen das nicht sagen. Constance geht es gut, ebenso Ihrer Tochter. Im Laufe der Zeit werden sie vielleicht einen Besuch...« Er brach ab. Trenchard weinte, den Kopf vor Scham gesenkt. Die Schultern bebten mit jedem erstickten Schluchzen. »Es tut mir leid«, sagte Richard. »Aufrichtig leid.«
Plötzlich sprang Trenchard auf. Die Beine seines Stuhls scharrten zornig über den Steinboden der Zelle. Er sah Richard direkt an; sein Gesicht zitterte, so sehr kämpfte er um seine Beherrschung. »Wo ist sie?« murmelte er. »Wo ist Melanie?«
»Vielleicht... hat sie niemals existiert.«
»Hätte ich die Fotos aufgehoben, dann hätte Fiveash sie identifizieren können.«
»Aber Sie haben sie vernichtet?«
»Ja. Ich habe sie in den Fluß geworfen und zugesehen, wie sie davontrieben...« Er machte eine Pause, dann sagte er: »Bucknill hat mir erklärt, der Name Melanie stamme von dem griechischen Wort *melaina*.«

»Tatsächlich?«

»Das bedeutet schwarz. Schwarz wie ihr Haar. Schwarz wie ihr Herz.«

»Sie müssen sie vergessen.«

Seine Augen öffneten sich weit, blickten an Richard vorbei und versuchten das Geheimnis ihres Verschwindens zu ergründen. »Ich kann sie nicht vergessen..., nicht, bevor ich sie nicht wiedergesehen habe.«

Zwei Wärter brachten Trenchard in einem geschlossenen Wagen zum Charing-Cross-Bahnhof. Bucknill und Richard Davenall folgten in einer Droschke. Während der Fahrt sprach Richard den Doktor auf Trenchards Besessenheit in bezug auf Melanie Rossiter an.

»Meiner Meinung nach, Mr. Davenall, existiert die Verbindung zwischen Dr. Fiveashs Aushilfssekretärin, Miss Whitaker, und dieser Prostituierten namens Melanie lediglich in Mr. Trenchards Phantasie. Ich bezweifle, daß Melanie überhaupt ihr richtiger Name ist.«

»Trenchard hat sich auch das eingebildet?«

»Durchaus möglich. Aus seinem Unterbewußtsein heraus mag er den Namen gewählt haben, der seiner Vorstellung von der Frau entspricht, die ihn seiner Meinung nach verfolgt und peinigt. Er konnte die Miss Whitaker, die er suchte, niemals finden. Folglich erfand er sie. Sie tauchte aus dichtem Nebel auf; bei Tag ein junges Mädchen in Not, bei Nacht eine dämonische Verführerin. Bevor wir den Nebel in seinem Kopf gelichtet haben, kann er sie nicht loswerden.«

»Und Sie können ihn lichten?«

»Diese Frage kann nur die Zeit beantworten.«

»Aber Sie sind überzeugt davon, daß keine Verschwörung gegen ihn existiert hat?«

»Selbstverständlich. Seine Wahnvorstellungen sind geradezu klassischer Natur und unmißverständlich, Mr. Davenall. Verlassen Sie sich darauf, es sind nichts weiter als Wahnvorstellungen.«

Doch Richard konnte sich nicht darauf verlassen. Bucknills Diagnose hätte ihn vollkommen überzeugt – wäre da nicht eine hartnäckige Erinnerung gewesen. Er konnte sich nicht zwischen Trenchard und dessen Schicksal stellen. Er konnte nur hilflos zusehen, wie der Zug eine halbe Stunde später Charing Cross verließ und Trenchard seinem obskuren Gefängnis entgegentrug. Doch er konnte die Erinnerungen, die Bucknill als Wahnvorstellungen bezeichnet hatte, seinem eigenen Realitätstest unterziehen – und auf das Resultat warten.

VI

Eine blasse Dezembersonne hatte die Scheiben des Wintergartens erwärmt und Canon Sumner einschlafen lassen. Er saß nun von Kissen umgeben in seinem Korbstuhl und schnarchte sanft vor sich hin, während ihm gegenüber auf der anderen Seite des niedrigen Tisches James und Constance ihre Teetassen vorsichtig abstellten und sich anlächelten.

»Er hat sich mit dem Stand der Dinge ausgesöhnt«, murmelte Constance.

»*Du* könntest ihn mit allem versöhnen.« Das stimmte. Sumner war in Highgate eingetroffen, hin und her gerissen zwischen Trenchards Verhalten und seinem Mißtrauen James' Motiven gegenüber, doch all seine Skrupel und Bedenken waren angesichts des unübersehbaren Glücks seiner Tochter dahingeschmolzen. Davor hatte er kapituliert und ihr seinen nachsichtigen Segen erteilt.

»In letzter Zeit«, fuhr Constance fort, »während ich dich gesundpflegte und meine Familie um mich hatte, war ich glücklicher, als ich zuzugeben wagte.«

»Du hast auch mich glücklich gemacht«, sagte James und drückte ihre Hand.

»Ich fürchtete, Patience könnte dich vielleicht nicht mögen, aber anscheinend hätte ich mir da keine Sorgen zu machen brauchen. Du hast sie für dich gewonnen.« Patience, die Emily an diesem Nachmittag auf einen Spaziergang nach Highgate Village mitgenommen hatte, war noch klein genug, um zu akzeptieren, daß ihr Vater einfach »weggegangen« war; statt dessen hatte sie sich sofort für ihren »Onkel« James erwärmt.

»Das liegt daran, daß ich sie ebenso mag.«

»Vielleicht.« Constance senkte den Blick. »Aber wie lange kann das so weitergehen, James – dieser Vorgeschmack auf das, was wir vielleicht all die Jahre zusammen hätten genießen können?«

»Muß es denn enden?«

»Sobald du vollkommen genesen bist, habe ich keinen Vorwand mehr, um noch länger hierzubleiben.«

»Ich auch nicht, aber Richard beharrt darauf, daß er keinen von uns hier missen möchte.«

»Trotzdem ...«

»Warum bleiben wir nicht hier? Nur so lange, bis dieser elende Gerichtsstreit beendet ist.«

»Aber wie lange wird das dauern?«

»Vielleicht sechs Monate. Das ist nicht sehr lange, verglichen mit elf Jahren.«

»Und dann? Was ist, wenn die Verhandlung vorbei ist, James?«

Ihre Blicke begegneten sich. »Wenn der Gerichtsstreit beendet ist, wenn das Gesetz mich als den anerkennt, der ich bin, dann fühle ich mich berechtigt, zu dir zu kommen und dich zu fragen ...«

»Was? Was sagst du?« Canon Sumner war erwacht, schaute blinzelnd um sich und versuchte sich einzureden, daß er nie geschlafen habe.

»Nichts, Vater«, sagte Constance. »Gar nichts.«

»Ich habe nachgedacht«, fuhr der alte Herr fort und richtete sich auf. »Über diese arme Seele, die von Lady Davenall rausgeworfen wird, wie du mir erzählt hast.«

»Nanny Pursglove?«

»Ja. Sie scheint wirklich Hilfe verdient zu haben. Immerhin gehört sie zu unserer Diözese.«

»Was hast du vor?«

»Es gibt freie Plätze im Altersheim von Wilton. Der Archidiakon hat es mir gesagt. Miss Pursglove könnte dort leben. Sehr bequem, denke ich. Soll ich es einmal ansprechen?«

»O ja, Vater«, sagte Constance lächelnd. »Ich halte das für eine ausgezeichnete Idee. Bist du nicht auch der Meinung, James?«

»Ja«, sagte James. »Das bin ich.« Auch er lächelte und dachte, daß es vielleicht ein Segen gewesen war, daß Canon Sumner gerade in diesem Moment seinen Schlaf beendet hatte. Es gab schließlich keinen Grund zur Eile. Es war sogar äußerste Vorsicht geboten, falls er Constance zu der Zukunft überreden wollte, die er im Sinn hatte. Alles, davon war er nun überzeugt, konnte ihm gehören, falls er seine Schritte bedächtig setzte. Alles – einschließlich Constance – zu seiner Zeit.

VII

Richard Davenall erkannte an Roffeys entschuldigender Haltung, daß er keine Fortschritte zu melden hatte.

»Nirgendwo der kleinste Hoffnungsschimmer, Sir. Wenn diese Frau tatsächlich existiert, hat sie ihre Spuren gut verwischt.«

»Überhaupt nichts?«

»Eine Prostituierte in London zu suchen, das ist, wie wenn man eine Nadel im Heuhaufen sucht. Ich hab' ein paar Mädchen namens Melanie aufgespürt, aber auf keine paßt die Beschreibung auch nur annähernd.«

»Und die Spur in Bristol?«

»Ich habe mit dem Butler eines jeden Weinhändlers in der Stadt gesprochen. Keine einzige Familie besitzt einen Sohn, der mit einem ehemaligen Dienstmädchen verlobt ist. Niemand hat Quinn als Diener beschäftigt.«

»Und in Bath?«

»Miss Whitaker wohnte in den Norfolk Buildings, das stimmt, und Quinn *war* mit dem Mann der Vermieterin bekannt, aber das ist auch schon alles. Ich konnte den Besitzer vom ›Roten Löwen‹ nicht dazu bringen, die Geschichte zu wiederholen, die er angeblich Trenchard erzählt hat. Er leugnete glatt, die beiden je zusammen gesehen zu haben.«

»Glauben Sie, daß er die Wahrheit gesagt hat?«

»Läßt sich schwer beurteilen. Entweder das, oder er ist gewarnt worden. Er war sehr verschlossen.«

»Sonst noch irgendwas über Quinn?«

»Nichts.«

»Was ist mit Harvey Thompson?«

»Die Polizei glaubt, jemand aus dem großen Kreis seiner Gläubiger habe ihn ermordet. Sie scheinen ganz froh, es dabei belassen zu können.«

In dem anschließenden Schweigen strich sich Richard über den Bart und dachte über die Unergiebigkeit von Roffeys Ermittlungen nach. Dann sagte er: »Sie glauben nicht, daß es sich bei Miss Whitaker und Melanie Rossiter um ein und dieselbe Person handelt?«

»Nein, Sir. Das glaube ich nicht.«

Richard erhob sich und ging ans Fenster. Den Rücken dem anderen Mann zugewandt, sagte er: »Also gut, Roffey. Ich danke Ihnen für Ihre Bemühungen. Ich glaube, wir belassen es dabei.«

»Wie Sie wünschen, Sir.«

»Ich lege keinen Wert auf einen schriftlichen Bericht. Ich möchte von dieser Sache keine Aufzeichnungen.«

Roffey räusperte sich. »Was ist mit Quinn?«

»Darum brauchen Sie sich auch nicht mehr zu kümmern. Genauer gesagt, ich habe keinen Mandanten mehr, in dessen Auftrag ich Sie engagieren könnte. Sprechen Sie mit Benson wegen Ihres Honorars. Die üblichen Bedingungen.«

»Sehr wohl, Sir. Dann wünsche ich Ihnen einen guten Tag.«

»Ich Ihnen auch, Roffey.«

Kaum hatte sich die Tür hinter seinem Besucher geschlossen, kehrte Richard an seinen Schreibtisch zurück und ließ sich erschöpft auf seinen Stuhl sinken. Er hatte mit ziemlicher Sicherheit gewußt, daß Roffey nichts finden würde, aber er hatte es doch überprüfen müssen. Jetzt hatte er alles getan, was man vernünftigerweise von ihm erwarten konnte. Jetzt hatte er festgestellt, daß keine Verschwörung gegen Trenchard existiert hatte. Nun brauchte er nur noch seinen eigenen Schlußfolgerungen zu glauben, dann könnte sein Geist zur Ruhe kommen. Doch dazu war er nicht in der Lage. Denn im Gegensatz zu Roffey verfügte Richard über einen echten Beweis; er hatte mit eigenen Augen etwas gesehen, was ihm sagte, daß nicht alles so war, wie es den Anschein hatte.

Es war der Nachmittag des Tages nach der Schießerei bei Lincoln's Inn, Mittwoch, der 8. November 1882. Die Operation, bei der die Kugel aus James' rechter Seite entfernt worden war, hatte einen erfolgreichen Verlauf genommen. Die Befürchtungen, die Kugel könnte auch die Lunge verletzt haben, waren zerstreut worden. Richard stieg deshalb die Stufen zum St. Bartholomew's Hospital beschwingter hoch, als ihm die ganze letzte Zeit über zumute gewesen war: Er freute sich darauf, seinem Cousin zum glücklichen Ausgang des Anschlags gratulieren zu können.

Unsicher folgte er Emilys Beschreibung zu James' Station. Nachdem er einige Male falsch abgebogen war, mußte er sich nach dem Weg erkundigen. Das brachte ihn in den richtigen Stock und zu der Station.

Am anderen Ende unterhielt sich eine Krankenschwester mit einer Dame. Richards Schuhe quietschten auf dem polierten Fußboden, als er sich ihnen näherte. Die Dame wandte sich um und kam auf ihn zu. Im Vorbeigehen warf sie ihm einen Blick zu. Sie war dunkel gekleidet, trug einen grauen Mantel und einen schwarzen Turban, unter dem ihr dunkles Haar hochgesteckt war. Richard hätte kaum auf sie geachtet, wäre nicht das Aufblitzen in ihren dunklen Augen gewesen, als ihr Blick sich auf ihn richtete. Jetzt sah auch er sie an, und einen Moment lang wurde er sich ihrer hochmütigen Haltung und ihrer überwältigenden Schönheit bewußt, die in merkwürdigem Gegensatz zu der sterilen Umgebung standen.

»Kann ich Ihnen behilflich sein, Sir?« erkundigte sich die Schwester.

»Oh ... ja. Ich suche Mr. James Norton. Ich bin sein Cousin.«

»Er scheint heute nachmittag sehr gefragt zu sein.«

»Tatsächlich?«

»Ja. Diese junge Dame hat sich auch nach ihm erkundigt.«

»Ist Mr. Nortons Befinden denn gut genug, daß er Besucher empfangen kann?«

»Sie können ihn sehen, wenn Sie nicht zu lange bleiben. Kommen Sie.«

Die Schwester eilte voraus, und Richard folgte ihr, mit seinen Gedanken bei der Dame, die sich nach James Befinden erkundigt, ihn aber offensichtlich aus Sorge um seine Gesundheit nicht besucht hatte. Er war nie auf die Idee gekommen, James zu fragen, um wen es sich wohl gehandelt haben könnte. Und bald darauf hatte er sie ganz vergessen. Eine Woche später dann las er Trenchards Niederschrift. Und da stand schwarz auf weiß die genaue Beschreibung der Melanie Rossiter, die auch auf die Dame paßte, die er im Krankenhaus gesehen hatte. »Ihre königliche Kinnlinie war unverkennbar, genauso wie der ruhige, ernste Blick der dunklen Augen, mit dem sie mich begrüßte.« Das war tatsächlich unverkennbar. Und Richard wußte, daß Trenchards gnadenlose Verführerin und die elegante junge Dame, die sich nach James erkundigt hatte, genau das waren, was jeglicher Logik widersprach: ein und dieselbe Person.

DREIZEHNTES KAPITEL

I

Richard Davenall war, bedingt durch Herkunft und Ausbildung, ein vorsichtiger Mann. Besser als die meisten anderen wußte er, daß ein Verdacht nichts zählt, wenn es an Beweisen fehlt. Und so benahm er sich trotz all der Zweifel, die er seinem Cousin gegenüber empfand, in jeder Hinsicht so, wie es ein aufmerksamer Gastgeber tun sollte. Der Winter ging vorüber, und nichts deutete darauf hin, daß er nicht mehr zu den überzeugtesten Verbündeten von James Norton zählte; nichts, was er sagte, hätte ahnen lassen, daß er ihm nicht mehr uneingeschränkt vertraute. Doch vielleicht war das auch gar nicht notwendig. Vielleicht reichte letzten Endes die Intuition aus, daß James fühlte, daß sich zwischen ihnen etwas geändert hatte.

Das geschah nicht von einem Moment auf den anderen. Es war nicht offen und schon gar nicht feindselig, und doch war es greifbar. Ein Hauch von Ungewißheit schlich sich in ihre Beziehung, eine Art mangelndes Vertrauen, das sich zu der vorsichtigen Reserviertheit zweier Männer auswuchs, die den Glauben aneinander verloren hatten, aber noch nicht bereit sind, es einzugestehen. In Constances Gegenwart stellte es nichts weiter als ein nagendes Unbehagen dar, denn das Vertrauen, das sie in die Zukunft setzte, überwand leicht ihre gegenseitigen Vorbehalte. Doch als Mitte Februar kein Zweifel mehr an James' vollständiger Genesung bestand und sie zu dem längst fälligen Besuch in Salisbury aufbrach, spürte Richard, daß eine Krise unvermeidlich war. In gewisser Hinsicht erleichterte ihn der Gedanke, denn er sehnte das Ende all der Täuschungen und Vorwände herbei. Und vielleicht ging es James ebenso.

Am vierten Morgen nach Constances Abreise frühstückten die Männer wie gewöhnlich zusammen. Richard beobachtete, wie James sich seine warmen Speisen von der Anrichte nahm, während er so tat, als wäre er in die *Times* vertieft, und stellte sich erneut die Frage, die ihn während der letzten beiden Monate verfolgt hatte: Ist er wirklich James? Wenn nicht, hält er mich für einen Narren? Doch ist er tatsächlich mein Cousin, um wieviel mehr muß er mich dann für einen Narren halten, wenn ich jetzt noch Zweifel an ihm hege?

James hatte heute morgen einen Brief erhalten, der nun neben ihm auf dem Tisch lag. Richard sah zu, wie er ihn öffnete und über den Inhalt lächelte – ein Lächeln, das Richard daran erinnerte, daß heute Valentinstag war, der Tag für Liebende. Einen Augenblick lang spielte er mit dem Gedanken, der Absender könnte die Frau sein, die er im Krankenhaus gesehen hatte. Als hätte James seine Gedanken gelesen, sagte er: »Ein Valentinsgruß.« Nach einer vielsagenden Pause fügte er hinzu: »Von Constance.«

»Natürlich«, erwiderte Richard und räusperte sich nervös.

»Dachtest du, von jemand anderem?«

»Gewiß nicht.« Richard bemühte sich um ein Lächeln. Es bestand kein Zweifel, daß James ihn herausforderte, weiterzugehen. Irritiert beschloß er, genau das zu tun. »Obwohl ich es nicht für unmöglich halte, daß irgendeine junge Dame während deiner Zeit in Philadelphia ihr Herz an dich verloren hat.«

»Unmöglich vielleicht nicht«, erwiderte James offen, »aber es war nun mal nicht der Fall.«

»Trotzdem mußt du doch drüben ein paar Freunde haben.«

»Nicht der Rede wert.«

»Nein?«

Diesmal gab James keine Antwort. Er lächelte nur und wechselte prompt das Thema. »Ich glaube, Prinz Napoleon ist wieder in England.«

»Ja. Ich habe davon gehört.«

»Hast du die Sache in den Zeitungen verfolgt?«

»Das ließ sich wohl kaum vermeiden.« Über die ungeschickten Manöver des Prinzen in der französischen Politik war in letzter Zeit ausführlich berichtet worden. Sie hatten zu seiner endgültigen Ausweisung aus dem Land geführt. Er hatte Zuflucht in London gesucht. Richard vermutete, daß ihn nur absolute Notwendigkeit in diese Stadt getrieben haben konnte. »Der Prinz agiert nicht nur unglücklich, er hat auch schlechte Ratgeber. Er besitzt ein eindeutiges Talent für Fehleinschätzungen.«

»Das fürchte ich auch.«

Plötzlich sah Richard eine weitere Möglichkeit, die er vielleicht zu seinem Vorteil ausnutzen konnte. »Dich hat er ganz sicher falsch eingeschätzt – oder nicht?«

»Hat er das?«

»Du hast ihm den Fuß in den Nacken gesetzt, wenn ich mich recht entsinne, mit einer Anspielung auf die Ereignisse auf Cleave Court im September 1846.«

»Hab' ich das?«

Richard bemühte sich, jeden Übereifer aus seiner Stimme zu verbannen. »Übrigens, worum ging es da? Du hast es nie erwähnt.«

James runzelte die Stirn. »Ich begreife nicht ganz.«

»Was waren das für Ereignisse, die den Prinzen so beunruhigten?«

James antwortete nicht sogleich. Ruhig begegnete er Richards Blick, führte die Kaffeetasse zum Mund, nahm einen Schluck und sagte dann: »Ich weiß es nicht. Ich muß wohl geblufft haben. Das ganze Leben des armen Plon-Plon vermag ihn in die Verlegenheit zu stürzen. Ich habe damit gerechnet, daß sein erster Besuch auf Cleave Court in dieser Hinsicht keine Ausnahme darstellte.«

»Aber du hast ein genaues Datum genannt.«

»Ich kann mich nicht erinnern, mich derart detailliert geäußert zu haben.«

»Glaube mir, das hast du.«

»Dann muß es etwas gewesen sein, wovon mir Papa erzählt hat. Ich fürchte, es fällt mir jetzt nicht mehr ein.« Er lächelte herausfordernd. »Aber ich werde es dich bestimmt wissen lassen, wenn ich mich daran erinnere.«

Richard sagte nichts. Nicht einen Augenblick lang glaubte er, daß James die Information vergessen hatte, mit der er den Prinzen unter Druck gesetzt hatte, doch sein Widerstreben, sich jetzt daran zu erinnern, bewies nichts weiter als das, was Richard die ganze letzte Zeit über schon gespürt hatte: das Mißtrauen war beiderseitig. Er starrte angespannt auf die Zeitung, insgeheim seine Offenheit verfluchend. Der Wortwechsel hatte ihm nichts eingebracht – überhaupt nichts. Die Krise war weder zum Ausbruch gekommen, noch war sie beigelegt worden. Sie war lediglich aufgeschoben worden.

II

Plon-Plon war spät aufgestanden und hatte ausgiebig gebadet. In den letzten Wochen waren so viele seiner Pläne fehlgeschlagen, daß er es nicht eilig hatte, den Tag zu beginnen, für den Fall, daß weiteres Unglück über ihn hereinstürzen sollte. Mit düsterer Miene saß er da, bekleidet mit einem weiten, samtenen Morgenmantel, vernichtet von einem unfreundlichen Schicksal und konfrontiert mit der englischen Karikatur eines *petit déjeuner.* Schließlich zündete er sich eine Zigarre an, trank einen Schluck Kaffee und dachte über ein übelwollendes Schicksal nach, das ihn knapp vor dem Sprung zu einer hervorragenden Position hatte abstürzen lassen in eine schlecht belüftete Suite des »Buckingham Palace Hotel«.

An allem war Gambetta schuld. Hätte sich die treibende Kraft der republikanischen Regierung Frankreichs nicht entschlossen, so völlig überraschend am letzten Tag des Jahres 1882 zu sterben, dann hätte Plon-Plon die Anfangswochen von 1883 nicht für einen ausgesprochen günstigen Zeitpunkt gehalten, um seinen Anspruch auf die Führerschaft der Bonapartistenbewegung durch die Veröffentlichung eines revolutionären Manifestes im *Figaro* zu festigen. Das Ziel, seinen emporgekommenen Sohn und dieses verachtenswerte Pack angeblicher Royalisten zu überflügeln, hatte er erreicht, doch nur auf Kosten eines einmonatigen Gefängnisaufenthaltes unter der absurden Anklage der »Staatsgefährdung«. Dann wurde er entlassen und innerhalb von drei Tagen durch Senatsbeschluß aus seinem Vaterland verbannt. Und so saß er nun an einem Ort, den er sich als Aufenthaltsort ganz zuletzt gewünscht hätte: in London – nur wenige Schritte von dem Gericht entfernt, in dem in sieben Wochen über den Fall Norton gegen Davenall verhandelt werden würde.

Plötzlich entstand Unruhe im Vorraum. Plon-Plon blickte mit finsterer Miene von seinem schalen englischen Kaffee auf. Möglicherweise ein übereifriges Zimmermädchen. Aber nein – das waren männliche, lautstarke Stimmen. Die eine gehörte seinem Sekretär, die andere ... war ihm nicht ganz unvertraut.

Die Tür wurde aufgestoßen, und Sir Hugo Davenall stürmte herein, ohne auf Brunets Versuche, ihn aufzuhalten, zu achten. »Guten Morgen ..., Graf!«

»*Mon Dieu!* Hugo, was soll das heißen?«

»Rufen Sie Ihren Schoßhund zurück!«

Plon-Plon hielt sich zurück, aus Angst, seine Kopfschmerzen zu neuem, heftigerem Leben zu erwecken. *»Un de mes amis, Brunet. Je lui parlerai.«*

Der Sekretär faßte sich und zog sich zurück.

»Hugo! Was verschafft mir das Vergnügen?« Um der Wahrheit die Ehre zu geben, er empfand keinerlei Vergnügen – was durchaus auch auf seinen Gast zuzutreffen schien. Hugo sah dünner aus als bei ihrer letzten Begegnung, sein Blick war flackernder geworden. Er war unrasiert und stand nicht ganz sicher auf seinen Beinen. Wäre nicht der Zigarrenrauch gewesen, dann hätte man wohl, vermutete Plon-Plon, Alkoholduft in der spätmorgendlichen Luft wahrnehmen können. »Ich reise nicht unter einem Pseudonym, *mon ami.* Warum haben Sie mich mit Graf angesprochen?«

Hugo warf seinen Mantel über einen Stuhl und lehnte sich leicht schwankend dagegen; seine Kiefermuskeln arbeiteten heftig.

»Ist etwas nicht in Ordnung?«

»Ich komme gerade von unseren neuen Anwälten, Plon-Plon. Sie sind die besten. Und die teuersten.«

»Sind sie mit einer Bar ausgerüstet?«

»Schon gut. Ich habe unterwegs mal kurz gehalten. Ich hatte es bei Gott nötig.«

»Ihr Cousin Richard ist nicht mehr Ihr Anwalt?«

»Er hat uns im Stich gelassen. Wußten Sie das nicht?«

»Kann sein, daß ich davon gelesen habe. Eine traurige Angelegenheit.«

»Und ob Sie verdammt noch mal davon gelesen haben!« In einem Schwall von Verbitterung spuckte Hugo diese Worte aus. »Sie haben sich während dieser vier Monate in Paris versteckt und haben von meinem Unglück *gelesen*. Ich traute meinen Augen kaum, als ich heute morgen in der Zeitung las, daß Sie wieder hier sind. Aber das liegt nur daran, daß Ihnen keine andere Wahl blieb, nicht wahr? Sie wußten nicht, wohin Sie sonst hätten gehen können.«

Plon-Plon wurde ärgerlich. Wieso sollte er sich von diesem anmaßenden jungen Mann verhören lassen? »Ich habe mich nicht versteckt, Hugo! Ich verstecke mich niemals!«

»Nennen Sie es, wie Sie wollen, es kommt aufs gleiche heraus. Sie waren in Paris und heckten Ihre verdammten politischen Pläne aus, während ich hier Norton allein gegenübertreten konnte.«

»Gemach, gemach!«

»Hatten Sie denn nie einen Gedanken für mich übrig? Haben Sie nie daran gedacht, daß Sie versuchen sollten, mir zu helfen?«

»*L'imposteur* Norton hat mir im Oktober eine ungemütliche halbe Stunde bereitet. Warum sollte ich mich dem noch einmal aussetzen?«

»Um meinetwillen natürlich.«

Plon-Plon seufzte. Das wurde allmählich ungemütlich und lästig. Er erhob sich, ging hinüber zu Hugo und schlug ihm auf die Schulter. »Es tut mir leid für Sie, *mon jeune ami*, aber ich bin zu alt für Gesten der Aufopferung. Sie sollten mich gut genug kennen, um das zu wissen.« Aus der Nähe konnte er den vorwurfsvollen Ausdruck in Hugos Gesicht deutlich erkennen, der ihn ehrlich verwirrte. Er deutete auf eine Naivität hin, die er bei Hugo niemals vermutet hätte.

»Meine Mutter hat mir die Wahrheit gesagt. Es ist sinnlos, wenn Sie versuchen, sich aus der Sache herauszubluffen.«

»Aus welcher Sache?«

»Ich konnte es anfangs kaum glauben. Sie, der älteste Freund meines Vaters ...«

»Auf was wollen Sie hinaus?«

Hugos Hände umklammerten die Stuhllehne so heftig, daß seine Knöchel weiß wurden. »Ich will darauf hinaus, daß ich nur dem Gesetz nach Sir Gervase Davenalls Sohn bin. Ich habe es weiß Gott lange genug vermutet, aber ich hätte nie gedacht ..., nie geahnt ...«

»Was?«

Hugo blickte Plon-Plon mit unverhohlener Feindseligkeit an. »Sie besitzen noch den Nerv zu fragen? Ich kann nicht glauben, daß Sie es nicht wissen. Sie müssen es wissen. Mein Vater befand sich wahrscheinlich immer noch im Krimkrieg, als Sie mit meiner Mutter ins Bett gingen, er kämpfte noch für sein Vaterland ..., als ich gezeugt wurde.«

Plon-Plon trat verblüfft zurück. Catherine Davenall hatte nicht zu seinen zahlreichen Eroberungen gehört, und er hatte auch nie den Wunsch danach verspürt. Hugos Anschuldigung war absurd. Doch er brachte nichts weiter hervor als die Worte: »Das ist nicht wahr.«

»Sie nennen meine Mutter eine Lügnerin?«

»Hat sie Ihnen dieses Märchen aufgetischt?«

»Sie gab zu, daß Sie mein wirklicher Vater seien.«

»*Incroyable*. Ja, *mon ami*, dann nenne ich Ihre Mutter eine Lügnerin. Wann soll ich angeblich Ihrem Vater Hörner aufgesetzt haben?«

»Das wissen Sie nur zu gut. Im Sommer 1855.«

»Unmöglich. Der Kaiser hatte mir in diesem Jahr die Organisation der Weltausstellung übertragen. Den ganzen Sommer über war ich in Paris beschäftigt.«

»Sie hätten Zeit gehabt, Cleave Court zu besuchen. Was das anbelangt, hätte meine Mutter auch nach Paris kommen können.«

»Möglich ist alles, aber ich glaube, ich kann beweisen, daß ich Ihre Mutter das ganze Jahr 1855 hindurch nicht gesehen habe. Mit anderen Worten, ich kann beweisen, daß ich sie nicht verführt habe. Ich kann beweisen, daß sie eine Lügnerin ist.«

Von einem Moment zum anderen schien Hugo aller Kraft beraubt. Er zog einen Stuhl heran, ließ sich darauf fallen und preßte eine Hand gegen die Stirn. »Zum Teufel«, murmelte er, »zum Teufel mit allem.«

»Es tut mir leid, aber sie hat Sie getäuscht.«

»Warum um alles in der Welt sollte sie das tun?«

Plon-Plon zuckte mit den Schultern. »Wer weiß? Vielleicht um den wahren Übeltäter zu schützen. Die Strategien der Frauen führen den besten General in die Irre.«

Abrupt stand Hugo auf. Sein Gesicht war stark gerötet, eine Mischung aus Verlegenheit, weil er so viel enthüllt hatte, und Zorn, weil er so umfassend hintergangen worden war. »Bei Gott, mich wird man nicht länger in die Irre führen! Ich werde die Wahrheit aus ihr herausholen, und wenn es das letzte ist, was ich tue.« Er schnappte sich seinen Mantel und rannte zur Tür.

»Hugo!«

Aber es war zu spät. Er war weg, und Plon-Plon konnte nur noch in seine Tasse mit dem faden englischen Kaffee starren und an Catherine Davenall denken. Es stimmte: Seit 1855 hatten sie sich nicht mehr gesehen und hatten auch nicht den Wunsch danach gehabt. Ihre Begegnung in Konstantinopel Ende November 1854 hatte in beiden den gleichen heftigen Widerwillen gegen den anderen hinterlassen. Es war eine Begegnung gewesen, die keiner von ihnen vergessen würde – oder verzeihen.

Plon-Plon war an jenem Nachmittag in schlechter, gereizter Stimmung nach Konstantinopel zurückgekehrt. Die Demütigung, die er in Scutari erlitten hatte, saß immer noch tief in ihm, und er war entschlossen, jemanden dafür bezahlen zu lassen. Es hätte jede beliebige Person sein können – sein Adjutant, ein Abgesandter des Sultans, ein neugieriger Journalist–, doch das Schicksal wollte es, daß Catherine Davenall auftauchte, noch bevor er seine blutverschmierte Uniform hatte wechseln können.

»Prinz! Was ist denn mit Ihnen passiert?«

Damals war Catherine noch das junge, liebreizende Wesen, das Gervase geheiratet hatte. Sie war noch nicht die strenge, unbeugsame Frau, zu der sie später wurde. Doch weder ihr Charme noch ihre Lebhaftigkeit konnten die blinde Wut dämpfen, die Plon-Plon empfand. »*Un accident, Madame.* Was wollen Sie von mir?«

Sein finsteres, unheilverkündendes Gesicht ließ sie zurückweichen, dann sagte sie: »Warum so grob? Ich hoffte, Sie hätten Neuigkeiten von Gervase.«

Zu einem anderen Zeitpunkt hätte Plon-Plon sich daran erinnert, daß Gervase ihn nach der Schlacht von Inkerman besucht und gebeten hatte, Catherine in Konstantinopel aufzusuchen, wohin er sie wegen der Choleragefahr vor einigen Wochen geschickt hatte. Er hatte erfahren, daß der Prinz die Krim verlassen würde. Er hätte sich an das muntere Eingeständnis seines Freundes erinnert, mit was für Vorteilen doch die Abwesenheit seiner Frau verbunden war, und er hätte darüber geschwiegen, hätte Catherine zugelächelt und ihr versichert, daß es ihrem tapferen, treuen Ehemann gutginge. Doch nicht jetzt, nicht zu diesem Zeitpunkt. Nicht wenn diese kochende Wut ihn schüttelte. »Ich habe keine Neuigkeiten von Gervase, Madame, die eine Ehefrau hören sollte.«

»Wie meinen Sie das?«

»Ich rate Ihnen, nach England zurückzukehren. Überlassen Sie Ihren Mann seinen ... Tröstungen.«

Catherine runzelte die Stirn. »Geht es Ihnen gut, Prinz? Sie scheinen durcheinander zu sein. Natürlich, es wurde berichtet, Sie seien krank gewesen, aber ...«

»Aber Sie haben es nicht geglaubt!« Plon-Plon ging zur Balkontür und stieß sie heftig auf; die schale, abgestandene Luft des späten Nachmittags hüllte ihn ein. »Riechen Sie das, Madame: das Parfüm des Orients. Es ist die einzige Sache, die Sie über die Türken glauben sollten: *l'ordure.*«

»Ich wollte lediglich sagen, ich dachte, Sie hätten sich erholt.«

»Wissen Sie, wo ich heute gewesen bin? In Scutari. Ich habe die berühmte Mademoiselle Nightingale besucht. Aber ich habe sie nicht zu Gesicht bekommen. Statt dessen bin ich einer Freundin von Ihnen begegnet.«

»Einer Freundin? Wer war es?«

Er drehte sich um und blickte sie mit einem triumphierenden Lächeln an. »Vivien Strang.«

»Gütiger Himmel.«

»Sie beleidigte mich vor einer Meute Journalisten. Sie schüttete mir eine Schüssel mit blutigem Wasser ins Gesicht. Sie demütigte mich – wegen Ihres Mannes.«

Catherine sank auf einen Stuhl. Alle Farbe war aus ihrem Gesicht gewichen. »Ich verstehe nicht. Was tut sie hier?«

Plon-Plon hatte Catherine wegen ihrer hochmütigen, frömmelnden Art nie recht leiden können. Nun gesellte sich auch noch Haß zu dieser Abneigung, ein Haß auf all die so leichtfertig mißbilligenden englischen Adelsfrauen, denen er je begegnet war, ein Haß, der ihn davon überzeugte, daß diese Frau hier dafür leiden sollte. »Sie ist eine der Barmherzigen Krankenschwestern, Madame. Sie pflegt. Man könnte sagen, sie pflegt einen Groll.«

»Einen Groll gegen Gervase? Warum?«

»Sie hat seinetwegen ihre Stellung als Gouvernante bei Ihnen verloren.«

»Nein. Das hatte nichts mit ihm zu tun. Sie blieb eine ganze Nacht lang weg und weigerte sich zu sagen, wo sie gewesen war. Natürlich hat mein Vater...«

»Sie war mit Gervase zusammen!«

»Wenn sie das behauptet, dann lügt sie.« In entschlossenem Unglauben ballten sich Catherines behandschuhte Hände zu Fäusten.

»*Sie* behauptet das nicht, Madame. *Ich* sage das, weil ich weiß, daß es eine Tatsache ist. Gervase lockte sie in dieser Nacht in den Irrgarten und vergewaltigte sie dort.«

»Nein!«

»Er war seit Monaten von ihr besessen gewesen. In dieser Nacht endete diese Besessenheit.«

»Das kann nicht sein.«

»Das ist noch nicht alles. Sie hat ein Kind von ihm, Madame.«

Catherine erhob sich. »Ich werde mir diesen Unsinn nicht länger anhören. Entweder sie lügt – oder Sie lügen.«

»Sie weigerte sich, Ihnen zu erzählen, was geschehen war, weil sie wußte, Sie würden ihr nicht glauben. Ich glaube, Sie konnten sie nie richtig leiden. Sie waren froh, einen Vorwand zu haben, um sie loszuwerden.«

»Nichts davon ist wahr.«

»Fragen Sie Gervase. Sie werden sehen, ob er es leugnet. Fragen Sie Mademoiselle Strang. Sie ist jetzt in Scutari. Sie könnten sie ganz leicht zur Rede stellen. Aber Sie werden das nicht tun, weil Sie wissen, daß ich die Wahrheit sage. Sie müssen die Vorliebe ihres Mannes für... Abwechslung erkannt haben. Deshalb hat er Sie nach Konstantinopel geschickt. Damit er die Freiheit hat, sich ... zu vergnügen.«

Catherine hatte genug gehört. Sie wandte sich ab und eilte zur Tür.

»Hier haben Sie also die Neuigkeiten von Gervase, Madame: Neuigkeiten von der Frau, die er Ihnen vorzog, Neuigkeiten von dem Bastard, den sie ihm geboren hat.«

Die Tür knallte zu. Er war allein. Seine Wut verflüchtigte sich und ließ eine nagende Leere zurück. Er ging hinaus auf den Balkon und blickte Catherines Kutsche nach. Die Sonne begann zu sinken, warf ihren kränklichen Glanz auf die Minarette und Moscheen der Stadt. Ein Schwarm Regenpfeifer flog hinter den Dächern auf, als die Muezzine mit dem Ritual ihres Singsangs begannen. Jenseits des Bosporus auf der asiatischen Seite ragte das Barrack Hospital groß und seltsam beruhigend auf. In einer schmalen Gasse unter ihm peitschte ein Grieche einen mageren, überladenen Esel. Plötzlich drang Plon-Plon der Geruch einer verratenen Freundschaft in die Nase. Er drehte sich um und verschwand im Zimmer.

»Brunet!« rief Plon-Plon, als er mit dem Ankleiden fertig war. »Wir verlassen London.«

»Wann, *mon grand seigneur?*«

»Auf der Stelle.«

»Aber ... wohin?«

Plon-Plon runzelte die Stirn. Ja, wohin sollte er gehen? Er konnte weder in London bleiben noch nach Paris zurückkehren. In Turin hielt sich seine Frau und, schlimmer noch, ihre ganze Familie auf. Keine der sich anbietenden Alternativen gefiel ihm, doch für eine würde er sich entscheiden müssen. »Irgendwohin, Brunet«, sagte er mit einem Seufzer, »irgendwohin.«

III

In Salisbury war im Laufe des Tages eine flüchtige, trügerische Wärme aufgekommen. Als Constance und Emily das Harnham Gate passierten, waren sie überrascht, wie frühlingshaft es bereits im Kirchhof aussah: ganze Büschel von Narzissen sprossen aus dem Gras, Tauben gurrten jenseits der Mauern des Bischofspalastes, und der blasse Sonnenschein ließ den Stein der Kathedrale golden aufschimmern.

»Seit deiner Ankunft ist es so«, sagte Emily, während sie dahinschlenderten und den milden Tag genossen.

»Zu schön, um von Dauer zu sein, meinst du?« sagte Constance. »Der ganze Winter ist mir so vorgekommen, Emily: ein Vorgeschmack auf Freuden, die vielleicht nicht von Dauer sein können.«

»Warum sollten sie nicht?«

»Weil im Moment noch die Meinungsträger der Kirchengemeinde milde und barmherzig auf mich herabblicken. Sollte ich jedoch dem Ruf meines Herzens folgen, werden sie nicht mehr so verständnisvoll sein.«

»Du meinst, falls du James heiraten willst?«

»Du weißt also, daß ich daran denke?«

»Ich weiß, daß du früher oder später auf den Gedanken kommen mußtest. Vater weiß es ebenfalls. Wie könnte es anders sein?« Sie brach ab, als einer der Kirchendiener aus dem Steinmetzhof auftauchte. Bei ihrem Anblick begann er zu strahlen; es folgten eine herzliche Begrüßung, Bemerkungen über das gute Wetter und der Versuch, einer längeren Unterhaltung aus dem Wege zu gehen. Der Kirchendiener ging weiter, und Emily fuhr fort: »Miss Pursglove sagte dasselbe, als ich sie besuchte.«

»Wie hat sie sich eingewöhnt?«

»Bewundernswert. Du wirst es ja morgen selber sehen. Aber versuche nicht, das Thema zu wechseln.« Sie lächelte ihre Schwester an. »Miss Pursglove sagte, sie habe mit größtem Bedauern von deinen Problemen gehört, aber ihrer Meinung nach – energisch wie sie ist – sollten sie dir nicht im Wege stehen. James und du, ihr seid füreinander geschaffen. Ihre Worte, nicht meine.«

»Das mag sein, aber Worte sind leichter als Taten. Ich kann William nicht ganz vergessen, egal, wie sehr er mich verletzt hat.«

»Was meint der Doktor?«

»Keine Besserung. Sie verbieten mir nicht, ihn zu besuchen, aber sie ermutigen mich auch nicht dazu. Und ich scheine einfach nicht den Mut zu einem Besuch zu haben.« Sie blickte ins Leere. »Was könnten wir nach allem, was geschehen ist, einander schon zu sagen haben?«

»Hast du ... juristischen Rat gesucht?«

Constance senkte den Blick. »Richard hat mir erklärt, daß angesichts der Umstände eine Scheidung aufgrund von Geisteskrankheit leicht durchzuführen sei. Jedenfalls so leicht, wie solche Dinge nun mal sind.«

»Ist das deine Absicht?«

Ihre Antwort war kaum hörbar. »Ja.«

»Es ist das, was du tun mußt.« Emily drückte den Ellbogen ihrer Schwester. »Du wirst dadurch frei – um James zu heiraten.«

»Er hat mich nicht gefragt, ob ich ihn heiraten will.«

»Aber er wird es noch tun. Der Inhalt der heutigen Morgenpost ist meinem neidischen Blick nicht entgangen.«

Constance errötete und lächelte. »Ja, er wird mich fragen.« Plötzlich blickte sie erschrocken auf. »Doch was ist mit dir und Vater? Eine Scheidung wäre ein Skandal in der Kirchengemeinde.«

Emily blickte sich um, betrachtete die roten Ziegel und die Steine.

»Natürlich werden sie sich darin suhlen, aber dann werden sie es vergessen. Schließlich lebst du nicht hier.«

»Aber du und Vater, ihr lebt hier.«

»Vater ist mittlerweile zu schwerhörig geworden, um den Klatsch mitzubekommen. Um uns brauchst du dir keine Sorgen zu machen.«

»Aber das tue ich.«

»Dann laß mich dich beruhigen. Wir wollten vor zwölf Jahren, daß du James heiratest – und wir wollen es auch jetzt. Es wird nicht dasselbe sein, natürlich nicht; das kann niemals sein. Aber ihr werdet euch haben, und das ist es, was ihr verdient habt.«

Es war der letzte Segen, den sich Constance gewünscht hatte und den sie hatte hören wollen. Als die beiden Schwestern weitergingen, wußten sie beide, daß die Gerichtsverhandlung in London keine derart wichtige Entscheidung bringen konnte wie die, die Constance bereits getroffen hatte.

IV

Der Raum lag im Dunkel, denn die Sonne schien nun nicht mehr auf diese Seite des Chester Square. Hugo lag voll bekleidet unter der Bettdecke im tiefen Schlaf. Erleichtert und befriedigt zugleich betrachtete Catherine seinen jungenhaften Kopf auf dem Kissen. Sie sah ihn fast wieder als Kind vor sich, das Kind, das wegen eines seiner vielen Streiche auf sein Zimmer geschickt worden war, wo sie es später, wenn sie Frieden mit ihm hatte schließen wollen, sanft und ruhig schlafend vorgefunden hatte. Vorsichtig schloß sie die Tür und ging leise den Gang hinunter.

Bladeney House hielt für Catherine keine angenehmen Erinnerungen bereit. Während sie nach unten ging, warf sie den Porträts, die den Treppenaufgang säumten, einen kurzen Blick zu und verfluchte lautlos die große Ähnlichkeit, die alle verstorbenen Davenalls miteinander hatten. Doch fand sie einen gewissen Trost in der Art und Weise, in der sie diese Familie betrogen hatte – einen Trost, der nur durch eine Niederlage Hugos bei der anstehenden Gerichtsverhandlung ausradiert werden konnte. Denn Hugo, so teilte sie wortlos ihren Ahnen mit, war keineswegs ein legitimer Davenall. Er bedeutete ihren Sieg über sie. Er gehörte ihr ganz allein.

Sie betrat das Musikzimmer und ging zu der Verandatür hinüber, beschattete mit einer Hand ihre Augen, um in den von einer Mauer umgebenen Garten hinter dem Haus schauen zu können. Es gab Anzeichen von Vernachlässigung; auf Cleave Court duldete sie eine derartige Schlampigkeit nicht, doch hier spielte es keine Rolle. Hier lag das verhaßte Königreich ihres verstorbenen Mannes, mit dem sie nichts zu tun haben wollte. Am nächsten Morgen würde sie wieder weg sein – und froh darüber sein.

Catherine hatte sich zu einem Besuch in London nur bereitgefunden, um von Mr. Lewis (von Lewis & Lewis) zu hören, welche Erfolge seine Nachforschungen in den Vereinigten Staaten gebracht hatten. Der Gerichtstermin rückte schnell näher, und sie hatte auf den längst überfälligen Beweis gehofft, wer James Norton wirklich war. Doch sie war enttäuscht worden. Zusammen mit Hugo hatte sie heute morgen Mr. Lewis' Kanzlei am Ely Place besucht. Sie waren dort höflich empfangen worden, hatten ein Gläschen Madeira vorgesetzt bekommen und sich versichern lassen, daß bald umfangreiche Enthüllungen folgen würden. Doch was hatten drei Monate unermüdlichen Wühlens in Nortons Vergangenheit zutage gefördert? Sehr wenig, wie Mr. Lewis gezwungenermaßen eingestehen mußte.

»Das Problematische an diesem Fall, Ma'am, liegt tiefer. Mr. Nortons Bericht über sein Leben und seine Arbeit in Philadelphia ist zutreffend; das haben wir festgestellt. Doch das führt uns lediglich bis in den Sommer des Jahres 1881 zurück, in dem er sich mit Erfolg um eine Stellung in der McKitrick Advertising Agency bewarb. Von da an gibt es genügend Kollegen und Bekannte, die uns alles über seine Aktivitäten erzählen können. Im Januar letzten Jahres hat er Paris besucht und das als Urlaubsreise deklariert. Er hat niemandem ein Wort davon gesagt, daß er dort einen Arzt aufsuchen wollte, aber das ist angesichts der Umstände kaum überraschend. Ende Juli gab er seine Stelle auf und verließ die Stadt, um dann Mitte September in diesem Land hier aufzutauchen. Niemand in Philadelphia wußte von seinen Plänen, aber auch das war nur zu erwarten.

Größte Schwierigkeiten macht es uns, seine Spur vor seiner Ankunft in Philadelphia aufzunehmen. Er bewarb sich von einer Adresse in Baltimore aus bei der Agentur, doch handelte es sich dabei, wie sich herausstellte, lediglich um eine Pension. Soweit wir das beurteilen können, hielt er sich nur wenige Wochen in dieser Stadt auf. Wir haben keine Ahnung, wo er zuvor gelebt hat, und Mr. Norton scheint nicht zu wünschen, daß wir es in Erfahrung bringen. In diesem Punkt haben all seine Aussagen nur eines gemeinsam: Sie sind sehr vage.

Fangen wir am anderen Ende an, ergeht es uns nicht besser. Es gab sicher ein Handelsschiff namens *Ptarmigan,* das am 18. Juni 1871 vom Hafen von London aus nach Nova Scotia in See stach. Es legte am 21. Juli 1871 in Halifax an. Es gibt keine Aufzeichnungen, daß es Passagiere an Bord hatte, aber das deckt sich natürlich mit Mr. Nortons Behauptung, er habe ein privates Arrangement mit dem Kapitän getroffen. Was den Kapitän anbelangt, der ging vor drei Jahren vor der Küste Brasiliens mit seinem Schiff unter. Selbstverständlich hätte Mr. Norton das auch selber entdecken können. Er hätte so wie wir die Berichte durchsehen und ein Schiff mit einem Kapitän finden können, das seinen Zwecken entsprach.

Wir haben es mit einer der cleversten Maschen zu tun, die mir je untergekommen sind. Mr. Norton formulierte nicht nur seinen Anspruch und präsentierte ihn dann. Er versuchte zuvor von seiner wahren Identität abzulenken, indem er eine andere Identität erfand und sie dadurch authentisch machte, daß er ein Jahr in Philadelphia lebte und sich dort den Ruf eines hart arbeitenden, nüchternen, respektablen, allein lebenden Mannes ohne besondere Merkmale erwarb – Charakteristika, die für seinen Zweck geradezu ideal waren. Er ging sowohl geduldig als auch äußerst verschlagen vor. Er war geduldig genug, um zwei Jahre mit den Vorbereitungen für diese Gerichtsverhandlung zu verbringen, und verschlagen genug, um alle Möglichkeiten vorauszusehen, mit denen wir ihn bloßzustellen versuchen würden. Wer immer er ist – er ist ein bemerkenswerter junger Mann.«

Mr. Lewis' Bericht war bei Catherine auf wenig Dank gestoßen und hatte wohl auch nicht mehr verdient. Sie brauchte keinen, der ihr erzählte, was für ein gefährlicher Gegner Norton war. Sie verlangte nichts weiter als einen Namen, den sie ihrem Feind anheften konnte, und dieser Mr. Lewis war nicht in der Lage, diesen Namen zur Verfügung zu stellen.

Die höchst kärglichen Beweise, die ihre teuren Nachforschungen in Amerika ans Tageslicht gebracht hatten, waren für Hugo ein schwerer Schlag gewesen. Hätte Catherine gewußt, was sein Ziel war, nachdem er sich Ecke Ely Place von ihr getrennt hatte, dann hätte sie ihn aufzuhalten versucht. In gewissem Sinne mußte sie sich selbst die Schuld geben, daß sie seinem absurden Verdacht in bezug auf Prinz Napoleon nicht energisch widersprochen hatte. Doch sie hatte weder gewußt, daß sich dieser elende Mensch wieder in London aufhielt, noch hätte sie gedacht, daß Hugo närrisch genug sein würde, sich an ihn zu wenden.

Und so war er mit vom Alkohol gerötetem Gesicht und mit verletztem Stolz wieder aufgetaucht und hatte nach der Wahrheit verlangt. Es hätte nur noch gefehlt, daß er mit dem Fuß aufstampfte, dann hätte er das perfekte Ebenbild einer seiner vielen Wutanfälle aus Jugendjahren geliefert. Doch Catherine war nicht umsonst seine Mutter. Ihr Zorn hatte seine Wut übertroffen. Sie hatte seine Forderung so wirkungsvoll zurückgewiesen, wie er es sich eigentlich hätte denken können. Die Wahrheit hatte er nicht erfahren.

Zumindest hatte sie ihm nicht mehr gesagt, als er ihrer Einschätzung nach ertragen konnte. Sein Zorn war, wie stets, schnell verraucht gewesen. Wo Catherine zuerst zugeschlagen hatte, da hatte sie später trösten müssen. Denn Hugo hatte über die Bedrohung seines verhätschelten Lebens geweint – Tränen eines bohrenden, kindlichen Kummers. Er hatte an ihrem Busen geweint, und sie hatte ihn fest in die Arme genommen, bis das Schluchzen nachgelassen und er sich beruhigt hatte.

Nun schlief er, während Catherine überlegte, was sie tun mußte, um ihn zu beschützen. Vielleicht wußte Norton nicht, daß ihre Liebe zu Hugo viel tiefer war als zu diesem helläugigen Davenall, den Gervase mit ihr gezeugt hatte. Vielleicht war ihm nicht klar, daß sie ihn um Hugos willen auch dann bekämpft hätte, wenn er wirklich James gewesen wäre.

Catherine ging hinüber zu dem Cembalo in der Ecke des Raumes, hob den Deckel und versuchte sich an einigen Noten. Wie nicht anders zu erwarten, hätte das Cembalo gestimmt werden müssen. Doch der Klang des Instrumentes – durch das tiefe Schweigen des Raumes drangen die hohen, antik wirkenden Töne an ihr Ohr – erinnerte sie an ihre Musiklehrerin von einst, eine Frau, an die sie in letzter Zeit häufig gedacht hatte. Nur gut, daß dieser böse, hinterhältige Mann nicht den Nerv gehabt hatte, Hugo auch noch die Geschichte von Vivien Strang zu erzählen.

Catherine setzte sich und begann zu spielen, langsam und geistesabwesend, aber immer noch sehr gekonnt, denn Miss Strang war eine gute Lehrerin gewesen. Die verstrichene Zeit allein konnte nicht rechtfertigen, daß ihr die Erinnerungen an diese Lektionen so fern waren. Sie gehörten zu der vergessenen Jugend der Catherine Webster. Sie spielten keine Rolle mehr. Doch konnte sie da so sicher sein? Je weniger es ihr gelang, eine andere Erklärung zu finden, desto mehr schien Vivien Strang die Antwort bereitzuhalten. Wo war sie nun? Wohin war sie verschwunden, was hatte sie getan seit dem Tag von Catherines kleinlicher Rache?

»Meine eigene Tochter sah Sie ins Haus kommen, verdammt noch mal!« sagte Colonel Webster, die Stimme ganz heiser vom sinnlosen Getobe.

»Ich habe nicht bestritten, daß ich die ganze Nacht aus war«, erwiderte Miss Strang vollkommen beherrscht. »Ich stelle nicht das in Abrede, was Catherine mit eigenen Augen gesehen hat.«

»Doch Sie weigern sich, eine Erklärung abzugeben.«

»Ich habe alles gesagt, was ich zu sagen habe.«

Webster schlug sich in verständnisloser Verzweiflung auf den Schenkel und wandte sich Catherine zu. »Es liegt bei dir, mein Mädchen«, sagte er, die Augen verdrehend.

Das war der Moment, auf den Catherine gewartet hatte, der Moment, in dem sie sich von der Eifersucht befreien konnte, die in ihr brannte. Sie hatte Miss Strang nie gemocht; die Gouvernante einer jungen Dame hatte einfach nicht so elegant und gebildet zu sein. Und da sie Gervases Interesse an dieser Frau bemerkt hatte, haßte sie sie. Sie wagte kaum, sich selbst einzugestehen, wo – oder bei wem – Miss Strang in dieser Nacht gewesen sein könnte. Doch das spielte jetzt keine Rolle; nun war die Gelegenheit gekommen, dafür zu sorgen, daß sie sich nie wieder über Miss Strang ärgern mußte.

»Die Wahrheit, Papa, kann nur äußerst schädlicher Natur sein. Ihr Schweigen bestätigt das nur.«

Webster seufzte. »Ich fürchte, so ist es. Sie müssen uns verlassen, Miss Strang.«

»Ich hoffe nur«, fuhr Catherine fort, »daß andere Familien von Ihrem unheilvollen Einfluß verschont bleiben.«

»Das ist sicher, da ich ihr keine Referenz ausstellen werde.«

»Darf ich mich nun zurückziehen, Papa?«

»Hmm? Aber ja, mein Mädchen. Natürlich.«

Sie ging dicht an Miss Strang vorbei zur Tür. »Leb wohl, Catherine«, sagte die Gouvernante leise. »Ich werde dein vorbildliches Verhalten am heutigen Tag niemals vergessen.«

Catherine gab keine Antwort. Mit einem ungemein hochmütigen Seitenblick verließ sie den Raum. Eine Stunde später beobachtete sie von einem der oberen Fenster aus, wie Miss Strang die Kutsche bestieg, um zum Bahnhof gefahren zu werden. Sie sah zu – und genoß ihren geheimen Triumph. Endlich war sie diese Frau los und konnte nun sicher sein, daß nur noch sie Gervase mit ihrem Charme bezaubern würde.

Catherine schloß das Cembalo; ihr Blick verlor sich in dem anschließenden Schweigen. Sie hatte sich herzlos benommen, das stimmte, doch als ihr Prinz Napoleon schließlich erzählte, was Gervase in jener Nacht getan hatte, da hatte sie keinerlei Bedauern oder Reue empfunden, denn Reue entsprach nicht ihrer Natur.

Sie runzelte die Stirn, strafte die kleine aufflackernde Panik, die ihre Gedanken ausgelöst hatten, mit Verachtung. War es wirklich möglich? Norton wußte von der ungerechten Behandlung der Gouvernante. Er wußte etwas, was ihm niemand erzählt haben konnte – außer Miss Strang selbst. Und Catherine zog Plon-Plons Behauptung, Miss Strang hätte Gervase ein Kind geboren, nicht in Zweifel. Konnte also Norton dieses Kind sein? War sein Anspruch, James zu sein, die lang geplante Rache der ungerecht behandelten Gouvernante? »Ich werde es nie vergessen«, hatte sie gesagt. Und auch Catherine konnte nicht vergessen, daß Vivien Strang eine Frau war, die Wort hielt.

V

Es war später Nachmittag, doch in Richard Davenalls Büro in Holborn schien sich der Abend bereits über die vollgestopften Bücherborde und die gelblichen Papierstöße gesenkt zu haben. Vor drei Monaten hatte er seine berufliche Reputation aufs Spiel gesetzt, um James Norton als seinen Cousin anzuerkennen. Jetzt gestand er zumindest sich selbst, wenn schon keinem anderen, ein, daß er wünschte, er hätte es nicht getan. Es war nicht so, daß er James' Behauptungen keinen Glauben schenkte; dafür gab es keinen Grund. Es war schlicht und einfach so, daß ihn die Gewißheit verlassen hatte, aus welchem Grund auch immer. Es gab so viel, was er nicht verstand, so viel, was verborgen oder unerklärt blieb, so viel, dem er – wie sein Vater zweifellos erklärt hatte – nicht gewachsen war.

Er schaute zu Wolseleys verblaßtem Foto an der Wand hinter seinem Schreibtisch auf – die hageren, vertrauten Gesichtszüge mit dem mißbilligenden Zug – und dachte erneut an den Streit zwischen seinem Vater und Gervase im Herbst 1859, den er zufällig mitgehört hatte. »Lennox wird sein Geld bekommen.« Aber warum? Wofür war er bezahlt worden? Was hatte zum Beispiel der arme, verrückte Trenchard für Schlußfolgerungen daraus gezogen, hätte er davon gewußt?

Als Richard den Blick von dem Foto abwandte, war er nicht mehr allein. Er spürte, wie sich jeder Muskel in seinem Körper spannte, als er James Norton vor sich stehen sah. Er war ohne jedes Geräusch und jede Vorwarnung eingetreten.

»Guten Tag, Richard«, sagte James lächelnd. »Es tut mir leid, wenn ich dich erschreckt habe.«

»Nein, nein. Das hast du nicht.«

»Benson sagte mir, ich solle einfach hereinkommen.«

Benson, das wußte Richard, hätte James nichts dergleichen gesagt. Es konnte sein, daß James ihn überredet hatte, ihn unangemeldet eintreten zu lassen. Die Frage war, warum James es darauf angelegt hatte, Richard zu überraschen. Wollte er ihn in der Stimmung überraschen, in der er sich auch tatsächlich befunden hatte? Wollte er einen Blick auf seine wahren Gedanken erhaschen? Mit sichtlicher Anstrengung setzte Richard eine ausdruckslose, professionelle Miene auf. »Was führt dich zu mir?«

»Ich dachte, ich schau' mal auf dem Rückweg von Warburton bei dir herein.«

»Ein befriedigendes Gespräch?«

»Warburton bleibt recht zuversichtlich.«

»Freut mich zu hören.«

James ging mit drei lässigen Schritten zu einem Bücherregal und lehnte sich dagegen, die Ellenbogen auf ein Bord gestützt. »Eigentlich«, sagte er mit liebenswürdigem Lächeln, »verfolgt mein Besuch einen bestimmten Zweck.«

»Oh?«

»Ich möchte dich fragen, ob du mir den Gefallen tun und mich heute nachmittag auf eine kleine Reise begleiten würdest.« Er legte eine Pause ein. »Man könnte sagen, eine Reise in die Vergangenheit.«

»Wie meinst du das?« Richard schärfte sich ein, auf der Hut zu sein, aber jetzt schon spürte er, wie sich die Neugierde zu regen begann.

James stieß sich von dem Bücherregal ab und ging ans Fenster. »Um ehrlich zu sein, ich habe schon seit einiger Zeit mit diesem Gedanken gespielt.« Er zupfte nervös an seiner Lippe, als würde ihm eine Zigarette fehlen. »Ich möchte nicht gern allein fahren.«

War das ein hinterhältiger Trick oder ein lautloser Hilferuf? »Wenn es so wichtig ist, dann begleite ich dich gern. Doch was ist unser Ziel?«

»Wapping, Richard. Der Ort, wo ich meinem Leben vor zwölf Jahren ein Ende machen wollte. Ich fühle, daß ich an diesen Ort zurück muß – um die Erinnerung zu bannen.«

Das also war es; das Risiko war zu groß, als daß es irgendein Betrüger eingehen würde. In einem Anfall von Reue fragte sich Richard, ob es wirklich eine Erinnerung war, die James bannen wollte – oder ob er nicht eher dem Mißtrauen ein Ende bereiten wollte, das zwischen ihnen gewachsen war. So oder so, dies würde jedenfalls zu der Krise führen, die er an jenem Morgen hatte auslösen wollen. »Also gut«, sagte er, »fahren wir.«

James sah ihn an: »Ich möchte nicht, daß Constance davon erfährt. Sie würde es für morbid halten. Deshalb ...«

»Hast du gewartet, bis sie nicht mehr hier ist?«

»Ja.«

Falls es ein Vorwand war, überlegte Richard, dann war er so gut wie jeder andere. Doch Schein und Wirklichkeit hatten sich in seinem Kopf zu oft vermischt, als daß er sie jetzt noch hätte trennen können. »Ich werde Constance nichts davon sagen. Wann brechen wir auf?«

»Sofort, wenn du magst.« James blickte aus dem Fenster. »In einer Stunde wird es dunkel sein. Wir haben keine Zeit zu verlieren.«

Sie nahmen eine Droschke zum Tower und gingen von dort durch die St.-Katharine-Docks zu Fuß weiter nach Wapping, suchten sich ihren Weg durch das Wirrwarr der Kais und Lagerhäuser und bemühten sich, den Lärm der klappernden Hufe und knirschenden Räder zu übertönen.

»Es ist sehr freundlich von dir, daß du mich begleitest, Richard«, sagte James. »Ich weiß das zu schätzen.«

»Das ist das mindeste, was ich tun kann.«

»Ich mache mir Sorgen, daß du dich wegen dieser elenden Verhandlung von der Familie ausgeschlossen fühlst.«

»Ich fürchte, das ist unvermeidlich.«

»Wenn alles vorbei ist, wirst du dich hoffentlich um all meine geschäftlichen Angelegenheiten kümmern.«

»Wenn du es wünschst.«

»Ja, das wünsche ich.« Jede ihrer Unterhaltungen war von Zweideutigkeiten und Mißtrauen durchsetzt. Richard war sich nicht sicher, was seine eigenen Worte bedeuteten, ganz zu schweigen von James' Worten.

Das Licht verblaßte, während sie nach Osten eilten. Die Anzahl der Bettler und der glotzenden, barfüßigen Kinder übertraf allmählich die Anzahl der Händler und Geschäftsleute. Die Themse blitzte am Ende der abfallenden Gassen auf. Für Richard war es eine beunruhigende, fremde Welt, in der Vertrauen und Verrat nicht mehr zu unterscheiden waren. Hier waren seine Möglichkeiten zu beurteilen, woran sein Begleiter sich noch erinnerte, noch geringer.

»Es gibt so vieles, was ich nicht weiß«, fuhr James fort. »Vieles hat sich in zwölf Jahren verändert. Ich möchte ein vorbildlicher Grundbesitzer sein, aber ich werde deinen Rat und deine Hilfe brauchen.«

»Du wirst sie bekommen.« Einen Augenblick lang genoß er die Aussicht. Dieser Mann war es wert, sein Mandant zu sein und seinen Rat zu erhalten – er hatte ein wesentlich größeres Anrecht darauf als Hugo. Dann gingen sie über die das Wapping Basin überspannende Drehbrücke und betraten die Straße, an die sich James bei der Anhörung erinnert hatte: die Wapping High Street, mit einem verkommenen Friedhof auf der einen Seite und der Kneipe »Town of Ramsgate« auf der anderen. »Dies ist der Ort, nicht wahr?«

»Ja«, erwiderte James. »Das ist er.« Er bog links ab in die nächste Straße; hier führten rostige, quietschende Tore zum Friedhofsgelände. Er stieß ein Tor auf, und Richard folgte ihm.

»Hier hast du gewartet? Hier hast du den Stein ausgesucht, der dich in die Tiefe ziehen sollte?«

»Ja.«

Richard blickte sich zwischen den schiefen Grabsteinen und den Mulden der Mausoleen um; sein Atem stand in Wolken vor seinem Gesicht. Es war möglich, ja es war nur zu leicht möglich. Auf dieser gefrorenen Friedhofserde, eingebettet in die trostlose Weite der Slums und das ewige Strömen des Flusses, konnte ein Mann schon auf den Gedanken kommen, seinem Elend ein Ende zu bereiten. In diesem Moment, wenn auch nur in diesem Moment, war Richard überzeugt. »Ich bin froh, daß deine Nerven dich nicht im Stich gelassen haben«, sagte er und legte seine Hand auf James' Schulter. »Du hast Besseres verdient als ein solches Ende.«

»Hab' ich das?« James schaute sich um, sein Gesichtsausdruck undeutbar in der beginnenden Dämmerung. Plötzlich machte er einen Schritt auf das Tor zu. »Werfen wir einen Blick auf die Treppen, die ich zum Fluß hinabgestiegen bin?«

»Auf jeden Fall.« Doch James' Bewegung war für Richards Geschmack zu schnell gewesen. Es war, als wäre er vor seinem Mitgefühl zurückgezuckt, als wäre für ihn entweder die Erinnerung oder das Täuschungsmanöver zu schmerzlich geworden. Als sie in Richtung Wapping High Street zurückgingen, spürte Richard, daß sein Begleiter hier an diesem Ort zu dieser Zeit am verletzlichsten war. Sollte er je sein Visier fallen lassen, so war dies der richtige Moment dafür. »War es dir ernst mit deiner Bemerkung, du möchtest ein vorbildlicher Grundbesitzer sein?«

»Ja, sicher doch.«

»Du mußt vieles in Betracht ziehen. Den irischen Besitz zum Beispiel. Seit dem Tod deiner Großmutter kümmert sich nur noch der Verwalter darum. Ich glaube, du warst einmal dort.«

»In Carntrassna? Ja, als Junge.«

»Mit deinem Vater?«

»In welchem Jahr? Erinnerst du dich noch daran?«

»1859. Kurz nach Großvaters Tod.« Und kurz bevor, so spekulierte Richard, Gervase dem alten Verwalter von Carntrassna aus unbekanntem Grund zehntausend Pfund gezahlt hatte. »Papa meinte, daß ich als sein Erbe seine Mutter kennenlernen sollte.«

»Hat dir der Besuch gefallen?«

»Kaum. Ich fand die Grafschaft Mayo rauh und abweisend.«

»Und deine Großmutter?«

»Sie gehörte nicht zu denen, die Narren – oder Kinder – frohen Herzens ertragen. Sie wirkte ziemlich ... einschüchternd.«

»Erinnerst du dich an den Verwalter dort? Ein Mann namens Lennox?«

»Nein. Könnte ich nicht sagen.«

Sie betraten die Gasse, die zwischen »Town of Ramsgate« und den Mauern der Nachbargebäude zum Fluß hinabführte. Der Tag verlor an Licht und Wärme, während vor ihnen Nebel von den bräunlichen Fluten der Themse aufstieg. Am Ende der Gasse ging es eine Anzahl Stufen hinab, die direkt im Wasser verschwanden. Sie blieben oben stehen und betrachteten die unkrautbewachsenen Backsteinfassaden der Lagerhäuser.

»Ein scheußliches Fleckchen«, sagte Richard nach langem Schweigen.

»Ein scheußlicher Ort für eine scheußliche Tat. Es ist seltsam, an diesen Ort zurückzukehren – nach all den Jahren.«

»Ist es für dich das erwartete Gefühl?«

»Ich weiß nicht. Ich bin jedoch froh, daß ich gekommen bin – und genauso froh, wieder zu gehen.«

Der Klang von James' Stimme bewegte Richard mehr als die Worte, die er sprach. Einen solchen Unterton konnte er nicht extra seinetwegen in seine Stimme legen, das spürte er. Da schwangen all die Erinnerungen mit, die dieser Ort für ihn bereithielt, da schwang der unverkennbare Klang der Wahrheit mit Aufrichtigkeit mit.

»Gehen wir?« sagte James nach einer weiteren Pause.

»Wenn du genug gesehen hast.«

»Ich glaube, das hab' ich.« Ein Schauder schüttelte ihn, heftiger, als es die heraufkriechende Kühle gerechtfertigt hätte. »Vollkommen genug.«

Richard nickte und ging zu der Gasse zurück. Er war noch keine zehn Meter weit gekommen, da merkte er, daß James ihm nicht folgte. Verblüfft drehte er sich um und sah seinen Begleiter immer noch auf der obersten Stufe stehen – wie angewurzelt, so schien es – und in den Fluß starren. Er rief seinen Namen, doch James reagierte überhaupt nicht darauf. Richard ging zurück und wollte ihn gerade an der Schulter berühren, hielt jedoch inne, als er den Ausdruck auf James' Gesicht sah.

Eben noch war es in der Gasse zu dunkel gewesen, um die Gesichtszüge eines Mannes erkennen zu können, doch nun war an einem Lagerhaus links von ihnen eine Laterne angezündet worden, die ein verzerrtes Lichtrechteck über die Stufen und ins Wasser warf. Es reichte aus, um Richard erkennen zu lassen, daß James von lähmendem Entsetzen gepackt war.

»Was ist denn?«

Immer noch keine Antwort. Richard sah hinab zum Fuß der Treppe, wo der Laternenschein graues, undurchsichtiges Wasser und gegen die unteren Stufen schwappendes Kleinholz aus der Dunkelheit holte.

»Um Gottes willen, Mann, was ist denn los?«

Endlich sprach James; seine heisere, zitternde Stimme war ein Zerrbild seines eben noch so selbstsicheren Tones. »Siehst du es denn nicht?«

»Was soll ich sehen?«

»Im Wasser.«

»Ich sehe nichts.«

»Nichts?« James starrte ihn ungläubig an.

»Gar nichts.«

»Dann ... Dann muß es ...« Er schaute wieder zu den Stufen hin, und seine Stimme versickerte.

»Muß es was?«

Zuerst antwortete James nicht. Er atmete ein paarmal tief durch und straffte die Schultern, als bereitete er sich auf eine gewaltige Anstrengung vor. Dann wandte er sich Richard mit ruhigem, beherrschtem Gesicht zu. »Nichts«, sagte er mit einer Stimme, die wieder an Kraft und Schärfe gewonnen hatte. »Es ist so, wie du sagst, Richard. Gar nichts.« Und damit ging er schnell, aber ohne Hast die Straße entlang.

Er war schon in die Wapping High Street eingebogen und aus seinem Blickfeld verschwunden, bevor Richard ihm folgen konnte, noch ganz verwirrt von dem, was eben geschehen war. Er fühlte sich betrogen um die Krise, die er erwartet hatte, fühlte jedoch, daß sich vielleicht doch eine andere Art von Krise ereignet hatte. Doch welcher Art diese Krise war, wußte er nicht, denn er hatte nichts gesehen auf den zum Fluß führenden Stufen. Und was immer James zu sehen geglaubt hatte, lag nun unsichtbar unter dem Nebel verborgen, der nun wie der letzte Atemzug zahlloser Ertrunkener vom Wasser aufstieg.

VIERZEHNTES KAPITEL

I

In der relativ langen Zeitspanne zwischen Vorverhandlung und Gerichtsverhandlung hatte der Rest der Welt den Fall Norton gegen Davenall vollkommen vergessen. Ein fünfmonatiger Waffenstillstand hatte ausgereicht, um auch die sensationellsten Aspekte davon aus dem öffentlichen Bewußtsein zu streichen, als hätte es den Fall nie gegeben.

Am letzten Nachmittag vor Ablauf der Frist spazierten James Norton und Constance Trenchard Arm in Arm über den Rasen von Parliament Hill. Sie genossen den klaren Tag mit der verzweifelten Freude von zwei Menschen, die wußten, daß ihnen diese Art von Freizeitvergnügen bald nicht mehr beschert sein würde.

»Russell glaubt, es könne zwei Monate oder länger dauern«, sagte James mit einem schweren Seufzer. »Ich wünschte, es wäre schneller vorbei. Ich wünschte, ich könnte einfach mit den Fingern schnippen und alles wäre erledigt.«

»Aber das kannst du nicht«, sagte Constance.

»Nein«, erwiderte James kopfschüttelnd. »Es sieht so aus, als müßte es durchgestanden werden – wenn ich als der akzeptiert werden möchte, der ich bin. Eine schwere Buße für solch ein bescheidenes Privileg: meinen wirklichen Namen tragen zu dürfen. Manchmal frage ich mich, weshalb wir nicht einfach gemeinsam die Flucht ergreifen und die ganze Angelegenheit vergessen. Wenn Hugo den Titel eines Baronets unbedingt haben will, warum soll er ihn nicht behalten? Ich bin so lange ohne ihn ausgekommen, daß ich mir nicht sicher bin, ob ich der Sache nicht mittlerweile gleichgültig gegenüberstehe.«

Constance blickte ihn unsicher an. »Das meinst du doch nicht im Ernst?«

»Ein Teil von mir meint es ernst. Der Teil, der mich all die Jahre fernhielt.«

»Und der andere Teil?«

»Der sagt mir, ich dürfe nicht ein zweites Mal weglaufen. Außerdem ...«

»Ja?«

»Ich habe nicht das Recht, dich um so etwas zu bitten. Um deinetwillen, wenn schon nicht um meinetwillen, muß ich diese Sache durchstehen.«

Sie stellte sich auf die Zehenspitzen, um ihn zu küssen. »Wir werden es *gemeinsam* durchstehen.«

Er lächelte. »Du kannst es dir noch überlegen. Noch ist es nicht zu spät.«

»O doch, das ist es. Heute hat Richard die Scheidung für mich eingereicht.« Sie trat zurück. »Du wirkst überrascht.«

»Ich hätte nicht gedacht, daß du zu einem solchen Entschluß fähig wärst, bevor der Fall abgeschlossen ist.«

»Der Fall spielt überhaupt keine Rolle, James. Ich möchte, daß du das verstehst. Mir persönlich ist es egal, für wen dich die Welt hält. Ich weiß es. Du bist der Mann, den ich schon morgen heiraten würde, wenn ich frei wäre...« Sie errötete. »Und wenn dieser Mann mich darum bitten würde.« Dann schrie sie auf, denn er hatte sie plötzlich an der Taille gepackt und wirbelte sie im Kreis herum.

»Sobald du frei bist«, rief er, »wird dieser Mann dich um deine Hand bitten!« Er küßte sie, und sie lachten atemlos auf, blickten lächelnd in geheimem Triumph auf die graue Stadt. »James Davenall und Constance Sumner werden heiraten – nach zwölfjähriger Verlobung. Darauf gebe ich dir mein Wort.«

Gerade als Constance antworten wollte, ertönte hinter ihnen ein Ruf. »Davenall! Bist du das, Davenall?« Sie drehten sich um und sahen zwei elegant gekleidete Männer in James' Alter vor sich, die sich ihnen näherten. Der eine war mager, mit fahlem Gesicht und üppigem Schnurrbart, der andere rundlich und mit rötlichem Gesicht, auf dem ein breites Lächeln lag. Ganz offensichtlich hatte er gerufen. In einer Entfernung von ungefähr zehn Metern stand ein dritter Mann, der ihnen anscheinend nur wenig Aufmerksamkeit schenkte, obwohl sie ihn gerade verlassen haben mußten. »Das ist doch James Davenall, oder?« sagte der rotgesichtige Mann im Näherkommen.

»Ja«, sagte James vorsichtig. »Ich glaube nicht...«

»Erinnerst du dich nicht an mich? Mulholland. Reggie Mulholland.« Er deutete auf seinen Begleiter. »Und Charlie Borthwick.«

James strich sich über das Kinn und blickte von einem zum anderen. »Mulholland und Borthwick«, sagte er nachdenklich. »Ja, natürlich. Ihr wart mit mir in Christ Church im gleichen Jahrgang.«

»Treffer, alter Junge. Du hast uns erkannt. Zugegeben, ich habe seitdem ein bißchen Gewicht angesetzt, aber dich hätte ich überall erkannt. Schön, dich wiederzusehen, nicht wahr, Charlie?«

»Aber sicher. Wie geht's, Davenall?«

»Sehr gut. Danke.« Sie lächelten sich zu.

»Möchtest du mir nicht deine Freunde vorstellen, James?« warf Constance ein.

»Aber natürlich«, sagte James. »Doch zuvor sollte ich dir vielleicht erklären, was für notorische Possentreiber diese beiden in Oxford waren. Dann wirst du ihren kleinen Scherz bei dieser Gelegenheit hier besser zu schätzen wissen.«

»Scherz?« sagte Mulholland stirnrunzelnd. »Ich verstehe nicht ganz, was du meinst, alter Junge.«

»Siehst du, Constance, das ist Reggie Mulholland«, er deutete auf den Mann, der als Borthwick vorgestellt worden war, »und das ist Charlie Borthwick.« Er zeigte auf den anderen. »Nicht andersrum, wie sie dir weismachen wollten.« Die beiden Männer starrten ihn sprachlos an. »Und ich vermute stark, daß der Bursche, der sich da im Hintergrund herumdrückt, ein Angestellter von Lewis & Lewis ist, der Augenzeuge unseres Wiedersehens sein soll. Ist es nicht so, Charlie – alter Junge?«

»Das ist ja lächerlich«, spuckte Borthwick. »Ich ...«

»Hat man euch für diese Scharade bezahlt? Oder tut ihr das um alter Zeiten willen?«

Mulholland zupfte an Borthwicks Ärmel. »Wir geben besser auf, Charlie. Er hat uns durchschaut.«

»Er hat nur geraten, verdammt noch mal.«

»Nein, Reggie hat recht. Ich hab' euch durchschaut. Ihr seid so durchsichtig wie eh und je.«

»Verschwinden wir«, murmelte Mulholland. »Das ist die Sache nicht wert.«

Borthwick schien widersprechen zu wollen, dann verließ ihn mit einem Schlag all seine Überheblichkeit. Er stieß Luft aus, wandte sich um und zog sich zurück, gefolgt von Mulholland. Der dritte Mann reihte sich bei ihnen ein, und sie marschierten davon. Ihr Kopfschütteln und Gestikulieren ließen auf gegenseitige Beschuldigungen schließen.

»Ich verstehe das nicht«, sagte Constance, als die Männer aus ihrem Blickfeld verschwunden waren. »Was sollte das?«

»Sie versuchten mich hereinzulegen und sich einen gerichtlich verwertbaren Beweis zu verschaffen. Man hat ihnen sicherlich reichlichen Lohn versprochen, wenn sie vor Gericht gegen mich aussagen. Stell dir vor, wieviel durchschlagender ihre Aussage gewesen wäre, wenn ich auf ihren Identitätswechsel hereingefallen wäre.«

»Aber wie konnten sie nur auf die Idee kommen, du könntest darauf hereinfallen?«

»Ich habe sie in Oxford nur flüchtig gekannt. Und es ist dreizehn Jahre her, seit ich sie das letztemal gesehen habe. Sie müssen angenommen haben, daß sie mit ihrer Verwechslungskomödie eine gute Chance haben.«

»Wer hat sie wohl dazu angestiftet?«

»Was glaubst du?«

Constance runzelte die Stirn. »Du meinst Hugo?«

»Oder meine Mutter. Es spielt wohl kaum eine Rolle. Ich möchte wetten, daß einer ihrer Anwälte es vorgeschlagen hat – ohne daß sie etwas dagegen gehabt hätten.«

»Aber ... zu versuchen, dich so hereinzulegen, das ist schändlich.«

James legte seinen Arm um ihre Schultern und zog sie fest an sich. »Das ist erst der Anfang, Connie, lediglich der erste Schuß in der Schlacht. Von nun an herrscht offener Kampf – und alle Mittel sind erlaubt.«

II

Das Verfahren im Fall Norton gegen Davenall begann am 3. April 1883 vor den Royal Courts of Justice unter Vorsitz des Lordoberrichters Lord Coleridge. Unter seinen Augen marschierten eine ganze Reihe von Kronanwälten und Junioranwälten auf, unterstützt von tiefsinnigen Rechtsberatern und sorgenvollen Angestellten; dazu kamen noch offizielle Gerichtsschreiber und unterwürfige Gerichtsdiener, zwölf Geschworene mit feierlichen Gesichtern, eine kritzelnde Journalistenmeute und eine dichtgedrängte Zuschauermenge.

Jenen Personen, die in enger Verbindung mit dem Fall standen, erschien es später merkwürdig, wie wenig ihnen von den Tagen und Wochen in Erinnerung geblieben war, die sie in dem erhabenen Gerichtssaal, in dem Argumente und Gegenargumente vorgetragen wurden, verbracht hatten. Sie folgten zwar dem Lauf der Verhandlung mit uneingeschränkter Aufmerksamkeit und äußerster Konzentration, doch im Rückblick wurde dieses sich lang hinziehende Drama zu einer undeutlichen Parade von Fragen und Antworten, Anschuldigungen und Zurückweisungen, Behauptungen und Gegenbehauptungen.

Mit Gewißheit kann jedoch festgestellt werden, daß James Norton am zehnten Verhandlungstag den Zeugenstand betrat. In seiner langen Präambel hatte Russell den Boden gut vorbereitet, doch jeder wußte, daß nun der endgültige, entscheidende Test anstand. Bei der Vorverhandlung hatte ein einziger Tag für Nortons Aussage genügt, doch nun wurden einzelne Punkte, die damals innerhalb weniger Minuten abgehandelt worden waren, stundenlang analysiert. Es dauerte eine Woche, bis er auf die Ereignisse vom 17. Juni 1871 zu sprechen kam, und eine weitere Woche, bis er in der Gegenwart angelangt war.

Dann folgte das Kreuzverhör durch die Verteidigung. Sir Hugo Davenalls neuer Senioranwalt, Mr. Aubrey Gilchrist, gab sich fast genauso inquisitorisch wie sein Vorgänger, Sir Hardinge Giffard. Tagelang fochten er und Norton, ohne einen Fußbreit Boden preiszugeben. Manchmal machte Gilchrist einem der Junioranwälte Platz, doch nur, wie es schien, um Norton in einen Zustand unvorsichtiger Entspannung zu versetzen. Dem Kläger wurde weder Rast noch Ruh gewährt. Die Suche nach einer Schwachstelle in seiner Rüstung ging unermüdlich weiter, während er in seinen Anstrengungen, sich keine Blöße zu geben, nicht nachließ.

Alles in allem genommen war Gilchrist erfolglos; er konnte weder an Nortons Bericht über seine eigene Person Zweifel erwecken noch seine Erinnerungen an ferne Ereignisse diskreditieren. Die Farbe der Tapete im Kinderzimmer von Cleave Court, der Name des Hundes, den einer der Schäfer im Jahre 1857 versehentlich erschossen hatte, seine akademische und sportliche Karriere in Eton und Oxford, seine Freundschaft mit Roland Sumner, sein Werben um Constance Sumner, seine Konsultationen bei Dr. Fiveash, seine Flucht aus dem Land im Jahre 1871, sein anschließendes Herumvagabundieren und seine Beschäftigungen in einem Dutzend Städte Kanadas und der Vereinigten Staaten: All das und noch viel mehr wurde genau durchgegangen, und kein einziges Mal zögerte oder schwankte er.

In der siebten Verhandlungswoche endete Nortons Kreuzverhör. Es gab weder Fanfaren des Triumphs noch das Eingeständnis einer Niederlage, doch es war nichtsdestoweniger klar, daß er als Sieger durchs Ziel gegangen war.

III

> *The Times*, London, 21. Mai 1883: »Prinz Napoleon hat sich während der letzten Tage in Privatgeschäften in England aufgehalten. Es wird vermutet, daß er sich von der Kaiserin Eugénie eindeutigere Anerkennung in seiner Position als politischer Führer der Bonapartisten erwartet, als ihm bisher zugestanden worden ist.«

Plon-Plon schleuderte die Zeitung angewidert beiseite und begann zornig auf dem chinesischen Teppich vor dem Fenster auf und ab zu marschieren. Es war ein Fehler gewesen, nach Farnborough Hill zu kommen, entschied er. Der vierte Jahrestag des Todes des kaiserlichen Prinzen war zwar erst am 1. Juni, doch Eugénie befand sich bereits in einer vorbereitenden Trance: eine sinnvolle politische Diskussion kam gar nicht in Frage.

Sie hatte ihn nie gemocht, sinnierte er, während er düster aus dem Fenster auf das häßliche Bauwerk starrte, das langsam Form annahm. Ein Mausoleum, so nahm er an, für ihren Mann, ihren Sohn und, wenn die Zeit gekommen war, auch für sie selbst. Auch eine Abtei war geplant, um dem Schwarm geflüchteter Mönche bequemen Unterschlupf zu gewähren, deren fledermausgleiche Präsenz den Frühling in dieser Ecke von Hampshire auszulöschen drohte. Nicht, daß ihn irgend etwas davon überrascht hätte, entsprang es doch der gleichen frömmelnden Natur, die seine sexuellen Annäherungen 1843 in Madrid zurückgewiesen hatte. Damals war sie siebzehn und er im besten Alter gewesen. Vierzig Jahre später wurde schmerzlich klar, daß sich ihr Geschmack nicht gebessert hatte.

Es klopfte an der Tür, und Brunet trat ein, doch Plon-Plons Hoffnung, daß sich Eugénie endlich in der Verfassung fühlte, ihn zu empfangen, wurde schnell zerstört.

»Eine Dame wünscht Sie zu sehen, *mon grand seigneur.*«

»Wer ist es?«

»Catherine Davenall.«

»Merde!« Eine schlechte Nachricht. Sollte Eugénie von seiner Verwicklung in den Fall Davenall erfahren, dann konnte er jegliche Hoffnung auf einen Pakt mit ihr fahrenlassen. »Wo ist sie?«

»Im roten Salon.«

»Ich werde mit ihr sprechen.« Er eilte zur Tür. »Aber hör zu, ich verbitte mir jede Störung, ist das vollkommen klar?«

»Jawohl, *mon grand seigneur.* Vollkommen.«

Sie befand sich am anderen Ende des Raumes, als er eintrat, versunken in die Betrachtung eines Ölgemäldes, auf dem Eugénie mit dem kaiserlichen Prinzen zu sehen war. Während sie sich umdrehte, fragte er sich, ob sie sich seit ihrem Besuch in seiner Suite in Konstantinopel vor fast dreißig Jahren je wieder unter vier Augen getroffen hatten.

Sie hatte sich verändert. Er erkannte es an ihrer gefaßten, königlichen Haltung, an ihrem bleichen, unbeugsamen Gesicht. Wo einst Eitelkeit, Ignoranz und Vertrauensseligkeit vorgeherrscht hatten, war jetzt nur noch schwer errungene, gehärtete Entschlossenheit zu sehen. Sie hatte die Fehler der Jugend hinter sich gelassen und durch ein makelloses Zielbewußtsein ersetzt, während für Plon-Plon die Fehler der Vergangenheit zu den Fallstricken der Gegenwart geworden waren. »Madame«, sagte er, die Tür hinter sich schließend und den Hauch einer Verbeugung andeutend, *»à votre service.«*

Catherine bewegte sich nicht. Ihre Blicke verhakten sich ineinander, erkannten ihre Differenzen an und lösten sich wieder. »Ich bin gekommen, um Sie um Hilfe zu bitten«, sagte sie abrupt.

Plon-Plon runzelte die Stirn. Es erschien ihm unbegreiflich, daß eine Frau, die ihm jahrelang nichts weiter als tiefste Verachtung entgegengebracht hatte, ihn nun ohne weiteres um Hilfe bat. »Mein Hilfe, Madame?«

»Es gibt niemanden sonst, an den ich mich wenden könnte.« Ihr Gesichtsausdruck deutete an, daß er die allerletzte Person sei, an die sie sich wenden würde. »Sie haben Hugos Gerichtsstreit verfolgt?«

»*Avec l'imposteur?* Selbstverständlich.«

»*L'imposteur*, wie Sie ihn korrekterweise nennen, hat vor Gericht einen ausgezeichneten Eindruck gemacht.«

»So stand es in den Zeitungen.«

»Nach Ansicht meiner Anwälte wird Norton den Fall gewinnen.«

»Das haben sie gesagt?«

»Nein, aber sie denken es. Was sie mir sagen, ist etwas ganz anderes.«

»Haben Sie keine Zeugen, die gegen ihn aussagen können?«

»Ein ganzes Regiment, glaube ich. Aber sie werden nichts ausrichten können.«

»Sind Sie sicher?«

»Ja. Wäre ich nicht James' Mutter, dann würde mich dieser Mann auch überzeugen. Die Geschworenen glauben ihm, und der Richter neigt ebenfalls dazu. Die Verhandlung wird noch wochenlang fortgesetzt werden, aber der Ausgang ist jetzt schon klar.«

»Dann spreche ich Ihnen mein Mitgefühl aus.«

»Das, Prinz, nützt mir nichts. Was ich brauche, ist Ihre Hilfe.«

Plon-Plon ging langsam durch das Zimmer auf sie zu, bis sie beide vor dem Gemälde standen, das sie betrachtet hatte. Er schaute hoch und kräuselte verächtlich die Lippen: Eugénie wirkte matronenhaft und vorzeitig gealtert, der kaiserliche Prinz sah unreif und ein bißchen lächerlich in seiner Woolwich-Kadettenuniform aus. »Dieses Haus«, bemerkte er, »steckt voller Erinnerungen an den verstorbenen Sohn der Kaiserin, wie Ihnen vielleicht aufgefallen ist. Ein Mausoleum im Wartestand, könnte man sagen, bis zur Vollendung des richtigen Bauwerks.«

»Ich habe es bemerkt.«

»Eugénie trägt ihre Trauer wie einen Sack auf dem Rücken, wie eine Kette mit einer Kugel an den Beinen.« Er sah Catherine an und fuhr fort: »Doch Sie, Madame, erwähnen mit keinem Wort Ihren toten Sohn, im Gegensatz zu diesem Betrüger, der seine Stelle einnehmen will. Wieso?«

»James ist tot. Er gehört der Vergangenheit an. Ich nicht.«

Plon-Plon schüttelte verwirrt den Kopf. »So offen, so entschlossen, so ... distanziert. Sie waren nicht immer so.«

»Ich würde sagen, keiner von uns, Prinz, möchte daran erinnert werden, wie wir einmal *waren*.«

»*Touche, Madame. C'est vrai.*«

Ein Hauch von Ungeduld huschte über Catherines Gesicht, als wünschte sie diese für sie unerfreuliche Begegnung abzukürzen. »Ich bin gekommen, um mit Ihnen über Vivien Strang zu sprechen«, sagte sie plötzlich.

Plon-Plon trat erstaunt zurück. »Vivien Strang?«

»In Konstantinopel wollten Sie doch unbedingt mit mir über sie sprechen, nicht wahr?«

»Das ist lange her, Madame.« Er bemühte sich, seine würdevolle Haltung wiederzufinden. »Sie sagten selbst, daß derartige Erinnerungen unwillkommen seien.«

»Ich möchte lediglich wissen, wo sie sich aufhält.«

»Und Sie glauben, *ich* könnte Ihnen das sagen?«

»Sie wissen mehr von ihrem Leben als ich, seit sie 1846 das Haus meines Vaters verlassen hat. Sie wußten, daß sie schwanger war – und von wem. Sie wußten, daß sie als Krankenschwester auf der Krim war. Ich hoffte deshalb, daß Sie vielleicht immer noch etwas von ihr wissen.«

»Nein, Madame, ich weiß nichts von ihr.«

»Doch Sie haben genau wie ich vermutet, daß sie hinter dieser Verschwörung gegen meine Familie steckt.«

Also hegte nicht er allein diesen Verdacht. »Ich habe ... daran gedacht.«

»Doch Sie haben nichts unternommen.«

»Was hätte ich unternehmen sollen? Das ist kein Beweis. Und warum hätte ich etwas tun sollen, selbst wenn ich dazu in der Lage gewesen wäre? Da wir gerade so offen und aufrichtig sind, Madame, sagen Sie mir doch bitte, was ich durch eine Verwicklung in diese ... *cause célèbre* hätte gewinnen können.«

Sie schüttelte den Kopf. »Nichts, Prinz. Gar nichts.« Sie wandte sich ab, ging langsam ans Fenster und schaute eine kleine Ewigkeit hinaus, bevor sie sich wieder zu ihm umdrehte. »Gervase vergewaltigte sie, ich ruinierte sie – und Sie täuschten sie. Es ist unverzeihlich, was wir ihr angetan haben.«

»Sie geben diese Dinge zu?«

»Ich gebe sie Ihnen gegenüber zu, weil nur Sie und ich die Wahrheit kennen. Wenn die Welt davon wüßte, wäre das fast genauso schrecklich, wie wenn Norton den Fall gewinnen würde. Ich habe niemandem erzählt, daß ich den Verdacht hege, er könnte der Sohn sein, den mein Mann mit meiner ehemaligen Gouvernante gezeugt hat, und daß seine Ähnlichkeit mit James die eines Halbbruders ist und daß sein Motiv der Wunsch seiner Mutter nach Rache ist. Ich habe es niemandem erzählt – denn niemand darf es erfahren. Doch wir teilen bereits dieses Geheimnis miteinander, nicht wahr? Ich habe also nichts zu verlieren, wenn ich es Ihnen gegenüber ausspreche.«

»Doch was soll ich tun?«

»Sie waren es, der sie getäuscht hat. Ich dachte, Sie könnten sie jetzt auch wieder von ihrem Plan abbringen.«

»*Moi?*«

»Ich vermute, die Aussicht, Sie zu treffen, hat sie in jener Nacht zu dem Irrgarten geführt. Vielleicht würde sie sich gern noch einmal mit Ihnen treffen – und dann ihren Sohn zurückrufen.«

»*C'est absurde.* Selbst wenn ich sie finden würde – sie würde gar nichts für mich tun.«

»Vielleicht würde sie von Ihnen etwas akzeptieren, was sie von mir niemals akzeptieren würde. Einen Kompromiß. Eine außergerichtliche Einigung.«

»Es würde nicht funktionieren, Madame. Falls Sie recht haben – falls *wir* recht haben ..., dann hat sie das alles zu lange geplant, um sich jetzt noch davon abbringen zu lassen.«

Doch Catherine ließ sich nicht beirren. Ihre Überzeugung war unangreifbar, und sie ließ deutlich durchblicken, daß Plon-Plon mit diesem einen Dienst ihre Achtung zurückgewinnen konnte. »Wenn wir alles, was wir wissen, zusammenlegen, Prinz, dann können wir sie finden. Es bleibt deshalb die ganz simple Frage: Wollen Sie mir helfen?«

Vor einer Stunde hatte sich Catherine verabschiedet. Plon-Plon schaute erneut aus dem Fenster und krümmte sich innerlich beim Anblick der mit einem Gerüst umgebenen Muschel des Mausoleums. War dieses mit Zinnen besetzte Monument einer überflüssigen Dynastie denn ein so viel wertvolleres Lebenswerk als seine gelegentlichen Geniestreiche? Er war nicht dieser Meinung, doch wie stets befand er sich in der Minderheit.

Vor vierzig Jahren hatte Eugénie in Madrid mit Stierkämpfern geflirtet und war auf nacktem Pferderücken durch die Straßen geritten; sie hatte seine Zigarren geraucht und sich wie eine Zigeunerin gekleidet. Nun ähnelten ihre Kleider Leichentüchern. Sie saß in abgedunkelten Räumen und studierte mit dem Architekten Pläne des Mausoleums. Wenn er sie für sich gewinnen konnte, dann würde seine einzige Belohnung in dem Angebot bestehen, einen Platz für seinen Sarg in dem Mausoleum zu reservieren.

Warum also nicht? Warum nicht Farnborough verlassen und sich in die größte Dummheit seines Lebens stürzen? Nicht weil die stolze, unbarmherzige Witwe seines toten Freundes sich so weit erniedrigt und ihn angefleht hatte. Nicht weil die Unverschämtheit von Nortons betrügerischen Ansprüchen in ihm Neid auf einen solchen Plan weckte. Nicht weil er noch einmal in Vivien Strangs Gesicht blicken und von ihr eine Art der Vergebung erlangen wollte. Nein. Aus keinem dieser Gründe wollte er sie aufspüren. Er würde sie suchen, weil er es wollte. Er würde sie finden, um zu beweisen, daß er dazu in der Lage war.

IV

Nanny Pursgloves Zeugenaussage war wirkungsvoller als bei der Vorverhandlung. Die damaligen Andeutungen, mit ihrem Erinnerungsvermögen und ihren Augen sei es wohl nicht zum besten bestellt, hatten sie offensichtlich so verärgert, daß sie während der zwei Tage im Zeugenstand mit ungebrochener Energie das Gegenteil zu beweisen suchte. Gilchrist konnte sie nicht im mindesten beeindrucken, und Russell brachte geschickt ins Spiel, daß sie aus Weir Cottage praktisch auf die Straße gesetzt worden war, was ihr sofort die Sympathien der Geschworenen einbrachte.

Was Dr. Fiveash anbelangte, so konnte er wenig sagen, was die Sache des Klägers nicht noch stärkte. Es gab Situationen, da schien er zwischen verschiedenen Zwangslagen hin- und hergerissen, mit sich selbst im unklaren, wieviel oder wie wenig er enthüllen sollte. Einmal schien er sich auf die Behauptung versteifen zu wollen, daß seine Krankengeschichten ausspioniert worden waren, doch Russell schaffte es, das im Keim zu ersticken.

»Wer könnte Ihrer Meinung nach wohl etwas Derartiges getan haben, Herr Doktor?«

»Eine Aushilfssekretärin, die ich im Januar letzten Jahres einstellte.«

»Interessant. Warum haben Sie sie eingestellt?«

»Meine ständige Sekretärin wurde bei einem Fahrradunfall verletzt.«

»Wie konnte die ›Spionin‹ denn wissen, daß die Stelle frei werden würde?«

»Ich kann nur annehmen, daß dieser Unfall ... absichtlich herbeigeführt wurde. Man könnte das Fahrrad ... manipuliert haben.«

»Ist Ihnen dieser Gedanke damals schon gekommen?«

»Äh ... nein.«

»Und wie hätte eine derartige ... ›Spionin‹ ... auf die Idee kommen sollen, daß in Ihren Aufzeichnungen etwas Interessantes zu finden sei, da ja laut Ihrer eigenen Aussage niemand wußte, daß James Davenall Sie konsultiert hatte?«

»Dazu ... kann ich nichts sagen.«

»Ich verstehe. Nun, ich danke Ihnen, Herr Doktor, daß Sie diese interessante, wenn auch ziemlich abwegige Möglichkeit ins Spiel gebracht haben. Ich bin sicher, die Jury weiß, wie sie das zu werten hat.«

Dr. Fabius, viel bedeutender und wesentlich selbstsicherer als Fiveash, rundete die medizinische Beweiserhebung in einer Art und Weise ab, wie es aus Sicht des Klägers nicht günstiger hätte sein können. Fiveash hatte behauptet, die Symptome von Syphilis seien unverkennbar, und eine plötzliche Heilung von dieser Krankheit sei unmöglich, doch Fabius wies beide Ansichten zurück.

»Selbst ich als ausgesprochener Spezialist könnte Syphilis nicht bei jeder

Gelegenheit mit Gewißheit korrekt diagnostizieren. Sie taucht oft in versteckter Form auf. Genauso kann sie auch aus keinem erkennbaren Grund wieder verschwinden. Sie ist ein Irrlicht unter den Krankheiten. Sie ist täuschend, irreführend, unvorhersehbar. Sicherheit gibt es keine.«

»Sie können also nicht sagen, Herr Doktor, ob mein Mandant nun von der Syphilis genesen ist oder nie an ihr gelitten hat?«

»Das kann ich nicht. Ich kann nur feststellen, daß er jetzt nicht mehr daran leidet.«

»Wie reagierte er, als Sie ihm das Ergebnis Ihrer Untersuchung mitteilten?«

»Wie ein Mann, von dessen Schultern ein Gefängnisurteil genommen wird. Wie ein Mann, dem das Leben geschenkt wurde.«

»Nicht wie ein Mann, der schon wußte, was Sie sagen würden, noch bevor Sie es sagten?«

»Das Gefühl hatte ich nicht.«

Als die achte Verhandlungswoche endete, hatte die Verteidigung immer noch nicht gepunktet. Norton schwamm auf einer Welle des Erfolges.

V

Die Holzlatten der Bank, auf der Plon-Plon saß, ächzten protestierend, als ein weiterer Fahrgast Platz nahm. Auch er war groß und schaute kummervoll drein; genau wie Plon-Plon konnte er es kaum erwarten, wegzukommen.

»Der Zug hat Verspätung«, sagte er irritiert.

Plon-Plon reagierte nicht. Der Mann hatte durch den teuren, aber geschmacklosen Schnitt seines Mantels bereits sein Mißtrauen geweckt. Der rauhe, aber prahlerische Ton seiner Stimme überzeugte ihn nun vollends, daß er es mit einem Exemplar der Gattung zu tun hatte, die er am meisten verabscheute: die Gattung der *nouveau riche.*

»Was hat Sie denn nach Dumfries gebracht?« Eine Antwort darauf – hätte Plon-Plon sich die Mühe gemacht – wäre nicht leicht gewesen. Das einzige, was Catherine Davenall über die Herkunft von Vivien Strang wirklich gewußt hatte, war die Tatsache, daß sie als Tochter eines Tuchhändlers in Dumfries geboren war. Plon-Plon schaute über die Eisenbahnlinie hinweg zu den grauen Dächern dieser abweisenden kleinen Stadt hinüber und dachte freudlos an den Versuch, den er heute unternommen hatte, diese Herkunft etwas näher ins Auge zu fassen.

Broom Bank, das Haus, in dem Vivien Strang das Licht der Welt erblickt hatte, war groß, verwinkelt und aus groben Steinen errichtet worden; es thronte inmitten von vernachlässigten Gärten hoch über dem Fluß Nith.

Plon-Plon mußte lange auf der Veranda warten, bis auf sein Klingeln jemand reagierte.

»Moncalieri«, verkündete er, den Hut vor dem mondgesichtigen Hausmädchen ziehend. »Jerome Moncalieri.«

»Meine Güte!«

Einen wehmütigen Augenblick lang sinnierte er dem Geheimnis nach, weshalb nur die schlichtesten, gewöhnlichsten Frauen von ihm beeindruckt schienen, dann sagte er: »Ich würde sehr gern mit Ihrer Herrin sprechen.«

»Mit welcher?« Ihr Mund blieb offen stehen. Plon-Plon wußte nicht, was er darauf antworten sollte. Zum Glück fuhr das Mädchen fort: »Es ist nur Miss Effie – das heißt Mistress Euphemia – zu Hause.«

»Dann also Mistress Euphemia.«

»Nun ..., ich weiß nicht ..., ich werde fragen müssen ... Was ... was soll ich sagen, in welcher Angelegenheit Sie kommen?«

»Persönlicher Natur – und dringend. Ich habe einen weiten Weg hinter mir.«

Das, überlegte er, während er endlos lange auf der Veranda wartete, war nicht gelogen. Ein langer Weg, eine lange Zeit ... Vielleicht hätte er überhaupt nicht kommen sollen.

Das Mädchen kehrte zurück, kaum weniger aufgeregt und verwirrter als zuvor, und ließ ihn ein. Kurz darauf stand er schon wieder allein in einem hohen Salon im hinteren Teil des Hauses, der im Stil eines überfüllten Trödelladens eingerichtet war und in dem es nach Kampfer, Kissenüberzügen und frischem Brot roch.

Die Tür öffnete sich, und ein winziges, keuchendes, ganz in Rosa gekleidetes Wesen trat ein. »Ich bin Euphemia Strang«, sagte sie und kam auf ihn zugetrippelt. »Ich glaube, Sie wollten mich sehen.« Sie blickte mit riesigen Haselmausaugen zu ihm auf und streckte ihm eine zierlich bebende Hand entgegen. »Signor Moncalieri?«

Laut Catherine hatte Vivien Strang von zwei Schwestern gesprochen; diese hier, so schloß er, mußte eine von ihnen sein. Er verbeugte sich, küßte die verschrumpelte Hand und stellte fest, daß ihr Gesicht sich stärker verfärbte als das Rosa ihres Kleides. »Ich finde es bezaubernd, Madame, Ihre Bekanntschaft machen zu dürfen.«

»Sie sind kein ... Italiener?«

Er lächelte. »Franzose.«

»Oh.« Ihre Augen wurden groß. »Nun ... möchten Sie ... eine Tasse Tee?«

»Das wäre wunderbar.«

Der Tee wurde serviert, und Plon-Plon verwickelte seine Gastgeberin in ein Gespräch. Das war nicht schwierig, denn was immer er auch sagte, Miss Strang neigte lediglich den Kopf und starrte ihn mit ehrfürchtiger Aufmerksamkeit an. Mit keinem Wort drängte sie ihn, den Anlaß seines Besuches zu verraten, aus Angst, dieser Besuch könnte zu schnell vorbei sein. Als er bei der zweiten Tasse Tee und dem dritten Stück Kuchen angelangt war, entschied er, daß er die Sache nicht länger hinauszögern konnte.

»Ich fürchte, Mademoiselle, ich muß allmählich auf den Grund meines Besuches zu sprechen kommen.«

»Oh ... ja?«

»Es geht um Ihre Schwester.«

»Lydia?«

»Ihre andere Schwester.« Euphemia Strangs riesengroße Augen weiteten sich noch mehr. »Vivien.«

»Sie kennen ... Vivien?«

»Ich habe sie vor vielen Jahren gekannt. Vor langer Zeit schon habe ich den Kontakt zu ihr verloren. Ich hoffte, Sie könnten mich wieder mit ihr in Verbindung bringen.«

»Wie lange ... ist das schon her, Monsieur?«

»Mehr als dreißig Jahre.«

»War es vielleicht 1846?«

»Um ehrlich zu sein ...«

»Euphemia!« Die Stimme klang hart und gebieterisch. Sie gehörte zu einer großen Frau mit hagerem Gesicht und in grauer Kleidung, die den Raum betreten hatte, ohne daß es ihnen aufgefallen war. Nun stand sie neben der Tür und funkelte sie an. »Was geht hier vor?«

Plon-Plon erhob sich und zeigte ein charmantes Lächeln. »Mademoiselle Lydia, nehme ich an?«

»Richtig. Wer sind Sie, Sir?«

»Moncalieri. Jerome Moncalieri. Ihre Schwester hat mir von ...«

»Laß uns allein, Euphemia! Ich werde mich mit diesem Gentleman unter vier Augen unterhalten.«

Ihr Tonfall ließ keinen Protest zu und versetzte Euphemia in einen Zustand zitternden Gehorsams. Sie war schon aus dem Zimmer gehuscht, noch bevor Plon-Plon es richtig realisierte.

»Sagen Sie bitte, was Sie wollen, Sir.«

Plon-Plon war sofort klar, daß Lydia Strang ganz im Gegensatz zu ihrer Schwester für Charme nicht empfänglich war. »Ich bin gekommen, um mich nach Ihrer Schwester Vivien zu erkundigen.«

»Ich habe nur eine Schwester. Sie hat eben diesen Raum verlassen.«

»Bitte! Vivien Strang ...«

»Ich kenne niemanden dieses Namens.«

»Sie sind mit ihr aufgewachsen. Es ist absurd, das zu leugnen.«

Lydia Strang preßte die schmalen Lippen zusammen. »Ich muß Sie bitten, dieses Haus zu verlassen. Auf der Stelle.«

»Ich will doch nur wissen, wo sie sich aufhält.«

»Ich sagte Ihnen bereits – sie existiert nicht.«

»Sie brachte ein uneheliches Kind zur Welt. Verleugnen Sie sie deshalb?«

Lydias feindseliger Blick bekam eine forschende Intensität. »Hat Ihnen Euphemia das erzählt?«

»Nein. Ich wußte es bereits.«

Ihre Entschlossenheit geriet ins Wanken, wenn auch nur andeutungsweise und für einen kurzen Moment. »Könnten Sie die Güte haben, sich näher zu erklären, Sir.«

»Ich würde gerne Ihre Schwester Vivien finden. An alten Skandalen bin ich nicht interessiert. Ich möchte Sie nicht in Verlegenheit bringen. Ich möchte lediglich Viviens gegenwärtigen Aufenthaltsort in Erfahrung bringen.«

Lydias schmale Lippen verzogen sich zu einem zufriedenen Lächeln. »Das spielt kaum eine Rolle. Wir wissen nicht, wo sie ist. Wir wissen nicht, ob sie lebt oder ob sie gestorben ist. Uns ist es egal. Unser Vater – möge der Herr seiner Seele gnädig sein – hat sie vor siebenunddreißig Jahren aus diesem Haus gewiesen. Er hat sie fortgeschickt, eine Hure, damit sie ihr Babylon suchen kann. Von diesem Tag an hat sie aufgehört, unsere Schwester zu sein.«

»Man hat herausgefunden, daß sie schwanger war, und jagte sie weg. War es so?«

»Sie können es so formulieren, wenn Sie wollen. Und nun gehen Sie bitte.«

»Sehr wohl, Madame. Ich werde gehen. Aber sie sollten sich an eines erinnern: Jede Hure war einst eine Jungfrau.«

»Soso. Waren Sie aus geschäftlichen Gründen hier – oder zum Vergnügen?«

Der Mann, der zusammen mit Plon-Plon auf der Bahnhofsbank wartete, ließ sich nicht so leicht entmutigen.

»Vergnügen kann's wohl nicht gewesen sein. Nicht in dieser Stadt. Also Geschäfte. Erfolgreich?«

»Nein«, sagte Plon-Plon, endlich nachgebend. »Nicht erfolgreich.«

»Also eine Pleite, diese Reise?«

»Ja. Eine Pleite.«

VI

Die Würde, mit der Constance Trenchard ihre Aussage machte, brachte ihr Respekt von allen Seiten ein. Sie ertrug Gilchrists sarkastisches und häufig aggressives Kreuzverhör mit Vornehmheit und Zurückhaltung. Vielleicht aus diesem Grund erwies sich Gilchrists Versuch, ihre Ehre in Zweifel zu ziehen, als sein größter Fehler.

»Ich halte Ihnen vor, Mrs. Trenchard, daß Sie den Kläger nur deshalb als James Davenall identifizierten, weil Sie dadurch die Möglichkeit sahen, sich von einer unerwünschten Ehe zu befreien.«

»Ich habe ihn identifiziert, weil es treulos, hinterhältig und ... falsch gewesen wäre, es nicht zu tun.«

»Aber stimmt es nicht, daß Sie erst vor kurzem die Scheidung eingereicht haben?«

»Doch, das habe ich.«

»Und stimmt es nicht auch, daß Sie – sollte diese Scheidung ausgesprochen werden – beabsichtigen, den Kläger zu heiraten?«

»Das kann ich nicht sagen.«

»Aber es herrscht bei Ihnen in dieser Hinsicht Einverständnis?«

»Einspruch, Euer Lordschaft. Mein geschätzter Kollege versucht die Zeugin dazu zu bringen, sich mit etwas zu belasten, was nicht zur Sache gehört.«

»Einspruch gewährt.«

»Wie Euer Lordschaft meinen. Mrs. Trenchard, ist Ihr gegenwärtiger Gatte ein reicher Mann?«

»Wir sind wohlhabend.«

»Aber als Ehefrau von *Sir* James Davenall wären Sie um einiges wohlhabender?«

»Wie soll ich das wissen?«

»Es muß Ihnen durch den Kopf gegangen sein.«

»Nein, das ist es nicht. Das hat nichts mit Geld zu tun. Wäre dies der Fall, dann hätte ich den Ausgang dieser Verhandlung abgewartet, um erst dann die Scheidung einzureichen, nicht wahr?«

Gilchrist ignorierte die Frage, erhöhte aber dadurch nur noch ihre Wirkung. Englische Geschworene mögen es nicht, wenn wohlerzogene junge Damen von käuflichen Anwälten hart angefaßt und in die Enge getrieben werden. Ihr Unwillen würde, so meinte man, jegliche Vorurteile bezüglich einer Scheidung ausgleichen. Ihre Sympathie würde auf der Seite von Mrs. Trenchard bleiben und damit auch auf Nortons Seite.

VII

Es war ein echter Frühlingsmorgen, was nach Plon-Plons Erfahrung in London recht selten vorkam, doch auch der wunderschöne Tag konnte seine Stimmung nicht heben. Auf seinem Spaziergang durch den Hyde Park hatte er kurz den Gesang der Vögel und die Blütenpracht genossen, doch nachdem er die Park Lane überquert hatte und in die South Street eingebogen war, hatte er sich wieder an sein Ziel erinnert, und seine bemüht gute Laune war mit einem Schlag verflogen.

Er hatte Florence Nightingale 1854 nicht treffen wollen, und er wollte es auch heute nicht, doch Vivien Strang war eine ihrer Krankenschwestern gewesen. Möglicherweise war sie ihr noch heute bekannt. Zwar war das letzte, was er sich wünschte, die Bekanntschaft einer angebeteten alten Jungfer zu machen, die einst eine selbstlose junge Heldin gewesen war, und doch stieg er nun die Stufen zum Haus der berühmten Miss Nightingale hinauf und klopfte an die Tür.

Ein Portier öffnete, ein großer, alter Mann mit einem zerknitterten Gesicht und schielenden Augen, dessen Ausdruck ebenso freundlich wie abweisend sein konnte.

»Ist Miss Nightingale zu Hause?« erkundigte sich Plon-Plon.

»Für wen?« fragte der Portier mit tiefer, sonorer Stimme.

»Prinz Napoleon Bonaparte.«

»Haben Sie eine Verabredung?«

»Nein, aber ...«

»Dann ist Miss Nightingale *nicht* zu Hause.«

Plon-Plon funkelte den Burschen in seiner einschüchternden Manier an. »Es geht um eine wichtige Angelegenheit, mein Guter.«

»Nicht für Miss Nightingale.«

Plon-Plon atmete tief durch. »Würden Sie sie wenigstens fragen, ob sie mich empfängt?«

»Hat keinen Zweck. Mr. Gladstone war letzte Woche unangemeldet hier. Sie hat ihn auch nicht empfangen.«

»Ja, aber ...«

»Wenn Sie darauf bestehen, werde ich sie fragen.«

»Ich bestehe darauf.«

»Sie wird den Anlaß Ihres Besuches wissen wollen.«

»Sagen Sie ihr, es geht um eine Krankenschwester, die unter ihrer Leitung auf der Krim gearbeitet hat. Miss Vivien Strang.«

Mit einem Grunzen zog sich der Portier zurück, während Plon-Plon zurückblieb und unruhig von einem Fuß auf den anderen trat. Endlich tauchte der Portier wieder auf.

»Miss Nightingale ist bereit, Sie zu empfangen«, verkündete der Bursche, ohne daß sich sein Gesichtsausdruck geändert hätte. Plon-Plon stand im Begriff, ins Haus zu treten, als er hinzufügte: »Dienstag nächste Woche. Drei Uhr.«

»Was?«

»Wenn Sie meinen Rat hören wollen, verspäten Sie sich nicht. Sie mag es nicht, wenn man sie warten läßt.«

VIII

Für zwei Männer, die unter dem gleichen Dach lebten, hatten Richard Davenall und James Norton während der letzten Monate nur sehr wenig Kontakt miteinander gehabt. War es nun Zufall oder Absicht, sie sprachen jedenfalls nur in Gesellschaft anderer ausführlich miteinander. Seit ihrem gemeinsamen Besuch in Wapping am 14. Februar (ein Anlaß, auf den keiner von ihnen mehr zu sprechen kam) hatte die Distanz zwischen ihnen unerbittlich zugenommen. Sie behielten zwar all die äußerlichen Höflichkeiten bei, warteten aber insgeheim auf den Moment, wo das freundschaftliche Gehabe ein Ende finden würde.

Dieser Moment, das wußten sie beide, würde kommen, wenn das langwierige juristische Verfahren, an dem sie beide beteiligt waren, seinen erfolgreichen Abschluß gefunden hatte. Bis dahin konnte keiner von ihnen das Risiko einer offen ausgetragenen Meinungsverschiedenheit eingehen. Was immer auch seine wahren Gedanken waren, Richard mußte für James aussagen, wobei er sich nicht den Hauch eines Zweifels anmerken lassen durfte, auf den sich die Verteidigung hätte stürzen können. Schließlich war er das einzige Mitglied der Familie Davenall, das den Kläger anerkannt hatte. Er spielte eine wesentliche Rolle in dieser Sache.

Demzufolge stellte das Wochenende vor Richards Zeugenaussage eine schwere Belastungsprobe für die Nerven beider Männer dar. Gegen Sonntag abend zu schienen sie beide bereit zu sein, das Schweigen zu brechen, das so lange zwischen ihnen geherrscht hatte. Als Constance zu Bett ging, zogen sie sich nicht wie sonst üblich in ihre Zimmer zurück. Statt dessen setzten sie sich mit Brandy und Zigarren ans Kaminfeuer und besprachen die weitere Vorgehensweise in dem Verfahren, als hätte nie in Frage gestanden, daß sie gemeinsame Absichten verfolgten – was im juristischen Sinne auch nie der Fall gewesen war. Richards Zweifel konzentrierten sich weniger auf James' Ansprüche als vielmehr auf seine Methoden, diese Ansprüche durchzusetzen. Sie kamen auch nicht darauf zu sprechen, bis Richard gegen Mitternacht ganz plötzlich das Thema wechselte.

»Constances Scheidung wird höchstwahrscheinlich in der zweiten Juniwoche verhandelt«, sagte er abrupt.

»Sie wird froh sein, wenn das vorüber ist«, erwiderte James.

»Und du?«

»Ich werde um ihretwillen froh sein.«

»Hat sie mit dir darüber gesprochen?«

»Soviel ich weiß, dürfte es keine Schwierigkeiten geben. Sie spricht voller Hochachtung davon, wie du die Sache angehst.«

Richard lächelte schief; ganz offensichtlich freute er sich nicht über das Kompliment. »Es läuft bemerkenswert glatt. Natürlich ist Trenchard nicht in der Lage, die Scheidung zu verhindern. Bucknill wird sogar dem Gericht bereitwillig mitteilen, wie wichtig er einen klaren Bruch für den Zustand des Patienten hält. Damit dürfte die Sache problemlos über die Runden gehen.«

James sagte nichts. Sie musterten sich in dem flackernden Feuerschein, lauschten dem kurzen Regenschauer und pafften ihre Zigarren.

»Möchtest du hören, was Bucknill mir über Trenchard erzählt hat?«

»Gibt es da etwas, was sich zu hören lohnt?«

»Es ist keine Veränderung eingetreten. Trenchard ist sehr ruhig und spricht kaum. Er befindet sich immer noch im Griff dieser Wahnvorstellungen, die Bucknill gleich zu Anfang diagnostiziert hatte.«

»Das war zweifellos zu erwarten.«

»Zweifellos.« Eine weitere, lauernde Pause. »Er darf allerdings Besuch empfangen.«

»Tatsächlich?«

»Aber soviel ich weiß, hat er noch keinen bekommen.«

»Auch das überrascht mich nicht.«

»Nein?«

»Wir haben beide seinen Bruder kennengelernt. Kalt wie eine Hundeschnauze. Brüderliche Gefühle existieren da kaum, vermute ich. Was Constance anbelangt, so weiß ich, daß sie es für besser hält, wenn sie sich sehen, *nachdem* das alles erledigt ist.«

»Und du?«

James runzelte die Stirn. »Der Bursche hat versucht, mich umzubringen, Richard. Mir ist zwar klar, daß er zu dem Zeitpunkt für seine Handlungen nicht voll verantwortlich war, aber du kannst von mir auch nicht erwarten, daß ich so tue, als wäre es nicht geschehen.«

»Trotzdem zahlst du die Gebühren für seinen Anstaltsaufenthalt. Du zahlst, damit er die beste Behandlung erhält.«

Jetzt wirkte James leicht gereizt. »Als das vereinbart wurde, bat ich um strikte Vertraulichkeit. Wenn ich mich recht erinnere, bat ich darum, daß es nicht wieder erwähnt wird.«

Richard neigte entschuldigend den Kopf. »Das stimmt. Es tut mir leid. Es liegt nur daran, daß ich deine Gründe dafür nie wirklich verstanden habe.«

»Ich wollte nicht, daß sich Constance einmal Vorwürfe macht, daß sie seinem Anstaltsaufenthalt zugestimmt hat. Gleichzeitig wollte ich nicht, daß sie sich mir deswegen verpflichtet fühlt. Daher Ticehurst. Daher die Geheimhaltung.«

»Ah, ja«, sagte Richard langsam, beugte sich vor und sah James fest an. »Selbstverständlich.«

James leerte sein Glas. »Was für andere Gründe hätte ich sonst noch haben können?«

Richard zögerte mit seiner Antwort lange genug, um an seiner Unaufrichtigkeit keinen Zweifel zu lassen. »Natürlich keine. Gar keine.« Einen Moment lang trafen sich ihre Blicke, dann fügte er hinzu: »Es ist sehr großzügig von dir. Wirklich sehr großzügig.« Doch Großzügigkeit war nicht das Motiv, das er James zuschrieb. Deutlicher, als es irgendwelche Worte hätten ausdrücken können, ließ er James spüren, daß er nicht glaubte, daß dieser Constances Gewissen beruhigen wollte, indem er für Trenchard sorgte. Er glaubte, daß James sein eigenes Gewissen zu beruhigen suchte.

IX

Plon-Plon hatte sich Florence Nightingale als die schlanke, heilige Gestalt vorgestellt, zu der sie der Mythos der Krim gemacht hatte. Er hatte nicht mit einer stämmigen, rotgesichtigen, penetrant gesunden alten Dame gerechnet, die auf absurde Weise Invalidität vorgab. Doch genau eine solche Frau empfing ihn in der South Street in ihrem Wohnzimmer pünktlich um drei Uhr an dem verabredeten Nachmittag. Sie war in ein völlig formloses schwarzes Kleid gehüllt und hatte sich in Schals und Halstücher gewikkelt, um sich vor eingebildeter Zugluft zu schützen. Mit einem Vorrat an Riechsalz hatte sie sich auf eine Couch zurückgezogen.

»Es ist viele Jahre her«, verkündete sie in einem Ton, der darauf hindeutete, daß sie viele Sätze mit diesen Worten begann, »seit ich Besucher stehend oder auch nur sitzend empfangen konnte.«

»Das macht doch nichts, Madame«, erwiderte Plon-Plon. »Die Ehre, von Ihnen empfangen zu werden, überwiegt alles andere.«

»Es ist auch schon viele Jahre her, daß ich Zeit für müßige Schmeicheleien hatte.« Ihre Zielstrebigkeit war offensichtlich durch nichts beeinträchtigt. »Ich habe mich einverstanden erklärt, Sie zu empfangen, weil Sie von Schwester Strang sprachen. Aus keinem anderen Grund.«

»Sie erinnern sich also an sie?«

»Selbstverständlich. Es überrascht mich jedoch, daß Sie sie mir in Erinnerung rufen möchten – oder sich selbst an sie erinnern.«

»Warum?«

»Sie hat Sie beleidigt, als Sie im November 1854 Scutari besuchten. Und mich hat sie dadurch in Verlegenheit gebracht.«

»Ah. Sie haben von unserem kleinen Zusammenstoß erfahren? Nun, das ist lange her. Es bedarf keiner Entschuldigung ...«

»Ich hatte auch nicht die Absicht«, unterbrach ihn Miss Nightingale. »Als ungebetener Besucher in einem überfüllten Hospital mußten Sie die Schuld bei sich selbst suchen. Sie wollten über Schwester Strang sprechen. Worum geht es?«

»Ich versuche sie zu finden. Ich hoffte, Sie könnten mir behilflich sein.«

Miss Nightingale wandte ihren Blick vom Fenster ab und richtete ihn auf Plon-Plon. »Warum möchten Sie sie finden?«

Plon-Plon lächelte grimmig. »Es ist wohl besser, wenn ich Ihre kostbare Zeit nicht mit langatmigen Erklärungen verschwende.«

»Wie Sie meinen. Jedenfalls fürchte ich, daß ich Ihnen nicht helfen kann. Schwester Strangs Aufenthaltsort ist mir nicht bekannt. Nach dem Zusammenstoß mit Ihnen entließ ich sie und schickte sie zurück nach England.«

»Sie entließen sie?«

»Gewiß, ich konnte ein solches Verhalten nicht ungestraft durchgehen lassen. ›*Pour décourager les autres*‹, wenn Sie verstehen.«

»Haben Sie keine Ahnung, wohin sie gegangen sein könnte?«

»Wie ich schon sagte, zurück nach England, mit dem ersten verfügbaren Schiff bei halber Verpflegung.« Plon-Plon zuckte zusammen. »Was sie nach ihrer Rückkehr tat, kann ich wirklich nicht sagen. Vielleicht hat sie weiter als Krankenschwester gearbeitet, vielleicht auch nicht. Ich habe seitdem weder etwas von ihr gesehen noch gehört.«

»Ich dachte, Sie hätten eventuell eine ... Adresse.«

»Sie wurde in einem der Londoner Krankenhäuser für das Schwesterncorps angeworben, mit dem ich im Oktober 1854 nach Konstantinopel ging. Ich erinnere mich, daß sie zu den zuverlässigeren Schwestern zählte. Natürlich nur bis zu dem Ausrutscher, der zu ihrer Entlassung führte. Mehr kann ich Ihnen nicht sagen.« Sie musterte eingehend Flon-Plons enttäuschtes Gesicht. »Falls Sie keine weiteren Fragen haben, würde ich mich jetzt gern weiter um meinen Bericht über die sanitäre Lage in Indien kümmern. Der Vizekönig benötigt dringend meine Schlußfolgerungen.«

»Selbstverständlich. Selbstverständlich.« Viel wird er bestimmt nicht damit anfangen können, dachte Plon-Plon, während er sich erhob. Gerade als Miss Nightingale nach der Glocke griff, um den Portier zu rufen, fügte er schnell hinzu: »*Pardon, Madame.* Eine letzte Frage hätte ich noch.«

»Ja?« Miss Nightingale klang äußerst ungeduldig.

»Wissen Sie, wo Miss Strang ihr Kind während ihres Auslandsaufenthaltes unterbrachte?«

»Kind?«

»Wußten Sie nicht, daß sie ein Kind hatte?«

Das mürrische, rötliche Gesicht verdunkelte sich vor Empörung. »Schwester Strang war eine unverheiratete Frau. Ein *Kind*«, die Betonung, die sie auf das Wort legte, ließ es wie eine entsetzliche Krankheit klingen, »hätte sie in jedem Krankenhaus unter meiner Leitung als Krankenschwester disqualifiziert.«

»Sie wußten es also nicht?«

»Selbstverständlich wußte ich es nicht.« Sie läutete die Glocke und schauderte bei dem Gedanken zusammen. »Guten Tag, Prinz.«

X

Am 1. Juni – dem vierundvierzigsten Verhandlungstag – wurde Lord Coleridge von Russell davon in Kenntnis gesetzt, daß die Beweisaufnahme von seiten des Klägers abgeschlossen sei. Sein Tonfall verriet, daß er die Beweise nicht nur für schlüssig, sondern für unwiderlegbar hielt. Richard Davenall war als letzter Zeuge aufgerufen worden, und in gewisser Hinsicht legte er auch das beeindruckendste Zeugnis ab: Er war nicht nur ein von Nortons Identität überzeugtes Mitglied der Familie Davenall, sondern er war auch noch ein Anwalt, dessen vorsichtige, peinlich genaue Aussage sowohl den Richter als auch die Geschworenen beeindruckte. Russells ganzes Auftreten deutete darauf hin, daß er sich nicht vorstellen konnte, daß die Verteidigung den durch diese Beweisführung angerichteten Schaden wiedergutmachen könnte. Es läßt sich natürlich nicht sagen, ob er auch dann so zuversichtlich gewesen wäre, wenn er das im Flüsterton geführte Gespräch zwischen seinem Mandanten und dessen Rechtsberater in der Verhandlungspause hätte mit anhören können.

»Lechlade hat seine Nachforschungen in dieser anderen Angelegenheit vervollständigt«, sagte Warburton zu Norton beim Verlassen des Gerichtssaals.

»So?«

»Trenchard betreffend.«

»Ist es so, wie ich angenommen habe?«

»Ja. Fünf Besuche seit Mitte Februar. Alle durch dieselbe Person.«

»Und diese Person ist ...?«

»Richard Davenall.«

Norton nickte.

»Sie sehen nicht überrascht aus.«

»Das, Mr. Warburton, liegt daran, daß ich nicht überrascht bin.«

FÜNFZEHNTES KAPITEL

I

Von seiten der Verteidigung begann Gilchrist äußerst effektiv die Beweise gegen den Kläger anzuführen: eine Mutter, die behauptete, ihn nicht zu kennen, Abweichungen in Handschrift und Aussehen, die sich allein durch die verstrichenen zwölf Jahre nur schwer erklären ließen, das Geheimnis seiner Genesung von der Syphilis, die lange Reihe der Freunde und Bekannten, die von seiner Identität nicht zu überzeugen waren, die gelegentlich vagen Erklärungen, die er in seinem Bericht über sein Leben im Exil abgegeben hatte. Doch Effektivität alleine, das war schon lange klargeworden, würde nicht genügen. Gilchrist mußte ebenso an die Herzen wie an die Gehirne der Geschworenen appellieren.

Es bestand allgemeine Einigkeit darüber, daß dazu mehr als nur kühle Argumente und eine ganze Batterie von Zeugen nötig waren. Die wahre Stärke der Verteidigung lag in der Familie Davenall. Richard hatte sich zwar auf die andere Seite geschlagen, aber weder Sir Hugo noch Lady Davenall hatten bei der Vorverhandlung das Wort ergriffen, obwohl sie doch – wollte man dem Kläger glauben – seine nächsten Verwandten waren. In ihrer Aussage lag deshalb Gilchrists größte Chance, von ihnen drohte Norton die größte Gefahr.

Was Sir Hugo betraf, so hielt diese Gefahr nicht lange an. Selbst Gilchrists mitfühlende Fragen schafften es nicht, ihn anders als habgierig und egoistisch wirken zu lassen. Er bekam ausreichend Gelegenheit, darauf hinzuweisen, daß Nortons Anspruch eine Beleidigung der Erinnerung an seinen toten Bruder darstellte, doch er schien nicht in der Lage zu sein, diese Haltung zu untermauern. Mit jeder mürrischen, gereizten Antwort enthüllte er seine wahren Gefühle: Sein Reichtum und sein Status waren bedroht, und das würde er für keinen Menschen aufgeben, nicht einmal, so war herauszuhören, für den Bruder, dem all das rechtmäßig zustand.

Diese Haltung stürzte Sir Hugo während des Kreuzverhörs ins Verderben. Anscheinend mühelos schaffte es Russell, ihn der aus ehrlichen, hart arbeitenden Männern der Mittelschicht bestehenden Jury als einen unfähigen, zügellosen Taugenichts darzustellen, der in Saus und Braus lebte; auf Nortons Erscheinen hatte er wie ein verzogenes Kind reagiert, das seinen Willen nicht mehr durchsetzen konnte.

»Stimmt es nicht«, fragte Russell einmal, »daß Ihr Vater sich geweigert hat, James offiziell für tot erklären zu lassen?«

»Wer hat Ihnen das erzählt?« Sir Hugo reagierte in seiner gewohnten Art – übellaunig und ungehalten.

»Stimmt es nicht, daß *Sie* die Todeserklärung beantragten – nachdem Ihr Vater einen Schlaganfall erlitten hatte und es nicht mehr verhindern konnte?«

Sir Hugo schien einen Ausweg gefunden zu haben. »Man sagte mir, daß mein Vater nicht mehr lange zu leben hatte. Die Frage nach seiner Nachfolge mußte geklärt werden.«

»Doch warum leitete Ihr Vater nicht selbst die notwendigen Schritte ein, nachdem James die gesetzlich vorgeschriebenen sieben Jahre vermißt war – im Juni 1878? Er erkrankte erst im November 1879.«

»Das ... weiß ich nicht. Er war schon seit einigen Jahren nicht mehr er selbst.«

»Fällt Ihnen ein anderer Grund für seine Untätigkeit ein als sein Glaube, daß James nicht tot sei?«

Sir Hugo dachte einen Moment lang nach. »Wir kamen nicht gut miteinander aus«, sagte er, den Kopf zurückwerfend. »Ich nahm an, der alte Herr wollte mir eins auswischen.«

Sir Hugo stellte seinen Vater also als kleinlich und rachsüchtig dar, während Norton von ihm – oder von irgendeinem anderen Familienmitglied – nie anders als respektvoll gesprochen hatte. Dieser Kontrast entging der Jury nicht; dafür sorgte Russell schon.

Später machte sich ein anderes Element in Sir Hugos Entschlossenheit, den Anspruch des Klägers zurückzuweisen, bemerkbar. Russell hatte ihn gefragt, wann er die Überzeugung gewonnen habe, daß es sich bei Norton um einen Betrüger handle. Seine Antwort machte deutlich, daß er eine andere Möglichkeit niemals in Betracht gezogen hatte.

»Meine Mutter ließ mir eine Warnung zukommen.«

»Sie teilte Ihnen mit, ein Mann habe sie besucht, der behauptete, James zu sein?«

»Ja, und ...«

»Und Sie akzeptierten sofort ihre Behauptung, er sei nicht James?«

»Selbstverständlich.«

»Der Kläger suchte Sie am 13. September letzten Jahres in Ihrem Haus in London auf. Gab Ihnen das Gelegenheit, Ihre Meinung zu bestätigen?«

»Nun ... ja. Ja, so war es.«

»Aber, Sir Hugo, bestreiten Sie die Darstellung des Klägers bezüglich dieses Besuches? Er sagte aus, daß er durch Ihre Dienerschaft vom Anwesen gewiesen wurde, noch bevor er Sie in ein Gespräch verwickeln konnte.«

»Ich habe ihn *gesehen.*«

»Einen flüchtigen Augenblick – bevor ihm die Tür vor der Nase zugeschlagen wurde.«

»Mir genügte das.«

»Haben Sie seitdem mit ihm gesprochen?«

»Natürlich. Wir hatten ein Treffen – bei seinem Anwalt.«

»Ach so. Diese Voruntersuchung am 11. Oktober. Und seitdem?«

»Ich bin gezwungen, zehn verdammte Wochen lang mit ihm im gleichen Gerichtssaal zu sitzen. Ist das nicht genug?«

»Nicht für meine Zwecke, Sir Hugo. Haben Sie sich mit ihm – vom Geheiß des Gesetzes einmal abgesehen – noch einmal getroffen, seit ihm am 13. September der Zutritt zu Ihrem Haus verwehrt wurde?«

»Nein. Selbstverständlich nicht.«

»Dann sagen Sie mir bitte: Wann hatten Sie Gelegenheit, persönlich festzustellen, daß er nicht Ihr Bruder ist?«

Sir Hugos Lippen zitterten, die Farbe wich aus seinem Gesicht. Mit seiner Antwort suchte er wieder Zuflucht bei der hartnäckigen Abwehr, die ihn zuvor schon verraten hatte. »Der Mann ist ein Betrüger. Er ist *nicht* mein Bruder.« Dann wanderte sein Blick zu dem Kläger; zum erstenmal in all den Wochen, die sie nun schon gemeinsam in diesem Gerichtssaal saßen, schauten sie sich an. In diesem Moment der Konfrontation erkannten viele in Sir Hugos Gesicht das, was er wirklich fürchtete: nicht, daß sein Gegner den Fall gewinnen würde, sondern daß er es verdiente zu gewinnen; nicht, daß Norton ihn schlagen würde, sondern daß Norton wirklich sein Bruder war.

II

Für den schönen Tag war Plon-Plon mit Zylinder und Gehrock viel zu warm gekleidet. Er sah sich gezwungen, einen seiner Handschuhe als Fächer zu benützen. Wie er da so in einem Liegestuhl im Green Park an einem windstillen Junimorgen ruhte, hätte man sich kaum eine seltsamere Gestalt vorstellen können, doch die Merkwürdigkeit seines Auftritts ließ sich leicht erklären: Er war nicht aus gesundheitlichen Gründen hier.

Eine graugekleidete Dame näherte sich vom Constitution Hill her. Sie bewegte sich langsam, aber mit vollendeter Eleganz, obwohl sie keineswegs mehr jung war, doch in ihrer Haltung zeigte sich jene seltene Mischung von Würde und Unbekümmertheit, die das Alter zur Nebensächlichkeit machen kann.

Plon-Plon erhob sich nicht, um Catherine Davenall zu begrüßen. Er war zu deprimiert, um sich die Mühe zu machen. Die beiden tauschten weder ein Wort noch ein Begrüßungslächeln aus. Catherine ließ sich einfach auf dem nächsten Liegestuhl nieder, wartete, bis der Aufseher kam, sein Geld entgegennahm und wieder verschwand. Dann, nach einer weiteren, genau abgemessenen Pause, sagte sie: »Sie haben sie nicht gefunden, nicht wahr?«

»Nein, Madame«, erwiderte Plon-Plon.

»Ich muß nächste Woche meine Zeugenaussage machen. Hugo hat es bereits getan. Die Zeit wird knapp.«

»Ich fürchte auch, alle Zeit der Welt würde nicht helfen.«

»Haben Sie nichts in Erfahrung bringen können?«

»Ich habe viel erfahren, Madame. Vielleicht zuviel.«

»Wie meinen Sie das?«

»Sie hatten recht. Nach der Entlassung durch Ihren Vater kehrte sie nach Dumfries zurück. Doch kaum hatte ihr eigener Vater entdeckt, daß sie schwanger war, da warf er sie aus dem Haus. Die Familie verstieß sie. Sie ging nach London und brachte Gervases Kind zur Welt. Irgendwann dann wurde sie Krankenschwester. Sie gehörte zu der Truppe, die mit Florence Nightingale 1854 nach Konstantinopel ging. Nach dem Zusammenstoß mit mir in Scutari wurde sie wegen Disziplinlosigkeit entlassen und nach England zurückgeschickt. Danach – *rien*.«

»Nichts?«

»Ich habe Brunet alle Krankenhäuser, Pflegeheime und sämtliche Vermittlungen für Gouvernanten abklappern lassen. Nirgendwo taucht ihr Name auf.«

»Vielleicht hat sie nicht mehr als Krankenschwester oder Gouvernante gearbeitet.«

»Das kann durchaus sein. Doch wie soll man sie finden? Genausogut könnte man nach einer Stecknadel im Heuhaufen suchen. Es ist unmöglich.«

Catherine warf ihm einen vernichtenden Blick zu. »Sie meinen, für Sie ist es unmöglich.«

»Nennen Sie es, wie Sie wollen, Madame. Ich habe getan, was ich konnte. Mehr ist nicht möglich.«

»Sie geben die Suche auf?«

»Mir bleibt keine andere Wahl.«

»Ich habe mich hilfesuchend an Sie gewandt, Prinz. Wie immer enttäuschen Sie mich.«

Plon-Plon senkte den Kopf. »Es mußte wohl so kommen. *Quelque part, null part.* Sie kann nicht gefunden werden, sie will nicht gefunden werden – im Endeffekt spielt es keine Rolle. Ich kann Ihnen nicht helfen, Madame. Falls Vivien Strang Ihr Feind ist, dann möchte sie nicht, daß Sie davon wissen.«

Einen Augenblick lang schaute Catherine in die hitzeflimmernde Ferne.

Dann gab sie sich einen Ruck und stand entschlossen auf. »Sie waren meine letzte Hoffnung«, sagte sie mit einem winzigen Hauch Ironie.

Er blickte zu ihr auf. »Es tut mir leid. Es tut mir wirklich leid.«

In dem kalten Blick, mit dem Catherine ihn bedachte, lag weder Dankbarkeit für das Mitgefühl, das er zum Ausdruck gebracht hatte, noch für seine Bemühungen, sondern lediglich Verachtung für sein Versagen. Ohne ein weiteres Wort wandte sie sich ab und ging durch den Park davon.

III

Sir Hugo Davenall war sich selbst der schlimmste Feind gewesen. Seine Furcht vor Norton hatte dem Gericht seine unmäßige Habgier deutlich gemacht, die auf alles abfärbte, was er sagte, Lady Catherine Davenall war jedoch ganz offensichtlich ein Mensch, der keine Furcht kannte. Es bestand nicht die geringste Wahrscheinlichkeit, daß sie sich selbst ans Messer liefern würde.

Sie benötigte nicht Gilchrists Hilfestellung, um dem Gericht ihre unbeugsame Überzeugung darzulegen: Der Kläger war nicht ihr Sohn. Ein Kind zur Welt zu bringen, es zu hegen und zu pflegen, es zu kleiden und während all der Jahre seiner Kindheit und Jugend zu beschützen, das hieß, dieses Kind besser zu kennen als irgendein anderer Mensch auf der Welt. Sie forderte die Jury heraus, das Wort einer Mutter anzuzweifeln. Sie stellte ihnen die Mächte der Natur und der Tradition entgegen. Sie bat und schmeichelte nicht. Was immer auch bis jetzt gesagt worden war oder noch gesagt werden mochte, sie beharrte darauf, daß Norton nicht ihr Sohn sei.

Es war deshalb klar, daß Russells Kreuzverhör von Lady Davenall der heikelste Punkt des ganzen Falles war. Versuchte er sie in die Enge zu treiben und einzuschüchtern, so beging er möglicherweise den gleichen Fehler, den sich Gilchrist bei der Befragung von Mrs. Trenchard geleistet hatte. Ging er jedoch zu sanft vor, so konnte das nach Kapitulation riechen. Kein Wunder, daß er sich seiner Aufgabe sehr vorsichtig näherte. Einen ganzen Tag lang bestand er auf nichts weiter als Wiederholungen und einzelnen Hervorhebungen. Am zweiten Tag des Kreuzverhörs legte er dann seine Karten auf den Tisch.

»Lady Davenall, sind Sie mit irgendwas, was der Kläger dem Gericht über seine Kindheit erzählt hat, nicht einverstanden?«

»Ich bin mit seinem Anspruch, mein Sohn zu sein, nicht einverstanden.«

»Natürlich. Doch bestreiten Sie seine Version der Ereignisse? Bestreiten Sie, daß irgendeines der von ihm geschilderten Ereignisse tatsächlich so stattgefunden hat?«

»Nein.«

»Sie sind also einer Meinung mit mir, daß die Kenntnisse des Klägers den Kenntnissen, die Sie von Ihrem Sohn James erwarten würden, sehr nahe kommen?«

»Er ist sicherlich gut trainiert worden.«

»*Trainiert*, Lady Davenall? Wollen Sie damit andeuten, daß der Kläger seine Informationen von einer anderen Person erhalten hat?«

»Das will ich.«

»Und von wem, bitte?«

»Das weiß ich nicht. Von jemandem, der einen Groll hegt. Vielleicht ein ehemaliger Dienstbote.«

»Haben Sie da eine bestimmte Person im Sinn?«

»Da gab es einen ... Quinn.«

Russell schaute zum Richter auf. »Wurde bereits früher erwähnt, Euer Lordschaft. James Davenalls Kammerdiener. Die Bemühungen, ihn aufzuspüren, blieben ohne Erfolg.« Er wandte sich wieder der Zeugin zu. »Gibt es einen Grund, weshalb dieser Mann einen Groll hegen sollte, Lady Davenall?«

»Er wurde entlassen – wegen Diebstahls.«

»Ich verstehe. Wie lange war er bei Ihnen beschäftigt?«

»Dreiundzwanzig Jahre.«

»Wir können also annehmen, daß er eine ganze Menge über Ihre Familie wußte. Genug, meinen Sie, um den Kläger umfassend zu informieren?«

»Ja.«

»Doch was ist mit den Ereignissen vor seiner Zeit? Als James noch die Schule, die Universität besuchte? Was könnte ein solcher Mann wohl davon wissen?«

»James hat es ihm vielleicht erzählt.«

»Und Quinn erinnerte sich daran? Warum hätte er so viel Aufmerksamkeit darauf verschwenden sollen, außer natürlich, Sie wollen andeuten, daß er das Verschwinden seines Herrn vorausgesehen hat.«

»Ich will nichts dergleichen andeuten.«

»Besitzen Sie irgendwelche Beweise, daß der Kläger in letzter Zeit mit Quinn in Verbindung gestanden hat?«

»Nein.«

»Oder daß Quinn auch nur weiß, daß dieses Verfahren stattfindet?«

»Nein.«

»Quinns Rolle in diesem Fall ist also nichts weiter als eine Wunschvorstellung.« Russell lächelte. »Wenden wir uns anderen Wunschvorstellungen zu, Lady Davenall. Ich beziehe mich auf das Widerstreben Ihres verstorbenen Gatten, James offiziell für tot erklären zu lassen. Sir Hugo schrieb das reiner Gehässigkeit zu. Wie würden Sie es nennen?«

»Mein Mann war sicherlich ein boshafter Mensch. Allerdings bin ich der

Überzeugung, daß er schließlich doch noch die notwendigen Schritte unternommen hätte. Er war auch ein eitler Mensch. Er wollte, daß Hugo ihn darum bat. Doch mein Sohn bettelte niemanden an.«

Sie hatte zuviel gesagt. Ihre würdevolle Verteidigung der Rechte einer Mutter wurde durch die Enthüllung einer lieblosen Ehe wieder zunichte gemacht. Russell stieß nach. »Ihr Ehemann war also eitel und bösartig. Von sich selbst würden Sie das nicht sagen?«

»Nein, das würde ich nicht.« Ihre Stimme verriet nicht, ob sie erkannte, daß sie einen Fehler gemacht hatte, oder die Gefahr sah, die ihr dadurch drohte.

»Nun, wie würden Sie dann Ihren Entschluß beurteilen, Miss Pursglove aus Weir Cottage hinauszuwerfen?«

»Ich verstehe Sie nicht.«

»Miss Pursglove war über sechzig Jahre in Diensten der Familie Davenall. Ich nehme an, Sie fühlten sich dadurch beleidigt, daß sie den Kläger als Ihren Sohn anerkannte. Sie deswegen aus Ihrem Haus hinauszuwerfen – war das nicht eitel und bösartig?«

»Einspruch, Euer Lordschaft«, intervenierte Gilchrist. »Die Gründe, weshalb Miss Pursglove Weir Cottage verlassen mußte, haben mit dem Fall nichts zu tun.«

»Einspruch stattgegeben.«

Russell fügte sich leichten Herzens, denn der Treffer, den er erzielt hatte, war eine ganze Anzahl von Zurechtweisungen durch das Gericht wert. »Wie viele Gespräche führten Sie mit dem Kläger seit seinem Besuch auf Cleave Court am 26. September letzten Jahres, Lady Davenall?«

»Kein einziges.«

»Ein Gespräch genügte, um sich ein endgültiges Urteil zu bilden?«

»Das eine Gespräch war mehr als genug. Ich habe ihn angesehen. Ich habe ihn angehört. Das bestätigte lediglich meine unmittelbare Reaktion. Er ähnelt James in Aussehen und Stimme so weit, daß er damit einige täuschen kann, aber er kann nicht mich täuschen. Ich würde meinen Sohn sofort erkennen. Den Kläger habe ich nicht erkannt.«

»Sie haben Ihr Urteil nie in Zweifel gezogen?«

»Niemals.«

Russell hatte seinen Lohn bekommen. Lady Davenalls Willenskraft, ihre gefaßte Haltung, die an Arroganz grenzte, ihre Überzeugung, die von Starrköpfigkeit fast nicht mehr zu unterscheiden war, richteten sich gegen sie. Die Gewißheit einer Mutter war eine Sache, die Unbarmherzigkeit einer Matriarchin eine ganz andere. Ihre Zurückweisung Nortons hatte Gewicht, doch die Grausamkeit, deren sie sich fähig gezeigt hatte, besaß eine durchschlagende Wirkung. Das ermöglichte es der Jury zu glauben, sie könnte eventuell – nur eventuell – fähig sein, ihren Sohn zu verleugnen.

IV

Nachdem er seinem Börsenmakler in der Lombard Street einen notwendigen, aber keineswegs beruhigenden Besuch abgestattet hatte, machte sich Plon-Plon in einer Droschke in den Westen der Stadt auf, nur um festzustellen, daß der Feierabend nach einem langen Arbeitstag in Verbindung mit einem kurzen, aber heftigen Gewitter die Straßen total verstopft hatte. Mürrisch starrte er hinaus auf die heimwärts strebenden Menschenknäuel, die Augen vor den Sonnenreflexionen schützend, während er sich brütenden Gedanken über all seine Mißgeschicke hingab.

Als die Droschke in den St.-Paul's-Kirchhof einbog und langsam auf Ludgate Hill zufuhr, wurde Plon-Plons Aufmerksamkeit plötzlich von zwei Personen in Anspruch genommen, die nahe des Südeingangs der Kathedrale standen. Die eine Person war James Norton. Die Erniedrigung, die er acht Monate zuvor durch diesen Burschen hatte hinnehmen müssen, hatte sich tief in sein Gedächtnis eingebrannt; er erkannte ihn sofort. In Nortons Begleitung befand sich eine Dame, die in schlichtem Schwarz, aber äußerst aufregend gekleidet war. Ihr Kleid schmiegte sich an ihre hinreißende Figur. Einen befriedigenden Augenblick lang ließ Plon-Plon seine Blicke ihren Kurven folgen. Ihr aufreizend schönes Gesicht war entweder vor Ärger oder vor Kummer gerötet. Norton redete leicht vorgebeugt auf sie ein, als hätte er Angst, belauscht zu werden. Die Dame atmete schwer und schaute starr geradeaus; ihre behandschuhten Hände zupften an einer zusammengefalteten Zeitung.

Die Droschke ruckte an, zwängte sich durch eine Lücke im Verkehr. Wie eine Vision verschwand das Bild vor seinen Augen. Plon-Plon lehnte sich zurück und dachte nach. Catherine hatte Norton mit Trenchards Frau in Verbindung gebracht, doch die Dame, die er gerade gesehen hatte, war dafür zu jung, ganz zu schweigen davon, daß sie viel zu exotisch und hinreißend war, als daß sie einen Langeweiler wie Trenchard hätte heiraten können. Doch wer war sie dann? Ein plötzlicher Impuls durchzuckte ihn. Vielleicht konnte er seine Rechnung mit Norton begleichen und sich in Catherines Augen rechtfertigen. Er lehnte sich hinaus und befahl dem Kutscher zu halten.

Kaum war er ausgestiegen und hatte bezahlt, da schaute er auch schon über die verstopfte Straße hinüber, um zu sehen, ob das Paar noch da war. Ja, dort standen sie. Gerade als er nach einer sicheren Route suchte, um auf die andere Straßenseite zu kommen, trennten sie sich. Norton marschierte flotten Schrittes nach Westen, während die Dame langsam in entgegengesetzte Richtung davonging.

Als Plon-Plon den Südeingang der Kathedrale erreicht hatte, war Norton verschwunden, und die Dame befand sich in einer Entfernung von ungefähr dreißig Metern. Er begann ihr zu folgen. Sie warf die Zeitung, die sie bei sich hatte, in einen Abfallkorb und beschleunigte ihr Tempo, so daß Plon-Plon Mühe hatte, mit ihr Schritt zu halten. An der nächsten Straßenecke stieg sie in eine Droschke, die wohl dort auf sie gewartet hatte. Der Verkehr hier war bei weitem nicht so dicht wie auf der anderen Seite von St. Paul's, und der Droschkengaul entfernte sich in flottem Trab in nördlicher Richtung. Plon-Plon blieb stehen und fluchte leise vor sich hin.

Dann stach ihm die Zeitung ins Auge, die aus dem Abfallkorb ragte. Er zog sie heraus und überflog schnell die aufgeschlagene Seite, auf der über die üblichen Unfälle, Gerichtsverhandlungen und Einbrüche berichtet wurde. Es handelte sich um eine schon mehrere Tage alte Abendzeitung. Er wollte sie gerade wegwerfen, als sein Blick auf eine Schlagzeile über einem Artikel fiel:

SCHEIDUNG TRENCHARD

> Mr. William Trenchard, dessen Vater Vorsitzender der Trenchard & Leavis-Einzelhandelsgesellschaft ist, wurde geschieden. Seiner Frau Constance, wohnhaft The Limes, Avenue Road, St. John's Wood, wurde heute vom Scheidungsgericht aufgrund der Geisteskrankheit ihres Mannes die Scheidung zugestanden; außerdem erhält sie das Sorgerecht für die fünfjährige Tochter.
>
> Man wird sich daran erinnern, daß Mr. Trenchard am 7. November letzten Jahres einen Mordanschlag auf Mr. James Norton, den sogenannten Davenall-Kläger, unternommen hatte. Die Klage gegen Mr. Trenchard wurde unter der Auflage einer unbegrenzten Unterbringung in einer Irrenanstalt fallengelassen. Dr. John Bucknill, der prominente Psychiater, sagte heute morgen bei der Verhandlung aus, daß sein Patient …

»Guten Tag, Prinz.«

Plon-Plon wirbelte herum. Norton stand nur wenige Schritte von ihm entfernt; er lächelte sanft und rauchte eine Zigarette. Sein Lächeln schien weniger als Begrüßung gedacht, sondern wirkte so, als würde er sich über einen nur ihm bekannten Witz amüsieren.

»Wühlen wir in Mülltonnen? Kaum ein kaiserlicher Zug, wenn ich das sagen darf.«

Plon-Plon spürte, wie sich sein Gesicht vor Zorn verfärbte. »Wer ist sie?« schnappte er.

»Ich weiß nicht, wen Sie meinen.«

»*La belle jeune fille.* Sie haben sich vor wenigen Minuten mit ihr am Eingang zur Kathedrale unterhalten.«

»Das weiß ich nicht.«

»Ich habe Sie gesehen.«

»Sie haben sich getäuscht.«

»In was für einer Beziehung stehen Sie zu ihr? Sie sprachen über die Trenchard-Scheidung, nicht wahr?« Er hielt die Zeitung hoch. »Warum?«

Norton trat näher; seine Augen wurden schmal. »Ich dachte, wir seien uns nach unserer letzten Begegnung einig, Prinz, daß Sie gut daran tun, sich von meinen Angelegenheiten fernzuhalten.«

Plon-Plon warf den Kopf zurück und straffte die Schultern. »Sie wollen mir mit einem alten Skandal Angst einjagen? Ein zweites Mal wird es nicht funktionieren, Monsieur.«

»Es ist eine traurige, schäbige Geschichte. Sie gehen nicht gerade ruhmvoll daraus hervor.«

»Sie, Monsieur, sind stärker gefährdet als ich. Sie sind Vivien Strangs Sohn, nicht wahr?«

Einen Moment lang schien Norton irritiert. »Das glauben Sie?« Dann faßte er sich wieder und setzte ein aufreizendes Lächeln auf. »Sie können eine ganze Flut von Verdächtigungen loslassen, wenn Sie wollen, Prinz. Doch was können Sie beweisen? Nichts.«

»Sie sind nicht James Davenall.«

»Wie geht es Cora denn so? Haben Sie sie in letzter Zeit einmal gesehen? Ich nehme an, sie hat Sie nicht dabei begleitet, den letzten Ihrer vielen Exilaufenthalte mit Ihnen zu teilen. Erinnern Sie sich noch daran, wie Sie beide im November 1870 in Bladeney House unsere Gäste waren? Eines Abends, als Papa Sie in den Club mitgenommen hatte, bot Cora ... Nun, vielleicht ist es besser, Sie erfahren nicht, was Cora anbot.«

»Sie halten sich für sehr clever, Monsieur. Sie glauben, Sie könnten alle täuschen. Vielleicht haben Sie recht. Aber lassen Sie sich warnen: Kein Mensch ist unfehlbar. Früher oder später werden Sie einen Fehler machen. Ein einziger Fehler, mehr braucht es nicht. Wenn Sie ihn machen, wird die Welt wissen, wer Sie wirklich sind.«

Plon-Plon warf die Zeitung zurück in den Abfallkorb und ging, die Fragmente seiner Würde wieder zusammensetzend, schnell davon. Norton *le menteur*, Norton *l'imposteur:* Was ging es ihn an? Vergiß den Mann, sagte er sich, vergiß die Davenalls und alles, was du über sie weißt. Das sollte nicht schwierig zu bewerkstelligen sein; mit einer Mittelmeerkreuzfahrt könnte er es schaffen. Er eilte weiter. Mit jedem Schritt wuchs seine Entschlossenheit, England zu verlassen und diesmal nie wieder zurückzukehren.

Norton rauchte seine Zigarette zu Ende und beobachtete, wie Plon-Plons massige Gestalt in der Menschenmenge hinter St. Paul's untertauchte. Jetzt, wo er allein war, holte er die Zeitung noch einmal aus dem Abfallkorb, warf einen Blick auf den Artikel mit der Überschrift SCHEIDUNG TRENCHARD und schob sie dann zu dem anderen Müll zurück. Niemand hörte, wie er vor sich hin murmelte, während er die Zigarette austrat: »Nur einen Fehler, was, Prinz? Nur einen. Vielleicht hast du recht.« Er stieß den letzten Rauch aus. »Vielleicht habe ich ihn schon begangen.«

V

Nachdem der Höhepunkt überschritten war, wirkten die weiteren Zeugen der Verteidigung nur noch langweilig und ermüdend. Fiveash wurde aufgerufen, um noch einmal zu betonen, daß er in Norton nicht seinen ehemaligen Patienten erkannte. Erneut jedoch klang alles, was er sagte, ziemlich zweideutig und brachte ihm Minuspunkte ein. Emery, sein Freund aus der Harley Street, vervollständigte die medizinische Beweisaufnahme. Im Kreuzverhör mußte er zugeben, daß Fabius recht gehabt hatte: Niemand konnte mit Sicherheit feststellen, ob der Kläger an Syphilis gelitten hatte oder nicht.

Ob Freddy Cleveland eine kosmische Note ins Spiel bringen wollte, war nicht klar, doch indem er von Minute zu Minute seine Meinung änderte, ob nun Norton ein Betrüger oder James Davenall sei, schwächte er die Position der Verteidigung noch mehr. Borthwick und Mulholland marschierten auf: Beide beharrten darauf, daß der Kläger nicht mit James Davenall identisch sein könne, beide leugneten, daß sie ihn bei ihrer Begegnung auf Parliament Hill hereinzulegen versucht hätten.

Künstler, Fotografen und Physiognomiker traten reihenweise auf und vertraten die einhellige Meinung, daß der Kläger nicht identisch sei mit jenem James Davenall, der in Christ-Church-Cricket-Teams und in der Abschlußrobe vor der Kamera posiert hatte, doch Russell zwang ihnen allen das Eingeständnis ab, daß sie sich genausogut auch täuschen konnten. Ein Graphologe sagte aus, die Handschrift des Klägers sei James Davenalls Schrift zwar ähnlich, aber nicht mit ihr identisch. Russell entlockte ihm die Aussage, daß sich Handschriften im Laufe der Zeit unter veränderten Lebensumständen durchaus ändern konnten.

Nach den Wissenschaftlern kamen die Geschäftsleute: Hutmacher, Schneider, Handschuhmacher und Schuhmacher. Nur wenige besaßen schriftliche Unterlagen. Mühsame Erinnerungen an Kragengröße und Schrittlänge stellten deshalb – soweit sie nicht mit den Maßen des Klägers übereinstimmten – kaum eine Gefahr dar.

In der vierzehnten Verhandlungswoche endlich schloß die Verteidigung ihre Beweisführung ab. Darauf folgte Russells Plädoyer – ein brillanter, wirkungsvoller Appell an die Geschworenen, sich nicht von kleinlichen

Einwänden gegen seinen Mandanten irritieren zu lassen und sich auf einen und nur einen Punkt zu konzentrieren: Glaubten sie, daß es sich bei dem Kläger um James Davenall handelte, oder glaubten sie das nicht?

VI

Ein Sonntagabend am Chester Square. Die milden Strahlen der sinkenden Sonne, die durch die Fenster des Salons von Bladeney House fielen, vertieften noch Catherine Davenalls melancholischen Trancezustand. Seit Ostern war sie bei Hugo geblieben, hatte auf all die Freuden des Frühlings und Sommers auf Cleave Court verzichtet, um stets dasein zu können, wenn ihn der Mut verließ. Jeden Tag war sie im Gerichtssaal gewesen und hatte kaum eine Stunde des Verfahrens verpaßt; gelassen hatte sie nur wenige Minuten vor dem Peiniger ihres Sohnes entfernt gesessen, hatte ihre Zeit abgewartet und sich ruhig verhalten. Jetzt, wo die endgültige Entscheidung unmittelbar bevorstand, hatte sie den ganzen Streit satt und fühlte sich von den Anstrengungen erschöpft, zu denen sie ihre Entschlossenheit und Unnachgiebigkeit getrieben hatten. Morgen würde der Richter mit seiner Zusammenfassung fortfahren. Morgen oder übermorgen würde er die Geschworenen hinausschicken, um zu beraten, ob sich James Norton in Zukunft nun als ihr Sohn ausgeben durfte, ob er sie aus ihrem Haus jagen und all den Besitz an sich reißen durfte, den sie und Hugo bisher genossen hatten. Es war zuviel – zuviel für eine Jury, die diese Entscheidung treffen mußte, oder für eine Mutter, die sich dieser Entscheidung stellen mußte.

Es klopfte an der Tür, und Greenwood trat ein. Normalerweise war er ein Muster an Ruhe und Selbstbeherrschung, doch nun war sein Gesicht gerötet, und er wirkte erregt.

»Ein Herr, Ma'am ..., wünscht Sie zu sprechen.«

»Wer ist es?«

Greenwood schien mit der Antwort Schwierigkeiten zu haben. »Mr. ... Norton, Ma'am.«

Einen Augenblick lang sagte Catherine nichts. Fast zehn Monate waren vergangen, seit Norton sie auf Cleave Court besucht hatte. Was konnte er nun wollen? Hugo war in seinem Club und trank sich in der albernen Gesellschaft von Freddy Cleveland Mut an. Wußte Norton, daß sie am Abend vor der Entscheidung allein war? War er deshalb gekommen? Sie sah zu Greenwood auf, sorgfältig darauf bedacht, daß er von ihrem inneren Aufruhr nichts mitbekam. »Führen Sie Mr. Norton herein.«

Kaum hatte sich die Tür wieder geschlossen, da erhob sie sich und ging ans Fenster. Sie mußte vollkommen gefaßt und beherrscht erscheinen. Genau so würde sie ihn empfangen, in königlicher Haltung, mit dem Licht hinter ihr. Sie zwang sich, ihre Finger von ihrer Halskette zu nehmen, atmete tief durch und bemühte sich um die Autorität, die sie auszustrahlen gewohnt war.

Greenwood tauchte wieder auf, kündigte Norton an und ließ sie allein. Schweigend standen sie sich gegenüber. Catherine machte sich selbst darauf aufmerksam, daß er ihren Gesichtsausdruck gar nicht deutlich erkennen konnte, doch der selbstbewußte Blick aus seinen klaren Augen wirkte so durchdringend, daß alles möglich schien. Schließlich brach sie das Schweigen.

»Weshalb sind Sie gekommen?«

Er lächelte schwach. »Keine liebevolleren Worte als diese, Mutter, für deinen lange verlorenen Sohn?«

Mit einer Hand stützte sie sich auf einer Stuhllehne ab und wartete genau so lange, bis sie jeden Hauch von Zorn aus ihrer Stimme verbannt hatte. »Wir sind ganz allein, Mr. Norton. Hier gibt es keine Zeugen, keine Spione, keine Lauscher. Es besteht keine Veranlassung, allein meinetwegen die Täuschung aufrechtzuerhalten.«

»Warum machst du dann mit dieser Täuschung weiter? Du weißt, wer ich bin. Du wußtest es von dem Moment an, in dem du mich sahst.«

»Sie sind nicht James.«

»Das Gericht wird zu einem anderen Urteil kommen.«

»Das bleibt abzuwarten.«

Er trat einige Schritte in den Raum, betrachtete die Bilder und Möbel. »Hier hat sich weniger verändert als auf Cleave Court«, sagte er. »Wie gut ich mich an alles erinnere.«

»Ersparen Sie mir Ihren gut vorbereiteten Auftritt, Mr. Norton. Weshalb sind Sie gekommen?«

Er hielt inne und schaute sie direkt an. »Weil es noch nicht zu spät ist, Mutter, um ...«

»Nennen Sie mich nicht so.«

In einer Geste des Gehorsams neigte er den Kopf. »Wie du meinst, obwohl die ganze Welt dich bald so nennen wird. Ich bin gekommen, um dich noch einmal zu fragen: Warum gibst du nicht auf? Warum erkennst du meinen Anspruch nicht an, bevor das Gericht dich dazu zwingt? Es ist immer noch Zeit. Auf ein Wort von dir könnten sich morgen unsere Anwälte treffen, um die Bedingungen auszuhandeln.«

»Bedingungen?« Sie blickte ihn ungläubig an. »Was für Bedingungen könnten das wohl sein außer völlige Kapitulation der einen oder der anderen Seite?«

»Es könnte eine ... gütliche Einigung geben. Ich verlange natürlich meine Rechte, aber ich möchte nicht rachsüchtig erscheinen. Ich möchte Hugo nicht ins Armenhaus bringen oder dich von Cleave Court verjagen.

Nach allem, was geschehen ist, kann man sich wohl kaum vorstellen, daß wir als eine glückliche Familie zusammenleben, aber immerhin gibt es Wege und Möglichkeiten ...«

»Das sind die Bedingungen, von denen Sie eben sprachen?«

»Ja. Die Alternativen mögen dir ... weniger erfreulich erscheinen.«

»Was für Alternativen?«

»Du hast natürlich das Geld, das Papa dir vermacht hat, aber das reicht für dich und Hugo nicht aus, um den gewohnten Lebensstil beizubehalten. Ich erwähne Hugo deshalb, weil er vollkommen von dir abhängig sein wird. Alles, was er besitzt, wird noch vor Ablauf der Woche mir gehören. Was er von meinem Eigentum bereits ausgegeben hat, wird er zurückzahlen müssen. Ihm wird nichts bleiben. Und mein Bruder scheint mir nicht gerade genügsam zu sein, nicht wahr?«

»Sie wollen nichts dergleichen vermeiden, Mr. Norton. Sie wollen lediglich den Kopf aus der Schlinge ziehen. Wenn dieser Fall mit Ihrer Niederlage endet, dann werden Sie wegen Meineids angeklagt werden. Noch bevor die Woche vorbei ist, werden Sie nichts weiter errungen haben als eine Zelle im Gefängnis von Newgate.«

Er lächelte. »Ich glaube eher, man würde mich gegen Kaution auf freien Fuß lassen.« Dann wurde er wieder ernst. »Wie du schon sagtest, steht für alle Beteiligten viel auf dem Spiel. Natürlich war mir das klar, als ich mich entschied, Papas Namen nicht vor Gericht in den Schmutz zu ziehen. Ob du es glaubst oder nicht, ich habe das um unserer Familie willen getan. Die gleiche Einstellung steht hinter meiner Bitte an dich, mich nicht bis zum Schluß zu bekämpfen. Das kann nur zu einem bitteren Ende führen.«

»Sie bitten vergeblich, Mr. Norton. Es wird keine Kapitulation, keinen Kompromiß irgendeiner Art geben. Selbst wenn das Gericht so wahnsinnig sein und Ihren Anspruch unterstützen sollte, werde ich trotzdem eine Möglichkeit finden, Sie zu schlagen.«

»Es gibt keine Möglichkeit, Mutter.« Er atmete tief durch. »Es tut mir leid, daß ich dich gekränkt habe, indem ich wieder diesen Namen benutze, doch in ein paar Tagen wirst du mich als deinen Sohn akzeptieren müssen, als Sir James Davenall.«

»Niemals.«

»Ist das dein letztes Wort?«

»Nein. Mein letztes Wort gilt Ihrer Mutter, Mr. Norton. Das heißt, Ihrer wirklichen Mutter: Vivien Strang.«

Norton runzelte die Stirn. »Ich verstehe nicht, was du meinst.«

»Richten Sie ihr folgendes aus: Ich gebe zu, daß ich ihr Unrecht getan habe. Aber sie wird feststellen: Rache ist ein karger Lohn. Sie hat Sie mir aufgezwungen, doch der Preis, den sie dafür zahlen muß, besteht darin, daß sie Sie nie mehr als ihren Sohn beanspruchen kann. Für immer muß sie im

Verborgenen bleiben, getrennt von Ihnen. Falls sie versucht, Sie zu sehen, dann werde ich es erfahren, das können Sie mir glauben. Dann werde ich sie finden. Und dann hat sie keine Gnade von mir zu erwarten.«

»Du sprichst in Rätseln, Mutter. Vivien Strang bedeutet mir nichts; für mich ist sie nichts weiter als eine ferne Gestalt aus einer unerfreulichen Vergangenheit. Für die Gegenwart hat sie keinerlei Bedeutung. Sie hat nichts mit dem zu tun, wozu du mich gezwungen hast.«

»Sie haben Ihre Antwort, Mr. Norton. Ist das alles?«

»Wenn du deine Meinung änderst ...«

»Das werde ich nicht.«

Mit einem höflichen Nicken nahm er ihre Entscheidung hin. »Wie du meinst. Ich wünsche dir eine gute Nacht. Wir werden uns bald wiedersehen – zu meinen Bedingungen.«

Sie sah ihm nach, wie er den Raum verließ, und hörte, wie die Haustür hinter ihm zuschlug. Er war gegangen – nicht mit dem Resultat, das er erstrebt hatte, doch mit mehr, als sie ihm hatte zugestehen wollen. Sie hatte zuviel gesagt, ihren Haß zu offen gezeigt. Doch warum nicht? Was für eine Rolle konnte das schon spielen? Zumindest in einem Punkt hatte Norton recht. Noch vor Ende der Woche würde der Kampf vorbei sein und damit vielleicht auch das Leben, das sie bis jetzt geführt hatte. Daran ließ sich nichts ändern. Es ließ sich nicht verhindern. Die Dinge mußten ihren Lauf nehmen, und sie mußte in Würde darauf vorbereitet sein. Norton mochte seinen Fall gewinnen, doch niemals würde er ihr das Eingeständnis der Niederlage abringen können. Man mochte ihn als ihren Sohn bezeichnen, aber niemals würde sie ihn Sohn nennen.

VII

Bevor Lord Coleridge zum Richter ernannt worden war, hatte er eine große Karriere als Rechtsanwalt gemacht. Einen seiner Triumphe hatte er in einem berühmten Fall gefeiert, der große Ähnlichkeit mit dem Verfahren hatte, bei dem er jetzt den Vorsitz führte: die sogenannte Tichborne-Klage. Vielleicht war ihm bewußt, daß er sich dadurch einen Ruf als Experte erworben hatte, was die Bloßstellung von Hochstapelei und Betrug anbelangte. Jedenfalls gab er sich beträchtliche Mühe, sicherzustellen, daß seine Zusammenfassung des Falles nachgerade zu einem Muster an Unparteilichkeit geriet. Niemand hätte nach den anderthalb Tagen, in denen Lord Coleridge die Beweise für die Geschworenen analysierte und zusammenfaßte, erraten können, ob er nun für oder gegen den Kläger war. Schließlich schickte er sie hinaus, um ihr Urteil zu fällen, ohne eine der richtungweisenden Anmerkungen, die sonst bei ihm so typisch waren.

Am späten Nachmittag trat das Gericht wieder zusammen, doch nur, um zu hören, daß die Geschworenen ihre Beratung über Nacht fortzusetzen wünschten. Sie wurden in einem Hotel untergebracht, während jene, die besorgt und unruhig ihr Urteil erwarteten, sich mit Geduld wappnen mußten.

VIII

Nur ein englischer Hochsommer konnte eine Nacht von so drückender Schwüle hervorbringen. Im Garten von Richard Davenalls Haus in Highgate regte sich kein Windhauch, kein Lichtstrahl durchbrach die Finsternis. Mitternacht ging vorüber, und kein Laut lenkte James Norton von seinen Gedanken an den morgigen Tag ab. Er saß in der von Rosen umrankten Laube und rauchte eine Zigarette nach der anderen, während seine Nachtwache sich endlos in die Länge zog. Schritte auf dem Kiesweg machten ihn schließlich auf ein weiteres Mitglied des Haushalts aufmerksam, das offensichtlich auch keinen Schlaf finden konnte.

»Guten Abend, Richard«, sagte James ruhig, als die vertraute Gestalt seines Gastgebers sich als Schattenriß abzeichnete. »Oder sollte ich besser guten Morgen sagen?«

»Ich konnte nicht zur Ruhe kommen«, erwiderte Richard. »Die Hitze, weißt du.«

»Zigarette?«

»Ich glaube ja. Danke.« Nach seiner Zigarre nach dem Abendessen rauchte Richard normalerweise nicht mehr. Einige Minuten lang rauchte er schweigend neben der Laube, dann sagte er: »Es war ein langer Weg, James, nicht wahr, seit du mich letztes Jahr am Michaelstag in meinem Büro aufgesucht hast.«

»Ohne deine Hilfe hätte ich es nicht so weit geschafft.« James' Gesichtsausdruck bei diesem Wort ließ sich im Schatten der Laube nicht erkennen.

»Wie dem auch sei, du hattest jedenfalls recht, und ich hatte unrecht.«

»In welcher Beziehung?«

»Ich dachte, daß Hugo vernünftig würde, aber das war nicht der Fall.«

»Ah, ich verstehe.«

»Ich denke, morgen wird er es einsehen müssen.«

James nahm einen Zug aus seiner Zigarette. Die Spitze glühte hell in der Dunkelheit auf, als er sagte: »Du solltest wissen, daß ich am Sonntag Mutter besucht habe und sie um eine gütliche Einigung bat.« Er hielt inne, als wollte er Richards Reaktion abwarten. Als Richard nichts sagte, fuhr er fort: »Ich hatte nicht erwartet, daß sie sich mit diesem Vorschlag einverstanden erklären würde, aber ich dachte, ich müsse wenigstens den Versuch machen. Jetzt bin ich mir nicht mehr so sicher, ob ich damit nicht eher alles verschlimmert habe.«

»Sie hat deinen Vorschlag rundweg zurückgewiesen?«

»Ja.«

»War Hugo dabei?«

»Nein. Ich habe sie zu einem Zeitpunkt besucht, zu dem er mit großer Wahrscheinlichkeit im Club ist. Ich dachte, wenn es überhaupt eine Chance gibt, dann nur in einem Gespräch mit Mutter unter vier Augen.«

»Hat sie überhaupt über Hugo gesprochen?«

»Nein.«

»Ich frage deshalb, weil ich letzte Woche zufällig Freddy Cleveland am Piccadilly begegnet bin. *Er* sprach über Hugo. Und ich fand es ziemlich beunruhigend, was er sagte.«

»In welcher Beziehung?«

»Wie du weißt, gehört Cleveland nicht gerade zu den Leuten, die irgendwas sonderlich ernst nehmen. Doch er schien aufrichtig besorgt zu sein über Hugos Gemütsverfassung. Er machte einige Bemerkungen darüber, wie deprimiert Hugo seit seiner Zeugenaussage sei.«

»Das ist nicht gerade verwunderlich, Richard. Die Gerichtsverhandlung hat uns alle gewaltig belastet.«

»Ja, nur bist du stark und widerstandsfähig. Hugo ist das nicht. Du weißt, wie schwach er in Wirklichkeit ist. Was glaubst du, wie er auf eine Niederlage reagiert? Alles – sein Geld, sein Titel, sein Besitz – wird ihm genommen. Wie wird er damit fertig werden?«

James erwiderte nichts. Es gab kaum einen Zweifel daran, daß Hugo nicht in der Lage war, diese Verluste zu ertragen, und Richard sorgte sich mehr als jeder andere um die Folgen. Doch beide Männer wußten auch, daß es nur eine Möglichkeit für James gab, Hugo zu schonen: Er mußte sich selbst opfern. Und das würde er nicht tun.

»Ich glaube, ich möchte dir damit sagen, daß du wegen seines albernen Verhaltens dir gegenüber nicht zu hart mit ihm ins Gericht gehen sollst. Es liegt in deiner Macht, ihn zu zerstören. Ich möchte gerne daran glauben, daß du im Sieg großzügig bist.«

»Du hast mein Wort. Was immer er auch für Fehler haben mag, Hugo bleibt mein Bruder. Wenn ich gewinne, wird für ihn gesorgt werden.«

»Es freut mich sehr, das zu hören.«

»Aber du gehst davon aus, daß die Geschworenen zu meinen Gunsten entscheiden. Was ist, wenn sie zu Hugos Gunsten entscheiden? Würde er im Sieg ... großzügig sein?«

In dem anschließenden Schweigen dachten beide Männer im Dunkel der Nacht über diese Frage nach. Dann, als fast keine Antwort mehr nötig war, sagte Richard ernst: »Nein. Das würde er nicht.«

IX

Die Royal Courts of Justice: Mittwoch, der 18. Juli 1883 – der siebenundzwanzigste und letzte Verhandlungstag im Fall Norton gegen Davenall. Nichts im Gerichtssaal deutete darauf hin, daß der Tag sich von all den anderen unterschied, an denen sich der Fall über verschlungene Pfade gewunden hatte. Nichts an den perückentragenden, im Dienste der Justiz tätigen Männer oder an dem sich die Hälse verrenkenden Publikum zeigte an, daß dies das Ende war. Und doch war es so. Der Fall Norton gegen Davenall hatte seinen Verlauf genommen und seinen Schlußpunkt erreicht.

Die Geschworenen betraten den Saal und nahmen ihre Plätze ein. Neben den üblichen nervösen Bewegungen und dem allgemeinen Herumgerutsche konnten die Zuschauer ein gewisses Unbehagen entdecken. Obwohl die Angelegenheit drei Monate lang mit äußerster Sorgfalt abgehandelt worden war, schien den Geschworenen erst jetzt das ganze Ausmaß ihrer Ungeheuerlichkeit bewußt geworden zu sein. Aus einem Mann – dem Kläger, der gerade mit seinem Anwalt flüsterte – würde nun innerhalb von Minuten entweder ein reicher, angesehener Aristokrat oder ein verachtenswerter Betrüger werden. Gleichzeitig würde einem anderen Mann – dem Beklagten, der sich gerade in nervöser Erwartung auf seinem Stuhl zurücklehnte – entweder wieder ein Leben sorglosen Müßigganges geschenkt oder sein Name und sein Titel genommen werden.

Die Geschworenen setzten sich. Keiner von ihnen sah aus wie ein Romantiker oder ein Anarchist. Ganz im Gegenteil, sie waren eher aus langweiligem solidem Holz geschnitzt. Doch was sie zu tun im Begriff standen, hatte zwangsläufig dramatische Ausmaße. Der Sprecher, ein rundlicher Mann im Tweedanzug, rückte seine Brille zurecht und konsultierte einige Papiere, die er inzwischen wohl fast auswendig kennen mußte.

Lord Coleridge betrat den Saal. Alle erhoben sich und ließen sich dann gemeinsam mit ihrer Lordschaft wieder nieder. Zumindest der Richter schien vollkommen ungerührt. Er nickte dem Gerichtsdiener zu. Als wäre er an Drähten gezogen worden, so sprang der Sprecher der Geschworenen von seinem Sitz auf.

»Haben sich die Geschworenen auf ein Urteil verständigen können?«

»Das haben wir.«

»Ist das Urteil einstimmig?«

»Ja.«

»Wie haben Sie dann in diesem Fall entschieden? Für den Kläger oder für den Beklagten?«

»Wir haben für den Kläger entschieden.«

SECHZEHNTES KAPITEL

I

Kurz vor elf Uhr am Mittwochmorgen, dem 18. Juli 1883, hörte James Norton auf zu existieren, und James Davenall kehrte in sein altes Leben zurück. Der Jubel, der sich nach dem Urteilsspruch der Jury im Gerichtssaal erhob, setzte sich aus Erstaunen und Zustimmung zusammen. Viele hatten den Sieg vorausgesagt, doch nun, da er öffentlich verkündet worden war, drang die Bedeutung dessen, was der Kläger erreicht hatte, mit der Macht einer Offenbarung in die Köpfe der Zuschauer. Der sogenannte Davenall-Kläger war in Wirklichkeit und vor dem Gesetz zu Sir James Davenall geworden. Gegen alle Widerstände, gegen alle Zweifel und angesichts einer überwältigenden Opposition hatte er gesiegt. Er hatte alles aufs Spiel gesetzt und alles gewonnen. Alles, was er für sich beansprucht hatte, war ihm zugestanden worden.

Kaum hatte der Richter das Urteil der Jury bestätigt und den Fall mit einigen formellen Worten abgeschlossen, da verwandelte sich der Gerichtssaal in eine Masse sich drängender, schiebender Gestalten. Innerhalb von Sekunden war der Kläger von einer ganzen Menge von Anhängern umgeben; wahrscheinlich hatte er gar nicht geahnt, daß er so viele besaß. Fremde klopften ihm auf den Rücken und schüttelten ihm die Hand, Journalisten brüllten ihm Fragen ins Ohr. Sir James selbst jedoch erwiderte nichts auf die Flut von Gratulationen, als wäre er von der Bedeutung dessen, was sich eben ereignet hatte, überwältigt. Er wirkte verwirrt, schlecht vorbereitet, schien nicht recht zu wissen, wie er reagieren sollte.

Sein Gesichtsausdruck änderte sich, als er Constance Trenchard sah, die sich einen Weg zu ihm bahnte. Als er den Arm ausstreckte, um ihre Hand zu ergreifen, verzogen sich seine Lippen zu einem Lächeln, das keinen Raum für irgendeinen Zweifel mehr ließ: Sie war der Mensch, mit dem er seinen Triumph zu teilen wünschte. Er nahm ihren Arm und führte sie, weder nach rechts noch nach links schauend, ruhig dem Ausgang entgegen. Dies, so deutete seine ganze Haltung an, war der wertvollste Preis, den er heute gewonnen hatte – einzig und allein darum war es wirklich gegangen.

Während der Droschkenfahrt vom Gericht nach Staple Inn, wo Warburton eine kleine Feier für all jene veranstaltete, die zum Sieg beigetragen hatten, waren sie für kurze Zeit ungestört. Sir James bat Constance Trenchard, ihn zu heiraten, sobald sie frei sei. Sie nahm seinen Antrag, ohne zu zögern, an, und er seinerseits versprach ihr, sie nie wieder zu verlassen. Im Taumel ihrer wiederentdeckten Liebe sprachen sie nur von der Zukunft, die sie gemeinsam verbringen würden. Die Vergangenheit – und mit ihr jene, die vielleicht noch Ansprüche an sie zu stellen hatten – vergaßen sie nur zu gern. Denn der Vergangenheit, davon waren sie beide überzeugt, waren sie für immer entronnen.

Die Woge der Publizität, die sich im Kielwasser des sensationellen Abschlusses des Falles Norton gegen Davenall erhob, verebbte mit überraschender Geschwindigkeit. Die Zeitungen wandten sich schnell von dem neuen Baronet ab, nachdem er ganz deutlich zum Ausdruck gebracht hatte, daß er weder Interviews geben noch seinen Sieg hinausposaunende Artikel zur Unterhaltung ihrer Leser mit seinem Namen unterzeichnen würde. Innerhalb weniger Wochen war die Welt fast schon soweit, das zu tun, was er sich von ihr zu wünschen schien: ihn zu vergessen.

Natürlich war Sir James' Wunsch nach Zurückgezogenheit nur zu verständlich. Über Nacht war er Eigentümer einer schönen Residenz in London und eines großen Landhauses geworden, er besaß einen einträglichen Anteil der Somerset-Kohlenminen und beträchtliche Ländereien im Westen von Irland. Der Rat der Baronets hatte ihn offiziell in ihrer Reihe willkommen geheißen, ebenso wie der Familienbankier der Davenalls. Er war ein reicher Mann geworden. All seine Probleme lagen hinter ihm. Das Licht der Öffentlichkeit brauchte er nicht.

Vielleicht liegt hier die Erklärung dafür, weshalb sich Sir James als ein derart großzügiger Sieger erwies. Er stellte keine schnellen, unvernünftigen Forderungen an jene Mitglieder der Familie, die seine Gegner gewesen waren. Er hielt sich von allen Aktionen fern, die an Rache erinnern konnten. Erst Anfang August bat er seinen Cousin Richard, ein Treffen mit Warburton, Baverstock und Lewis zu vereinbaren, um eine endgültige Regelung des Streitfalles zu finden. Und die Bedingungen, die er dann vorschlug, waren wesentlich großzügiger, als notwendig gewesen wäre. Als er Richard in dessen Büro in Holborn besuchte, um sich über den Ausgang des Treffens zu informieren, hätte er mit Recht erwarten können, daß seine Vorschläge dankbar angenommen worden waren.

»Was den Prozeß anbelangt«, verkündete Richard, »so ist dieser jedenfalls mit Sicherheit abgeschlossen. Du erinnerst dich, daß der Richter in seinen Ausführungen sagte, eine Berufung könne nur dann in Erwägung gezogen werden, wenn neue Beweise vorlägen. Lewis gibt offen zu, daß dies nicht der Fall ist.«

»Gut. Und was ist mit dem Rest?« Hier begannen die Überraschungen.

»Deine Mutter weist deinen Vorschlag, auf Cleave Court bleiben zu dürfen, zurück, ebenso wie die angebotene Unterstützung. Sie möchte gar nichts von dir annehmen und beabsichtigt, sofort auszuziehen.«

»Und wohin?«

»Baverstock meinte, sie wolle irgendwo einen kleinen Besitz mieten.«

Lady Davenalls Weigerung, selbst nach der Niederlage irgendeinen Kompromiß einzugehen, war in gewisser Weise bewundernswert. Der Verlauf der Verhandlung hatte offensichtlich dafür gesorgt, daß es zwischen ihnen keine Versöhnung geben konnte. »So also stehen die Dinge«, sagte Sir James. Es klang mehr enttäuscht als überrascht.

»Ich fürchte ja.«

»Und Hugo?« Die Reaktion seines Bruders auf Großzügigkeit ließ sich schwerer vorhersagen. Gier und Schwäche mochten ihn verführt haben, das zu akzeptieren, was ihm der Neid und die Mißbilligung seiner Mutter hätten verbieten müssen.

»Er wird bis Ende des Monats aus Bladeney House ausziehen.«

»Und die finanzielle Unterstützung?«

»Ich weiß es nicht. Baverstock zögerte. Doch die erste Zahlung ist bereits geleistet worden. Hugo hat es entweder noch nicht bemerkt – oder er hat sie widerstrebend angenommen. Eines steht jedoch fest: Der Bruch kann nicht gekittet werden. Weder Catherine noch Hugo wünschen einen von uns zu sehen, unter keinen Umständen.«

»Das tut mir um deinetwillen leid, Richard. Ich weiß, du hast gehofft, das Ende der Gerichtsverhandlung könnte auch das Ende der Fehde sein, aber eine echte Chance dazu hat nie bestanden. Mutter ging in ihrer Ablehnung meiner Person zu weit, um jetzt noch eine Kehrtwendung machen zu können. Und Hugo ist ihr auf diesem Weg gefolgt.«

Richard seufzte. »So sieht es aus.« Dann seufzte er erneut auf andere Art – das Seufzen eines Mannes, der das Beste aus einer Situation zu machen versucht hatte. »Eines hat das Treffen jedenfalls gebracht. Nichts kann mehr verhindern, daß du die Kontrolle über all das, was Gervase dir vererbt hat, übernimmst. Von heute an kannst du frei darüber verfügen.«

Es klang merkwürdig gedämpft, dieses letzte Wort der Bestätigung. Es war noch nicht einmal ein Jahr her, daß James Norton als Fremder ohne einen Penny von Bord eines Schiffes aus Amerika gegangen war. Als Sir James Davenall nahm er nun eine hohe Stellung unter den Reichen und Wohlgeborenen des Landes ein. »Für deine Bemühungen zu meinen Gunsten bin ich dir dankbarer, Richard, als ich mit Worten ausdrücken kann. Ich hoffe, du wirst mir weiterhin zur Seite stehen.«

Richard lächelte. »Ich habe nur das getan, was die Pflicht mir befahl. Du hast davon gesprochen, ich solle die Verwaltung deiner finanziellen Angelegenheiten übernehmen, aber ...«

»Das ist mein ehrlicher Wunsch.«

»Dann wird es mir eine Ehre sein. Es gibt viele Dinge, um die man sich unbedingt kümmern muß.«

»Im Augenblick muß ich das alles dir überlassen.«

Ein niedergeschlagener Ausdruck tauchte auf Richards Gesicht auf. »Du willst keine aktive Rolle spielen?«

»Im Laufe der Zeit schon. Aber die Verhandlung war, wie du vorhergesagt hast, eine ermüdende Angelegenheit. Ich brauche eine längere Erholungspause. Constance begleitet mich auf eine Europareise. Wir beide haben einen Ortswechsel dringend nötig. Wir werden Emily mitnehmen«, er lächelte, »als Anstandsdame.«

»Wie lange werdet ihr weg sein?«

»Ungefähr drei Monate. Wenn wir zurückkehren, wird es nicht mehr lange dauern, bis wir heiraten können. Dann werde ich mich, mit Constance als Gattin an meiner Seite, in der Lage sehen, in angemessener Weise Verantwortung zu übernehmen.«

Nach alldem, was geschehen war, erschien Sir James' Wunsch nach Erholung nur zu verständlich. Es war naheliegend, daß seine Wahl auf Richard fiel, wenn es um die Verwaltung seiner Angelegenheiten während seiner Abwesenheit ging. Es war deshalb mehr als merkwürdig, daß sich in ihre Diskussion um die Details ein Unterton mischte, als ginge es um mehr als nur um ein reines Amt. Keiner von beiden sagte etwas Konkretes, doch irgendwie schien das auch gar nicht notwendig zu sein. Sie verstanden einander gut genug. Wenn Richard das Angebot akzeptierte und die Verantwortung für Sir James' Interesse übernahm, dann mußte er entweder irgendwelche Zweifel, die er immer noch hegte, beiseite schieben oder sie offen aussprechen. Und Richard akzeptierte das Angebot. Die unausgesprochene Herausforderung wurde angenommen.

II

In einer der Nischen eines Speisecasinos am Leicester Square versuchte Hugo den Schmerz der Wunde, die seinem Stolz geschlagen worden war, mit einer Unmenge von Essen, Getränken und lärmender Gesellschaft zu betäuben.

Laute Jubelrufe, Pfiffe und Stampfen begrüßten das spärlich bekleidete Mädchen, das soeben auf der Bühne erschienen war, um zu einer noch umwerfenderen Darbietung in dem rassigen Programm anzusetzen.

Hugo warf dem neben ihm schnarchenden Toby Leighton einen verächtlichen Blick zu und sah dann zu Freddy Cleveland hinüber, der gerade ein weiteres Glas leerte, sich wieder die Zigarre in den Mund steckte und ihm ein schiefes Grinsen zukommen ließ.

»Du schaust furchtbar nüchtern aus, Hugo«, bemerkte Cleveland.

»Ich habe genauso viel wie du getrunken, Flasche um Flasche.«

»Würde man nicht für möglich halten. Denkst du immer noch an die Verhandlung?«

»Wie könnte ich das vergessen? Ich kann nicht heute nacht heimgehen, ohne daran zu denken, daß *ihm* das Bett gehört, in dem ich schlafe. Ich kann keinen Scheck unterzeichnen, ohne daran denken zu müssen, daß es *sein* Geld ist, das ich ausgebe. Verdammt noch mal, Freddy«, er knallte sein Glas auf den Tisch, »der Bastard hat mir alles genommen! Erwartest du, daß ich das vergesse?«

»Du mußt, alter Junge. Was bleibt dir anderes übrig?«

Hugo starrte in die Dunkelheit. »Dieser Trenchard hatte die richtige Idee. Ein Jammer, daß er die Sache nicht zu Ende gebracht hat.«

»Vielleicht, aber sieh dir doch an, wohin ihn das geführt hat – ins Irrenhaus.«

»Zu Zeiten meines Vaters hätte ich Norton fordern können. Dann wäre es mit ihm vorbei gewesen.«

»Oder mit dir, alter Junge. Bei deiner Schießkunst kannst du von Glück sagen, wenn du den Arsch einer Nutte auf fünf Schritt triffst.«

Doch Hugo war weder Humor noch Vernunftsgründen zugänglich. Seine Augen verengten sich, als er kurz die Möglichkeit der Rache erwog. »Wenn Norton in mein Blickfeld gerät, dann treffe ich mein Ziel, das kannst du mir glauben.«

»Das ist der Champagner, der aus dir spricht.«

»Und was soll ich deiner Meinung nach tun?«

»Schließ Frieden mit dem Kerl. Die Welt nennt ihn deinen Bruder – tu's auch. Wenn nicht ...«

»Läßt er mich ohne einen Penny sitzen.« Hugo nickte düster vor sich hin.

»Schätze so, alter Junge. Schätze, genau das wird er tun.«

Hugo knirschte mit den Zähnen. »Zum Teufel mit dem Kerl, Freddy«, murmelte er. »Zum Teufel mit dem verdammten Kerl.«

Cleveland nahm die Zigarre aus dem Mund und bemühte sich um einen ernsthaften Gesichtsausdruck. »Hör auf meinen Rat: Schluck deinen Stolz runter, und einige dich mit ihm. Weißt du, was Bullington letzte Woche zu mir sagte?«

Bullington wurde allgemein für die graue Eminenz des Clubkomitees gehalten. Mit einem Anflug von Neugier sah Hugo seinen Freund an. »Was sagte er?«

»Er meinte, das Komitee würde daran denken, James zu ermuntern, seine Mitgliedschaft wieder aufleben lassen. Schließlich ist er nie offiziell aus dem Club ausgetreten.«

»Das können sie mir nicht antun!«

»Und ob sie das können. Sie werden es auch tun. Wenn du dich weiterhin gegen ihn stellst, dann prügelst du einen toten Gaul. Du wirst an den Rand gedrängt werden. Vielleicht wirft man dich sogar hinaus.«

Hugos Mund klaffte auf, aber er sagte nichts. Er starrte auf sein grünes, verzerrtes Spiegelbild in der Champagnerflasche. Durch die Musik und das Gelächter drang ein hohes, schrilles Jaulen, das nur er hören konnte, ein Moskitosummen des Hohnes und des Spottes.

III

Richard Davenall, Canon Sumner und die kleine Patience mit ihrem Kindermädchen standen an der Victoria Station, um James, Constance und Emily zu verabschieden, die den Fährenzug bestiegen. Knapp drei Wochen waren seit dem Ende der Gerichtsverhandlung vergangen, doch alle notwendigen Vorbereitungen waren dank Emily getroffen worden, die das für sie erstmalige Abenteuer einer Europareise mit der Präzision einer erfahrenen Reisenden organisiert hatte.

Sumner verstand die Notwendigkeit eines solchen überstürzten Aufbruchs nicht, doch niemand hatte ihn in dieser Beziehung aufklären können. Patience war natürlich zu klein, um beurteilen zu können, wie lange ihre Mutter abwesend sein würde. Und Emily fühlte sich so geschmeichelt, daß sie zu dieser Reise eingeladen worden war, und war so aufgeregt, daß sie bezüglich des Zeitpunkts keine Fragen stellte.

Als die zuschlagenden Türen und die aufsteigenden Dampfwolken die Abfahrt ankündigten, trat Richard zurück, um Sumner zu ermöglichen, James noch einige letzte Ratschläge für das Wohlergehen seiner Töchter zu geben, während Constance und Emily sich liebevoll von Patience verabschiedeten.

Richard war genaugenommen froh, etwas abseits dieser gefühlvollen Szene zu stehen und James nicht ein seichtes *Bon voyage* wünschen zu müssen. Er ließ seinen Blick den Bahnsteig entlang wandern, wo überall Abschied genommen wurde. Er sah, wie der Bahnhofsvorsteher am Ende des Zuges eine Pfeife zwischen die Zähne klemmte und die grüne Fahne hob. Gerade als er den Blick wieder abwenden wollte, sah er einen Gepäckträger, der eine schlanke, elegante, dunkelgekleidete Frau, die anscheinend ohne Gepäck reiste, unter den mißbilligenden Blicken des Bahnhofsvorstehers in letzter Sekunde zum Zug geleitete. Sie stieg ein, und die Tür schloß sich hinter ihr. Richard erhaschte einen Blick auf ihr Gesicht, das einen Augenblick lang in seine Richtung gewandt war. Er kannte sie. Als der Bahnbeamte seine Fahne entrollte und seinen Pfiff ertönen ließ, fiel

Richard ein, wo er sie schon einmal gesehen hatte: Das war die Frau, die sich im Krankenhaus nach James erkundigt hatte, die Frau, deren Aussehen fast unheimlich genau zu Trenchards Beschreibung von Melanie Rossiter paßte.

Eine Sekunde lang war er zu betäubt, um handeln zu können. Dann war es zu spät. Der Zug setzte sich in Bewegung. Das Kindermädchen hielt Patience hoch, damit sie durch den Maschinendampf hindurch winken konnte. Constance und Emily winkten zurück. James, der hinter ihnen stand, hob grüßend die Hand. Der Zug beschleunigte allmählich. Richards Begleitung ging auf dem Bahnsteig mit, um den letzten Abschiedsgruß noch etwas hinauszuzögern. Doch Richard blieb stehen, wo er war, und starrte auf die Reihe der heruntergeschobenen Fenster mit den lächelnden Passagieren, die an ihm vorüberglitten.

Ein Fenster blieb leer. Das Abteil, das er sie hatte betreten sehen, huschte zu schnell vorbei, als daß er hätte erkennen können, ob sie darin saß, doch auch so konnte er das, was er eben mit eigenen Augen gesehen hatte, nicht in Zweifel ziehen. Einmal hätte Zufall sein können, ein Mißverständnis, basierend auf einer zufälligen Ähnlichkeit. Doch nun war jeder Irrtum ausgeschlossen. Sie existierte. Sie war real. Und sie folgte James Davenall.

IV

Catherine Davenall hatte die großen Räume auf Cleave Court verlassen und war in ein gemietetes Haus in der Brock Street in Bath umgezogen. Obwohl sie den größten Teil ihrer Dienerschaft und ihre geliebten Gärten verloren hatte, war ihr Geist ungebrochen. Ungerührt von der Ächtung jener, die ihr Verhalten schändlich fanden, und den Einschränkungen, die ihre neue Umgebung ihr auferlegte, blieb sie die stolze, selbstbewußte Frau, die sie immer gewesen war.

Auch wenn man Richard Davenall das Gegenteil berichtet haben mochte, so hatte sie ihren Kampf gegen den Mann, den die Welt nun als ihren Sohn bezeichnete, keineswegs aufgegeben. Und es war auch kein beiläufiger Besuch, als Arthur Baverstock sie an einem Nachmittag Ende August aufsuchte: Er kam, um sie über die Fortschritte zu informieren, die bei den Nachforschungen bezüglich der mysteriösen Vergangenheit von James Norton erzielt worden waren.

Doch Baverstock hatte nur wenig zu berichten. »Mr. Lewis ist der Meinung«, erklärte er, »daß wir keine Fortschritte erzielen werden, solange wir über Mittelsmänner operieren. Er meint, wir sollten einen seiner Mitarbeiter in die Vereinigten Staaten schicken, um eine gründliche Untersuchung in die Wege zu leiten.«

»Er soll das tun, Mr. Baverstock. Ich wünsche keine Halbheiten.«

Er hatte befürchtet, daß sie das sagen würde. Das zwang ihn dazu, seine eigenen, nicht gerade schmeichelhaften Bedenken zum Ausdruck zu bringen. »Eine derartige Vorgehensweise wäre mit beträchtlichen Ausgaben verbunden, Euer Ladyschaft.«

»Das spielt keine Rolle.«

Baverstock krümmte sich. »Auch Mr. Lewis hat bereits darauf hingewiesen, daß Ihre finanziellen Möglichkeiten nicht mehr so groß sind, wie sie einmal waren. Er befürchtet ...«

»Überlassen Sie es mir zu beurteilen, was meine finanziellen Möglichkeiten sind.« Ihr funkelnder Blick konnte ihn nach wie vor einschüchtern. »Ich wünsche, daß alles versucht wird, und ich werde sämtliche Kosten tragen. Richten Sie Mr. Lewis aus, er könne sein Geld im voraus haben, wenn er das wünscht.«

»Ich bin sicher, das wird nicht notwendig sein.«

»Das hoffe ich. Ich ertrage diese höchst bescheidenen Lebensumstände, Mr. Baverstock, um sicherzustellen, daß die Suche nach der Wahrheit über diesen Mann bis zum Ende fortgeführt werden kann.«

Baverstock, der insgeheim davon überzeugt war, daß die Wahrheit längst bekannt war, nickte zustimmend. »Selbstverständlich. Selbstverständlich.«

»Er glaubt, er habe mich besiegt. Das wird ihn selbstzufrieden machen. Selbstzufriedenheit zieht Sorglosigkeit nach sich. Je mehr Zeit vergeht, desto größer wird die Wahrscheinlichkeit, daß er einen tödlichen Fehler begeht. Mehr verlange ich nicht von ihm.«

»Jawohl, Euer Ladyschaft.«

»Ich weiß, daß Sie und Mr. Lewis glauben, ich würde eine sinnlose Vendetta betreiben. Machen Sie sich nicht die Mühe, es abzustreiten. Doch die Resultate werden Sie überraschen – verlassen Sie sich darauf. Ich nehme an, wir haben die nötigen Schritte unternommen, um ihn auf dem Kontinent im Auge zu behalten, ja?«

»Jawohl, das haben wir, Mr. Lewis hat jemanden von seinen besten Leuten damit beauftragt.«

»Gut. Sein Eifer, das Land zu verlassen, interessiert mich. Es mag eine komplizierte Methode sein, mit seinen Auftraggebern in Verbindung zu treten. Falls sich irgendwelche Entwicklungen abzeichnen, wie unwesentlich auch immer, wünsche ich sofort davon in Kenntnis gesetzt zu werden.«

»Das werden Sie, Euer Ladyschaft.«

»Sorgen Sie dafür. Er glaubt, er befinde sich nun in Sicherheit, Mr. Baverstock, in absoluter Sicherheit. Doch dem ist nicht so. In Wirklichkeit befindet er sich in größerer Gefahr als je zuvor. Solange ich noch einen Atemzug in mir habe, wird es ihm an einem Feind nicht fehlen.«

Das bezweifelte Baverstock keineswegs. Lady Davenalls Ziel war klar. Woran er nicht glaubte, war die Möglichkeit, es zu erreichen.

V

Es war der letzte Tag im August, ein grauer, drückend heißer Tag. Richard Davenall saß in seinem Büro, starrte aus dem Fenster und versuchte sich vergeblich auf seine Arbeit zu konzentrieren.

Das Wetter – oder etwas Tückischeres, Schleichenderes – hatte ihn aller Energien beraubt. Warum, so fragte er sich, hing er immer noch irgendwelchen Zweifeln nach, die seine Vernunft längst hätte abschütteln müssen? Erst vor wenigen Tagen hatte er einen Brief von Constance aus Salzburg erhalten, in dem sie ihm schrieb, daß alles bestens war. Mit keinem Wort stützte sie seinen Glauben, daß Melanie Rossiter der kleinen Gruppe folgte. Vielleicht hatte er sie doch nicht gesehen. Vielleicht hatte er es sich nur eingebildet. Vielleicht verlor er allmählich den Verstand.

Als Benson seinen runden Kopf zur Tür hineinstreckte, nahm Richard an, daß er nichts Aufregenderes bringen würde als die Nachmittagspost. Statt dessen sagte Benson: »Ein Mann wünscht Sie zu sprechen, Sir. Er hat keinen Termin.«

»Um wen handelt es sich?«

»Er sagt, sein Name sei Alfred Quinn.«

Jetzt plötzlich, nach all den Anstrengungen, die Roffey unternommen hatte, um ihn zu finden, jetzt, wo es zu spät war, jetzt tauchte Quinn plötzlich auf.

Die Jahre hatten ihn kaum verändert. Eine kleine, muskulöse Gestalt in Tweed, die Melone in der Hand; das kurze Kraushaar war etwas grauer als früher und ging nun in einen Bart über, aber ansonsten war kaum ein Unterschied festzustellen. Er hielt sich immer noch steif und aufrecht, seine Haltung war kämpferisch, die Augen in seinem ausdruckslosen Gesicht blickten hart und kompromißlos – all das deutete auf Seiten in seinem Charakter hin, die zu enthüllen er zu vorsichtig war.

Richard erhob sich, kam um seinen Schreibtisch herum und streckte lächelnd die Hand aus. Schock und Neugierde verbarg er hinter einer unaufrichtigen Begrüßung. »Sie sind Quinn, nicht wahr?«

»Jawohl, Sir.« Sein Händedruck war kräftig, sein Lächeln grimmig. »Ich hörte, Sie suchen nach mir.«

»Wir *haben* Sie gesucht. Wußten Sie nichts von der Gerichtsverhandlung?«

»Nicht, während sie im Gange war. Die letzten beiden Jahre bin ich in Neuseeland gewesen. Bin erst letzte Woche zurückgekommen. Da hab' ich dann gehört, daß James – *Sir* James, sollte ich wohl sagen – wieder aufgetaucht ist.«

»Sie waren in Neuseeland?«

»Jawohl. Mein Onkel wanderte in den vierziger Jahren aus und verlegte sich auf Schafzucht. Vor zwanzig Jahren entdeckten sie Gold auf seinem Land. Er wurde ein reicher Mann. Ich erfuhr erst davon, als ich mitgeteilt bekam, daß er gestorben war – und mir alles hinterlassen hatte. Ich war wohl sein einziger noch lebender Verwandter. Ich war also drüben und habe meine Erbschaft in Ordnung gebracht, könnte man sagen.«

»Was führt Sie zurück?«

»Ich verbringe meine letzten Tage lieber in England als in Otago, Sir. Ich hab' alles verkauft – zu einem guten Preis. Ich bin heimgekehrt, um meinen Lebensabend zu genießen. Als ich von Sir James hörte ... na ja, das war schon ein Knaller. Ich dachte, ich schau' mal vorbei und mach' ihm meine Aufwartung.«

»Er macht gerade Urlaub in Europa.«

»Tut mir leid, daß ich ihn verpaßt hab'. Vielleicht ergibt sich eine Gelegenheit nach seiner Rückkehr.«

»Ich bin sicher, er wird sich über Ihr glückliches Geschick freuen.«

»Davon bin ich auch überzeugt, Sir.«

Richards unausgesprochene Gedanken hinderten ihn daran, originellere Bemerkungen zu machen. Konnte es sein? Hatte sich Roffey von Anfang an getäuscht? Eine zufällige Erbschaft in Neuseeland erklärte Quinns Abwesenheit und seinen offensichtlichen Wohlstand ebenso wie ein Leben als Verbrecher in London. Wenn man ihm Glauben schenkte, konnte Trenchard ihm niemals begegnet sein. Und falls Trenchard sich das nur eingebildet hatte, dann konnte auch Melanie Rossiter seiner Phantasie entsprungen sein. »Was sind Ihre nächsten Pläne?« erkundigte er sich lahm.

»Ich hab' Lust, mich mal im Pferderennsport zu versuchen, Sir. Ich stehe gerade in Verhandlungen über den Ankauf von einigen Ställen in Newmarket. Mit Pferden zu arbeiten hat mir schon in der Armee am meisten Spaß gemacht. Wird schön sein, wieder mit solchen Tieren zu tun zu haben.«

»Ein teures Hobby, kann ich mir vorstellen.«

Quinn nickte. »Das ist es, Sir. Aber warum sollte ich es mir jetzt, wo ich das Geld hab', nicht gönnen?«

»Da haben Sie recht.« Also war auch Quinn wieder auf die Beine gekommen. Die Launen des Schicksals, dachte Richard, waren wirklich merkwürdig. Der vor vier Jahren entlassene Diener war von Bord eines Schiffes aus Neuseeland gegangen mit mehr Geld in der Tasche als seine frühere Arbeitgeberin. Er suchte sich einen Rennstall in Newmarket aus, während sie Miete für ein Terrassenhaus in Bath bezahlen mußte. »Sie müssen mir Ihre Adresse hinterlassen, Quinn, damit Sir James Sie besuchen kann.«

»Das werde ich tun, Sir. Wird er nach seiner Rückkehr in Bladeney House einziehen?«

»Ich denke schon. Warum fragen Sie?«

»Ich habe zuerst dort vorbeigeschaut, weil ich dachte, er könnte zu Hause sein. Doch Sir Hugo – das heißt *Mister* Hugo – wohnt immer noch dort.«

»Ja, das tut er. Haben Sie mit Hugo gesprochen?«

»Jawohl, Sir. Die Ereignisse haben ihn schwer getroffen, wenn ich das mal so sagen darf. Wirklich sehr schwer.«

»Wie kommen Sie darauf?« Richard war sich alles andere als sicher, ob er Quinns Meinung über Hugos Geistesverfassung zu hören wünschte.

»Ich kenne Mr. Hugo schon sehr lange.« Quinns verschärfter Tonfall deutete an, daß er Richards Gedanken gelesen hatte. »Er hat schon immer zwischen Hochs und Tiefs geschwankt. Aber wenn er wütend war, dann wußte man es gleich. Er war niemals trübselig oder apathisch.«

»Und jetzt ist er Ihnen so vorgekommen?«

»Jawohl, Sir. Sein ganzer Elan schien weg. Hat mich ziemlich traurig gestimmt, der Anblick.«

»Es war für die ganze Familie eine schwierige Zeit«, sagte Richard, um einen unbesorgten Gesichtsausdruck bemüht. »Hugo wird schon über die Runden kommen, da bin ich mir sicher.«

In Wirklichkeit war er eher vom Gegenteil überzeugt. Nachdem Quinn gegangen war, empfand Richard die Bitternis und Feindseligkeit, die durch James' Rückkehr aufgebrochen waren, noch deutlicher. Natürlich lag die Schuld nicht bei James. Niemand hatte Schuld. Doch viele hegten sicherlich den Wunsch, er wäre nie wieder aufgetaucht oder tatsächlich vor zwölf Jahren in Wapping ertrunken.

Richard erhob sich und ging ans Fenster, von dem aus er einen guten Blick auf die Straße hatte. Quinn tauchte unten auf dem Bürgersteig auf und marschierte schnell davon, verlor sich in der Menschenmenge. Es gab keinen Grund, ihm nicht zu glauben. Alles klang vollkommen logisch. Es bewies genau das, was Richard schon längst hätte akzeptieren sollen: Quinn war weder ein Meisterverbrecher noch ein Verschwörer, sondern lediglich ein alter Soldat, dem das Glück in den Schoß gefallen war.

VI

Constance öffnete die Glastüren und trat auf den Balkon ihres Hotelzimmers hinaus. So hoch über der Straße wehte eine kühlende Brise, doch der Tag ließ bereits die kommende sengende Hitze ahnen. Sie betrachtete die Glockentürme und die ordentlichen Ziegeldächer in der näheren Umgebung und war froh, daß sie heute nach Italien aufbrechen würden, denn das industrialisierte und disziplinierte Zürich hatte sie nach der heiteren Atmosphäre Salzburgs enttäuscht.

Sie blickte zu dem winzigen Platz unter ihr hinab. Aus dem vierten Stock betrachtet, wirkte er nicht größer als ein Taschentuch, bestreut mit Kies und in der Mitte ein Springbrunnen. Das kleine Café gegenüber vom Hotel hatte um diese Zeit kaum Gäste – nur ein paar mürrische Zürcher, die in ihre Zeitungen vertieft waren. Außerdem bemerkte sie noch eine ganz allein an einem Randtisch sitzende Frau, ein schlankes Wesen in einem cremefarbenen Kleid, mit langen, unter einem Strohhut versteckten dunklen Haaren. Mehr konnte Constance von ihr nicht erkennen.

Plötzlich klopfte es hinter ihr an der Zimmertür. Sie rief »herein« und stellte entzückt fest, daß es sich bei ihrem Besuch um James handelte, der bereits reisefertig gekleidet war.

»Alles gepackt?« erkundigte er sich.

»Ich glaube, Emily hat schon alles erledigt.«

»Wie stets.« Sie küßten sich. »Ich habe Nachrichten aus England. Einen Brief von Richard.« Er klopfte gegen seine Jackentasche.

»Geht es ihm gut?«

»O ja. Aber eine interessante Sache ist passiert. Quinn scheint endlich wieder aufgetaucht zu sein.«

»Quinn?«

»Mein alter Kammerdiener. Seine Aussage hätte mir geholfen, aber er konnte zu der Zeit nicht aufgetrieben werden. Offensichtlich ist er gerade erst aus Neuseeland zurückgekehrt, ohne eine Ahnung zu haben, wieviel Mühe wir uns gemacht haben, ihn zu finden.«

»Wie seltsam.«

»Nicht wahr? Richard schreibt, Quinn sei zu Geld gekommen, obwohl ich bezweifle, daß ihn das verändert hat.« Er trat an den Rand des Balkons und beugte sich über das Geländer. »Wieder ein heißer Tag, schätze ich.«

»Ich fürchte auch.«

»Je früher wir aufbrechen, desto besser. Es ist eine weite Fahrt nach ...« Er brach mitten im Satz ab. Constance sah ihn an und bemerkte, daß sein Gesicht plötzlich schneeweiß geworden war. Er starrte gebannt auf den kleinen Platz hinab, auf die friedliche Szene mit dem Springbrunnen und den Cafétischen, die sie so uninteressant gefunden hatte. Doch der Anblick schien bei James ein irrationales Entsetzen ausgelöst zu haben. Erschreckt trat sie auf ihn zu, doch die Bewegung schien die Trance, die ihn kurz gefangengehalten hatte, zu brechen. Er stieß sich vom Geländer ab und lächelte ihr zu; die Farbe kehrte in seine Wangen zurück. »Ist schon in Ordnung. Kein Grund zur Beunruhigung.«

Sie nahm seine Hand in die ihre; sein Griff war beruhigend fest und kraftvoll. »Einen Augenblick lang sahst du furchtbar krank aus.«

»Ein kleiner Schwindelanfall. Nichts weiter.«

»Das sieht dir gar nicht ähnlich.«

»Tut mir leid. Aber ganz ehrlich, ich fühle mich schon wieder vollkommen wohl.«

»Sollen wir hineingehen?«

»Ja. Nach dem Frühstück ist dann alles wieder in bester Ordnung.«

Als sie sich dem Zimmer zuwandten, blickte Constance noch einmal in den Hof hinab, immer noch verwundert darüber, was James in derartige Erregung versetzt haben könnte. Sie hatte noch nie etwas davon gehört, daß er an Schwindelanfällen litt. Sie sah jedoch nichts, was eine derartige Reaktion hätte auslösen können. In den vergangenen paar Minuten hatte sich nichts verändert, außer daß der einsame weibliche Gast das Café verlassen hatte und nun die Straße hinabging.

VII

Richard ging mehrmals an Bladeney House vorbei, bevor er den Mut aufbrachte zu klingeln. Es war absurd, dachte er, während er darauf wartete, daß die Tür geöffnet wurde, daß sein Herz so heftig klopfte, daß seine Hand so zitterte, bloß weil er Hugo nun zum erstenmal nach dem Ende der Verhandlung wieder sehen würde. Schließlich wußte Hugo nicht, in welcher Beziehung sie wirklich zueinander standen. Er durfte es nie erfahren.

»Guten Tag, Sir«, sagte Greenwood. Weder seine Stimme noch sein Gesichtsausdruck verrieten Überraschung, daß Richard nach so langer Zeit wieder einmal vorbeischaute.

»Ist Hugo zu Hause?«

»Jawohl, Sir. Ich glaube, Sie können ihn in einem der oberen Räume finden.«

Richards böse Ahnungen verstärkten sich, als er die Treppe hinaufstieg. Zu Gervases Zeiten hatte das obere Stockwerk von Bladeney House als Dienstbotenquartier gedient. Doch der Haushalt war kleiner geworden, und nun wurde der obere Stock, soviel Richard wußte, hauptsächlich als Lagerraum genutzt. Er konnte sich nicht vorstellen, was Hugo hier zu suchen hatte.

Stille hüllte Richard am oberen Treppenabsatz ein. Er blieb stehen und schaute sich um. Am Ende des Ganges ertönte ein Geräusch, so als würde ein schwerer Gegenstand ruckweise bewegt. Er eilte in diese Richtung.

Durch eine offene Tür gelangte er in einen kleinen Raum, wahrscheinlich einst das Schlafzimmer eines Dienstmädchens und nun mit Kartons und Kisten vollgestapelt. Hugo stand gebückt in einer Ecke und lockerte die Lederbänder einer zerkratzten, verbeulten Metalltruhe. Überrascht blickte er auf, als Richard seinen Namen rief, das Gesicht gerötet von der Anstrengung oder, wie es Richard erst später in den Sinn kam, von Schuldgefühlen.

»Was führt dich zu mir, Cousin?« Hugo richtete sich auf und klopfte sich den Staub von den Händen. Das feindselige Funkeln in seinen Augen war unverkennbar.

Richard machte einen weiteren Schritt in das Zimmer. »Wie geht es dir, Hugo?« fragte er, dessen Frage ignorierend.

»Wunderbar. Hab' mich nie besser gefühlt. Was hast du erwartet?«

»Das Gerichtsverfahren endete vor fast zwei Monaten. Ich hoffte, du hättest dich mittlerweile mit dem Urteil ... versöhnt.«

»Das hab' ich, wie du siehst. War noch nie so glücklich. Verstehe gar nicht, warum ich nicht schon vor langer Zeit meinen Titel aufgegeben und mein ganzes Geld verschenkt habe. Hätte doch zu mir gepaßt.«

»Hugo!«

»Sag nichts, Richard!« Plötzlich fiel der sarkastische Schleier, hinter dem er sich versteckt hatte. »Du glaubst, zwei Monate könnten das in Vergessenheit geraten lassen, was du mir angetan hast? Nichts und niemand kann das wiedergutmachen.«

»James war so großzügig ...«

»Du meinst, er läßt mich kriechen. Zu seinem Bankier, um Geld zum Leben zu erbetteln. Zu seinem Anwalt, um mir ein Dach über dem Kopf zu erbitten. Er hat mir das Brot aus dem Mund genommen, und du hast ihm dabei geholfen. Wie zum Teufel kommst du auf die Idee, ich könnte mich mit diesem Diebstahl versöhnen, durch den mir alles genommen wurde, was ich besaß?«

Richard schluckte schwer, um den Schmerz zu verbergen, den er empfand. Er mußte ruhig und tolerant auftreten – und vor allem mußte er seinen eigenen Handlungen gegenüber loyal bleiben. »Ich habe James geholfen, sich seiner natürlichen und legalen Rechte zu versichern, das ist alles. Ich habe dir davon abgeraten, seinen Anspruch zu bekämpfen, aber du wolltest nicht zuhören. Jetzt kann ich nur hoffen, daß du Einsicht zeigst. Gib zu, daß du im Unrecht warst, Hugo. Erkenne James als deinen Bruder an, als rechtmäßigen Träger des Baronettitels und als rechtmäßigen Eigentümer dieses Hauses.« Die ironische Bedeutung dessen, was er eben gesagt hatte, wurde Richard bewußt, kaum daß er die Worte ausgesprochen hatte. Wenn nur er selbst hätte sicher sein können, daß seine Worte der Wahrheit entsprachen. Wenn er nur glauben könnte, daß Hugo und nicht er selbst der Narr gewesen war.

»Dieses Haus! Bist du deshalb hier? Willst du dich davon überzeugen, daß ich verschwunden bin, bevor er von seinen Flitterwochen mit der Frau eines anderen aus Europa zurückkehrt? Bei Gott, er ist der einzige Mann, den ich kenne, bei dem die Hochzeitsreise vor der Hochzeit kommt.«

»Es hat keinen Sinn ...«

»Nun, keine Sorge! Ich werde rechtzeitig ausgezogen sein. Freddy hat mir ein paar Zimmer in der Duke Street besorgt, die ich mir mit der sogenannten Unterstützung meines sogenannten Bruders leisten kann.«

»Du mußt sein Geld nicht nehmen.«

Hugo schlug mit der Hand auf den Deckel der Truhe. Der scharfe Knall hallte durch den winzigen Raum. »Gott verdammt noch mal, was bleibt mir denn anderes übrig?« Mit einem verzweifelten Seufzen ließ er sich auf einer umgedrehten Orangenkiste nieder und starrte Richard vorwurfsvoll an. »Der Teufel wäre los, wenn Mutter jemals erfahren würde, daß ich sein Geld nehme. Aber mir bleibt keine andere Wahl.«

»Man hat immer eine Wahl.« Richard dachte daran, daß er mit der gleichen Begründung, die Hugo jetzt vorschob, Catherine vor vielen Jahren im Stich gelassen hatte.

»Es ist leicht für dich, das zu sagen. Es ist einfach, dazustehen und mir zu sagen, was ich tun sollte und was nicht.«

»Glaube mir, ich versuche nur, dir zu helfen.«

Verletzter Stolz zeigte sich in Hugos Gesicht, als er Richard von unten her anfunkelte. »Ich brauche deine Hilfe nicht – oder deinen Rat. Was zum Teufel schert es dich, ob ich sein Geld annehme oder nicht?«

Das war eine Frage, die Richard nicht zu beantworten wagte. Es war zu spät, viel zu spät, um noch zu erklären, warum er sich durch Hugos Demütigung so beschämt fühlte. Er konnte nur ausdruckslos zurückstarren.

»Verschwinde, Richard. Verschwinde, und laß mich das Leben, das du und Norton mir aufgezwungen habt, so führen, wie es mir paßt.«

»Ich muß mich bald auf eine Geschäftsreise begeben. Ich dachte ...«

»Ich schätze, bei seiner Rückkehr werde ich hier ausgezogen sein. Ich werde dich nicht mit meiner neuen Adresse belasten, weil ich nicht mit deinem Besuch rechne.«

»Wenn du nicht willst, daß ich ...«

»Nein, das will ich nicht.«

Hugos Apathie und sein trostloser Gesichtsausdruck bestätigten nur, daß es nichts mehr zu sagen gab. Mit einem kaum wahrnehmbaren Nicken drehte sich Richard um und verließ den Raum.

»Auf Geschäftsreise, sagtest du?« rief Hugo ihm nach. »Zweifellos *Sir* James' Geschäfte. Hoffentlich hast du was davon, wenn du den Laufburschen für ihn spielst.«

Langsam ging Richard den Korridor entlang. Es war seltsam, dachte er, daß ihm Hugo noch diese letzte Beleidigung nachschleuderte, denn er verreiste nicht auf James' Anordnung hin. In gewissem Sinne ging er um Hugos willen. Um seines Sohnes willen machte er sich auf, die Wahrheit zu suchen.

Hugo wartete, bis Richards Schritte auf der Treppe verklungen waren. Endlich war er wieder allein, befreit von den frommen Ratschlägen seines Cousins, befreit von dem übelkeiterregenden Anblick seiner forschenden Augen. Er wandte sich wieder der Truhe zu, warf die Riemen zurück und klappte den Deckel auf.

Im Inneren befanden sich sämtliche Erinnerungsstücke an Sir Gervase Davenalls Militärkarriere: der Säbel in der Scheide, sauber gefaltete Uniformteile, ein Feldstecher, Kartenmaterial, ein Paar Satteltaschen und Zaumzeug, ein Schachbrett, ein kleiner, zusammenklappbarer Kartentisch mit den dazugehörigen Beinen und die Teile eines alten Feldbettes.

Vorsichtig, fast andächtig durchwühlte Hugo die Sachen, bis er ganz unten in der Truhe gefunden hatte, was er suchte: eine flache, rechteckige Holzschachtel, ungefähr siebzig mal vierzig Zentimeter. Mit einiger Mühe hob er sie heraus, denn sie war überraschend schwer, stellte sie auf den Boden und holte einen Schlüsselbund aus seiner Tasche. Dann suchte er den richtigen Schlüssel für das winzige Schloß. Er hatte es nicht eilig, denn er wußte, was sich in der Schachtel befand, und er kannte auch den richtigen Schlüssel – er kannte ihn, weil er schon einmal gesehen hatte, wie die Schachtel geöffnet worden war.

Als Hugo an jenem Abend im September 1876 nach Bladeney House zurückkehrte, teilte ihm Quinn mit, daß sein Vater ihn in seinem Arbeitszimmer erwarte. Es war nach Mitternacht, aber er konnte sich nicht davor drücken. Seine Anwesenheit war erforderlich.

Er merkte sofort, daß Sir Gervase angetrunken und sehr wütend war. »Hast du irgendwas zu deiner Entschuldigung anzuführen?« rief er, kaum daß Hugo den Raum betreten hatte.

»Ich verstehe nicht, Sir.«

»Keine Ausflüchte. Wigram hat heute abend im Club mit mir gesprochen.«

»Worüber?«

»Über deinen Streit mit seinem Sohn.«

»Ah, das.« Der junge Wigram hatte Hugo beschuldigt, während eines Farospiels am späten Abend betrogen zu haben. Hugo hatte zwar tatsächlich betrogen, es jedoch heftig bestritten. Die beiden waren wutentbrannt auseinandergegangen.

»Ja, *das.* Hast du überhaupt eine Ahnung, in welch peinliche Lage du mich bringst? Ich muß mir sagen lassen, daß mein eigener Sohn beim Kartenspiel betrügt – in meinem Club. Verdammt noch mal. Hugo, hast du mir nichts zu sagen?«

»Ich betrüge nicht, Sir. Harry Wigram hat sich geirrt.«

»Sein Vater sagte, du habest es abgestritten – und seist dann gegangen.«

»Was hätte ich sonst tun können?«

»Was sonst?« Sir Gervase starrte seinen Sohn ungläubig an. »Guter Gott, ist das dein Ernst? Deine Handlungsweise war praktisch ein Schuldeingeständnis.«

»Ich war nicht darauf vorbereitet, so aus heiterem Himmel beleidigt zu werden.«

»Dann hättest du ihn fordern müssen.«

Hugo runzelte die Stirn. Nun zweifelte er an der Ernsthaftigkeit seines Vaters. Er mußte doch wissen, daß man Duelle, einst das *sine qua non* eines Gentlemans, heutzutage als letzte Zuflucht von Romantikern und Idioten betrachtete. »Nun, Sir, heute gehen wir so etwas anders an ...«

Sir Gervase hämmerte auf den Schreibtisch und betrachtete Hugo voller Abneigung. »Du meinst, du hast nicht den Mumm dazu. Verdammt noch mal, Junge, du kotzt mich an. Ich hab' dir die beste Ausbildung zukommen lassen, die für Geld zu kriegen ist, aber du hast keine Ahnung vom Wert der Dinge, du verstehst nicht einmal etwas von dem guten Namen dieser Familie.«

»Ich glaube kaum ...«

»Letztes Jahr warst du bei diesem Juden verschuldet. Und jetzt das. Wo soll das enden? Wann kann ich endlich aufhören zu wünschen, du statt James hättest den verfluchten Anstand gehabt und dich ersäuft?«

Niemals, das wußte Hugo nur zu gut. Nie würde der Zeitpunkt kommen, an dem sein Vater aufhören würde, ihn daran zu erinnern, um wie vieles er doch minderwertiger war als sein toter Bruder. »Ich denke, James hätte genauso gehandelt wie ich«, murmelte er voller Groll.

»Du meinst, er hätte nie beim Kartenspiel betrogen. Aber wenn ihn je jemand einer derart schmutzigen Sache beschuldigt hätte, so hätte er gewußt, was man dann zu tun hat.« Über den Schreibtisch gebeugt, zog Sir Gervase eine der unteren Schubladen auf und hob eine große, flache Holzschachtel heraus. Er stellte sie auf die Schreibtischplatte und funkelte Hugo mit unverhohlener Verachtung an. »Er hätte Satisfaktion gefordert. So, wie ich es auch getan hätte. So, wie ich es in der Vergangenheit getan habe.« Er holte einen kleinen Schlüssel aus seiner Westentasche und sperrte die Schachtel auf. Dann klappte er den Deckel auf und schaute Hugo an. »James hätte mich gebeten, sie benutzen zu dürfen. Und ich hätte sie ihm voller Stolz überlassen. Ich wäre stolz auf ihn gewesen – so, wie ich auf dich niemals stolz sein kann.« Und damit drehte er die Schachtel herum, hielt sie seinem Sohn entgegen.

Hugo öffnete die Schachtel und starrte das Paar Purdey-Percussion-Duellpistolen an. Die achteckigen Läufe waren fein ziseliert, die Verschlüsse wunderschön graviert, die Kolben handgeschnitzt. Die beiden Waffen ruhten auf dem grünen Fries ihrer Fächer. Selbst jetzt, mehr als vierzig Jahre nach ihrem letzten schicksalhaften Einsatz, ging von ihnen eine seltsame, verführerische Aura aus, eine Art widerwillige Liebe zu Sinn und Zweck eines Todes aus Rachegelüsten.

Hugo griff nach einer Pistole und wog sie in der Hand, spürte die kunstvolle Harmonie der Form, fühlte die trügerische Perfektion. Dann streckte er den Arm aus, spannte den Hahn mit dem Daumen, malte sich aus, Norton würde vor ihm stehen, und drückte ab. Er hörte, wie der Bolzen zuschlug – und wie die Kugel ihr Ziel fand.

VIII

Emily Sumner hatte eine erschöpfende, ehrfurchterregende Besichtigung des Doms in Florenz hinter sich. Nun verspürte sie das dringende Verlangen nach Sonnenschein und frischer Luft. Durch den Südeingang des Doms trat sie in die blendende Helligkeit der Piazza del Duomo hinaus und blieb einen Moment lang stehen, um ihre Augen an das grelle Licht zu gewöhnen. Plötzlich entdeckte sie in kurzer Entfernung Sir James Davenall, von dem sie angenommen hatte, daß er zusammen mit Constance im Hotel ein spätes Frühstück genießen würde. Das Paar hatte es schon längst aufgegeben, mit Emilys Besichtigungswut Schritt zu halten.

Bevor sie noch rufen konnte, hatte James bereits einen Eingang am Fuß des Campanile erreicht, am westlichen Ende des Doms. Er warf dem Pförtner eine Münze hin und verschwand die Treppe hinauf. Emily hatte erst später am Tag den Turm besteigen wollen, doch James' Anblick ließ sie ihre Meinung ändern, und sie beschloß, ihm zu folgen.

Die Treppe war steil und schlecht beleuchtet, die Stufen ausgetreten. Emily kam nur langsam voran. Bei jeder Biegung hoffte sie James zu sehen, aber vergeblich. Im dritten Stock schließlich wurde es leichter; die Treppe führte zu einem Plateau. Hier mochte man ungefähr ein Viertel der Turmhöhe erreicht haben. Sie ging darauf zu.

Sie näherte sich der Tür am oberen Treppenabsatz, als sie James' erhobene Stimme hörte, die keineswegs so sanft klang wie sonst. »Ich habe vor, sie zu heiraten. Ist das klar genug?«

Emily blieb stehen. Was konnte das bedeuten? James hatte den Campanile allein betreten, doch nun unterhielt er sich mit jemandem, anscheinend über Constance. Von der Stufe aus, auf der sie stand, konnte sie die Fläche jenseits der Treppe sehen, die in grellem Tageslicht lag, das durch die hohen, zwischen die Säulen und Stützpfeiler des Turmes eingelassenen Fenster fiel. Niemand war zu sehen, doch James mußte ganz in der Nähe sein, so deutlich war seine Stimme zu hören. Emily wollte gerade weitergehen, als James erneut das Wort ergriff.

»Es ist dein gutes Recht, mir Vorwürfe zu machen. Aber ich habe mich in sie verliebt, und sie liebt mich. Ich kann sie nicht verraten.«

Emily stützte sich mit den Händen an beiden Seiten der Steinwände ab, um nicht ins Wanken zu geraten. Noch atemlos von dem Aufstieg, lauschte sie mit geneigtem Kopf.

»Das gebe ich zu. Aber ich muß ihre Bedürfnisse gegen die deinen abwägen.«

Emily merkte, daß sie lediglich James' Anteil an dem Gespräch hören konnte. Sie schob sich näher heran, bis sie auch die andere Stimme hören konnte. »Hast du vergessen, was ich alles für dich getan habe?« Es war eine Frauenstimme, jung und mit Sicherheit englisch.

»Ich habe nichts vergessen. Aber manchmal kommt es mir so vor, als würden sich meine Erinnerungen auf ein anderes Leben und nicht auf mein eigenes beziehen.«

»Du hast mir versprochen, alles mit mir zu teilen, was du erringst.«

»Du kannst deinen Teil haben. Soviel du willst. Regelmäßig über die Bank in Zürich.«

»Es ist nicht das Geld, was ich will. Ich möchte das sein, was du mir versprochen hast: die Frau von Sir James Davenall.«

Emily preßte schnell eine Hand vor den Mund, um zu verhindern, daß sie aufschrie. Was bedeutete das? Sie vertraute, ja liebte James fast genauso sehr wie Constance. Mit wem sprach er? In welcher Beziehung stand er zu dieser Frau? »Ich kann es nicht ändern«, erwiderte James. »Du wirst auch ohne mich überleben. Constance nicht.«

»Hast du eine Ahnung, was ich alles getan habe, um dir zu helfen?«

»Glaub nicht, ich sei dir nicht dankbar, aber ...«

»Ich werde nicht zulassen, daß du sie heiratest!« Die Stimme klang plötzlich schroff und hart.

In dem kurzen Schweigen, das darauf folgte, konnte Emily nur das Hämmern ihres eigenen Herzens hören. Dann erwiderte James: »Du kannst mich nicht aufhalten. Jetzt nicht mehr. Folge mir, solange du willst, von mir aus auf Schritt und Tritt. Es wird nichts ändern. Es tut mir leid. Sehr, sehr leid. Unsere Liebe ist tot, und nichts, was du sagst oder tust, kann sie wieder zum Leben erwecken.«

»Ich werde nicht zulassen, daß du sie heiratest.«

»Um Gottes willen, sei vernünftig.«

»Warum sollte ich? Damit du alles haben kannst? Sei gewarnt: Ich weiß mehr von dir als du selbst. Wenn du so weitermachst, wenn du diese Frau heiratest ...«

»Das werde ich, verlaß dich drauf.«

»Sehr gut. Wie du willst. Aber dann mußt du dir auch über die Konsequenzen klar sein.«

»Wie meinst du das? Was für Konsequenzen?«

»Du wirst es erleben. Dafür werde ich schon sorgen.«

»Das ist albern. Wir ...«

»Ich werde dich nicht länger verfolgen. Aber ich werde auf dich warten. Nicht lange, aber lange genug, falls du vernünftig werden solltest. Falls nicht ...«

Wieder Schweigen. Emily kam sich vor, als würde sie in einer Falle sitzen, körperlich ebenso wie geistig, hin und her gerissen zwischen Flucht und Konfrontation, zwischen Komplizenschaft und Anklage. Sie konnte weder wegrennen noch weitergehen. Sie konnte nicht erahnen, was für Blicke zwischen James und seiner Begleiterin in der immer noch anhaltenden Stille gewechselt wurden, und sie verstand auch nicht den Sinn all dessen, was sie gehört hatte.

»Ich liebe dich«, sagte die Frau abrupt.

»Ich liebe eine andere«, erwiderte James.

»Dann adieu. Und möge Gott dir gnädig sein.«

Mit raschelnden Röcken tauchte plötzlich eine Gestalt auf dem Treppenabsatz auf und stürzte die Stufen hinab. Sie schien Emily kaum wahrzunehmen, als sie in der Dunkelheit an ihr vorbeihuschte auf den nächsten Treppenabsatz zu.

James folgte ihr nicht. Als Emily hinaufsah, war nichts von ihm zu entdecken. Vielleicht war er zum Turm hochgestiegen. Vielleicht war er an dem Platz geblieben, an dem er gestanden hatte. Unfähig, die Ungewißheit länger ertragen zu können, atmete Emily ein paarmal tief durch, faßte sich, so gut es ging, stieg die letzten Stufen hoch und trat ins Tageslicht hinaus.

James stand auf der anderen Seite des Turms; er lehnte an der Brustwehr, rauchte eine Zigarette und ließ seine Blicke über die Stadt schweifen. Man hätte sich kaum eine gefaßtere, unbeschwertere Erscheinung als ihn vorstellen können, wie er so in cremefarbenem Leinenanzug und Panamahut dastand. Kaum zu glauben, daß er eben auch nur in eine kleine Meinungsverschiedenheit verwickelt gewesen wäre.

Aus den Augenwinkeln mußte er eine Bewegung wahrgenommen haben, als Emily sich ihm näherte. Er wirbelte herum – und lächelte strahlend. »Emily! Welch eine Überraschung!« Sie konnte weder Anspannung noch Verlegenheit in seiner Stimme entdecken, als er hinzufügte: »Wie lange bist du schon da?«

Dies war der Augenblick der Wahrheit. Dies war ihre Chance – die einzige, die sie je bekommen würde –, ihn um ihrer Schwester willen zu provozieren, Rechenschaft von ihm zu fordern in all den Punkten, die er ihnen verschwiegen hatte. Doch während sie schon die Worte formulierte, begann sie die Konsequenzen zu erkennen und zu fürchten. Constance war endlich glücklich, endlich vollkommen zufrieden, und James hatte nichts gesagt, was sie an seiner Loyalität zu Constance hätte zweifeln lassen können. Falls das eben Erlebte das war, was es zu sein schien – die geheime Beendigung eines Verhältnisses mit einer Frau aus seiner Vergangenheit –, warum sollte sie es dann nicht dabei bewenden lassen? Wer hatte schon etwas davon, wenn es ans Licht der Öffentlichkeit gezerrt wurde?

»Stimmt etwas nicht?«

»Nein, nein«, erwiderte Emily hastig. »Jemand hätte mich nur beinahe umgerannt, als ich hochstieg, das ist alles. Und ich hatte nicht damit gerechnet, dich hier zu finden.«

James lächelte verlegen. »Mir war nach einem Spaziergang vor dem Frühstück zumute. Würdest du mich zur Turmspitze begleiten?«

»Mit Begeisterung.«

Und so stiegen sie weiter die Stufen hoch. Keiner gab dem anderen auch nur den kleinsten Hinweis darauf, daß irgend etwas nicht stimmen könnte. Vom Turm oben bewunderten sie das Schiff des Doms, identifizierten florentinische Wahrzeichen und betrachteten die in leichtem Dunst liegenden Hügel in der Umgebung. James war wie immer äußerst charmant, der ideale Reiseführer, der perfekte Begleiter, der rücksichtsvolle Freund. Wenn Emily ihn anblickte, sah sie in ihm immer noch den Mann, den sie inzwischen als den rechtmäßigen Ehemann ihrer Schwester betrachtete, doch hinter seinen netten, unverbindlichen Bemerkungen hörte sie die Stimme, mit der er die Liebe einer anderen zurückgewiesen hatte. Dann wurde ihr mit dem Schock einer brutal zerstörten Illusion klar, daß sie ihn in Wirklichkeit gar nicht kannte. Er war wieder das geworden, was sie nicht mehr in ihm hatte sehen wollen: ein Fremder.

IX

Davenall & Partners
4 Bellows Court
High Holborn
LONDON W.C.

24. September 1883

Lieber James,
Ich habe heute Dein Telegramm aus Rom erhalten mit der Nachricht, daß Du Mitte nächsten Monats nach England zurückkehren wirst. Ich hoffe, Deine Entscheidung, früher als geplant heimzukehren, bedeutet nicht, daß etwas nicht in Ordnung ist.

Ich hielt es für besser, diesen Brief jetzt zu schreiben, damit Du ihn nach Deiner Rückkehr lesen kannst, da die Wahrscheinlichkeit sehr groß ist, daß ich Dich nicht persönlich willkommen heißen kann. Ich habe Anfang nächsten Monats einen Besuch in Carntrassna geplant, um mich selbst davon zu überzeugen, ob Kennedys Verwaltung des Gutes Deinen Interessen dienlich ist. Natürlich kann ich jetzt noch nicht beurteilen, wie lange das dauern wird und was ich dabei in Erfahrung bringen werde.

Bis zum Wiedersehen verbleibe ich

Dein *Richard*

SIEBZEHNTES KAPITEL

I

Der Dampfer, den Constance mit James und Emily in Neapel bestiegen hatte, legte an einem stillen, grauen Oktobermorgen in London an. Constance hatte erwartet, daß sie die eintönigen Fassaden Londons nach der Wärme und der Farbenpracht Italiens deprimierend finden würde, auch ohne das traurige Wissen, daß dieser Anblick bedeutete, daß sie und James sich nun bald würden trennen müssen. So war es kein Wunder, daß ihr Herz sank, als sie sich dem Kai näherten.

Merkwürdigerweise hatte sie den Eindruck, daß ihre beiden Begleiter froh waren, wieder zu Hause zu sein. Die ihnen durch das Schiffsleben auferlegte Nähe hatte einen Verdacht in ihr bestärkt, der ihr erstmals in Florenz gekommen war – den Verdacht, daß James und Emily auf irgendeine seltsame Art und Weise entzweit waren. Sie hatten sich sehr bemüht, es vor ihr zu verbergen, aber sie hatte es trotzdem gespürt. Das erklärte auch, weshalb sie sich dafür ausgesprochen hatten, den Urlaub abzukürzen, den sie selbst noch auf Griechenland hatte ausdehnen wollen, und weshalb sie nun auch ihren Kummer über das Ende der Reise nicht zu teilen schienen.

Constance hatte nicht erwartet, daß ihr Vater mit Patience zur Begrüßung von Salisbury kommen würde. In ihrer gegenwärtigen Stimmung zog sie es sogar vor, das Wiedersehen noch etwas hinauszuschieben. Doch sie hatte angenommen, daß Richard Davenall sie willkommen heißen würde. Statt dessen wurden sie lediglich von Richards Angestelltem Benson empfangen, der James einen Brief von Richard aushändigte. James las ihn während der Kutschenfahrt. Richard weilte offensichtlich geschäftlich in Irland, eine Nachricht, die James nicht gut aufzufassen schien.

Zumindest hatte Constance den flüchtigen Eindruck, obwohl sie in ihrer Geistesabwesenheit kaum darauf achtete. Ihre Gedanken konzentrierten sich vielmehr darauf, wie die kurze Trennung am besten überbrückt werden konnte, die sie und James vor der Heirat ertragen mußten. Verglichen damit verblaßte selbst die Kühle, die sie zwischen James und Emily entdeckt zu haben glaubte, zur Bedeutungslosigkeit. Und am allerwenigsten interessierte sie, was Richard in Irland tun mochte. Was sie anbelangte, so hatte das nichts mit ihrer Zukunft zu tun. Nicht das Geringste.

II

Während der Nacht hatte es heftig geregnet. Kräftige Schauer, die gegen seine Fenster prasselten, hatten Richard mehrmals aufgeweckt. Doch als er nun die Vorhänge teilte und auf den üppigen Rasen von Carntrassna House hinausblickte, konnte man es kaum glauben, so wolkenlos blau war der Himmel, so ruhig lag in der Ferne die Wasserfläche von Lough Mask. Er schob die Scheibe hoch und atmete tief die milde Luft ein, während er sich fragte, wie lange dieser Frieden wohl dauern mochte, bis der nächste Sturm sich von den Bergen hinter dem Haus herabstürzte. Nicht sehr lange, davon war er überzeugt. Wenn er etwas in diesen drei Tagen, die er nun schon auf Carntrassna weilte, gelernt hatte, so war es die Tatsache, daß man sich hier auf nichts verlassen konnte.

Er wandte sich um, kippte etwas Wasser in die Waschschüssel und tauchte sein Gesicht hinein, um die Benommenheit aus seinem Gehirn zu vertreiben. Er wurde allmählich zu alt für solch weite Reisen, sagte er sich. Er war zu sehr auf London eingestellt, wo alles seinen ordentlichen, geregelten Gang nahm. Carntrassna mit seinem weiten Panorama von dunklem Torf und düsteren Bergen, seinem ständig wechselnden Wetter und den pechschwarzen, undurchdringlichen Nächten war ihm ziemlich auf die Nerven gegangen.

Richard trocknete sich das Gesicht mit einem Handtuch ab und dachte dabei an seine Ankunft am Bahnhof von Westport und die Fahrt von dort zum Haus in Kennedys Wagen. Es schien eine Ewigkeit her zu sein. Er hatte den Mann besser kennengelernt und wußte nun, daß er begierig gewesen war, ihn sowohl mit seinem Fleiß als auch mit seinen Problemen zu beeindrucken.

»Dort haben sie letztes Jahr Lord Ardilauns Verwalter gefunden«, hatte Kennedy gesagt und auf den Meeresarm gedeutet, als sie ihn von dem schlammigen, von Fahrspuren durchzogenen Weg zum erstenmal zu Gesicht bekamen. »In Säcken eingeschnürt und ersäuft wie einen Wurf Katzen.«

»Man kann es kaum glauben, daß inmitten all dieser Naturschönheiten derartige Gewalttaten begangen werden«, hatte Richard lahm entgegnet.

»Lassen Sie sich vom Aussehen des Landes nicht täuschen, Sir. Das ist ein trügerischer Ort, vor allem für jene von uns, die ihre Pflicht tun. Man weiß nie, wann Captain Moonlight einen heimsucht.«

Das war nur zu wahr, daran zweifelte Richard keineswegs. Doch warum waren dann Kennedy – und die örtliche Polizei – so überzeugt davon gewesen, daß hinter dem Mord an Mary Davenall nicht ein politisches Motiv steckte? Auf der Fahrt nach Carntrassna waren sie an der Church-of-Ireland-Kapelle vorbeigekommen; hier ruhten Generationen von Fitzwarrens, unter ihnen auch Mary. Als Richard an ihrem Grab gestanden und ihr die letzte Ehre erwiesen hatte, hatte er Kennedy direkt herausgefordert.

»Sind Sie sicher, daß die Fenier nichts damit zu tun hatten?«

»So sicher, wie man nur sein kann, Sir. Lady Davenall wurde respektiert, man hatte sie gern. Viele der älteren Pächter sprechen jetzt noch voller Dankbarkeit von ihrer Großzügigkeit während der Hungersnot.«

»Trotzdem ...«

»Und Fenier würden keinen Schmuck stehlen. Nein, Sir, ich glaube fest daran, daß die alte Lady einen Einbrecher überrascht hat.«

Richard hatte sich hinabgebeugt, um eine Inschrift auf dem Stein zu inspizieren: MARY ROSALIE FITZWARREN, 1798–1882. »Warum wurde nur ihr Mädchenname benützt?« hatte er gefragt.

»Das war ihr Wunsch, Sir. In dem Punkt war sie sehr hartnäckig. Ich nehme an ...«

»Ja?«

»Ich nehme an, daß sie sich mehr als eine Fitzwarren denn als eine Davenall betrachtet hat. Etwas anderes kann ich mir nicht vorstellen.«

Offensichtlich war es so. Richard hatte die alte Dame nie kennengelernt, doch ihre Entschlossenheit, sich von den Davenalls abzugrenzen, spiegelte sich in der überwachsenen, vergessenen Schrift wieder, die sie sich für ihren letzten Ruheplatz ausgesucht hatte. Zum Schluß hatte sie selbst den Namen abgelegt.

Richard kehrte ans Fenster zurück und sah zur Auffahrt hinüber. Kennedy fuhr gerade mit seinem Wagen zu einer frühen Verabredung nach Castlebar. Er wäre schon recht sympathisch, gestand sich Richard ein, wenn er nur nicht so sehr darauf aus wäre, zu gefallen. Heute würde der erste Tag sein, an dem er den Mann nicht auf seinen endlosen Runden um das Anwesen begleiten mußte; heute konnte er endlich die Aufgabe in Angriff nehmen, wegen der er nach Carntrassna gekommen war.

Kennedy hatte ihm dabei nicht geholfen. Es war dessen Ehefrau gewesen, die Richard den benötigten Hinweis gegeben hatte. Sie hatte bereitwilliger als ihr Mann über ihre Vorgänger, die Lennox, gesprochen, und Richard hatte sie gefragt, welcher Art ihre Erinnerungen an sie waren.

»Ich habe überhaupt keine Erinnerungen, Sir. Als wir hier in der Gegend ankamen, waren sie schon weg.«

»Hat Lady Davenall gut von ihnen gesprochen?«

»Sie hat sie kaum erwähnt, Sir.«

»Wissen Sie, weshalb sie weggegangen sind?«

»Sie wollten auswandern, hat man uns gesagt.«

»Sie haben das nie in Erwägung gezogen?«

»Nein, Sir. Natürlich haben wir kein Kind, an das wir denken müssen. Die Aussichten hier ...«

»Die Lennox hatten ein Kind?«

»Einen Sohn, Sir, jawohl. Offensichtlich ein helles Bürschchen. Sie müssen wohl an seine Zukunft gedacht haben, als sie sich entschlossen, ihr Glück in Kanada zu versuchen.«

Kanada. Und einen Sohn. Vor mehr als zwanzig Jahren. Ein Schritt aus dem Zimmer brachte Richard zum Treppenabsatz, wo hoch oben an der schlecht beleuchteten Wand ein Ölgemälde von Mary hing. Seit seiner Ankunft hatte er es mehrfach betrachtet. Auch jetzt tat er es wieder und rätselte über die geheimnisvolle, einsame, verborgene Persönlichkeit, die es zeigte. Eine hübsche Frau, das konnte er nicht leugnen. Sie mußte ungefähr Mitte Vierzig gewesen sein, als das Bild gemalt worden war, nach ihrem Aussehen und dem Schnitt ihres Kleides zu schließen. Sie besaß rote Haare und stolze, flammende Augen; sie wirkte selbstbewußt und beherrschend, ganz und gar nicht der Typ, der sich vor der Welt versteckte. Warum hatte sie es getan? Warum war sie ermordet worden?

»Woher wissen Sie, daß die Lennox einen Sohn hatten?« hatte Richard Mrs. Kennedy gefragt. »Hat Lady Davenall ihn erwähnt?«

»Nein, Sir. Nicht daß ich wüßte. Aber kurz nachdem wir nach Murrismoyle gezogen waren, besuchte uns ein Herr aus Galway, der glaubte, die Lennox würden noch dort wohnen. Anscheinend war er der Lehrer ihres Sohnes. Er schien völlig überrascht, daß sie ihm nichts von ihren Plänen erzählt hatten.«

»Ein Herr, sagten Sie?«

»Ein sehr gebildeter Herr, Sir. Das weiß ich, weil er immer noch gelegentlich Artikel für die *Connaught Tribune* schreibt. Mr. Kennedy liest sie mir oft vor. Es sind sehr erbauliche Sachen.«

Je mehr Richard in Erfahrung brachte, desto weniger verstand er. Als Verwalter des Gutes war Lennox kaum mehr als ein besserer Dienstbote. Wieso engagierte er dann einen Lehrer für seinen Sohn? Warum hatte er zehntausend Pfund von Sir Gervase Davenall erhalten? Vielleicht konnte ihm der Mann, der die Familie Lennox gekannt hatte und der jetzt noch erreichbar war, die Antwort darauf geben.

»Kann mich einer der Männer nach Claremorris fahren, Mrs. Kennedy? Ich möchte den Zug nach Galway erreichen.«

»Nach Galway, Sir?«

»Ja. Vielleicht übernachte ich dort.«

Richard wartete auf der Eingangstreppe, bis der Einspänner vorfuhr. Trotz der Wärme des Morgens zitterte er. Carntrassna mit seinem abblätternden Stuck, seinem wuchernden Efeu, den von Unkraut übersäten Gärten und seiner abweisenden Düsternis hatte seine Selbstbeherrschung angenagt. Doch das war nicht alles. Etwas anderes nagte noch an seiner Entschlossenheit, etwas wesentlich Mächtigeres als die Aura abweisender

Verlassenheit, mit der Mary Davenall das Haus ihrer Familie umgeben hatte.

»Ich habe meine Frau nie verstanden und werde sie nie verstehen«, hatte Sir Lemuel einst gesagt. »Ich habe zusammen mit ihrem Bruder in den Napoleonischen Kriegen gedient. Ein guter Mann. Bei Vitoria gefallen. Ich habe ihn besser gekannt, als ich Mary je kennen werde, obwohl wir mehr als zwanzig Jahre zusammengelebt haben.«

»Darf ich fragen, Sir«, hatte Richard gesagt, »was Ihre Gattin nach Irland zurückgeführt hat?«

»Das weiß Gott allein, mein Junge. Sie hat mir weder einen Grund genannt noch eine Warnung zukommen lassen. Und um eine Erklärung habe ich sie niemals gebeten. An einem Sommertag im Jahre 1838 packte sie ihre Sachen und verschwand, während ich in London war. Seitdem hat sie mir nicht mal einen Brief geschrieben.«

Zwischen den feuchten, ungepflegten Rasenflächen fuhr der Einspänner die Zufahrt hinab. Die Sonne brannte Richard nun auf den Rücken, aber ihm war immer noch kalt – eine Kälte, die von keiner Wärme gelindert werden konnte, ausgelöst durch die plötzliche Erkenntnis, daß die Wahrheit nicht mehr fern war.

III

Falls Freddy Cleveland je eingestand, den Anflug eines ehrlichen Gefühls zu empfinden, dann nur in der Abgeschiedenheit seiner unausgesprochenen Gedanken. Kein Gentleman, davon war er überzeugt, sollte den Dramen des Lebens gegenüber etwas anderes zur Schau tragen als genau einstudierte Gleichgültigkeit. Er hätte deshalb auch kaum erklären können, weshalb er sich nicht einfach einen angenehmen Nachmittag machte, nachdem er Hugo Davenall in seiner neuen Wohnung in der Duke Street aufgesucht und dort erfahren hatte, daß sein Freund in der Lazenby's-Sporthalle in Hammersmith war.

Statt dessen stieg er die gebrechliche Treppe neben einer der verkommensten Kneipen von Hammersmith hoch und erkundigte sich bei einem kleinen, kahlköpfigen Mann mit gebrochener Nase, der in einem winzigen Büro saß, umgeben von Boxkampfprogrammen, ob sein Freund tatsächlich in einer derart unpassenden Umgebung zu finden sei.

»Sie meinen *Sir* 'Ugo Davenall?«

Aha. Hugo schmückte sich also immer noch mit dem Titel, den er verloren hatte. Sehr beunruhigend. »Ja. Das ist richtig.«

»Hinten in der Trainingshalle ist ein Schießstand. Wahrscheinlich finden Sie ihn dort.«

Freddy folgte einem schmalen, von der Halle abgetrennten Korridor, so daß er die Anstrengungen von Gewichthebern hören, aber nicht sehen konnte. Er gelangte in einen von Backsteinwänden umgebenen hohen Raum. Die Explosionen von in schneller Folge abgefeuerten Schüssen dröhnten in seinen Ohren. In einer der Nischen entdeckte er Hugo; nach einer ganzen Anzahl von Schüssen gelang es Freddy, dessen Aufmerksamkeit auf sich zu lenken.

»Was zum Teufel tust du hier, Hugo?«

»Wonach sieht es wohl aus?«

»Schießen, natürlich, aber ...«

»Ich bin kein Scharfschütze. Hast du das nicht gesagt? Paß auf.«

Hugo hob die altmodische Waffe, die er in der Hand hielt, und richtete sie auf das ungefähr dreißig Fuß entfernte Ziel am Ende des Schießstandes. Während er den Hahn spannte und zielte, warf Freddy einen Blick auf die Zielscheibe; es handelte sich um das zweidimensionale hölzerne Ebenbild eines Mannes. Rote Kreise befanden sich auf Kopf und Brust, in denen bereits kleine, gezackte Löcher zu sehen waren. Hugo feuerte.

Als der Knall des Schusses verhallt war und Freddy die Augen wieder öffnete, sah er, daß sich im obersten Kreis ein weiteres Loch befand. Hugo hatte einen Volltreffer erzielt. »Nicht übel, was?« sagte er und lächelte Freddy über die Schulter an.

»Du hast das geübt?«

»Natürlich. Nur Übung macht schließlich den Meister.«

»Aber ... warum?«

»Was glaubst du wohl?«

Freddy wollte die Schlußfolgerung, die sich ihm aufdrängte, kaum glauben: Hugo gab sich immer noch der Phantasievorstellung hin, er könne Sir James Davenall zu einem Duell fordern. »Können wir uns irgendwo unterhalten, alter Junge? Unter Feuer kann ich nicht richtig denken.«

Sie begaben sich nach unten in die Kneipe, nachdem sie den Besitzer überredet hatten, aufzusperren. Das ganze letzte Jahr über hatte Hugo nicht so gut ausgesehen: gesünder, härter, geradezu unnatürlich selbstsicher.

»Ich hab' dich in letzter Zeit gar nicht mehr im Club gesehen«, bemerkte Freddy und schlürfte seinen Whisky mit Soda.

»Hat Bullington es dir nicht erzählt? Ich bin ausgetreten.«

»Ausgetreten? Warum?«

»Sie haben mit ihrer Einladung an Norton Ernst gemacht. Und er hat sie angenommen. Bullington hat es mir mitgeteilt.«

»Guter Gott, alter Junge, es war doch wirklich nicht notwendig ...«

»Es spielt keine Rolle. Er wird seine Mitgliedschaft nicht lange genießen können.«

»Was willst du damit sagen?«

»Sobald er wieder Londoner Boden betritt, werde ich ihn fordern.«

Zu anderer Zeit und an einem anderen Ort hätte Freddy Hugo einfach ins Gesicht gelacht. Ihre Generation betrachtete Duelle schon seit langem als bizarren Anachronismus. Doch die Intensität im Gesichtsausdruck seines Freundes ließ eine derartige Reaktion nicht zu. Statt dessen sagte er in einem nüchternen, verantwortungsbewußten Tonfall, den er kaum als den seinen erkannte: »Das geht nicht, Hugo. Du mußt die ganze Sache vergessen.«

Doch Hugo zeigte ihm lediglich ein fröhliches Lächeln. »Ich hätte dich schon nicht ausgeschlossen, Freddy. Eigentlich bin ich froh, daß du hier bist. Das gibt mir die Gelegenheit, dich zu fragen, ob du mir die Ehre erweist, als mein Sekundant zu agieren.«

»Du machst Witze, nicht wahr?«

Doch Freddys Einwände waren pure Verschwendung. Ganz offensichtlich war Hugo niemals ernster gewesen. »Wirst du es tun? Zu meines Vaters Zeiten war das der übliche Weg, Differenzen zu regeln.«

»Die Zeiten deines Vaters sind längst vorbei. Du machst dich nur lächerlich.«

»Das glaube ich nicht. Wenn Norton meine Herausforderung annimmt, werde ich für ihn bereit sein. Wenn nicht, dann hab' ich ihn als Feigling entlarvt.«

»Er wird die Forderung nie annehmen. Verdammt noch mal, warum sollte er?«

»Wenn er wirklich James ist, wird er das tun, was ein anständiger Mann tun muß, nicht wahr?«

»Ich weiß nicht. Vor zwölf Jahren mochte es noch angehen, daß ein Kerl sich schnell mal nach Frankreich schlich und einen Schuß auf einen Rivalen abgab, ohne daß ihn alle Welt für verrückt erklärte. Damals hätte Jimmy das vielleicht getan. Aber heute nicht mehr.«

Hugo leerte sein Glas und starrte seinen Freund über den Tisch hinweg an. »Wirst du mein Sekundant, Freddy?«

»Das ist eine schwachsinnige Idee, Hugo. Du mußt ...«

»Ja oder nein?«

Es war merkwürdig, dachte Freddy, nach so vielen Jahren einer wertlosen, unnützen Existenz entdecken zu müssen, daß in ihm ein gewisses Maß an aufrichtiger Loyalität ruhte, an die seine Freunde in höchster Not appellieren konnten. Der amoralische Kodex, nach dem er zu leben vorgab, hätte ihn veranlassen müssen, Hugo auf der Stelle im Stich zu lassen. Doch das, so wurde ihm jetzt klar, konnte er nicht. »Ja«, sagte er mit knirschenden Zähnen. »Ich mache deinen Sekundanten.« Auch er leerte sein Glas. »Zum Teufel mit allem.«

IV

Denzil O'Shaughnessy, selbsternannter Sprecher der denkenden Klasse von Connaught, sprang munter von der Plattform der Salthill-Tram, als sie zum Eyre Square, Galway, einbog, zerrte einen Haufen Blätter aus der Innenseite seines Mantels und eilte auf das Büro der Connaught Tribune Printing and Publishing Company zu.

Es war schon ein beeindruckender Anblick, wie er so über den Platz schritt. Er war ein großer, breitschultriger Mann mit mächtigem Bart, bekleidet mit einem schneidigen, wenn auch eingebeulten Zylinder und einem weiten Mantel in der Art eines Umhangs. Die Papiere in seiner Hand schwenkte er wie einen Spazierstock, während er mit hoheitsvoll zurückgeworfenem Kopf Blicke nach rechts und links warf und den Bettlern unter dem Dunkellin-Monument Münzen zuschnippte, als würde er Samenkörner für die Vögel zu seinen Füßen ausstreuen.

Hätte irgendein Beobachter O'Shaughnessy nach diesem Auftritt für einen arroganten lokalen Magnaten gehalten, der prahlerisch mit dem Geld um sich warf, so hätte er sich gründlich geirrt. Im Grunde genommen konnte er es sich nicht einmal leisten, auf ein bißchen Kleingeld zu verzichten. Seine Kleidung, zwar modisch und gut geschnitten, war bereits recht fadenscheinig, seine kräftigen Stiefel wurden nur noch von äußerst dünnen Sohlen zusammengehalten. Für einen gebildeten Mann, der auf die sechzig zuging, war er auf die Entbehrungen des Alters geradezu erschreckend schlecht vorbereitet, und die Atmosphäre müßiggängerischer Zufriedenheit, die er um sich herum verbreitete, verriet nichts von der beengten Unterkunft, die er eine halbe Stunde zuvor verlassen hatte.

Denzil O'Shaughnessys Finanznöte hatten ihre Ursache in seiner Integrität. Seine journalistischen Streifzüge hatten zu oft eine gewisse Verachtung für den protestantischen Landadel von Irland verraten, so daß seine einträglichere Beschäftigung – die Kinder eben dieser Adeligen zu unterrichten – in letzter Zeit eher zu kurz gekommen war. Nicht, daß er deshalb davor zurückgeschreckt wäre, weiterhin mit Druckerschwärze die Woge der Gewalt, die sein Heimatland überschwemmte, anzuprangern, denn er war der Mann, der stets dem Ruf seines Gewissens folgte – ein wirklich seltenes Phänomen.

O'Shaughnessy kam ins Büro der *Tribune* gerauscht, im Kopf bereits eine kunstvolle Erwiderung auf die noch unausgesprochenen Befürchtungen seines Redakteurs vorbereitend, als er einen gutgekleideten, grauhaarigen Mann bemerkte, zu dem der Angestellte, der junge Curran, bei seinem Eintritt sagte: »Sie haben Glück, Sir. Hier kommt Mr. O'Shaughnessy in Fleisch und Blut.«

Der Fremde drehte sich zu ihm um. Er war mittleren Alters und sah müde aus. Höchstwahrscheinlich Engländer. Für einen Geschäftsmann waren seine Augen zu wäßrig, für einen Touristen zu traurig. Was immer er auch sonst sein mochte – ein glücklicher Mensch war er nicht.

»Dieser Herr hat sich erkundigt, wo er Sie finden könnte, Denzil«, sagte Curran. »Ich hab' ihm gerade den Weg erklärt.«

»Ich bin Richard Davenall«, sagte der Fremde und streckte ihm die Hand entgegen. »Vielleicht erkennen Sie den Namen.«

Das war tatsächlich der Fall. »Ihrer Familie gehört das Carntrassna-Anwesen«, sagte er und schüttelte die Hand des Mannes.

»Richtig. Sir James Davenall ist mein Cousin. Ich vertrete seine Interessen.«

»Freut mich, Ihre Bekanntschaft zu machen, Mr. Davenall. Was kann ich für Sie tun?«

»Ist es möglich, daß wir irgendwo ein Gespräch unter vier Augen führen können?«

»Ich hatte ohnehin vor, drüben im Great Southern auf ein Glas und einen Happen vorbeizuschauen.« Er fing Currans Blick auf. Der Junge wußte natürlich, daß er nichts dergleichen vorgehabt hatte; erst die Gegenwart eines Mannes, der vielleicht bereit war, Hotelbarpreise zu zahlen, hatte ihn auf die Idee gebracht. O'Shaughnessys Großzügigkeit hatte stets auch seine eigene Person eingeschlossen. »Sie dürfen sich mir gerne anschließen.«

»Es wäre mir ein Vergnügen.«

O'Shaughnessy ließ Curran ein triumphierendes Grinsen zukommen und klatschte seinen Artikel auf den Schalter. »Sorg dafür, daß Mr. McNamara diese Seiten hier mit meinen besten Empfehlungen erhält, Liam. Ist für die Freitagsausgabe. Erklär ihm, daß ich mich nicht lange aufhalten konnte.« Damit drehte er sich um und führte seinen englischen Besucher hinaus.

»Sie haben mir immer noch nicht erklärt, weshalb Sie mich aufgesucht haben, Mr. Davenall«, sagte O'Shaughnessy eine halbe Stunde später, sich nach einer Mahlzeit, die sein Begleiter bereits bezahlt hatte, genießerisch räkelnd. »Mein Gekritzel für die *Tribune* kann nicht der Anlaß sein. Das erzeugt keine Wellen in Dublin, geschweige denn in London.«

»Mrs. Kennedy hat sich sehr anerkennend über Ihre Artikel geäußert.«

»Das erstaunt mich. Ich hätte nicht gedacht, daß die Kennedys meine Ansichten teilen.«

»Sie kennen sie also näher?«

»Eher flüchtig.«

»Kennedy ist davon überzeugt, daß der Mord an meiner Tante im letzten Jahr nichts mit Politik zu tun hatte. Sind Sie der gleichen Meinung?«

»Um ehrlich zu sein, ja.«

»Darf ich fragen, warum?«

»Weil sie die letzte der Fitzwarrens war, einer allgemein beliebten Familie. Und selbst als Nichtansässige sind die Davenalls keine schlechten Gutsherren gewesen. Außerdem ergäbe es keinen Sinn, wenn die Fenier einen Mord begingen und sich dann nicht dazu bekennten. In den letzten paar Jahren hat es in Connaught genug politische Morde gegeben – mehr als genug –, daß ihre Handschrift allgemein bekannt wurde. Im Falle ihrer Tante fehlten all diese Merkmale. Aber ich bin sicher, daß die Polizei Ihnen das bereits erzählt hat.«

»Ja. Das hat sie.«

»In welch anderer Hinsicht betreffen mich dann Sir James Davenalls Interessen?«

»Haben Sie die Gerichtsverhandlung verfolgt?«

»Selbstverständlich. Wer könnte schon einem derart romantischen Märchen widerstehen? Selbst hier, bei all den Fehden und Vendettas, waren die Leute ergriffen.«

»Sind Sie jemals Sir James begegnet, Mr. O'Shaughnessy?«

»Nein.«

»Oder zuvor Sir Gervase?«

»Auch nicht. Ich war seit über dreißig Jahren nicht mehr in Carntrassna.«

»Darf ich fragen, was Sie damals hinführte?«

»Meine Arbeit.«

»Als Journalist?«

»Nein. Als Lehrer.«

»Mrs. Kennedy sagte, Sie seien eine Weile der Privatlehrer des Sohnes des früheren Verwalters gewesen – Lennox.«

»Das stimmt. Die Lennox ließen ihren Sohn zu Hause ausbilden. Sie engagierten mich als Privatlehrer für ihn.«

»Ein aufgeweckter Junge?«

»Stephen Lennox war mein Starschüler, Mr. Davenall. Ich glaube, er hätte das Zeug zum Gelehrten gehabt. Ich wünschte, ich hätte das weiter kultivieren können. Die Wildnis dieser Gegend war nicht der richtige Ort für ihn, das ist mal sicher. Ich wollte, daß er aufs Trinity College in Dublin ging. Er hätte es spielend geschafft. Doch seine Familie entschloß sich, auszuwandern.«

»Hat Sie das überrascht?«

»Man hatte mir nichts davon gesagt, wenn es das ist, was Sie meinen. Ich unterrichtete den Jungen bis Weihnachten 59. Dann verschwanden sie ohne ein Wort.« Es war merkwürdig, dachte er, wie deutlich er sich noch an die Enttäuschung erinnern konnte, die er empfunden hatte, weil man ihm Stephen Lennox so kurz vor dem Gipfel nach acht Jahren Unterricht entrissen hatte. Er hatte dem Jungen eine aufrichtige Zuneigung entgegengebracht und brachte sie ihm immer noch entgegen, trotz der vielen Jahre, die seitdem vergangen waren. »Für mich kam das wie ein Blitz aus heiterem Himmel.«

»Wie alt war Stephen Lennox zu der Zeit, Mr. O'Shaughnessy?«

»Oh, sechzehn.«

»Wann wurde er geboren?«

»1843.«

»Jetzt müßte er ... vierzig sein?«

»Ja. Wahrscheinlich ist er immer noch in Kanada.«

»Wo fand der Unterricht mit ihm statt?«

O'Shaughnessy runzelte die Stirn. Auf was zum Teufel wollte der Mann hinaus? »Natürlich im Haus der Lennox in Murrismoyle.«

»Nicht in Carntrassna House?«

»Nein.«

»Aber Sie sagten doch, Ihre Arbeit habe Sie dorthin geführt.«

»Das war einmal der Fall, als ich engagiert wurde. Muß wohl 1851 gewesen sein. Lady Davenall führte mit mir ein Einstellungsgespräch.«

»Erschien Ihnen das nicht seltsam? Genaugenommen waren schließlich die Lennox Ihre Arbeitgeber, nicht meine Tante. Kam es Ihnen vor allem nicht merkwürdig vor, daß die Lennox sich einen Privatlehrer für ihren Sohn leisten konnten?«

»Meine Situation war nicht so, daß ich einem geschenkten Gaul ins Maul geschaut hätte, Mr. Davenall. Andrew Lennox war nicht gerade der Mann, der sich viel um eine Ausbildung geschert hätte, das stimmt, aber im Falle seines Sohnes muß er eine Ausnahme gemacht haben. Ich wurde gut und regelmäßig bezahlt. Ich wünschte, ich könnte jetzt solche Kunden finden – und solche Schüler.«

»Sie haben den Jungen vermißt, nachdem er weg war?«

»Ja, das muß ich zugeben. Ich habe ihn sogar noch mehr vermißt als mein Honorar. Er entwickelte sich zu einem großartigen jungen Mann.«

»Was ist Ihnen von ihm noch in Erinnerung geblieben?«

»Er war ein Musterschüler, Mr. Davenall. Schnell von Begriff, aufnahmefähig, fleißig, geistreich. Eine richtige Leseratte. Und er besaß eine beträchtliche Grundintelligenz. Es war ein Vergnügen, ihn zu unterrichten. Ein wahres Vergnügen.« Er lächelte und ließ seine Gedanken zurückwandern zu den Stunden, die er mit dem jungen Stephen in dem Dachzimmer in Murrismoyle verbracht hatte.

»Würden Sie ihn immer noch erkennen?«

»Das will ich doch hoffen.«

Richard Davenall griff in seine Jackentasche, holte ein zerknittertes Foto hervor und legte es auf den Tisch. Es zeigte das Brustporträt eines jungen, andeutungsweise lächelnden Mannes in der hermelinbesetzten Robe anläßlich der Graduierungsfeier. »Könnte das Stephen Lennox mit einundzwanzig sein?«

Verblüfft betrachtete O'Shaughnessy das Foto. »Durchaus. Natürlich ist er nicht mehr der Sechzehnjährige, den ich gekannt habe, aber die Ähnlichkeit ist groß. Ich könnte fast schwören, daß er es ist. Woher haben Sie ...«

»Dies ist ein Foto meines Cousins, James Davenall.«

»Teufel auch!«

»Sie sehen überrascht aus.«

»Das bin ich auch. Es hat fast den Anschein, als ...«

»Als bestünde da eine Familienähnlichkeit?«

»Ja. Aber ... das kann doch nicht sein. Oder?«

V

Seit er nach England zurückgekehrt und in Bladeney House eingezogen war, führte Sir James Davenall ein zurückgezogenes Leben. Constance, so hatten sie beschlossen, sollte in Salisbury bleiben, bis ihre Scheidung offiziell war. In der Zwischenzeit schien James kaum den Wunsch nach Gesellschaft zu verspüren. Einladungen zu Bällen oder Soireen lehnte er ab. Besucher, die an seiner Haustür läuteten, wurden fortgeschickt. Der Nachfolger von Greenwood (der darauf bestanden hatte, Hugo in die Duke Street zu folgen) wurde ein Spezialist in höflichen Ablehnungen.

Bei seiner Abschottung vor der Gesellschaft machte James nur eine Ausnahme: Er nahm seine Mitgliedschaft im Corinthian Club wieder auf. Dort verbrachte er drei- oder viermal die Woche ein paar Stunden an der Bar, in der liebenswürdigen, aber kaum sonderlich intimen Gesellschaft von Müßiggängern, Faulenzern und Wichtigtuern, die Hugo in der Vergangenheit sicherlich genauso viel Sympathie entgegengebracht hatten wie ihm nun in der Gegenwart.

Es ist möglich, daß James den Club als Zufluchtsort wählte, weil er hier völlig sicher sein konnte, seinem Bruder Hugo nicht zu begegnen, der gekränkt auf seine Mitgliedschaft verzichtet hatte. Deshalb war er auch kaum auf die Begegnung gefaßt, mit der er sich Mitte der Woche gegen Ende Oktober konfrontiert sah. Hugo, so wurde deutlich, konnte man nicht auf ewig aus dem Weg gehen.

James stand an der Bar und spekulierte mit einem Haufen anderer Mitglieder über das Sudanproblem. Es war deshalb verzeihlich, daß er nicht bemerkte, wie Freddy Cleveland den Kopf zur Tür hereinstreckte und hastig wieder zurückzog. Und auch als Freddy kurz darauf wieder auftauchte und sich, ganz untypisch, fast verstohlen in eine Ecke schlich, achtete James nicht sonderlich darauf. Wenn Freddy ihm aus dem Weg gehen wollte, dann sollte er es doch ruhig tun.

Es steckte jedoch mehr dahinter. Nach wenigen Minuten geschah etwas Überraschendes. Hugo kam in den Raum marschiert. Ohne Freddy oder sonst jemanden anzublicken, richtete er seinen Blick starr auf James und begann sich seinen Weg durch die dicht gedrängt stehenden Clubmitglieder zu bahnen, direkt auf James zu, wobei er seine Ellenbogen einsetzte und Drinks umstieß. Als er die Gruppe erreicht hatte, in deren Mitte James stand, hatte er bereits einen ziemlichen Aufruhr verursacht. Mehrere Leute hatten ihn erkannt und riefen ihm etwas zu, andere protestierten gegen seine Drängelei. Doch Hugo ignorierte sie. Sein Gesicht war angespannt; vor lauter Konzentration zuckte er mit keiner Wimper.

»Ein Fremder im Camp«, sagte irgend jemand.

»Ja«, sagte James. Ihm war keine Spur von Überraschung anzumerken. »Es tut gut, dich zu sehen, Hugo, auch wenn es etwas unerwartet kommt.«

Alle anderen waren inzwischen still geworden. Ihre Aufmerksamkeit richtete sich auf Hugo, der James anstarrte und dann mit flacher Stimme sagte: »Du Bastard, Norton. Du verlogener ränkeschmiedender Bastard.«

Man hörte scharfe Atemzüge, mißbilligendes Murmeln, besorgte Blicke wurden getauscht. Die Männer zwischen James und Hugo mußten plötzlich alle beiseite getreten sein, denn auf einmal standen sich die beiden Auge in Auge gegenüber.

»Ich glaube«, sagte James ruhig, »daß du dich nicht ganz wohl fühlst, Bruder.«

»Der einzige Bruder, den du hast, ist der Teufel«, schnappte Hugo zurück. »Grins nur, solange du willst. Täusche meine Freunde. Sag, was immer dir gefällt. Ich weiß, daß du ein elender Betrüger bist, und ich bin heute abend gekommen, um das zu beweisen.«

»Ich möchte dir raten, nach Hause zu gehen und dich auszuschlafen, Hugo. Glaub mir, es ist besser für dich.«

»Ziehst du deinen Anspruch, mein Bruder zu sein, zurück? Gibst du mir all das zurück, was du mir gestohlen hast?«

»Sei nicht albern. Meine Herren«, James wandte sich um und lächelte den Umstehenden zu, »ich muß mich für meinen Bruder entschuldigen. Er ist eindeutig überreizt.«

»Ich schließe daraus, daß du dich weigerst.« Hugo schien die Berührung an seiner Schulter, die Gesten in Richtung Tür nicht zu bemerken. »Wenn das so ist, verlange ich Satisfaktion von dir.«

»Was?«

»Du hast mich schon verstanden. Ich fordere dich heraus; Ort und Zeitpunkt kannst du bestimmen. Dann können wir unsere Differenzen ein für allemal regeln.«

»Das ist grotesk.«

»Ich verlange es – als mein Recht.«

Schweigen senkte sich über den Raum. Einen Moment lang erstarrte die ganze Gesellschaft in Ehrfurcht davor, daß er einen alten Kodex für sich beanspruchte. Dann ging ihnen auf, daß die Zeit und der Wandel der Werte diesen Kodex zu einem lächerlichen Unding hatten werden lassen. Jemand lachte – ein schnaubender, spöttischer Laut. Darin kam nicht nur die Verachtung zum Ausdruck, die eine Generation stets für die Normen einer anderen empfindet, sondern auch Hugo wurde damit lächerlich gemacht. Für sein Vorhaben war das tödlich. Überall um ihn herum fällten die eitlen, nichtssagenden Freunde, die ihn im Stich gelassen hatten, mit ihrem höhnischen Gekicher ihr brutales Urteil.

In Hugos Gesicht begann es zu zucken, seine Unterlippe begann zu beben. Das war der einzige Punkt, den er nicht vorausgesehen hatte. Er hatte angenommen, daß James ihm entweder das geben würde, was er verlangte, oder von der Welt als Feigling gebrandmarkt würde. Aber nein. Diese Entscheidung hatte nie zur Wahl gestanden. Die Welt war dummerweise zu klug geworden, um derartiges zu dulden.

»Geh nach Hause, Hugo«, sagte James sanft. »Laß uns diese Narretei vergessen.«

»Niemals.«

»Du mußt.«

Pettigrew, der Steward, war aus dem Nichts erschienen und nahm Hugo nun beim Arm. »Entschuldigen Sie, Mr. Davenall«, sagte er. »Ich glaube, Sie sind nicht mehr Mitglied dieses Clubs. Darf ich Sie bitten zu gehen?«

»Scheren Sie sich zum Teufel!«

»Seien Sie vernünftig, Mr. Davenall. Ich muß darauf bestehen, daß Sie mich begleiten.«

»Seien Sie vernünftig.« Vielleicht waren das die Worte, die seinen Entschluß schließlich ins Wanken brachten. Das Gelächter um ihn herum, der Hohn und die spöttischen Gesten – und vor allem James' unnachgiebiger Blick – bohrten sich in sein zerbrechliches Selbstbewußtsein. Sein Gesicht wurde plötzlich schlaff, seine Schultern sanken herab; mit einem unhörbaren, seufzenden Fluch wandte er sich ab und ließ sich von Pettigrew aus dem Raum führen.

VI

Zu den Besuchern, die Arthur Baverstock an einem ruhigen Freitagnachmittag in seinem Büro in der Cheap Street, Bath, erwartet hätte, zählte mit Sicherheit nicht Richard Davenall. Die geschäftlichen Angelegenheiten, die sie im Kielwasser des Verfahrens miteinander hatten abwickeln müssen, waren längst abgeschlossen, und das, so hatte er angenommen, wäre das Ende ihrer Beziehung gewesen – ein Ende, das keiner bedauerte.

»Was führt Sie zu mir, Davenall?« erkundigte er sich vorsichtig. »Sie sehen ziemlich erschöpft aus.«

Das war nicht übertrieben. Mit einem müden Seufzer ließ sich Richard auf einem Stuhl nieder. Seine Kleidung war verschmutzter, als es eine Reise von London gerechtfertigt hätte, sein Gesicht war faltiger und besorgter, als daß man es allein durch berufliche Anspannung hätte erklären können. »Tut mir leid, daß ich Sie so unangemeldet überfalle, Baverstock. Es handelt sich um eine Angelegenheit von äußerster Dringlichkeit.«

»Sie hätten telefonieren können.« Das hätte er, um der Wahrheit die Ehre zu geben, vorgezogen.

Davenall schüttelte den Kopf. »Nein, nein. Ich bin nur auf der Durchreise hier, verstehen Sie. Ich bin heute morgen mit der Fähre von Dublin in Holyhead angekommen und habe beschlossen, auf dem Weg nach London einen kleinen Umweg zu machen.«

»Dann *ist* es also dringend.«

»Ja, das ist es.«

»Was führte Sie nach Irland? Das Carntrassna-Gut?«

»Könnte man sagen.« Davenalls Gedanken schienen einen Moment lang abzuschweifen, dann fuhr er sich mit einer Hand über das Gesicht, richtete sich energisch auf und sagte: »Darf ich davon ausgehen, daß Catherine – Lady Davenall – immer noch Nachforschungen über Sir James' amerikanische Vergangenheit anstellen läßt?«

Baverstock war wie vom Donner gerührt. Man hatte nachdrücklich versichert, daß derartige Nachforschungen eingestellt worden wären. Für Baverstock wurde Davenalls Andeutung dadurch um keinen Deut weniger skandalös, daß diese Versicherungen falsch waren. »Damit kommen Sie nicht durch. Darf ich Sie daran erinnern ...«

»Es ist also so, nicht wahr?« Das erschöpfte, aber hartnäckige Beharren Davenalls wirkte merkwürdig eindringlich. »Ich kenne sie gut genug, um zu wissen, daß sie den Kampf nicht aufgibt, ganz gleich, was Sie mir in ihrem Auftrag erzählen müssen.«

»Nun, ich ...«

»Ich darf Sie beruhigen. Ich bin nicht auf Sir James' Geheiß hier. Ich bin nicht hier, um Ihnen irgendwelchen Ärger zu bereiten.«

»Nun ..., warum dann?«

Davenall beugte sich vor. »Um Sie in die richtige Richtung zu weisen.«

»Was meinen Sie damit?«

»Sie arbeiten immer noch mit Lewis & Lewis zusammen?«

»Ich kann unmöglich ...« Der Ausdruck in Davenalls Augen überwand seine Bedenken. »Ja.«

»Teilen Sie Mr. Lewis folgendes mit: Ein ehemaliger Verwalter von Carntrassna, Andrew Lennox, emigrierte im Winter oder im Frühjahr 1859 oder 1860 nach Kanada. Sir Gervase zahlte Lennox kurz vor dessen Abreise zehntausend Pfund. Mr. Lewis' Ermittler wird nach dem echten James Norton suchen. Sagen Sie ihm, er soll statt dessen nach der Familie Lennox Ausschau halten. Vor allem nach deren Sohn Stephen, geboren 1843, ungefähr zu der Zeit, in der Sir Gervase ein Jahr auf Carntrassna verbrachte. Ein sehr fähiger, gebildeter junger Mann. Besitzt eine verblüffende Ähnlichkeit mit meinem Cousin James.«

Baverstock wußte nicht, wie er darauf reagieren sollte. Noch bemerkenswerter als das, was Davenall gesagt hatte, war die Tatsache, daß er überhaupt etwas sagte.

»Es war mir unmöglich, genau in Erfahrung zu bringen, wann sie abreisten und wo sie ankamen. Wahrscheinlich in Québec. Ich habe keine Ahnung, ob sie in Kanada geblieben sind oder in die Vereinigten Staaten übersiedelten. Doch Lennox verfügte über genügend Geld, um es sich bequem zu machen und seinen Sohn auf eine gute Schule zu schicken. Vielleicht ließ er ihn sogar eine Universität besuchen. Dort müßte man die Spur aufnehmen können.«

Baverstock sagte immer noch nichts. Bestimmt würde er die Information an Lewis weitergeben, obwohl er sich über die Zusammenhänge nicht im klaren war. Warum unterstützte Davenall plötzlich Nachforschungen, die er vor kurzem noch bekämpft hatte? Bevor er noch eine diesbezügliche Frage stellen konnte, erhob sich Davenall von seinem Stuhl.

»Das wäre alles. Ich wünsche einen guten Tag, Baverstock.«

»Einen Augenblick ...«

»Ja?«

»Wollen Sie damit andeuten, daß es sich bei diesem Jungen, Stephen Lennox, um James Norton handeln könnte?«

»Ich bin mir nicht sicher.« Er wandte den Blick ab. »Aber es wäre möglich. Durchaus möglich.«

»Falls etwas dabei herauskommt – möchten Sie, daß Lady Davenall erfährt, was für eine Rolle Sie dabei gespielt haben?«

Davenall lächelte grimmig. »Nein«, sagte er und schüttelte den Kopf. »Erzählen Sie ihr, was Sie wollen, aber erwähnen Sie mich nicht.«

VII

Der Genfer See breitete sich still und friedlich vor dem Schiff bis zu den Savoyer Bergen aus. So spät in der Saison konnte auch ein solch wunderbarer Frühnachmittag trügerisch sein, da die Schneegrenze schon ein ganzes Stück von den Gipfeln herabgewandert war, doch Plon-Plon, eine mürrische, vermummte Gestalt am Heck des Schiffes, war gegen diesen Zauber gefeit. Er beobachtete die in der leichten Brise flatternde Schweizer Fahne hinter sich, warf einen Blick zurück auf Nyon und das Dach seines Hauses, schleuderte seinen Zigarrenstummel in die Gischt des Kielwassers und wandte sich dann um, dem französischen Ufer entgegen.

In wenigen Minuten würde das Schiff in Yvoire anlegen, um Passagiere aussteigen zu lassen und neue an Bord zu nehmen; dann würde es den See wieder in Richtung Schweiz überqueren. Alle konnten das vollkommen ungestört machen – das heißt alle mit Ausnahme von Plon-Plon, der nur in Yvoire an Land zu gehen brauchte, um einen diplomatischen Zwischenfall zu provozieren. Seit seiner Abreise aus England im Juni hatte er sich nur in Prangins gelangweilt, der Schweizer Villa, die er vor mehr als zwanzig Jahren als Zufluchtsort in unruhigen Zeiten erworben hatte. Er war über die Rasenflächen marschiert und hatte in diesen letzten Monaten nur allzuoft Blicke zu dem aufreizend nahe liegenden Frankreich hinübergeworfen. Doch jetzt schien seine Geduld endlich belohnt zu werden. Er hatte allen Grund zu der Annahme, daß sein Exil bald beendet sein würde.

Diese Tatsache hatte er tunlichst unerwähnt gelassen, als er erfuhr, daß sich seine ehemalige, aber hartnäckige Mätresse Cora Pearl nicht davon abhalten ließ, ihn in seinem Schlupfwinkel zu besuchen. »Die Madame«, so hatte sie es geschmacklos formuliert, »muß zum Berg kommen.« In Prangins konnte er sie unmöglich empfangen, da dort sein letztes Zugeständnis an seine fleischlichen Gelüste, die Marquise de Canisy, ziemlich resolut herrschte. Demzufolge hatte er schließlich widerwillig einem Rendezvous auf dem See zugestimmt. Allerdings hätte er auch das nicht getan, wenn in Coras Brief nicht eine vage Drohung mitgeschwungen hätte, die ihn neugierig gemacht hatte.

Das Schiff legte an der Mole von Yvoire an, und Plon-Plon verrenkte sich den Hals, um die an Bord kommenden Passagiere sehen zu können. Sofort entdeckte er, daß sich Cora unter ihnen befand. Tatsächlich hatte er sogar das Gefühl, daß sie in ihrer extravaganten Aufmachung jedem ins Auge stechen mußte. Sie kam die Landungsbrücke hoch, so wie wohl ihrer Meinung nach die Queen die königliche Barkasse auf der Themse besteigen würde. Nur eine großzügige Zurschaustellung ihrer fischnetzbestrumpften Wade dem glotzenden Matrosen gegenüber, der ihr an Bord half, zerstörte den königlichen Eindruck ein bißchen.

»Ich sehe, daß es dir gutgeht«, bemerkte Plon-Plon, als sich Cora mit raschelnden Petticoats neben ihm niederließ.

»Ganz und gar nicht«, erwiderte Cora und schenkte dem in einiger Entfernung vorbeigehenden Zahlmeister ein bezauberndes Lächeln. »Ich achte lediglich auf meine äußere Erscheinung. Vielleicht solltest du etwas mehr Wert darauf legen.«

»Die äußere Erscheinung zählt kaum etwas in der Politik.«

»Tatsächlich? Den Eindruck habe ich nicht. Aber ein Mann mit derart überwältigenden Erfolgen wie du weiß das natürlich besser als ich.«

Plon-Plon atmete tief durch. Einer der Vorteile des Alters bestand darin, daß sarkastische Bemerkungen leichter zu ertragen waren. »Verzeih mir, Cora, aber würde es dir etwas ausmachen, mir den Grund unseres Treffens zu erklären?«

»Vielleicht. Nicht verzeihen werde ich dir allerdings, daß du mich so herzlos vernachlässigst. Es ist mehr als ein Jahr her, seit wir das letztemal ... sagen wir: zusammen waren.«

In der opalisierenden Luft des Genfer Sees fand Plon-Plon Coras Erinnerung an irgendwelche Bettgeschichten schlicht geschmacklos. Mit einem kläglichen Lächeln wandte er sich ihr zu. »Wie kann man jemandem gegenüber herzlos sein, der kein Herz besitzt? Komm bitte zur Sache, Cora.«

Sie zog einen Schmollmund. »Schäm dich, Plon-Plon. Es gab eine Zeit, da hast du das Vorspiel ebenso genossen wie den Höhepunkt.«

»Cora!«

»Ich bin knapp an Geld.« Sie zog ihre gezupften Augenbrauen hoch und sah ihn an. »Unter dem Puder und all den anderen Kinkerlitzchen werde ich alt. Nicht zu alt für einen Politiker, aber zu alt für meine Profession. Ich brauche Kapital für...« Sie senkte den Blick; eine ganz leichte Röte stieg ihr ins Gesicht. »Für meinen Lebensabend.«

Im ersten Impuls fühlte sich Plon-Plon geschmeichelt, daß sie so eine weite Reise gemacht hatte, um ihn anzubetteln; sie hätte ihn auch brieflich anpumpen können. Jedenfalls war er nicht abgeneigt, einen bescheidenen Beitrag zu leisten. Dann wurde seine Großzügigkeit von einem Verdacht verdrängt. Warum hatte sie den weiten Weg gemacht? »Ich fühle mich ein in deine Notlage, Cora – vor allem weil ich sie teile.«

Sie sah ihn scharf an. »Du erwartest, daß ich das glaube?«

»Es stimmt tatsächlich.«

»Madame de Canisy bleibt also aus reiner Barmherzigkeit bei dir, nehme ich an.«

Plon-Plon spürte, wie Zorn in ihm aufstieg. Sie waren beide zu alt für Eifersucht. »Laß uns nicht streiten, Cora. Du weißt, daß ich kein gemeiner Mensch bin. Ich will sehen, ob ich nicht ein bißchen was für dich erübrigen kann.«

Sie schob schmollend das Kinn vor. »Es gab mal eine Zeit, da hast du mir zwölftausend Franc im Monat gezahlt.«

»Und es gab auch mal eine Zeit, da hat mir der Staat eine Million Franc im Jahr gezahlt. Aber diese Zeiten sind vorbei.«

»Du könntest sie für mich wieder neu aufleben lassen.«

Er runzelte die Stirn. Was konnte sie auf die verrückte Idee gebracht haben, er würde etwas Derartiges tun? »Was willst du von mir, Cora?« fragte er, auf einmal ungeduldig werdend.

»Ich möchte«, sagte sie klar und deutlich, »fünfzigtausend Franc.«

»Ha!« Er klatschte sich auf die Schenkel und starrte sie verblüfft an. »Dein Verstand scheint zusammen mit deinem Charme zu schrumpfen. Ich habe weder den Wunsch noch die Möglichkeit, dir eine derartige Summe zu geben.«

»Es handelt sich nicht um ein Geschenk. Es wäre die Bezahlung für einen Dienst.«

»Was für einen Dienst?«

»Ich werde dafür in meinen demnächst erscheinenden Memoiren alles weglassen, was ich über dich weiß.«

»Memoiren? Du?«

»Monsieur Lévy hat mich beauftragt...«

»Lévy, der Verleger? *Ce crapaud juif.* Das würde er niemals wagen.«

»Er würde und er wird es wagen.«

Das war unerträglich. Sie war gekommen, um ihn zu erpressen. Er erhob sich und blickte empört auf sie herab. »Ich werde dir keinen Penny zahlen. Ist das klar?«

»Sei doch vernünftig, Plon-Plon.« Mit einem gekonnten Augenaufschlag sah sie zu ihm auf. »Du wirst es bereuen, wenn du mein Angebot zurückweist.«

»Zum Teufel mit deinem Angebot.«

»Ich habe einiges von dem niedergeschrieben, was wir so im Laufe der Jahre getan haben. Die Öffentlichkeit wird das sehr unterhaltsam finden, da bin ich mir ganz sicher.«

»Ein Bonaparte läßt sich durch so was nicht unter Druck setzen.«

»Sondern nur durch das, was er wirklich getan hat. Zum Beispiel in der Nacht, in der seine Tochter geboren wurde. Daß er einen Knebel im Mund hatte, während er Liebe machte, um seine Frau im Nebenzimmer nicht zu stören. Was er mit einer Pferdepeitsche alles anstellte an den Nachmittagen, an denen es zu naß zum Reiten war. Oh, ich erinnere mich an alles – in sämtlichen Details.«

»Du gehst zu weit!«

»Wir sind beide zu weit gegangen, Plon-Plon, wie meine Leser bald erfahren werden. Ich fürchte, sie werden auch von deinen anderen Vergnügungen erfahren müssen. Rachel, zum Beispiel. Der Kaiser hat mir alles erzählt, was du mit ihr im Zug gemacht hast, als du dachtest, er schlafe.«

»Den Teufel hat er!«

»Deine Romanze mit der Kaiserin. Du hast oft genug damit geprahlt.«

»Mon Dieu!«

»Und Vivien Strang dürfen wir auf keinen Fall vergessen.«

»Vivien Strang?« Plötzlich beugte er sich vor und packte sie hart am Kinn, um ihren Gesichtsausdruck besser lesen zu können. »Wer hat dir, *ma perle émoussée,* von Vivien Strang erzählt?«

»Sie selbst.«

»Was?«

»Wir sind uns begegnet, Plon-Plon. Wir stellten fest, daß wir viele Gemeinsamkeiten hatten. Zum Beispiel waren wir beide von dir schlecht behandelt worden. Dachtest du vielleicht, sie sei dein kleines Geheimnis geblieben? Ich fürchte, dem ist nicht so. Ich weiß alles über sie. Ja, ich habe sogar in Erwägung gezogen, sie zu bitten, ein Kapitel zu meinem Buch beizutragen.«

Er ließ sie los. Seine Hand tastete sich langsam zu seiner Uhrkette vor und begann sie um seine Finger zu wickeln. Noch langsamer richtete er sich auf und ließ seinen Blick über den See schweifen. Seine Augen verengten sich, seine Lippen wurden schmal in plötzlicher, ungeheurer Konzentration. Wenn er bloß daran dachte, wieviel Zeit und Anstrengung er verschwendet hatte, um Vivien Strang aufzutreiben. Es war absurd, es war geradezu lachhaft. Cora hatte sie die ganze Zeit über gekannt. Cora, die gekommen war, um ihn zu erpressen, konnte ihn zu seinem Opfer führen.

VIII

Richard Davenalls Ankunft in Salisbury, *en route* von Irland nach London, war für Canon Sumner und dessen Töchter ebenso überraschend wie erfreulich. Man bat ihn, das Wochenende über zu bleiben, was er auch tat, doch das Vergnügen, welches Constance und Emily an seiner Gesellschaft empfanden, schien merkwürdig einseitiger Natur zu sein. Richards Bemühungen, für ihre Berichte von der Europareise Interesse zu heucheln, fielen nicht sonderlich überzeugend aus. Auch seine Fragen nach James' Gesundheit wirkten nur halbherzig. Seine zerstreute, bedrückte Stimmung fiel Constance erst auf, als sie mit ihm am Samstag nachmittag allein im Salon saß.

»War in Carntrassna alles in Ordnung?« erkundigte sie sich im Konversationston. »Ich weiß, daß James sich aktiv um seinen irischen Besitz kümmern will.«

»Tatsächlich?« Richard drückte unerklärlicherweise Zweifel aus.

»Natürlich«, entgegnete Constance, leicht gereizt von seinem Tonfall. »Ich ebenso.«

»Hat er davon gesprochen, mit dir hinzufahren?«

»Nicht direkt, aber ich nehme an ...«

»Nimm es lieber nicht an. Ich bezweifle sehr, daß James je mit dir Carntrassna besuchen wird.« Als würde er seine scharfen Worte bedauern, erhob sich Richard abrupt von dem Sofa, ging zum Fenster und schaute in den Hof hinaus.

Constance sah ihn verwirrt an. Warum sprach Richard, James' treuester Verbündeter während des letzten, so schwierigen Jahres, in so unfreundlichen Tönen? Sie lächelte und sagte hastig, um die Sache zu überspielen: »Nun, schließlich ist es keine Sache von großer Wichtigkeit.«

Doch Richard reagierte nicht. Nur seine gegen die Stirn gepreßte Hand verriet, daß er wußte, welchen Schmerz er ihr bereitete.

»Stimmt etwas nicht?« fragte sie in aufsteigender Panik.

Seine Antwort war kaum hörbar. »Nein. Alles in Ordnung.«

Plötzlich glaubte sie den Grund erraten zu haben. »Gibt es Probleme mit der Scheidung?«

Richard wirbelte herum. »Die Scheidung?« Zweifel und Mitleid zeichneten sich auf seinem Gesicht ab. »Nein. Keine Probleme. Das wird reibungslos ablaufen – wenn du es wünschst.«

»Natürlich wünsche ich es. James und ich hoffen, zu Weihnachten verheiratet zu sein.«

Richard schien etwas sagen zu wollen, entschied sich dann aber dagegen. Grimmig und entschlossen biß er die Zähne zusammen.

»Gibt es etwas, was uns daran hindern könnte?«

»Nein.«

»Haben wir dann deinen Segen?«

Sein Blick richtete sich auf den Teppich. Seine Lippen formten Worte, aber er sagte nichts.

»Richard?«

»Habt ihr ... erwogen, die Heirat zu verschieben ... auf nächstes Jahr?«

»Nein. Warum sollten wir?«

Wieder schien er keine Antwort parat zu haben. Nach einem angespannten Schweigen sagte er schließlich: »Entschuldige mich bitte, Constance.« Schnell ging er auf die Tür zu.

»Richard!« Es wäre einfacher gewesen, ihn gehen zu lassen, doch Constances Charakterstärke ließ das nicht zu. Er blieb abrupt stehen und drehte sich zu ihr um. »Haben wir deinen Segen?«

Der Aufruhr in seinem Gesicht und der unstete Blick seiner Augen, der ihrem Blick auszuweichen suchte, gab ihr die Antwort. Sie war das genaue

Gegenteil dessen, was er mit der heiseren Stimme eines Mannes sagte, der sich seiner eigenen Worte schämte: »Ja. Natürlich habt ihr meinen Segen.«

IX

Plon-Plon blickte vom Schreibtisch seines Arbeitszimmers in Prangins auf und betrachtete die Gipsbüste seines berühmten Onkels. Was hätte der erste und größte Napoleon an seiner Stelle getan? Vermutlich das gleiche, nahm er an. Sexuelle Zurückhaltung war auch nicht gerade seine Stärke gewesen.

»Zahl Miss Cora Pearl die Summe von zwanzigtausend Franc.« Das war mehr, als er bereit war zu zahlen, und weniger, als sie zu bekommen hoffte. Aber Kompromisse waren das Wesen der Diplomatie. Er hob die Feder, um zu unterzeichnen, und nickte dazu in lautloser Zustimmung. Alles in allem zahlte er einen fairen Preis dafür, daß sie einige ihrer anzüglicheren Erinnerungen unterdrückte, darunter auch die eine Geschichte, die er noch nicht gekannt hatte und die sie ihm hatte erzählen müssen.

Frankreichs Niederlage gegen Preußen im Krieg von 1870 und die damit verbundene Auflösung des Zweiten Kaiserreiches hatten Plon-Plon und Cora gezwungen, nach England zu gehen. Im Anschluß an einen demütigenden Hinauswurf aus dem »Grosvenor Hotel« in London – nachdem der Manager entdeckt hatte, wer die »Countess of Moncalieri« wirklich war – begaben sie sich auf eine Rundreise durch den Westen des Landes, wobei Cora als Marie-Clotilde auftrat – und zwar so erfolgreich, daß sie überall bestens aufgenommen und bewirtet wurden.

Anfang Oktober waren sie im »Imperial Hotel« in Torquay abgestiegen, eine Tatsache, die sofort in der Lokalpresse breitgetreten wurde. Am dritten Tag ihres Aufenthaltes akzeptierte Plon-Plon eine Einladung des Präsidenten des Torquay-Jachtclubs zu einer Kreuzfahrt entlang der Küste von Devon. Cora blieb zurück, um sich allein im Hotel zu unterhalten.

Der Tag erwies sich als unterhaltsamer, als Cora erwartet hatte. Während des Frühstücks auf ihrem Balkon im ersten Stock hatte sie das deutliche Gefühl, daß sie von einer Frau im Hotelgarten angestarrt wurde. Später, als sie ihren Tee in der Lounge mit Blick über Torquay einnahm, war sie sich sicher, daß die gleiche Frau an einem hinter Palmen versteckten Tisch in einer Ecke saß. Diesmal jedoch besaß diese Frau die Unverschämtheit, auf ihren Tisch zuzukommen und sich unaufgefordert zu ihr zu setzen.

»Ich glaube nicht, daß ich Sie kenne, Madame«, sagte Cora, sich selbst darauf aufmerksam machend, daß sie als Marie-Clotilde nicht die groben Worte benutzen durfte, die ihr auf der Zunge lagen.

»Aber ich kenne Sie«, erwiderte die Frau. Sie war mittleren Alters, ziemlich groß und hager und hatte die ersten grauen Haare, besaß jedoch eine strenge Schönheit, die einige Männer, so schätzte Cora, attraktiv finden mochten. In ihrer Stimme lag die Andeutung eines schottischen Akzentes. »Ich habe in der Zeitung von Ihrer Ankunft gelesen.«

»Tatsächlich?«

»Dort wurde berichtet, daß Prinz Napoleon seine hübsche, junge Frau mitgebracht hätte, die Prinzessin Clotilde von Savoyen, um gemeinsam die englische Riviera zu genießen.«

»Wenn Sie...«

»Aber Sie sind nicht Prinzessin Clotilde.«

»Wie bitte?«

»Sie sind Cora Pearl, die berüchtigtste aller Huren von Paris.«

»Das ist empörend!«

»Empörend, aber wahr. Wollen Sie es leugnen?«

»Ganz gewiß.«

»Dann sprechen Sie zum Beweis ruhig italienisch, die Muttersprache der Prinzessin.«

Cora spitzte die Lippen. Das letzte, was sie sich wünschte, war eine Wiederholung des Fiaskos vom »Grosvenor Hotel« – und diese geradezu unerfreulich informierte Frau schien durchaus fähig, das zu arrangieren. Sie beugte sich über den Tisch und flüsterte: »Wer sind Sie, und was wollen Sie?«

»Mein Name ist Vivien Ratcliffe. Und ich möchte, daß Sie und Ihr sogenannter Mann aus Torquay verschwinden.«

Das Merkwürdigste dabei war, daß sie so viele Gemeinsamkeiten hatten. Nachdem sie sich zur Fortsetzung ihres Gesprächs in Plon-Plons Suite zurückgezogen hatten, entdeckten sie zu ihrer beiderseitigen Verblüffung, daß sie sich im Grunde recht sympathisch waren. Keine von ihnen hatte etwas zu verbergen außer vor anderen Leuten. Vivien hegte bestimmt nicht den Wunsch, Cora auffliegen zu lassen, denn auch sie war einst eine Prostituierte gewesen. Allerdings konnte sie nicht riskieren, daß ihr liebevoller, wohlhabender Ehemann von Plon-Plon die Wahrheit über die Miss Strang erfahren würde, die er geheiratet hatte – und das konnte durchaus bei der unvermeidlichen Begegnung auf dem Ball geschehen, den Sir Lawrence Palk ihnen zu Ehren geben wollte. Während ihrer Hochzeitsreise vor drei Jahren hatte man sie in Paris auf Cora in einer Loge im Théâtre des Bouffes-Parisiens aufmerksam gemacht. Und so war sie in der Lage gewesen, ihren Verdacht Gewißheit werden zu lassen, daß die letzte Frau, die Plon-Plon nach Torquay mitnehmen würde, seine Ehefrau wäre. Das hatte sie dann auf die Idee gebracht, wie eine möglicherweise katastrophale Begegnung vermieden werden könnte.

Cora war erfreut darüber, daß sie mehr wußte, als Plon-Plon ahnte, und da sie sich ohnehin schon in Torquay zu langweilen begann, tat sie nur zu gern das, worum sie gebeten worden war. Am gleichen Abend noch legte sie eine derartige Szene hin, daß sich Plon-Plon kläglich mit ihrer sofortigen Abreise einverstanden erklärte. Das Bankett wurde abgesagt. Und ihr Entgegenkommen geriet nicht in Vergessenheit. Als sie im Mai 1877 die Einrichtung ihres Hauses in der Rue de Chaillot versteigern mußte, erhielt sie zu ihrer Überraschung ein Geldgeschenk von »Mrs. Ratcliffe aus Torquay, nun eine reiche Witwe«. Vivien Strangs Sympathie für eine Frau, die ebenfalls Opfer von Plon-Plon geworden war, war größer, als Cora es je verdient hätte.

Ein albernes, hartnäckiges Geklingel drang durch das Fenster des Arbeitszimmers an Plon-Plons Ohr. Er seufzte. Das mußte die Marquise sein, die von ihrem Dreiradausflug zurückgekehrt war. Wirklich, diese Frau strapazierte seine Nerven. Wenn das so weiterging, mußte sie verschwinden.

Er versiegelte den Brief an Cora und ließ ihn in den Postsack fallen. Bei dem Gedanken, was die Marquise wohl sagen würde, wenn sie wüßte, daß er einer ehemaligen Mätresse mehr zahlte, als er ihr je gezahlt hatte, kicherte er. Aber schließlich hatte ihm Cora einen Dienst erwiesen, der weit über irgendwelche Schlafzimmergefälligkeiten hinausging. Sie hatte ihm die Möglichkeit in die Hand gegeben, Vivien Strang zu finden. Sie hatte ihm die Chance zu seiner eigenen Freisprechung gegeben.

X

Als Constance sich über Richards mißgünstige Haltung bezüglich ihrer anstehenden Heirat beklagte, reagierte Emily mit mehr Mitgefühl, als sie tatsächlich empfand. Sosehr sie ihre Schwester auch liebte, fühlte sie sich doch auf eine vollkommen irrationale Art und Weise durch deren Seelenfrieden gereizt. Natürlich wurde dieses Gefühl noch dadurch verstärkt, daß sie ihr nichts von dem, was sie in Florenz gesehen und gehört hatte, erzählte, doch was konnte sie schon allein aufgrund eines bloßen Verdachtes tun? Nachdem sie von Richards Ausbruch erfahren hatte, schien sich eine Antwort abzuzeichnen: Vielleicht konnte sie die Last des Zweifels, die sie so lange alleine getragen hatte, mit ihm teilen.

Die erste Gelegenheit dazu bot sich am Sonntag morgen, als Emily Kopfschmerzen verschützte und es so vermied, zusammen mit Constance und ihrem Vater die Morgenliturgie in der Kathedrale besuchen zu müssen. Statt dessen machte sie sich auf die Suche nach Richard, den sie kofferpackend in seinem Zimmer fand.

»Verlassen Sie uns schon wieder?« erkundigte sie sich erschrocken, denn der Gedanke, sie könnte ihn zu ihrem Verbündeten machen, hatte sie hoffen lassen, er würde seinen Aufenthalt verlängern.

»Ich fürchte, ich muß sofort nach London zurückkehren«, erwiderte er. Die fehlende Überzeugung in seiner Stimme entging Emily keineswegs; beide wußten sie, daß er an einem Sonntagmorgen kaum dringende Geschäfte in London haben konnte.

In gewissem Sinne erleichterte es sie, daß Eile geboten war. »Brechen Sie wegen der Worte auf, die Sie gestern zu Constance gesagt haben?« fragte sie, froh darüber, daß sie nun mit dieser Frage ohne Umschweife herausplatzen konnte.

»Sie hat Ihnen davon erzählt?« Dieser Beweis, wie nahe sie sich standen, schien Richard zu überraschen.

»Ja. Deshalb wollte ich heute morgen mit Ihnen sprechen – allein.«

»Ich bin mir nicht sicher, daß ich verstehe, was Sie meinen.«

»Warum drängten Sie meine Schwester, die Hochzeit zu verschieben?«

Sein Gesichtsausdruck ließ ahnen, daß er damit rechnete, von ihr zurechtgewiesen zu werden. »Ich weiß nicht«, sagte er vorsichtig. »Ich hätte es nicht tun sollen. Es war dumm von mir.«

»Wirklich? Würde es Sie überraschen, wenn ich Ihnen sagte, daß ich das gleiche schon seit vielen Wochen tun wollte?«

Er starrte sie verblüfft an. »Sie? Aber warum denn?«

Sie erzählte ihm überstürzt und voller Erleichterung alles, was sie im Campanile in Florenz erlebt hatte und in welche Richtung ihre Befürchtungen gingen. Sie hatte gehofft, Richard könnte sie in dieser Hinsicht beruhigen und sie davon überzeugen, daß alles in bester Ordnung war, aber dem war nicht so. Er glaubte die gleiche Frau ebenfalls gesehen zu haben: ein Jahr zuvor im St. Bartholomew's Hospital und im August an der Victoria Station. Sie war ihnen ganz offensichtlich nach Florenz gefolgt. Als Begründung dafür hegte Richard jedoch einen Verdacht, der schrecklicher war als alles, was sich Emily hätte vorstellen können.

»Sie hatten nicht die Chance, diese Frau so deutlich zu sehen wie ich«, sagte er. »Sie erinnerte mich an jemanden, der mir bereits in unvergeßlichen Details beschrieben worden war.«

»Wer?«

»Melanie Rossiter. Ich weiß, es erscheint unglaublich, aber die Ähnlichkeit war unverkennbar. Beide Male war ich mir ziemlich sicher, daß die Frau, die ich gesehen hatte, identisch war mit der Frau, von der Trenchard behauptete, getäuscht worden zu sein.«

»Aber das ist unmöglich. Sie war...«

»Eine Hure? Das haben mir Trenchards Ärzte versichert. Ihrer Aussage nach existierte Melanie Rossiter nur in seiner Phantasie.«

Emily nahm die Worte nicht mehr auf. Konnte die gewöhnliche Prostituierte, die an jenem schrecklichen Abend im November 1882 The Limes verlassen hatte, identisch sein mit der redegewandten jungen Dame, die elf Monate später Sir James Davenall in Florenz angefleht hatte? Richard schien davon überzeugt zu sein. Doch wie war das möglich? Denn wenn es so war...

»Seit dem Frühjahr habe ich ihn regelmäßig besucht, Emily. Im Endeffekt können sie ihn vielleicht überzeugen, daß er das Opfer seiner eigenen Wahnvorstellungen war, aber mich können sie nicht überzeugen. Ich habe mir seinen Bericht zu oft angehört, als daß ich jetzt noch Zweifel haben könnte, daß er der Wahrheit viel näher steht, als wir es je für möglich gehalten haben.«

Emily blickte aus dem Fenster in den Hof. Die Kathedrale trug ihr frommes Sonntagsgewand. In ihren Mauern mochte Constance vielleicht in diesem Moment um Bestätigung bitten, daß sie recht daran tat, eine Ehe zu beenden und eine neue zu beginnen. Sie konnte ja nicht ahnen, mit welch schrecklichen Befürchtungen andere ihre Zukunft betrachteten. »Was muß ich tun?« fragte Emily, sich wieder Richard zuwendend.

»Im Augenblick nichts.«

»Aber sie werden in einem Monat heiraten.«

»Ich habe Nachforschungen in die Wege geleitet. Ich kann nur hoffen, daß sie bis dahin Früchte getragen haben.«

»Und wenn nicht?«

»Ich weiß es nicht. Eigentlich weiß ich gar nichts mehr bis auf eines: Ich werde James nicht erlauben, Constance zu heiraten, bis diese Angelegenheit geklärt ist – entweder so oder so, zum Guten oder zum Schlechten.«

ACHTZEHNTES KAPITEL

I

The Times, Dienstag, 18. Dezember 1883: »Gestern, fünf Monate nach dem siegreichen Abschluß seines allgemein gefeierten Gerichtsstreits, erfolgte die Ankündigung, daß Sir James Davenall die ehemalige Mrs. Constance Trenchard in einer Zivilzeremonie auf dem Standesamt von Kensington am 24. dieses Monats heiraten wird. Letzte Woche erhielt Mrs. Trenchard ihr rechtskräftiges Scheidungsurteil zugestellt, womit das Scheidungsverfahren von Mr. Trenchard, der das vergangene Jahr in einer Irrenanstalt verbracht hat, abgeschlossen ist.«

II

»Aufrichtig gesagt«, erklärte Mr. George Lewis von Lewis & Lewis und richtete seinen alles andere als aufrichtigen Blick auf seinen Gast, »war ich recht verblüfft, von Ihrer Beteiligung an dieser Sache zu hören.«

»Darauf möchte ich wetten«, erwiderte Richard Davenall in einem Ton, der nichts verriet.

»Ich kann nur vermuten«, fuhr Mr. Lewis fort, »daß diese Ankündigung in der heutigen *Times*«, er klatschte mit der Hand auf das zusammengefaltet auf seinem Schreibtisch liegende Exemplar, »Ihren Wunsch nach einem schnellen Abschluß erklärt.«

»Das ist tatsächlich so. Mir ist klar, daß Ihre Mandantin davon nicht berührt wird, aber ich möchte, falls immer möglich, die Wahrheit ans Licht bringen, bevor Mrs. Trenchard Sir James heiratet.«

»Jawohl.«

»Gibt es etwas, was Sie mir berichten können?«

Mr. Lewis seufzte. »Ich bin weit davon entfernt, mir im klaren darüber zu sein, ob ich Ihnen die Ergebnisse unserer Nachforschungen mitteilen darf. Schließlich handeln wir im Auftrage von Lady Davenall.«

»Aber auf meine Anregung hin.«

»Was diesen Aspekt betrifft – ja. Wir sind dankbar für Ihre Hilfe. Trotzdem ...«

»Haben Sie den Beweis, daß er Stephen Lennox ist? Das ist alles, was ich wissen will.«

Lewis überlegte schweigend. Dann sagte er: »Nein. Den Beweis haben wir nicht.«

»Was haben Sie dann herausgefunden?«

»Vielleicht schadet es nicht, wenn Sie es wissen.« Er zog eine Schublade auf, nahm eine Akte heraus und begann sie durchzublättern, während er sprach. »Die Lennox siedelten offensichtlich zu einem relativ frühen Zeitpunkt von Kanada in die Vereinigten Staaten über. Andrew Lennox kaufte einen ansehnlichen Besitz auf Long Island im Juli 1860. Stephen Lennox besuchte die Yale Law School während der Jahre 1860 und 1861. Bei Ausbruch des Bürgerkriegs gab er seine Studien auf und trat in die Unionsarmee ein. Er brachte es zum Rang eines Captain in der Kavallerie. Nach Kriegsende jedoch gibt es kein Anzeichen dafür, daß er sein Jurastudium wieder aufnahm oder in das Haus seiner Eltern zurückkehrte. Wir wissen einfach nicht, was er dann getan hat. Was wir wissen, ist jedoch, daß sich Andrew Lennox' Finanzen zu der Zeit aufgrund ungeschickter Investitionen in einem chaotischen Zustand befanden. Im Jahre 1866 war die Familie bereits auf einen gemieteten Besitz nach Boston umgezogen. Von da an ging es stetig bergab. Andrew Lennox starb – höchstwahrscheinlich am Trunk – im Jahre 1869. Seine Witwe lebte in größter Armut bis zu ihrem Tod im Jahre 1880 in Worcester, Massachusetts.«

»Und ihr Sohn?«

»Das wissen wir nicht. Mrs. Lennox erzählte ihren Nachbarn von einem Sohn, der in Kalifornien lebte und ihr Geld schickte, sie aber nie besuchte. Das ist alles.«

»Alles? Sicherlich muß es doch Freunde oder Bekannte aus Yale oder aus der Armee gegeben haben, die ihn identifizieren könnten?«

»Das ist auch unsere Hoffnung. Doch es ist nicht gerade leicht, sie nach zwanzig Jahren aufzuspüren. Wenn wir das geschafft haben, müssen wir sie zu einer Gegenüberstellung mit Sir James bewegen. Wir sind davon noch weit entfernt.«

»Ich verstehe.«

»Hatten Sie auf mehr gehofft?«

»Ich glaube, ich hatte gehofft, daß die unangenehme Aufgabe vollbracht werden könnte, ohne daß meine Beteiligung daran bekannt wird. Ich sehe nun ein, daß sich dies nicht machen läßt.«

»Was werden Sie tun?«

»Ich werde angemessen handeln, Mr. Lewis. Handlungen, die ich – bis jetzt – zu vermeiden suchte. Handlungen, die diesen Fall zum Abschluß bringen, ein für allemal.«

III

Es war früher Abend. Sir James Davenall wollte gerade Bladeney House verlassen, um ein paar Stunden im Club zu verbringen, als sein Cousin Richard hereingeführt wurde. Sofort wurde deutlich, daß es sich nicht um einen freundschaftlichen Besuch handelte. Richard lehnte schroff ab, James in den Club zu begleiten, und sagte ohne Umschweife: »Ich muß dich sofort sprechen – unter vier Augen.«

Anfangs schien diese brüske Art James ungerührt zu lassen. »Es ist schon ungewöhnlich geworden«, sagte er, als sie allein waren, »daß du überhaupt mit mir sprichst. Ich könnte fast auf die Idee kommen, daß du versucht hast, mir aus dem Weg zu gehen.«

»Vielleicht hab' ich das.« Richard hatte sich seit seiner Rückkehr von Irland vor mehreren Wochen nicht mehr mit Sir James in Verbindung gesetzt. Er war ihm tatsächlich mit Absicht ausgewichen. Doch jetzt wurde deutlich, daß es damit vorbei war. Die Zweifel, die er seit langem in bezug auf Sir James hegte, drangen nun an die Oberfläche.

»Und warum, wenn ich fragen darf?«

»Weil ich dich nicht mehr für meinen Cousin James halte.«

Über den Kaminvorleger hinweg starrten sie sich an, schockiert von der Erkenntnis, daß ihr unerfreulicher Waffenstillstand vorüber war. Um Haltung zu bewahren, zündete sich James eine Zigarette an und sagte dann: »Das ist nicht dein Ernst.«

»Mein absoluter Ernst.« Die beherrschte Trauer in Richards Blick bestätigte das.

»Dann muß ich dir sagen, daß du einen sehr schwerwiegenden Fehler begehst.«

»Der Fehler war, daß ich mich je von dir habe täuschen lassen.«

James legte eine Pause ein, als wollte er Richard eine letzte Chance einräumen, es sich noch einmal zu überlegen. »Ich muß nicht mehr beweisen, wer ich bin«, sagte er langsam. »Die Welt weiß, daß ich Sir James Davenall bin.«

»Die Welt irrt. Du bist Stephen Lennox aus Murrismoyle in der Grafschaft Mayo. Deine Mutter war die Frau des Verwalters von Carntrassna, Andrew Lennox. Dein Vater war Sir Gervase Davenall.«

»Das ist absurd.«

»Ich glaube, Sir Gervase erfuhr erst im Herbst 1859, daß du sein Sohn warst, als er Carntrassna besuchte. Aus einem Gefühl der Schuld heraus oder weil ihn deine Ähnlichkeit mit seinem legitimen Sohn James so erschreckte, bezahlte er die Lennox, damit sie nach Kanada auswanderten und dich mitnahmen. Viel später lerntest du Quinn kennen; ihr beide habt euch dann verschworen, Hugos Titel und Vermögen an euch zu reißen. Die

Grundlage dafür bildeten deine physische Ähnlichkeit mit James und Quinns Kenntnisse der Familienangelegenheiten. Quinns Belohnung besteht darin, daß ihm ein Leben als Gutsbesitzer ermöglicht wird, während du dich mit gestohlenem Titel und gestohlenem Reichtum schmückst.«

»Höchst ungewöhnlich.«

»Du leugnest es?«

James trat vor und ließ sich in einen Sessel sinken. Seine Stimme blieb ruhig, sein Selbstbewußtsein unerschüttert. »Ich muß dich in deinem eigenen Interesse bitten, Richard, niemandem etwas von dem zu erzählen, was du mir gerade erzählt hast, denn man würde dich für einen Narren halten. Du hast deine Einstellung zu mir schon einmal geändert. Wenn du es noch mal tust, wirst du vollkommen unglaubwürdig werden.«

Doch Richard ließ kein Anzeichen von Schwäche erkennen. »Ich kann nicht zulassen, daß Constance dich unter der Illusion heiratet, du seist James.«

»Du kannst nicht verhindern, daß wir heiraten. Sie wird deine lächerlichen Anschuldigungen keine Sekunde lang glauben.«

»Ich habe Beweise.«

James lächelte. »Das bezweifle ich.«

»Dein früherer Hauslehrer, Denzil O'Shaughnessy, ist bereit, nach London zu kommen und dich zu identifizieren.«

»O'Shaughnessy?« sagte James nachdenklich. »Ich fürchte, ich kenne den Namen nicht.«

»Er hat dich acht Jahre lang unterrichtet. Das reicht aus, um bei einem Treffen mit Sicherheit sagen zu können, ob du Stephen Lennox bist oder nicht.«

»Wir sollen uns treffen?«

»Er kommt gegen Ende der Woche nach London. Ich bestehe darauf, daß du dich mit ihm triffst, vor Zeugen und in Constances Gegenwart, noch bevor die Hochzeit stattfindet.«

»Und wenn ich mich weigere?«

»Dann wende ich mich an die Behörden. Du wirst ihn entweder in privater Umgebung oder vor Gericht sehen, aber sehen wirst du ihn.«

»Das sind deine Bedingungen?«

»Das sind sie.«

James erhob sich und sah Richard an, immer noch völlig ungerührt, wie es schien. »Dann lieber privat. Ich habe nicht den Wunsch, dich vor Gericht in peinliche Verlegenheit zu bringen. Wirst du mir Ort und Zeit mitteilen?«

»Das werde ich.«

»Dann sagen wir bis dahin besser nichts mehr. Außer ...«

»Ja?«

James deutete ein versöhnliches Lächeln an. »Wenn deinen Beschuldigungen damit ein Ende gemacht ist, Richard, dann können wir das als einmalige Verirrung abtun. Dann könnten wir übereinkommen, diese ganze Angelegenheit einfach zu vergessen. Wenn du jedoch weiterhin darauf beharrst, dann wirst du dich von mir entfremden – und von Constance. Nachdem du dich bereits von Hugo und meiner Mutter entfremdet hast – meinst du nicht, daß du dich ein bißchen einsam fühlen wirst?«

Einen Moment lang schien Richard schwankend zu werden. »Jetzt ist es zu spät zur Umkehr.«

»Bestimmt nicht. Ich hab' dich nie als den Typ gesehen, der das Boot umkippt.«

»Was meinst du damit?«

»Ich meine, warum soll man eine Krise heraufbeschwören? Meine Ansprüche sind geklärt worden. Warum das alles noch mal aufwirbeln, wo du dabei mehr als alle anderen zu verlieren hast?«

»Du hast die Krise heraufbeschworen, nicht ich«, erwiderte Richard mit neu erwachter Überzeugung. »Du trägst die Mitschuld an viel schlimmeren Dingen als nur Betrug und Hochstapelei. Du hast es zugelassen, daß Quinn den Mord an meiner Tante arrangiert oder selber durchgeführt hat, weil sie als einzige der ganzen Familie dich hätte identifizieren können. Du hast deine Geliebte – ich nehme an, daß sie das ist – damit beauftragt, Dr. Fiveashs Krankenberichte auszuspionieren und Trenchard in eine so üble Falle zu locken, daß Constance ihn verläßt. Denn du warst auf ihre Aussage bei der Vorverhandlung angewiesen. Auf verwerflichste Art und Weise mußte Trenchard mit Schande überhäuft werden. Daß er dich zu töten versuchte, machte es dir nur leichter, Constances Zuneigung zu gewinnen. Deshalb hast du auch freiwillig die Kosten für die Anstalt übernommen; du wolltest dafür sorgen, daß er so gut behandelt wird, daß sich Constance keine Vorwürfe zu machen braucht. Doch eines gibt es, was ich nicht verstehe.«

»Zweifellos wirst du es mir gleich sagen.«

Eine Spur von Entsetzen lag in Richards Stimme. »Warum willst du sie heiraten? Daß du sie getäuscht hast, war doch nur Mittel zum Zweck. Und deine Geliebte wartet im Hintergrund. Warum also dieses Spiel unnötig in die Länge ziehen?«

»Weil es kein Spiel ist, Richard. Ich bin dein Cousin James. Ich liebe Constance, so wie ich sie immer geliebt habe. Es hat keinen Betrug gegeben, keine Hochstapelei, keinen Mord, keine Verschwörung. Ich bin, wer ich bin – und du befindest dich im Irrtum.«

Als Richard gegangen war, blieb James so ruhig wie stets. Seine Haltung war gefaßt, seine Bewegungen waren ohne Eile. Er rauchte seine Zigarette zu Ende und schenkte sich einen großen Whisky ein. Dann stieg er mit dem Glas langsam die Treppe hoch bis zu der Stelle, wo ein Ölgemälde von Sir Gervase Davenall hing, eingerahmt von den Bildern seiner Vorfahren. James nippte an seinem Whisky, starrte das Bild seines gutaussehenden Vaters an – gemalt, bevor die Krankheit diese arroganten Gesichtszüge zerfressen hatte – und dachte über das eben Geschehene nach. Ob ihn nun Richards Beschuldigungen verärgert oder geängstigt hatten, ob er nun plante, O'Shaughnessy gegenüberzutreten oder vor ihm zu fliehen, ob er nun Sorge oder Verachtung empfand – sein zurückhaltend ironischer Gesichtsausdruck ließ nichts von alledem erkennen. Selbst allein mit sich, so schien es, verriet er sich nicht.

IV

Plon-Plon spähte durch das Dickicht der Sahnebecher und Zuckerstreuer zur Marquise de Canisy hinüber, die gerade damit beschäftigt war, Sirup über eine Schale mit Grapefruitstücken zu kippen. Am Frühstückstisch wirkte sie noch abstoßender als im Schlafzimmer. Tatsächlich hatte sie sogar fast das Unmögliche geschafft – sie hatte ihn soweit gebracht, daß er voller Sehnsucht an seine Frau dachte. Alles in allem konnte er sich nicht erinnern, weshalb er ihr erlaubt hatte, in Prangins zu bleiben.

Als sich ein Diener leise näherte und ihm diskret eine Ausgabe der gestrigen *Times* aus London neben den Ellenbogen legte, fiel ihm der Grund wieder ein: Es gab einfach wichtigere Dinge, an die er denken mußte.

»*Merci, Théodule*«, sagte er, klemmte sich ein Monokel ins rechte Auge und griff nach der Zeitung. Er wandte sich sofort der Seite mit der Gerichtsberichterstattung und den gesellschaftlichen Ereignissen zu, wobei er mit Erleichterung feststellte, daß in letzter Zeit kein Mitglied der königlichen Familie Farnborough Hill besucht hatte. Ein übelkeiterregendes Geräusch – ein Mittelding zwischen Saugen und Schlucken – vom anderen Ende des Tisches ließ ihn erschauern. Er breitete die Zeitung weiter aus.

Zwischen den Zeilen sprang ihm ein Name entgegen, den er sofort erkannte. »Gestern ... erfolgte die Ankündigung, daß Sir James Davenall ... am 24. dieses Monats heiraten wird.« Mit plötzlich erwachender Energie faltete er die Zeitung zusammen.

Zeitraubende, teure Nachforschungen durch Privatdetektive über einen Monat hinweg hatten nur das bestätigt, was Cora ihm erzählt hatte; daß Vivien Strang nun als reiche Witwe unter dem Namen Ratcliffe in Torquay lebte. Für irgendeine Verbindung mit Sir James Davenall – ja auch nur für die Existenz eines Sohnes – gab es nicht das geringste Anzeichen. Plon-Plon hatte lange überlegt, was als nächstes zu tun sei, war aber zu keinem

Entschluß gelangt. Nichts zu unternehmen schien feige zu sein, doch sein Enthusiasmus für eine Konfrontation mit Vivien Strang war seit seiner Demütigung im Frühjahr stark geschwunden. Jetzt jedoch, nachdem er die Nachricht von Sir James bevorstehender Hochzeit gelesen hatte, wurde diese Begeisterung plötzlich neu entfacht. Er würde den Detektiven zeigen, wie man so einen Job erledigte. Er würde Catherine beweisen, daß er einfallsreicher war, als sie angenommen hatte. Er würde es Norton heimzahlen, daß er ihn bloßgestellt hatte. Und er würde die Wahrheit aus Vivien Strang herausholen.

Daneben gab es noch einen anderen Aspekt zu berücksichtigen. In Frankreich sahen die hohlköpfigen Bonapartisten immer mehr in seinem undankbaren Sohn Victor ihren Führer. Um seine Überlegenheit zu demonstrieren, mußte er nach Paris zurückkehren, die Partei vereinigen und bei den 1885 anstehenden Wahlen einen überwältigenden Erfolg erringen. Das jedoch war leichter gesagt als getan. Wie das Fiasko seines Manifestes im letzten Januar gezeigt hatte, benötigte er ihm zugetane Zeitungen und zahme Kandidaten, die ihm als Sprachrohr dienen konnten. In erster Linie aber brauchte er Geld – das Geld, das er anfangs durch seine Beteiligung am Fall Davenall zu erlangen gehofft hatte. In diesem Punkt hatte ihn Hugo total im Stich gelassen. Doch wenn er dank Plon-Plons Intervention wieder den Titel eines Baronets tragen konnte, dann mochte seine Dankbarkeit keine Grenzen kennen.

»Plon-Plon«, sagte die Marquise und schlürfte die letzten Reste ihrer Grapefruit, »wohin fahren wir Weihnachten?«

»Weihnachten?«

»Ja. Wir verreisen doch?«

»Ich verreise, ja. Nach England.«

»Nach England? Wunderbar!«

»Aber ich ...«

Es war schon zu spät. Wie eine geschickt gesteuerte Piratengaleone rauschte die Marquise von ihrem Sitz hoch, umrundete den Tisch und schmatzte ihm einen Kuß auf seine zurückzuckende Stirn. »Ich liebe England«, verkündete sie mit einem Sirupgrinsen.

»Sie mißverstehen mich«, schnappte er zurück. »Ich fahre allein.«

V

Bis zum zweiten Tag – nachdem er wieder mit der Überwachung von Sir James Davenall beauftragt worden war – gab es für Roffey nichts zu beobachten. Den ganzen Mittwoch, den 19. Dezember, hindurch rührte sich nichts, abgesehen von den üblichen Aktivitäten am Dienstboteneingang. Sir James zeigte sich nicht. Folglich rührte sich auch Roffey nicht, sondern stand stampfend und zitternd in der von Bäumen abgeschirmten Ecke des Chester Square und dachte voller Neid an das wärmende Kaminfeuer, das sein Opfer wohl genoß.

Am Donnerstag, dem 20. Dezember, kurz vor zehn Uhr, wurde seine Geduld endlich belohnt. Sir James tauchte auf, mit Zylinder und warmem Mantel bekleidet, seinen Stock mit Silberknauf durch die Luft wirbelnd und auf genau die Art und Weise, auf die Roffey ein Patent zu haben glaubte, an seiner Zigarette ziehend. Nachdem er kurz innegehalten und die kühle Morgenluft eingeatmet hatte, marschierte er in flottem Tempo auf Grosvenor Place zu. Roffey folgte in diskretem Abstand. Mit Erleichterung bemerkte er, daß Sir James keine Reisetasche bei sich trug und auch keine Anstalten machte, eine der vorbeifahrenden Droschken heranzuwinken. Ein Tagesausflug erschien deshalb unwahrscheinlich; das Ganze sah mehr nach einem lässigen Spaziergang aus, was Roffey keineswegs überraschte. Trotz Mr. Davenalls Nervosität und Erregtheit hielt er Sir James nicht für den Typ, der alles aufgab und flüchtete. Mit der Zeit hatten ihm der Stil und die Raffinesse des Mannes sogar einen gewissen Respekt abgenötigt. Aus diesem Grund hätte er auch niemals die schwierige Aufgabe der Überwachung einem Untergebenen anvertraut.

Bei Hyde Park Corner angelangt, bog Sir James zum Piccadilly ein. Roffey begann Vermutungen über sein Ziel anzustellen. Der Club? Vielleicht ein bißchen früh. Der Schneider? Immer eine Möglichkeit, aber unwahrscheinlich. Er erreichte Piccadilly Circus und wandte sich dann einer der engen Seitenstraßen Sohos zu. Roffey betrachtete angewidert die schäbigen Kneipen und Theaterrückfronten, die ihren Weg säumten. Der Titel eines Baronets schien Sir James' Begeisterung für derartige Bezirke kein bißchen gedämpft zu haben: Roffey erinnerte sich noch sehr gut daran, wie er seine Spur zu Beginn ihrer seltsam intimen Beziehung in diesen Vierteln verloren hatte.

Doch nicht an diesem Morgen. Er hatte Sir James aufrechte Gestalt stets in seinem Blickfeld. Endlich tauchten sie am St. Giles Circus wieder auf und wandten sich nach Osten. Holborn war jetzt nicht mehr weit entfernt. Vielleicht wollte er Mr. Davenall besuchen. Doch noch während Roffey dieser Gedanke durch den Kopf ging, bog Sir James in Richtung Bloomsbury ab.

Das Britische Museum: Das war ihr Ziel. Roffey lächelte vor sich hin, als er durch das Tor schritt. Das roch nach einem Stelldichein. Parks im Sommer, Museen im Winter. Seine unzähligen Scheidungsfälle hielten sich meist daran. Sir James nahm die Treppe zum oberen Stock, und Roffey folgte ihm, nun in sicherem Abstand, um nicht zum Schluß noch alles zu gefährden.

Sir James durchquerte schnell mehrere Räume, sowohl die Ausstellungsstücke als auch die Besucher ignorierend. Dann verlangsamte er sein Tempo, als näherte er sich dem verabredeten Treffpunkt. Und tatsächlich – von einer Bank auf halbem Weg zu den ägyptischen Galerien erhob sich die Frau, die ihm Mr. Davenall beschrieben hatte: Melanie Rossiter. Roffey hielt den Atem an und ging langsam in einem Bogen zwischen den Sarkophagen hindurch, den Kopf zu den mumifizierten Inhalten hinabgebeugt, während sein trainiertes Auge auf sein Zielobjekt gerichtet blieb.

Sir James hatte sich zu Miss Rossiter auf die Bank gesetzt, und sie begannen sofort, sich mit leisen, drängenden Stimmen zu unterhalten. Ein Lehrer mit einer dröhnenden Stimme, der eine Horde Schulkinder auf der anderen Seite des Raumes über die verschiedenen Balsamierungstechniken aufklärte, machte Roffeys Hoffnung zunichte, das Gespräch belauschen zu können. Er würde sich gefährlich nahe heranwagen müssen.

Roffey stand nun neben einem mit Schimmelflecken bedeckten Korb, der seinen Befürchtungen nach wahrscheinlich ein mumifiziertes Krokodil enthielt. Er mußte nur noch, ganz in verzückte Betrachtung versunken, einen vorsichtigen Schritt zurücktreten, um ein paar Worte aufschnappen zu können. Und tatsächlich war es so.

»Ich dachte, du hättest dich einverstanden erklärt, dich mit mir zu treffen, weil du deine Meinung geändert hast«, sagte Miss Rossiter.

»Ich bin nur gekommen, um dich zu warnen«, erwiderte Sir James. »Das ist alles.«

»Du übertreibst sicherlich die Bedrohung, die dieser Mann darstellt?«

»Nein. Wenn mich O'Shaughnessy identifiziert, wie soll ich dann beweisen, daß er sich täuscht?«

»Und du glaubst...«

Roffey fluchte lautlos vor sich hin. Er hatte sich ein paar Zentimeter zu nahe herangeschoben oder sich zu lange aufgehalten. Jedenfalls hatte er ihren Verdacht erregt. Den Blick fest auf den Korb vor ihm geheftet, um seinen Fehler nicht noch zu verschlimmern, hörte er, wie sie sich erhoben und die Galerie entlanggingen. Als er es wagte, sich umzudrehen, sah er gerade noch, wie sie im nächsten Raum verschwanden. Natürlich würde er ihnen folgen, obwohl er wußte, daß er nicht mehr die geringste Aufmerksamkeit auf sich lenken durfte, wenn er nicht eine katastrophale Konfrontation riskieren wollte.

Er hätte sich keine Sorgen zu machen brauchen. Als er sie wieder im Blickfeld hatte, waren sie gerade dabei, sich zu trennen. Sie standen oben auf dem hohen Treppenabsatz und schienen einige Abschiedsworte auszutauschen. Es gab keinen Kuß, keinen Händedruck, nicht einmal einen beredten Blick, soweit Roffey das erkennen konnte. Ohne sich umzudrehen, stieg Sir James die Treppe hinab, während Miss Rossiter ihm nachschaute. Dann wandte sie sich ab und ging langsam auf die nächste Galerie zu.

Sir James würde zum Bladeney House zurückkehren, davon war Roffey überzeugt. Doch um absolute Gewißheit zu haben, würde er ihm folgen müssen, obwohl sein Instinkt ihm befahl, Miss Rossiter zu folgen. Von ihr war so wenig bekannt, daß er gern mehr über sie herausgefunden hätte. Doch seine Instruktionen waren eindeutig, und Roffey war nicht der Mann, der sich seinen Auftraggebern gegenüber ungehorsam zeigte. Einen letzten, bedauernden Blick auf Miss Rossiters sich entfernende Gestalt werfend, ging er die Treppe hinab.

VI

The Little Canonry
Cathedral Close
SALISBURY, Wiltshire

20. Dezember 1883

Lieber Richard,
Ich schreibe diese wenigen Zeilen voller Hast und mit besorgtem Gewissen. Constance in ihrer Unwissenheit kann weiterhin ihre Hochzeit kaum erwarten, ohne zu ahnen, daß unser Wissen diese Hochzeit möglicherweise verhindern wird. Die Tatsache, daß wir meiner Meinung nach das Recht haben, in dieser Form einzugreifen, macht mir den Gedanken an den Schmerz, den wir ihr bereiten werden, kaum erträglicher.

Was die praktischen Aspekte Ihres Vorschlags betreffen, so brauchen Sie sich keine Sorgen zu machen. Wir werden am Sonntag morgen den ersten Zug nehmen und gegen elf Uhr in Highgate sein. Vater wird nicht vor Montag nachkommen, und Patience wird hier bei ihrem Kindermädchen bleiben. Ich finde einen kleinen Trost darin, daß sie nicht mit ansehen müssen, was geschehen wird.

Von James ist keine Nachricht gekommen. Ihr Verdacht, daß er versuchen könnte, Constance eine Warnung zukommen zu lassen, scheint also unbegründet. Constance steckt voller Pläne,

Weihnachten als Lady Davenall auf Cleave Court verbringen zu können, Pläne, die sie glücklicher machen, als ich sie je gesehen habe. Ich überlasse es Ihrer Phantasie, sich vorzustellen, welchen Kummer es mir bereitet, nach außen hin ihre Freude zu teilen, während ich innerlich um den Schmerz weiß, der auf sie wartet. Seien Sie jedoch versichert, daß ich nicht ins Wanken geraten werde. Ich habe lange genug gebetet, um sicher zu sein, daß wir das Richtige tun, denn das Richtige ist selten leicht.

Möge Gott mit Ihnen sein.

In aufrichtiger Zuneigung Ihre
Emily

VII

Am frühen Freitag morgen des 21. Dezembers verließ Sir James Davenall sein Haus, fuhr mit einer Droschke zum Liverpool-Street-Bahnhof und bestieg dort den Zug nach Newmarket. Für Roffey, der die Droschke in einer eigens gemieteten Kutsche verfolgte, der ein Stückchen weiter hinten am Fahrkartenschalter stand und der im Zug nur wenige Abteile entfernt saß, hatte es den Anschein, als würde Sir James gar nicht an die Möglichkeit denken, er könnte verfolgt werden. Doch Roffey blieb mißtrauisch, denn frühere Erfahrungen hatten ihn gelehrt, daß dieser Mann am schwersten zu fassen war, wenn er am ruhigsten und gelassensten wirkte.

Es war ein klirrend kalter Vormittag, als sie Newmarket erreichten. Roffey verließ den Zug ohne jede Eile und drückte sich am Fahrkartenschalter herum, bis Sir James einen Einspänner gemietet hatte und losgefahren war. In diesem Stadium konnte es keinen Zweifel an seinem Zielort geben. In Newmarket gab es nur einen Mann, mit dem er etwas zu besprechen hatte: Alfred Quinn, seit kurzer Zeit Besitzer von Maxton Grange.

Roffey – der einige Nachforschungen angestellt hatte, nachdem er von Mr. Davenall von Quinns Rückkehr gehört hatte – kaufte sich schließlich eine Landkarte von der Gegend, mietete sich ein Fahrrad und fuhr los. Maxton Grange lag im Süden der Stadt; über eine gerade Straße, die zwischen von Fichten gesäumten Koppeln hindurchführte, gelangte man dorthin. Ein beißender Wind fegte über das flache Land. Schon von weitem sah er die grandiosen Backsteinbögen der Eingangstore von Maxton Grange, doch von dem Haus, das laut Karte in einiger Entfernung von der Straße zwischen Bäumen verborgen lag, war noch nichts zu entdecken. Eine Kette spannte sich quer über die Zufahrt, und auf einem frisch gemalten Schild stand PRIVATBESITZ – ZUTRITT VERBOTEN. Roffey fuhr daran vorbei, ohne auch nur sein Tempo herabzusetzen.

Nach einer weiteren Viertelmeile hielt er an, lehnte sein Fahrrad gegen den Zaun und kletterte über eine Steige. Zwischen dichten Hecken zog sich ein schmaler Pfad dahin. Auf der Karte war er als öffentlicher Fußweg zu dem Dorf Cheveley verzeichnet, was ihn für Roffey interessant machte, da er dichter an Maxton Grange vorbeiführte als jede andere Straße. Er ging los, alle paar Meter auf der Suche nach dem Haus einen Blick nach links werfend.

Das weite, offene, windgepeitschte Land machte Roffey nervös. Er hätte das düsterste Viertel von London jederzeit diesem offenen Terrain vorgezogen. Deshalb, so ging es ihm durch den Sinn, mochte Quinn diesen Ort gewählt haben: Unerwünschte Besucher konnten hier lange vor ihrer Ankunft entdeckt werden.

Unvermittelt tauchte der Landsitz hinter einem Vorhang von Bäumen auf. Er war wirklich sehr gut getarnt. Hätten die Bäume Blätter getragen, dann hätten sie ihn vollkommen verdeckt. Roffey quetschte sich durch eine dünne Hecke, um einen besseren Blick zu haben. Das Haus stand drei Felder entfernt – erst kürzlich erbaut, vermutete er, mit eleganten Proportionen der Flügel und Dachaufbauten, doch irgendwie wirkte das Ganze noch roh, war noch nicht zwischen Wiesen und Koppeln verwurzelt. Doch Quinn hatte sich gut eingerichtet. Wirklich sehr gut.

Roffey holte ein Fernglas aus seinem Mantel und richtete es auf das Haus. Rauch stieg aus den Kaminen auf. Ein Diener bearbeitete mit einem Rechen den Kiesweg. Ansonsten war es still. Als er ein Stück weiter ging, um einen Blick auf die Ställe zu werfen, sah er sie. Quinn und Sir James schlenderten gemächlich vom Hof zu den Pferdekoppeln.

Quinn war unverkennbar, selbst auf diese Entfernung hin: bekleidet mit einem schweren Tweedanzug und Reitstiefeln, eine rhythmisch zuckende Gerte in der rechten Hand, eine Goldkette an der Weste. Nichts davon milderte für Roffey den Eindruck eines harten, umbarmherzigen Mannes von niederer Herkunft ab, der verschlagen und brutal vorging. Sir James bestritt den größten Teil des Gesprächs, ohne daß man irgendeine Reaktion auf Quinns zerfurchtem, grauem Gesicht hätte erkennen können.

Sie gelangten an einen Zaun und blieben stehen. Dann begann Quinn zu reden; seine Lippen bewegten sich kaum, sein Blick blieb fest auf Sir James gerichtet. Mit einer schnellen, weiten Geste seines Arms schien er die Größe seines Besitzes betonen zu wollen. Ansonsten sprach er mit einem Minimum an Aufwand, ohne den Hauch eines Lächelns.

Roffey fragte sich, worüber sie sich wohl unterhielten. War Sir James gekommen, um einen Komplizen davor zu warnen, daß das Spiel gefährlich wurde? Oder wollte er einem ehemaligen Diener zu seinem Glück gratulieren? Von dem bißchen, was er sehen konnte, ließ sich das nicht erraten.

Plötzlich wurde die Unterhaltung erregt. Quinn schlug mit der Hand so hart auf den obersten Balken des Zaunes, daß er deutlich sichtbar erbebte. Dann hob er die Gerte und deutete damit ruckartig auf Sir James, während er sprach. Seine ganze Haltung war aggressiv, sein Mund verzog sich, was ebenso Verachtung wie Zorn ausdrücken konnte. Wenn er mit diesem Auftritt jedoch einschüchtern oder provozieren wollte, so war das ein vergeblicher Versuch. Sir James zuckte keinen Millimeter zurück.

Als Quinn mit seinem Ausbruch fertig war, drehte er sich auf dem Absatz um und marschierte zurück zum Haus. Sir James folgte ihm nicht. Er zündete sich lediglich eine Zigarette an und rauchte langsam, gegen den Zaun gelehnt und nachdenklich in die Ferne starrend. Ein Pferd kam quer über das Feld auf ihn zu und knabberte an seinem Arm, aber er schien es kaum zu bemerken. In welch geheimen Teil seiner Vergangenheit oder Zukunft seine Gedanken auch geflohen sein mochten, sie blieben dort, und Roffey wußte nur zu gut, daß er ihnen dahin nicht folgen konnte.

Eine Stunde später saßen er und Sir James wieder im Zug nach London.

VIII

In Richard Davenalls Haus in Highgate hatte Constance ihren geliebten James im Herbst 1882 gesundgepflegt. Hier ruhten für sie glückliche Erinnerungen an das langsame Erwachen ihrer zweiten Liebe. Und so konnte sie sich auch keinen passenderen oder angenehmeren Ort vorstellen, an dem sie die zwei Tage vor ihrer Hochzeit hätte verbringen können. Am Samstag morgen, dem 22. Dezember, kam sie dort mit ihrer Schwester Emily in bester Laune an – in jener strahlenden Stimmung, die nur durch die unmittelbar bevorstehende Erfüllung einer langgehegten Sehnsucht erzeugt werden kann.

Das allein, so dachte sie später, mußte der Grund gewesen sein, weshalb sie die vielen deutlich erkennbaren Omen nicht bemerkte: Emilys nachdenkliche Stimmung auf der Fahrt von Salisbury, ihr Blick auf die Uhr an jedem Bahnhof, ihre zunehmende Unruhe, als sie in London einfuhren; Braddocks gekünstelte Formalität bei ihrer Ankunft in Garth House, seine Anweisung, sie in Richards Arbeitszimmer zu führen anstatt in ihre gewohnten Räumlichkeiten.

All diese Anzeichen hätten sie alarmieren sollen, doch erst als sie eintrat und Richard mit grimmigem Gesicht am Kaminfeuer neben einem großen, bärtigen Mann stehen sah, den sie nicht kannte, merkte sie, daß etwas nicht stimmte. Sie ging quer durch das Zimmer auf Richard zu, küßte ihn auf die Wange und erkannte sofort an der Art und Weise, wie er zurückzuckte, daß nichts Gutes in der Luft lag.

»Dies ist Mr. O'Shaughnessy«, sagte er hastig, sich dem anderen Mann zuwendend. »Aus Galway.«

»Ihr ergebener Diener, Ma'am.« O'Shaughnessy beugte sich über ihre behandschuhte Hand.

»Freut mich, Sie kennenzulernen, Mr. O'Shaughnessy. Was führt Sie nach London?«

»Die Pflicht, Ma'am.«

Constance wandte sich um und stellte ihre Schwester vor. Dabei huschte über Emilys Gesicht ein Ausdruck wie Schuld oder Reue. Vielleicht kannte sie den Mann nicht, aber sie wußte, weshalb er hier war.

»Möchtest du dich nicht setzen?« sagte Richard.

Constance wollte sich nicht setzen, jedenfalls so lange nicht, wie alle anderen verlegen herumstanden, von einem Fuß auf den anderen traten und verschwörerische Blicke tauschten. Aber sie sah auch nicht ein, weshalb sie um eine Erklärung bitten sollte.

»Ich bin sicher, es wäre für alle bequemer...«

»Sagen Sie es ihr!« unterbrach ihn Emily mit schmerzlicher Stimme. »Bringen wir es hinter uns.«

Sie steckten alle unter einer Decke. Richard, der Ire, ihre eigene Schwester, das wurde ihr jetzt klar. Sie hatten sich zu einem Zweck zusammengetan, den sie nicht erraten konnte. »Mir was sagen?« fragte sie schließlich, um ihre Beherrschung kämpfend.

Richard spitzte die Lippen und schaute auf die Uhr am Kaminsims. Sie zeigte auf zehn Minuten vor zwölf. »Vielleicht ist es am besten ..., wenn wir warten.«

»Warten worauf?«

»Sagen Sie es ihr jetzt«, flehte Emily.

»Also gut.« Richard sah Constance an, diesmal ohne den Blick abzuwenden. »Das macht keinem von uns Vergnügen, aber es muß getan werden.« Er seufzte. »Ich fürchte, wir müssen dir die Augen öffnen. Der Wahrheit gegenüber öffnen. Wärst du einverstanden gewesen, die Hochzeit zu verschieben ... Aber egal. Es tut mir leid, wirklich sehr leid. Aber ich kann nicht zulassen, daß du James heiratest ... in Unkenntnis seiner wahren Identität.«

Sie blickte von einem zum anderen. Richard war von tiefem Schmerz erfüllt. O'Shaughnessy befand sich in peinlicher Verlegenheit. Und Emily war zwischen der Treue zu ihrer Schwester und irgendeiner höheren Wahrheit, der sie zu dienen glaubte, hin- und hergerissen. »Was soll das heißen, seine wahre Identität?«

»Er ist nicht der, für den du – für den *wir* ihn hielten. Er ist nicht James.«

Sie waren verrückt. Sie mußten verrückt sein. Wie konnte Richard – oder Emily – einen derartigen Wahnsinn glauben? Nach allem, was sie gemeinsam durchgemacht hatten, um James Anerkennung durchzusetzen – wie konnten sie da nun Zweifel an ihm hegen? Es ergab keinen Sinn. Doch als sie den Blick ihrer Schwester einfing, erkannte sie, daß es genau so war. Sie hatten ihn im Stich gelassen. Sie hatten sie im Stich gelassen.

»Sein wirklicher Name ist Stephen Lennox, ein Halbbruder von James. Wir wissen, es besteht eine verblüffende Ähnlichkeit, aber er ist nicht James.«

»Du hältst James für einen Betrüger?«

»Ja.«

»Du hast deine Meinung über ihn geändert?«

»Ja.«

»So wie du, Emily?«

Tränen strömten über Emilys Gesicht, aber es waren keine Tränen der Unentschlossenheit. »Er ist nicht, was er zu sein vorgibt, Constance. Er ist dir gegenüber nicht ehrlich.«

»Und Sie, Mr. O'Shaughnessy? Was spielen Sie in dieser Sache für eine Rolle?«

O'Shaughnessy räusperte sich, um zu antworten, doch Richard sprang für ihn ein. »Mr. O'Shaughnessy war acht Jahre lang Stephen Lennox' Hauslehrer. Er wird ihn identifizieren können.«

»Ihn identifizieren? Ich kann nicht glauben, daß du das ernst meinst, Richard.«

»Ich fürchte doch, meine Liebe.«

Es klopfte an der Tür, und Braddock schaute herein. »Sir James ist angekommen, Sir.«

»Führen Sie ihn herein«, sagte Richard. »Und bitten Sie Benson, sich uns anzuschließen. Und Sie selbst kommen dann auch herein.«

»Sehr wohl, Sir.«

»Es ist besser, wenn wir so viel Zeugen wie möglich haben«, erklärte Richard, nachdem Braddock wieder gegangen war. »Es darf kein Raum mehr für irgendeinen Zweifel bleiben.«

Constance konnte nicht sprechen. Ihr Vertrauen in James war ungebrochen, doch darum herum lagen die Trümmer ihres Vertrauens zu Richard und Emily. Vor dem Schrecklichen, an das sie glaubten, konnte sie nur zurückzucken. Als James den Raum betrat, floh sie an seine Seite. In der Stärke seiner Umarmung und der Zuversicht in seinem Blick fand sie den Trost, nach dem sie dürstete.

»Es besteht kein Anlaß zur Sorge, Connie«, sagte er, sie fest an sich drückend. Sein Blick richtete sich auf die anderen drei Personen. »Ich bin hier.«

»Weißt du, was sie gesagt haben?«

»O ja, ich weiß es. Überrascht, mich zu sehen, Richard? Vielleicht dachtest du, ich würde nicht kommen.« Ganz zart löste er sich von Constance. »Und dieser Herr, vermute ich, ist der berühmte Mr. O'Shaughnessy?«

»Du weißt genau, wer er ist«, schnappte Richard.

»Weiß ich das? Vielleicht sollten wir Mr. O'Shaughnessy das beurteilen lassen.« Die Tür fiel hinter ihm ins Schloß. Er drehte sich kurz zu Braddock und Benson um, die in feierlicher Aufmerksamkeit nebeneinander standen. »Nun, meine Herren«, er lächelte erst Richard und dann O'Shaughnessy zu, »können wir anfangen?«

IX

Nach all den Problemen, mit denen er sich das ganze Jahr hatte herumschlagen müssen, war Plon-Plon geradezu perplex über die Leichtigkeit, mit der er es nun geschafft hatte, seine Aufgabe zu erfüllen. Da stand er in Vivien Ratcliffes großem, behaglich eingerichtetem Wohnzimmer, während draußen ein Dezembersturm an den Fenstern rüttelte und die Rhododendren in dem leicht abfallenden Garten peitschte. Und da stand sie, eine große, grauhaarige Frau, mit mehr Falten, als er erwartet hatte, doch in äußerst anmutiger Haltung.

Hinter ihr knackte und knisterte das Feuer, und der Wind heulte im Kamin. Sie sagte kein Wort, doch ihre Augen – das einzige an ihr, was nicht alt geworden war – suchten sein Gesicht mit all der Intensität ab, die sie sich bewahrt hatte. Er fragte sich, was Gervase wohl sagen würde, wenn er sie jetzt sehen könnte, zerbrechlich und ältlich, aber so herausfordernd hochmütig wie eh und je. Wäre er immer noch der Meinung, daß die Wette den Einsatz wert gewesen war?

»Sie scheinen nicht überrascht, mich zu sehen, Madame«, sagte Plon-Plon, entschlossen, das Schweigen zu brechen. »Ich bin fast geneigt zu glauben, Sie haben mit meinem Besuch gerechnet.«

»Nach all den Jahren, Prinz? Das halte ich kaum für möglich. Tatsächlich fällt mir kein einziger guter Grund ein, weshalb Sie mich aufgesucht haben. Aber schließlich waren Ihre Gründe ja selten gut.«

Plon-Plon gestattete sich den Anflug eines Lächelns, dann sagte er: »Ich glaube, Sie wissen, weshalb ich hier bin.«

»Wie ich Ihnen schon sagte – ich kann es mir nicht vorstellen.«

»Sie haben Ihre Spuren gut verwischt, das muß ich Ihnen lassen. Selbst Ihre Schwestern wissen nichts von Ihnen.«

»Sie haben sie gesehen?« Ein Unterton von Ungläubigkeit hatte sich in ihre ansonsten ausdruckslose Stimme geschlichen.

»Es gab keine andere Spur, der ich hätte folgen können, Madame.«

»Wie haben Sie sie gefunden?«

»Catherine – das heißt, Lady Davenall...«

»Diese Frau!« Viviens Augen wurden schmal. »Sie sind also auf ihr Geheiß hier, nicht wahr?«

Doch Plon-Plon ließ sich nicht gern für den Laufburschen irgendeiner Frau halten. »In erster Linie, Madame, in eigenem Interesse.« Jetzt erst fiel ihm auf, wie ähnlich sich Catherine und Vivien geworden waren, elegant auf eine bittere Art, auf eisige Weise unberührbar. So wie Catherine es abgelehnt hatte, um ihren toten Sohn zu trauern, so verschwendete Vivien keine Neugierde auf die Schwestern, die sie verstoßen hatten. »Sie werden hoffentlich nicht vorgeben, Sie wüßten nichts von den letzten die Familie Davenall betreffenden Ereignissen?«

»Selbstverständlich nicht.« Ein kleines Lächeln spielte kurz um ihre Lippen und verschwand sofort wieder. »Es hat mir beträchtliche Genugtuung bereitet.«

»Das geben Sie zu?«

»Warum sollte ich nicht? Vor allem Sie, Prinz, sollten doch wissen, was ich durch diese Familie erlitten habe.«

»Genau so ist es, Madame. Genau so.«

Sie starrte ihn eine Weile an, dann sagte sie: »Worauf wollen Sie hinaus?«

»Wie ich schon sagte, ich glaube, Sie wissen, weshalb ich hier bin.«

»Nein. Ich weiß es nicht.«

Er war sicher, daß sie ihn erwartet hatte. Die Art und Weise, wie er problemlos vorgelassen worden war, die Feierlichkeit des Empfangs, ihr ruhiges Auftreten: Das alles roch nach vorbereiteten Verteidigungslinien. »Wo ist Ihr Sohn, Madame?«

»Mein Sohn?«

»Sparen wir uns doch die Ausflüchte. Der Mann, der sich als Sir James Davenall ausgibt, ist ein Betrüger. Das wissen Sie. Ich halte ihn für den Sohn, den Sie von Sir Gervase Davenall empfangen haben. Ich glaube, daß er das Werkzeug Ihrer Rache für all das Unrecht ist, das Sir Gervase und seine Frau Ihnen angetan haben.«

Sie lachte. Nie zuvor hatte er ihr Lachen gehört; nun drang dieser spöttische Ton an seine Ohren. Doch in ihrem Lachen schwang keine Spur von Freude mit. »Glaubt auch Catherine das?« erkundigte sie sich mit plötzlicher Bosheit in der Stimme.

»Ja.«

Der Blick, mit dem sie ihn musterte, wurde noch intensiver. »Wahrhaftig?«

»Was glauben Sie, weshalb ich sonst hier bin?«

»Ich dachte, Sie wollten mir Ihre längst überfällige Reue zeigen, Prinz. Ich dachte, das Alter hätte Ihre Seele veredelt. Wie ich sehe, habe ich mich getäuscht. Nun, wie auch immer, mir ist nicht mehr nach Rache zumute, aber Ihre Wahnvorstellung hätte einen guten Stoff dafür abgegeben.«

»Soll das heißen, Sie leugnen es, Madame?«

»Was Sie da behaupten, Prinz, ist so absurd, daß man es gar nicht zu leugnen braucht.«

»Dann sagen Sie mir: Wo ist Ihr Sohn? Wo ist der Sohn, den Sie Gervase geboren haben? Oder wollen Sie abstreiten, ein Kind zur Welt gebracht zu haben?«

Vivien ging langsam zum Fenster, an dem Plon-Plon stand, und starrte ihn mit offener Feindseligkeit an. »Damals habe ich Ihnen Blut ins Gesicht geschüttet, weil Sie mich daran erinnert haben. Ich war einst so geblendet von Ihnen, daß ich zu einem nächtlichen Rendezvous ging, obwohl ich wußte, ich sollte es nicht tun. Und was war mein Lohn dafür, Prinz? War er gerecht? War er angemessen? War er fair?«

»Nein, Madame, nichts dergleichen. Für die Dummheiten meiner Jugend habe ich keine Wiedergutmachung anzubieten, weder Ihnen noch mir selbst. Ihr Lohn dafür, daß sie Gervases Opfer wurden, bestand darin, daß Sie von Catherine hinausgeworfen wurden, daß Ihre Familie Sie verstieß...«

»Und daß ich von Ihnen vergessen wurde?«

Es war gut, dachte er, daß er so lange gewartet hatte, bis er alt genug war, um die Scham zu ertragen. »Ja, vergessen. Bis ich gezwungen wurde, mich zu erinnern.«

»Gezwungen von wem?«

»Von Ihrem Sohn, Madame. Als Monsieur Norton, wie er sich damals nannte, enthüllte, daß er über die Ereignisse auf Cleave Court informiert war, daß er wußte, welches Verbrechen in jener Nacht vor siebenunddreißig Jahren in dem Irrgarten begangen worden war, da war mir klar, wer er sein mußte, obwohl ich meinen Geist vor dieser Möglichkeit zu verschließen trachtete. Denn wie konnte er wissen, was geschehen war, wenn er es nicht aus dem Mund seiner Mutter erfahren hatte?«

Vivien blickte aus dem Fenster über den Garten hinweg, wo die schwere Brandung gegen die zerbröckelnden Felsen von Torbay donnerte. In ihrem versonnenen Blick glaubte Plon-Plon das erste Anzeichen jener Schwäche entdecken zu können, die er gehofft hatte sich zunutze zu machen.

»Er hätte mich damit nicht konfrontieren dürfen, obwohl es zu diesem Zeitpunkt seinem Zwecke durchaus dienlich war. Aber letzten Endes erwies es sich als ein fataler Fehler.«

»Fatal?« sagte sie mit einem gewissen Unterton in der Stimme, den Blick immer noch auf die ferne, gischtsprühende See gerichtet.

»Fatal für Ihre Sache, Madame. Für Ihre Verschwörung.«

»Es gibt keine Verschwörung.«

»Warum wollen Sie es leugnen? In gewissem Sinne haben Sie ihm nur das gegeben, was ihm rechtmäßig zusteht: sein Geburtsrecht. Glauben Sie nicht, ich verurteile Sie deswegen. Ich erkenne die Gerechtigkeit der Sache durchaus. Ja, wirklich, das tue ich. Aber ich kann nicht zulassen, daß es so weitergeht.«

Jetzt endlich sah sie ihn wieder an. »*Sie* können es nicht zulassen?«

»Um unser aller willen muß dieser Täuschung ein Ende bereitet werden, Madame.«

»Sehr wohl.« Sie nickte ernst. »Ich muß Sie bitten, hier ein paar Minuten zu warten, Prinz, während ich etwas hole. Etwas, was dieser Täuschung tatsächlich ein Ende bereiten wird.« Und damit ging sie langsam aus dem Zimmer.

X

Im Zimmer herrschte absolutes Schweigen. Denzil O'Shaughnessy trat festen Schrittes vor, bis er einen Fuß vor Sir James stand. Sie hatten ungefähr die gleiche Größe; ihre Blicke trafen sich, hielten einander in einem zeitlosen Intervall durchdringender Prüfung fest. Erst als O'Shaughnessy zur Seite trat, als wollte er Sir James' Profil betrachten, löste sich für einen Moment die Umklammerung ihrer Blicke, die sich sofort wieder aneinander festsaugte, als O'Shaughnessy schnell an seinen Platz direkt vor Sir James zurückkehrte.

»Nun?« sagte Richard ungeduldig.

Doch keiner der beiden Männer schien ihn zu beachten. Sie hatten sich gelöst von den umstehenden Beobachtern, hatten sich allein in ein Reich zurückgezogen, in dem einzig und allein ihre Konfrontation zählte, in dem nichts weiter zu hören war als ihr unausgesprochener Wortwechsel.

O'Shaughnessy räusperte sich und griff nach Sir James' rechter Hand. Die Gesichter der beiden Männer blieben ausdruckslos, während O'Shaughnessy die Hand flach in der seinen hielt, auf sie hinabblickte und sie dann wieder losließ. Er atmete tief durch, wandte sich dann Richard zu und sagte: »Ich habe mich überzeugt.«

»Sie kennen also in ihm Stephen Lennox?«

O'Shaughnessy schüttelte den Kopf. »Nein.«

»Was?«

»Ich habe mich davon überzeugt, daß dieser Mann *nicht* Stephen Lennox ist. Das Fehlen einer Narbe an seiner rechten Hand bestätigt das. Er ist nicht mein ehemaliger Schüler.«

Ein Hauch von Verzweiflung schwang in Richards Stimme mit. »Aber er muß es sein. Um Gottes willen, Mann, denken Sie nach.«

»Als er dieses Zimmer betrat, dachte ich, er könnte Stephen sein, aber jetzt sehe ich, daß er es nicht ist. Ich bin mir dessen sicherer als sonst etwas in dieser Welt.«

»Aber wenn er nicht Lennox ist, wer ...?« Richards Stimme versickerte, als sein Blick von O'Shaughnessys Gesicht mit seinem Ausdruck sturer Beharrlichkeit abglitt und sich auf Sir James Davenalls Gesicht richtete, das sich ganz langsam mit einem Lächeln überzog.

XI

Plon-Plon war nur wenige Minuten allein gewesen, als Vivien zurückkehrte. Falls sie etwas geholt hatte, so war es klein genug, um in eine Tasche gesteckt zu werden, denn sie trug nichts in ihren Händen.

»Ich habe mit Ihrem Besuch gerechnet, Prinz, das ist wahr«, sagte sie und kam wieder zu ihm ans Fenster. »Allerdings nicht aus dem Grund, den Sie vermuteten.«

»Warum dann?«

»Cora hat mich gewarnt.«

»*La traîtresse!*«

»Gehen Sie nicht so hart mit ihr ins Gericht. Es spielt in der Angelegenheit keine Rolle. Nichts könnte eine Rolle spielen.«

»Wie meinen Sie das, Madame?«

»Lesen Sie das.« Sie zog ein einzelnes Blatt Papier aus einer Tasche ihres Kleides und reichte es ihm. Plon-Plon hielt es ins Licht und klemmte sich sein Monokel ins Auge. Er brauchte nur ein paar Sekunden, um zu erkennen, worum es sich bei diesem Dokument handelte und was sein Inhalt war. »Es stimmt, daß ich Sir Gervase einen Sohn geboren habe«, sagte Vivien. »Dies ist sein Totenschein.«

Plon-Plon war sich so sicher gewesen – und er hatte sich so getäuscht. Hier, direkt vor seinen Augen, befand sich in kritzeliger, dreißig Jahre alter Handschrift der Beweis für seinen Irrtum. »Oliver Strang, gestorben am 2. August 1854, Alter sieben Jahre. Todesursache: Cholera.«

»Sie können sich die Armut und Erniedrigung nicht vorstellen, die ich um Olivers willen erduldet habe. Und alles war umsonst. Nach seinem Tod klammerte ich mich an den Glauben, daß es nicht nur richtig, sondern auch möglich wäre, ein anständiges Leben zu führen. Erst als die heilige Miss Nightingale mich mit Schimpf und Schande von Scutari heimschickte und jedes Krankenhaus im Land mir die Tür vor der Nase zuwarf, begriff ich das ganze Ausmaß meiner Dummheit. Von diesem Moment an tat ich alles, was notwendig war, um in den Genuß des Reichtums und der Privilegien zu gelangen, die meinem Sohn vorenthalten worden waren. Wie Sie sehen, hatte ich Erfolg. Ich bin schon lange keine gute Frau mehr, aber ich bin eine glückliche Frau. Dies, Prinz, ist die einzige Art von Rache, die ich mir wünsche.«

Plon-Plon starrte sie in völliger Verblüffung an. »Aber wenn er nicht Ihr Sohn ist, Madame, wer ...?« Seine Stimme versiegte. Er kannte die Antwort auf seine unbeendete Frage, aber er wagte sie nicht auszusprechen.

XII

Sir James Davenall und Constance heirateten noch am gleichen Nachmittag. Nach allem, was geschehen war, verspürte keiner von ihnen den Wunsch, noch zwei weitere Tage zu warten. Unter den gegebenen Umständen konnte Constance kaum in Richards Haus bleiben, und James, der sich nun bestätigt sah, konnte den Anfang ihres gemeinsamen Lebens kaum erwarten.

Richard wohnte der Trauung nicht bei. Seine eigene Fehleinschätzung hatte ihm einen Schock versetzt, und er fürchtete, daß eine nochmalige Versöhnung nicht möglich war. Emily jedoch war unter Strömen von Tränen von ihrer Schwester verziehen worden, ebenso von ihrem neuen Schwager, wenn auch nicht, so schien es, von sich selbst. Sie war es, die das frisch vermählte Paar nach der Zeremonie zum Bahnhof Paddington begleitete, von wo aus sie ihre Reise nach Cleave Court antraten. Dort wollten sie ein neues, endlich ungestörtes Leben als Sir James und Lady Davenall beginnen. Der Tag war zwar schmerzlich gewesen, aber letzten Endes hatte er doch ihr zukünftiges Glück als Mann und Frau besiegelt. Sie, die einander schon verloren geglaubt hatten, waren nun für alle Zeiten vereinigt.

NEUNZEHNTES KAPITEL

I

Constance erwachte langsam. Die Berührung der gestärkten Laken, das Flackern des Feuers in der Ecke, das stumpfe, graue Licht des Wintermorgens, das durch die halb geöffneten Vorhänge hereinsickerte: Das waren ihre ersten, beruhigenden Wahrnehmungen des zweiten Weihnachtsfeiertages 1883, des vierten Morgens ihrer Ehe mit Sir James Davenall und ihres gemeinsamen Lebens auf Cleave Court, einem Zuhause, das sie fast schon ebenso sehr liebte wie ihren Ehemann.

Sie drehte sich zur Seite und griff instinktiv nach James' Hand, nur um festzustellen, daß seine Hälfte des Bettes leer war. Sie stützte sich auf einen Ellenbogen und schaute sich im Zimmer um. Er war nicht da. Doch der Anblick des Feuers beruhigte sie sofort wieder. Er mußte es entfacht haben, damit sie nicht in einem kalten Raum aufwachte, und hatte sich dann ins Bad begeben. Es war jedoch seltsam, daß keine Wassergeräusche an ihr Ohr drangen. Vielleicht war er nach unten gegangen, um das Frühstück zu bestellen. Sie ließ sich zurück auf das Kissen sinken und überlegte, ob er wohl irgendeine Überraschung für sie plane. Dann beschloß sie, nicht länger zu warten, erhob sich, schlüpfte in ihren seidenen Morgenrock, eines ihrer Hochzeitsgeschenke, und ging ans Fenster. Sie zog die Vorhänge zurück, erfreute sich an der Schönheit des gefrorenen Rasens und begab sich dann an ihren Toilettentisch, um ihr Haar zu kämmen.

Ihr Blick fiel auf ein Foto in einem vergoldeten Rahmen neben dem Spiegel. Es war ihr Lieblingsfoto von Patience, aufgenommen vor achtzehn Monaten an ihrem vierten Geburtstag. Einen Moment lang war sie überwältigt von den Veränderungen, die seitdem eingetreten waren. Im Laufe des Tages würde Emily mit ihrem Vater und Patience ankommen. Es war nicht nur ein wunderbares Gefühl, sie wiederzusehen und ihre Tochter wieder bei sich zu haben; es war auch die letzte Bestätigung dafür, daß ihre Familie Constances Handlungsweise billigte und daß Emily all die Zweifel vergessen hatte, die Richard Davenall in ihren Kopf gepflanzt hatte.

Plötzlich klopfte es an der Tür. Constance schrak zusammen, so tief war sie in ihre Gedanken versunken gewesen. Bevor sie etwas sagen konnte, wurde die Tür geöffnet, und Dorothy, das Mädchen, kam nervös lächelnd mit dem Frühstückstablett herein.

»Guten Morgen, Ma'am.«

Constance runzelte die Stirn. »Guten Morgen, Dorothy. Ich hatte angenommen, wir würden unten frühstücken. Hat Sir James Ihnen keine Anweisungen gegeben?«

Dorothy schaute verwirrt drein. »Nein. Ma'am, hat er nich' ... Das heißt ...« Sie schaute sich verblüfft im Zimmer um. »Ich dachte, er sei noch gar nich' auf.«

»Na, egal. Vielleicht schnappt er etwas frische Luft. Stellen Sie das Tablett dort ab.«

Nachdem Dorothy verschwunden war, schaute Constance in das angrenzende Ankleidezimmer ihres Gatten. Ja, das Zigarettenetui lag nicht an seinem gewohnten Platz, und die Norfolk-Jacke hing nicht an ihrem Haken an der Tür. Es mußte so sein, wie sie gesagt hatte: Er machte einen Morgenspaziergang, wahrscheinlich in der Annahme, er sei zurück, bevor sie aufwachen würde. Er mußte jeden Moment zurück sein.

Constance kehrte zum Schlafzimmerfenster zurück, von dem aus sie einen guten Überblick über die Zufahrt und den Park hatte. Er würde wahrscheinlich auf diesem Weg zurückkommen, und sie konnte ihm dann zuwinken. Sie würde jetzt noch nicht frühstücken, sondern auf ihn warten. Sie empfand eine leichte Enttäuschung, daß er noch nicht in Sicht war, tröstete sich aber mit dem Gedanken, daß sie ihn auf diese Weise sehen konnte, bevor er sie sah. Bald schon, daran zweifelte sie keine Sekunde, würde er auf dem Pfad neben dem Haus oder auf der Zufahrt auftauchen. Sehr bald schon würde ihr Mann beim Frühstück ihr gegenüber sitzen.

Eine Stunde später war der Kaffee kalt geworden und das Fett in der Speckpfanne geronnen. Constance saß immer noch am Fenster und starrte in den Park hinaus, doch aus ihrer freudigen Erwartung war eine ängstliche Wache geworden. Sir James Davenall war nicht zurückgekehrt.

II

Christliche Feste lösten bei Plon-Plon für gewöhnlich griesgrämige atheistische Anfälle aus. Es mochte deshalb für all seine Bekannten ein Segen sein, daß er gezwungen war, Weihnachten 1883 in düsterer Einsamkeit im »Imperial Hotel« von Torquay zu verbringen, wo er Kellner anbellte, Zimmermädchen lüstern anstarrte und von seinem Fenster aus finstere Blicke auf die tiefhängenden Wolken und die Regenschauer warf, die die winterliche Küstenlandschaft von Devon heimsuchten.

Nicht, daß Weihnachten allein für seine Stimmung verantwortlich gewesen wäre. Die Erinnerung an die Demütigung, die er durch Vivien

Ratcliffe erlitten hatte, bedrückte ihn immer noch; ebenso wie die Aussicht auf eine noch größere Erniedrigung durch Catherine Davenall. Dieses stolze, närrische Pflichtgefühl, das ihn in das sturmgepeitschte Torquay geführt hatte, veranlaßte ihn auch, weiter nach Bath zu reisen und dieser unbarmherzigen Frau seinen Fehlschlag einzugestehen. Allein der Gedanke daran stürzte ihn in tiefste Verzweiflung.

Am zweiten Weihnachtsfeiertag jedoch hatte er beschlossen, daß er seinem Stolz weitere Leiden ersparen wollte. Er entschied, daß Weiberhaß auch zur Tapferkeit gehörte, schrieb eine kurze Nachricht an Catherine und gab den Brief am Bahnhof auf, bevor er den Neun-Uhr-Zug nach London bestieg. Die Fahrt würde er mit dem angenehmen Gedanken verbringen, die Marquise de Canisy zu Neujahr aus Prangins hinauszuwerfen.

Drei Stunden später, als der Zug in den Bahnhof von Westbury einfuhr, immer noch drei Stunden von London entfernt, befand er sich fast schon in einer euphorischen Stimmung, zu der auch sein mittlerweile so gut wie leerer Taschenflakon viel beigetragen hatte. Plötzlich erregte eine Frau unter den Fahrgästen, die gerade in den Zug stiegen, seine Aufmerksamkeit. Zuerst glaubte er seinen Augen nicht zu trauen, doch sein hastig eingeklemmtes Monokel bestätigte ihm, daß er sich nicht getäuscht hatte.

Es war die Frau, die er vor sechs Monaten bei St. Paul's gesehen hatte, in ein angeregtes Gespräch mit James Norton vertieft – oder Sir James Davenall, wie er ihn in letzter Zeit widerwillig bezeichnete. Sie trug ein langes, graues Cape, unter dem der Saum und der rüschenbesetzte Kragen eines schwarzen Kleides zusehen waren; ihre Handschuhe und ihr Hut mit Schleier waren ebenfalls schwarz. Derart schlichte Kleidung hätte normalerweise nicht Plon-Plons Aufmerksamkeit erregt, doch ihr Gesicht zog auch jetzt – genau wie damals – seinen Blick magisch an. Bei all seinen zahlreichen Erlebnissen mit Frauen war ihm niemals eine derart quälende, hoffnungslos erregende Schönheit begegnet. Was sie für Sir James bedeutete oder bedeutet hatte, war Plon-Plon weder bekannt, noch kümmerte es ihn. In diesem Moment der Begegnung erschien sie ihm als die Frau, der er – hätte er nur ein paar Lenze weniger gezählt – nur zu gern bis ans Ende der Welt gefolgt wäre.

Im nächsten Moment war sie im Zug verschwunden, einige Wagen von ihm entfernt. Als der Zug aus dem Bahnhof rollte, lehnte sich Plon-Plon zurück und kaute nachdenklich an seiner Monokelschnur. Wer war sie? Wohin war sie unterwegs? Wenn er es nicht herausfand, bevor sie London erreichten, mochte die Chance für immer dahin sein. Andererseits – wenn er die Chance ergriff, würde er es vielleicht ein Leben lang bedauern.

Dem Impuls nachgebend, holte er einen Sovereign aus seiner Westentasche, wirbelte ihn durch die Luft, fing ihn wieder auf und drückte ihn flach gegen seinen Handrücken. Dann seufzte er enttäuscht auf, denn er sah

Queen Victorias ernstes Gesicht vor sich, das ihm sagte, was er zu tun hatte – und zwar gar nichts, wie das bei einer derart seriösen, anständigen Quelle nicht anders zu erwarten gewesen war.

Plon-Plon verzog das Gesicht. Nun denn, so sei es. Vielleicht war es so am besten. Er ließ die Münze wieder in die Westentasche gleiten und griff nach dem Taschenflakon.

III

Der zweite Morgen dämmerte herauf, und der Besitzer von Cleave Court war immer noch nicht zurückgekehrt, ohne daß jemand etwas über seinen Aufenthaltsort erfahren hätte. Emily Sumner, die in dieser Nacht kaum geschlafen hatte, saß am Fenster des Gästezimmers und hielt Ausschau, ohne recht zu wissen, wonach: vielleicht nach irgendeinem Anzeichen, daß die fürchterliche Spannung des Wartens bald ein Ende finden würde.

Während sie die neblige Parklandschaft betrachtete, dachte Emily daran, wie sich all die Ängste, die sie bei ihrem Aufbruch in Salisbury am Tag zuvor empfunden hatte und die ihr so ungemein wichtig erschienen waren, durch die plötzliche Wendung der Ereignisse in nichts aufgelöst hatten. Würde sie nach der Episode mit O'Shaughnessy wieder das Vertrauen ihrer Schwester erringen können? Konnte James über all die Zweifel hinwegsehen, die sie ihm entgegengebracht hatte? Sollte sie ihre Irrtümer gestehen und um Vergebung bitten, oder sollte sie zum Wohle aller so tun, als hätte es derartige Irrtümer niemals gegeben? Diese Sorgen schienen nun trivial und selbstsüchtig verglichen mit der lebenswichtigen Frage, was aus Sir James Davenall geworden war.

Emily hatte Cleave Court zusammen mit Canon Sumner, Patience und Patiences Kindermädchen am Nachmittag des vergangenen Tages erreicht. Sie hatte dort eine bekümmerte Constance und einen aufgeregten Haushalt vorgefunden. Das Gelände war abgesucht worden. Nachbarn waren befragt und die Dorfbewohner alarmiert worden – alles vergeblich. Sir James Davenall blieb verschwunden. Er hatte das Haus bei Anbruch der Morgendämmerung verlassen, noch bevor einer der Dienstboten auf gewesen war. Soweit sich feststellen ließ, trug er ein Inverness-Cape und hatte einen Spazierstock dabei. Er hatte weder eine Nachricht noch irgendeine Botschaft hinterlassen. Constance hatte angenommen, er würde in spätestens einer Stunde wieder zurück sein. Seitdem hatte sie jede Minute mit seiner Rückkehr gerechnet – aber er war nicht gekommen.

Der Dorfpolizist hatte sein Mitgefühl zum Ausdruck gebracht, aber sonst kaum Hilfe anbieten können. Er hatte vorgeschlagen, bis zum Morgen zu warten, bevor eine Vermißtenanzeige aufgegeben wurde. Nun war, wie Emily an der grauen Dämmerung über dem stillen, gefrorenen Park erkannte, der Morgen tatsächlich gekommen, aber noch immer war nichts von James zu sehen.

Für Emily war es ein Trost, daß wenigstens Constance eine ruhige Nacht verbracht hatte. Am Abend zuvor war Dr. Fiveash von Bath geholt worden, damit er ihr ein Schlafmittel verabreichte. Beim Abschied hatte er Emily gegenüber den Hinweis nicht versäumt, daß Sir James' Verschwinden in gewisser Weise lediglich seine Ansicht bestätigte, daß dieser Mann ein Betrüger war. Emily hatte diese Andeutung als unbegründet und unwürdig zurückgewiesen, hatte sich aber später in der Einsamkeit der Nacht zu fragen begonnen, was sonst James' Verhalten erklären könnte. Hätte er einen Unfall gehabt, so hätten sie sicherlich davon gehört. Und wenn er nicht verunglückt war, so blieb die Frage, wo er dann war – und bei wem?

Plötzlich drang ein Geräusch an ihr Ohr: schnelles Hufgeklapper auf der Zufahrt. Sie erhob sich von ihrem Sitz am Fenster und verrenkte sich den Hals, um ihr Blickfeld zu erweitern, konnte aber nichts sehen. Dann entdeckte sie eine von einem Pferdepaar gezogene geschlossene Kutsche, die zwischen den Ulmen dahinhuschte. Die Pferde wurden hart angetrieben, was zu dieser Stunde auf einen eiligen Auftrag hindeutete. Sofort dachte sie an James.

Sie beobachtete, wie die Kutsche mit einem scharfen Ruck vor dem Haus anhielt. Im gleichen Moment wurde die Seitentür aufgestoßen, ein großer, magerer Mann in flatterndem Mantel mit losem Halstuch und heruntergezogenem Hut tauchte auf. Er eilte sogleich auf die Eingangstreppe zu. Auf der anderen Seite der Kutsche erschien die bullige Gestalt eines Polizisten, der sich beeilte, ihm zu folgen. Der Anblick der Uniform war für Emily die letzte Bestätigung, daß die Männer Nachricht von James brachten. Sie rannte aus dem Zimmer.

Als sie die Stufen erreichte, hatte ein gleichmäßiges Hämmern an der Haustür eingesetzt. Escott, der Butler, eilte durch die Halle und schob die Türriegel zurück. Kaum hatte er die Tür geöffnet, da trat der große, magere Mann über die Schwelle, zückte irgendeinen Ausweis und sagte: »Ich bin Inspektor Gow. Das ist Sergeant Harris. Wir möchten auf der Stelle Sir James Davenall sprechen.«

»Er ist nicht zu Hause«, entgegnete Escott.

»Wo ist er dann?« Gow blickte auf und sah Emily, die die Treppe herabkam.

»Lady Davenall?« fragte er und warf ihr einen scharfen Blick zu.

»Nein, Inspektor. Ich bin Lady Davenalls Schwester. Sie haben Neuigkeiten von Sir James?«

»Ganz im Gegenteil, Ma'am. Ich möchte von ihm etwas erfahren.«

»Aber ... haben Sie nicht mit dem Polizisten in Freshford gesprochen?«

»Dafür war keine Zeit. Ma'am.«

»Er hätte Ihnen sagen können, daß Sir James seit gestern morgen vermißt wird. Ich habe Ihre Ankunft beobachtet und dachte...«

»Seit gestern morgen, sagen Sie?«

»Ja. Wir haben keine Ahnung, wo er sein könnte.«

Gow sah sie an. »Ich möchte Sir James in einer Angelegenheit von äußerster Dringlichkeit sprechen. Ma'am. Es geht um den Mord von letzter Nacht an Mr. Alfred Quinn von Maxton Grange, Newmarket.«

IV

Acht Stunden waren seitdem vergangen, und Inspektor Gow von der Suffolk Constabulary sprach nun mit ernstem Gesicht und mit den gleichen Worten bei Richard Davenall in dessen Büro in Holborn vor. Draußen vor den Fenstern kündigte die herabsinkende Dämmerung das Ende des zweiten Tages nach Sir James Davenalls Verschwinden an.

»Ich möchte Sir James in einer Angelegenheit von äußerster Dringlichkeit sprechen, Sir. Es geht um den Mord von letzter Nacht an Mr. Alfred Quinn von Maxton Grange, Newmarket.«

»Quinn ermordet?« sagte Richard fassungslos. »Wie?«

»Alles zu seiner Zeit, Sir. Zuerst einmal, wissen Sie, wo Sir James ist? Ich nehme an, Sie sind sein Anwalt?«

»Das bin ich tatsächlich, aber... Nun, vermutlich finden Sie ihn auf seinem Landsitz Cleave Court in Somerset.«

Gow lächelte grimmig. »Nein, Sir. Dort war ich heute morgen. Sir James ist seit dem gestrigen frühen Morgen aus seinem Haus verschwunden.«

»Verschwunden?«

»Es sieht so aus. Niemand weiß, wo er sein könnte.«

»Haben Sie mit seiner Frau gesprochen?«

»Kurz. Lady Davenall ist außer sich, wie man sich leicht vorstellen kann. Soviel ich weiß, sind sie und Sir James erst seit fünf Tagen verheiratet.«

»Das stimmt, aber...«

»Was glauben Sie, wo er sein könnte, Sir?«

»Ich...« Einen Moment lang dachte Richard über die Ironie nach, daß Roffey erst eine Woche zuvor jede Bewegung James' verfolgt und wenig gefunden hatte, was Richards Verdacht untermauert hätte. Jetzt, wo Roffey seine Überwachung eingestellt hatte, war James verschwunden und Quinn tot. »Ich habe keine Ahnung, Inspektor. Ich habe Sir James weder gesehen noch etwas von ihm gehört, seit er letzten Samstag London verlassen hat.«

Gows Mund zuckte unergründlich unter seinem Walroßschnurrbart.

»Erkennen Sie das, Sir?« Er holte ein Zigarettenetui aus seiner Tasche und legte es auf den Schreibtisch zwischen ihnen. Es war aus Silber und trug als Gravur die Initialen JD. Richard erkannte es sofort.

»Es gehört Sir James.«

»Das hat seine Frau auch gesagt.«

»Wie kommen Sie an dieses Etui?«

Gow starrte ihn kalt an, als er antwortete. »Alfred Quinn umklammerte es mit seiner Hand, Sir, als er gefunden wurde. Es war eine verteufelte Arbeit, es ihm zu entreißen.«

Richard tat einen tiefen Atemzug. »Wie fand Quinn den Tod, Inspektor?«

»Es sieht so aus, als hätte er die Gewohnheit gehabt, jeden Abend vor dem Zubettgehen einen Spaziergang durch sein Anwesen zu machen. Ich weiß nicht, ob er nur frische Luft schnappen oder kontrollieren wollte, ob alles in Ordnung war. Auf jeden Fall wurde er im Hof überfallen und erlitt einen ziemlich schrecklichen Tod. Sein Kopf wurde in der Pferdetränke so lange unter Wasser gehalten, bis er ertrank. Es kam zu einem furchtbaren Kampf, wie Sie sich sicher vorstellen können, doch bis die Dienstboten, von dem Aufruhr aufgeschreckt, nachsehen kamen, war Quinn bereits tot, mit Sir James Davenalls Zigarettenetui in der Hand. Ich vermute, der Mörder hatte nicht mehr die Zeit, es wieder an sich zu nehmen, bevor er flüchten mußte. Natürlich wurde Alarm gegeben, aber es konnte nicht schwer für ihn gewesen sein, über die Felder zu entkommen.«

Richard sagte nichts. Seine Gedanken rasten, um Schritt mit den Konsequenzen dessen zu halten, was Gow ihm eben erzählt hatte. Roffey war James am vergangenen Freitag nach Newmarket gefolgt und hatte gesehen, wie er sich mit Quinn gestritten hatte. Aber Mord? Das paßte zu keiner der möglichen Erklärungen für ihre Beziehung. Und was immer James auch sonst sein mochte, er war ein vorsichtiger, intelligenter Mann. Bestimmt hätte er niemals einen derart eindeutigen Beweis auf dem Schauplatz des Verbrechens zurückgelassen, ganz gleich, wie eilig er es gehabt hatte. Doch wenn er Cleave Court nicht verlassen hatte, um nach Newmarket zu fahren – wohin war er dann gegangen, und was hatte er getan?

»Soviel ich weiß, besuchte Sir James Maxton Grange am 21. dieses Monats«, fuhr Gow fort, »und geriet mit Quinn wegen irgendeiner Sache in Streit. Wir wissen nicht, worum es ging. Wissen Sie es?«

»Nein«, sagte Richard betont. Ganz plötzlich war ihm in den Sinn gekommen, daß Gow auf alle möglichen ausgefallenen Vermutungen kommen könnte, wenn er wüßte, daß Roffey von Richard engagiert worden war, um James zu überwachen.

»Wollen Sie Ihren Cousin nicht verteidigen, Sir?« erkundigte sich Gow mit einer Grimasse, die ein Grinsen zu sein schien. »Wollen Sie mir nicht erklären, daß es unvorstellbar ist, er könnte seinen ehemaligen Kammerdiener ermordet haben?«

»Es *ist* unvorstellbar, Inspektor. Aber Sie brauchen mir nicht erst zu sagen, daß dieses Zigarettenetui nichts beweist.«

»In dem Punkt muß ich Ihnen leider widersprechen, Sir. Wir wissen, daß Quinn seinen Angreifer kannte. In der Nähe der Tränke befand sich Asche von einer Zigarette, was darauf hindeutet, daß er eine Weile dort stand und rauchte. Außerdem fanden wir da noch zwei Zigarettenkippen von der gleichen Marke wie die Zigaretten im Etui: Sullivan's teuerste Marke – und Sir James' Lieblingsmarke nach Aussage seiner Frau. Wir wissen also, daß sich Quinn mit seinem Angreifer vor der Gewalttat unterhalten haben muß. Wir wissen außerdem, daß Quinn mit dieser Wendung der Ereignisse nicht gerechnet haben kann. Er trug ein Messer in seiner Jacke, bekam aber nie die Chance, es zu ziehen. Ich würde sagen, es spricht ziemlich viel gegen Sir James, meinen Sie nicht auch?«

»Ich ... ich bin mir nicht sicher.« Nicht *mehr* sicher, hätte er genauer sagen müssen. Es hatte Richard schwer getroffen, daß O'Shaughnessy nicht in der Lage gewesen war, James zu identifizieren. Einsam und deprimiert hatte er das Weihnachtsfest verbracht und die möglichen Kosten seines grotesken Irrtums zusammengerechnet. Aufgrund der jüngsten Ereignisse spürte er nun, daß eventuell eine Rechtfertigung möglich war. Doch es war eine Rechtfertigung in einer Form, die er nicht kannte, und zu einem Preis, den er nicht zahlen wollte.

»Sagen Sie, Sir«, fuhr Gow fort und lehnte sich über den Schreibtisch, »wie kam Quinn an das Geld, das es ihm ermöglichte, sich als Gutsbesitzer niederzulassen?«

»Eine Erbschaft, glaube ich. Ein Onkel in Neuseeland hinterließ ihm einen Streifen Land, auf dem Gold gefunden wurde.«

Gow nickte. »Das haben sie mir auch untergeschoben. Ich lasse es überprüfen. Offen gesagt, glaube ich nicht, daß ein Funken Wahrheit dahintersteckt.«

»Was glauben Sie denn?«

»Ich habe zuvor mit Sir James' Mutter gesprochen, Sir. Sie berichtete mir, daß Quinn wegen Diebstahls aus den Diensten der Familie entlassen worden war. Außerdem sieht es so aus, als hätten meine Kollegen von der Metropolitan Constabulary ein Auge auf Quinn in Verbindung mit einer Serie von Einbrüchen geworfen. Wußten Sie das?«

»Nein.« Richard wußte, daß er ein Risiko einging. Es war nicht wahrscheinlich, aber doch möglich, daß Roffeys Informant bei Scotland Yard Gow von seinem Interesse an Quinn berichtet hatte.

»Hat sich Sir James je eine gewisse Abneigung gegen Quinn anmerken lassen?«

»Nicht daß ich wüßte.«

»Hat er ihn überhaupt während der letzten Monate erwähnt?«

»Mir gegenüber nicht.«

Urplötzlich sprang Gow auf. »Nun, belassen wir es momentan mal dabei, Sir.« Er lächelte. »Außer Sie haben eine Idee, weshalb Sir James Quinn ermordet haben könnte?«

»Ich glaube nicht, daß er es getan hat, Inspektor.«

»Nein. Natürlich nicht. Sie lassen es uns wissen, wenn Sir James mit Ihnen Kontakt aufnimmt, nicht wahr?«

»Selbstverständlich.«

»Gut.« Er ging zur Tür, blieb aber auf halbem Wege stehen, als wäre ihm gerade noch etwas eingefallen. »Übrigens, Sir, was ist *Ihre* Position bezüglich Sir James' Identität?«

»Wie bitte?«

»Wie jedermann, so habe auch ich den Fall verfolgt. Heute morgen konnte ich deutlich erkennen, daß die Witwe Lady Davenall Sir James als Betrüger betrachtet, trotz des Gerichtsurteils. Sie haben zugunsten von Sir James ausgesagt, nicht wahr?«

»Ja.«

»Darf ich daraus schließen, daß Sie keinerlei Zweifel bezüglich der Richtigkeit der Gerichtsentscheidung hegen?«

»Nicht die geringsten, Inspektor.« Worauf wollte der Mann hinaus, fragte sich Richard in dem anschließenden Schweigen. Was für eine verdrehte, abstruse Theorie legte er sich zurecht, um das Unerklärliche zu erklären?

»Ich danke Ihnen, Sir«, sagte Gow nach einer kleinen Pause. »Ich werde mit Ihnen in Verbindung bleiben.« Und damit ließ er Richard in der Gesellschaft seiner eigenen fruchtlosen Gedanken zurück.

V

Auf Cleave Court begab sich Constance an diesem Abend frühzeitig zu Bett, offensichtlich so erschöpft von Kummer und Sorgen, daß sie in der Hoffnung auf eine ruhige, erholsame Nacht eine weitere Dosis von Dr. Fiveashs Schlafmittel nehmen wollte. Kaum hatte sie jedoch die Schlafzimmertür hinter sich geschlossen, tat sie nichts dergleichen.

Auf eine merkwürdige Weise hatte sie die Nachricht von dem Mord an Quinn erleichtert. Bis dahin hatte sie befürchtet, daß James einen tödlichen Unfall erlitten haben könnte. Durch die Verdächtigungen, die Inspektor Gow erhoben hatte, hatte eine andere Möglichkeit Gestalt angenommen, eine Möglichkeit, die darauf hindeutete, daß James sehr lebendig war und daß es ihm gutging. In dem Fall war er während seiner Abwesenheit auf ihre Loyalität angewiesen, und sie war entschlossen, ihn nicht im Stich zu lassen. Da Gow für den kommenden Tag seine Rückkehr angekündigt hatte und es durchaus möglich war, daß er den Besitz ihres Gatten zu durchsuchen wünschte, hatte sie beschlossen, daß er in dem Fall nichts finden würde, was seinen Verdacht stärken konnte.

Am späten Nachmittag des Weihnachtstages hatte Escott einen Brief für James gebracht, während Constance mit ihm Tee getrunken hatte. James hatte den Brief geöffnet, ihn gelesen und dann in seine Tasche gesteckt. Er hatte keinen Kommentar dazu abgegeben und Constance auch nicht gesagt, von wem er war. Also hatte auch sie kein Interesse daran bekundet. Vielleicht eine Bagatelle von dem Gutsverwalter, hatte sie angenommen. Nun jedoch erschien der Vorfall in einem unheilvollen Licht.

Constance betrat James' Ankleidezimmer, öffnete den Garderobenschrank und ließ ihren Blick über die Reihen der Mäntel und Blazer gleiten. Da hing es – das burgunderfarbene Smokingjackett, das er am Weihnachtsnachmittag getragen hatte. Sie griff in die erstbeste Tasche – und spürte den zusammengefalteten Brief. Der Umschlag trug lediglich James' Namen: Adresse oder Poststempel fehlten. Das hatte sie erwartet, denn am Weihnachtstag gab es keine Postzustellung. Der Brief mußte persönlich abgegeben worden sein.

James hatte den Umschlag mit dem Daumen grob aufgerissen. Drinnen befand sich ein einziges, in der Mitte einmal gefaltetes Blatt Papier. Constance bemerkte, wie sehr ihre Hand zitterte, als sie die Nachricht las.

> Sei morgen früh um halb neun am Dundas-Aquädukt. Laß mich dieses letzte Mal nicht im Stich. M.

Es konnte keinen Zweifel geben. Um dieses Rendezvous einzuhalten, hatte James das Haus am zweiten Weihnachtsfeiertag so frühzeitig verlassen. Die Handschrift deutete das an, was Constance am wenigsten zu glauben wünschte: Das M stand für einen Frauennamen. Doch wenn dies ein heimliches Stelldichein gewesen war, warum hatte er dann den Beweis dafür zurückgelassen? Und warum sollte dies das *letzte* Mal sein?

Constance kehrte in ihr Schlafzimmer zurück, den Brief in ihren Händen drehend und wendend, während sie in Gedanken die verschiedenen Möglichkeiten durchging. Vielleicht kannte James diese M. aus seiner Zeit in Amerika; er hatte sich stets nur sehr zurückhaltend über seine dortigen Freunde geäußert. Vielleicht hatte er ihr den Laufpaß gegeben oder sie ihm. Vielleicht hatte sie von seinem plötzlichen Reichtum und Status gehört und war nach England gekommen, um ihre einst intime Beziehung auszubeuten. Wie schrecklich das auch sein mochte, es war immer noch tausendmal besser als jede andere Entwicklung, die sie sich vorstellen konnte. James hatte es vorgezogen, sich mit M. heimlich zu treffen, anstatt das Risiko einer öffentlichen Szene mit ihr einzugehen. Er hatte Constance schonen und nicht hintergehen wollen. Die Wahl eines Treffpunktes, der ihnen beiden so viel bedeutete, konnte nichts weiter als ein unglücklicher Zufall sein.

Doch wenn das alles zutraf – warum war James dann nicht zurückgekehrt? Besaß M. irgendwelche Möglichkeiten, ihn zu zwingen, sie zu begleiten? Sicherlich nicht, denn M. selbst hatte das Treffen als »dieses letzte Mal« bezeichnet. Das klang mehr nach einem Abschied als nach einer Konfrontation.

Constance holte tief Luft. Sie mußte tapfer und entschlossen sein. Sie mußte zu James halten, bis er persönlich wieder vor ihr stehen und ihr alles erklären konnte. Jeder andere würde die schlimmsten Schlüsse aus einer derartigen Nachricht ziehen, deshalb durfte niemand diese Nachricht zu Gesicht bekommen. Constance zerriß den Umschlag samt Inhalt und warf die Fetzen in das Feuer.

VI

Als Richard Davenall am Freitag morgen, dem 28. Dezember, die Stufen von Garth House, Highgate, hinabstieg, fragte er sich in düsterer Vorahnung, was die Zeitungen wohl über den Mord an Alfred Quinn und das Verschwinden von Sir James Davenall schreiben würden. Er selbst zweifelte nicht mehr daran, daß die beiden Ereignisse in irgendeiner Weise darauf hindeuteten, daß James nicht der war, der er zu sein behauptete. Um Constances willen hoffte er, daß die Öffentlichkeit noch nicht zu dem gleichen Schluß gelangt war.

Wie viele alternde Junggesellen war Richard ein Mann mit festen Gewohnheiten. Er unterdrückte seine Neugierde über das, was in den Zeitungen stand, lange genug, um gegen das Barometer zu klopfen, das ihm sagte, die Kältewelle würde anhalten, und um die Morgenpost durchzublättern, die Braddock auf den kleinen Tisch in der Diele gelegt hatte. Beim Anblick des dritten Briefes hielt er den Atem an und blieb wie erstarrt stehen, denn der Brief war in einer Schrift an ihn adressiert, die er sofort erkannte: Es war James' Handschrift.

Richards Wunsch, den Brief sofort aufzureißen, wurde von seiner stets latent vorhandenen Vorsicht zurückgedrängt. Erst Minuten später, in der Abgeschiedenheit seines Arbeitszimmers, wagte er es, James' Brief zu lesen.

Lieber Richard,
Wenn Du diesen Brief erhältst, werde ich das Land bereits verlassen haben. Es ist angesichts des Ziels meiner Reise durchaus möglich, daß ich nicht lebend zurückkehren werde. Da ich nicht mit einer Lüge auf den Lippen sterben möchte, werde ich Dir gewisse Fakten mitteilen. Ich weiß, daß ich mich darauf verlassen kann, daß Du diesen Fakten entsprechend handeln wirst, wenn die Zeit gekommen ist.

Angesichts der Zweifel, die Du in letzter Zeit bezüglich meiner Identität geäußert hast, sollst Du wissen, daß ich in Verfolgung meines Anspruchs auf den Baronettitel nur das verfolgt habe, was mir rechtmäßig zusteht. Als ich jedoch Constance ihrem Ehemann zu entfremden suchte, habe ich ein Recht für mich beansprucht, das einem anderen zusteht. Anfangs, das gebe ich offen zu, tat ich es, um Constances öffentliche Unterstützung in meiner Sache zu gewinnen. Angesichts der Weigerung meiner Familie, mich anzuerkennen, schien es sonst keinen Menschen zu geben, an den ich mich hätte wenden können. Später jedoch verliebte ich mich in sie und glaubte, ich könnte sie zur Frau gewinnen.

Ich wußte, Constance würde zu ihrem Mann stehen, was immer ihre Gefühle für mich sein mochten, außer er benahm sich so empörend und abstoßend, daß sie gezwungen war, ihn zu verlassen. Doch Trenchard war, seinen Maßstäben entsprechend, ein anständiger und treuer Mann. Um seine Selbstzerstörung in die Wege zu leiten, mußte ich ihn glauben machen, ich sei ein Betrüger und nur er könne das feingesponnene Netz der Verschwörung zerreißen.

Richard, Du wirst es wahrscheinlich bereits aufgrund deiner zahlreichen Besuche bei Trenchard, von denen ich Deiner Meinung nach nichts wußte, vermutet haben: Er ist geistig so normal wie du und ich. Er folgte einer Spur, die ich für ihn hinterließ. Er benahm sich genau so, wie ich es mir erhofft hatte. Er war tatsächlich das Opfer von Wahnvorstellungen, doch ich habe diese Wahnvorstellungen für ihn ersonnen.

Über meine Komplizen und deren Methoden werde ich nichts sagen. Sie müssen selbst Rede und Antwort stehen. Aber ich möchte nicht, daß Trenchard auf ewig in einer Irrenanstalt schmachtet, weil ich den Tod gefunden habe, ohne vorher meinen Anteil an seinem Niedergang zu gestehen. Als mein Cousin und Freund, als ein Mann des Gesetzes und als ein Mann von Ehre bitte ich Dich, die Behörden auf diese Tatsachen aufmerksam zu machen. William Trenchard ist kein Verrückter. Sein Versuch, mich umzubringen, ist aus meiner Sicht nur zu leicht entschuldbar. Man sollte ihm seine Freiheit wiedergeben.

Daß ich Trenchard täuschen mußte, ist das einzige, was ich bei all dem bedaure. Für den Rest entschuldige ich mich nicht. Es ist so gekommen, wie es kommen mußte. Und so wird es auch enden.

Für immer der Deine
James

»Es ist durchaus möglich, daß ich nicht lebend zurückkehren werde.« Was hatte er vor? »Für den Rest entschuldige ich mich nicht.« Was hatte er bereits getan? Der Bogen ohne Briefkopf wies weder Adresse noch Datum auf, nichts deutete darauf hin, wo oder wann der Brief geschrieben worden war.

Richard griff nach dem Umschlag und inspizierte den Poststempel. Tonbridge, Kent, 8 Uhr, 27. Dezember. Also konnte er das Land nur in der vergangenen Nacht verlassen haben. Doch warum Tonbridge? Was hatte ihn dorthin geführt?

Richard ging leicht schwankend zum Bücherregal und zog ein Exemplar des South-Eastern & Chatham-Eisenbahnfahrplans heraus. Auf der Rückseite befand sich eine Landkarte, die ihn auf einen weiteren Widerspruch in James' Brief hinwies. Wenn er mit dem Zug nach Dover gefahren war, um das Land auf dem schnellstmöglichen Weg zu verlassen, dann mochte er zwar durch Tonbridge gekommen sein, aber der Zug hätte kaum so lange gehalten, daß er einen Brief hätte aufgeben können.

Dann ging ihm ein Licht auf. Auf der Hastings-Linie lag Tonbridge fünf Stationen von Ticehurst Road entfernt. Das war es, was James in diese Gegend geführt hatte. Er hatte Trenchard besucht. Er war nach Ticehurst gefahren, war dann nach Tonbridge zurückgekehrt und hatte dort den Zug nach Dover und weiter das Nachtschiff zum Kontinent genommen. Und im letztmöglichen Moment hatte er Richard die Mittel in die Hand gegeben, um einem schon lange bestehenden Unrecht ein Ende zu bereiten.

VII

Eigentlich bestand für Emily kein Anlaß, sich so irritiert zu fühlen, als Escott ihr mitteilte, daß Miss Pursglove gekommen sei, um Constance zu besuchen. Schließlich hatte Sir James die gute Seele in Weir Cottage untergebracht, und es war daher nur zu verständlich, daß sie ihr Mitgefühl wegen seines Verschwindens zum Ausdruck bringen wollte. Emily fürchtete jedoch, daß die zwitschernde Besorgnis der alten Dame ihre Schwester noch weiter beunruhigen würde, und so empfing sie Miss Pursglove in der Absicht, sie zwar sanft, aber doch nachdrücklich abzuwimmeln.

»Constance ruht und darf nicht gestört werden, Nanny«, fing sie mit der schlichten Wahrheit an. »Ich bin sicher, Sie verstehen das.«

»Es handelt sich um keinen geselligen Besuch«, erwiderte Miss Pursglove in einem Ton, der ihre Worte zu bestätigen schien. »Es geht um Sir James.«

Emily lächelte nachsichtig. »Ich bin sicher, Sie sind ebenso besorgt wie...«

»Ich hab' ihn gesehen, Miss Sumner! Ich sah ihn, *nachdem* er Cleave Court am Morgen des zweiten Weihnachtsfeiertages verlassen hatte.«

Von einer Sekunde zur anderen erschien Miss Pursgloves Besuch in einem ganz anderen Licht. Emily geleitete sie zu einem Stuhl und bat sie um nähere Erklärung.

»Ich hab' es erst gestern von Constabler Binns erfahren, meine Liebe. Bis dahin dachte ich..., nun, ich dachte, Sir James sei mit seiner Frau hier, so wie es die Vorsehung beabsichtigt hat. Das zeigt nur...«

»Wann haben Sie ihn gesehen, Nanny?«

»Wie ich schon sagte, meine Liebe, am Morgen des zweiten Weihnachtsfeiertages. Es muß so zwischen acht und halb neun gewesen sein, denn es war gerade hell geworden. Ich war an meinem Tor und rief nach Lupin, als ich Sir James den Weg von der Eisenbahnbrücke entlangkommen sah. Er wünschte mir einen schönen guten Morgen und meinte, er habe Lust auf einen Spaziergang den Treidelpfad entlang bis zum Aquädukt. Er schien bester Laune zu sein. Ich lud ihn auf eine Tasse Tee und einen kleinen Happen zum Frühstück ein. Er meinte, er würde das nur zu gern annehmen, müßte aber erst seinen Spaziergang machen. Er sagte, ich sollte ihn in einer halben Stunde erwarten. Dann ging er weiter auf den Kanal zu. Ich war sicher, daß er zurückkommen würde, wie er es gesagt hatte, aber er tat es nicht. Nach ungefähr einer Stunde dachte ich mir, er habe mich vergessen und sei gleich nach Hause gegangen. Nun, das wäre nur zu verständlich gewesen. Und erst gestern erfuhr ich dann, daß es ganz und gar nicht so gewesen ist. Wohin ist er gegangen, Miss Sumner? Das ist es, was ich wissen möchte. Was ist aus ihm geworden?«

»Ich weiß es auch nicht, Nanny«, erwiderte Emily. Sie konnte ja nicht einmal zu ihrer eigenen Zufriedenheit, geschweige denn zu Miss Pursgloves Zufriedenheit erklären, warum James Davenall zum zweitenmal in seinem Leben spurlos verschwunden war. »Niemand weiß es.«

VIII

»Ihr Cousin hat also trotz allem noch ein Gewissen«, sagte Trenchard und gab den Brief an Richard zurück. »Vermutlich soll ich dankbar sein.«

Das war nicht die Reaktion, mit der Richard gerechnet hatte. Oft genug hatte er mit Trenchard gemütlich in der Abgeschiedenheit von dessen Privatsuite in der Ticehurst-Anstalt gesessen, um die frustrierte Sehnsucht nach Gerechtigkeit und Vergeltung zu kennen, die in ihm brannte und die nach über einem Jahr noch genauso heftig war wie am Anfang. Warum hatte er dann, nachdem er den Schlüssel zur Freiheit in die Hand gedrückt bekommen hatte, auf eine derart gedämpfte Art und Weise reagiert? Warum hatte er James als Richards Cousin bezeichnet, was er normalerweise nie tun würde?

»Es sieht so aus«, fuhr Trenchard fort, »als hätte ich mich getäuscht, doch nicht in der Art, wie alle annahmen. Nun, ich bin froh, daß die Wahrheit endlich doch ans Licht gekommen ist.«

»Ich muß schon sagen, Sie nehmen das sehr ruhig hin.«

»Wenn schon sonst nichts, so habe ich hier zumindest Geduld gelernt. Wenn ich jetzt den Kopf verliere, würde ich lediglich meine Entlassungschancen verderben.«

»Wußten Sie, daß er diesen Brief schreiben würde?« Richard dachte, das wäre eine Erklärung für Trenchards gefaßte Haltung: James hatte ihn besucht und ihm diesen Brief angekündigt.

»Nein. Ich hatte keine Ahnung.«

»Hat er es gestern Ihnen gegenüber nicht erwähnt?«

»Gestern?«

»Als er Sie besuchte.«

Trenchard runzelte die Stirn. »Er ist nicht hiergewesen, Richard. Ich habe ihn seit jenem Tag im letzten Jahr vor Lincoln's Inn nicht mehr zu Gesicht bekommen.«

Konnte das sein? Richard war sich so sicher gewesen, daß James in Ticehurst gewesen war. Er griff nach dem Briefumschlag und hielt ihn Trenchard hin. »Er wurde gestern abend in Tonbridge aufgegeben, keine fünfzehn Meilen von hier entfernt. Ich nahm an...«

»Ich weiß nicht, was er in Tonbridge wollte, aber er war ganz bestimmt nicht hier.«

Urplötzlich fühlte sich Richard unbehaglich. Wenn James' Brief für Trenchard wie ein Blitz aus heiterem Himmel gekommen war, dann war seine Ruhe unerklärlich. Während der letzten zehn Monate hatte ihn Richard jeden Monat hier an seinem fast luxuriösen Verwahrungsort für die reichen Geisteskranken aufgesucht und sich angehört, wie er gegen seine Zwangslage tobte und wütete. Trotz all der honigsüßen Worte und gutgemeinten Bemühungen seiner Wärter hatte Trenchard nichts von dem vergessen, was ihm jene, die ihn für verrückt erklärt hatten, angetan hatten. Er hatte sich geweigert, zu vergessen oder zu verzeihen. Doch nun hatte er anscheinend ohne Vorwarnung oder Anlaß beides getan.

»Sie werden tun, wozu er Sie aufgefordert hat, Richard? Sie werden die Behörden darauf aufmerksam machen?«

»Selbstverständlich werde ich das tun. Aber was ist mit James? Ich hatte gehofft, Sie wüßten, wohin er gegangen ist.«

»Er ist hinüber nach Europa, seinen eigenen Angaben zufolge. Ich denke, er möchte Constance nicht mehr gegenübertreten nach allem, was er getan hat, um sie mir wegzunehmen.«

»Davon hat er nichts erwähnt.«

»Nein, aber warum sonst hätte er weggehen sollen? Warum sollte er fliehen, wo ihm doch keine Gefahr drohte?«

Richard hatte das Gefühl, Trenchard kaum noch zu kennen. Zornig, verwirrt, närrisch: All das war er gewesen. Doch niemals vorsichtig oder wissend oder subtil – so wie jetzt. Auch die dreizehn Monate in einer Irrenanstalt hatten ihn nicht so gemacht. Der Grund für diese Wandlung war in der jüngsten Vergangenheit zu suchen. Richard konnte sich des Gefühls nicht erwehren, daß dies die Wandlung eines Mannes war, der wußte, was geschehen würde.

IX

»Ich fürchte, ich muß Ihnen noch einige weitere Fragen stellen, Ma'am«, sagte Inspektor Gow. Sein Tonfall deutete an, daß er mehr Bedauern auszudrücken wünschte, als er tatsächlich empfand.

»Selbstverständlich, Inspektor«, erwiderte Constance. »Das verstehe ich. Bitte fragen Sie.«

»Hat Ihnen Ihre Schwester von Miss Pursgloves Aussage berichtet?«

»Jawohl.«

»Von ihr wissen wir, daß Sir James an diesem Morgen dem Kanal entlang in Richtung Norden ging. Was glauben Sie, wohin er wollte?«

»Zum Aquädukt und wieder zurück, nehme ich an.«

Gow seufzte. »Das, Ma'am, hat er Miss Pursglove erzählt. Wir wissen, daß er es nicht getan hat. Ich kann mir vorstellen, daß ein Mann, der den ersten Zug nach London erreichen möchte und von hier aus zu Fuß startet, es zeitsparender und weniger verdächtig findet, wenn er am Kanal entlang nach Bathampton anstatt über den Hügel nach Bath geht. Von Bathampton aus könnte er den Lokalzug nach Chippenham nehmen und hätte dort Anschluß an den Schnellzug nach London.«

»Ich fürchte, das kann ich nicht beurteilen, Inspektor.«

»Mein Wort darauf, Ma'am, genau so ist es. Er hätte auf dem Weg nach Newmarket sein können, noch bevor Sie erwacht waren.«

»Oder zu jedem beliebigen anderen Ort.«

»Durchaus. Doch wir haben Beweise für eine engere Verbindung zwischen Quinn und Ihrem Gatten, als Sie vielleicht ahnen können.«

»Zum Beispiel?«

»Quinn hatte Dokumente in seinem Besitz bezüglich eines Bankkontos in Zürich – ein auf drei Namen eingetragenes Konto. Quinn und Ihr Mann sind zwei dieser Namen. Wußten Sie von der Existenz eines solchen Kontos?«

»Nein.«

»Der Kontostand ist sehr beruhigend, den Angaben nach zu urteilen, die wir in Quinns Safe fanden. Zehntausende von Pfund, wobei weitere Summen regelmäßig eingezahlt wurden. Haben Sie eine Ahnung, woher das Geld stammte?«

»Nein.«

»Auf keinen Fall von einer Goldmine in Neuseeland, darauf möcht' ich wetten. Ich glaube, die Quelle liegt viel näher, meinen Sie nicht auch?«

»Ich habe wirklich nicht die geringste Vorstellung.«

»Aber Ihr Mann war einer der Kontoinhaber, Ma'am.«

»Mein Mann bespricht seine Finanzangelegenheiten nicht mit mir, Inspektor.«

»Ich verstehe. Aber das Datum, an dem das Konto eröffnet wurde, ist äußerst interessant: am 5. September dieses Jahres. Von Ihrer Schwester habe ich erfahren, daß Sir James zu dieser Zeit in Zürich war. Können Sie das bestätigen?«

»Wir waren alle drei zu dieser Zeit dort.«

»Ihr Gatte hätte also die Möglichkeit gehabt, ein derartiges Konto persönlich zu eröffnen?«

»Ich kann wirklich nicht...«

»Aber er hat ja nie über seine Finanzangelegenheiten mit Ihnen gesprochen.« Gow lächelte. »Tut mir leid. Hatte ich schon wieder vergessen. Und wie sieht's mit seinen anderen Angelegenheiten aus?«

»Wie bitte?«

»Der dritte Name, auf den das Zürcher Konto ausgestellt ist, ist der Name einer Frau: Miss M. Devereux. Kennen Sie die Dame?«

»Nein.«

»Der Name sagt Ihnen nichts?«

Constance preßte entschlossen die Lippen zusammen. »Überhaupt nichts, Inspektor.« Doch die Röte, die ihr ins Gesicht gestiegen war, gab eine andere Antwort.

X

Der erste Schnee hatte das Gelände der Ticehurst-Anstalt in der geschützten Senke von Sussex Weald mit einer weißen Schicht überzogen. Kein Vogel sang in den wie gepudert wirkenden Büschen, kein Windhauch rührte sich in den geschmückten Fichten. Selbst die eisige Fassade des Ticehurst-Gebäudes trug einen weißen Bart und rundete so das Bild einer fremdartigen Erstarrung ab.

Ein Weg führte von dem Haus auf das ferne Dach einer Zierpagode zu. Zwei Männer mit heruntergezogenen Hüten und hochgestellten Mantelkrägen gingen gemessenen Schrittes diesen Weg entlang. Der Schnee knirschte unter ihren Füßen im Rhythmus ihrer Schritte. Der eine war William Trenchard, ein Insasse der Anstalt. Der andere war Abel Kitson, sein Wärter. Dem ungeübten Auge wären sie wie zwei Freunde erschienen, die sich während eines Nachmittagsspazierganges über Gott und die Welt unterhielten. Hätte man Kitson gefragt, so hätte er bereitwillig eingestanden, daß Trenchard weder verrückt genug noch seine soziale Stellung hoch genug war, als daß er in die zwar bizarre, jedoch geordnete Gesellschaft von Ticehurst gepaßt hätte.

Er hätte auch nicht lange suchen müssen, um den Typ von Insassen zu finden, den Trenchard eindeutig nicht verkörperte. Jenseits der Rhododendronhecke, die den Pfad säumte, waren Reverend Sturgess Phelps und Lord Tristram Benbow gerade in eine heftige Schneeballschlacht verstrickt, wobei Reverend Phelps vorübergehend seine häufig geäußerte Überzeugung vergaß, man hätte ihm als Folge einer anglokatholischen Verschwörung das Priesteramt entzogen (an der die höchsten Stellen von Kirche und Staat beteiligt gewesen waren), um Lord Tristrams unerschütterlichen Glauben zu stärken, er sei immer noch ein zwölfjähriger Junge.

»Vermute ich richtig, Mr. T.«, sagte Kitson und lächelte, als ein verirrter Schneeball knapp an ihnen vorbeiflog, »daß Sie uns bald verlassen werden?«

»Was bringt Sie zu dieser Annahme, Abel?«

»Nun, Sie haben sich heute nachmittag das Gelände hier mit einem Ausdruck angesehen, den ich nur als nostalgisch bezeichnen kann.«

»Ha!« Trenchard klopfte Kitson auf die Schulter. »Warum zum Teufel beschäftigt Newington Ärzte an diesem Ort, wenn Sie ihm alle psychologischen Einsichten liefern könnten, die er braucht?«

»Weil ich, Mr. T., zu sehr damit beschäftigt bin, den Kontrabaß bei seinen musikalischen Teepartys zu spielen, als daß ich auch noch den Doktor spielen könnte.«

»Das ist pure Verschwendung. Abel, glauben Sie mir.«

»Sie geben also zu, daß meine Diagnose korrekt ist?«

»Vielleicht. Ich hege gewisse Hoffnungen, wie Sie wissen.«

»Mehr als nur Hoffnungen, würde ich sagen.«

»Ich versichere Ihnen...«

»Zwei Besucher in zwei Tagen, einer davon ein Anwalt? Die Zeichen sind klar, Mr. T., kristallklar.«

»Richard Davenall besucht mich jeden Monat. Und was meinen Bruder anbelangt...«

»Bruder?« Kitson lachte laut auf. »Dieser Mann war nicht Ihr Bruder!«

»Woher wollen Sie das wissen?«

»Nennen Sie es psychologische Einsicht.«

In einem wilden Schneegestöber stürzte plötzlich zwischen den Rhododendronbüschen die geduckte, schwarzgekleidete Gestalt von Reverend Sturgess Phelps auf den Weg. »Ihr beide!« rief er bei ihrem Anblick. »In welche Richtung ist er gelaufen?«

»Wenn Sie Lord Tristram meinen...«, fing Kitson an.

»Nicht Lord Tristram, du Tölpel«, kreischte Phelps. »Der Fremde!«

»Ich fürchte, wir haben keinen...«

»Er ist ein Spion der Puseyaner, daran gibt's keinen Zweifel. Aber keine Angst – er wird mir nicht entkommen!« Und damit tauchte Phelps wieder zwischen den Büschen unter.

Kitson beobachtete, wie der aufgeregte Priester in zielbewußtem Zickzackkurs über den schneebedeckten Rasen fegte, bevor er zu dem Schluß gelangte, daß ihm nichts zustoßen konnte. Als er sich wieder umdrehte, sah er, daß Trenchard vorausgegangen war und nun auf der hölzernen Veranda der Pagode stand, den Blick nach Süden über die winterliche Landschaft gerichtet.

»Halten Sie nach etwas Ausschau, Mr. T.?« erkundigte sich Kitson, als er bei ihm angelangt war.

»Mehr warten als Ausschau halten, Abel. Morgen ist der neunundzwanzigste, nicht wahr?«

»Ich glaube schon.«

»Was glauben Sie, um welche Zeit es hell wird?«

»Zwischen acht und halb neun, würde ich meinen.«

Trenchard nickte gedankenvoll. »Also etwas über sechzehn Stunden.«

»Was war er, Mr. T., Ihr mysteriöser Besucher? Bestimmt nicht Ihr Bruder, wie Sie vorhin gesagt haben. Und der Bursche, der gestern kam, sah ihm ganz und gar nicht ähnlich. Also wer war er dann? Er hat fast den ganzen Tag mit Ihnen verbracht. Sie müssen eine Menge zu besprechen gehabt haben.«

»Das hatten wir, Abel. Das hatten wir.«

»Aber Sie werden mir nicht sagen, worum es ging?«

Trenchard lächelte bedauernd. »Nein, das werde ich nicht.«

Kitson schnalzte in gespielter Enttäuschung mit der Zunge. »Nach allem, was Sie mir anvertraut haben.«

»Nehmen Sie es sich nicht so zu Herzen, Abel. Was er mir erzählt hat, kann ich keiner Menschenseele anvertrauen.«

Trenchard übertrieb nicht. Durch das feierlichste Versprechen war er zum Schweigen verpflichtet. Vor zwei Tagen hätte er die Vorstellung, ein Geheimnis für Sir James Davenall zu bewahren, als absurd verworfen, doch genau dazu hatte er sich bereit erklärt. Denn jetzt kannte er die Wahrheit – und wußte, daß sie nie bekannt werden durfte.

»Was wollen Sie von mir?« hatte er gefragt, als er sah, wer in dem leeren Besuchsraum auf ihn wartete: nicht sein Bruder, wie man ihm mitgeteilt hatte, sondern die große, schlanke Gestalt eines bis in die Haarspitzen beherrschten Sir James Davenall. »Sich an meinem Unglück weiden?«

»Ich bin weit davon entfernt.«

»Warum sind Sie dann gekommen?«

»Ich bin gekommen, um Ihnen offen das zu sagen, was ich bis jetzt um jeden Preis versucht habe, vor Ihnen zu verbergen: die Wahrheit. Wenn man so will – ich möchte gestehen.«

Es war ein Trick, davon war Trenchard überzeugt gewesen, ein bösartiger Plan, um seine geistige Agonie zu beschleunigen. »Sie wollen gestehen, daß Sie nicht James Davenall sind?«

»Genau.«

Auch jetzt hatte Trenchard noch geglaubt, daß Norton ihn nur verhöhnen wollte. »Sie wollen mich anstacheln, weitere Anschuldigungen gegen Sie zu erheben, die dann nur als zusätzlicher Beweis meiner Geisteskrankheit gewertet werden. Ist es nicht so?«

»Nein, so ist es nicht.«

»Es muß so sein. Constance hat Sie geheiratet, nicht wahr?«

»Ja. Vor fünf Tagen.«

»In dem Glauben, Sie seien James?«

»Ja.«

»Was wollen Sie dann damit erreichen, daß Sie nun zu mir kommen und zugeben, daß Sie nicht James Davenall sind? Ist es, weil wir allein und ohne Zeugen sind, weil ich ein offiziell beglaubigter Verrückter bin, dessen Worte weniger als nichts zählen? Fühlen Sie sich deshalb berechtigt, mich zu quälen? Zum Teufel mit Ihnen, Norton. Sie haben mir meine Frau und meine Freiheit genommen – ist das nicht genug?«

»Ja. Es ist genug. Es reicht, um Sie zu dem einzigen Menschen zu machen, der berechtigt ist, die Wahrheit von meinen eigenen Lippen zu hören. Sie sind nicht verrückt. Das wissen wir beide. Und jetzt bin ich bereit, das auch öffentlich einzugestehen. Um Ihre Haft hier zu beenden. Unter einer Bedingung.«

Trenchard hatte nicht gewagt zu glauben, daß eine Entlassung möglich wäre. Doch falls ein Mann das zustande bringen konnte, das ließ sich nicht leugnen, so war es Norton. »Was für eine Bedingung?«

»Hören Sie mich an. Mehr verlange ich nicht von Ihnen. Hören Sie, was ich Ihnen zu sagen habe. Was Zeugen anbelangt, so glaube ich, Sie werden froh sein, daß keine anwesend waren, wenn ich fertig bin.«

Und genau so war es auch gewesen. Nun, da Trenchard im Geiste noch einmal Nortons lange, in ruhigem Ton erzählte Geschichte nachvollzog, die Geschichte, die er sich schweigend angehört hatte, während sie in diesem tristen Raum zusammensaßen, da war er überzeugter denn je, daß Norton recht gehabt hatte: Die Wahrheit mußte für immer verborgen bleiben.

»Mein richtiger Name ist Stephen Alexander Lennox. Ich wurde am 28. Juli 1843 in Murrismoyle, Grafschaft Mayo, geboren. Mein Vater, Andrew Lennox, war Verwalter des Carntrassna-Gutes von Sir Lemuel Davenall, dessen von ihm getrennt lebende Frau in Carntrassna House residierte, während er in England wohnte. Meine Eltern waren beide in Schottland geboren. Sie hatten geheiratet und in Schottland eine Farm bewirtschaftet, bevor sie nach Irland zogen.

Obwohl meine frühesten Erinnerungen an Mayo die Hungersnot betreffen, als die Bauern zu Tausenden starben und die Überlebenden sich über den Atlantik flüchteten, ist mir nur eine sorgenfreie, um nicht zu sagen behütete Kindheit im Gedächtnis geblieben. Mein Kinderzimmer in Murrismoyle war wie eine geschützte Insel, um die herum sich Tragödien abspielten. Erst als Denzil O'Shaughnessy mein Lehrer wurde und sein Wissen über die Welt und wie es in ihr zuging, mit mir teilte, begann ich zu verstehen, unter welch privilegierten Umständen ich aufwuchs.

Privilegien jedoch waren nicht gleichbedeutend mit menschlicher Wärme. Mein Vater war für mich eine ferne, kalte Gestalt. Meine Mutter war zwar manchmal liebevoll, verfiel aber häufig auch in wortkarge Reserviertheit. Sie gewährten mir jeden Komfort, doch es schien ihnen keine Freude zu machen. Es war wirklich ein merkwürdiges Gefühl für mich, daß die Pächter des Gutes haufenweise glückliche Kinder in tiefer Armut aufzogen, während ich in verhätschelter, freudloser Einsamkeit aufwuchs.

Erst als Erwachsener wurden mir die Widersprüche meiner Jugend klar. Zuvor hatte ich mich gewundert, weshalb ich meine Ausbildung zu Hause erhielt, anstatt eine weit entfernte Schule besuchen zu müssen. Auch fiel mir nie auf, daß mein Vater mich mehr wie ein pflichtbewußter Wächter behandelte denn wie ein liebevoller Vater.

Seine Entscheidung, auszuwandern, traf mich, wie all seine Entscheidungen, ohne jede Vorahnung. Ich war damals sechzehn und hoffte auf ein

Stipendium für das Trinity College in Dublin. Unsere plötzliche Übersiedlung nach Kanada und von da aus weiter in die Vereinigten Staaten stellte für mich eine vollständige und keineswegs willkommene Überraschung dar. Auch wurde mir keinerlei Begründung dafür mitgeteilt. Es hatte keinen Streit mit Lady Davenall gegeben – zumindest war mir nichts davon bekannt. Es war schlicht und einfach so, daß mein Vater genügend Geld beisammen hatte, um woanders ein neues, unabhängiges Leben beginnen zu können.

Und ein neues Leben war es ganz sicher. Wir zogen nach New York, wo mein Vater am Nordufer von Long Island einen Weinberg und ein elegantes Haus in der Nähe von Port Jefferson kaufte. Ich hatte keine Ahnung, wie er das finanzierte oder was er im Weinhandel wollte, doch anfangs gingen seine Geschäfte gut, und er konnte mich zur Beendigung meiner Ausbildung nach Yale schicken. Ein Jahr dort verwandelte mich in einen arroganten, gebildeten jungen Mann, der nur zu gern seine obskure irische Herkunft vergaß.

Ich glaube, ich wäre Anwalt geworden und hätte mit einigem Erfolg eine Kanzlei betrieben, wäre nicht 1861 der Bürgerkrieg ausgebrochen. Die Unionsarmee nahm meine Dienste in Anspruch. Die nächsten vier Jahre änderten mich für immer, wie so viele meiner Kameraden auch. In einer Hinsicht wurden wir härter, in anderer verletzlicher, auch klüger, wie ich glaubte, gleichzeitig jedoch fehlbarer und anfälliger, wie ich später entdeckte.

Mein Vater drängte mich, ins Geschäft einzutreten, wo er dringend Hilfe benötigte, da der Krieg den Weinhandel fast zum Erliegen gebracht hatte. Doch ich wollte nichts davon wissen. Ein Freund aus der Armee, Casey Garnham, war zurück nach Oregon gegangen, um dort die Zeitung seines Vaters, den *Portland Packet*, zu leiten; er hatte mich eingeladen, als sein Partner einzusteigen. Da ich glaubte, mein Vater übertreibe seine Notlage, nahm ich bereitwillig Caseys Angebot an.

Jetzt kann ich mir nur schwer die Herausforderung und die Erregung der folgenden Jahre wieder vor Augen führen. Weder Casey noch mir war klar, daß es mit dem *Packet* stetig abwärts ging und wir ihn in den Bankrott führten. Wir glaubten ehrlichen Herzens, die Zeitung könnte überleben und Geld einbringen. Als die kommenden Ereignisse zeigten, daß wir uns getäuscht hatten, war es zu spät, um meinen Vater um Hilfe zu bitten. Er hatte 1866 Bankrott gemacht und war drei Jahre später gestorben. Meine Mutter lebte seitdem allein in einem gemieteten Haus in Worcester, Massachusetts. Ich konnte kaum etwas tun, um ihre Situation zu verbessern, da es mir finanziell ähnlich ging wie zuvor meinem Vater.

Nach dem endgültigen Kollaps des *Packet* im Jahre 1872 blieb ich im Journalismus, denn es war die einzige Arbeit, die ich beherrschte, doch meine Chefredakteursambitionen waren vorbei. Ich mußte das Handwerk eines Reporters bei einem halben Dutzend Zeitungen von Portland bis San Francisco ganz neu erlernen. Es war ein hartes, bescheidenes Leben, aber es gefiel mir. Ich glaube sogar, ich hätte dieses Leben bis heute weitergeführt, hätte ich nicht das Pech gehabt, mich in Miss Madeleine Devereux zu verlieben.

Sie kennen Sie natürlich unter anderem Namen. Marion Whitaker. Melanie Rossiter. Sie kennen sie durch all die verführerischen Visionen, die sie in Ihren empfänglichen Geist gepflanzt hat. Das trifft übrigens auch auf mich zu. Sie war wunderschön. Sie war jung und begehrenswert. Sie hatte einen schnellen, raffinierten Verstand, der auf alle Faszination ausübte. Man könnte all das auf eine Waagschale legen, doch es würde das, was auf der anderen Schale ruht, nicht überwiegen: das dunkle, umfassende Mysterium in ihr, das stets die Oberhand über die Vernunft gewinnen konnte.

Ich lernte sie 1878 in San Francisco kennen. Sie war knapp einundzwanzig und bereits die Mätresse eines aufstrebenden Politikers, Howard Ingleby, eines Anwärters auf den Gouverneursposten. Ich arbeitete für den *Sacramento Star*, dessen Herausgeber eine energische Anti-Ingleby-Kampagne führte und der mich beauftragt hatte, alles in Erfahrung zu bringen, was den Mann diskreditieren könnte. Als ich herausbekam, daß er weniger Zeit bei seiner Familie in Sacramento verbrachte als bei seiner teuren Geliebten in San Francisco, war ich mir sicher, daß die Veröffentlichung dieser Story Ingleby erledigen und meiner Karriere zum Durchbruch verhelfen würde.

Ich suchte Madeleine in ihrem Apartment mit Blick über die Bucht von San Francisco eine Woche vor den Wahlen auf. Ich hatte erfahren, daß sie eine hübsche, intelligente Schauspielerin war, die man als Hure hätte bezeichnen können, wären ihre Kunden nicht derart bedeutend und angesehen gewesen. Ich hatte vor, sie zugunsten der Leser des *Star* zu einem Geständnis zu überreden oder es ihr abzukaufen und so Inglebys Wahlchancen zunichte zu machen.

Aber in ihrer Gegenwart vergißt man, wie Sie wissen, jeden auch noch so festen Entschluß. Bei ihr zu sein heißt, in einen Traum einzusteigen, den nur sie mit einem zu Ende träumen kann. Und so wurde kein Ausschnitt aus Howard Inglebys Leben je veröffentlicht. Er verlor zwar die Wahl, aber die Schuld an seiner Niederlage mußte er nicht bei mir suchen. Madeleine sicherte sich mein Schweigen durch die gleiche Methode, mit der sie all ihre Ziele erreichte: eine kurze Kostprobe der Freuden, die sie zu bieten hatte, und das ferne Versprechen auf weitere Freuden.

Während der nächsten drei Jahre war ich von Madeleine Devereux besessen. Sie hatte mir vorgemacht, sie würde eines Tages nur mir gehören, doch lediglich meine Vernarrtheit in sie nährte eine derartige Hoffnung. In Augenblicken der Vernunft wurde mir auf grausame Weise klar, daß ich sie ohne Geld und ohne entsprechende Position so wenig besitzen konnte wie die Sterne am Himmel.

Ich habe davon gesprochen, daß ich Madeleine liebte, und damals glaubte ich das auch, doch jetzt erst erkenne ich, daß die Art und Weise, in der sie mich fesselte, mit Liebe nichts zu tun hatte. Das Gnadenlose in ihrer Sinnlichkeit erregte keine Bewunderung, sondern eine Form der Anbetung, in der Eifersucht und Selbsthaß häufiger zu spüren waren als reine Begierde. Ich habe nie entdeckt, was sie zu dem gemacht hatte, was sie war, denn so gern sie auch über ihre Zukunft sprach, so verschwiegen war sie über ihre Vergangenheit. Ich nehme an, sie betrachtete mich mit der Zeit als jemanden, bei dem sie sich entspannen konnte, denn sie schuldete mir nichts. Ich war für sie nichts weiter als amüsante Gesellschaft für eine Mußestunde.

Im Frühjahr 1881 lebte und arbeitete ich in San Francisco. Beim *Sacramento Star* war ich schon lange nicht mehr. Madeleine hatte sich ungefähr ein Jahr zuvor von Ingleby getrennt und verteilte ihre Aufmerksamkeiten nun auf einen reichen Hotelier und einen Reeder. Wenn sie sich herabließ und mich gelegentlich mal empfing, quälte sie mich. Wenn sie sich weigerte, mich zu sehen, war es noch schlimmer. Ich wußte, daß es aussichtslos und albern war, sie weiterhin zu bedrängen, aber ich tat es trotzdem. Zumindest Ihnen muß ich den Grund dafür nicht erklären.

Als ich eines Tages die Redaktion verließ, sprach mich ein Fremder an, der sich als Alfred Quinn vorstellte und der mich um einige Minuten meiner Zeit bat. In dem Glauben, er habe vielleicht eine Story zu verkaufen, ging ich mit ihm in die nächste Bar und hörte ihn an.

Ich erkannte Quinn nicht, aber er erkannte mich. Er war über zwanzig Jahre lang in Diensten der Familie Davenall gewesen. 1859 hatte er Sir Gervase nach Carntrassna begleitet; von diesem Besuch her erinnerte er sich an mich. Er hatte viel Zeit und Anstrengungen investiert, um mich zu finden. Meine Mutter war im vergangenen Jahr gestorben und hatte, soviel ich wußte, keinerlei Verbindung mehr zu Carntrassna gehabt. Quinn weigerte sich, mir zu sagen, wie er mich aufgespürt hatte, und ich konnte mir keinen Grund vorstellen, weshalb er es überhaupt getan hatte – das heißt, bevor er mir den Plan erläuterte, den er ersonnen hatte.

Sie kennen Quinns Plan. Sie haben von Anfang an etwas in der Art vermutet. Er zeigte mir Fotos von James Davenall, dem vermißten Erben des Baronettitels. Die Ähnlichkeit erschreckte mich; es hätten Fotos von mir sein können. Quinn erklärte mir, die Ähnlichkeit sei keineswegs so verblüffend, da es sich bei uns um Halbbrüder handle. Während eines Besuchs in Carntrassna im Jahre 1842 war meine Mutter Sir Gervases Charme erlegen, und ich war das Ergebnis ihrer kurzen Liaison. Lady

Davenall, die von Anfang an informiert gewesen war, hatte meinen Vater überredet, mich als seinen eigenen Sohn aufzuziehen. Sie war es, die auf einer guten Ausbildung für mich bestanden und dafür bezahlt hatte. Mein leiblicher Vater hatte bis zu seinem nächsten Besuch in Carntrassna im Jahre 1859 keine Ahnung von meiner Existenz gehabt. Meine Ähnlichkeit mit seinem legitimen Sohn entsetzte ihn so, daß er befürchtete, die Beziehung könnte allgemein bekannt werden. Er zahlte meinem Vater eine Menge Geld, damit er auswanderte und mich mitnahm.

Und so wurden mir endlich viele Dinge klar. Ich verstand den Mangel an väterlichen Gefühlen meines angeblichen Vaters; die Pflege, die er mir dennoch angedeihen ließ; die Quelle des Geldes, mit dem er sich in Amerika niedergelassen hatte; das nervöse, schuldbewußte Schweigen meiner Mutter. Natürlich spielte nichts von alledem jetzt noch eine Rolle. Die beteiligten Menschen waren alle tot und ihre Geheimnisse und Sünden längst vergessen. Warum also war Quinn um die halbe Welt gefahren, um mich zu finden? Nicht um die Schuld seines toten Herrn wiedergutzumachen, das war sicher. Der Grund dafür, so wurde bald klar, lag durchaus in der Gegenwart und in unserem beiderseitigen Profit.

Der James Davenall, dem ich so verblüffend ähnlich sah, wurde seit 1871 vermißt und für tot gehalten. Würde er wieder auftauchen, so könnte er Reichtum und Titel, den sein jüngerer Bruder erst vor kurzem geerbt hatte, für sich beanspruchen. Quinns Vorschlag ging dahin, daß ich mich, gewappnet mit seinen beträchtlichen Kenntnissen über die Familie, als James Davenall ausgeben und uns so beide zu reichen Männern machen sollte. Sir Gervase und meine Eltern waren tot. Das galt auch, wie mir Quinn mitteilte, für die alte Lady Davenall. Niemand außer uns beiden kannte die Wahrheit. Wir konnten ein Vermögen gewinnen. Seiner Einschätzung nach mußte die Sache klappen.

Mein erster Impuls war, die Idee als puren Wahnsinn zurückzuweisen. Eine verblüffende physische Ähnlichkeit war das eine, doch selbst Quinn konnte nicht all das wissen, was ich wissen mußte, um meine Rolle perfekt spielen zu können. Davon abgesehen, verrottete nicht der sogenannte Tichborne-Kläger gerade in einem englischen Gefängnis, weil er einen ähnlichen Betrug versucht hatte? Quinn gab zu, daß dem so war, beharrte aber darauf, daß wir aus seinen Fehlern lernen könnten. Ich würde ein Jahr damit zubringen, mir weit entfernt von San Francisco unter einem angenommenen Namen ein neues Leben aufzubauen. Quinn seinerseits würde herauszufinden versuchen, weshalb James Davenall Selbstmord begangen hatte. Wir würden uns auf jede Eventualität vorbereiten, gegen jede Herausforderung schützen, jeden Aspekt des Lebens des toten James Davenall untersuchen. Wir würden erst handeln, wenn wir unserer Sache ganz sicher wären. Und dann würden wir siegen.

Als ich um Bedenkzeit bat, muß Quinn gespürt haben, daß er mich in der Tasche hatte. Ich kann sogar den Verdacht nicht loswerden, daß er den zwingendsten Grund kannte, weswegen ich vielleicht sein Angebot akzeptieren würde. Es lag nicht allein daran, daß ich wenig zu verlieren und viel zu gewinnen hatte. Der eigentliche Grund war, daß ich endlich etwas in der Hand hatte, um Madeleine von ihren zahmen Politikern und kriecherischen Geschäftsmännern wegzulocken. Es war ein Preis, der alles übertraf, was sie in Kalifornien gewinnen konnte. Ich konnte ihr anbieten, sie zur Frau eines englischen Baronets zu machen.

Je länger ich zögerte, Quinn meinen endgültigen Bescheid zu geben, desto größer wurde die Wahrscheinlichkeit, daß er die gewünschte Antwort bekommen würde. Was immer auch der Grund dafür sein mochte – meine an Gefühlen so ärmliche Kindheit, die alle Werte zerstörenden Auswirkungen des Krieges, Madeleines unheilvoller Einfluß –, es blieb die Tatsache, daß meine besten Jahre einsam und voller Armut sein würden. Quinns Plan bot mir die einzige Chance auf ein neues, besseres Leben, die ich wahrscheinlich je bekommen würde.

Trotzdem zögerte ich noch. Es war nicht mein Gewissen, das mich von einer kriminellen Verschwörung abhielt. Schließlich *war* ich Sir Gervases ältester Sohn. In diesem Sinne würde ich nur das für mich beanspruchen, was mir rechtmäßig zustand. Was mich zurückhielt, war die Angst vor einem Fehlschlag, wobei ich weniger Furcht vor dem Gefängnis hatte als davor, entdecken zu müssen, daß ich weder mutig noch clever genug war, die Täuschung aufrechtzuerhalten.

Also überließ ich Madeleine die Entscheidung. Bevor ich mich wieder mit Quinn traf, ging ich zu ihr und erzählte ihr alles. Ich lud sie ein, sich an der Verschwörung zu beteiligen. Ich fragte sie, ob sie meine Frau werden wolle, falls ich den Titel eines Baronets und den damit verbundenen Reichtum erringen würde.

Hätte Madeleine mich abgewiesen, dann hätte ich Quinns Vorschlag abgelehnt. Jetzt wünsche ich mir von ganzem Herzen, daß sie es getan hätte. Aber sie wies mich nicht ab. Sie wischte all meine Skrupel und Bedenken beiseite. Sie versprach mir das, was ich mir zu der Zeit mehr als alles andere auf der Welt wünschte: Sie versprach mir, meine Frau zu werden, wenn aus mir Sir James Davenall werden würde. In diesem Augenblick wurde mir zum erstenmal klar, daß ich mitmachen würde. In diesem Augenblick wurde die Verschwörung wirklich und wahrhaftig aus der Taufe gehoben.

Zu meiner Überraschung hatte Quinn nichts gegen Madeleines Beteiligung. Ich hatte erwartet, daß er nur widerwillig eine dritte Person ins Vertrauen ziehen würde, vor allem wenn es sich dabei um eine Frau handelte, doch statt dessen verband die beiden sofort ein gewisses Zusammengehörigkeitsgefühl, was ich verblüffend fand. In letzter Zeit erst wurde mir klar, daß die beiden jeweils im anderen die gleiche unbarmherzige Verschlagenheit erkannten, die sie vom Rest der mit einem schwächeren Willen ausgestatteten Menschheit unterschied. Damals jedoch störte mich lediglich die Leichtigkeit, mit der Quinn Madeleine davon überzeugte, daß er alle benötigten Informationen zur Verfügung stellen konnte.

Nicht, daß es irgendwelche Zweifel an seiner Gründlichkeit gegeben hätte. Er hatte ein Dutzend verschiedene Fotos von James Davenall mitgebracht, unzählige Schriftproben in Form von Briefen, Schecks und Rechnungen, Krawattennadeln und Manschettenknöpfen, sogar ein silbernes Zigarettenetui mit Monogramm. Es gab Fotos von jedem lebenden Mitglied der Familie Davenall, mehrere Bilder von Constance sowie von ihrem Bruder, ihrer Schwester und ihren Eltern. Es gab Aufzeichnungen von James' Maßen, von der Größe seiner Hüte, Hemden, Hosen und Schuhe, wichtige Daten seines Lebens, seiner akademischen und sportlichen Karriere auf Schule und Universität, Gruppenaufnahmen von Klassen, Clubs, Teams und Gesellschaften, denen er angehört hatte, zusammen mit den jeweiligen Namen. Es gab sogar eine Kopie des Abschiedsbriefes, den er am 17. Juni 1871 geschrieben hatte. Nichts blieb dem Zufall überlassen.

Quinn war nicht bereit zu sagen, wie er eine derartige Unmenge an detaillierten Informationen zusammengetragen hatte. Es war jedoch offensichtlich, daß er sie schon vor seiner Entlassung durch Lady Davenall gesammelt haben mußte. Rachsucht konnte also nicht das Motiv sein, weshalb er sich an mich gewandt hatte.

Im Augenblick jedoch hatte ich über ganz andere Dinge nachzudenken als über Quinns Motive. Ich mußte stundenlang James Davenalls Handschrift und Unterschrift üben. Ich mußte mir von Quinn beibringen lassen, wie sein ehemaliger Herr gelaufen war und gesprochen hatte, was seine Lieblingsausdrücke und seine gebräuchlichsten Wendungen gewesen waren. Ich mußte einen Zahnarzt überreden, mir einen gesunden Zahn zu ziehen, weil James einen solchen verloren hatte. Ich mußte mir einen Bart wachsen lassen und mir das Zigarettenrauchen angewöhnen. All diese Charakteristika machten, zusammen mit meiner bereits existierenden Ähnlichkeit in Gewicht, Größe und Aussehen, die Übereinstimmung fast perfekt.

Während des Jahres, in dem ich für eine Werbeagentur in Philadelphia arbeitete, hatte ich genügend Zeit, mich an meine neue Identität zu gewöhnen. Damit machte ich aus der Not eine Tugend, da ich ohnehin einen vernünftigen Hintergrund für mein neues Leben als James Davenall alias Norton schaffen mußte. Während dieser Zeit bekam ich kaum etwas von Quinn und Madeleine zu sehen. Aus Sicherheitsgründen hielten wir hauptsächlich brieflich Verbindung miteinander. Sie verbrachten sechs

Monate in England und sammelten Material, vor allem bezüglich James Davenalls Gesundheitszustandes, da Quinn überzeugt davon war, daß hier der Schlüssel zu seinem Selbstmord zu finden sei. Indem sie Madeleine bei Dr. Fiveash einschleusten, konnten sie der Sache auf den Grund gehen. Das war der Moment, in dem wir meine Genesung von der Syphilis als befriedigende Erklärung für mein Wiederauftauchen entdeckten. Folglich wurde ich nach Paris geschickt, um mir einen einwandfreien Gesundheitszustand attestieren zu lassen.

Im Sommer 1882 entschied Quinn, daß wir bereit seien. Als mich seine Nachricht erreichte, daß mein Leben auf Abruf nun vorüber war, empfand ich mehr Erleichterung als Erschrecken angesichts der Möglichkeit, endlich das in die Praxis umzusetzen, was wir so lange geplant hatten. Zu keiner Zeit hätte ich zu dem Leben zurückkehren wollen, daß ich in San Francisco geführt hatte. Tatsächlich hatte ich meine Darstellung des James Davenall so umfassend geübt, daß es mir gar nicht mehr als Darstellung erschien. In der Verkleidung von James Norton und während der Monate meines vorsichtigen Lebens in Philadelphia waren mein toter Halbbruder, den ich nie kennengelernt hatte, und ich zu einer merkwürdigen, mächtigen Einheit zusammengewachsen. Anfangs nur flüchtig, doch später über Stunden hinweg konnte ich in meinem Bewußtsein meine wahre Vergangenheit und meine wirkliche Identität völlig auslöschen und zu dem Mann werden, der zu sein ich in Kürze behaupten würde.

Ich buchte meine Passage von New York aus unter dem Namen James Norton aus Philadelphia und kam am 16. September in Liverpool an, bereit für die Herausforderung. Von nun an mußte jeder Schritt mit äußerster Sorgfalt erfolgen. Madeleine traf sich mit mir in Birkenhead. Gemeinsam reisten wir weiter nach Chester, wo wir für drei Tage in einem Hotel als Mr. und Mrs. Brown abstiegen. Wir benutzten unseren amerikanischen Akzent, um das Personal in die Irre zu führen, während wir insgeheim die letzten Details probten.

Ich hatte Madeleine seit Monaten nicht mehr gesehen, und diese wenigen Tage in Chester waren genaugenommen die längste Zeitspanne, die ich je mit ihr verbracht hatte. Ich hatte unser Wiedersehen herbeigesehnt wie ein hungriger Mann das Ende einer Fastenzeit, doch als es dann soweit war, erkannte ich, daß die erzwungene Trennung seltsamerweise ihre Macht über mich gebrochen hatte. Sie war so schön und verführerisch wie immer, doch ihr Körper und ihr Geist besaßen für mich nun zu wenig Geheimnisse, als daß sie mich weiterhin hätte beherrschen können. Ich kann nicht sagen, ob Madeleine das spürte, denn sie hätte sich bestimmt nichts anmerken lassen, doch eines war gewiß: Zwischen uns hatte sich etwas geändert.

Von Chester aus gingen wir getrennte Wege. Ich reiste nach London und logierte im ›Great Western Hotel‹; bei der Ankunft fühlte ich mich so, wie sich meiner Vorstellung nach auch James Davenall gefühlt hätte, wäre er wirklich zurückgekehrt. Ich machte keinen Versuch, mit Quinn Kontakt aufzunehmen, auch wenn mir Madeleine erklärt hatte, wie ich das bewerkstelligen könnte, denn wir hatten vereinbart, daß ich von nun an so weit wie möglich auf eigene Faust handeln sollte. Das Geld, das sie mir von ihm ausgehändigt hatte, war ausreichend für meine Zwecke und Bedürfnisse; es reichte auch später für die gewaltigen Anwalts- und Gerichtskosten. Quinn wußte natürlich, daß er im Erfolgsfall ein Mehrfaches an Geld zurückbekommen würde, doch ich erfuhr nie, wie er das nötige Kapital zusammengebracht hatte.

Wir hatten vereinbart, daß ich zum erstenmal bei einem Besuch auf Cleave Court am 26. September als James Davenall auftreten sollte, zehn Tage nach meiner Ankunft in England. Das erlaubte mir eine Woche ganz für mich allein in London. Ich verbrachte die Zeit hauptsächlich in meinem Hotelzimmer und verankerte die Persönlichkeit, die ich im Begriff stand, anzunehmen, in den tiefsten Tiefen meiner Seele. Ich stand endlos vor dem Spiegel und übte, was ich sagen würde und wie ich es sagen würde. Ich saß am Schreibtisch und füllte Seite um Seite mit meiner geänderten Handschrift, probte wieder und wieder die Unterschrift von James Davenall. Ich besuchte Wapping und konstruierte mir zu meiner eigenen Zufriedenheit eine genaue Version dessen, was in der letzten Nacht im Leben des Mannes, dessen Identität ich annehmen würde, geschehen sein mußte. Im Schutz der Dunkelheit ging ich zum Chester Square und studierte Bladeney House, verglich die Fenster mit der Lage der Räume, wie Quinn sie mir geschildert hatte, und listete im Kopf die Gemälde auf, die im Treppenaufgang hingen.

Am 25. September verbrannte ich dann kurz vor Mitternacht all meine Notizen und Aufzeichnungen – kurz gesagt alles, was ein Hochstapler bei sich haben würde. Am nächsten Morgen verließ ich das Hotel, fuhr mit dem Zug nach Bath und begann das Leben eines Toten. Am 26. September 1882 wurde James Davenall wiedergeboren.

Anfangs schienen all meine peinlich genauen Vorbereitungen vergeblich gewesen zu sein. Die Familie Davenall wandte sich gegen mich. Mir war schon immer klar gewesen, daß mir meine physische Ähnlichkeit mit James Davenall und die genaue Kenntnis seines Lebens nichts nützen würden, wenn mich nicht zumindest eine Person, die ihm nahegestanden hatte, als James Davenall anerkennen würde. Mir blieb nichts anderes übrig, als mein Glück bei Constance zu versuchen. Hätte nur einer der Davenalls mich anerkannt, dann hätte ich sie wohl in Frieden gelassen. Aber es hat nicht sollen sein.

Quinn hatte von Anfang an vermutet, daß sich Constance als empfänglich erweisen würde, und er hatte recht gehabt. Er hatte mir von ihrem geheimen Treffen mit James am Aquädukt erzählt, eine Information, die ich benutzte, um sofort Eindruck auf sie zu machen. Das Wissen, weshalb James ihr seine Gründe nicht hatte mitteilen können, verschaffte mir einen wesentlichen Vorteil, doch ich erkannte schon im ersten Moment, in dem ich sie sah, daß es das allein nicht war. Ihr Wunsch zu glauben, ich sei James, war so stark, daß er alle Bedenken überwand. Und warum? Während ihrer sieben ruhigen, ereignislosen Ehejahre hatte sie sich wohl stets gefragt, was hätte sein können, wenn sich James nicht umgebracht hätte. Sehnsucht, verstehen Sie, ist die Wurzel aller Überzeugung. Die Davenalls wünschten, James möge tot sein. Constance wünschte, er möge leben.

Ich muß Ihnen sagen, daß Constances Glaube an mich von Anfang an etwas Unheimliches an sich hatte, etwas, was ebenso von ihr wie von mir herrührte. Aus dem Mitgefühl für James' Zwangslage, das ich empfunden hatte, weil er die Frau, die er liebte, zu ihrem eigenen Besten hatte verlassen müssen, wurde mehr, als ich sah, wie quälend für Constance die Erinnerungen an diese Zeiten noch immer waren. Ursprünglich hielt ich meine Gefühle fest im Zaum, wohl wissend, daß jede Zuneigung, die ich ihr entgegenbrachte, nur meine Bemühungen, sie zu täuschen, behindern würde. Doch die Omen eines stärkeren Bandes blieben hartnäckig. Wie konnte ich erraten, mit welchen Mitteln sie versucht hatte, James davon abzuhalten, wegzugehen? Es gibt keine sichere Antwort darauf, abgesehen von der seltsamen, anhaltenden Zuversicht, die ich stets in ihrer Gegenwart empfand – das heißt keine Antwort bis auf die Intuition, die häufig mit der Liebe wächst.

Nichtsdestoweniger war es gewiß, daß Constance vor Gericht nicht für mich aussagen würde, wenn Sie es ihr untersagten – und ohne ihre Aussage waren meine Aussichten düster. Ihr Rückzug nach Salisbury machte mir Hoffnung, jedoch völlig grundlos. Mir blieb scheinbar nur noch die Möglichkeit, sie gerichtlich vorladen zu lassen, doch damit hätte ich ein Versprechen gebrochen und vielleicht etwas von noch größerem Wert zerstört. Es mußte einen anderen Weg geben, und ich war entschlossen, ihn zu finden.

Einige Tage vor der Vorverhandlung traf ich mich mit Quinn in dessen Versteck in Deptford und legte ihm meinen Plan vor: Wenn wir Sie in Constances Augen in Mißkredit bringen konnten, würde sie vielleicht für mich aussagen. Ich hatte erwartet, daß sich Quinn für eine gerichtliche Vorladung aussprechen würde, aber es wurde deutlich, daß ihn Ihre Versuche, ihn aufzuspüren, beunruhigten. Er war scharf darauf, gegen Sie vorzugehen. Ihr Eifer, eine Verbindung zwischen ihm und Marion Whitaker nachzuweisen, veranlaßte ihn zu dem Vorschlag, daß Madeleine der ideale Köder für Sie wäre.

Ich wollte absichtlich nichts von den Methoden wissen, die Madeleine angewandt hatte, doch als ich in Ihrem Bericht las, wie Melanie Rossiter Sie getäuscht hatte, wurde mir klar, wie wirkungsvoll diese Methoden gewesen waren.

Quinn wußte schon lange vor seiner Familie, daß Sir Gervase allmählich an Syphilis zugrunde ging. Wie so vieles andere auch, was uns später von Nutzen war, hatte er es direkt aus dem Mund seines Herrn erfahren. Um die Schmerzen erträglich zu machen, nahm Sir Gervase regelmäßig Laudanum. Als später die Dosierungen immer höher wurden und die Sucht nicht mehr in direktem Zusammenhang mit der Krankheit stand, wurde Quinn sein Komplize, der die Droge kaufte und der sie ihm auch verabreichte. So wurde er vertraut mit den Auswirkungen, die nicht nur die Sinne, sondern auch die Phantasie umfaßten. Und Madeleine wurde seine willige Schülerin.

Es war Opium und keine Wahnvorstellung, was Sie in jener Nacht täuschte, Trenchard. Madeleine hat Ihnen entweder etwas ins Essen oder in den Whisky getan. Sie kam zu Ihnen, während Sie unter dem Einfluß der Droge schliefen. Sie pflanzte Vorstellungen in Ihr Hirn, die sich in Ihrer überreizten Phantasie zu Visionen ausweiteten. Und diese Visionen schienen später Ihre Geisteskrankheit nur noch zu bestätigen. Sie lockte sie in ihr Bett, so daß Constance, die auf Ihr Telegramm hin angereist kam, Sie dort finden mußte.

Ich wünschte, ich könnte Sie so einfach davonkommen lassen, obwohl Sie mich umbringen wollten, aber ich fürchte, Sie werden dieses Erlebnis nicht so leicht los. Opium kann Begierde nicht erzeugen, es kann sie nur verstärken. Mit anderen Worten, was die Droge Ihnen vorgaukelte, war das, was Sie insgeheim tun wollten. Sie spukt Ihnen immer noch im Kopf herum, nicht wahr? In einer Welt der Wünsche und Begierden, die Sie sich weder eingestehen noch erfüllen können, bedeutet sie Ihnen immer noch mehr als in jener Nacht, nicht wahr?

Zu der Zeit wollte ich natürlich nur wissen, ob der Plan erfolgreich gewesen war. Von Ihrer scheinbaren Untreue entsetzt, kam Constance zu mir und erbot sich, für mich auszusagen. Das Spiel war aufgegangen. Erst als ich in der Stunde meines Triumphes sah, wie Sie Ihre Pistole auf mich richteten, erkannte ich, daß es zu gut geklappt hatte.

Doch ich überlebte den Anschlag. Nennen Sie es Glück, wenn Sie wollen, aber Sie wissen ja, was für ein unsicherer Verbündeter das Glück sein kann. Es stand mir an diesem Tag zur Seite, doch nur, um mich anschließend zu seinem ständigen Spielball zu machen. Und Sie, Trenchard? Hielten Sie mich für Ihren Feind? Das bin ich nie gewesen. Ich habe Ihnen nichts nachgetragen. An Ihrer Stelle hätte ich dasselbe getan. Vielleicht bin ich sogar im Begriff, Ihnen nachzueifern. Es lag nicht nur daran, daß ich Constances Gefühle schonen wollte, als ich Sie in diese Anstalt anstatt ins Gefängnis oder in irgendeine schreckliche Institution für kriminelle Geisteskranke geschickt habe. Ich tat es auch, um mein eigenes Gewissen zu erleichtern.

Als ich unter Constances hingebungsvoller Pflege allmählich wieder gesund wurde, erkannte ich den endgültigen Widerspruch in der Methode, die ich gewählt hatte, um sie für meine Sache zu gewinnen. Ich hatte Sie aus ihrem Gefühlsleben so vollständig verdrängt, daß sie nun das begehrte, was ich ihr ohne Einschränkung zugesagt hatte: eine Zukunft als Ehefrau von James Davenall, ihrer ersten und einzig wahren Liebe. Um auf diesen Widerspruch auch noch zusätzliche Komplikationen zu häufen, wurde mir klar, daß auch sie eine andere verdrängt hatte. Angesichts dessen, was ich für Constance empfand, war Madeleines Macht über mich geschwunden, denn sie hatte mir etwas gegeben, was Madeleine mir niemals geben konnte: Glück und Zufriedenheit.

Um die Sache noch schlimmer zu machen: Ich verfügte über genügend Zeit, um meinen neuen Status zu genießen. Madeleine erwartete von mir, daß ich Constances Glauben, ich würde sie heiraten, stärken würde, bis meine Ansprüche schließlich gerichtlich bestätigt waren. Erst dann würde sie von mir verlangen, Constance im Stich zu lassen und sie zu meiner Frau zu machen. Ich wußte, daß dies eine unabänderliche Bedingung war. Es mochte sie reizen, daß ich nichts mehr für sie empfand, aber das war auch schon alles. Nicht akzeptieren würde sie allerdings meine Weigerung, ihr den sozialen Status zu geben, den sie so heiß begehrte. Das war der springende Punkt: Ich konnte einige Monate lang die Entscheidung hinauszögern, doch früher oder später mußte sie getroffen werden.

An meiner Entscheidung gab es keinerlei Zweifel. Selbst wenn ich mich nicht in Constance verliebt hätte, wäre ich nicht in der Lage gewesen, sie zu verlassen. Liebe in einem anderen zu erwecken wirkt sich auch auf einen selbst aus, so daß ein Verrat an dieser Liebe unvorstellbar wird. Deshalb hatten meine Schwüre, die ich Constance gegenüber leistete, stets Vorrang vor meinen Versprechungen, die ich Madeleine gegeben hatte.

Sobald es sich nach der Gerichtsverhandlung, ohne Aufsehen zu erregen, einrichten ließ, trat ich mit Constance und Emily eine Europareise an. Ich möchte wetten, Richard hat Ihnen davon berichtet. Für Constance schien das eine angenehme Art und Weise zu sein, die Monate bis zu unserer Hochzeit zu verbringen. Für mich stellte es eine Möglichkeit dar, die Konfrontation mit Madeleine noch weiter hinauszuschieben. Die Reise erfüllte ihren Zweck nicht, denn Madeleine folgte uns überallhin. Nie zeigte sie sich offen, sondern sie sorgte lediglich dafür, daß ich wußte, daß sie stets in meiner Nähe war und ungeduldig darauf wartete, daß ich unsere Abmachung einlöste. In Florenz endlich trafen wir uns, und dort teilte ich ihr mit, daß ich sie nicht heiraten könne.

Ich wußte, daß sie wütend werden würde. Ich konnte es ihr nicht verdenken, denn schließlich brachte ich sie, nachdem ich den Titel eines Baronets errungen hatte, um den ihr versprochenen Anteil. Sie setzte jedes Argument ein, um mich von meinem Entschluß abzubringen. Sie bot mir sogar die Zuneigung und Liebe an, zu der sie, wie ich wußte, unfähig war. Doch ich glaubte, die Trumpfkarte in der Hand zu haben. Jetzt, da die Welt mich als Sir James Davenall anerkannt hatte, befand ich mich außerhalb ihrer Reichweite. Ich brauchte ihre Hilfe nicht mehr. Als reicher Mann war ich bereit, ihr so viel Geld zukommen zu lassen, wie sie wollte, doch damit endeten ihre Ansprüche an mich.

Zumindest dachte ich das. Als Madeleine mir mit fürchterlichen, wenn auch nicht definierten Konsequenzen drohte, falls ich Constance heiraten sollte, hielt ich das für einen Bluff. Ich glaubte wirklich und wahrhaftig, sie könnte mir nichts mehr anhaben. Doch ich täuschte mich. Madeleine Devereux sprach nie leere Drohungen aus. Die Konsequenzen, die sie erwähnt hatte, waren schrecklicher, als ich mir je hätte vorstellen können.

Inzwischen jedoch drohte von anderer Seite Unheil. Die Schritte, die wir unternommen hatten, um meine Spuren in den Vereinigten Staaten zu verwischen, sorgten dafür, daß niemand James Norton aus Philadelphia mit Stephen Lennox aus San Francisco in Verbindung bringen konnte, außer ich ließ verlauten, daß ich etwas über Lennox' Leben wußte. Um dem vorzubeugen, nützte ich Hugos Entscheidung, Prinz Napoleon in die Sache hineinzuziehen, für mich aus, indem ich den Prinzen an eine skandalöse Episode aus seiner Vergangenheit erinnerte. Sir Gervase hatte Quinn im Opiumrausch anvertraut, daß er mit der Gouvernante seiner Frau ein Kind gezeugt habe. Was konnte ich also Besseres tun, als in die Köpfe meiner Gegner den falschen Hinweis einzupflanzen, ich könnte dieses Kind sein? Nur Richard schien es zu durchschauen. Ich weiß nicht, was ihn zuerst auf den Gedanken gebracht hat, er könnte sich in mir getäuscht haben, doch sicher ist, daß er seit Februar dieses Jahres ernsthafte Zweifel an meiner Identität zu hegen begann und das mit Ereignissen in Carntrassna in Verbindung brachte. Wieder und wieder kam er auf das Thema zu sprechen, so wie ein Hund an seinem Knochen herumnagt, nach der Verhandlung sogar mit größerer Energie als zuvor.

Es war Richard, der mich unbeabsichtigt mit einer irritierenden Wahrheit vertraut machte: Quinn hatte gelogen. Im Frühjahr 1881 hatte er mir erzählt, Mary Davenall sei bereits tot. Von Richard erfuhr ich, daß sie in Wirklichkeit erst im Februar 1882 gestorben war, während ich mich in Philadelphia befunden hatte, und zwar eines unnatürlichen Todes. Die offensichtliche Schlußfolgerung – daß Quinn sie ermordet hatte – versuchte ich zu verdrängen. Ich hätte mich niemals an der ganzen Verschwörung beteiligt, wenn ich gewußt hätte, daß sie noch lebte. Quinn muß das auch geahnt haben, doch jetzt war es zur Umkehr zu spät. Was mich am härtesten traf, war die Tatsache, daß der Mord an ihr einen Schwachpunkt in unserem Plan darstellte, den ich bis jetzt für genial und absolut fehlerfrei gehalten hatte. Dadurch erst wurde Richard auf die Idee gebracht, die Wahrheit könnte in Irland verborgen liegen. Wäre Mary Davenall mit achtzig im Schlaf gestorben, er hätte niemals darauf bestanden, Carntrassna zu besuchen. Und hätte er Carntrassna nicht besucht, dann hätte er niemals Denzil O'Shaughnessy gefunden.

Ich konnte Richards Nachforschungen nicht beeinflussen, sondern nur hoffen, daß er mit leeren Händen zurückkehren würde. Statt dessen sah ich meine schlimmsten Befürchtungen bestätigt. Er kehrte zurück und teilte mir mit, daß er meine Hochzeit mit Constance verhindern würde, bis ich mit Denzil O'Shaughnessy konfrontiert worden wäre.

Es schien keine andere Möglichkeit zu geben, als die Sache kaltblütig durchzustehen. Ich hatte keinen Grund zu der Annahme, daß O'Shaughnessy mich nicht erkennen würde, doch meine Weigerung, ihn zu sehen, würde meinen sicheren Ruin bedeuten. Auch fliehen konnte ich nicht, ohne mich damit schuldig zu bekennen. Deshalb wich ich nicht zurück, gegen jede Hoffnung hoffend, ich könnte mir Constances Liebe bewahren.

Bevor das Treffen stattfand, warnte ich meine beiden Komplizen, daß das Spiel so gut wie sicher verloren war. Quinn gab weder zu, daß er Mary Davenall ermordet hatte, noch leugnete er es, aber er machte deutlich, daß er meinen Sturz sehr wohl überleben konnte. Seit der Davenall-Besitz unter meine Kontrolle gelangt war, hatte er genügend Kapital angesammelt, um in Zukunft ein sorgenfreies Leben führen zu können. Er war zuversichtlich, daß unsere Verbindung sich niemals würde nachweisen lassen. Meine Entlarvung war ein Verlust, den er ertragen konnte.

So stand ich am letzten Samstag in Richards Arbeitszimmer allein und verlassen, wie ich glaubte, O'Shaughnessy gegenüber und stählte mich für das Unvermeidliche. Unerklärlicherweise jedoch verschonte mich O'Shaughnessy. Es war von Anfang an klar, daß er mich kannte, doch er erfand eine Lüge über eine Narbe, die ich nie gehabt hatte, um zu aller Zufriedenheit zu beweisen, daß ich nicht Stephen Lennox war.

Warum er Mitleid mit mir hatte, weiß ich nicht. Unter den gegebenen Umständen konnte ich ihn auch schlecht danach fragen. Die Auswirkung seines Handelns jedoch war unmißverständlich. Damit hatte er meinen Anklägern den Boden unter den Füßen weggezogen. Sie hatten gedacht, sie könnten beweisen, daß ich nicht Sir James Davenall sei, und nun war über jeden Zweifel hinaus das genaue Gegenteil bewiesen worden. Meine Identität war nicht nur intakt geblieben – sie war nun unerschütterlich geworden.«

»Ein Freund von Ihnen, nicht wahr?« sagte Abel, nachdem sie eine Weile schweigend unter der Pagode gestanden hatten.

Trenchard blickte ihn an, als hätte er die Frage nicht gehört, als wäre er mit seinen Gedanken so weit weg, daß er Schwierigkeiten hatte, sich wieder auf die Gegenwart zu konzentrieren.

»Ihr Besucher. Der Mann, über den Sie mir nichts erzählen können. Ich dachte, Sie könnten mir wenigstens sagen, ob er ein Freund von Ihnen war oder nicht.«

»Ich hatte ihn nicht für einen Freund gehalten. Jetzt bin ich mir nicht mehr so sicher.«

»Wieso? Was hat sich geändert?«

»Nichts. Gar nichts.« Trenchards Blick richtete sich in die Ferne. »Doch bald schon wird sich etwas ändern. Morgen, um genau zu sein. Morgen wird sich alles ändern.«

XI

Es war später Nachmittag, als Richard nach London zurückkehrte, doch er fühlte sich so müde, als wäre es bereits Mitternacht. Jede Biegung auf dem Weg seiner Verfolgung von James, die er vor mehr als einem Jahr begonnen hatte, hatte stets ins Nichts geführt. Belog ihn jedermann? Oder waren alle genauso hilflos wie er selbst?

Richard, der sich nur sicher war, daß James ihm wie stets mehrere Schritte voraus war, eilte auf Highgate zu. Die Nacht senkte sich bereits herab, die dritte Nacht seit James Davenalls Verschwinden, und Richard fühlte sich müde bis ins Mark. In der Abgeschiedenheit seines Hauses konnte er wenigstens auf etwas Ruhe hoffen.

Doch er hoffte vergebens. Braddock begrüßte ihn mit überraschenden Neuigkeiten. »Lady Davenall wartet im Wohnzimmer auf Sie, Sir.«

»Constance ist hier?«

»Nein, Sir. Es handelt sich um die ältere Lady Davenall.«

Catherine war zu ihm gekommen. Sie, die für ihren Starrsinn berühmt war, hatte den von ihr verhängten Bannstrahl durchbrochen. Vielleicht hatte James auch ihr geschrieben, dachte Richard, als er den Flur entlangeilte.

»Wo ist mein Sohn, Richard?« Nichts hatte sich geändert, das konnte er an ihrem Gesichtsausdruck erkennen. Sie hatte ihn besucht, weil sie in Erfahrung bringen wollte, was er wußte. Nur aus diesem und keinem anderen Grund war sie gekommen. Das Bruchstück ihrer gemeinsamen Vergangenheit würde so fern wie immer bleiben.

»Sicher hat dir Inspektor Gow gesagt, daß James ...«

»Mein richtiger Sohn, Richard, nicht der Mann, den einige Leute närrischerweise für meinen Sohn halten. Ich bin nicht im entferntesten daran interessiert, wo der sich aufhält. Ich mache mir Sorgen um Hugo.«

»Hugo?«

»Er ist hinüber auf den Kontinent. Weißt du, wohin – und für wie lange?«

»Ich habe keine Ahnung. Ich wußte nicht einmal, daß er weg ist.« Seit seinem Besuch in Carntrassna hatte er Hugo, um ehrlich zu sein, fast völlig vergessen. Der dumme Junge, so hatte er bekümmert angenommen, verbrachte seine Zeit trinkend in der Duke Street.

»Wann hast du ihn zuletzt gesehen?«

»Das muß schon mehrere Monate her sein.«

Catherine trat einen Schritt näher; etwas von ihrem Haß zeigte sich in ihrem Blick. »So sehr kümmerst du dich also um ihn. Als er dich am nötigsten gebraucht hätte, hast du ihm den Rücken gekehrt.«

»Das ist nicht wahr.«

»Wußtest du, daß er aus seinem Club ausgetreten ist, weil man diesen Norton aufgenommen hatte?«

»Nein.«

»Hast du ihn besucht, seit er aus Bladeney House ausgezogen ist?«

»Nein.«

»Wie kannst du es dann abstreiten? Du hast ihn im Stich gelassen – wie alle anderen auch.«

Mit diesem Seitenhieb schaffte Catherine das, was nur wenigen gelungen war: Sie ärgerte Richard, und er, völlig erschöpft von all dem, was er in letzter Zeit hatte ertragen müssen, schlug zurück. »Du hast mir gesagt, ich solle ihn in Ruhe lassen. *Wenn* ich ihn im Stich gelassen habe, dann auf deine Anweisung hin.«

Darauf wußte Catherine keine Antwort. Sie trat zurück und wandte den Blick ab, was bei ihr fast schon einem Schuldeingeständnis gleichkam.

»Weshalb nahmst du an, ich könnte wissen, wo er ist?«

Schwäche schwang in ihrer Stimme mit. »Ich hoffte es, das ist alles. Ich sorge mich um ihn, Richard. Es bekümmert mich, was er tun könnte.«

»Was glaubst du, was er beabsichtigt?«

»Ich weiß es nicht. Ich bin nach London gekommen, um mit ihm über Nortons Verschwinden zu sprechen und was es bedeuten könnte, nur um feststellen zu müssen, daß auch er verschwunden war. Greenwood sagte mir, er sei heute früh zusammen mit Freddy Cleveland zu einer Fahrt über den Kanal aufgebrochen.«

»Wahrscheinlich planen sie ein verlängertes Wochenende in Paris.«

»Nein. Greenwood berichtete mir, daß Norton Mittwoch nacht Hugo besucht habe.«

»Er hatte Hugo besucht? Am Mittwoch?«

»Genau. Nach seinem Verschwinden von Cleave Court. Greenwood weiß den genauen Zeitpunkt nicht mehr, weil er schon geschlafen hatte, aber es muß sehr spät gewesen sein – zwei oder drei Uhr morgens. Er war aufgewacht, als Hugo einen Besucher zur Haustür hinausgelassen hatte. Als er zum Fenster hinaussah, erkannte er den Besucher. Er ist sicher, daß es Norton gewesen ist. Hugo war nicht zu Hause gewesen, als sich Greenwood zu Bett begeben hatte, deshalb kann er nicht sagen, ob sie gemeinsam das Haus betreten hatten oder nicht. Auf jeden Fall befahl ihm Hugo heute morgen, er solle ihm eine Reisetasche für ein paar Tage packen. Für den Rest des gestrigen Tages verließ er das Haus. Heute morgen dann holte ihn Freddy Cleveland ab, und fort waren sie.«

Richard legte eine Hand auf Catherines Arm. Keiner von ihnen äußerte sich zu dieser tröstenden Geste oder schien sie zu bedauern. »Wenn Freddy dabei ist, kann es sich nur um eine Vergnügungstour handeln.«

»Nein. Da spielen zu viele Zufälle mit. Sie wollen sich mit Norton treffen, da bin ich mir ganz sicher. Greenwood hat mir noch etwas erzählt. Hugo hat während der vergangenen drei Monate Schießübungen gemacht.«

»Was?«

»Mit Gervases alten Duellpistolen. Er hat sie wieder in Ordnung bringen lassen, Richard. Und als Greenwood mir zeigen wollte, wo er sie aufhebt..., waren sie nicht mehr da. Verstehst du nun?«

XII

Toby Leighton war selten vor acht Uhr abends in Bestform und schon gar nicht, wenn er von einem Verdauungsschläfchen aufgeschreckt wurde, nur um erfahren zu müssen, daß ein kurz angebundener Verwandter von Hugo darauf beharrte, ihn zu sehen.

»Hätte das nicht Zeit gehabt?« erkundigte er sich kläglich bei Richard Davenalls Anblick, der ungeduldig auf dem Teppich im Wohnzimmer von Tobys Vater auf und ab marschierte.

»Nein. Wo ist Freddy Cleveland?«

»Freddy? Außer Landes. Ich...«

»Im Club hat man mir gesagt, Sie wüßten vielleicht, wo er sich aufhält.«

»O ja.« Toby kratzte sich am Kopf. »Er erwähnte so etwas, als ich ihn zufällig letzte Nacht traf.«

»Und?«

»Ostende, glaube ich. Oder war es Österreich? Nein, Ostende, da bin ich mir sicher.«

»Sagte er, wann er zurückkommen würde?«

»Morgen abend, wenn ich mich recht entsinne. Ich denke, das beweist, daß es nicht Öster...«

»Erwähnte er den Grund für die Reise?«

Toby runzelte die Stirn. Die Anstrengung, sich erinnern zu müssen, war schmerzlich. »Nein. Aber dann hat er...«

»Hat er was?«

»Nein. Tatsächlich hat er nur gesagt, daß er fahren müsse. Die Pflicht rufe. Irgend so ein Unfug. Ich hab' nicht sonderlich darauf geachtet. Aber er war nicht glücklich drüber, das weiß ich noch. Ich hab' noch nie erlebt, daß er wegen irgendwas so ein verdammt ernstes Gesicht gemacht hätte.«

Richard hastete bereits zur Tür, ohne auch nur danke zu sagen.

»Was soll die Eile?« rief Toby ihm nach. »Man könnte meinen, es ginge um Leben und Tod.«

ZWANZIGSTES KAPITEL

I

Am Samstag, dem 29. Dezember 1883, dämmerte der Morgen spät herauf über der belgischen Küste. Noch später erst löste sich der dichte Nebel an dem langen, flachen Dünenstrand von Ostende nahe der holländischen Grenze auf.

Zu dieser frühen Stunde war auf der schmalen Küstenstraße auf halbem Weg zwischen Ostende und Blankenberge nur ein einziges Gefährt zu sehen: ein Einspänner mit einem Kutscher und zwei Fahrgästen, der in einem solchen Tempo dahinratterte, daß man annehmen konnte, die Fahrgäste kämen zu spät zu einer Verabredung. Es handelte sich um Hugo Davenall und Freddy Cleveland, deren einziges Gepäck aus einer flachen, aber schweren Kiste bestand, die momentan von Freddys Mantel verdeckt war.

Als der Einspänner eine kleine Anhöhe zwischen den Dünen erreicht hatte, zog Hugo eine Uhr aus seiner Westentasche. Dann blickte er Freddy vorwurfsvoll an und sagte: »Wir kommen zu spät.«

»Läßt sich nicht ändern, alter Junge«, erwiderte Freddy. »Der Bursche hier fährt schon auf Teufel komm raus. Außerdem sagtest du doch, Norton würde bis zu unserer Ankunft warten.«

»Ja, er wird schon warten.« Hugos Augen wurden schmal. »Ich möchte bloß nicht, daß er denkt, ich hätte den Mut verloren.«

Das Wunder bestand nach Freddys Ansicht darin, daß Hugo bis jetzt tatsächlich die Nerven behalten hatte. Mehr als vierundzwanzig Stunden waren vergangen, seit Norton die Aufforderung zum Duell so völlig überraschend angenommen hatte, doch Hugos Entschlossenheit, diese Sache durchzustehen, die Freddy für schlichten Wahnsinn hielt, war nicht ins Wanken geraten. Freddy hatte gehofft, daß es Hugo mit der Angst zu tun bekommen würde, wenn er schon Vernunftgründen nicht zugänglich war, aber dem war nicht so gewesen. Den ganzen vergangenen Tag hindurch war er angesichts dessen, was er zu tun beabsichtigte, geradezu unnatürlich ruhig gewesen. Auch die Fahrt mit der Fähre von Dover aus und die in einem Hotel von Ostende verbrachte Nacht hatte seinen Entschluß nicht beeinträchtigt. Er würde sich mit Norton duellieren und die Sache damit beenden.

Demzufolge war Freddy auf dieser Fahrt in der Morgendämmerung entlang der gespenstisch leeren, nebligen Küstenstraße der nervösere von beiden. Er hätte sich nie bereit erklären dürfen, als Hugos Sekundant zu agieren, geschweige denn, Hugo nach Belgien zu begleiten. Er hätte sich an ein Mitglied der Familie Davenall wenden und die betreffende Person zum Eingreifen überreden sollen. Wäre das nicht erfolgreich gewesen, dann hätte er sich an die Polizei wenden müssen. Aber er hatte sich natürlich ständig eingeredet, daß dieses Duell nicht so schlimm werden konnte. Hugo würde die Sache abblasen. Oder Norton. Sollte es zum Äußersten kommen, dann würden sie lediglich aus sicherer Entfernung ein paar harmlose Schüsse wechseln. Ihre Ehre, was immer das sein mochte, wäre gerettet, und Freddy wäre eine Last von der Seele genommen.

Doch jetzt, während er an Hugo vorbei zu dem grauen Sandstrand jenseits der Dünen hinüberschaute, stieg eine immer stärker werdende böse Vorahnung in Freddy auf, wenn er an das bevorstehende Duell dachte. Er richtete den Blick wieder auf Hugo und erkannte seinen Freund fast nicht mehr.

Plötzlich konzentrierte sich Hugos Aufmerksamkeit auf einen Meilenstein am Straßenrand. Als sie vorbeirasten, lehnte er sich aus dem Einspänner, um die Schrift lesen zu können. Als er wieder Freddy ansah, lächelte er. »Nur noch sieben Kilometer bis Blankenberge«, verkündete er. »Das heißt nur noch fünf bis zu unserem Treffpunkt.«

Freddy erschauerte. In dem geröteten, verzerrten Gesicht seines Freundes erkannte er endlich das, was er insgeheim befürchtet hatte. Gestern in London war es nur ein absurder, flüchtiger Verdacht gewesen. Nun, während ihr Einspänner durch die salzigen Nebelschwaden seinem Ziel entgegenratterte, war es zu einer Gewißheit geworden, die er nicht mehr verdrängen konnte. Es würde keinen Kompromiß geben, keine Rücknahme der Forderung, keine Beilegung des Streits, kein zielloses Feuern in die Luft. Hugo würde dafür sorgen, daß dieses Duell bis zum bitteren Ende ausgefochten wurde.

II

Eine einsame Droschke donnerte an den Häusern mit den geschlossenen Fensterläden vorbei, die Ostendes Kapellestraat säumten. Das Hufgetrappel und das Rattern der Räder im Morgengrauen verstärkte nur noch das Schweigen der zu Ende gehenden Nacht.

Im Inneren der schwankenden Droschke saßen Richard und Catherine Davenall. In ihren blassen, angespannten Gesichtern drückten sich die Stunden voller Angst aus, die sie beide durchlitten hatten, seitdem sie entdeckt hatten, welch gefährlichen Kurs ihr Sohn eingeschlagen hatte. Vor weniger als einer Stunde hatte die Fähre, die sie von Dover herübergebracht hatte, angelegt. Sie hatten sofort die hastige Suche nach dem Hotel in Ostende aufgenommen, in dem Hugo und Freddy abgestiegen waren. Beim dritten Versuch waren sie erfolgreich gewesen, hatten sich dann allerdings von dem müden Nachtportier sagen lassen müssen, daß sie zu spät gekommen waren. Die beiden jungen Männer waren vor einer Stunde mit einem gemieteten Einspänner in Richtung Blankenberge aufgebrochen.

»Der Portier sagte, Freddy habe eine schmale Kiste bei sich«, murmelte Catherine. Es waren ihre ersten Worte, seit sie das Hotel verlassen hatten.

»Ich weiß«, erwiderte Richard. »Und Blankenberge ist ein ruhiger Ort zwischen den Sanddünen. Doch mit dem Einspänner werden sie eine gute Stunde brauchen. Wir können in der halben Zeit dort sein.« Wenn sie den in fünf Minuten abfahrenden Zug nach Brügge erwischten, so hatte er ausgerechnet, und von dort den Anschluß nach Blankenberge, dann könnten sie vielleicht noch den Wahnsinn verhindern. Er mußte nicht extra hinzufügen, daß sie Hugos genaues Ziel nicht kannten, abgesehen davon, daß die Morgendämmerung, die traditionelle Stunde für Duelle, bereits angebrochen war. Sowohl er als auch Catherine waren sich bewußt, wie gering ihre Chancen waren, rechtzeitig anzukommen.

»Armer Hugo«, sagte Catherine ebenso zu sich selbst wie zu Richard. »Ich hatte keine Ahnung, daß er sich zu solchen Dingen getrieben fühlen könnte.«

»Ich auch nicht«, entgegnete Richard bekümmert. »Man hat mir erzählt, daß er vor mehr als einem Monat die Forderung ausgesprochen hatte.«

»Warum akzeptierte Norton? Was hat er dadurch zu gewinnen? Er will doch bestimmt Hugo nicht töten.«

»Er könnte es als Möglichkeit betrachten, endgültig zu beweisen, daß er tatsächlich James ist.«

»Nichts und niemand kann das beweisen.«

»Nicht einmal, wenn er sein Leben riskiert, um die Anerkennung seines Bruders zu gewinnen?«

Ein Ausdruck huschte über Catherines Gesicht, der andeutete, daß zum allerersten Mal ihre Gewißheit, Sir James Davenall könne nicht ihr Sohn sein, leicht erschüttert worden war. Doch diese kleine Unsicherheit ging so schnell vorüber, wie sie gekommen war. »Nein«, sagte sie unnachgiebig. »Nicht einmal das.«

»Dann müssen wir hoffen und beten, daß keiner von ihnen zu Schaden kommt.«

»Meine einzige Sorge gilt Hugo.«

»Das sollte aber nicht so sein. Überleg mal, was passieren würde..., wenn einer von ihnen...« Richards Stimme versiegte, als wollte er das

Schicksal nicht dadurch in Versuchung führen, daß er es aussprach. Seit sie London verlassen hatten, war es ihm unmöglich gewesen, den Gedanken zu verscheuchen, was die Welt wohl sagen würde, wenn in einem brüderlichen Duell Blut fließen würde. Und ihm war klargeworden, was Catherine anscheinend gar nicht in den Sinn gekommen war. Man setzte sich der allgemeinen Verachtung aus, wenn man überhaupt ein derartiges Duell austrug. Doch es bedeutete den sicheren Ruin, wenn man in einem solchen Duell siegte.

III

Sir James Davenall saß auf der mit Grasbüscheln bewachsenen Erhebung der letzten Düne, vor der sich der Sandstrand zur Nordsee erstreckte, rauchte eine Zigarette und schaute in die nebelverhangene Ferne. Von der gleichmäßig wiederkehrenden Bewegung seiner Hand, die die Zigarette zum Mund führte, abgesehen, saß er vollkommen regungslos da, immun, wie es schien, gegen die bittere Kälte, zufrieden damit, auf die Morgendämmerung zu warten, die ihm das bringen würde, was kommen mußte.

Am Fuße der Düne lief ein zweiter Mann auf und ab. Er war groß und mit schwarzem Cape und Zylinder bekleidet. Er hatte die Angewohnheit, den Kopf zurückzuwerfen, laut zu schnüffeln, während er sich ungeduldig umschaute. Ein schwarzer Spitzbart und eine scharfe Adlernase ließen ihn brutal aussehen; dazu hätte es die lange Narbe auf der einen Gesichtshälfte gar nicht mehr gebraucht, die seine rechte Augenbraue zerfetzte und nun in der eiskalten Luft wie ein Feuermal auf seiner weißen, eingefallenen Wange brannte.

Der Mann blickte zu Sir James auf, holte eine flache Flasche aus seiner Innentasche und zog seine heile Augenbraue hoch. Mehrere Sekunden vergingen, dann schüttelte Sir James den Kopf. Der Mann zuckte mit den Schultern und ließ den Flakon wieder in seine Tasche gleiten. Dann warf er den Kopf zurück, schnüffelte und sagte mit schwerem deutschem Akzent: »Ein Drink macht vielleicht Ihre Hand ruhig, Sir James.«

Statt einer Antwort streckte Sir James seinen rechten Arm aus. Die Zigarette mit der langen Aschenspitze lag unbeweglich zwischen seinen Fingern, die dünnen Rauchkringel stiegen senkrecht in der windstillen Luft nach oben.

»Die Flut kommt«, fuhr der andere Mann fort. »Glauben Sie, Ihr Bruder wird sich sehr verspäten?«

Ein Hauch von Besorgnis lag in seiner Stimme, was Sir James keineswegs entging. Er lächelte leicht, als wollte er andeuten, er wüßte, woher diese Besorgnis rührte.

»Vielleicht...«

Ein scharfer Blick von Sir James brachte ihn zum Schweigen. Er wandte sich um und sah in einer Entfernung von ungefähr fünfzig Metern zwei Männer zwischen den Dünen auftauchen. Der eine Mann trug eine flache Holzkiste unter dem Arm.

»Ah«, sagte der Mann mit unverkennbarer Erleichterung. »Er ist also doch gekommen.«

»Ja«, entgegnete Sir James, sein langes Schweigen brechend. »Er ist gekommen. Bitte erinnern Sie sich an unsere Vereinbarung, Herr Major. Ich wünsche keinen Fehler.«

»Es wird keine Fehler geben, Sir James, glauben Sie mir. Alles wird genau nach Plan verlaufen.« Er lächelte dabei; für Sir James' Seelenfrieden war es vielleicht ganz gut, daß er es nicht sehen konnte. So ersparte er sich die Wahrnehmung, daß ein Lächeln auf einem solchen Gesicht viel schlimmer war als der finsterste Blick.

IV

Als die Uhr die halbe Stunde schlug, erhob sich Trenchard von seinem Stuhl, auf dem er eine schlaflose Nacht verbracht hatte, und ging ans Fenster. Es war derselbe dumpfe, metallische Klang, der all die vielen tausend verstrichenen Minuten seiner Haft gemeldet hatte, doch diesmal stellte die Genauigkeit der Uhr nicht bloß eine Farce dar. Diesmal erinnerte sie ihn nicht daran, wie wenig sich verändert hatte – diesmal erinnerte sie ihn daran, wieviel sich ändern würde.

Er zog die Vorhänge auf und starrte in die langsam erwachende Welt hinaus. Kein Vogel war am Himmel zu sehen, keine Gestalt ging über den knirschenden Kies der Auffahrt. Alles lag schweigend und unbeweglich da, gefangen von der Spannung der Nacht, gefangen von dem Wissen um die Ereignisse des kommenden Tages.

Wieder sah er auf die Uhr. Eine weitere Minute war vergangen, ein weiteres Fragment dieses Samstags, des 29. Dezembers, unwiderruflich dahin. Jetzt geschah es, das wußte er, während er hier als ferner, keinen Widerspruch einlegender Zeuge stand. An einem Strand auf der anderen Seite des Kanals ... Er wußte es, denn Norton hatte es ihm gesagt. »Ich hatte nicht erwartet, noch einmal etwas von Madeleine zu hören. Ich nahm an, daß sie nach meiner Hochzeit mit Constance aufgeben, daß sie die Aussichtslosigkeit einer weiteren Verfolgung einsehen würde. Ich hoffte, sie würde von dem Konto, das ich in Zürich eröffnet hatte, das nehmen, was ihr ihrer Meinung nach zustand, und dann für immer aus meinem Leben verschwinden.

Am Weihnachtstag jedoch, drei Tage nachdem Constance und ich uns auf Cleave Court als Sir James und Lady Davenall niedergelassen hatten, wurde ein Brief für mich abgegeben. Ich erkannte Madeleines Handschrift auf dem Umschlag sofort, öffnete ihn jedoch so beiläufig, daß Constance keinen Verdacht schöpfen konnte.

›Sei morgen früh um halb neun am Dundas-Aquädukt‹, stand da. ›Laß mich dieses letzte Mal nicht im Stich. M.‹

Ich hatte keine Ahnung, weshalb sie das von mir forderte. Mein erster Impuls war, nicht zu gehen, allein schon aus dem Grund, weil ihre Wahl des Treffpunkts so sinnlos anzüglich war. Dann überlegte ich mir, daß sie vielleicht ins Haus kommen würde, wenn ich ihren Wunsch nicht erfüllte. Obwohl ich eigentlich nicht annahm, daß sie sich einer derartigen Gefahr aussetzen würde, wollte ich doch das Risiko nicht eingehen. Außerdem schrieb sie von einem ›letzten‹ Treffen, und ich war der Meinung, daß ich ihr zumindest das schuldig war, angesichts meiner Weigerung, sie zur Lady Davenall zu machen.

Also erhob ich mich am nächsten Tag vor dem Morgengrauen und schlich aus dem Haus, während Constance noch schlief. Ich hatte vor, ihr später zu erzählen, ich hätte einen Spaziergang gemacht. Während ich die Auffahrt hinabeilte, war ich überzeugt davon, daß ich bald schon wieder zurück sein würde, um irgendwelche Befürchtungen zu verscheuchen, die während meiner Abwesenheit entstanden sein könnten. Ich unterhielt mich sogar noch kurz mit Nanny Pursglove und sagte ihr, daß ich auf dem Rückweg auf einen Sprung hereinkommen würde. Es würde, so versicherte ich ihr, keine halbe Stunde dauern.

Als ich den Treidelpfad entlangeilte, voller Begierde, den Aquädukt zu erreichen und die Begegnung hinter mich zu bringen, sah ich ihn. Es war ein stiller, kalter, nebliger Morgen; kein Laut und keine Bewegung auf dem Kanal störten den eisigen Griff des Winters. Ich nahm ihn nur am Rande meines Blickfeldes wahr, aber es konnte keinen Irrtum geben: Er war da.

Ich hatte ihn zweimal zuvor gesehen. In der Kathedrale von Salisbury, als Canon Sumner sich erbot, für mich zu beten, war er mir gegenüber auf der anderen Seite der Empore erschienen. In Wapping, wo ich seine letzten Schritte in dieser Welt zurückverfolgt hatte, war er als Wasserleiche in mein Blickfeld getrieben. Und jetzt war er wieder aufgetaucht. Eine undeutliche Gestalt am gegenüberliegenden Kanalufer, die mit mir Schritt hielt. Sie schien es nicht eilig zu haben, verlor jedoch nie an Boden, wenn ich das Tempo beschleunigte.

Wenn ich stehenblieb, blieb auch er stehen. Wenn ich ging, ging auch er. Meine Hoffnung, er könnte nicht der sein, für den ich ihn hielt, verschwand, als ich all meinen Mut zusammennahm und ihn direkt ansah. Denn das gegenüberliegende Ufer war leer und verlassen. Doch als ich mich wieder zur Seite drehte, tauchte er erneut auf. Er würde mich nicht verlassen; er wollte nur keine direkte Konfrontation.

Nein, Trenchard, ich bin nicht verrückt. Was wissen denn Sie oder ich von ihm? Was kümmert uns der Mann, dessen Platz in der Welt wir beide auf unterschiedliche Weise einzunehmen versucht haben? War er der Mann, den ich einer gutgläubigen Jury vorzuspielen versucht habe? Oder war er ein ganz anderer Mensch, ein edlerer und besserer Mensch, als ich je hätte für mich in Anspruch nehmen können?

Wissen Sie, was ich empfand, als ich erfuhr, was ihn zum Selbstmord getrieben hatte? Ich habe es bis jetzt noch niemandem erzählt. Sie hätten es für absurd gehalten. Ich war stolz auf ihn. Vielleicht *ist* es absurd, aber ich war stolz auf meinen Bruder James. Was mich antrieb, war natürlich in erster Linie Neid und Ehrgeiz, aber tief in mir verborgen ruhte der Wunsch, seinem Leben – und seinem Tod – irgendeine feierliche Bedeutung zu geben.

Ich erwarte nicht, daß Sie das verstehen. Aber ich glaube, er versteht. Anfangs erschreckte mich sein Erscheinen. Jetzt habe ich die Wahrheit erkannt. Es war eine brüderliche Geste seinerseits. Er war nicht gekommen, um mich zu bedrohen – er war gekommen, um mich zu warnen.

Deshalb verschwand er auch, als ich die Biegung des Kanals hinter mich brachte und Madeleine sah, die am Aquädukt auf mich wartete. Denn nun wußte er, daß die Warnung vergeblich gewesen war. Nun würde ich hören, was sie mir zu sagen hatte.«

V

Freddy Cleveland blickte von einem Davenall zum anderen. Hugo stand wie ein Götzenbild da und starrte geradeaus; nur sein schneller, flacher Atem verriet etwas von dem Aufruhr, der in ihm tobte. Im Gegensatz dazu war James' Blick fast zu gelassen. Die einzige Bewegung in seinem Gesicht war ein gelegentliches Zucken des Mundwinkels, als wollte er ein Lächeln unterdrücken.

Was James' Sekundanten anbelangte, den er als Major Reinhardt Bauer von der k. u. k. Armee vorgestellt hatte, so war Freddy selten einem Menschen begegnet, dem er instinktiv derart mißtraut hatte. Mit der Narbe und den schmalen Lippen sah er aus wie ein Aasgeier. Aus welchem Grund, fragte sich Freddy, war er hier? Amüsement? Geld? Oder wollte er eine dekadente Vorliebe für Blutvergießen befriedigen?

Was immer der Grund sein mochte, Freddy wußte, daß er ihn weder teilen noch respektieren konnte. Mit Gewalt konzentrierte er seine Gedanken wieder auf das, worüber er normalerweise laut gelacht hätte. Da standen an einem entlegenen, leeren Strand vier feierlich gekleidete Männer mit düsteren Gesichtern, die die ernsthafte Absicht hatten, einem längst überholten Ehrenkodex zu gehorchen. Nur der Ort und die Zeit – dieser kalte, graue Wintermorgen, die Uferlinie mit den endlosen, vom Meer gerippten Sandwellen, wo die Unendlichkeit fast greifbar war – konnten ihn veranlassen, seine Rolle pflichtgetreu zu spielen. Als er sprach, tat er dies nicht, um seine Begleiter zu bitten, zur Vernunft zu kommen, sondern um den einzigen Appell an die Vernunft zu äußern, den der Duellkodex zuließ.

»Major Bauer, ist Sir James in der Lage, etwas zu sagen, was meinen Freund zufriedenstellen könnte? Ich bin sicher, Sie sind meiner Meinung, daß es noch nicht zu spät ist, den Streit beizulegen.« Eine höchst unvernünftige Hoffnung begleitete seine Worte. Kompromiß war eine Trommel, zu deren Rhythmus Major Bauer noch nie marschiert war.

»Sir James, Herr Cleveland, hat nichts zu sagen. Natürlich könnten wir, falls Herr Davenall sich vorbehaltlos entschuldigt und seine üblen Verleumdungen gegen Sir James zurücknimmt ...«

»Niemals!« unterbrach ihn Hugo scharf. »Ich werde kein einziges verdammtes Wort zurücknehmen.« Dann fügte er, James anstarrend, hinzu: »Dieser Mann ist ein Betrüger. Ist das wohl klar?«

»Klar genug«, erwiderte Bauer, »um weitere Diskussionen überflüssig zu machen, meinen Sie nicht auch, Herr Cleveland?« Freddys Schweigen als Zustimmung wertend, fuhr er fort: »Vielleicht wären Sie dann so freundlich, den Kasten zu öffnen und Sir James die Wahl der Waffe zu überlassen.«

VI

»Madeleine stand am Geländer und blickte auf den Fluß hinab. Sie wußte, daß ich mich vor fünfzehn Monaten hier mit Constance getroffen hatte. Sie wußte es, weil wir dieses Treffen gemeinsam geplant hatten. Nicht geplant hatten wir, wieviel mir dieses Treffen einmal bedeuten würde. Ich vermutete, daß sie jetzt diesen Ort wiedergewählt hatte, um mich an meinen Verrat an ihr zu erinnern.

Ich lehnte mich ebenfalls gegen das Geländer und versuchte, ihr ins Gesicht zu blicken, doch sie hielt es dem Fluß und den gefrorenen Wiesen zugewandt. Eine Ewigkeit schien vergangen, obwohl nicht mehr als eine Minute verstrichen sein konnte, bis sie leise sagte: ›Du bist also gekommen.‹

›Ich bin gekommen, weil du es in deinem Brief als ‚dieses letzte Mal' bezeichnet hast.‹

›Oh, das wird es sein, darauf kannst du dich verlassen.‹

›Wenn du eine Entschuldigung wünschst...‹

›Eine Entschuldigung?‹ Plötzlich drehte sie sich um und starrte mich an. ›Du glaubst, du kannst dich dafür entschuldigen, daß du diese Frau heimlich geheiratet hast, obwohl du versprochen hattest, mich zu heiraten?‹

›Du weißt seit Monaten, daß ich Constance heiraten wollte. Die Hochzeit wurde nicht vorverlegt, um dich zu täuschen.‹

›Du erwartest, daß ich das glaube?‹

›Es ist zufällig die Wahrheit.‹

›Ich habe dir bis Sonntag Zeit gegeben, sie dir vom Hals zu schaffen. Dann bin ich nach Bladeney House gegangen und habe dort von einem Dienstboten erfahren, daß du sie am vergangenen Nachmittag geheiratet hast.‹

Der rasende Zorn in ihrem Blick begann mir Sorgen zu machen. Ich hatte Verachtung, nicht Wut erwartet; Drohungen, keine Gegenbeschuldigungen. ›Ich habe dir, so gut ich konnte, erklärt, daß ich Constance liebe und dich niemals lieben werde. Was brachte dich auf die Idee, ich könnte sie mir vom Hals schaffen wollen?‹

›Ehre. Die Ehre unter Ganoven zum Beispiel.‹

›Wovon sprichst du?‹

›Ich spreche davon, was du mir schuldest, daß ich dich vor O'Shaughnessy gerettet habe.‹

›Mich gerettet? Wie meinst du das?‹

›Was glaubst du wohl, weshalb er dich geschont hat? Was glaubst du, weshalb er dich vom Haken gelassen hat?‹

Auf der Suche nach möglichen Erklärungen für O'Shaughnessys Verhalten war mir nie ein Eingreifen Madeleines in den Sinn gekommen – bis jetzt. Plötzlich erkannte ich, was ich schon viel früher hätte erkennen müssen: Wenn jemand das anscheinend Unmögliche hatte schaffen können, dann sie. ›Willst du damit sagen, du warst der Anlaß, weshalb er mich nicht identifiziert hat?‹

›Wer sonst? Als wir uns im Britischen Museum getroffen haben, schienst du überzeugt zu sein, daß man nichts tun könne. Nun, du hast dich getäuscht.‹

›Wie? Wie hast du es angestellt?‹

›Ich ging nach Holyhead und erwartete dort seine Ankunft aus Irland. Nach deiner Beschreibung war es nicht schwer, ihn in der Menge zu entdecken. Am letzten Freitag fuhr ich mit ihm im gleichen Zug nach London. Während der Fahrt machte ich seine Bekanntschaft. Er war überrascht, als ich ihm mitteilte, ich wüßte, was er in London zu tun habe. Noch überraschter war er, als ich ihm den zwingenden Grund erklärte, weshalb er dich *nicht* als Stephen Lennox identifizieren solle.‹

Ich verstand nicht, was sie meinte. Trotz seiner bohemehaften Art und seiner Genußsucht war O'Shaughnessy ein ehrenhafter Mann mit Prinzipien, für den die Wahrheit die edelste Pflicht war. Nicht einmal Madeleines faszinierende Verführungskünste hätten ihn davon abbringen können.

›Ich dachte, dir sei klargeworden, daß du mir dankbar sein müßtest für das, was er getan hat. Ich dachte, es werde dich wieder zur Vernunft bringen und dich davon überzeugen, daß du dein Versprechen mir gegenüber halten müssest.‹

›Wie hast du es geschafft?‹ Ich packte ihren Arm und zog sie dicht an mich heran. ›Wie hast du ihn überreden können zu lügen?‹

Sie blickte auf meine ihren Arm umklammernde Hand, sah mir dann wieder in die Augen und sagte mit beherrschter Stimme: ›Nimm deine Hand von mir.‹

Ich ließ sie los. Nach einigen Sekunden des Schweigens sagte sie: ›Du hattest recht, was O'Shaughnessy anbelangt. Es gibt wenige Männer, die so der Wahrheit verbunden sind. Hättest du mich trotz allem geheiratet, dann hätte ich dir erzählt, er sei meinen gewohnten Verführungskünsten erlegen, aber wie ich sehe, hättest du mir das niemals geglaubt.‹

›Wem oder was ist er dann erlegen?‹

›Der einzigen Waffe, die mir noch blieb: der Wahrheit.‹

›Was willst du damit sagen?‹

›Ich habe ihm die Wahrheit über dich erzählt, Stephen. Die ganze Wahrheit – die du nie gekannt hast. Nachdem er sie gehört hatte, erklärte er sich einverstanden damit, daß du in Frieden als Sir James Davenall weiterleben sollest. Was auch möglich gewesen wäre, wenn du mich geheiratet hättest. Statt dessen wolltest du mir die Stirn bieten. Nun, du erwartest doch hoffentlich nicht, daß ich O'Shaughnessys Mitgefühl aufbringe, nicht wahr? Deshalb sehe ich auch nicht ein, weshalb du in glücklicher Unkenntnis deiner wahren Identität bleiben solltest.‹«

VII

Freddy hatte in einer Art entsetzter Trance mit angesehen, wie die Waffen ausgewählt und geladen wurden. Er konnte nicht verstehen, wieso Hugo und James so ungerührt mit den Waffen umgingen, wieso ihre Bewegungen ruhig und gemessen waren. Ohne jeden Zweifel würde nun gleich das geschehen, was er bis jetzt nicht hatte glauben wollen. Warum waren dann ihre Vorbereitungen so ruhig, so verdammt zielbewußt, während er nur eine brennende Angst und eine Lähmung empfand? Es war fast so, als würden sie eine Szene spielen, die sie gemeinsam geprobt hatten – ein Stück für andere, dessen Ende sie bereits kannten.

»Herr Cleveland«, bellte Major Bauer. »Ist Herr Davenall bereit?«

»Was?« Freddy schaute Hugo an, der kurz nickte. »Nun ja. Das heißt...«

»Gut. Sir James sagt mir, daß er Herrn Davenalls Forderung zu einem Duell *au signal* akzeptiert habe. Sie sind mit dieser Methode einverstanden?«

»*Au* ... was?«

»Ich gehe davon aus, daß Sie als Herrn Davenalls Sekundant mit dem Vorgehen vertraut sind?«

»Nein, verdammt noch mal, das bin ich nicht.«

Major Bauer warf den Kopf zurück, schnüffelte und funkelte Freddy an. »Um Mißverständnisse zu vermeiden, Herr Cleveland, werde ich Ihnen die Regeln erklären. Die Duellanten nehmen in einem Abstand von zwölf Schritten Aufstellung, machen ihre Waffen bereit und richten sie auf den Boden. Beim ersten Signal beginnen sie aufeinander zuzugehen. Beim zweiten Signal heben sie ihre Waffen und zielen. Beim dritten Signal feuern sie. In welchen Abständen die Signale gegeben werden, liegt natürlich beim Signalgeber.«

Freddy starrte Bauer fassungslos an. Er hatte sich bis jetzt immer noch an den Gedanken geklammert, daß unerfahrene Schützen, durch die Länge eines Kricketfeldes voneinander getrennt, kaum Schaden anrichten konnten. Nun war ihm selbst dieser Trost genommen worden. Die Bedeutung von Bauers brutalem, höhnischem Grinsen war klar: Blut würde mit Sicherheit vergossen werden.

Voller Verzweiflung wandte sich Freddy an Hugo. »Da muß ein Irrtum vorliegen, alter Junge. Du kannst doch nicht ...«

»Major Bauer hat vollkommen recht«, unterbrach ihn Hugo. »Genau so möchte ich das Duell ausfechten.«

»Und ich ebenso«, fügte James hinzu.

»Wurden Sie nicht vorgewarnt, Herr Cleveland?« erkundigte sich Bauer sarkastisch.

»Nein«, erwiderte Freddy und suchte Hugos Gesicht nach irgendeiner Erklärung ab, doch sein Blick prallte an der ausdruckslosen Leere ab. »Ich wurde verdammt noch mal nicht vorgewarnt.«

»Madeleines Blick ließ den meinen nicht los, während sie sprach.

›Du warst schon immer leichtgläubiger als ich, Stephen‹, sagte sie. ›Deshalb nahmst du Quinns Geschichte auch für bare Münze. Ich nicht – nicht einen Augenblick lang. Ich hätte niemals geglaubt, daß Sir Gervase Andrew Lennox bezahlt hatte, damit er dich nach Amerika bringt, bloß weil du James ähnlich sahst. Was hätte es denn *tatsächlich* bedeutet, wenn sein Verhältnis bekannt geworden wäre – beispielsweise für seine Frau? Du konntest keine Ansprüche an ihn stellen. Und soviel wir wissen, war es ihm ziemlich egal, was seine Frau von ihm dachte. Er hat keinen Versuch unternommen, sich Vivien Strangs Schweigen zu erkaufen. Warum hätte er sich bei Lennox die Mühe machen sollen?

Unter Dr. Fiveashs Aufzeichnungen fand ich einen Zeitungsausschnitt. In dem Artikel wurde über das Duell berichtet, das zu Sir Gervases Verbannung nach Carntrassna im Jahre 1841 führte. Während er dort wartete, bis Gras über die Sache gewachsen war, zeugte er dich. Doch warum hatte er überhaupt das Duell ausgefochten? Davon stand nichts in dem Artikel. Ich dachte mir, daß der Grund für seine weiteren Handlungen vielleicht hier zu suchen wäre. Also spürte ich den Mann auf, den Gervase in dem Duell verwundet hatte: Harvey Thompson. Zuerst wollte er nicht darüber sprechen, doch schließlich lockte ich aus ihm heraus, weshalb sie gekämpft hatten. Da wurde mir alles klar, und ich begriff, weshalb Gervase dich aus dem Land haben wollte – um jeden Preis. Denn du hast ihn an etwas viel Schlimmeres als nur die Verführung der Frau eines anderen Mannes erinnert. Du hast ihn daran erinnert, daß er seine eigene Mutter verführt hat.

Thompson hatte sie nach einem Ball im Jahre 1838 gemeinsam im Bett erwischt. Er hatte nie die Absicht gehabt, Gervase wissen zu lassen, daß er sie gesehen hatte, aber drei Jahre später bei einem hitzigen Streit platzte er damit heraus. Deshalb forderte ihn Gervase und wollte ihn unbedingt töten. Denn Thompson war Zeuge von etwas geworden, was nie hätte geschehen dürfen.

Ich ging zu Quinn und forderte ihn auf, mir die Wahrheit zu erzählen. Nachdem er gemerkt hatte, daß ich zuviel wußte, um mich noch weiter täuschen zu lassen, tat er es.

Eine wunderschöne, junge Frau, deren Mann zu alt ist, um sie zu befriedigen, nimmt sich natürlich oft genug einen Liebhaber, doch Mary Davenall fühlte sich von einem gutaussehenden, tollkühnen jungen Mann angezogen, der zufällig ihr eigener Sohn war. Gervase begleitete sie im Juni 1838 zu einem Wochenende in einem Landhaus in Norfolk, als er einundzwanzig war und sie noch keine vierzig. Er war eifersüchtig auf ihre Bewunderer, die nur hinter ihrem Geld her waren, sie auf seine geistlosen jungen Anbeterinnen. Eine derartige Gelegenheit unter solch verführerischen Umständen hatte es nie zuvor gegeben. Sie erlagen der Versuchung.

Entsetzt von dem, was geschehen war, floh Mary Davenall nach Irland, in der Hoffnung, dadurch eine Wiederholung des Vorfalls vermeiden zu können. Zweifellos hoffte Gervase dasselbe. Dann kam dieses närrische Duell mit Thompson und der Entschluß seines Vaters – Ironie des Schicksals –, ihn zu seiner Mutter zu schicken, bis sich die ganze Aufregung etwas gelegt hatte. Gehört viel Phantasie dazu, sich vorzustellen, was dann geschah? In einem entlegenen Teil Irlands nur auf ihre gegenseitige Gesellschaft angewiesen – wie hätten sie sich da nicht daran erinnern sollen, was sie sich einst bedeutet hatten? Wie hätten sie ihr Verbrechen nicht wieder aufleben lassen sollen?

Als er im Herbst 1842 Irland verließ, um nach England zurückzukehren, muß Gervase dies für den endgültigen Bruch gehalten haben. Seine Mutter würde in Carntrassna bleiben und ihre Seele geißeln für das, was sie ihm erlaubt hatte. Er würde sich wieder seinem Regiment anschließen, irgendeine süße, junge Erbin heiraten und mit genügend Huren und Dienstmädchen ins Bett gehen, um jede Erinnerung an den Inzest aus seinem Gedächtnis zu brennen. Er hatte dabei nur eines übersehen: Seine Mutter war noch nicht über das Alter hinaus, in dem sie Kinder kriegen konnte. Er hatte sie schwanger zurückgelassen, und du, Stephen, warst der Sohn, den sie unter dem Herzen trug.‹«

IX

Freddy starrte Hugo noch immer an, in der vergeblichen Hoffnung, er hätte irgendwie die Absichten seines Freundes mißverstanden. Was Major Bauer sagte, schien er gar nicht zu hören. Schließlich trat Sir James zwischen sie, griff nach Freddys rechter Hand und drückte ihm eine Münze in die Hand.

»Tu, was der Major gesagt hat, Freddy.«

»Was?«

»Wir müssen auslosen, wer das Recht hat, das Signal zu geben.« James lächelte beruhigend, als stünde Freddy und nicht er im Begriff, sein Leben zu riskieren.

»Ja, Herr Cleveland«, warf Bauer ein. »Worauf warten Sie?«

Es war der merkwürdig fürsorgliche Ausdruck auf James' Gesicht, der Freddys Aufmerksamkeit fesselte, während er auf die Münze in seiner Hand blickte. Schließlich warf er sie mit einem resignierten Seufzer in die Luft und sah zu, wie sie einen Bogen über seinem Kopf beschrieb, bevor sie zu Boden fiel. Eine Sekunde bevor sie aufprallte, rief Bauer: »Kopf!«

Freddy trat vor. Erst jetzt fiel ihm auf, daß es sich bei der Münze um einen österreichischen Goldschilling handelte. Es war der blitzende Kopf des österreichischen Kaisers, auf den sein Blick fiel.

»Es ist Kopf«, sagte Bauer dicht hinter ihm. »Ich habe die Wahl gewonnen.«

X

»Diese Vergeltung war schlimmer als alles, was ich mir hätte vorstellen können. Ja, ich war der erstgeborene Sohn von Sir Gervase Davenall. Doch gleichzeitig war ich auch sein Bruder, Kind und Gefährte der einen Sünde, die ihm sein Gewissen nie vergeben würde. Dies war eine Enthüllung zuviel. Seit ich es gehört hatte, machte mich allein der Gedanke daran schon krank. Ich fühlte mich besudelt, ohne die Möglichkeit zu haben, mich davon reinzuwaschen; ich war angewidert von dem, was ich war.

Jedesmal wenn ich mein Gesicht im Spiegel sehe oder meine eigene Stimme höre, wenn ich meine Hand vor Augen habe, dann schaudere ich und zucke zurück. Können Sie sich wirklich vorstellen, was es heißt, von dem angeekelt zu sein, was die eigene Existenz verkörpert? Ein Schandfleck. Eine unaussprechliche Sünde. Ein Greuel in den Augen Gottes und der Menschheit. All das und noch Schlimmeres. Und noch etwas anderes. James muß es gefühlt haben, als er sich das Leben nahm. Es ist – wiederum Ironie des Schicksals – genau das, was auch er zu erleiden hatte. Keiner von uns hat das verdient, was unser Vater uns hinterlassen hat. Doch wir müssen es entweder ertragen oder der Sache ein Ende machen, wie James es getan hat.

Ich kann mich kaum noch daran erinnern, wie oder mit welchen Worten ich Madeleine am Aquädukt verließ. Ich weiß noch, daß ich den verlassenen Treidelpfad entlang nach Norden gerannt bin, so wie James in jenem Sommer 1871 gerannt sein muß. Es gab jetzt nur ein Gesicht, das ich zu sehen wünschte, ein Geständnis, das ich hören wollte. Wenn das Schicksal mich wirklich eingeholt hatte, dann wollte ich es auch zu Alfred Quinn führen. Denn er hatte mich zum Komplizen bei der Ermordung meiner eigenen Mutter gemacht.

Meine Mutter. Sie, die auch meine Großmutter war, die ferne, abweisende Herrin von Carntrassna House, die in meinem ganzen Leben höchstens ein dutzendmal das Wort an mich gerichtet hatte. Jetzt wußte ich, weshalb sie mir eine gute Ausbildung hatte zukommen lassen, warum sie bereit gewesen war, Andrew Lennox alles zu geben, was er verlangte, als Gegenleistung dafür, daß er mich als seinen Sohn aufzog. Zweifellos brachte sie mir eine gewisse mütterliche Zuneigung entgegen, die nicht einmal von ihrer Scham ausgelöscht werden konnte. Was meinen wirklichen Vater anbelangt, so muß er entsetzt gewesen sein, als er erfuhr, daß ich überhaupt existierte. Allein durch meine Existenz erinnerte ich ihn an das, was er an sich selbst am meisten haßte. Kein Wunder, daß er bereit war, Lennox zehntausend Pfund zu zahlen, damit er mich aus seinem Umkreis entfernte. Natürlich funktionierte es nicht. Was sie sich so sehr bemüht hatten zu vernichten, hat sie alle überlebt – und lebt in mir weiter.

Der Beweis dafür ist, daß Harvey Thompson heute noch leben würde, wäre ich nicht gewesen. Madeleine hatte ihn gut bezahlt, damit er niemandem den Anlaß seines Duells mit Gervase verriet, doch als bei der Vorverhandlung mein Name in den Zeitungen auftauchte, vermutete er das, was sie bereits vor ihm vermutet hatte, und versuchte, Kapital daraus zu schlagen. Der arme Kerl konnte ja nicht ahnen, worauf er sich da einließ. Als Sie Madeleine erzählten, daß Sie sich mit ihm treffen wollten, war sein Schicksal besiegelt. Sie alarmierte Quinn, während Sie schliefen, damit er an Ihrer Stelle die Verabredung einhielt – und Thompson töten konnte, bevor dieser sein Wissen weitergeben würde.

Was ich zu tun versucht hatte, war durch und durch falsch, doch niemals so verkommen und abscheulich wie das, was Quinn daraus gemacht hat. Ihre Inhaftierung war fast schon mehr, als mein Gewissen ertragen konnte, doch Quinn hatte dem noch zwei Morde hinzugefügt sowie ein Netz von Lügen, das meinem Gerechtigkeitssinn tief zuwider war. Doch ich war machtlos, das Unrecht, das ich in Gang gesetzt hatte, in Recht zu verwandeln. In Madeleines verächtlichen Worten lag meine einzige Entschuldigung. Leichtgläubig? Ja, das war ich gewesen. Habgierig? Närrisch? Eitel? Ja, auch das. Doch ich hatte nicht einen Bruchteil von dem beabsichtigt oder geplant, was Quinn mir aufgebürdet hatte.

Jeder Gedanke daran, die Täuschung angesichts dessen, was ich erfahren hatte, weiterhin aufrechtzuerhalten, war dahin, jegliche Hoffnung, zu Constance zurückkehren zu können, vernichtet. Ich hatte nur noch ein Ziel, das mich in der Ewigkeit, zu der Madeleine jede meiner Stunden hatte werden lassen, motivierte. Ich würde die Wahrheit aus Alfred Quinn herausholen. Und dann würde ich ihn dafür zahlen lassen.«

XI

Major Bauer hatte eine Trillerpfeife aus der Tasche geholt und einmal zur Probe gepfiffen. Das hatte ausgereicht, um Freddy aus seiner Geistesabwesenheit zu reißen.

»Dies, meine Herren, wird das Signal sein. Vergessen Sie nicht, es wird drei derartige Signale geben. Beim ersten marschieren Sie aufeinander zu, die gespannten Waffen auf den Boden gerichtet. Beim zweiten Signal heben Sie die Waffen und erfassen das Ziel. Beim dritten Signal feuern Sie. Sollte einer von Ihnen versuchen, einem Signal zuvorzukommen, so muß er ruhig stehenbleiben, während der andere einen freien Schuß hat. Ist das klar und deutlich verstanden worden?«

James und Hugo nickten.

»Gut. Stellen Sie sich bitte Rücken an Rücken. Dann machen Sie je zwölf Schritte und drehen sich um. Herr Cleveland und ich werden uns zum Kamm der Düne zurückziehen. Von dort aus werde ich Ihnen das Zeichen geben, daß das Duell beginnt.«

XII

»Es war dunkel, als ich Newmarket erreichte, doch ich wartete noch mehrere Stunden, bis ich hinaus nach Maxton Grange marschierte. Quinn hatte mir den Zeitpunkt seiner regelmäßigen Abendpatrouille mitgeteilt. Das war der günstigste Moment, um mit ihm allein und ungestört zu sprechen.

Ich erreichte die Stallungen kurz vor zehn Uhr. Schon nach wenigen Minuten tauchte Quinn auf. Er schien nicht überrascht, daß ich auf ihn wartete. Ausnahmsweise schien er sogar einmal erfreut, mich zu sehen. Seitdem er sich in Newmarket niedergelassen hatte, trug er eine Besitzermiene und eine gewisse Großspurigkeit zur Schau, was seinem ganzen Auftreten eine gekünstelte Jovialität verlieh. Doch dieser Wandel kam zu spät, um mich noch täuschen zu können.

›Sir James‹, sagte er lächelnd und paffte an seiner Zigarre. ›Welch eine Erleichterung zu wissen, daß Sie immer noch frei herumlaufen.‹

›Ihnen hab' ich das nicht zu verdanken‹, erwiderte ich ausdruckslos.

›Wie sind Sie davongekommen?‹

›O'Shaughnessy entschied sich, mich nicht zu identifizieren.‹

›Das war Glück. Großes Glück.‹

Als ich auf ihn zu in den Lichtkegel der Lampe über dem Stall trat, sah er meinen Gesichtsausdruck, der ihm bis jetzt verborgen geblieben war. Sein Tonfall änderte sich.

›Was führt Sie zu mir, Sir James?‹

›Die Wahrheit, Quinn. Ich will sie jetzt hören, wenn Sie nichts dagegen haben.‹

›Die Wahrheit? Was meinen Sie damit?‹

Ich erzählte ihm, was ich von Madeleine erfahren hatte. Obwohl er weiterhin ruhig seine Zigarre rauchte und am Koppelgeländer lehnte, als ließen ihn meine Worte völlig kalt, bemerkte ich, wie seine Augen in stählerner Konzentration schmal wurden. Als ich fertig war, muß ihm klargeworden sein, daß er mich nicht mehr täuschen konnte.

›Sie haben's also am Ende doch rausgekriegt‹, sagte er. ›Sie hätten sie nie hintergehen dürfen.‹

›Vergessen Sie Madeleine. Sagen Sie mir nur, ob Madeleine mir die Wahrheit erzählt hat.‹

›Soweit ja.‹

›Was soll das heißen – soweit ja?‹

›Sie weiß nicht alles. Das glaubt sie nur.‹

›Aber Sie haben Thompson ermordet?‹

›Ich habe ihn getötet, jawohl. Um unsere Interessen zu schützen.‹

›Und meine Mutter?‹

›Möchten Sie sie so nennen? Mutter?‹

›Wie würden Sie sie bezeichnen?‹

›Ich würde sie als Hindernis bezeichnen . . . , das ich entfernt habe.‹

›Als Sie zu mir nach San Francisco kamen, sagten Sie, sie sei bereits tot.‹

›Ich habe gelogen. Ich hielt Sie für einen zartbesaiteten Typ, und damit hab' ich Sie wohl auch richtig eingeschätzt. Was ist es schon für ein Unterschied, ob bei ihrem Tod ein bißchen nachgeholfen wurde oder nicht?‹

›Der Unterschied besteht darin, daß sie meine Mutter war.‹

›Das mag für Sie eine Rolle spielen, Sir James, nicht für mich.‹

Ich beherrschte die aufsteigende Wut und sprach so ruhig wie möglich weiter. ›Sie haben das schon Jahre bevor Sie sich an mich wandten, geplant, nicht wahr?‹

›Ja.‹

›Wie konnten Sie so zuversichtlich sein, ich würde Ihrem Plan zustimmen?‹

›Das Angebot war zu gut, als daß Sie es hätten ablehnen können. Schieben Sie mir nicht die Schuld an Ihrer eigenen Habgier in die Schuhe.‹

›Ich hätte es aus eigener Kraft zu Reichtum bringen können. Ich hätte glücklich und erfolgreich sein können. Dann hätte ich von der Sache nichts wissen wollen.‹

›Aber Sie waren nichts dergleichen, nicht wahr?‹

›Woher wollten Sie das wissen?‹

Er kicherte. ›Andrew Lennox' Witwe schrieb zwei Jahre vor ihrem Tod Sir Gervase einen Brief aus Amerika, in der Hoffnung, er würde Ihnen helfen. Sie teilte ihm alles über das Leben mit, das Sie führten, berichtete ihm, welche Art von Mann Sie geworden seien. Sie schickte sogar ein Foto neueren Datums mit. Es bewies, daß Ihre Ähnlichkeit mit James mit den Jahren nicht geringer geworden war. Natürlich wußte sie nicht, daß James nicht mehr lebte.‹

›Und das brachte Sie auf die Idee?‹

›Nicht direkt. Sir Gervase brachte mich darauf. Es war seine Idee. Sein letzter, verrückter, syphilitischer Plan. Er haßte seine Frau dafür, daß sie seinem Cousin ein Kind geboren hatte. Noch verhaßter war ihm die Vorstellung, daß dieser Sohn den Baronettitel von ihm erben würde.‹

Zum erstenmal sah ich ihn deutlich vor mir. Endlich hatte ich ihn in Reichweite: das durch und durch verrottete Gesicht, zerfressen vom Tod, den er über sich und seinen Sohn gebracht hatte, aufrechterhalten von nichts weiter als dem spöttischen Grinsen, das Quinn von ihm übernommen hatte. Das Leben, das er für mich geschaffen hatte, bestand aus der Lüge, die er, mit einem Fuß schon im Grab, erfunden hatte.

›Was glauben Sie wohl, wie ich an all diese Informationen gekommen bin, Sir James? Die Daten, Zeit, Orte, die Leute. Die Fotos, die Briefe, die Beweise. Wer anders als der Mann, an den er gerichtet gewesen war, hätte mir eine Kopie von James Davenalls Abschiedsbrief geben können? Wer anders als sein eigener Vater hätte mich mit allem ausrüsten können, was nötig war, um aus Ihnen das Ebenbild von James Davenall zu machen?‹

Richard hatte mir von einem Dinner im Bladeney House im Sommer 1878 erzählt, als er Gervase vergeblich zu überreden versucht hatte, James offiziell für tot erklären zu lassen. Gervases letzte Begründung seiner Ablehnung war Richard unverständlich erschienen. ›Mein Sohn lebt‹, hatte er gesagt. ›Und ich werde zu ihm stehen.‹ Jetzt wußte ich, was seine Worte bedeutet hatten.

›Sir Gervase wußte, daß ihm nur noch wenige Jahre blieben. Er nahm mir das Versprechen ab, Sie nach seinem Tode aufzuspüren und zu überreden, in die Rolle von James zu schlüpfen. Dann übergab er mir alle Beweise, die er in die Finger bekommen konnte, und erzählte mir alles über seinen Sohn, was ihm einfiel. Anfangs machte ich mit, um ihn bei Laune zu halten. Nach seinem Kollaps ließ ich die Idee fallen. Ich ging sogar so weit, einige der Sachen, die er mir gegeben hatte, zu verkaufen. Das war der Vorwand, den das Miststück von seiner Frau benutzte, um mich zu entlassen. Und das brachte mich zum Nachdenken. Warum sollte ich es nicht trotz allem tun? Warum sollte ich nicht probieren, ob der Plan des alten Mannes nicht wirklich funktionierte?‹

Bei Gott, er hatte funktioniert. Er hatte besser funktioniert, als er sich je hätte vorstellen können. Ich hatte Hugo verdrängt. Ich hatte mir das angeeignet, was James zugestanden hätte. Ich hatte Gervases verhaßte Ehefrau enteignet. Doch der Sieg hatte einen hohen Preis gefordert. Ich hatte Blut an den Händen und einen Mord auf dem Gewissen.

›Um dem alten Mann Gerechtigkeit widerfahren zu lassen – er hatte nicht erwartet, daß ich handeln würde, solange er oder seine Mutter noch am Leben waren. Ich wartete gern die kurze Zeitspanne, die er noch zu leben hatte, doch bei ihr lag der Fall anders. Als ich ihn das letztemal im

Pflegeheim besuchte, erzählte ich ihm, sie sei gestorben und uns würde nun nichts mehr im Weg stehen. Bei dem Gedanken, was für Verwüstungen Sie in seiner Familie anrichten würden, muß er als glücklicher Mann gestorben sein.‹

›Sie bedauern nichts von alledem, nicht wahr?‹ sagte ich schließlich.

›Warum sollte ich? Ich bin dadurch ein reicher Mann geworden. Sir Gervases Plan hat mir das verschafft, was seine Frau mir verweigert hat: eine angenehme Pension.‹

›Und was ist mir mir, Quinn? Was hat es mir gebracht?‹

Er streckte den Arm aus und strich mit den Fingerspitzen über den Saum meines Umhangs. ›Es hat Ihnen den Mantel eines Gentlemans eingebracht.‹ Er klopfte mir auf die Brust. ›Und Geld in Ihrer Brieftasche.‹

›Und Sie erwarten, daß ich dafür zwei Morde vergesse?‹

›Es ist mir egal, wie Sie mit Ihrem Gewissen zurechtkommen, Sir James. Das ist Ihr Problem, nicht meines. Sie haben ja auf der Wahrheit bestanden, nicht ich. Ich weiß wirklich nicht, worüber Sie sich beklagen. Der Tod einer senilen Frau und der Tod eines verkrüppelten alten Soldaten? Das ist ein geringer Preis, würde ich meinen, für Titel, Reichtum, Landbesitz – und die Frau eines anderen.‹

Natürlich hatte er recht. Ich hatte von Mary Davenalls Tod ebenso profitiert wie er. Auch wenn ich ihren Tod nicht gebilligt hatte, so war ich doch bereit gewesen, ihn zu ignorieren. Doch nun lagen die Dinge anders. Jetzt war sie meine Mutter, die ihr Bestes getan hatte, damit ich unter der Perversion meiner Geburt nicht zu leiden hatte. Sie war meine Mutter, die als Lohn für ihren Versuch, mich vor der Wahrheit zu beschützen, in meinem Namen ermordet worden war, damit eine Lüge blühen und gedeihen konnte.

›Sie sollten mir dankbar sein, Sir James. Was wären Sie schließlich ohne mich?‹

Ja, was? Quinn hatte zweifellos sehr frühzeitig gelernt – und es nie vergessen –, daß derjenige mit den wenigsten Skrupeln am längsten lebt. Doch darin lag auch sein Irrtum. Ich teilte zwar seine Verbrechen, aber nicht seine Skrupellosigkeit und Unbarmherzigkeit. ›Was würden Sie sagen, Quinn‹, fragte ich, ›wenn ich Ihnen erklären würde, daß ich nicht mehr mitmache?‹

Bei diesen Worten riß er sich die Zigarre aus dem Mund und starrte mich gebannt an. ›Wie meinen Sie das – nicht mehr mitmachen?‹

›Ich meine, ich decke meine Karten auf. Ich gebe zu, daß ich ein Betrüger bin. Ich ziehe einen klaren Schlußstrich unter die ganze verfluchte Angelegenheit.‹

›Das ist nicht Ihr Ernst.‹

›Es war mir nie ernster.‹

Er lachte. ›Sie sind wahnsinnig.‹

›Ja, vielleicht bin ich das. Aber ich werde mich nicht davon abhalten lassen.‹ Ich wandte mich ab, aber er packte mich an der Schulter und hielt mich fest. Ich drehte mich zu ihm um und sah ihn an. Der Lampenschein warf Schatten über sein Gesicht. Ich konnte seine Augen weder deutlich sehen, noch konnte ich an seinem Mund erkennen, ob er lächelte oder es ernst meinte, aber noch bevor er den Mund aufgemacht hatte, ahnte ich, wie seine spöttischen Abschiedsworte lauten würden.

›Gestehen Sie ruhig, Sir James. Mit einiger Wahrscheinlichkeit werden Sie genau wie Trenchard in einer Irrenanstalt landen anstatt in einer Gefängniszelle. Aber wo auch immer, ich werde Ihnen dabei jedenfalls nicht Gesellschaft leisten. Die Beweise, die uns miteinander in Verbindung bringen, können vernichtet werden. Und Beweise dafür, daß ich Thompson und die alte Frau ermordet habe, existieren einfach nicht. Also machen Sie sich nur selbst zum Narren, ganz wie Sie wollen, aber glauben Sie bloß nicht, Sie könnten mich mit in den Abgrund reißen.‹

Alles, was er gesagt hatte, stimmte. Durch ein Geständnis würde ich mich und andere zerstören, einschließlich der Frau, die ich liebte, doch Quinn würde das tun, was er stets getan hatte: überleben. Es war die sichere Gewißheit, daß er dem Schicksal wieder entrinnen würde, was mich so reizte, ebenso wie der Druck seiner Hand auf meiner Schulter, zusammen mit der plötzlichen Erkenntnis, daß eben diese Hand dem Leben meiner Mutter ein Ende bereitet hatte. Tief in meinem Inneren rebellierte etwas gegen die Lüge, die zu leben er mich gezwungen hatte, und brandete in einer Woge gewalttätigen Zornes nach oben – eine derartig mitreißende Woge, daß ich nur noch eine verschwommene Erinnerung an das habe, was dann geschah, wie ein flüchtiger Blick auf die Tat eines anderen Mannes. Und vielleicht war es wirklich die Tat eines anderen Mannes. Vielleicht war es James Davenalls Kraft und Stärke, die zu der meinen hinzukam und mich befähigte, Quinn zu überwältigen. Vielleicht war ich seine Rache dafür, daß sein Geheimnis verraten worden war.

Mit Gewißheit kann ich nur sagen, daß ich in diesem Moment Quinns Gesicht nicht mehr sehen, seine Worte nicht mehr hören wollte, daß ich das Wissen in meinem Kopf tilgen wollte, er würde mich überleben. Ich wollte ihn tot sehen. Und ich ließ meinem Wunsch freien Lauf. Der Ausbruch von Gewalt, der Kampf, als ich seinen Kopf unter Wasser drückte, das Spritzen und Keuchen, die zerrenden, fuchtelnden Hände – auch jetzt ergibt all das noch kein geordnetes Bild in meiner Erinnerung. Doch die Sekunden des tiefen Schweigens danach – der in die Tränke sackende Körper, die Wasserpfützen zu meinen Füßen, das gelblich-schwarze Muster des Lampenscheins – erscheinen mir realer als alles andere. Sie tauchen vor meinem geistigen Auge auf, sobald meine Entschlossenheit, ihnen zu widerstehen, nachläßt. Sie springen mich an, sobald ich die Augen auch nur für einen Moment schließe, und zeichnen sich vor dem dunklen Hintergrund ab.«

XIII

Freddy Cleveland saß zusammengesunken oben auf der Düne und starrte ungläubig die beiden Gestalten an, die ihre Schritte abgemessen hatten und sich nun umdrehten, um sich über den Sandstreifen hinweg anzusehen. Nur die peinlich genauen, leidenschaftslos eingehaltenen Formalitäten, die in diesem Moment ihrem Höhepunkt entgegenstrebten, konnten die Versteinerung erklären, in der er den letzten Akt erwartete und damit praktisch absegnete. Er wußte, er müßte entweder versuchen, ihn zu verhindern, oder sich zumindest entfernen, um ihnen die stillschweigende Billigung zu entziehen, die in seiner Anwesenheit lag. Doch er saß immer noch regungslos da und beobachtete, wie der neben ihm stehende Major Bauer die Pfeife an die Lippen setzte.

Waren diese beiden schlanken, aufrechten, unversöhnlichen Gestalten wirklich Sir James und Hugo Davenall? Auf diese Entfernung hin, in dieser eigenartigen, unheimlichen Grenzzone zwischen Meer, Land und Himmel hätte es sich auch um zwei Fremde handeln können.

»Achtung!« bellte Major Bauer. Die beiden Gestalten spannten ihre Waffen und richteten die Mündung auf den Boden.

Freddys rechte Hand begann zu schmerzen. Er hatte bis jetzt nicht bemerkt, daß er einen Gegenstand mit aller Kraft umklammert hatte. Er öffnete die Hand und sah die Münze, die ihm Bauer gegeben und die er in die Luft geworfen hatte. Der Kopf des österreichischen Kaisers bewies es. Als sein Griff nachließ, rollte die Münze über seine Handfläche und fiel auf die andere Seite. Und da war immer noch der Kopf des österreichischen Kaisers zu sehen – geprägt auf beiden Seiten der Münze.

James hatte sie ihm gegeben. Und Bauer hatte gewählt. Und Kopf zeigte sich auf beiden Seiten der Münze. Und nun gab Bauer die Signale. In seinem Verstand begann es zu hämmern. Und dann begriff er – begriff in dem Moment, in dem ein schriller Pfiff ertönte. Und die beiden Gestalten begannen aufeinander zuzugehen.

XIV

»Quinn war tot. Ich spürte kein Bedauern. Doch sein Tod ließ sich für mich genausowenig rückgängig machen wie für ihn. Sein Tod sorgte dafür, daß mein gestohlenes Leben als Sir James Davenall ein Ende finden mußte. Als wollte ich es endgültig besiegeln, nahm ich das Zigarettenetui aus meiner Tasche, das Quinn mir gegeben hatte – das Etui mit dem silbernen Monogramm, das einst dem echten James Davenall gehört hatte –, und drückte es ihm in die leblose Hand, bevor ich über die Felder flüchtete.

Ich gelangte noch rechtzeitig zum Bahnhof von Newmarket, um den letzten Zug nach London zu erreichen. Während der Fahrt versuchte ich die Konsequenzen abzuschätzen, die Quinns Tod für jene haben würde, die ich liebte und denen ich Unrecht getan hatte. Ich fürchtete nicht die Mordanklage, sondern das, was sich daraus ergeben würde. All die verschlungenen Details unserer Verschwörung würden ans Licht der Öffentlichkeit gezerrt werden. Constance, die ich liebte und die ich zu schützen geschworen hatte, die mir vertraut hatte, als andere mich einen Lügner genannt hatten, würde mehr zu leiden haben als ich – und ihre Leiden wären noch nicht vorbei, wenn meine Bestrafung schon längst der Vergangenheit angehörte. Wo immer die Gerechtigkeit liegen mochte, auf diesem Weg war sie nicht zu finden.

Dann kam mir der richtige Einfall. Ich konnte die Täuschung nicht weiter aufrechterhalten, aber ich konnte sie auch nicht aufdecken. Ich konnte nicht weiter als Sir James Davenall leben, aber ich konnte als Sir James Davenall in Erinnerung bleiben, denn ein Toter kann weder lügen noch die Wahrheit sagen. Nur auf diesem Weg konnte der Gerechtigkeit, die ich ersehnte, gedient werden, nur auf diesem Weg konnte das Vertrauen, das Constance in mich setzte, gewahrt bleiben.«

XV

»Geben Sie mir die Pfeife!« schrie Freddy, auf die Beine taumelnd. »Gott verdamme Sie, Bauer. Sie haben falsches Spiel mit uns getrieben!«

Die Pfeife saß fest eingeklemmt zwischen Bauers Zähnen, aber trotzdem brachte er ein gespenstisches, höhnisches Lächeln zustande, bevor sich seine Lippen um das Mundstück schlossen und der zweite Pfiff ertönte. Als Freddy ihn ansprang, fintierte er zur einen Seite, stieß dann seinen rechten Fuß zwischen Freddys Beine und wirbelte ihn mit beiden Armen kräftig an der Schulter herum. Freddy flog kopfüber die Düne hinab, rutschte hilflos in dem saugenden Sand nach unten; er warf den Kopf zurück, als er einen flüchtigen Blick auf das umgekehrte Bild der beiden schwarzgekleideten

Gestalten erhaschte, die sich einander auf der weiten Fläche des Strandes näherten.

Nur noch wenige Meter konnten zwischen ihnen liegen, doch noch immer war der dritte Pfiff nicht ertönt. Kein Mensch konnte auf eine derartige Entfernung danebenschießen. Dieser Abstand war tödlich.

Am Fuße der Düne rollte Freddy noch einmal um die eigene Achse und stützte sich dann auf Hände und Knie. Die beiden Gestalten bewegten sich nicht mehr. Zwischen ihnen lag kein Meter mehr, für einen Fehlschuß blieb kein Raum. Freddy füllte seine Lungen, um einen Warn- oder Protestschrei auszustoßen, aber es war zu spät. Das dritte Signal ertönte – und wurde von dem Dröhnen eines einzigen Schusses verschluckt.

XVI

»Hugo war sofort bereit, die Rolle zu spielen, die ich für ihn vorgesehen hatte. Auch er kennt nun die Wahrheit, aber er wird sie nie erzählen können, denn dann müßte er sich zu einem Mord bekennen. Ich mußte es ihm sagen, denn sonst hätte er mir niemals geglaubt, daß ich so handeln würde, wie ich es ihm erklärt hatte. Aber keine Angst, das Geheimnis ist bei ihm sicher aufgehoben.

Es mag merkwürdig klingen, aber ich bin Hugo dankbar. Hätte er mich nicht zu diesem Duell herausgefordert, dann wäre mir nie klargeworden, wie dienlich ein solches Ende meinen Zwecken sein würde. Nun, dafür muß ich ihm dankbar sein, und er wird seine Belohnung erhalten. Er wird all das zurückerhalten, was ich ihm genommen habe: Geld, Titel, Besitz und Name. Er wird seine Erbschaft wieder antreten können.

Hugo will Freddy als Sekundanten mitbringen. Armer Freddy. Er wird der einzige unter uns sein, der den wahren Zweck unseres Treffens nicht kennt. Für ihn – und für die Welt, wenn sie es schließlich erfährt – wird es lediglich den Anschein haben, als hätte die Davenall-Fehde ihr letztes Opfer gefordert. Und so soll es sein. Wir können nicht wissen, welche der beiden Waffen Gervase in jenem Duell vor mehr als vierzig Jahren benutzte, um das Geheimnis zu wahren, aber ich hoffe, es wird diejenige sein, die ich trage. Diesmal, verstehen Sie, wird nur eine Waffe abgefeuert werden. Und es wird nicht meine sein.«

XVII

Freddy rannte über den Strand. Es war zu spät, viel zu spät, aber er rannte trotzdem, die einzige sich bewegende Gestalt auf der ganzen erstarrten, von der Flut bedrohten Sandfläche.

Hugo hatte seine Waffe fallenlassen. Sie lag zu seinen Füßen, die Mündung durch die Wucht des Falles im Sand vergraben. Er atmete schwer, formulierte Worte, die sein Mund nicht aussprechen konnte, während er auf den leblosen Körper von Sir James Davenall hinabstarrte.

Freddy blieb stehen. Er wagte kaum näher zu treten. Er hätte wissen müssen, was für ein blutiges Zerstörungswerk die Kugel einer Duellpistole aus kürzester Entfernung im Gesicht eines Mannes anrichten würde. Doch die Realität war schlimmer, viel schlimmer, als seine rasenden Gedanken vermutet hatten. Und der Anblick des zerfetzten Fleisches und der zerschmetterten Knochen war noch nicht einmal das Schlimmste. Um das zu sehen, mußte er nicht das Gesicht des Toten, sondern das Gesicht des Lebenden anschauen.

Hugo sagte nichts. Das war auch gar nicht nötig. Das hinterhältige Zukken seiner Lippen, das unruhige Ringen der Hände, der huschende, schuldbewußte Blick seiner Augen: Das alles machte es deutlich genug. Freddy war nicht Zeuge eines Duells geworden – er hatte einen Mord mit angesehen.

XVIII

»Ich zweifle nicht daran, daß ich jemanden finden werde, der für Geld als mein Sekundant auftritt. Und ich bin sicher, daß wir uns auf Hugo verlassen können. Die einzige ungeklärte Frage, die noch bleibt, ist deshalb, ob auch Sie, Trenchard, zu mir stehen werden.

Sie haben den Brief gelesen, den ich Richard schicken will. Er wird genügen, denke ich, um Ihnen Ihre Freiheit zu sichern. Und was immer Richard auch vermuten mag, weder er noch sonst jemand wird an den letzten Worten eines Mannes, der im Begriff steht, in den Tod zu gehen, zweifeln können. Wenn auch einige weiterhin an meiner Identität zweifeln werden, so werden sie doch nicht verhindern können, daß ich als James Davenall beerdigt werde. Constance wird nie verstehen, weshalb ich mich zu dem Duell mit Hugo bereit gefunden habe, aber zumindest wird sie nie den geringsten Zweifel daran hegen, daß sie Sir James Davenalls Witwe ist.

Um ihretwillen bin ich zu Ihnen gekommen. Anfangs mag ihr Kummer zu groß sein, als daß sie Ihnen gegenübertreten mag, doch im Laufe der Zeit wird sie Ihre Unterstützung brauchen. Wen anders könnte ich bitten, ihr zu helfen, als den Vater ihres Kindes, den Mann, der einst ihr Ehemann war – und es vielleicht wieder sein wird?

Dies ist weder Mut noch Wahnsinn. Wenn ich bleibe, bin ich ein toter Mann, und Constance ist eine ruinierte Frau. Wenn ich fliehe, kann ich mir nur dadurch einiges ersparen, daß sie um so mehr leiden muß. Was also habe ich wirklich für Möglichkeiten? Auf diese Weise bekommt Hugo, was er will, genau wie ich. Auf diese Weise wird nie jemand beweisen können, daß ich nicht James Davenall war. Es ist ein seltsamer Gedanke, nicht wahr?«

Als der neunte Schlag der Uhr verhallte, trat Trenchard vom Fenster zurück. Er atmete tief durch und fuhr sich mit einer Hand über das Gesicht. Es mußte nun vorbei sein, daran konnte kein Zweifel bestehen. Für Norton hatte die Vortäuschung falscher Tatsachen endlich ein Ende gefunden. Für Trenchard hatte sie gerade erst begonnen.

XIX

Ein Rinnsal der steigenden Flut hatte sich über den Sand geschlängelt, bis es den toten Mann erreichte. Der dunkle Fleck seines Blutes breitete sich mit verblüffender Geschwindigkeit aus.

Mit einem Aufstöhnen zuckte Freddy vor der rötlichen, gerippten Wasserlache zurück, während Hugo gar nicht zu bemerken schien, daß eine kleine Welle über seine Füße schwappte. Dann trat Major Bauer, den das Schauspiel vollkommen ungerührt ließ, zwischen sie. Wie ein Bussard, der sich von einem Baum auf ein Aas stürzte, so beugte er sich über die Leiche, griff in eine der Westentaschen, zog ein dickes Bündel Banknoten hervor und wandte sich mit grimmigem Lächeln Freddy zu.

»Was zum ...«, stammelte Freddy. »Was zum Teufel ... tun Sie da?«

Bauer schob das Bündel in seine Manteltasche. »Mein Honorar, Herr Cleveland, für geleistete Dienste.«

»Ihr ... Honorar?«

»Ich habe alles getan, was er von mir verlangt hat. Wir hatten uns zuvor schon über die Höhe des Honorars geeinigt.«

»Guter Gott.«

»Nehmen Sie meine Entschuldigung für den doppelköpfigen Schilling entgegen. Seine Nützlichkeit beschränkt sich normalerweise auf das Casino. Behalten Sie ihn zur Erinnerung.« Er warf den Kopf zurück, schnüffelte und spähte an Freddy vorbei in Richtung der Dünen. »Entschuldigen Sie mich jetzt, meine Herren. Ich sehe, wir bekommen Gesellschaft, die mir wahrscheinlich nicht zusagen wird. Sie werden mir sicherlich verzeihen, wenn ich es Ihnen überlasse zu erklären, was geschehen ist.«

Nach diesen Worten marschierte Bauer mit langen Schritten über den Strand davon. Freddy sah ihm nur wenige Sekunden nach, bevor er in die andere Richtung schaute. Zwei Menschen, ein Mann und eine Frau, waren zwischen den Dünen aufgetaucht und kamen nun auf sie zugeeilt. Selbst hier an diesem Ort, wo er am wenigsten mit ihnen gerechnet hätte, erkannte Freddy sie sofort: Es waren Richard und Catherine Davenall.

»Weißt du, was er getan hat?« fragte Hugo plötzlich. »Weißt du, was er in dem Augenblick, bevor ich abdrückte, getan hat? Er hat gelächelt. Gott verfluche ihn, er hat gelächelt.«

Freddy betrachtete die im Sand liegende Leiche. Das blutige Wasser stieg langsam an den ausgestreckten leblosen Gliedern hoch. Bald würde er ganz im Wasser treiben. Falls sein Lächeln nicht nur in Hugos Einbildung existiert hatte, so war es jetzt jedenfalls nicht mehr sichtbar. Die Kugel hatte mehr getan, als Sir James Davenall nur zu töten. Sie hatte seine Gesichtszüge so zerfetzt, daß niemand ihn mehr erkennen konnte. Kein Mensch konnte nun noch mit Gewißheit sagen, wer er wirklich war.

EPILOG

I

Fast auf den Tag genau war es nun sieben Jahre her, daß William Trenchard von der Bank in seinem Garten in St. John's Wood aufgeblickt und zum erstenmal den Mann gesehen hatte, an den die Welt sich nun als Sir James Davenall erinnerte. Fast sechs Jahre waren vergangen, seit ein Duell an der belgischen Küste das tollkühnste Betrugsmanöver, mit dem je ein englischer Gerichtshof getäuscht worden war, beendet und zugleich für immer mit dem Mantel des Schweigens bedeckt hatte. Was die Nachwelt über Sir James Davenall sagte, blieb Fiktion, doch davon ahnte die Nachwelt, wie von so vielen anderen Dingen auch, nichts.

Vor fünf Jahren hatte William Trenchard, der nach seiner Entlassung aus der Ticehurst-Anstalt wieder in den Familienbetrieb eingetreten war, eines Morgens auf dem rüttelnden Oberdeck eines Busses eine Zeitung aufgeschlagen und entsetzt den Bericht über einen Zusammenstoß im dichten Londoner Nebel gelesen. Der Unfall hatte Sir Hugo Davenall das Leben gekostet und für immer einen so erbittert umkämpften Titel ausgelöscht. Bei der anschließenden Verhandlung zur Feststellung der Todesursache war auf Tod durch Unfall erkannt worden, doch es bleibt fraglich, ob die Geschworenen sich nicht für Selbstmord entschieden hätten, wären ihnen die Umstände und das ganze Ausmaß der Ächtung bekannt gewesen, der Sir Hugo als Folge der Tötung seines Bruders in einem Duell ausgesetzt gewesen war. Doch das, wie so viel anderes, wußten sie nicht.

Vor drei Jahren hatte der Tod seines Vaters William Trenchard zu einem reichen Mann gemacht. Er konnte es sich nun leisten, Trenchard & Leavis seinem Bruder zu überlassen und eine alte Verpflichtung zu erfüllen, indem er Sir James Davenalls Witwe in ihrer Villa in der Provence aufsuchte, wo sie sich in der Abgeschiedenheit ihrer Trauer hingab. Ernest Trenchard hatte wieder einmal Williams Entschlossenheit, seine ehemalige Frau zu besuchen, für pure Narretei gehalten. Aber natürlich hatte Ernest – wie von so vielen anderen Dingen auch – von Williams wahren Motiven keine Ahnung.

Es war erst ein knappes Jahr her, daß Emily Sumner von der Nachricht überrascht worden war, ihre Schwester habe sich bereit erklärt, ihren früheren Ehemann wieder zu heiraten und erneut Mrs. William Trenchard zu werden. Constances Erklärung – sie wünsche nicht, daß Patience als Tochter eines geschiedenen Ehepaares aufwachse – war Emily angesichts von Williams erwiesener Untreue kaum einleuchtend erschienen. Doch was wirklich hinter Williams Untreue steckte, wußte Emily – wie so viele andere Dinge auch – natürlich nicht.

Es war sechs Monate her, seit William und Constance Trenchard unter Anwesenheit einer Handvoll Gäste im Rahmen einer Ziviltrauung vor den Standesbeamten von Aix-en-Provence getreten waren. Richard Davenall hatte Williams Trauzeugen gemacht, was angesichts ihrer früheren Differenzen recht merkwürdig schien. Doch diese Differenzen waren, wie so vieles andere auch, im Laufe der Zeit überbrückt worden, was allen anderen verborgen geblieben war.

Es war vierzehn Tage her, seit William und Constance Trenchard ihre Tochter Patience in ihrem neuen Internat in der Nähe von Luzern untergebracht hatten. Im Anschluß daran hatten sie eine Vergnügungsreise durch die Schweiz gemacht, was einer zweiten Hochzeitsreise am nächsten gekommen war. Gab es eine bessere Möglichkeit, so hatten sie sich gefragt, um die letzten Reste der Trauer von sieben Jahren abzuschütteln? Man konnte ihnen kaum die Schuld an diesem Irrtum geben. Denn das Risiko, das sie damit eingingen, war ihnen nicht bewußt.

Es war erst eine Stunde her, seit William Trenchard seine Constance in ihrem Hotelzimmer in Lugano zurückgelassen und einen Spaziergang am See entlang in die Stadt unternommen hatte. Dort hatte er sich in einem Café am See einen Drink bestellt, seine Pfeife angesteckt und die Aussicht auf den See und die Berge genossen, alles getaucht in das sanfte Licht des Nachmittags. Es war der letzte Tag im September des Jahres 1889, aber das schien auch das einzige Ende zu sein, das in der milden Schweizer Luft lag. William Trenchard hatte keinen Grund, irgendwelche Vermutungen in dieser Hinsicht zu hegen. Von den seltsamen Launen des Schicksals hatte er, wie jeder andere auch, keine Ahnung. Er wußte nicht und hätte es auch nicht wissen können, daß sieben Jahre nicht genügten, um die Macht eines einmal erlebten Augenblicks zu brechen. Er wußte es nicht, doch in weniger als einer Stunde würde er es wissen.

II

Eine große, bullige Gestalt stand mit dem Rücken zu mir an einem Süßwarenkiosk. Etwas an seiner Haltung kam mir bekannt vor, das hochmütige Zurückwerfen des Kopfes, als er sich mit seinem Kauf abwandte, wirkte vertraut, und so beobachtete ich ihn, als er zu einer Bank am Seeufer schlenderte, sich dort niederließ und seine Schokolade auszuwickeln begann.

Viele Jahre später, unter Umständen, die er hätte voraussehen müssen, vollendete William Trenchard seinen schriftlichen Bericht über die Ereignisse, die ihr Ende an jenem anscheinend ganz normalen Sonntagnachmittag in Lugano fanden. Der Grund für die Niederschrift eines solchen Berichts ist verständlich, denn dieser Bericht sorgt dafür, daß ihm das zugestanden wird, was ihm einst so entscheidend verwehrt worden war: das letzte Wort.

Einige Minuten lang beobachtete ich ihn, bis ich mir sicher war. Natürlich war auch er sieben Jahre älter geworden, aber sein Äußeres hatte sich nicht sehr verändert: eine große, fleischige Gestalt in cremefarbenem Leinen, die Schokoladeriegel abbrach und sie gierig in den Mund stopfte, den Blick dabei unter der Krempe des Strohhuts hervor auf den See gerichtet. Das Sonnenlicht blitzte auf dem Siegelring an seiner linken Hand und der Uhrkette, als er nach der Zeit sah. Seine Unterlippe schob sich dabei in einer typischen Geste vor. Jetzt war ich mir ganz sicher: Es handelte sich um Prinz Napoleon Bonaparte.

Ich bezweifle, daß er mich von sich aus erkannt hätte. Jetzt wünschte ich mir, ich hätte darauf verzichtet, sein Gedächtnis wachzurütteln. Aber es schien keinen Grund zu geben, die Gelegenheit vorbeigehen zu lassen. Keiner von uns hatte von den Umständen unserer letzten Begegnung profitiert: Ein bißchen gegenseitiges Mitgefühl schien durchaus angebracht. Ich trank aus, erhob mich und ging zu ihm hinüber.

»Guten Tag, Prinz. Erinnern Sie sich an mich?«

Mit einem gereizten Stirnrunzeln blickte er auf und kniff die Augen zusammen. Dann lächelte er schwach. »William Trenchard. Quelle coincidence.«

»Darf ich Ihnen Gesellschaft leisten?«

»Unbedingt.«

Ich setzte mich neben ihn. »Es ist lange her. Wir haben uns nicht mehr gesehen seit ...«

»Ersparen Sie uns die Erinnerungen, mon ami. Was führt Sie nach Lugano?«

»Das reine Vergnügen. Und Sie?«

»Das gleiche ..., könnte man sagen.«

»Wohnen Sie hier?«

»Ich habe einen Freund, der auf der anderen Seite des Sees eine Villa besitzt. Ich erwarte, von der Barkasse meines Freundes abgeholt zu werden ...« Er spähte in die Ferne. »In allernächster Zeit.«

»Es ist ein wunderbarer Ort.«

»Meinen Sie?« Er musterte mich kurz, aber durchdringend. »Wenn Sie in diesem Land leben müssen, weil Ihr eigenes Land Sie nicht haben will, mon ami, dann verblaßt sein Charme recht schnell.«

»Selbst dann ...«

»Selbst dann gibt es Möglichkeiten der Entschädigung?« Er nickte. »Ja, die gibt es.« Erneut schweifte sein Blick über den See. Diesmal schien er gefunden zu haben, wonach er Ausschau hielt: das Kielwasser einer kleinen Barkasse, die sich uns vom gegenüberliegenden Ufer her näherte. Bei ihrem Anblick verzog sich sein Gesicht in einer seltsamen Mischung aus Stirnrunzeln und Lächeln, so als wäre er sich nicht sicher, ob er nun erfreut oder enttäuscht sein sollte.

»Ihr Freund?« fragte ich mit einer Geste in Richtung des noch weit entfernten Bootes.

»Ja.« Abrupt stand er auf, füllte seine Lungen mit Luft und lächelte auf mich herab. »Begleiten Sie mich zum Anlegesteg, Trenchard? Es ist nicht weit.«

Ich erklärte mich einverstanden, und wir schlenderten gemeinsam die lange, von Linden gesäumte Promenade am Seeufer entlang. Der Prinz warf dabei ständig Blicke nach links; wahrscheinlich, so nahm ich an, wollte er die Barkasse im Auge behalten, deren Maschinenlärm immer lauter wurde.

»Sagen Sie«, erkundigte er sich, nachdem wir ein Stück des Weges schweigend zurückgelegt hatten, »hören Sie gelegentlich etwas von Catherine Davenall?«

»Nie. Soweit ich weiß, lebt sie immer noch auf Cleave Court, aber so zurückgezogen wie eh und je.«

»Zweifellos hat sie Hugos Tod schwer getroffen.«

»Zweifellos.«

»Die Zeitungen sprachen von Selbstmord.«

»Tatsächlich? Soviel ich weiß, wurde in der Verhandlung festgestellt, daß er wegen des dichten Nebels in die Droschke lief.«

»Glauben Sie das?«

»Ich habe mir in der Hinsicht kein endgültiges Urteil gebildet.«

»Vraiment? Kommen Sie, kommen Sie, mon ami. Die Ironie kann Ihnen nicht entgangen sein. Alles, was Sie und ich und andere wegen des Baronettitels der Davenalls zu durchleiden hatten, war umsonst.« Er schnippte mit den Fingern. »Der Titel ist erloschen. Und beide Anwärter darauf sind tot. Auf dieselbe Art gestorben, wie ich annehme.«

Plötzlich fühlte ich mich unbehaglich, nicht wegen seiner Andeutung, sondern wegen all dessen, was er wissen mußte, um diese Andeutung machen zu können. »Wie meinen Sie das, Prinz?«

»Sie starben aus eigenem Entschluß, Trenchard, war es nicht so? Sir James bei einem sogenannten Duell. Sir Hugo bei einem sogenannten Unfall.«

»Es gibt keinen Beweis.«

»Ich brauche keinen Beweis!« Er blieb plötzlich stehen. Ich stoppte ebenfalls, und er starrte mich mit einem Ausdruck anscheinend aufrichtiger Sympathie an. »Ich habe erfahren, daß Sie Ihre Frau erneut geheiratet haben«, sagte er mit einem schwachen Lächeln.

»Ja, das trifft zu.« Doch unsere Hochzeit hatte sich so gut wie gar nicht in der Öffentlichkeit verbreitet. Wie konnte er davon gelesen haben?

»Ist sie zusammen mit Ihnen hier?«

»Ja.«

»Dann folgen Sie meinem Rat.« Er berührte mich an der Schulter. »Verlassen Sie Lugano.«

»Warum?«

»Wenn Sie und ich, Trenchard, irgend etwas gemeinsam haben, dann ist es ... Unentschlossenheit. Deshalb sollten Sie um Ihret- und Ihrer Frau willen diesen Ort sofort verlassen.«

»Ich verstehe nicht. Was versuchen Sie mir zu sagen?«

Sein Lächeln war schief geworden, sein Blick weniger intensiv. »Ich muß gehen. Mein Freund wartet.« Es stimmte. Die Lücke vor der nächsten Baumreihe der Promenade führte zu dem Landungssteg, an dem die Barkasse bereits festgemacht und die Planke zum Empfang des Gastes ausgefahren hatte. »Adieu, Trenchard«, sagte der Prinz. »Und viel Glück.«

»Sie glauben, ich habe es nötig?«

»Das haben wir doch alle, mon ami. Glück ist alles.«

Damit wandte er sich auf dem Absatz um und ging den leicht abfallenden Landungssteg hinab auf die Barkasse zu. Ein Mitglied der Mannschaft half ihm an Bord, dann machten sie sich zum Ablegen bereit. Ich beobachtete, wie der Prinz sich zum Heck begab und dort ein paar Worte mit jemandem wechselte, der vom Bootshaus verdeckt wurde, bevor er nach unten ging.

Die Barkasse drehte auf den See hinaus und steuerte dann einen Parallelkurs zum Ufer. Ich stand immer noch zwischen den Linden der Uferpromenade und rätselte über das, was der Prinz gesagte hatte. Das war der Moment, in dem ich die Person, mit der der Prinz gesprochen hatte, zu Gesicht bekam: eine ganz in Schwarz gekleidete Frau, deren dunkles Haar in der aufkommenden Brise flatterte. Ich wußte sofort, daß sie der Freund von der anderen Seite des Sees war, denn sie war gleichzeitig auch die Frau, die zu sehen ich hundertmal geträumt hatte, die ich aber nur ein einziges Mal wirklich gesehen hatte: in jener Nacht in St. John's Wood vor sieben Jahren. Es war Madeleine Devereux.

Die Barkasse nahm Tempo auf: Gischt wirbelte in ihrem Kielwasser auf. Der Abstand zwischen uns betrug nur ein paar Meter, vergrößerte sich aber mit jeder Sekunde. Bald schon würde sie außer Sicht sein. Diesen einen Augenblick lang würde sie mich anschauen und ich sie. Dann würde sie verschwunden sein, das wußte ich.

Sie hatte sich nicht verändert: das gleiche blasse, quälend schöne Gesicht, die dunklen, forschenden Augen, die herrische Linie ihres Kinnes, die harte, aber vollkommene Linie ihres Mundes. Sie erkannte mich, doch in ihrer Miene lag weder Bosheit noch Erbarmen. Wir wußten beide, was sie mir angetan hatte – und einem anderen, der nun schon sechs Jahre tot war –, doch dieses Wissen *erzeugte weder Vergebung noch trotzige Herausforderung. Was uns einst zusammengebracht hatte, würde uns nun auseinanderhalten.*

Trotzdem wandte ich nicht den Blick von ihr. Ich beobachtete sie, bis ihr Gesicht nur noch ein blasser Punkt vor dem Hintergrund der dunklen, sich entfernenden Barkasse war, in der Hoffnung, das zu entdecken, was ich, wie ich wußte, nie zu sehen bekommen würde: den Hauch einer Andeutung, daß sie die Rolle bedauerte, die sie in der Vergangenheit gespielt hatte. Aber da war nichts zu sehen – jetzt nicht und niemals.